U0521691

2013国家社科基金年度项目"广义修辞学视角下的夸张研究"
项目编号：13BYY125

2020年度高校优秀拔尖人才培育资助项目
项目编号：GXBJZD2020007

广义修辞学
视角下的夸张研究

高群 ◎ 著

A STUDY OF HYPERBOLE
FROM THE PERSPECTIVE OF RHETORIC
IN A BROAD SENSE

中国社会科学出版社

图书在版编目(CIP)数据

广义修辞学视角下的夸张研究/高群著. —北京：中国社会科学出版社，2021.5
ISBN 978-7-5203-7901-4

Ⅰ.①广… Ⅱ.①高… Ⅲ.①夸张—修辞学—研究 Ⅳ.①I044

中国版本图书馆CIP数据核字(2021)第027661号

出 版 人	赵剑英
责任编辑	郭晓鸿
特约编辑	杜若佳
责任校对	师敏革
责任印制	戴　宽

出　　版	中国社会科学出版社
社　　址	北京鼓楼西大街甲158号
邮　　编	100720
网　　址	http://www.csspw.cn
发 行 部	010-84083685
门 市 部	010-84029450
经　　销	新华书店及其他书店
印　　刷	北京明恒达印务有限公司
装　　订	廊坊市广阳区广增装订厂
版　　次	2021年5月第1版
印　　次	2021年5月第1次印刷
开　　本	710×1000　1/16
印　　张	25.5
插　　页	2
字　　数	419千字
定　　价	148.00元

凡购买中国社会科学出版社图书，如有质量问题请与本社营销中心联系调换
电话：010-84083683
版权所有　侵权必究

后陈望道时代:修辞格研究的学术视野和话语生产

——序高群《广义修辞学视角下的夸张研究》

谭学纯

一

源自西方修辞学术语 figures of speech 的修辞格,在前陈望道时代已经较受关注,只是当时有不同的汉语表达:开明书店 1905 年版汤振常《修词学教科书》称"辞样""转义",《教育杂志》1921 年第 13 卷第 12 期云《国语修辞法述概》称"词态",商务印书馆 1923 年版唐钺《修辞格》始名"辞格",但至 30 年代才渐被接受。其后北平文化学社 1925 年版董鲁安《修辞学》称"词气",天津南开华英书局 1926 年版张弓《中国修辞学》称"辞式"。①

世纪回眸不必深究非本土概念术语 figures of speech 的不同汉语表达可能具有的信息不对称,正像 Rhetoric 从古希腊时空场景旅行到中华本土以"修辞"的能指符号现身,无须苛求《周易》"修辞立其诚"的"修辞"与 Rhetoric 的所指对等②。figures of speech 的汉语符码流变中一个重要的学术事实是:至 1932 年大江书铺出版陈望道《修辞学发凡》,"修辞格"命名趋于统一。稍晚于《修辞学发凡》的汉语辞格研究另有商务印书馆 1936 年版黎锦熙《修辞学比兴篇》,以及王力在不同时期的参与③,但从修辞学科的影响力说,辞格研究成为中国现代修辞学版图中能见度最高的

---

① 参见袁晖《二十世纪的汉语修辞学》,书海出版社 2000 年版,第 32、44 页;霍四通《汉语积极修辞的认知研究》,复旦大学出版社 2018 年版,第 6—8 页。
② 袁影编著:《西方修辞学经典选读——核心概念地图集》谭学纯序言,上海外语教育出版社 2017 年版,序言第 2 页。
③ 参见吴礼权《王力先生对汉语修辞格的研究》,《北京大学学报》(哲学社会科学版) 2012 年第 4 期。

知识板块的驱动力量，非陈望道莫属，而《修辞学发凡》的辞格研究则是陈望道时代最具标志性意义的修辞研究品种。

陈望道时代标志性的辞格研究，是后陈望道时代不断回望的坐标，二者是时间上相继相叠的概念。1977年陈望道离世，陈望道时代的修辞格研究范式持续在线。虽然陈望道晚年曾强调"不要单研究修辞格，也要研究修辞理论"。①但辞格研究热度不减，新时期中国修辞学研究关注度较高的品种之一，仍是修辞新格的发现与解析，如谭永祥《修辞新格》因发现之新、着力之勤而受称道②。观察陈望道逝世20年间的辞格研究，很难描述与《修辞学发凡》研究范式的差异性。其间的辞格理论与应用、修辞新格的挖掘与解释、辞格比较、辞格与语法易混现象区分、不同语种的辞格对比、辞格翻译等，代表人物和代表性成果，总体研究格局似无大的改观。由于陈望道时代修辞格研究范式之于话语生产的影响力及陈望道在中国修辞学界的学科奠基地位，《修辞学发凡》的辞格研究模式为其后的学者们效仿，这是陈望道的磁场引力，它既体现后来者对学术先驱的崇敬及衍生行为，也需要对学术传承过程中的创新机制作深度透视。这里有不会褪色的学术记忆，也透露出一些值得反思的问题。但反思不等于选择性的学术记忆，更不应该脱离学术背景放大上一代学者的缺失，毕竟学者无法选择自己置身的时代。一代学者有一代学者的问题意识和学术使命，一代学者有完成自己学术使命的文化生态，一代学者有融入或引领那个时代学术大势的方式。我打过一个比方：当年陈望道的辞格研究，是个人行为买进的原始股。原始股炒作八十多年之后的同类研究，如果找不到新感觉，应该反思的是新的理论背景之下的话语生产者，而不是陈望道的辞格研究模式。③

陈望道作为中国现代修辞学史上醒目的学术符号之于学科话语生产的影响力，以及之于学术共同体的凝聚力，至今无可替代。但世纪之交的学术市场还是显示了对陈望道时代的辞格研究产生思想冲击的征象。

---

① 陈望道：《在复旦大学纪念〈修辞学发凡〉三十周年座谈会上的讲话》，复旦大学语言研究所编：《陈望道修辞论集》，1985年版，第277页。

② 谭永祥：《修辞新格》，福建教育出版社1982年版，1996年广州暨南大学出版社出版增订本。按：濮侃《汉语修辞的发展和我们的新认识》，《修辞学习》2001年第4期，称"修辞新格的创建，功劳最大的当推谭永祥先生"。

③ 谭学纯：《辞格生成与理解：语义·语篇·结构（前言）》，谭学纯、濮侃、沈孟璎主编：《汉语修辞格大辞典》，上海辞书出版社2010年版，第1页。

1998年中国社会科学出版社译介出版《当代西方修辞学：批评模式与方法》《当代西方修辞学：演讲与话语批评》①，书中所论，以广义"修辞"的蕴含，隐约展现了修辞研究的全球坐标，刺激了国内的相关研究，并在文史哲场域产生了共振。② 同年该社译介出版保罗·德曼《解构之图》所辑"时间性修辞学""符号学与修辞""隐喻认识论""论尼采的转义修辞学"③，在不同层面展示了修辞学研究的域外风景。2001年11月，上海人民出版社出版尼采著、屠友祥译《古修辞学描述》，书中"修辞格"一章较多地提出了国内辞格研究较少涉足的问题域，而"转义表达"一章与保罗·德曼"论尼采的转义修辞学"以及汤振常《修词学教科书》所述"转义"对读，亦可提取关联修辞格的互文性信息。

世纪更迭中，理论旅行接受的修辞思想外援，一方面驱动本土研究重新审视中国修辞研究的历史传统与现实担当；另一方面提醒本土研究把握中国修辞研究的学脉传承和完整进程，为中国修辞研究的思想资源开拓国际对话空间。在此之前，辞格研究似为中国修辞研究首选标的，有些情况下，甚至是唯一选择。约略从21世纪初开始，辞格研究不再是修辞研究的唯一，或者不再一家独大地处于修辞研究的话语中心。诸如钱冠连的语用哲学研究、胡范铸融合修辞与语用的新言语行为研究、祝克懿的互文性研究以及近年比较热闹的话语研究等，从不同向度、在不同层面分流了原先相对集中在辞格研究领域的学术热点，并不同程度地倒逼辞格研究走出自身。

后陈望道时代辞格研究的早期信号见于何时？也许可以参照相关的学术著作出版信息。夏中义以1999年作为"后殖民"理论入驻中国学界的理由是这一年国内同时出版萨义德《东方学》中译本和张京媛主编《后殖民理论与文化批评》译文集④。从中国修辞学界的学术动向说，2001年

---

① [美]大卫·宁：《当代西方修辞学：批评模式与方法》，常昌富、顾宝桐译，中国社会科学出版社1998年版；[美]肯尼斯·博克：《当代西方修辞学：演讲与话语批评》，常昌富、顾宝桐译，中国社会科学出版社1998年版。
② 谭学纯：《新世纪文学理论与批评：广义修辞学转向及其能量与屏障》，《文艺研究》2015年第5期。
③ [美]保罗·德曼：《解构之图》，李自修等译，中国社会科学出版社1998年版。另见唐珂《解构诗学的广义修辞论与修辞术》，《福建师范大学学报》（哲学社会科学版）2018年第4期。
④ 夏中义：《重估"美学大讨论"暨〈人间词话〉评论的地缘语境》，《澳门理工学报》2020年第1期。

也许值得回首,这一年出版的两部本土学者的修辞学著作,或可看作辞格研究步入后陈望道时代的学术信号。

2001年11月,上海教育出版社出版刘大为《比喻、近喻与自喻——辞格的认知性研究》,冲击了《修辞学发凡》的辞格研究惯性。该书重新审视传统修辞学中与认知相关的辞格,论证不可能特征作为从语言性质过渡到深层认知心理的关键概念,就相似关系、接近关系、自变关系和有无认知介体几个因素,阐发不可能特征的形成以及认知性辞格的类别:比喻、近喻和自喻,及其在创造性思维、创造性直觉和创造性想象中得以实现的机制①。刘大为本人的关联性研究,如《修辞学习》2008年第6期、2009年第1期《制造信息差与无疑而问——修辞性疑问的分析框架之一》《修辞性疑问:动因与类型——修辞性疑问的分析框架之二》,《当代修辞学》2010年第3—4期、2012年第5期《从语法构式到修辞构式(上、下)》《谐音现象的心理机制与语言机制》,延续了《比喻、近喻与自喻——辞格的认知性研究》从描写转向解释的研究方法,注重解释辞格生成动因机制的类型考察和理论倾向,可以不同程度地读出"定义+例证+描写"的学术叙述模式的改变,并影响了21世纪的辞格研究格局。②

2001年10月,安徽教育出版社出版谭学纯、朱玲《广义修辞学》,书中几乎没有给修辞学知识谱系中权重占比很大的辞格研究分配专门的篇幅,作为陈望道时代曾强调的"研究修辞理论"在后陈望道时代的回应,该书理论的"及物性"和学术视野,在《广义修辞学》作者涉猎不多的辞格研究中似有部分体现,如《外国文学》2002年第1期朱玲《重读经典:〈俄狄浦斯王〉双重隐喻》,《湖南社会科学》2005年第5期谭学纯《郎才女貌/郎财女貌:社会婚恋心态话语分析》,《长江学术》2005年第1期谭学纯、朱玲《仿拟/戏拟:形式、意义、认知》,《福建师范大学学报》2009年第5期谭学纯、林大津主持"修辞学大视野"专栏主持人语

---

① 该书2016年由上海学林出版社再版。参见刘大为《比喻、近喻与自喻——辞格的认知性研究》,《读书》2016年第10期。

② 同类研究另如祝克懿《论对偶在汉语写作中的认知意义》,《复旦学报》2006年第3期;王珏《从构式理论、三层语法看辞格构式的生成》,《当代修辞学》2010年第1期;徐默凡《语形辞格的象似性研究》,《当代修辞学》2010年第1期;《专题研究:辞格新探主持人语》,《当代修辞学》2011年第1期;崔应贤《回环辞格的语法基础及认知解释》,《汉语学报》2013年第4期等。

《修辞学：辞格研究》，《辞书研究》2010 年第 5 期谭学纯、濮侃、沈孟璎《〈汉语修辞格大辞典〉：编撰背景、编撰定位和词典结构》，以及上海辞书出版社 2010 年版《汉语修辞格大辞典》谭学纯所写"前言"等，解释辞格显隐规则的理论展开、解释辞格介入或干预社会语言生活的应用场景，与同类研究的区别性特征不难识解。

  后陈望道时代的辞格研究不是对陈望道时代的告别，但包括辞格研究在内的中国修辞学研究转型的气象渐见于学术市场。罗渊《中国修辞学研究转型论纲》认为从古代到当代，中国修辞学研究的历史先后发生了三次重大转型：古代以刘勰《文心雕龙》为标志，从"自然发生"转型到"自觉探索"；现代以陈望道《修辞学发凡》为标志，从"文论附庸"转型到"独立学科"；当代以谭学纯、朱玲《广义修辞学》为标志，从"狭义修辞学"转型到"广义修辞学"①。刘为忠将中国当代修辞学研究趋势细分为五种转型：从表达中心论的单向考察到表达—接受互动论的双向审视、从现象描写到成因解释、从狭义修辞到广义修辞、从言语技巧到言语行为、从修辞学史到修辞史等。②

  修辞学研究转型不是对以辞格研究为主体内容的狭义修辞学的否定。广义修辞学与狭义修辞学的诸多不同，也许可以理解为换一个系统处理修辞问题，不影响对狭义修辞学的尊重。我在台北版《广义修辞学研究：理论视野与学术面貌》"自序"中这样表达广义修辞学和狭义修辞学的理论格局：

>   广义修辞学走出技巧论和表达中心论，构建"三个层面、两个主体"的理论框架。"三个层面"包含修辞技巧，是对狭义修辞学研究传统和研究成果的尊重，但不限于修辞技巧而向修辞诗学、修辞哲学延伸；"两个主体"贯穿于修辞技巧、修辞诗学、修辞哲学三个层面，在"表达—接受"互动格局中支持基于话语生成与理解的修辞学研究。
>   广义修辞学不同于"纯语言学"的狭义修辞研究、不因为修辞学在国内现行学科目录中属于语言学科，而限于"纯语言学"的学科定

---

① 参见罗渊《中国修辞学研究转型论纲》，中国社会科学出版社 2008 年版，第 11—12 页。
② 刘为忠：《汉语修辞研究的当代转型：理论背景、问题及学术回应》，《福建师范大学学报》（哲学社会科学版）2019 年第 1 期。

位,但吸纳"纯语言学"的理论资源;也不盲从巴赫金等学者强调的"超语言学"修辞研究,但根据研究对象的性质和目标而向"超语言学"场域开放,探索始于语言学的观察而不终于语言学的解释的理据和实践途径。

作为广义修辞学理论的推动者和实践者,从《广义修辞学》初版"为狭义修辞学说几句话(代后记)"到该书修订再版,以及作者此后的广义修辞学系列论著相继出版,我表达了"对护卫狭义修辞学的学科界限、辛勤耕耘的学者们的崇敬"①。在学术走向观念多元、理论开放的历史进程中,狭义修辞学和广义修辞学都可以走出自己的边框,从不同的视角互相审视和互相发现,"从狭义修辞到广义修辞的历时演化,会以狭义修辞观和广义修辞观的共时同现方式并存。狭义修辞学和广义修辞学,都应该坚持自己的学术自信,也都应该具有直面自身局限的理性和自觉,并勤于自我更新,敏于自我提升"。②

耐人寻味的是,学术转型背景下修辞学研究的关注焦点,仍然比较集中地聚焦修辞格。在某种意义上,修辞格似乎成了修辞学的替身,负载了修辞学的臧否褒贬,这既反映了修辞格之于修辞学的关注度,也体现了学科认知中"修辞学=修辞格"的偏误:人们对修辞学的了解多半体现为"辞格中心论",由此固化了对修辞学的学科印象,似乎修辞格就是修辞学的同义表述。当然也有对修辞学研究限于"辞格中心论"的焦虑,钱冠连就曾直谏:修辞世界被辞格切割为一个一个的"格子",辞格研究的路径"越来越固定,越走越窄",由此追问"中国修辞学路向何方"?

20 世纪 60 年代前后,我国讲修辞,大都以"格"为主,外语界更是以介绍英美修辞格为营生。这样无限"出格"下去,研究路子越来越固定,越走越窄。③

面对质疑,我个人倾向于认为辞格研究的价值与缺失同在:从学术史的角度看问题,尊重辞格研究的历史形态及其发散形态,承认辞格研究产生过高质量的成果;从研究者参与学术活动的主体性和发展观看问题,直

---

① 谭学纯、朱玲:《广义修辞学》,安徽教育出版社 2001 年版,第 507 页。
② 董瑞兰:《〈文艺学习〉的广义修辞学研究》谭学纯序言,南京大学出版社 2018 年版,第 6 页。
③ 钱冠连:《中国修辞学路向何方》,《中国社会科学报》2010 年 1 月 5 日。

面辞格研究遭致的诟病。前者提醒我们，有无可能在《修辞学发凡》出版80多年后的今天复制当年陈望道的辞格研究而重获殊荣？后者引发我们的思考——后陈望道时代，辞格研究不会缺席，关键是如何走出难局。①

这在很大程度上取决于有无撬动辞格研究知识板块、重建辞格研究话语生产范式、使之融入中国修辞学科重建的格局。后陈望道时代继承修辞研究传统的最好状态是走出难局和学术创新②，在这方面，辞格研究的努力各有侧重。

有基于辞格演变史的钩沉和梳理，较具规模效应的如吉林人民出版社2003年版于广元《汉语修辞格发展史》，吉林教育出版社2007年版宗廷虎、陈光磊主编《中国修辞史》梳理了12种辞格史，吉林教育出版社2019年版宗廷虎、陈光磊主编《中国辞格审美史》以五卷本的鸿篇巨制梳理了11种辞格审美史。

有基于辞格学和辞格内外的知识构拟，如黑龙江人民出版社2004年版李晗蕾《辞格学新论》，贵州人民出版社2008年版李廷扬《语法修辞学》在词汇系统、短语系统、单句系统、复句系统中考察辞格，中国社会科学出版社2014年版胡习之《核心修辞学》在"微观修辞方法"的认识框架中审视辞格与辞规。

山东文艺出版社2006年版高万云《钱钟书修辞学思想演绎》、上海人民出版社2012年版霍四通《中国现代修辞学的建立：以陈望道〈修辞学发凡〉考释为中心》，两书虽未涉"辞格学"之名，却为"辞格学"扩容：前者"辞格论"专章，如果联系书中"文学修辞论""理解修辞论""词句篇章修辞论""文体论""语言风格论""修辞批评实践""修辞史研究""语言观和修辞观""修辞研究方法"诸章参照阅读，可以挖掘辞格学的丰富蕴含；后者梳理《修辞学发凡》所收辞格的学术渊源、还原历史细节和写作过程，为辞格学注入珍贵的文献资源。

此外还有一些聚焦老牌修辞格的专著或博士学位论文：如徐国珍《仿拟研究》（江西人民出版社2003年版），张晓、徐广洲《汉语回文与回文文化》（中国文化出版社2004年版），罗积勇《用典研究》（武汉大学出版社2005年版），王天星《借代修辞格析论》（中国文联出版社2005年版），盛

---

① 谭学纯：《问题驱动的广义修辞论》，人民出版社2016年版，第155页。
② 邵敬敏：《探索新的理论与方法 重铸中国修辞学的辉煌》，《当代修辞学》2008年第2期。

若菁《比喻语义研究》(西南交通大学出版社 2006 年版)，林元龙《双关语的语用研究》(西南交通大学出版社 2010 年版)，高群《夸张研究：结构·语义·语篇》(博士学位论文，福建师范大学，2012 年)，高志明《通感研究》(西南交通大学出版社 2014 年版)，李富华《拈连结构、语义及生成机制的认知阐释》(博士学位论文，福建师范大学，2018 年)，高群《广义修辞学视角下的夸张研究》(国家社科基金项目 2019 年结项成果)等。

这些成果作为后陈望道时代辞格研究的不同侧影，映射出修辞格研究的复杂面相，以及作者意欲延展辞格研究空间的努力。所谓空间延展，即不是已知空间折叠，而是未知空间伸张；是后陈望道时代相对于陈望道时代的历时调整在共时层面的碰撞与融通。或者可以认为，辞格研究在陈望道时代未充分放开的话语生产，至后陈望道时代激发了新的学术生产力。

二

由于多方面的原因，修辞学研究获得国家社科基金立项支持的机会少于语言学科的其他研究领域；修辞格研究申请立项，机会尤少[1]；以单个辞格研究申请立项，更难想象。"广义修辞学视角下的夸张研究"打破辞格个案研究难获国家社科基金资助的"魔咒"[2]，是否可以解读出一些值得思考的学术信息：鼓励"创新性"研究的高级别基金项目，在研究对象属于"老面孔"的情况下，能够读出创新性的，可能更多地指向是否发现"老面孔"的新问题，以及用什么样的理论资源和研究范式研究"老面孔"的新问题。后陈望道时代和此前的研究对象可以是同一个辞格，但解释辞格的路径、概念术语及其背后的前理解、话语权力和运作机制，往往预设了不同的话语生产范式。夸张作为辞格家族备受关注的传统品种，如何在不同于既往的理论格局和学术视野中，进行创新性探索，可能更重要。

---

[1] 2009 年获国家社科基金后期资助的"中国现代修辞学的建立：以陈望道《修辞学发凡》考释为中心"，霍四通主持；2010 年获国家社科基金资助的"中国辞格审美史"，宗廷虎主持；2015 年获国家社科基金资助的"常用修辞格的论辩性语篇功能研究"，袁影主持。均以辞格群为研究对象，或包括对辞格群的研究。这在语言学科获得同级别立项支持的课题中，是"微量"。

[2] "广义修辞学视角下的夸张研究"立项的 2013 年，有 5 项持广义修辞观的项目论证分别获得国家社科基金资助，而华东师大国家话语生态研究中心核心团队近 2 年承担 6 项国家项目，也许共同传递出一种信息：选题的理论视野对于在高级别项目申报中处于弱势的修辞学科来说，是否引导了某种不同于既定印象的预期？

当不同学科与修辞有关联度的研究成果①"用《广义修辞学》理论或概念术语解释不同类型的学术问题"时，或许为测试该理论的解释力，高群试图验证"广义修辞学解释框架是否也可以解释狭义修辞学主打品种修辞格"？这是《广义修辞学视角下的夸张研究》（上引文字参见该书"前言"）参与从狭义修辞到广义修辞的当代转型，并在转型进程中发声的话语生产记录。

《广义修辞学视角下的夸张研究》文献搜集和处理难度从学术史梳理开始，基于夸张研究史（而不是夸张辞格史）②梳理的评述，是肯定性评价和建设性批评同在的言说，作者客观地评述同类研究的文献价值和理论价值，在价值挖掘中寻找共识，但也不乏温和的批评，书中第二章第二节指出现有研究的重复性问题，重描写、轻解释的倾向，宏观把握和微观分析结合不理想，以及多学科理论资源共享、研究方法互补不足等，如书中所论"不回避夸张研究的缺失，是深化研究的出发点"。在肯定现有研究价值的基础上，指出现有研究的不足，是自我警示，也是自我定位。前者避免重复现有研究的不足；后者包含了对现有研究不足的改进意向和建设性构想。

如果说传统的夸张研究重在透视修辞化的缩放功能，那么广义修辞学视角下的夸张研究在解释夸张如何及为何对"言、事、行"进行缩放的同时，更尝试解释夸张如何及为何以修辞的权利，改变常规秩序、颠覆惯常的秩序感和黄金分割率："好得穿一条裤子"，以修辞的权利改变常规人际秩序。"今年六十五，明年五十六"，以修辞的权利改变生命过程中时间不可逆的常规秩序。超前夸张以修辞的权利颠覆公共认知的时间秩序，将已然的结果调到未然的动作行为之前，生成"没喝酒就醉了"的夸张表达。传说苏东坡脸长，苏小妹额头凸出，兄妹互相调侃："去年一滴相思泪，至今未流到腮边"（脸长的极致放大）；"未出庭院三五步，额头先到画堂前"（额头凸出的极致放大）。经典的夸张桥段，以修辞权利颠覆人体的黄金分割率。但这是夸张的传统研究认定的"言过其实"，还是传统夸张

---

① 董瑞兰《〈文艺学习〉的广义修辞学研究》附录3辑有《广义修辞学》出版以来与广义修辞研究相关度较高的论著目录超过200种（南京大学出版社2018年版，第254页）。

② 夸张研究史属于研究的研究，夸张辞格史属于辞格演变的历时研究。后者在于广元《汉语修辞格发展史》（吉林人民出版社2003年版），宗廷虎、陈光磊主编《中国辞格审美史》（第一卷）（吉林教育出版社2019年版第一卷）有翔实的梳理。

研究拒斥的"言不符实"呢？言过其实和言不符实的临界点在哪里？夸张拒绝言不符实的同时是否也预留了可以妥协的空间？言过其实或言不符实都涉及主观量和主观化，问题是如何设定主观量、主观化的阈值？受构式压制的夸张句如何生成主观性表达的极值？数字成语夸张构式特点如何进行形式化归纳？夸张的显隐义如何刻画？潜隐语义如何有条件地浮现？如何从亚义位和自设义位对经典的夸张语例给出新解释？夸张结构和语义的不可推导性如何打破现实世界的边界？夸张建构的非真实表象如何激活想象的真实？夸张构式话语标记"夸张地说"及其否定形式的生成动因来自语句关联性的语义限制如何在表达者与接受者共同参与下实现？接受者的参与度和参与层次如何影响夸张表达的信息识解？毕竟，包括夸张在内的修辞表达不是自娱，更不是不考虑接受反应的裸表达。从亚里士多德定义修辞的关键词"劝说"，到新亚里士多德修辞学强调的"认同"，都不存在撕裂修辞表达与修辞接受互动关系的"劝说"或"认同"，而在于修辞表达与修辞接受彼此引力场的互动，以及在互动中找到的最大公约数。认为"表达完成=修辞完成"的观点，可以作为漠视修辞学史的阐释权利[①]，但是无法回避表达与接受的修辞隔断留下的话语"赤字"。这些问题，夸张研究过去未曾细究、《广义修辞学视角下的夸张研究》着力深耕并挖掘学理依据。

如果说传统的夸张辞格研究和夸张作为创作手法的研究，注重的是言语技巧和叙述学意义上的美学缩放，那么广义修辞学视角下的夸张研究则着力探索夸张结构要素与形式标记，解释夸张意义的生成机制，寻找夸张推动文本叙述的修辞诗学功能。修辞学和叙述学存在某种共生关系，这种共生关系直观地体现于詹姆斯·费伦《作为修辞的叙事：技巧、读者、伦理、意识形态》的书名。如何处理语言本体，是厘清叙述学和修辞学互相纠缠的关系的症结之一：疏于语言本体，容易走向语言空转的叙述学；拘于语言本体，势必重回架空文本叙述的狭义修辞技巧。广义修辞学的"修辞诗学"层面，在疏于语言本体的叙述学和拘于语言本体的狭义修辞学之间重建平衡点，在平衡中实践话语生产。《广义修辞学视角下的夸张研究》在修辞诗学层面分析民间故事、诗歌、小说的夸张叙述结构，分析汉赋叙述的大场面、大气象，呈现了与同类研究区别性明显的特征。就方法论而

[①] 至于阐释逻辑是否自洽，除了审视同一作者不同时期的理论是否统一，也需要检验作者的言语行为是否自圆。

言，修辞诗学在文本框架中审视结构性辞格和非结构性辞格，分析结构性辞格推动文本叙述、影响叙述布局和走向的修辞能量，而不是仅仅提取或串联个别、零星的夸张用例，即便始于局部的观察，也在"为整体的局部"的意义上分析辞格的文本功能，以改变见木不见林的修辞分析①。全书立论前提科学、概念界定清晰，在证实和证伪的逻辑推进中，深化夸张研究。其意义不限于一个修辞格研究的可能性，也在一定程度上呈现了后陈望道时代辞格研究的学术空间，同时为当代修辞学、修辞史、修辞学史的话语生产提供了对象可控的封闭性研究和学术视野开放的精细个案，并为修辞学、文艺学、美学等来自不同学科场域、具有不同目标诉求的跨界研究，展示了极具开发价值的学术公海。

三

学术研究有共同的游戏规则，也需要调动个人的感知系统。有些感性经验不可复制，唯其不可复制，更显珍贵。辞格研究，乃至修辞研究，甚至更为广泛的人文科学研究，固然需要可复制的有限推导，但我更看重不可复制的个人感性经验。后者是主体认知之于理论与实践在时间之维的绵延，在空间界面的整合与重建。思之于理论、验之于实践的学术流程，因认知主体介入的角度、介入的深度、介入的持续性、介入中伴有的审美发现和理性提升，而体现出认知世界的方式和变化。

《广义修辞学视角下的夸张研究》作者十年前接到博士生录取通知的时候，曾在电话的另一端告诉我："老师，你改变了我的人生。"从原先的世界转换到一个陌生但心向往之的世界，"诗"在心中，"远方"却朦胧而飘忽。飘忽影像能否变得清晰，不仅仅在于一纸录取通知传递的身份信息变化。如果不希望博士身份符号成为空洞的能指，新的身份认证伴随着身份主体生存状态的改变。对高群来说，最明显的改观是从害怕孤独，变得享受孤独。一个生性不孤独的人，从"去孤独化"地追逐"动"，到孤独地坐着：那些由阅读和写作承包的日子，从孤独的坐姿开始，以孤独的坐姿结束，在心造的瓦尔登湖，独享话语狂欢。她开始喜欢在自己认为有价值的事情中独自忙碌，在宁静的忙碌中建构不同的自己，扩张

---

① 谭学纯：《修辞元素：身份符号的文本建构功能》，《文艺研究》2008 年第 5 期；《小说修辞批评："祈使—否定"推动的文本叙述》，《文艺研究》2013 年第 5 期。

自己的世界。人应该有自己的世界,也有权利选择自己的世界。《广义修辞学视角下的夸张研究》是作者选择的自己的世界,书中展示这个世界的丰富,挖掘这个世界的蕴藏,开发这个世界的研究空间,也直面这个世界的未知。

当一个人在自己的世界忙碌的时候,外部空间的喧哗与躁动开始疏离。但是在属于自己的世界里,化学反应激活的灵之舞和感性经验的修辞学还原,叠加自己想要的忙碌,逃离自己不想要的闲散。一旦中止忙碌,精神聊吧似在风中飘摇。这也可以解释为什么我们常常听到好像有点奇怪的说法:忙得充实,闲得难受。今天的亮点,有昨天晦暗的铺垫;明天的倦怠,有今天混沌的安乐。这样说并不是拒绝安乐,而是警惕向混沌借贷的安乐,警惕自我抵押给他者的安乐。其实这是时间消费和时间管理问题,时间空耗或出让是自己付出的最大成本,支配时间是最具质感的生命美学。管理时间尤其是管理稍纵即逝的时间碎片,为自己想要的生活积累资本,就是在减少自己不想要的生活时间。我倾向于智能和体能可以承受状态下时间利用率最大化的忙碌生存,尽管这份忙碌不一定实现自己的期望值。我甚至认为,无效益或无明显效应的忙碌也许比无所事事更好。接受付出努力的悲壮失败,注目未必结果却绽放过的生命;或是接受未经努力的浮华现实,沉迷身心慵懒的惬意,是价值观的分化,也体现为博士群体的分化。后者在某种程度上,是中国目前研究生培养模式和学术体制的产物。娱乐人生、消费文化、商业逻辑,肢解博士生的信念包括他们亲友的信念。本来,博士生培养是精英教育,但实际上相当多的拟精英化、伪精英化、去精英化,正在建构"纸上博士"的修辞幻象。不想醉心"纸上博士"的修辞幻象、在职攻读博士学位三年脱产、潜心写作学位论文的研究生委实不多,高群是其中之一。写完博士论文,高群很疲惫,休息了两天,她又感到"无事可做"的难受。从完成博士论文到完成国家课题,是作者持续数年的学术长跑和寻找自己理论方位的尝试。书中第一章第一节之(二)谈到"就像电影《盗梦空间》所表现的,最困难的事是在别人脑中植入一种想法。文本发表到被接受者邂逅,再到被认可,对其学术思想产生深刻影响,这一过程无异在别人脑中植入一种想法"。高群曾向我推荐《盗梦空间》,说《广义修辞学》在她脑中植入了一个梦。

如果说科幻影视在人眼中植入望远镜,是以技术入侵的形式重塑人的视界①，那么在人脑中植入一种想法，即以意识入侵的形式重塑别人的梦。"植入"不是外在的嫁接，而是融入自身的重塑。就高群来说，重塑开始于她曾蜗居的南安楼陋室，延伸于她在福建师大校园和周边走过数百次的小路。从这间陋室、这条小路，高群在另一个层次被推荐给了修辞学界：获得博士学位当年，高群晋升教授；次年接棒主持《阜阳师范大学学报》"修辞学论坛"、主持国家社科基金项目；与国家课题结项无缝对接，获得新一轮国家社科基金项目资助，这一次要做的是《中国文学修辞百年研究史（1919—2019）》。《广义修辞学视角下的夸张研究》留下的待探讨空间，会在下一站的跋涉中展示风景纵深吗？上一站擦肩而过的景观，会在下一站映射不同的对象并激发再阐释的思想动能吗？不要预测下一站能走多远，可以预期的是，不管走到多远，作者不会模糊了从哪里出发、为什么出发。不会错过白与黑之间的灰度——那是从不确定性追寻确定性的话语场，是梦与现实拉近而目标推远的人文湿地。

---

① 施畅：《赛博格的眼睛：后人类视界及其视觉政治》，《文艺研究》2019年第8期。

目　录

前言 ……………………………………………………………………（1）

第一章　广义修辞学理论 ………………………………………（1）
　　一　广义修辞学理论 ……………………………………………（1）
　　二　广义修辞学的学科建设价值与局限 ………………………（12）
　　三　广义修辞学倡导融入大生态的修辞研究 …………………（18）
　　四　小结 …………………………………………………………（28）

第二章　夸张研究的成果、缺失、学术转向 …………………（30）
　　一　夸张研究的成果 ……………………………………………（30）
　　二　夸张研究的缺失 ……………………………………………（71）
　　三　夸张研究的学术转向 ………………………………………（78）
　　四　小结 …………………………………………………………（87）

第三章　夸张语义研究 …………………………………………（88）
　　一　夸张语义的发生 ……………………………………………（88）
　　二　夸张语义的特征 ……………………………………………（92）
　　三　小结 …………………………………………………………（102）

第四章　夸张构式理论研究 ……………………………………（104）
　　一　认知构式语法理论与夸张构式的提出 ……………………（104）
　　二　夸张构式的生成机制与界定 ………………………………（116）
　　三　夸张构式的形式观察与解释 ………………………………（121）
　　四　小结 …………………………………………………………（133）

第五章　框架夸张构式及其夸张功能理据 (134)
一　"X 得不能再 X"构式及其夸张功能理据 (134)
二　"除了 X 还是 X"构式及其夸张功能理据 (143)
三　"X 死了"构式及其夸张功能理据 (152)
四　"要多 X 有多 X"构式及其夸张功能理据 (157)
五　"一百个 X"构式及其夸张功能理据 (167)
六　小结 (177)

第六章　数字成语夸张构式解析 (179)
一　四字格数字成语夸张的生成 (182)
二　非四字格数字成语夸张的生成 (199)
三　数字成语夸张的特点 (203)
四　元语言视角下释义术语"极言""形容""比喻"的观察 (206)
五　小结 (210)

第七章　夸张构式话语标记"夸张地说"及其否定形式 (213)
一　话语标记与夸张 (213)
二　肯定形式"夸张地说"使用频率、分布 (214)
三　"夸张地说"否定形式使用频率、分布 (218)
四　夸张话语标记生成的修辞动因：语句关联性的语义限制 (233)
五　作为非话语标记的"夸张" (238)
六　小结 (239)

第八章　夸张语篇的广义修辞学分析 (241)
一　民间故事的结构性夸张构式的广义修辞学分析 (241)
二　赋的结构性夸张构式的广义修辞学分析 (255)
三　诗的结构性夸张构式的广义修辞学分析 (286)
四　小说的结构性夸张构式的广义修辞学分析 (326)
五　小结 (364)

参考文献 (366)

后记 (384)

前　言

我们以广义修辞学为理论资源，把夸张放在表达与接受两维视角，修辞技巧、修辞诗学两个层面观察，尝试在新理论空间优化解释夸张性质、语义、构式、语篇建构、夸张与文体关系等问题，着力发掘夸张修辞诗学功能，为深化夸张研究提供具有实际操作意义的探索个案。

一　学术背景和研究的理论选择

在宏观的学术背景下观察夸张研究，可以描述出如下轨迹：

西方修辞学研究转向—西方辞格研究转向 ┐
中国修辞学研究转向—中国辞格研究转向 ┘ 夸张研究学术转向

中西修辞学研究转向，拉动了中西辞格研究转向，催生了包括夸张研究转向在内的丰富成果，后者有我们的前期参与，此研究是前期探索的延伸和扩展。

夸张研究现有成果的价值与局限同在，我们希望尽可能少一点研究的不足，为此运用广义修辞学作为理论支撑。理论选择出于以下考虑。

一是现有夸张研究重复论述较多。广义修辞学理论新颖，用以解释重复研究较多的老牌辞格，能否出新？

二是现有夸张研究重描写，轻解释。广义修辞学理论解释面宽，解释力强。搜索《广义修辞学》出版以来用"广义修辞学"为主题词的学术成果，可以观察到其中大部分研究采用《广义修辞学》理论或概念术语解释不同类型的学术问题，广义修辞学解释框架是否也可以解释狭义修辞学主打品种修辞格？

三是现有夸张研究偏重微观分析，疏于宏观把握。广义修辞学理论特色之一即长于宏观把握，精于微观分析，能否推进夸张研究？

四是现有夸张研究在激活多学科理论资源、促进研究方法互补方面能量不足。基于交叉学科性质和跨学科视野，面向多学科共享学术空间的广义修辞学理论与实践，能否拓展夸张研究？

二 修辞技巧层面的夸张研究

修辞技巧层面的夸张研究成果较多，研究大多选取典型例证，考察夸张构词方式、夸张辞格结构、夸张修辞效果、夸张机制等相关问题。我们将在前人研究成果的基础上，尝试解释同类研究未解释或未充分解释的问题。

（一）特定语言形式在语素、词、句层面的夸张研究

我们设想通过个案的细化分析，思考特定语言形式在语素、词、句层面的夸张修辞功能。例如：“死”的基本义表示人或其他生物失去生命，语义实在，记为"死$_1$"；引申义表示程度深，达到极点，语义虚化，记为"死$_2$"。在语言运用中，"死$_2$"高频率出现，分布领域广泛。由于"死$_2$"主要承载程度深和达到极点语义，可以很好地契合夸张特质，彰显夸张修辞功能，以此延伸考察"死"参构的夸张构式"X死了"，探索夸张在词、句层面的构式与意义。

（二）数字成语夸张构式的结构与语义特点研究

锁定夸张型数字成语为研究对象，在可控的研究范围，寻找"夸张量"呈现的具体形式，探求承载"夸张量"数字成语的语言规律。在典型语料分析的基础上，延伸观察夸张在固定短语层面的修辞功能。

依据《中国成语大辞典》（商务印书馆汉语工具书编辑室等1987年版）为语料来源，遵循其立目原则，选择一、二、三、四、五、六、七、八、九、十、百、千、万、亿等词目，把辞典出现的词条穷尽列出，建立小型语料库。观察发现，四字格数字成语中，包含夸张义数字成语所占比例大于非夸张义数字成语。数字能否看成夸张结构的一个形式标志？数字语义发生了什么样的变化，才能成为判定夸张语义生成的依据？我们以结构、语义、功能相结合的视角，进行数字成语夸张构式的研究。

（三）夸张构式和夸张话语标记研究

引进构式语法理论，提出夸张构式概念，探索其生成机制，对夸张构式进行界定与验证。我们探讨了几种重要的框架夸张构式及其夸张功能理据，借助CCL语料库，考察了"X得不能再X"构式、"除了X还是X"构式、"X死了"构式、"要多X有多X"构式、"一百个X"构式中

"X"的性质,以及构式作为整体在句子中充当凸显度高的焦点信息,在构式压制的作用下,句子生成主观性表达的极大量,使得构式具有夸张语义的原因。

修辞技巧层面的夸张研究努力寻找夸张话语标记,勇敢触碰夸张形式研究困难,试图整体化分析夸张构式,探寻是夸张语义、功能决定夸张形式的成立,夸张形式赋予了夸张语义、功能,还是语义、功能、形式的交融共同抵达夸张构式等问题。

三 修辞诗学层面的夸张研究

修辞诗学层面的夸张研究立足语篇,把夸张看成推动语篇叙述的修辞因素,观察夸张推动语篇叙述张力,宏观思考夸张修辞诗学功能,分类研究民间故事、赋、诗、小说四种文体的代表作品,梳理夸张表现于不同文体的修辞诗学功能。

通过对民间故事文体夸张语篇叙事结构的分析,我们认为夸张可以作为结构性修辞因素控制语篇叙事路向,使之定型为特定样态。其下位类型封闭性夸张与开放性夸张都起到支撑语篇结构、影响语篇生成全过程的作用。

海赋文体构成要素与结构性夸张构式密不可分,大多体现在"海之状"的夸张描绘与"海之产"的繁丰罗列中,在对所赋之物浓墨重彩讴歌基础上,引申出对人生、自然、宇宙的感叹,帮助海赋,甚至整个赋文体形成文辞华美、结构铺陈等特点。

抒情诗歌文体构成要素与结构性夸张构式密不可分,诗歌所具有的主观性,强烈情感宣泄等特征呼唤着夸张这种主观化语言手段的强力参与。夸张构式作为抽象规则的存在,是很多诗歌具有审美魅力的重要修辞动因。

小说文体与结构性夸张构式关系密切,我们以《西游记》结构性夸张构式的修辞诗学功能分析为例,论述了小说人物、情节、环境等设计皆可借助结构性夸张构式搭建结构框架,推动叙述,行使修辞诗学功能的可能性,帮助生成传世经典作品。

修辞诗学层面的夸张研究强调在语篇、文体层面观察夸张,在复杂语境与夸张自身通变历程中,分析夸张在民间文学、赋、诗歌、小说四种文体不同时段代表作品里的表现,点面结合,发掘夸张构篇的修辞诗学功能。

广义修辞学视野中的夸张,比目前已被认知的夸张要丰富得多,也复杂得多。夸张是辞格,也是推动语篇叙述、影响文体建构的修辞因素,还是一种模塑人们精神存在状态的修辞能量。

第一章 广义修辞学理论

一 广义修辞学理论

广义修辞学,以学术文本《广义修辞学》为标志,以《文学和语言:广义修辞学的学术空间》《广义修辞学演讲录》《问题驱动的广义修辞论》为延续建构的理论体系,① 与学界论述"广义修辞"不同,② 请注意区分。

我们还选取广义修辞学系列著作的"自序/前言/导言""编者按、主持人话语""阅读札记"等副文本语言形式与著作、论文进行互文性对读,引导阅读路线,探寻其学术思想形成轨迹。

(一) 广义修辞学的学术成果与理论体系

成果作为能够观察到的显性形式,可以大致勾勒出所属领域的研究面貌,客观呈现学术事实。对强调用研究成果说话的学者来说,广义修辞学的学术成果可以从个人、团队、学科三个方面观察。

以《广义修辞学》初版为检索时间的起点,启用知网中文学术期刊搜索引擎,在检索项"作者"栏,输入关键词"谭学纯"(搜索时间:2020年4月6日),查到相关条目107个,输入关键词"朱玲",排除同名干扰因素,查到相关条目39个。《广义修辞学》出版以来,两位作者发表的100多篇论文中,近90篇见于《文艺研究》《中国比较文学》《外国文学》《语言文字应用》《语言教学与研究》《语言科学》《南大语言学》《外语与外语教学》《清华大学学报》《华东师范大学学报》《南京师范大学学报》《暨南大学学报》《华南师范大学学报》《郑州大学学报》《辽宁大学学报》《辽宁师范大学学报》《安徽师范大学学报》《湖南科技大学学报》《学术

---

① 谭学纯、朱玲:《广义修辞学》,安徽教育出版社2001年版。谭学纯:《文学和语言:广义修辞学的学术空间》,上海三联书店2008年版;《广义修辞学演讲录》,上海三联书店2012年版;《问题驱动的广义修辞论》,人民出版社2016年版。

② 高群:《反思广义修辞学:学科建设价值与局限》,《福建师范大学学报》2013年第3期。

界》《东方丛刊》《湖南社会科学》《社会科学研究》《古籍研究》《辞书研究》《光明日报》《中国社会科学报》等刊物。

以上统计，排除了作者在三种 CSSCI 来源期刊发表的成果 30 多篇。

1. 谭学纯、林大津主持的教育部全国高校哲学社科名栏"修辞学大视野"（《福建师范大学学报》）发表的谭学纯、朱玲的论文。

2. 谭学纯、朱玲所在福建本省的其他 CSSCI 来源期刊发表的两位作者的论文。

3. 谭学纯、朱玲所属修辞学科的 CSSCI 来源期刊《当代修辞学》及其前身《修辞学习》发表的两位作者的论文。

排除 1—3，出于四重考虑。

其一，作者主持的话语平台、作者的近水楼台发表成果受阻的可能性相对较小。

其二，作者成果流向本学科唯一的专业刊物，受阻的可能性也相对较小。

其三，作者的广义修辞观，包含一个理念：修辞学的交叉学科性质和跨学科视野，在学理上要求修辞学研究成果接受其所交叉的多学科审视。

其四，鉴于国内语言学主流期刊不刊发或少刊发修辞学成果，造成了修辞学研究者被迫不投稿或少投稿。负性循环强化了修辞学研究无成果、少成果的误解，为此谭学纯 2003 年提出"修辞学研究突围"：主张修辞学研究走出"就语言谈语言"的技巧论，向更为开阔的公共学术空间突围[①]。

排除 1—3 之后的统计，也许更能体现作者成果进入国内主流学术视野的情况和影响力，同时也是广义修辞学研究"成功突围的实际先行"[②]。

除《广义修辞学》外，作者的其他著作有《接受修辞学》《人与人的对话》《修辞：审美与文化》《文学符号的审美文化阐释》《修辞研究：走出技巧论》《文学文体建构论》《修辞认知和语用环境》《文学和语言：广义修辞学的学术空间》《广义修辞学演讲录》《问题驱动的广义修辞论》。此外还主编了《艺术符号词典》《修辞学大视野》《汉语修

---

① 谭学纯：《修辞学研究突围：从倾斜的学科平台到共享学术空间》，《福建师范大学学报》2003 年第 6 期。

② 钱冠连：《中国修辞学路在何方》，《中国社会科学报》2010 年 1 月 5 日。

辞格大辞典》①。

　　研究成果使得倡导并践行打通学科界限的广义修辞学研究落在了实处。如同《广义修辞学演讲录》所言：修辞学"研究什么"？"怎样研究"？"为什么这样研究"？② 最能说明问题的是成果。只有成果，实实在在地体现研究者的学术视野、理论架构、前瞻性和实现上述前提的执行力。

　　从《接受修辞学》到《广义修辞学》，再到《广义修辞学演讲录》《问题驱动的广义修辞论》，创新思维体现为理论架构，也体现于支撑理论架构的概念、定义、问题意识和解决问题的学理。

　　1. 作者提出了一系列概念范畴

　　接受语境及其下位概念：文内接受语境/文外接受语境　主观接受语境/客观接受语境　偶然接受语境/必然接受语境　真实接受语境/虚拟接受语境　历史接受语境/当下接受语境　语境迁移

　　接受渠道及其下位概念：口头接受渠道/书面接受渠道　单一接受渠道/复合接受语境　官方接受渠道/民间接受渠道

　　接受类型及其下位概念：信息等值接受　信息减值接受　信息增值接受　信息改值接受

　　接受方法及其下位概念：正向接受/逆向接受　积极接受/消极接受　离心接受/向心接受　静态接受/动态接受

　　修辞诗学　修辞原型　亚义位　空义位　自设义位　话语不作为

　　2. 作者重新定义了修辞学的一些新、老概念

　　修辞活动　修辞过程　修辞信息　修辞幻象

　　3. 作者充分阐释了一些理论问题

　　修辞认知　修辞参与认知主体的精神建构　人是语言的动物，更是修辞的动物　从广义修辞学视角重写文学史的可能性

---

① 谭学纯、唐跃、朱玲：《接受修辞学》，上海教育出版社1992年版。谭学纯：《人与人的对话》，安徽教育出版社2000年版；《修辞：审美与文化》，福建人民出版社2002年版。朱玲：《文学符号的审美文化阐释》，安徽大学出版社2002年版。谭学纯、朱玲：《修辞研究：走出技巧论》，安徽大学出版社2004年版。朱玲：《文学文体建构论》，海峡文艺出版社2005年版。谭学纯、朱玲、肖莉：《修辞认知和语用环境》，海峡文艺出版社2006年版。谭学纯：《文学和语言：广义修辞学的学术空间》，上海三联书店2008年版；《广义修辞学演讲录》，上海三联书店2012年版；《问题驱动的广义修辞论》，人民出版社2016年版。谭学纯、唐跃：《艺术符号词典》，北岳文艺出版社1992年版。谭学纯、林大津：《修辞学大视野》，海峡文艺出版社2007年版。谭学纯、沈孟璎、濮侃主编：《汉语修辞格大辞典》，上海辞书出版社2010年版。

② 谭学纯：《广义修辞学演讲录》，上海三联书店2012年版，第71—73页。

4. 作者形成广义修辞学理论体系

从学理上强调完整意义上的修辞学研究，应该覆盖表达和接受两极，建立"修辞活动两个主体"和"修辞技巧—修辞诗学—修辞哲学"的"修辞功能三层面"的理论框架，推动修辞学研究从语言学向文艺美学、文化哲学延伸。

作为理论资源，这些概念范畴、重新定义、问题意识、解决问题的学理和探索精神，不同程度地为一个团队的广义修辞学研究注入了创新动能。

在《广义修辞学》作者所在学位授权点接受修辞学科训练的硕士、博士、博士后谭善明、潘红、钟晓文等18人近十年发表论文400余篇，出版专著30余本，对于熟悉修辞学研究成果流向状况的学科同人来说，如何将提升修辞学研究成果解释力和影响力的意识转化为学术关注度较高的文本，成果富有启发性。

笔者参与收集编撰的《1977—2009年国内修辞格研究成果篇目索引》①，汇集汉语界和外语界辞格研究成果篇目4万余种，其中见于主流刊物的成果流量和层次与上述团队成果参照观察，约略可见广义修辞学的学术显示度。

此外，包括《广义修辞学》作者在内的团队，2003年以来主持或独立承担国家社科基金项目，教育部人文社科基金项目，博士后基金项目，福建、湖南、辽宁、安徽等省社科规划基金项目27项，作为第一合作者参与国家社科基金项目3项。同一时间段，团队学术成果获得省社科优秀成果奖一等奖4项、二等奖4项、三等奖6项。

（二）广义修辞学的学术视野和研究范式

就像电影《盗梦空间》所表现的，最困难的事是在别人脑中植入一种想法。文本发表到被接受者邂逅，再到被认可，对其学术思想产生深刻影响，这一过程无异在别人脑中植入一种想法。最佳效果是这一想法能枝繁叶茂，成为新想法的起点。

广义修辞学副文本与文本相互印证，建构广义修辞学的学术视野和研究范式。广义修辞学的独立之思始于《接受修辞学》，延续为四本主要专

---

① 谭学纯、沈孟璎、濮侃主编：《汉语修辞格大辞典》，上海辞书出版社2010年版，第291—571页。

著《广义修辞学》《文学和语言：广义修辞学的学术空间》《广义修辞学演讲录》《问题驱动的广义修辞论》，相关系列论文以及"修辞学大视野"学术专栏。如果说学派成立需要代表人物、代表作以及团队跟进为标志，经过二十年的求索与发展，广义修辞学派似乎初见雏形。

广义修辞学理论体系既有形而上的理论探讨，又强调形而下处理实际问题的操作路径，具有理论与实践并重的特色。理论如下所述。

修辞学学科性质：交叉学科。广义修辞学汲取狭义修辞学的理论养料，发掘与中国诗学同源的文献宝藏，在修辞学传统资源中探索新的理论生长点。借鉴域外修辞学研究成果，把修辞学放到全球语境中观察，界定修辞学学科性质属于交叉学科。

修辞学研究路径：跨学科。在技术操作层面，注重跨学科训练。起点：立足语言的观察；终点：超越语言技巧的分析，挖掘语言推动文本叙事、建构人精神世界的多种功能。

修辞学学科生态和成果流向：多学科。强调修辞学成果流向多个学科领域，在该学科前沿与该学科成果对话。此时的对话，才不被忽视、不能忽视。

广义修辞学理论关注修辞接受，强调接受与表达地位平等。理论突破语言局部的修辞技巧研究范围，注重从语篇层面观察语言推动叙述的功能，扩展了语言参与人的精神建构功能。以此区别于其他理论重表达、轻接受，偏重于单纯语言分析的研究格局。[1]

谭学纯、朱玲用系列文本验证了修辞诗学功能，发掘出修辞义素、关键词、身份符号、特定句式、焦点语句、叙述长度、叙述节奏等推动语篇叙述的修辞因素作用；讨论了"郎才女貌"/"郎财女貌"以话语形式进入抽象表达，体现出不同时代语境与社会婚恋观互为因果的话语权力；分析了"家—国"修辞关联，演绎出中国传统社会运作模式。正如作者所言："当一种语言事实凝定为超时空的民族表情，呈现出对社会公众生活、社会组织结构及其运作体制的干预力和影响力的时候，始于语言观察的解释空间应同步延伸。"[2]

广义修辞学强调对语言现象的关注，在对鲜活的个性化语言的研究

---

[1] 谭学纯：《广义修辞学/修辞学大视野：理据与实践》，《福建师范大学学报》2016年第2期。
[2] 谭学纯：《广义修辞学演讲录》，上海三联书店2012年版，第104页。

中，尊重研究者的独特体验与发现。"正确的答案不止一个",研究需要借助创造性思维,寻找可能性答案和最佳答案,并发现答案之间的关联与背后深藏的动因。广义修辞学探索的规律,不属于学术描红之类可以模仿的格式,更注重启迪人们的心智,在"大象无形"中,体悟"形"的存在。

理论解释力越强、可信度越高,被认可的可能性越大。广义修辞学理论不仅可以解释修辞学研究中的新问题,还可以解释老问题。谭学纯等主编的《汉语修辞格大辞典》,关注修辞学老牌问题——辞格研究,从结构、语义、语篇三维视角给狭义修辞学核心问题的研究带来新的探索,指导的博士论文《通感研究》《夸张研究:结构·语义·语篇》《拈连结构、语义及生成机制的认知阐释》是研究个案实证。高群运用广义修辞学理论的修辞幻象、亚义位、自设义位等概念,解释了夸张语义特征。①

广义修辞学理论被运用到中西语言文学领域,正行进在被更多人认知、运用的进程中。福建师范大学英语语言学专业跨文化交际学研究方向的郑春婷基于中西广义修辞观的梳理,探讨了广义修辞的特征,着重评析了谭学纯、朱玲广义修辞学理论体系的特点及其局限,写出了以《广义修辞学》②为题的硕士学位论文。罗渊的《中国修辞学转型论纲》认为"广义修辞学"是修辞学历史上的第三次转型。③ 这是对传统的继承,也是对传统的丰富。

(三) 广义修辞学学术意识形成溯源

作家著书,学者立说,异曲同工的媒介是文本。文本凭借各种形式传播,显性的存在,隐性的影响,在不同语境中浮现。福尔摩斯的推理立足于对事实的缜密勘察,我们的学术溯源依靠对文本语言的领悟。

热奈特提出"副文本"概念,认为副文本指的是:标题、副标题、互联型标题;前言、跋、告读者、前边的话等;插图;请予刊登类插页、磁带、护封以及其他许多附属标志,包括作者亲笔留下的或是他人留下的标志。副文本为文本提供了一种氛围,有时甚至提供了一种官方或半官方的评论。④ 我们借助副文本理论资源,选择"自序/前言/导言""编者按、

---

① 高群:《广义修辞学视域下的夸张语义生成机制和语义特征研究》,《阜阳师范学院学报》2013年第4期。
② 郑春婷:《广义修辞学》,硕士学位论文,福建师范大学,2005年。
③ 罗渊:《中国修辞学转型论纲》,中国社会科学出版社2008年版。
④ [法] 热拉尔·热奈特:《热奈特论文集》,史忠义译,百花文艺出版社2001年版,第71页。

主持人话语""阅读札记"等副文本表现形式为观察对象,尝试一种走进广义修辞学学术空间的新路径,读出文本背后的学术关怀。虽说对学术关怀的理解,仁者见仁智者见智,表述不一,但核心趋同,即肯定学术和学术的价值,学者的使命感和责任感是学术关怀的内驱力。

序言,既有作者自己所写,用以说明写书宗旨和经过,也有别人所写,介绍或评论本书的内容。如果以同一作者为观察点,为自己写的可称为"自序",为别人写的可称为"他序"。至于前言,多指写在书前或文章前面类似序言或导言的短文。从作者"自序/前言/导言",领悟漫长求索历程中学者的学术心迹、学术目标,以及副文本与正文本的互文性,不失为一种学术考察路径。

1.《接受修辞学·初版前言》:国内修辞学研究的理论转向

作为副文本的前言,以"本书的探索,是对长期以来国内修辞学研究的一种补正",[①] 低调地指向此前的修辞学研究现状,以及正文将要"补正"的内容:修辞活动是表达者和接受者共同建构审美现实的言语活动。但是相当多的汉语教材和修辞学著作,都认为修辞活动就是对言语进行加工、修饰和调整,以获取最佳交际效果的活动。或者说,是表达者的修辞活动,然而没有接受者介入的修辞活动是不完整的。不仅接受者"缺席"会造成"零交际",接受增值、减值、改值,同样影响修辞接受的现实。1992年初版的《接受修辞学》推动并践行国内修辞学研究的学术思路转换:从长期以来侧重修辞表达的研究,转向从修辞表达到修辞接受的系统思路。初版《接受修辞学》为《中国当代语言学》丛书之一,"出版者前言"称"这套丛书希望总结中国当代语言学各个分支学科的研究成果,特别是反映最新的研究进展,以期收到承前启后、继往开来的效果,促进中国语言学的现代化。丛书作者则不限国别地域,不限门户学派,唯求高明独到,力争每一本书都能达到当代该学科的最高水平"。学术著作是否能代表"当代该学科的最高水平",应该交给时间检验,刘坚主编的《二十世纪的中国语言学》,郑子瑜、宗廷虎主编的《中国修辞学通史》第五卷,鲁国尧的《语言学与接受学》[②] 等涉及该书的评判,传递了某种学术

---

① 谭学纯、唐跃、朱玲:《接受修辞学》,上海教育出版社1992年版,第1页。
② 刘坚主编:《二十世纪的中国语言学》,北京大学出版社2004年版。郑子瑜、宗廷虎主编:《中国修辞学通史》,吉林教育出版社1998年版。鲁国尧:《语言学与接受学》,《汉语学报》2011年第4期。

认同的信息。或如《接受修辞学》（增订本）前言所称"为促进汉语修辞学研究总体格局的平衡发展进行了投石问路的探索"①，同时也孕育了一年后初版《广义修辞学》表达与接受两个主体理论的萌芽。

2. 《人与人的对话·前言》：从话语层面向文化哲学层面延伸

"人在语言的世界里对话，也在超语言的世界里对话。因为，对话不仅是一种交际手段，更是一种生命的内在诉求；对话不仅是一种信息交换，也是一种价值交换，同时还是一种感觉交换；对话不仅是语言、思想的馈赠，同时也包括了人类生存方式的相互参照。这决定了本书的写作定位：从话语层面向文化哲学层面延伸"。② 本书自定义的"对话"，挖掘对话的信息交换、价值交换、感觉交换意义，以及对话作为生命诉求和人类生存方式的价值，接受者如果认可作者观点"对话的核心问题是对人类自身存在的关注"，那么就会理解"人在语言的世界里对话，也在超语言的世界里对话"的含义。这种来自21世纪之初的探索，隐约可见广义修辞学理论从话语层面向文化哲学层面延伸的前期开发。

3. 《广义修辞学·自序》：两个主体的双向交流行为在三个层面的展开

建立"修辞功能三层面"和"修辞活动两个主体"的理论框架，从学理上强调完整意义上的修辞学研究，应该覆盖表达和接受两极，探讨"话语权和表达策略""解释权和接受策略"等理论命题及其双向互动的运作机制，在更广阔的理论背景下，按照"总—分—合"的逻辑路径，将修辞研究纳入"修辞技巧—修辞诗学—修辞哲学"的理论框架，推动修辞学研究从语言学向文艺美学、文化哲学延伸，这种学术延伸在修辞学介入文艺美学和文化哲学研究的同时，也丰富了修辞学的理论资源，并为文艺美学和文化哲学研究的修辞学转向提供了"两个主体的双向交流行为在三个层面展开"的学术生产类型。③

4. 《文学和语言：广义修辞学的学术空间·自序》：从文学和语言的不同维度聚焦广义修辞学视野

作者持续研究文学语言，学术目标既不是解决单纯的语言问题，也不是单纯解决文学问题，而是在文学和语言之间设定文学语言学的最小研究半径，因此没有淹没在同类成果中，这也许部分地归结为"走出技巧论"

---

① 谭学纯、唐跃、朱玲：《接受修辞学》，安徽大学出版社2000年版，第1页。
② 谭学纯：《人与人的对话》，安徽教育出版社2000年版，第1页。
③ 谭学纯、朱玲：《广义修辞学》，安徽教育出版社2001年版，第3—4页。

的广义修辞学视野。学术研究的延伸是学科生长点的培育，2003年起，文学语言研究和文学语言学分别成为福建师大语言学及应用语言学硕士、博士学位授权点的一个主要专业方向，2011年在一级学科框架内自主设置文学语言学硕士、博士学位授权点，将广义修辞学的学术空间由学术拓展转化为学科生长。

5.《广义修辞学演讲录·自序》：尽量不向读者重述在别处可以见到的内容

这其实是《广义修辞学·后记》中作者自我设定的写作规则，这一规则支配着作者此后"广义修辞学"系列论著的创作，也是支配《广义修辞学演讲录》的编选原则，"选入本书的演讲内容，侧重问题驱动和话题提炼过程中贯穿的学科意识，以及对修辞学科人力资源和学术资源的分析，审视学科生态环境，修复学科信心，重建学科形象，希望为推动中国修辞学学科建设和学科发展提供个人的观察、思考与探索实践"。[①] 围绕这些力避重复性研究的内容，收入作者在北京大学、复旦大学、浙江大学、武汉大学、暨南大学等高校的学术交流，演讲录将听众/读者设定为学术创新的接受主体，减少听众/读者接受已知信息付出的听读成本。事实上，学术演讲的现场感和气场，是接受者的创新期待和演讲者的创新思维共同营造的场域。

6.《问题驱动的广义修辞论·导言》：学科之问和学术之问

作者由问题意识驱动，在复杂的学科背景和关系中，聚焦修辞学的学科身份这个核心问题，透视学科生态；围绕交叉学科、跨学科、多学科三个关键词与修辞学的关联挖掘派生问题；结合理论与应用探求解决问题的可能性。[②]

广义修辞学理论主张和学术实践为修辞学"研究什么/怎样研究/为什么这样研究"建构了新的范式，为提振学科形象、推动学科发展，提供了开阔的研究视野。

（四）广义修辞学作者的角色身份和学术召唤

当学者以栏目主持人身份出现时，往往突破个体研究者界限，承担着搭建学术平台、繁荣学科建设的重任，学术栏目蕴含更深层的学术关怀。

---

① 谭学纯：《广义修辞学演讲录》，上海三联书店2012年版，第1页。
② 谭学纯：《问题驱动的广义修辞论》，人民出版社2016年版，第2页。

我们选取"修辞学大视野"编者按、主持人话语，以及《当代修辞学》专题研究的主持人话语为考察对象，探索学术栏目传递的学术召唤与学术关怀。

《福建师范大学学报》从2003年第6期始，设立"修辞学大视野"栏目，构筑了修辞学安身立命的栖居之地。主持人话语触及学术多维空间，正如高群所言：

学术胸襟："大视野"之"大"，指向广大的心灵空间，也指向"有容乃大"的学术胸怀；

学术理念：在更为开阔的思想背景中，以新的研究态势面对多学科的当代目光，吸纳多元语境中的他者智慧；

学术追求：关注学科前沿，尊重学术自由，强调原创性研究，希望象牙塔之内的学术话语链接象牙塔之外的当下现实。①

栏目内容精彩纷呈，主持人话语关涉学科重建、学理思考和学术领域等方面。

学科重建讨论了"学科重建和理论开发""术有专攻和学科对话""修辞观：学科定位和学术操作""修辞学·语用学·诠释学"等问题。

学理思考讨论了"多元语境中的话语场""已知的研究领域和未知的阐释空间""修辞学：语言活动和语言思维""全球视野中的修辞学研究""修辞研究：再思考与再开发""修辞研究：学术观察和阐释路径""修辞学研究的外部空间和内部学理""中国文化传统与修辞研究"等问题。

学术领域讨论了"汉语修辞史：缺席和出场""闽籍海外学者郑子瑜的修辞学研究""汉语与中国文学""文学修辞研究""文学修辞和意识形态""文体建构和文体批评""文体建构的传统资源与改造""修辞和历史叙事""词句修辞和叙事修辞""修辞阅读：文学文本和学术文本""言语风格研究""辞格研究"等问题。

与此同时，谭学纯在《当代修辞学》"文学语言与修辞""广义修辞学研究""广义修辞学与'主体间性'研究"等专题研究②中，借助主持人话语发问：修辞研究如何介入文学语言研究的前沿领域？广义修辞观的

---

① 高群：《作为学术召唤的主持人话语》，《外国语言文学》2011年第4期。
② 谭学纯：《文学语言与修辞》，《当代修辞学》2011年第1期；《广义修辞学研究》，《当代修辞学》2014年第2期；《广义修辞学与"主体间性"研究》，《当代修辞学》2016年第1期。

学术逻辑是什么？能否在学术实践中验证？如何参与国际流行的"主体间性"理论建设？中国修辞学研究如何融入大生态？一连串的追问，凸显学术召唤的迫切与战略眼光。多元语境里的修辞学思考，修辞批评实践为修辞学学科积聚了学术能量。

修辞学史该如何看待"修辞学大视野""《修辞学习》改版为《当代修辞学》"这样的修辞事件？修辞学史不该忘记这些走出象牙塔，把研究文本从纸上拓展到现实行动的人。

学术札记，因其篇幅短小，对作者智慧与语言的要求更高，属于圆润、精致的艺术品。学者实现了自己的写作预期"多一分自己的语言出场，少一分我性的思想缺席"。与同行者汇成学术的和弦，谱写出中国学术情。

（1）《中国学术研究：呼唤学派意识》。参与汉语界面对学术批评的自我反思，提醒大家不要对学派进行政治化误读，反对学派的帮派化运作，亮出自己观点："学派是学科发展的生长空间，学术创造的可能性在学派的觉醒和成熟中得到不同程度的认证。当一位学者的标志性成果成为一个学派的标志性成果的时候，这个成果，才是严格意义上的经典。"作者断言"学派意识的觉醒，是学科走向成熟的条件。学派纷呈，是学术繁荣的标志"。作者呼吁"中国学术界，需要挣脱对学派的负面想象。中国学术体制，需要重新为学派定位。中国学术研究，呼唤学派意识"。[①]

（2）《学术期刊：学术话语的集散地》。作者意识到学术期刊及时追踪学科前沿、学术热点的影响力，认为"学者们以自己的话语方式，参与他所在学科的理论建构，学术期刊，是他们的话语集散地。在传播媒介发达的时代，研究学术史，没有理由忽视学术期刊对话语建构的参与。因为：自从有了学术期刊，学术史就是由学术期刊介入的学术文本、学术事件、学术人物和学术团体活动的历史延续体"。[②] 学术期刊提供的版面可以看成一种话语权，隐含栏目定位的学术召唤。作者就是因为有了这种阅读之思，才有后来思想与行动合二为一的"修辞学大视野"——修辞学学科家园的诞生。

（3）《学术传播和话语权》。在全球化的"话语—权利"图景中，作

---

① 谭学纯：《中国学术研究：呼唤学派意识》，《光明日报》2005年2月3日。
② 谭学纯：《学术期刊：学术话语的集散地》，《光明日报》2005年2月24日。

者认为"学术传播的亮点往往就是新术语如何为解读新的学术现实,提供新的思维框架的认知激活点"。① 无法回避的问题是:在学术传播中,承载重要信息的关键词和基本的概念术语,话语权属于谁? 就是这份忧思,激励着作者实践专业术语的创新。从"接受修辞学""广义修辞学"的提出到"修辞幻象""亚义位、自设义位、空义位"的界定,以及对"人是语言的动物,更是修辞的动物"富有哲学意味的思考,无不带有作者的自定义痕迹。有的术语属于作者原创,有的术语经过作者阐释,为原初术语注入了新能量,为拥有自我话语权的学术传播扩容。

(4)《语言学研究和公共阅读》。语言学研究进入公共阅读视野,不是"去学科化",而是在坚持本体研究的同时,关注相关学科的前沿研究,打开公共阅读空间,刺激更为丰富的人类智慧,在"通识"教育和"高、精、尖"人才培养模式之间重建平衡的支点。② 从专业阅读到公共阅读,变化的不仅是阅读人群,更是思想能量辐射后的加倍释放。学术创意与人才培养如同持续的产品深度开发,将是新一轮学术创新的保证。

我们把"自序/前言/导言""编者按、主持人话语""阅读札记"等语言形式与著作、论文进行互文性对读,可以更全面地理解作者对修辞民生的关怀,对修辞学学科建设的关怀,对修辞学成果的关怀。

谭学纯作为一位作者,用副文本、文本与读者对话;作为"修辞学大视野"栏目的主持人,首先与被发表论文的作者对话,然后让其文本与读者对话。"广义修辞观"的存在,"突围"思想的引导,汇聚了多学科智慧,部分地转换为修辞学研究不同于传统格局的学术面貌。学术事实、学术行动包蕴的学术关怀,关注到人的智慧化生存,用文本"悟道",用行动"弘道",为修辞学科增补正能量。

二 广义修辞学的学科建设价值与局限

(一)广义修辞学的学科意识和学术关怀

从初版《广义修辞学》代结语"为狭义修辞学说几句话",到《中国修辞学学科发展忧思》、《修辞学研究突围:从倾斜的平台到共享学术空间》、《修辞研究:走出技巧论·序》、《修辞学大视野·序》、修订版《广

---

① 谭学纯:《学术传播和话语权》,《光明日报》2006年3月23日。
② 谭学纯:《语言学研究和公共阅读》,《中国社会科学报》2010年7月1日。

义修辞学》余论"基于修辞学科交叉性质的观察与思考"、《汉语修辞格大辞典·前言》,再到近几年"望道修辞论坛"的大会报告①,持续流贯的学科意识和学术关怀,读者和听众都感受得到。其间的内涵主要为以下几点。

1. 重建学科形象

《广义修辞学演讲录·自序》明确告白:"选入本书的演讲内容,侧重问题驱动和话题提炼过程中贯穿的学科意识,以及对修辞学科人力资源和学术资源的分析,审视学科生态环境,修复学科信心,重建学科形象,希望为推动中国修辞学学科建设和学科发展提供个人的观察、思考与探索实践。"②

怎样才能重建学科形象呢?该书上篇《全球视野:中国修辞学研究学术观察与思考》给出了如下回答:

> 研究团队和个体要在观察、分析全球化的修辞消费市场和修辞运作空间的前提下,以跨国视野关注国内外同类研究,把握域外修辞学研究的学术走向,消化外部智慧,结合本土修辞学科特点,在继承的基础上,释放研究主体的创造性能量。这是拒绝学科萎缩、保持学科血脉强劲、推动学科向着更为广阔的学术领地不断开发的最具活力的因素。
>
> 融入全球格局不是中国修辞学的自我迷失,不是中国学术的洋务运动,不是操持西方强势话语的概念范畴,用汉语语例验证外国学者的理论预设和导向,为西方的文化霸权和话语霸权开出国产证明。
>
> 中国修辞学科学术共同体的和谐构建,不可以割断本土学脉,也

---

① 谭学纯、朱玲:《广义修辞学》,安徽教育出版社2001年版,第507—512页。谭学纯:《中国修辞学学科发展忧思》,《福建外语》2002年第2期;《修辞学研究突围:从倾斜的学科平台到共享学术空间》,《福建师范大学学报》2003年第6期。谭学纯、朱玲:《修辞研究:走出技巧论》,安徽大学出版社2004年版,第1—10页。谭学纯、林大津:《修辞学大视野》,海峡文艺出版社2007年版:第1—6页。谭学纯、朱玲:《广义修辞学》,安徽教育出版社2008年版,第429—440页。谭学纯、沈孟璎、濮侃主编:《汉语修辞格大辞典》,上海辞书出版社2010年版,第1—15页。谭学纯:《中国修辞学:学科生态·学科结构·学科生存空间》,陈望道诞辰120周年·中国修辞学会成立30周年学术研讨会大会主题报告论文,复旦大学,2010年;《"家—国"修辞关联:中国传统社会运作模式话语分析及延伸思考》,纪念《修辞学发凡》出版80周年、《当代修辞学》创刊30周年暨中国修辞学会2012年学术研讨大会主题报告论文,浙江,2012年。

② 谭学纯:《广义修辞学演讲录》,上海三联书店2012年版,第1页。

不可以失去表述汉语修辞特征的学术话语。对汉语事实的深度观察和深度解释，是推助中国修辞学研究进入全球视野的前提，失去这个前提，将导致中国文化软实力竞争在全球格局中的颓势甚至缺席。①

这份学术自觉，为重建修辞学科形象的可能性向现实性转化，传递着价值取向鲜明的学者之思。

2. 搭建学科成果共享平台

《广义修辞学演讲录》推助中国修辞学学科建设层级化的兼容之路，《问题驱动的广义修辞论》倡扬"问题意识驱动话题提炼"的学科认知，引领带有鲜明栏目宗旨"汇聚多学科的学术智慧"的"修辞学大视野"走上层级化兼容之路的一种实践探索。

2.1 立足于修辞学归属于语言学的学科事实，主张修辞学研究兼容语言学的学术优长、整合语言研究的科学化方法。由修辞学所在三级学科向所属二级学科语言学相关领域扩容②，在这一层级，"修辞学大视野"和《当代修辞学》刊发的成果构成某种意义上的学术互文性。

"修辞学大视野"专栏刊发多篇运用语义学、词汇学、语法学、语用学、认知语言学等相关学科理论资源的成果，如：《古代书论审美语词"气"之语义分析与溯源》《网络新词"败"的形成与发展：汉语同形语素的感染生成及修辞解释》《论修辞幻象在"副+名"组合中的生成与呈现》《修辞学倒装研究与语法学易位研究》《"语法三个世界"研究和修辞关联》《汉语面称的不对称性及其缺位的语用研究》等。2012年第4期集中刊发"语法研究和修辞研究"专题成果4篇，《新"被+X"结构及其生成机制与修辞意图》《当代汉语临时范畴化强加模式：认知与修辞动因》《接受修辞视角下的"副+名"分析》《比喻辞格的句法分析及相关问题讨论》，针对主持人提出的"语法研究和修辞研究，在学理层面和操作层面如何互相吸纳、互相诠释"疑问，专栏用研究成果给出了不同角度的观察与解释。

《当代修辞学》自2010年改版以来，分别刊登了"望道修辞学论坛"系列论文，并以"流行语""方言中的修辞""互文与修辞""话语篇章修

---

① 谭学纯：《广义修辞学演讲录》，上海三联书店2012年版，第57—64页。
② 同上书，第124页。

辞"等为专题，刊发大量汲取语言学相关学科理论资源的研究成果。

坚守10年的《福建师范大学学报》"修辞学大视野"入选2011年教育部全国高校哲学社会科学名栏，与改版后的《当代修辞学》并肩携手，展示修辞学最新的研究成果，推动修辞学研究的当代转型。

2.2 立足于修辞学的交叉学科性质，主张修辞学由所属二级学科向上位层次扩容，兼容中国语言文学一级学科的学术优长、整合相关学科有解释力的研究方法，进而向社会科学的其他学科相关领域扩容。①

在这一层级，"修辞学大视野"和《当代修辞学》刊发的成果，偶有邂逅。如"修辞学大视野"主持人之一谭学纯先后在"修辞学大视野"专栏主持"修辞和历史叙事"专题，应邀以书面形式参加《当代修辞学》刊物所在复旦大学举行的修辞学沙龙"修辞学和历史学对话"的讨论。同时在"修辞学大视野"专栏和《当代修辞学》主持"文学修辞研究"专题。

"修辞学大视野"专栏部分属于广义修辞学团队作者的文学修辞研究成果，也流向国内其他 CSSCI 期刊，如连晓霞、肖翠云、肖莉、潘红、高群、朱玲、谭学纯等，共同彰显学科兼容的文学修辞研究理念。②

"修辞学大视野"栏目还把修辞研究从话语层面延伸到行为层面，呼应2007年6月南开大学和美国威斯康星大学联合举办的"汉语与中国文学国际学术研讨会"，2008年第3期发表《汉语与明清诗学中的主题学方

---

① 谭学纯：《广义修辞学演讲录》，上海三联书店2012年版，第124页。
② 连晓霞：《民间话语观照下的意识形态言说——〈金光大道〉话语分析之二》，《小说评论》2009年第2期；《被遮蔽的"自我"：主流话语规约下的人物话语——〈金光大道〉话语分析之三》，《小说评论》2009年第5期。肖翠云：《语言哲学视域中的文学与政治》，《福建论坛》2008年第12期；《论刘勰〈文心雕龙〉的文本观》，《东南学术》2011年第3期。肖莉：《元叙述：叙述者"侵入式"叙述与传统叙述的似真性》，《福州大学学报》2008年第2期；《中国当代小说冷叙述的修辞策略》，《东南学术》2010年第5期。潘红：《哈葛德小说在中国：历史吊诡和话语意义》，《中国比较文学》2012年第3期；《跨越疆界的求索：〈时务报〉和哈葛德小说 She》，《外国文学研究》2015年第1期；《林译〈迦茵小传〉人物称谓和身份建构的广义修辞学解读》，《福建师范大学学报》2014年第5期。高群：《"飞流直下三千尺"的修辞学阐释与追问》，《浙江社会科学》2012年第3期；《民间故事结构性夸张构式的广义修辞学分析》，《江淮论坛》2012年第4期。朱玲：《"三言二拍"：喜剧性修辞设置、特点及成因》，《湖南科技大学学报》2012年第6期。谭学纯：《再思考：语言转向背景下的中国文学语言研究》，《文艺研究》2006年第6期；《中国文学修辞研究：学术观察、思考与开发》，《文艺研究》2009年第12期；《"存在编码"：米兰·昆德拉文学语言观阐释》，《中国比较文学》2009年第2期；《巴赫金小说修辞观：理论阐释与问题意识》，《中国比较文学》2012年第2期。

法》《短篇小说的兴起与中国小说修辞的现代转型》《"个性主义"文学的语言观与现代汉语形成期的修辞观》《元小说"碎片化"写作：颠覆传统叙述的整体性模式》四篇文章，为改变汉语研究和中国文学研究各自为政的状况，提供了减少学科阻隔的学术参照。

值得注意的是，相关学科的"修辞学转向"，就其性质来说，实为"广义修辞学转向"，研究成果见于国内相关学科的高端刊物，成果流向《中国社会科学》《文学评论》《文艺研究》《文艺理论研究》《中国现代文学研究丛刊》《外国文学评论》《外国文学研究》《中国比较文学》《外国文学》《学术月刊》《文史哲》《自然辩证法研究》《自然辩证法通讯》《哲学研究》《哲学动态》《新闻与传播研究》《现代传播》《历史研究》《史学理论研究》《光明日报》等话语平台，此外国内一些高校的博士、硕士论文中，"广义修辞学"是关键词。这表明广义修辞学学术互文性的场域在扩大，同时体现了一种趋势：广义修辞学正在形成一个学术共同体，尽管目前还比较松散，还只是雏形。

3. 尊重思想的权利

《广义修辞学》作者尊重不同的修辞观，《广义修辞学演讲录》强调尊重修辞观论争中不同的话语权，即尊重思想的"在场"，尊重学术对话的平等规则。研究生被要求阅读与自己修辞观不同的学术著作，完成的作业也会因为怀疑精神受到褒扬。即使自己不完全赞同的观点，如"夸张是一种构式"，这类挑战性的探索，也鼓励学生尝试求解[①]。而质疑广义修辞学作者修辞观的学生作业，则得到同类作业的最高分，并被作为附录，收入作者著作。"我把你的质疑和我的评析意见当作对话中的不同声音。我想，不管是你说服了我，或是我说服了你，抑或我们谁也不能说服谁——这都不重要，重要的只是思想碰撞的过程。"[②] 现实中具有强势身份的老师与弱势身份的学生，凭借学术对话，在学术语境中获得平等。此种做法，维护了学术对话的客观与公正，弘扬了自由之思的学术关怀，保护了修辞学科的人力资源，储备了修辞学科学术接力的动能。

（二）广义修辞学的局限及自我认知

《广义修辞学》作者曾经立场鲜明地指出：一部学术史，其实就是发

---

① 高群：《构式理论视野下的夸张形式描述与解释》，《安徽师范大学学报》2012年第3期。
② 谭学纯：《广义修辞学演讲录》，上海三联书店2012年版，第255页。

现局限和超越局限的认识更新史和价值修正史。不管是单个文本的学术思考还是整个学科的建设和发展，都是一种未完成的建构。缺失的，会有新的补足；断裂的，会有新的接续；舛谬的，会有新的修正。如果学术评价进入良性运作的话语空间，局限通常不会处于匿名状态。对此，作者直谏学术界——《学术批评：找回无需避讳的"局限"》：

> 不知从什么时候起，健全的学术批评本不应该"缺席"的局限，好像正在成为批评话语中色彩黯淡的异数，成为一个很容易刺激非学术敏感的字眼。局限和与局限语义相关的话语谱系，在善意的规避和种种复杂的心理中，变得微妙起来。学术评价或出于某种现实的压力或出于某种遥远的期待，有意无意地描绘零局限的修辞幻象。
>
> 一方面，批评话语显在的语义指涉是文本，隐在的语义指涉是人，这是学术批评慎言局限的参照指标。
>
> 另一方面，坦言局限而与批评对象交恶的教训，警示着局限之类的话语生成。
>
> 一些迹象表明，在显示批评活力的话语空间，发现局限的眼睛进入了休眠状态。言及局限，批评便失语。
>
> 我在"局限"隐匿的批评语境中与这个久违了的词相遇，当我读到《修辞学习》2003年第1期林界军先生《"广义"的意义——〈广义修辞学〉的价值与局限》一文时，作为《广义修辞学》的作者之一，我的第一反应是：寻找林界军。[1]

作者寻找的，是正在失落的、正视局限的学术关怀。

正视局限，对被批评者来说，需要走出脆弱的自尊。"如果批评者发现作者很脆弱，他可能不会再去触碰作者脆弱的自尊，但同时作者也走进了真空包装，陷入自我沉醉的修辞幻象。"[2]

"有局限，才有超越局限的攻坚。承认局限，也即承认认知无极限。"[3]

从呼吁《学术批评：找回无需避讳的"局限"》，到《广义修辞学演讲录》自觉走出"作者脆弱的自尊"，走出"自我沉醉的修辞幻象"，在

---

[1] 谭学纯：《学术批评：找回无需避讳的"局限"》，《修辞学习》2004年第1期。
[2] 谭学纯：《广义修辞学演讲录》，上海三联书店2012年版，第3页。
[3] 谭学纯：《学术批评：找回无需避讳的"局限"》，《修辞学习》2004年第1期。

正视自身局限的不断修正与开放性建构中,续写着学术研究"发现局限和超越局限的认识更新史和价值修正史"。①

三 广义修辞学倡导融入大生态的修辞研究

学术市场潜在逻辑为:"主流期刊有一定的学术公认度→中国学术评价体制在有一定学术公认度的价值区间运作→体制内学者倾向于在有一定学术公认度的主流期刊发表研究成果。"② 如果逆向考察潜在的逻辑路径,尝试从有较高认同度的学术期刊发表的研究成果,描述研究面貌,探寻学术智慧,或许是客观认知学科形象的有效路径。

基于以上认识,我们锁定知网 CSSCI 来源期刊为文献来源,分析、描绘 2013 年(这是网络搜索能够呈现的与本研究立项同时段的完整年度文献)跨学科视野下的修辞研究面貌。启动搜索引擎,在主题栏输入"修辞",显示成果记录 213 篇。除去稿约、简讯等,有效研究成果 199 篇。成果发表于大学学报、综合类杂志、专业杂志等期刊。作为修辞学研究唯一的专业期刊《当代修辞学》,属于 CSSCI 扩展版,没有进入检索范围之内。为了更全面地反映修辞学研究概貌,对此刊修辞学研究成果拟另文专述。我们期望截取相对完整的研究对象,通过对 2013 年研究成果横断面的观察,在更广阔的学术背景中探索修辞研究路径,观察、评价修辞研究形象。

正如谭学纯所言:修辞学的交叉学科性质和跨学科研究视野决定了修辞学的学科生态系统相对开放。按中国目前的学科建制,修辞学的学科生态由三个层级的学术共同体共同构筑,分别对应表述为"小同行""大同行""超同行"。

小同行:以修辞学研究为主要学科身份的三级学科学术共同体。
大同行:以语言学研究为主要学科身份的二级学科学术共同体。
超同行:以非语言学研究为主要学科身份的一级学科/跨一级学科人文学科学术共同体。③

---

① 谭学纯:《学术批评:找回无需避讳的"局限"》,《修辞学习》2004 年第 1 期。
② 谭学纯:《融入大生态:问题驱动的中国修辞学科观察及发展思路》,《山东大学学报》2013 年第 6 期。
③ 谭学纯:《中国修辞学:三个关联性概念及学科生态、学术空间》,《长江学术》2013 年第 2 期。

遵循"小同行""大同行""超同行"的认知逻辑，观察学术成果涉及的学术领域，2013年的修辞研究，多学科研究者加盟，突破语言学科定位，拓宽研究路径，走向了更广阔的研究地带。

（一）小同行的修辞研究

2013年小同行修辞研究最大的亮点是借助学术关注度较高的期刊平台，深入讨论修辞观、修辞学科理念、修辞学研究方法等理论问题。

1. 驳斥"西方之外无修辞学"的观点

2012年7月，牛津大学召开"21世纪修辞学互动论坛"。围绕"21世纪国际修辞学的发展趋势以及修辞的目的与功能"论题，东方修辞学者陈汝东教授对话西方修辞学者布莱恩·维克斯爵士，驳斥了"中国或东方无修辞学"的观点。《北京大学学报》2013年第5期以修辞学研究专题的形式发表了大卫·弗兰克与陈汝东两位教授的论文，凸显国际修辞学学术交流重要性的同时，展示中国修辞学的学术尊严。陈汝东指出：西方以"三说""五艺""三素"为模式框定其他文化和文明中的修辞或修辞学形态，得出"西方之外无修辞学"的观点是狭隘的，它反映的是某些西方学者的自大与傲慢。文章论述了中国古典修辞学思想，认为修辞是一种生活方式，一种社会秩序，一种文化和文明范式。提倡修辞学者应具有全球视野和普世情怀，从多元文化和全球关怀角度来阐释其他文化中的修辞学传统，并预测全球修辞与全球修辞学时代即将到来。① 中国学者运用国际视野，致力推动中国修辞学与西方修辞学和谐共处，相互理解、欣赏和借鉴，拓展国际学术发展的方向，以期在21世纪全球修辞学研究舞台上，展示中国修辞学魅力。

2. 倡导融入大生态的修辞学科建设理论与方法

面对众说纷纭的修辞研究格局，《山东大学学报》2013年第6期发表谭学纯的论文，文章从学科发展角度观察影响修辞学科生存的深层原因，思考学科框架、研究格局和学科建设思路的函数对应关系，论述学术共同体与所建构学科身份、学科形象之间的相互作用力。作者认为修辞学研究介入社会更宽广舞台的路径是融入学科大生态，这样有利于在更开阔的学术视野和思想空间产生问题意识，推助问题驱动的学术研

---

① ［美］大卫·弗兰克：《论21世纪国际修辞学的发展趋势——从布莱恩·维克斯与陈汝东的对话谈起》，《北京大学学报》2013年第5期。陈汝东：《古典与未来：中国修辞学思想的全球意义》，《北京大学学报》2013年第5期。

究,有利于在更宽广的学术空间聚集智慧,有利于学术传播的规模效应,提升学术成果的公共影响。融入大生态的研究成果面对更为多样的话语平台,趋于开放性的选择,有利于增强研究主体的自主权,引导研究主体跟踪相关学科前沿态势,有利于注入创新动能,与学科内在驱动能量产生合力,推动修辞学研究与相关学科的智性眼光相互注视,也推动大生态中的相关学科共同发展。① 修辞学研究凭借何种面貌融入大生态? 如何提高成果含金量、被认可程度? 同期《山东大学学报》发表高万云的论文,作者试图解决汉语修辞学方法论这个"老大难"问题,重新认识修辞学方法的目的性、层次性、契合性三个理论问题,宏观考察汉语修辞学方法,为科学建构修辞学科提供理论支持。② 《山东大学学报》发表编者按,认为本期发表的两篇文章,在"问题驱动—话题提炼—话语出场"的流畅转换中体现的学术视野、理论资源、思想力量、研究方法的选择,充溢着学科意识和学科关怀,提供了中国当代修辞学研究多元格局中个性鲜明的学术文本。

3. 修辞批评新视角

汲取西方修辞研究成果,拓宽中国修辞批评视角。围绕国家和机构形象修辞研究主题,有学者提出"机构形象修辞学""实验修辞学"等设想,试图寻找国家形象修辞中的核心话语和支持性话语以及机构形象修辞在网络海量信息中的"有效存在"。胡亦名运用"自由联想"实验的方法,从"心理结构"层面建立客观分析模型,构拟外国形象的概念结构,为国家形象修辞建构提供一种参照。③ 国家和机构形象修辞研究面对超越地域、文化等限制的巨量接受者的参与,关注与社会整体密切相关的修辞活动,强调修辞研究对社会生活的影响力与执行力,为实现当代修辞学推动社会发展的根本目标做出了努力。

---

① 谭学纯:《融入大生态:问题驱动的中国修辞学科观察及发展思路》,《山东大学学报》2013年第6期。
② 高万云:《汉语修辞学方法论的三个理论问题》,《山东大学学报》2013年第6期。
③ 胡范铸、陈佳璇、甘莅豪等:《"海量接受"下国家和机构形象修辞研究的方法设计——兼论构建"机构形象修辞学"和"实验修辞学"的可能》,樊小玲:《国家形象修辞中的核心话语和支持性话语——基于H7N9与SARS时期官方媒体报道的分析》,白丽娜、周萍:《中国省区形象在西方网络世界的传播——以内蒙古为样本的多个语种的媒介调查》,《当代修辞学》2013年第4期。胡亦名:《上海中学生关于日美韩国家形象的概念结构——基于"词语自由联想"测试的分析》,《华东师范大学学报》2013年第5期。

受到西方修辞学批评范式的启发，邓志勇、王懋康、杨涛讨论了幻想主题修辞批评、隐喻修辞批评等论题，从产生背景—理论基础—哲学假定—操作方法等多个层面论述这两种批评范式的学理性与可执行性，丰富了汉语修辞批评路径。还有学者考察了以"容器—内容"意象图式为认知底蕴的语言形式和修辞现象，研究贯通古今汉语修辞现象，借用认知心理学等学科的理论和方法，为当下修辞研究输血。[①]

小同行修辞研究还涉及辞规建构的理论与实践、借用语料库研究方法分析汉语幽默文本的表层参数和深层参数特征及其内在关系等问题。[②]不仅宏观思考中国修辞研究的国际地位、学科定位、学科建设等重大理论问题，还拓展了研究方法、研究对象，凸显修辞介入生活、影响社会发展的功能。学术无极限，中国修辞研究这个学术召唤结构，正吸引更多研究者发现局限、超越局限，在新一轮的认知中，激发新的创造力。

（二）大同行的修辞研究

大同行的修辞研究大多遵循传统研究路径，主要论述语法、语义构成等问题，增加修辞观察点，偏重修辞技巧层面的分析与探寻，强调修辞效果。大同行主打修辞研究的成果不多。

1. 词语与句式修辞研究

聚焦到词语修辞研究，有学者以《现代汉语词典》（第五版）隐喻和转喻名名复合词为研究对象，凭借概念隐喻和概念转喻视角，采用定量定性研究相结合的研究方法，探究认知动因，总结出此类复合词的类型与特征，生成规则性和可析性。有学者总结汉语象声词修辞功能体现在独特语音效果、鲜明形象色彩、丰富感情色彩、神奇通感效果等四个方面。杨玉玲注意到口语中使用频率颇高的词语叠连特征及其主要类型，在分析其修辞效果的同时，认为词语叠连功能具有增度特点。还有学者引进现代俄语学中语义构词族群概念，揭示转喻构词功能，延伸考察转喻映现的结构和类型。扩大观察范畴，有人总结昭平方言熟语的修辞特色体现在三个方

[①] 邓志勇、王懋康：《幻想主题修辞批评：理论与操作》，《外语教学》2013年第2期。邓志勇、杨涛：《隐喻修辞批评的理论与操作方法》，《外语与外语教学》2013年第2期。张炼强：《以"容器—内容"意象图式为认知底蕴的语言形式和修辞现象》，《首都师范大学学报》2013年第4期。

[②] 唐厚广、车竞：《论辞规建构的理论与实践基础》，《社会科学辑刊》2013年第5期。李先进：《基于语料库的汉语幽默文本特征研究》，《外语学刊》2013年第6期。

面，即讲究韵律的和谐、运用各种辞格、凸显口语色彩。单新荣考察习语隐喻里具有的表意、交际、联结、修辞功能，认为习语在实际运用时带有语境、结构、语义和意识程度的顺应特性。① 至于句式修辞研究，张言军分析了现代汉语常用的表达方式"有关 NP"的构成限制和句法功能的同时，涉及表达简洁、回避不利后果及委婉表达等语篇修辞功能内容。②

2. 篇章修辞研究

篇章修辞学是近期的学术热点问题，但真正将修辞因素与篇章建构联系起来分析，探寻叙事动力的成果不多。篇章修辞研究，疑似仍旧停滞在分析修辞手法、修辞效果层面。

董皓从品牌推广与口号使用角度，按照语音、词汇、语义、语法和修辞的分类，分析了 85 个省域和城市旅游推广口号的语言学特征，调查得出的 5 个结果，涉及修辞的是"大部分口号运用了修辞手法"。王大方将修辞结构理论引入代词可及性的讨论，合理界定英文书面语篇中第三人称代词先行语的搜寻范围，尝试解决远距离回指的难点问题。③

无论是词语、句式还是篇章的修辞研究，大同行把语法、语义、修辞放置在并列的平面上，修辞只是其中的一个板块，研究的延伸部分，呈现出学者关注语言应用的研究态度与趋势。如果拥有厚重语言学功底大同行的修辞学研究，能凸显修辞特色，专攻修辞问题，多学科的学术背景，跨学科的学术视野，应该会催生内涵丰富的研究成果，为拓宽、深化修辞学研究增添鲜活生命力。"本是同根生"的大同行修辞研究，承载着修辞学的深切期待。

（三）超同行的修辞研究

超同行修辞研究大多借助修辞理论研究本专业问题、修辞学视角促使研究成果具有新意，成为本学科独特风景。对修辞学科来说，开放的研究

---

① 黄洁：《汉语隐喻和转喻名名复合词的定量定性研究》，《语言教学与研究》2013 年第 1 期。赵爱武：《近代汉语象声词的修辞特征》，《武汉大学学报》2013 年第 1 期。杨玉玲：《汉语词语叠连的类型及其功能》，《汉语学习》2013 年第 6 期。蔡晖、杨军：《转喻映现构词与语义构词族群》，《中国俄语教学》2013 年第 3 期。黄群：《昭平方言熟语的修辞特色》，《华中师范大学学报》2013 年第 4 期。单新荣：《习语隐喻认知与语言顺应研究》，《华中师范大学学报》2013 年第 4 期。

② 张言军：《"有关 NP"结构的多维度考察》，《宁夏大学学报》2013 年第 5 期。

③ 董皓：《旅游目的地品牌推广口号的语言学构成分析——以省域及重点旅游城市为例》，《人文地理》2013 年第 2 期。王大方：《修辞结构框架下的远距离回指研究》，《外语与外语教学》2013 年第 1 期。

视野，扩大的研究领域，丰富了修辞研究的同时，更多表现为学术召唤意蕴，激发小同行自我突破，借鉴大同行理论成果为我所用，尝试跨学科的操作路径，关注修辞问题，提升修辞研究格局。

1. 传播与修辞研究

传统纸质媒体的传播依旧受关注。李丹基于速读时代、读题风尚盛行的认识，分析了修辞格在新闻标题设计中的运用，把修辞格的运用上升到新闻标题优化策略的高度，更宏观地认识修辞格的功能。马少华通过对《环球时报》同题社评的中、英文版本的对比分析，发现二者在面对不同读者群时，表达、说服策略存在修辞差异。此种差异，预示传播理念的变化，传播不仅仅是表达，更需要关注接受。在重视修辞接受者主体因素、客观背景的前提下，选择合适的传播态度，才会实现预期的传播效果。

随着媒介手段的更新与丰富，学者们越来越重视电视、电影、网络传播的研究。有学者关注到电视修辞幻象，认为修辞主体借助修辞手段完成了电视现实的建构。具体到法律题材电视剧，文本对法律制度虚构再现，采用不依循法律制度的叙事逻辑，而是按照媒介特点和文本类型规约，借用符号化人物的"二元对立"、模式化方式的神话叙事和修辞话语的局部再现，建构出高度简单化的法律运作于生活的文化景象，具有"超真实"特性。还有学者借鉴多模态论辩视角分析美国广播公司"胡锦涛访美：经济和熊猫"电视新闻文本，认为多模态话语电视新闻的不同模态间存在互动关系，解读时需将其看作连贯、关联的整体，并行分析。作者明确指出，修辞学的参与可以为新闻、传播学的研究方法开拓新领域。

张勇关注电影创作中美国青年导演保罗·托马斯·安德森采取反讽方式解构情色与宗教母题，借助旋转式跟拍长镜头、红色与冷色调的反差、声音指向与画面内容的反差等视听修辞，表现出文本的内在张力。聚焦中国影视艺术，与正面认可相伴的是反面批评。在世界舞台建构中华文化形象、确立本土文化身份自觉意识不断提升的中国影视艺术，具体到操作层面，表现出影像修辞的修辞过度、为民族化而民族化两大征候，减弱了中国影视对内增进民族文化认同、对外传播民族文化精髓的功能。

针对网络公共事件修辞，有学者将其定位为日常生活修辞。国家和媒体调控具有合法性和意识形态的宏观修辞意图，当事人选择利益取向为修辞意图，根据各自的不同意图选择修辞策略，完成符号建构。网民试图通过狂欢实现对话意图，与表达者一起推动着修辞行为的展开。中国省市的网络形象，也引起学者重视，成为研究课题。白丽娜调查了中国30个省市在西方网络世界的传播现状，探索中国省市形象的修辞与传播，挖掘出各个地区社会经济发展的重要资源，尝试为中国国家形象的建构提供有效参考。

除了单一媒介传播的考察，跨媒介传播现象也进入研究视野。有学者考察 Ekphrasis 的原初意涵扩展为跨媒介、跨渠道的符号修辞抽象理念——符象化，强调唤起文化规约下的共通"心象"而非基于视觉感知的"图像"再现。这一新意涵的扩容，是当前修辞广义化运动推进至多媒介符号文本的必然结果。还有学者认为全球关注的气候传播是一种典型的新社会运动形态，其本质可以看成作用于意识深处的修辞运动。①

在这个注重传播的时代，面对有效关注社会生活的学术需求与学术担当，传播与修辞并肩携手，为营造和谐、健康的传播语境，尽心尽力；为各自的学术研究输血、造血。

2. 法律与修辞研究

法律方法论研究在2012年更贴近司法实践转向，法律修辞获得了更多的重视。有学者指出：面对权利、法律、修辞的博弈，当权利成为一种修辞的时候，公民权利意识增长的同时，也出现了权利要求扩大化、权利行使绝对化和权利维护功利化等问题。法律话语能否平衡权力修辞，关系到中国法治建设的成败，权力修辞向法律话语的转变是展开法治建设的思想条件。陈金钊呼吁"我要给你讲法治"，表达了法治论者对法治以及法律思维方式构建的渴望。法律修辞不能定位于解决个案纠纷层面，更应当

---

① 李丹：《报纸速读时代新闻标题的优化策略》，《编辑之友》2013年第5期。马少华：《〈环球时报〉社评中英文版的修辞差异》，《国际新闻界》2013年第4期。张小琴：《电视修辞与电视现实的建构》，《国际新闻界》2013年第6期。陈笑春：《符号·模式·修辞：中国电视虚构再现中的法律生产》，《现代传播》2013年第7期。[荷兰] 保罗·范登侯汶、杨颖：《多模态论辩话语重构：以美国广播公司一则新闻为例》，《国际新闻界》2013年第4期。张勇：《保罗·托马斯·安德森：反讽叙事、反差修辞与见证影像》，《当代电影》2013年第11期。盖琪：《当代民族影像的浮躁与偏执——近年中国影视艺术的修辞症候分析与对策建议》，《学海》2013年第2期。李红、董天策：《试论网络公共事件中表达主体的修辞意图》，《学术研究》2013年第7期。白丽娜：《中国各省市形象在西方网络世界的传播——基于英、汉两种语言媒介和网络前三页检索的分析》，《华东师范大学学报》2013年第5期。胡易容：《符号修辞视域下的"图像化"再现——符象化（ekphrasis）的传统意涵与现代演绎》，《福建师范大学学报》2013年第1期。刘涛：《新社会运动与气候传播的修辞学理论探究》，《国际新闻界》2013年第8期。

致力于全社会规则意识的培养、法律正义的实现。在此基础上，针对疑难案件，运用法律修辞，即法治意识形态所构建的法治思维和法治方式，依照法律体系规范性和案件具体语境，促使各方当事人寻求认同状态。①

人们常识中的法律修辞，常常表现为修辞风格的归纳，"传统社会中的法律修辞侧重于文学性的积极修辞，现代社会中的法律修辞则以理性化的消极修辞为主，与推理论证结合得更加紧密"。② 当下，把法律作为修辞，思想上争取法治与政治的平行关系，思维上扭转过度张扬的政治话语和道德言辞对人们的影响，学理上强调法律思维方式构建，实践中可以帮助解决、处理疑难案件。法律与修辞联手，为推进建设和谐、民主的法制社会，寻找出一种可能与可行的办法。

3. 哲学与修辞研究

学者们从哲学视角观察修辞问题，对修辞研究进行形而上的提升。钟志翔重新认识修辞核心问题，考察修辞立诚论的本义，在还原此命题生成的历史和逻辑进路的基础上，指出其含义为：修饰言辞须顺从天然、出自天性而合乎物则。还有学者关注到反讽不仅拥有修辞传统，在自身理论衍化中与哲学形上之思渊源深厚。克尔凯郭尔以存在主义视域，将反讽理解为人生存境遇中的"立场"，将其提升至哲学层面。维塞尔将无产阶级视为反讽在现实世界中的肉身化。反讽在不同背景与视域中，完成了修辞→理论→实践内在意蕴的提升。修辞还介入科学论争场，鉴于沟通行动自身话语的"有效性诉求"和争论实践权宜性的特征，争论双方依循"成功主义"实践逻辑，科学修辞成为科学论争实践的内生资源。着眼哲学与修辞的关系，郭贵春教授提出语境论哲学体系，认为该体系由三大部分组成：语言学语境、解释学语境、修辞学语境。人类一旦思维和言说，就必然进入修辞语境。特定的修辞语境选择相异的劝说语言形式和思维方式。据此，修辞语境可以划分为不同类

---

① 孙光宁、焦宝乾：《法律方法论实践特征的提升——2012年中国法律方法论研究学术报告》，《山东大学学报》2013年第3期。沈寨：《当权利成为一种修辞——对当下权利实践问题的反思》，《安徽大学学报》2013年第2期。陈金钊：《权力修辞向法律话语的转变——展开法治思维与实施法治方式的前提》，《法律科学》2013年第5期；《把法律作为修辞——我要给你讲法治》，《深圳大学学报》2013年第6期。侯学勇：《解决纠纷还是培养规则意识——法律修辞在司法中的作用定位》，《法商研究》2013年第2期。陈金钊：《解决"疑难"案件的法律修辞方法——以交通肇事连环案为研究对象的诠释》，《现代法学》2013年第5期。

② 李晟：《社会变迁中的法律修辞变化》，《法学家》2013年第1期。

型，产生不同类型的修辞学。①

学者们在后现代文化背景下，糅合修辞、哲学理论，重视语言形式对应的思维方式、语言运用的场域等问题，研究延伸到修辞、哲学各自领域以及二者的接合部，丰富了修辞学、哲学研究成果。

（四）小同行、大同行、超同行的文学修辞研究

聚焦同一问题，不同学术背景的研究者将会采取何种研究路径？研究面貌将会呈现何种差异？具体到文学修辞研究，小同行在修辞技巧、修辞诗学、修辞哲学的"修辞功能三层面"和"修辞活动两个主体"的理论框架中展开。朱玲等指出广义修辞学研究对象是"展开句级以下和超句级，直至进入文本、文体层面的全方位话语研究"。研究方法是"运用语言学科知识的同时，重视从多学科吸取学术资源"。运用跨学科研究视野，在表达与接受互动格局中，参与到更多社会话语领域。②肖翠云将"广义修辞学"模式置于语言学界和文艺学界的文学修辞研究背景中考察，发现三点独特性。第一，以语言学的眼光和精细的语言学分析弥补文艺学界审美分析有余而语言分析不足的缺憾。第二，以文艺学的眼光和灵动的审美文化分析激活语言学界纯语言学分析的呆板。第三，以语言学—文艺学的双重视野搭建起语言学与文艺学沟通的桥梁，汲取双方的优势，进行整合、优化，拓展了文学修辞研究的学术空间。③

大同行把修辞视野延伸到方言文学《何典》的研究中，关注吴方言修辞功能，论述"返源"具有的双关特性及其修辞效果。④

超同行文学修辞研究，在文本分析基础上，更加关注修辞策略、修辞叙事、修辞批评文体建构等宏观修辞问题。

学者们突破技巧的局限，将文学修辞分析上升为宏观修辞策略高度。向铁生、康震认为李商隐诗歌之所以开拓了心灵世界的深度和广度，是他

---

① 钟志翔：《〈易·文言〉修辞立诚论原解》，《周易研究》2013年第5期。刘聪：《从反讽的修辞到反讽的实践——试析反讽的形而上学意蕴的提升》，《现代哲学》2013年第2期。刘崇俊：《科学论争场中修辞资源调度的实践逻辑——基于"中医还能信任吗"争论的个案研究》，《自然辩证法通讯》2013年第5期。张守夫：《修辞语境的结构和意义》，《科学技术哲学研究》2013年第4期。

② 朱玲、李洛枫：《广义修辞学：研究的语言单位、方法和领域》，《福建师范大学学报》2013年第3期。

③ 肖翠云：《文学修辞批评两种模式及学科思考》，《福建师范大学学报》2013年第3期。

④ 莫娟：《〈何典〉的方言俗语研究》，《东南大学学报》2013年第6期。

自觉进行修辞策略设计的结果。姜彩燕把《古炉》患病、疗病、说病的叙述，看成民族精神病态的隐喻，包含作者对中国历史、文化、道德、伦理问题的思考。张卫中以20世纪中国文学为背景，考察有些作家致力于凸显汉字作为视觉符号的表现功能，把汉字修辞当成"字本位"的修辞策略。有学者关注到鲁迅在纪念文章中"记念""纪念"语词分用，表现为"回忆记"与"纪念文"两类不同的文体风格，体现出具体修辞情境参与决定的修辞选择。曹乃谦偏爱的重复修辞策略，传递出隐含作者对中国农村的前现代定位，预示停滞、循环的中国农村时间。陷入贫穷、愚昧轮回之中底层农民命运，在重复的形式中，无法轻易更改。重复既是话语模式也是有意为之的修辞选择。①

修辞叙事更关注文本"意义生成"过程，重视作家写作姿态和叙事策略，发掘小说"细部的力量"，引导大家在作家提供的生活经验、生命体验和艺术含量中体味其美学理想和写作抱负，探寻其哲学、内在精神向度和生活信仰。具体到知识分子写作叙事，其超越技术层面，具有"寓体式叙述"特定修辞形态，呈现诗人体验、思考和处理历史或个人经验的思想方法。针对符号修辞学中"叙述不可靠"这个理论问题，赵毅衡界定叙述不可靠是叙述者与隐含作者在意义与道德上的距离，不是叙述与"客观事实"的距离，研究为不可靠叙述与隐含作者之辩提供了新的论证与思考。②

文学界敏锐地注意到修辞批评文体建构这个理论问题。虽说在中国古代小说批评中就有"跨界取譬"的修辞批评传统，面对当下学术语境，当代文学批评应该保持僭越学科界限的冲动，保持"写作"与"研究"的话语张力，"感受"与"认知"的非确定性平衡，积极主动地进行"批评文体"的修辞探索。③

---

① 向铁生、康震：《自觉修辞：李商隐诗歌策略试探》，《山西大学学报》2013年第1期。姜彩燕：《〈古炉〉中的疾病叙事与伦理诉求》，《西北大学学报》2013年第1期。张卫中：《20世纪中国文学中汉字修辞的流变》，《天津社会科学》2013年第4期。符杰祥：《鲁迅的纪念文字与"记念"的修辞术》，《文史哲》2013年第2期。韩蕾：《叙事、修辞与时间——论曹乃谦小说的重复修辞》，《华东师范大学学报》2013年第2期。

② 张学昕：《细部修辞的力量——当代小说叙事研究之一》，《中国现代文学研究丛刊》2013年第7期。孙基林：《知识分子写作：作为思想方法的叙事与其修辞形态》，《中国现代文学研究丛刊》2013年第7期。赵毅衡：《新闻不可能是"不可靠叙述"：一个符号修辞分析》，《福建师范大学学报》2013年第1期。

③ 李桂奎：《中国古代小说批评中的"跨界取譬"传统鸟瞰》，《求是学刊》2013年第1期。耿占春：《当代诗歌批评：一种别样的写作》，《文艺研究》2013年第4期。

学者们借鉴西方文艺理论学术资源，丰富修辞学研究，探索本学科研究新路径。郭西安糅合利科诠释学、雅各布森符号学、海登·怀特的历史修辞学理论，分析西汉"《春秋》学"的诠释话语模式，讨论不同话语模式的修辞意蕴及其产生的历史效用，尝试建立诠释学与符号学相结合的分析方法。江守义指出费伦从修辞学视角界定叙事，从修辞手段、沟通性和目的性三个角度展开具体的叙事分析。叙事学和修辞学的有机结合，使费伦的叙事研究带上修辞色彩。李建中借鉴英美新批评代表人物韦勒克文体学思想，以"文学是文体的艺术"为中心，依次在文体学的价值、文体学的方法以及文体学与修辞学关系等不同层面展开论述，认为汉语文体学并非只是关于分类和风格的理论，而是一整套关于文学史、文学批评和文学修辞的理论和方法。此研究为汉语文体学的现代重构，提供了理论支撑。①

小同行的文学修辞研究，立足广义修辞学理论框架，促进修辞学研究从语言学向文艺美学和文化哲学层面延伸，体现学者丰富修辞学科理论的学术努力与学术关怀。大同行的文学修辞研究依旧偏重修辞技巧层面规律的总结。超同行的文学修辞研究，着眼多学科语料、跨学科研究路径、深化本学科研究的同时，也深化了修辞学的研究。修辞学的前沿，是其学科的前沿；修辞学的深度，也是其学科的深度。

修辞研究如果只关注字、句、篇章之法，则很容易深陷技术层面，缺少"气韵""格调""意境"等形而上的提升。而介入传播、法律、哲学、文学批评等领域的修辞研究，如果忽视修辞立足的语言层面的分析，论述容易空泛。修辞学研究需要小同行、大同行、超同行携手并进的探索。

修辞，多学科共享资源，修辞研究介入多学科研究视野，抵达该领域前沿，深化该领域研究，丰富该领域成果。跨学科研究为修辞研究注入新能量，是小同行、大同行、超同行优化的研究路径，未来修辞研究的一个方向。

四 小结

相对作家成果"大众化"热闹的文学消费，学者成果"小众化"的

---

① 郭西安：《隐喻与转喻：诠释学视域下西汉"〈春秋〉学"的两种话语模式——以〈春秋〉之"楚庄王伐陈"为例的分析》，《中国比较文学》2013年第2期；江守义：《叙事的修辞指向——詹姆斯·费伦的叙事研究》，《江淮论坛》2013年第5期；李建中：《文学是文体的艺术——汉语文体学理论重构与韦勒克文体学思想》，《学术研究》2013年第5期。

认同，多了一分冷清。在冷清中坚守，在坚守中劳作，是学者的常态。在修辞学这个学术小众的吟唱里注入宏大叙事的是谭学纯、朱玲的广义修辞学理论。

结合"广义修辞学"类著作，教育部名栏"修辞学大视野"、修辞学专刊相关论文进行互文对读，梳理广义修辞学成果在个人、团队、学科三个板块的汇聚情形，发掘学术事实背后蕴含的理论体系、学科意识、学术关怀。选取"自序/前言/导言""编者按、主持人话语""阅读札记"等副文本语言形式与著作、论文进行互文性对读，为接受者提供寻找正文本线索、引导阅读路线，梳理出广义修辞学理论体系形成脉络，建构了表达者学术身份、思想发展轨迹。

聚焦 2013 年的修辞研究，多学科研究者加盟，突破语言学科定位，拓宽研究路径，走向了更广阔的研究地带。小同行修辞研究最大的亮点是运用全球视野，借助核心期刊平台，集中讨论修辞观、修辞学科理念、修辞学研究方法等理论问题。大同行的修辞研究大多遵循传统研究路径，主要论述语法、语义的构成，增加修辞观察点，强调修辞效果。超同行修辞研究大多借助修辞理论研究本专业问题，修辞学视角使得研究成果具有新意。跨学科视野下的修辞研究，更多表现为学术召唤意蕴，激发小同行自我突破，借鉴大同行、超同行成果为我所用，理想研究状态应该呈现"修辞学前沿，是其学科前沿；修辞学深度，是其学科深度"的面貌。

广义修辞学理论具有阔大的研究空间，属于学术召唤结构，正处于修正局限、蓬勃向上的生长期。广义修辞学系列论著创建了自己的学术品牌，作者的个人文本带动了团队，影响了学科，开拓了当下汉语修辞学研究的一条路径，探索了汉语修辞学研究的一个方向。

第二章 夸张研究的成果、缺失、学术转向

夸张语言现象在先秦诸子文章中大量涌现，自觉的夸张研究始于孟子。绵延两千多年的研究历程，表明研究存在多种可能性，也昭示研究无穷尽。研究成果是学术事实，直面缺失同样体现了学术关怀，在学术转向的理论背景下，夸张研究应该如何进行？这些问题需要梳理，也需要再探讨，我们准备做这方面的尝试。

一　夸张研究的成果

启用读秀中文学术搜索引擎，输入关键词"夸张"（搜索时间：2020年3月10日），查到相关条目1520484个，输入关键词"夸张语言"，查到相关条目8289个，输入关键词"夸张辞格"，查到相关条目680个。虽说查询数字随着研究成果的增加会随时更新，呈现动态变化，但也大致勾勒了夸张涉及文学、艺术、人物、专利等领域的研究概貌，夸张语言、夸张辞格在研究领域里高频出现的学术地位。对比三组数字，从研究范围观察，很容易看出：

夸张研究＞夸张语言研究＞夸张辞格研究

集中到语言领域的夸张研究，自从《修辞学发凡》确定了夸张辞格，人们就忽略了夸张还有非辞格的表现。我们研究的夸张从某种意义上还原刘勰的夸饰含义，名称仍用夸张，内涵、外延大于陈望道界定的夸张辞格。

夸张研究经历漫长的学术探索和积累，研究成果主要表现为13个方面。

（一）夸张命名研究

在绵延的夸张研究史中，夸张命名多样化。

王充《语增》《艺增》《儒增》以"增""增X"（"增语""增之"

"增言""增文")等命名指称夸张现象。

统计发现：

《语增》："增"5次，"增之"7次，"增言"1次；

《儒增》："增"9次，"增之"13次；

《艺增》："增"14次，"增之"10次，"增文"1次；"增语"3次。

由此可见，"增"和"增之"高频出现。含"增"的短语出现多种组合，有"增其实""增过其实""增益其实""增其美""增其言""增其文""增益其文""增其语"等。他把"增之"与"失实""误"对举，如：

> 传记言："高子羔之丧亲，泣血，三年未尝见齿，君子以为难。"难为故也。夫不以为非实，而以为难，君子之言误矣。高子泣血，殆必有之。何则？荆和献宝于楚，楚刖其足，痛宝不进，己情不达，泣涕，涕尽因续以血。今高子痛亲，哀极涕竭，血随而出，实也。而云三年未尝见齿，是增之也。（《儒增》）

> 明年，三十五年，诸生在咸阳者，多为妖言。始皇使御史案问诸生，诸生传相告引者，自除犯禁者四百六十七人，皆坑之。燔诗书，起淳于越之谏；坑儒士，起自诸生为妖言，见坑者四百六十七人。传增言坑杀儒士，欲绝诗书，又言尽坑之。此非其实，而又增之。（《语增》）

周振甫认为王充讲《语增》《儒增》《艺增》有两种情况：一种光说"增之"；一种不光说"增之"，还说"失实"或"误"。王充对于经书或类似经书中的"增之"，不好说它们错了，只说"增之"；对于非经书中的"增之"，就敢于说"失实"或"误"。[①] 王充的"增"强调"言事增其实"。他在《艺增》中说："世俗所患，患言事增其实。著文垂辞，辞出溢其真，称美过其善，进恶没其罪。何则？俗人好奇。不奇，言不用也。故誉人不增其美，则闻者不快其意；毁人不益其恶，则听者不惬于心。闻一增以为十，见百益以为千。使夫纯朴之事，十剖百判；审然之语，千反万畔。墨子哭于练丝，扬子哭于歧道，盖伤失本，悲离其实也。"他对夸张抱有赞美和批评共存的矛盾态度，强调夸张心理在于"俗人好

---

① 周振甫：《中国修辞学史》，商务印书馆2004年版，第50页。

奇。不奇，言不用也"，导致的结果却是"失本离实"，对此，应该批判。同时他又指出"方言经艺之增与传语异"，经典至上，对其中的夸张持赞美态度，认为其可以突出事物本质，使形象更加鲜明。王充喜真实、疾虚妄，把艺术真实和生活真实混淆，用是否符合事实验证夸张的"失实"与"误"，说明他对夸张的特征还不清楚，只是关注到了夸张现象，对夸张的研究还没有成为学术自觉行为。

"夸张"最早见于《列子·天瑞》谈及某人沽名钓誉"夸张于世"。稍后见于《文心雕龙·通变》所言"夫夸张声貌，则汉初已极，自兹厥后，循环相因。虽轩翥出辙而终入笼内"。

"夸饰"最早见于扬雄《法言·吾子》："屈原，诗人之赋也，尚存比兴之义，宋玉以下辞人之赋也，则夸饰弥盛矣。"由此可见，夸饰是区别诗人之赋和辞人之赋的一个观察点。"夸饰"因《文心雕龙·夸饰》，形成夸张理论，对后世影响很大。

刘勰借助《诗经》例句，对"夸"进行界定。"言峻则嵩高极天，论狭则河不容舠；说多则子孙千亿，称少则民靡孑遗。襄陵举滔天之目，倒戈立漂杵之论；辞虽已甚，其义无害也。"他分别从外形和数量上把描述对象的特征推向高矮、宽窄、多少的极端，从而界定"夸"偏重形貌，具有夸大和缩小两个向度特征及对意义表达无害的特质。他还借助《诗经》例句，对"饰"进行界定。"且夫鸮音之丑，岂有泮林而变好？荼味之苦，宁以周原而成饴？并意深褒赞，故义成矫饰。"猫头鹰的叫声难听，不可能像《鲁颂·泮水》描述的那样，因为它栖在泮水边的树上就变得好听；堇荼的苦味不可能像《大雅·绵》描述的那样，因为它生长在周的平原就变得甜如糖浆。刘勰认为笔下事物本质发生变化的原因是表达者为了赞美学宫教化作用巨大，颂扬周室平原土地肥美，为此不惜"义成矫饰"，从义理上修饰事物。

朱熹《论语集注》对孔子"朝闻道，夕死可矣"注云："道者事物当然之理。苟得闻之，则生顺死安，无复遗恨矣。朝夕，所以甚言其时之近。"把夸张现象命名为甚言。

范温《潜溪诗眼》曰："激昂之语，盖出于诗人之兴，……激昂之言，《孟子》所谓'不以文害辞，不以辞害志'……"范温把夸张现象命名为激昂之语、激昂之言。

叶燮认为先有心理重要的"情至"特征，然后才能表现为相应的夸张语言形式。

> 其更有事所必无者，偶举唐人一二语：如"蜀道之难，难于上青天"，"似将海水添宫漏"，"春风不度玉门关"，"天若有情天亦老"，"玉颜不及寒鸦色"等句，如此者何止盈千累万！决不能有其事，实为情至之语。夫情必依乎理；情得然后理真。情理交至，事尚不得耶！（《原诗》）

事、理的不可能因为情的统摄成为可能。"惟不可名言之理，不可施见之事，不可径达之情，则幽渺以为理，想象以为事，惝恍以为情，方为理至事至情至之语。"他指出夸张是情至之语的一种表现方式。

汪中提出的"形容"，即是现代的夸张。

> 《礼记·杂记》："晏平仲祀其先人，豚肩不掩豆。"豚实于俎，不实于豆。豆径尺，并豚两肩，无容不掩。此言乎其俭也。《乐记》："武王克商，未及下车，而封黄帝、尧、舜之后。"大封必于庙，因祭策命，不可于车上行之。此言乎以是为先务也。《诗》："嵩高维岳，峻极于天。"此言乎其高也。此辞之形容者也。周人尚文，君子之于言，不径而致也，是以有曲焉。辞不过其意则不彰，是以有形容焉。（《述学·释三九》）

他关注到夸张的不同类型，虽没有明确提出类别，但所举三例很有说服力，受到《修辞学发凡》的肯定："古来论夸张辞最周到的，据我所知，要算汪中为第一。"这"短短的一段文字，居然把两种的夸张辞都论到了"。这里说的两种夸张辞指的是陈望道提出的普通夸张辞和超前夸张辞。

黄侃《文心雕龙札记》曰："由孔子之言论之，黄帝三百年，饰辞也。"又云："文有饰词，可以传难言之意；文有饰词，可以省不急之文；文有饰词，可以摹难传之状；文有饰词，可以得言外之情。"他把夸张现象命名为饰辞（词）。

夸张命名研究延续到20世纪，主要观点有：

唐钺《修辞格》把夸张现象命名为"扬厉格"，确定其修辞格的地位；

陈介白《修辞学》设立"铺张"辞格，把夸张现象命名为"铺张"，即夸张；

陈望道《修辞学发凡》界定"说话上张皇夸大过于客观的事实处，名叫夸张辞"，从此，"夸张"作为修辞格的名称固定下来。

王充、朱熹、范温、叶燮、汪中、黄侃等在对夸张命名的过程中认识、评价夸张现象。刘勰慧眼独具，把夸饰规约在文学构思、表现手法的范围里，指出其语言学方面的价值。"夫形而上者谓之道，形而下者谓之器。"在"道—形—器"三层结构中，凭借有形语言体悟无形的道，凭借看得见的器把握看不见的道，器、形因道的存在而存在，最终实现韵外之旨的写作目标。刘勰命名的夸饰包含文学创作手法、修辞手段等内涵，与作为修辞格命名的夸张不同。

（二）夸张性质研究

人们对夸张性质问题的关注随着夸张语言现象的出现自觉或不自觉地进行着。

据郑子瑜先生考证，甲骨文里就记载了某些修辞现象，西周时期的钟鼎铭文谈到修辞的有三处，涉及夸张的有两处。

吴闿生辑《吉金文录》卷三《牧敦》（西周）的铭文：

> 包乃多辞，不用先王。

这里"包"同"浮"，即浮言也。"乃"同"而"字的意义。"包乃多辞"，即"浮而多辞"，意思是华而不实而又多言；"不用先王"，意思是说不遵守先王重于辞的风范。是作者对于这种修辞现象的不以为然的感慨或评语。

吴闿生辑《吉金文录》卷三《杜氏壶》（东周）铭文有云：

> 自颂既好，多寡不诤。

"颂"即占兆的卜辞。"诤"是说大话，用夸张辞，朱骏声《说文通训定声》引《说文》："齐、楚谓大言曰诤。"这里的意思是说，占兆的卜辞出来就自有道理，要照实为佳，多少不论，不用夸张、说大话。这也就是谈论修辞,甚至可以说是涉及了夸张辞格。①

　　铭文里只是出现了夸张用例,并没有自觉的修辞理论意识,至于"这也就是谈论修辞,甚至可以说是涉及了夸张辞格"。虽说模糊了夸张现象和对夸张现象研究的界限,但可以帮助我们认识夸张现象的萌芽状态。其后的《诗经》《楚辞》《尚书》《礼记》等皆有夸张用例,如:

> 崧高维岳,骏极于天。(《诗经·大雅·崧高》)
> 世溷浊而不清,蝉翼为重,千钧为轻。(《楚辞·卜居》)
> 汤汤洪水方割,荡荡怀山襄陵,浩浩滔天。(《尚书·尧典》)
> 晏平仲祀其先人,豚肩不掩豆。(《礼记·礼器》)

　　诸子散文中夸张现象蔚为壮观,孔子曾运用夸张说明道理。

> 宰我问于孔子曰:"昔者予闻诸荣伊言,黄帝三百年。请问黄帝者人耶?抑非人耶?何以至于三百年乎?"孔子曰:"生而民得其利百年,死而民畏其神百年,亡而民用其教百年,故曰三百年。"(《大戴礼记·五帝德》)
> 大哉,尧之为君也!巍巍乎!唯天为大,唯尧则之。荡荡乎,民无能名焉。巍巍乎其有成功也,焕乎其有文章!(《论语·泰伯》)
> 子曰:"朝闻道,夕死可矣。"(《论语·里仁》)

　　孔子借助夸张语言表达了对黄帝的崇敬,对尧的赞美,用朝夕表现闻道过程的短暂,传达对道的渴慕。但他只停留在夸张实践阶段,没有上升到理论层面理解夸张性质。

　　庄子是善用夸张的高手,如:

> 北冥有鱼,其名为鲲。鲲之大,不知其几千里也;化而为鸟,其名为鹏。鹏之背,不知其几千里也;怒而飞,其翼若垂天之云。(《庄子·逍遥游》)

---

① 陈光磊、王俊衡:《中国修辞学通史·先秦两汉魏晋南北朝卷》,吉林教育出版社1998年版,第25页。

> 其大蔽数千牛,絜之百围,其高临山,十仞而后有枝,其可以为舟者旁十数。(《庄子·人间世》)
>
> 人生天地之间,若白驹之过隙,忽然而已。(《庄子·知北游》)

他凭借夸张手法对鲲、鹏、栎进行阔大的描写,抒发人生短暂的感叹,但他也忽略了对"曼衍其辞"现象的理论总结。

庄子论述外交言论的特殊要求时,旁涉对夸张的理解。

> 夫传两喜两怒之言,天下之难者也。夫两喜必多溢美之言,两怒必多溢恶之言。凡溢之类妄,妄则其信也莫,莫则传言者殃。故法言曰:"传其常情,无传其溢言,则几乎全。"(《庄子·人间世》)

在两国的外交事件中,最困难的是使臣传言。使臣揣度君王好恶,大肆渲染其关注的焦点,导致过分的添加与事实本真相悖,以致双方听话者都不信其言,使臣也因此遭殃。鉴于此,庄子指出使臣传言不要妄加溢美、溢恶,否定了"溢之类妄"等夸张手段滥用现象。

韩非反对"宏大广博,妙远不测,则见以为夸而无用"式夸夸其谈毫无实用价值的论说。

晏子在探讨君子行为准则,强调言行一致,注重义理时,涉及对伪饰语言现象的批判。《晏子春秋》载"……有所谓君子者,……不夸言,不愧行,君子也。不以上为本,不以民为忧,内不恤其家,外不顾其身游,夸言愧行,……明上之所诛也"。晏子反对"夸言愧行",颇有见地。

孟子没有明确提出夸张术语,只是在建构诗说理论分析夸张现象时,论及夸张性质等问题。

孟子和弟子讨论如何正确理解《诗》义时谈论了自己对"溥天之下,莫非王土;率土之滨,莫非王臣"(《诗经·小雅·北山》)、"周余黎民,靡有孑遗"(《诗经·大雅·云汉》)两句的理解。

> 咸丘蒙曰:"舜之不臣尧,则吾既得闻命矣。《诗》云:'普天之下,莫非王土;率土之滨,莫非王臣。'而舜既为天子矣,敢问瞽瞍之非臣,如何?"曰:"是诗也,非是之谓也;劳于王事而不得养父母也。曰:'此莫非王事,我独贤劳也。'故说《诗》者,不以文害辞,不以

辞害志，以意逆志，是为得之。如以辞而已矣。《云汉》之诗曰：'周余黎民，靡有孑遗。'信斯言也，是周无遗民也。"（《孟子·万章上》）

咸丘蒙感到困惑的是：如《北山》所说普天之下都是天子的臣民成立，那么舜的父亲是否也是舜的臣民呢？孟子认为咸丘蒙犯了"断章取义"的错误，咸丘蒙运用事理逻辑验证《北山》夸张表达怨刺役使不均，土地广阔，大臣数量众多等说法的真伪是不对的。围绕此句理解展开的讨论，成为诸子《诗》说争论的一个焦点。《荀子·君子》《韩非子·忠孝》《吕氏春秋·慎人》《战国策·东周》等篇目皆涉及对此句的理解，儒家、法家、杂家、纵横家等学派皆参与进来。其间，孟子提出"以意逆志"，强调"不以文害辞，不以辞害志"的观点，并用"周余黎民，靡有孑遗"作为例证，这与他在《孟子·尽心下》提出的"言近而指远者，善言也"的说法遥相呼应。

孟子深化了对夸张性质的理解，但他仍旧不甚明晰，从对"血之流杵"的评论可见。

> 甲子昧爽，受率其旅若林，会于牧野，罔有敌于我师，前徒倒戈，攻于后以北，血流漂杵。（《尚书·武成》）

孟子曰："尽信《书》，则不如无《书》。吾于《武成》，取二三策而已矣。仁人无敌于天下，以至仁伐至不仁，而何其血之流杵也？"①孟子的观察点"是否符合事实的真实"与咸丘蒙判断夸张采用的标准相似，孟子对夸张性质的矛盾看法，显示了夸张性质的丰富性及解读的复杂性。

文学发展到汉代，汉赋作为有特色的文体，语言形式风格鲜明。围绕汉赋文体、语言特色，人们各抒己见，论及对夸张性质的理解。

> 《子虚》之事，《大人》赋说，靡丽多夸，然其指风谏，归于无为。（《太史公自序》）

司马迁指出汉赋形式上的两个特点：一是"靡丽"；二是"多夸"。

---

① 杨伯峻：《孟子译注》，中华书局1960年版，第325页。

他在《司马相如列传》中也表达了这种观点。"相如虽多虚辞滥说，然其要归，引之节俭，此与《诗》之风谏何异？"他一方面意识到这种语言形式的修辞意图是为了"讽谏"，另一方面对"虚辞滥说"持否定态度。扬雄也赞同此观点。

> 雄以为赋者，将以风之也，必推类而言，极丽靡之辞，闳侈巨衍，竞于使人不能加也。既乃归之于正，然览者已过矣。往时武帝好神仙，相如上《大人赋》，欲以风，帝反缥缥有凌云之志。由是言之，赋劝而不止，明矣。又颇似俳优淳于髡、优孟之徒，非法度所存，贤人君子诗赋之正也，于是辍不复为。（《汉书·扬雄传》）

扬雄意识到赋的语言"必推类而言，极丽靡之辞，闳侈巨衍"，目的起讽谏作用。当人们沉溺于欣赏语言形式的华丽忘记了讽谏，赋者就有沾染优伶习气的嫌疑，扬雄这位辞赋大家发出"雕虫小技""壮夫不为"的感慨，搁笔反思。作为思想家、语言学家，他认为赋的语言太丽靡、华彩，不符合明道、征圣、宗经标准，因此他在《法言·吾子》凭借"诗人之赋丽以则，辞人之赋丽以淫"原则，以"则"和"淫"对"丽"进行了区分，从而肯定"诗人之赋"的"则"符合规范，反对"辞人之赋"的"淫"夸张放荡。扬雄主张"事辞称"，文质统一，"君子事之为尚。事胜辞则伉，辞胜事则赋，事辞称则经。足言足容，德之藻矣"。反对铺张、华藻，"女恶华丹之乱窈窕也，书恶淫辞之淈法度也"。

左思作为赋的创作者和评论者，怀有自己的实践和主张。《晋书·左思传》载："复欲赋三都，会妹芬入宫，移家京师，乃诣著作郎张载访岷邛之事。遂构思十年，门庭藩溷皆着笔纸，遇得一句，即便疏之。自以所见不博，求为秘书郎。"为写赋，他不惜花费十年工夫构思、寻访史实，收集文献资料佐证。左思在《三都赋·总序》表明对赋以及作赋的看法，"假称珍怪，以为润色"，"美物者贵依其本，赞事者宜本其实"，"侈言无验，虽丽非经"，反对汉赋过分虚夸，缺少真实内容。作赋要"美物者贵依其本，赞事者宜本其实。匪本匪实，览者奚信"？虽自信赋作可比班固、张衡，但也尚需时贤肯定。"及赋成，时人未之重。思自以其作不谢班张，恐以人废言，安定皇甫谧有高誉，思造而示之。"

皇甫谧对左思赋大为欣赏，并为之作序。皇甫谧《三都赋序》指出赋的产生、作用和文体特点。

> 古人称不歌而颂谓之赋。然则赋也者，所以因物造端，敷弘体理，欲人不能加也。引而申之，故文必极美；触类而长之，故辞必尽丽。然则美丽之文，赋之作也。昔之为文者，非苟尚辞而已，将以纽之王教，本乎劝戒也。自夏殷以前，其文隐没，靡得而详焉。周监二代，文质之体，百世可知。故孔子采万国之风，正雅颂之名，集而谓之《诗》。诗人之作，杂有赋体。子夏序《诗》曰："一曰风，二曰赋。"故知赋，古诗之流也。

赋体自古有之，作用是"纽之王教，本乎劝戒"，语言表现为"文必极美""辞必尽丽"。相对左思强调"求实"的观点，皇甫谧凸显赋体特质："其中高者，至如相如《上林》，扬雄《甘泉》，班固《两都》，张衡《二京》，马融《广成》，王生《灵光》，初极宏侈之辞，终以约简之制，焕乎有文，蔚尔鳞集，皆近代辞赋之伟也。"他在肯定许多作品的同时，认为赋体可以在事实基础上进行铺排，表现出对夸张手法的认可。

挚虞《文章流别论》对汉赋夸张泛滥现象提出批评："夫假象过大，则与类相远；逸辞过壮，则与事相违。辩言过理，则与义相失；丽靡过美，则与情相悖。"此处所言"假象过大"承接上文"假象尽辞，敷陈其志"而来，指出那些夸大的虚构形象，不仅不能表明心志，甚至会偏离要表达的事类，从而掩盖了真相。"逸辞过壮"则因过分强调夸张言辞终会导致与事实不符。"辩言过理"针对汉赋借助主客辩论形式成赋现象，提醒人们不要只注重语言的强势表达，忽略讽喻实质。"丽靡过美"与挚虞对赋的主张"以情义为主，以事类为佐"相悖。他反对华丽、铺陈的言辞，提倡抒发真情实感，用实例佐证的赋体作法。正如郑子瑜所言："挚虞在辞赋骈俪盛行的时代，独能从反面精细地指出辞赋修辞的欠当之处，列为四类，有如威严的判官，铁面无私地判处辞赋的罪状，给忽视内容、徒事雕饰的辞赋家以无情的打击，这在当时是轰动文苑的。"[①]

扬雄、王充、左思、皇甫谧等围绕汉赋文体、语言风格，相继关注到

---

① 郑子瑜：《中国修辞学史稿》，上海教育出版社1984年版，第60页。

夸张现象，他们为了宗经、明道，从不符合真实的角度否定夸张手法。也有人从其他角度审视夸张，《盐铁论·遵道》指出："文学结发学语，服膺不舍，辞若循环，转若陶钧。文繁如春华，无效如抱风。饰虚言以乱实，道古以害今。从之，则县官用废，虚言不可实而行之；不从，文学以为非也，众口嚣嚣，不可胜听。诸卿都大府日久矣，通先古，明当世，今将何从而可矣？"桓宽注重国家政治、经济的发展，为针砭时弊，提出反对"饰虚言以乱实"，主张用现实世界的真实印证文学世界的真实，不能容忍虚夸言辞横行。

刘勰探究夸饰本质，批评了汉代以来"诡滥愈盛"的文风，具体论及"比目""海若"二例时说："验理则理无可验，穷饰则饰犹未穷矣。"冯学勤指出：所谓理无可验，是指夸饰修辞在事理上无法验证也无须验证，于现实事理或科学物理无所关涉。当对从夸张构思到夸饰修辞所生成的充溢着丰富诗情的审美空间进行读解和接受时，不能死搬硬套客观事理。"饰犹未穷"的根本原因在于"饰不可穷"。夸张构思所蕴含的丰富的情感和奇幻的想象，决定了夸饰修辞对客观表象进行超越的永恒可能性。这两句话分别从接受—表达两个角度对夸张的本质进行界定，从而使夸张获得修辞审美上的独立性。①

围绕杜甫诗展开的关于夸张的争论，深化了夸张性质的理解。

沈括凭借"讥谑"形式说出：

> 杜甫《武侯庙柏》诗云："霜皮溜雨四十围，黛色参天二千尺。"四十围乃径七尺，无乃太细长乎？（《梦溪笔谈》）

此语引出了持久讨论，为此，沈括经常蒙受不白之冤，成为批评的靶子。宗廷虎、李金苓认为：杜甫此诗运用了夸张修辞手法，而沈括却站在数学家的立场，从精确统计数字的角度来阐释这首诗，自然是无法正确理解的。他们在《中国修辞学通史》中对沈括评杜诗遭到批评情形作了梳理，指出批评者有两类。

一类是尚未真正理解夸张性质的学者，以黄朝英、陈正敏为代表。

---

① 冯学勤：《夸饰在用，文岂循检——论〈文心雕龙·夸饰〉中夸饰的涵义》，《浙江师范大学学报》2007年第6期。

黄朝英观点：

　　予谓存中性机警，善《九章算术》，独于此为误，何也？古制以围三径一，四十围即百二十尺，围有百二十尺，即径四十尺矣；安得云七尺也？若以人两手大指相合为一围，则是一小尺即径一丈三尺三寸，又安得云七尺也？武侯庙柏，当从古制为定，则径四十尺，其长二千尺宜矣，岂得以太细长讥之乎？（《缃素杂记》）

陈正敏观点：

　　沈内翰讥"黛色参天二千尺"之句，以谓四十围配二千尺为太细长。不知子美之意但言其色而已，犹言其翠色苍然，仰视高远，有至于二千尺而几于参天也。若如此求疵，则二千尺固未足以参天，而诗人谓"峻极于天"者，更为妄语。（《遁斋闲览》）

　　黄氏认为沈括的计算有误，主张如用古制来计算，他竟然忘了沈括精通《九章算术》，这样的计算应该难不倒他。陈氏认为杜诗强调"翠色苍然，仰视高远"的效果，沈括不该求疵。
　　黄朝英、陈正敏没有明晰夸张性质，但他们欣赏杜诗中的夸张现象，寻找让人接受、理解的科学理据，这种努力是值得肯定的。
　　另一类真正理解夸张性质的学者，以范温、陈善为代表。
　　范温观点：

　　形似之语，盖出于诗人之赋，"萧萧马鸣，悠悠旆旌"是也；激昂之语，盖出于诗人之兴，"周余黎民，靡有孑遗"是也。古人形似之语，如镜取形，灯取影也。故老杜所题诗，往往亲到其处，益知其工。激昂之言，《孟子》所谓"不以文害辞，不以辞害志"，初不可形迹考，然如此乃见一时之意。余游武侯庙，然后知《古柏》诗所谓"柯如青桐根如石"，信然，决不可改，此乃形似之语。"霜皮溜雨四十围，黛色参天二千尺。云来气接巫峡长，月出寒通雪山白。"此激昂之语，不如此则不见柏之大也。文章固多端，警策往往在此两体耳。（《潜溪诗眼》）

陈善观点：

> 诗人之语，要是妙思逸兴所寓，固非所能束缚，盖自古如此。予观郑康成注《毛诗》乃一一要合周礼，《定之方中》云"騋牝三千"，则云："国马之制，天子十有二闲马六种三千四百五十六匹，邦国六闲马四种千二百九十六匹，卫之先君兼邶鄘而有之，而马数过制。"《采芑》云"其车三千"，则云："司马法兵车一乘，甲士三人，步卒七十二人，宣王承乱羡卒尽起。"《甫田》云"岁取十千"，则以为井田之法一成之数。《棫朴》云"六师及之"，则必为殷末之制，未有周礼，周礼五师为军，军万二千五百人。如此之类，皆是束缚太过。不知诗人本一时之言，不可一一牵合也。康成盖长于礼学，以礼而言诗，过矣。近世沈存中论诗亦有此癖，遂谓老杜"霜皮溜雨四十围，黛色参天二千尺"为太细长。而说者辨之曰："只如杜诗有云：'大城铁不如，小城万丈余。'世间岂有万丈城哉？亦言其势如此尔。"予谓周诗云："崧高维岳，峻极于天。"岳之峻，亦岂能极天？所谓不以辞害意者也。（《扪虱新话》）

陈善认为诗歌语言特点是诗人"妙思逸兴所寓"，与礼法语言、数学语言不同，用"崧高维岳，峻极于天"为例，支持《古柏行》夸张辞的运用。他们在对沈括的批评中，重申诗歌语言应该为情所用，"不如此则不见柏之大也"。理解夸张辞，应该像《孟子》所说的那样："不以文害辞，不以辞害志。以意逆志，是为得之。"

《学林新编》《韵语阳秋》《野客丛书》的说法可以作为学界深化理解夸张性质的旁证。

> 《古柏行》："霜皮溜雨四十围，黛色参天二千尺。"沈存中《笔谈》云："无乃太细长？"某案子美《潼关吏诗》曰："大城铁不如，小城万丈余。"岂有万丈城邪？姑言其高。四十围二千尺者，亦姑言其高且大也。诗人之言当如此。而存中乃拘以尺寸校之，则过矣。（《学林新编》）

> 余谓诗意止言高大，不必以尺寸计也。（《韵语阳秋》）

以九章算法算之，可笑其愚也。(《野客丛书》)①

杜甫一生坎坷，但从没有泯灭精忠报国志向，他借古柏的饱经风霜，傲然挺立，称颂"鞠躬尽瘁，死而后已"的孔明。在对忠贞的激昂赞美里，吟咏了自己向往人生价值之情。沈括是科学家，同时又是艺术家，他在《梦溪笔谈》卷十七精辟指出诗画的特质。

> 书画之妙，当以神会，难可以形器求也。世之观画者，多指摘其间形象、位置、色彩瑕疵而已；至于奥理冥造者，罕见其人。如彦远《画评》言王维画物，多不问四时，如画花往往以桃、杏、芙蓉、莲花同画一景。予家所藏摩诘画《袁安卧雪图》，有雪中芭蕉。此乃得心应手，意到便成，故造理入神，迥得天意。此难可与俗人论也。谢赫云："卫协之画，虽不该备形妙，而有气韵，凌跨群雄，旷代绝笔。"又欧阳文忠《盘车图》诗云："古画画意不画形，梅诗咏物无隐情。忘性得意知者寡，不若见诗如见画。"(《梦溪笔谈》)

具有如此艺术素养的人应该很容易就可以理解杜诗主题，杜甫夸张之语的，正如刘永良所言：沈括批评的是被夸张的事物在比例上不协调，夸张内部不合情理。② 沈括意识到多维夸张的弊端，对于一株古柏，单说其"二千尺"亦可，光云其粗"四十围"亦可，但是，把"二千尺"与"四十围"共用于一株柏树，则荒谬！正如《王直方诗话》记载的苏轼讥笑王祈的话："东坡云：世间事忍笑为易，读王祈大夫诗不笑为难。祈尝谓东坡云，有竹诗两句最为得意，因诵曰：'叶垂千口剑，干耸万条枪。'坡曰：好则极好，则是十条竹竿一个叶儿也！"(《诗人玉屑》)

围绕杜诗和沈括评论引发的笔战，旁涉对夸张性质的认识。与此同时，其他学者的真知灼见，丰富着对夸张性质的理解。严有翼提出"须不畔于理"的观点。

> 吟诗喜作豪句，须不畔于理方善。如东坡《观崔白骤雨图》云：

---

① 宗廷虎、李金苓：《中国修辞学通史·隋唐五代宋金元卷》，吉林教育出版社1998年版，第451—453页。

② 刘永良：《且为沈括论杜诗一辩》，《杜甫研究学刊》2003年第3期。

"扶桑大茧如瓮盎,天女织绡云汉上。往来不遣凤衔梭,谁能鼓臂投三丈。"此语豪而甚工。石敏若《咏雪诗》有"燕南雪花大于掌,冰柱悬檐一千丈"之语,豪则豪矣,然安得尔高屋耶?虽豪,觉畔理。……李白《北风行》云:"燕山雪花大如席",《秋浦歌》云:"白发三千丈",其句可谓豪矣,奈无此理何!(《艺苑雌黄》)

他虽然喜"豪句",但并没有完全理解豪句无理而妙的特质,才有对石敏若《咏雪诗》,李白《北风行》《秋浦歌》不符合生活、事物真实的批评。

对夸张性质的探索延续至20世纪,主要观点如下。

唐钺《修辞格》提出"修辞格"术语,在"根于想象的"辞格中设立"扬厉格",明确定义为:凡文章铺张夸饰,言过其实的地方,叫作扬厉格。从修辞效果角度指出其可以增加文章感染力,从文体分布角度认为诗赋常用此法。

王易《修辞学》谈到夸张:夸张法者,大都将事物比之实际而加夸张以警读者也。

陈介白《修辞学》设立"铺张"格,分为积极的和消极的两类。《新著修辞学》关注夸张效果"深深使人感动",认为夸张经常出现在诗歌、演讲和言谈中,"而诗歌中尤多"。提出三点注意:"须使感情丰富显著;须使人不起疑惑之感;须有适当的音调以保持情感。"强调接受时"不可以辞害意"。

陈望道《修辞学发凡》论夸张:说话上张皇夸大过于客观的事实处,名叫夸张辞。说话上所以有这种夸张辞,大抵由于说者当时,重在主观情意的畅发,不重在客观事实的记录。我们主观的情意,每当感动深切时,往往以一当十,不能适合客观的事实。所以见一美人,可以有"增之一分则太长,减之一分则太短,著粉则太白,施朱则太赤"(宋玉《登徒子好色赋》)之感;说一武士也可以有"力拔山兮气盖世"(项羽《垓下歌》)的话。所谓夸张,便是由于这等深切的感动而生。

陈望道强调夸张的夸大特质,张弓延续了此观点,指出:夸张式是根据一定目的,在客观事实的基础上,利用语句的条件,对事物作必要的扩大形象的描述,即描述事物情况超过事实。[①]

唐钺强调夸张的性质是"言过其实",既可以从多、大、高、长、深、

---

① 张弓:《现代汉语修辞学》,天津人民出版社1963年版。

强这一方面去夸张，也可以从少、小、矮、短、浅、弱那一方面去夸张。无论是夸大还是夸小都可以起到同样的作用。倪宝元、郑远汉、王希杰、濮侃、刘焕辉、谭永祥等持该观点。①

高胜林指出："根据表达的需要，说话时故意超越或者背离客观事实，以便引起读者的共鸣，这种修辞手法叫夸张。"② 他认为，作为夸张的对象，可以是事物，也可以是事物的运动状态、人的动作行为。客观事物是客观存在的，但人的动作或事物的运动状态，则往往没有事实根据，人们可以充分发挥自己的想象力，无中生有，可以不拘泥于生活真实进行艺术虚构，也就是说，夸张可以进行虚构。

以上各家的夸大说、夸大夸小说、虚构说从语言表达手段着眼，立足于表达效果认识夸张性质。

夸张性质研究发展到21世纪，有学者从认知角度进行观察，胡华林指出认知主体在认知客观世界中，通过夸大或缩小客体某一特征的方式形成的一种创造性的意象，对这种意象进行描述时采用的语言表达手段就是夸张。③ 刘大为认为夸张是一种认知性辞格。④

刘勰夸饰包含的文学创作手法、修辞手段两部分内容，在唐钺、陈望道的界定下，收窄为修辞手段。我们在广义修辞学学术转向背景下，重拾刘勰夸饰内涵，把夸张从修辞手段里解脱出来，放宽到修辞诗学的范畴中观察，夸张与夸饰相近，是辞格，也是文学创作手法，还是一种宏观的修辞策略。

诸子运用夸张，学人围绕汉赋、杜甫诗的讨论推进了夸张性质的认识，今人对夸张性质的理解，帮助我们梳理了探索夸张性质的学术历程。学者们对夸张性质问题的关注从古至今未曾间断，这也说明了夸张性质自身的复杂和对其界定的难度。

(三) 夸张形式研究

寻找夸张表现手段、形式特征，一直是学术界关注的重点。

黄侃《文心雕龙札记》强调变形、虚托是夸饰重要表现手段。

---

① 倪宝元：《修辞学习》，东方书店1954年版；郑远汉：《辞格辨异》，湖北人民出版社1982年版；王希杰：《汉语修辞学》，北京出版社1983年版；濮侃：《辞格比较》，安徽教育出版社1983年版；刘焕辉：《修辞学纲要》，百花洲文艺出版社1991年版；谭永祥：《汉语修辞美学》，北京语言学院出版社1992年版。

② 高胜林：《现行夸张的界定值得商榷》，《福州大学学报》2000年第2期。

③ 胡华林：《夸张的认知研究》，硕士学位论文，南昌大学，2005年。

④ 刘大为：《比喻、近喻与自喻——辞格的认知性研究》，上海教育出版社2001年版。

> 庖牺氏、女娲氏、神农氏、夏后氏，蛇身人面，牛首虎鼻，此非有人之状，而有大圣之德。张注曰：人形貌自有偶与禽兽相似者，古诸圣人多有奇表，所谓蛇身人面，非被鳞腹行，无有四肢，牛首虎鼻，非戴角垂胡，曼额解领，亦如相书龟背鹄步，鸢肩鹰喙耳。由此推之，《山经》所说奇状傀形，无非饰词也。
>
> 《淮南子·氾训论》曰："世俗言曰：飨太高者而巆为上牲；藏死人者衺不可以藏；相戏以刃者，太祖刵其肘；枕户棂而卧者，鬼神㦖其首。"此皆不著于法令而圣人之所不口传也……由此推之，世俗恒言有所虚托者，皆饰词也。（《文心雕龙札记》）

江南认为夸张可以分离出夸张点与夸张形象两个要素。①

刘晓峰、崔忠民强调数字表示夸张，某一数字夸大到超现实程度，可以突出事物某特征，增强感染力。夸张的数字具有非理性，现实中不可能存在，不同于用某一数字虚指另一确数，表"几""很多"的用法。②

迟永长指出承载极甚义"死"的基本作用是夸张，目的在于帮助说话人增强表达效果。"死"主要分布在"动+死+了""形+死+了""动（动语素）+死+名（名词素）+了"等句式中。③ 朱祖顺认为夸张补语专指带有极言某种意义程度说法的补语，不像时间、处所、数量、趋向等补语表示实际的意义，主要有"死、半死、要死、坏、要命"等。④

张炼强提倡语法结构可以作为修辞资源利用，强调特殊语法结构包含修辞因素。他总结的具有夸张特色语法格式主要有：形容词重叠、NN 地 V、X 得不能再 X、要多 X 有（就）多 X、比 X 还 X、除了 X 还是 X、X 的 X X1 的 X1、全部 X 只有 Y 等，这些格式是对语法常规、逻辑常规、语法结构表层功能的超越。此种研究意义在于：深入了解某些语法结构的形成和发展，构造、功能和语用价值，从而有助于深入了解汉语语法的一些特点，更好地掌握和利用特殊语法结构的修辞资源，加强修辞研究的科

---

① 江南：《论夸张的构成、性质与内在机制》，《修辞学研究》（第七辑），南京大学出版社 1997 年版。
② 刘晓峰、崔忠民：《虚数与数字夸张》，《语文知识》1994 年第 4 期。
③ 迟永长：《谈汉语"死"的修辞功能》，《辽宁师范大学学报》1998 年第 6 期。
④ 朱祖顺：《"夸张补语"试说》，《赣南师范学院学报》1991 年第 2 期。

学性。① 文章传递出语法与修辞研究不可分割的思想，对我们拓宽学术视野、深化研究模式，有很大的启发。

唐善生觉得句法小夸张与修辞学上常说的夸张有些不同，不是故意地"言过其实"，突出事物某方面的特征，客观上它有一定的纪实性，同时又包含说话人的主观评价，给人一种异常大量或小量的感觉，常与一定的语法手段相联系，带有夸张强调的语气。②

李杰研究了"X 比 Y 还 W"格式兼表实在的比较、虚拟的比较等用法，指出其表示虚拟的比较时，带有夸张功能。③

张望发等意识到超前夸张句式是一个由多个具体句式聚合而成的句式群。超前夸张句式具有四个一般特征：参照性、超前性、主观评价性、标记性。参照性是前提，超前性是核心，评价性是功能，标记性是形式。④张望发另文指出：从形式上看，"还 A 就 B"超前夸张句式具有两个特征：一是关系词"还""就"相互作用，组成此结构；二是 A 与 B 处于同一语法平面，相互之间无包含与被包含的关系。此句式具有语义特征：[＋超前]，功能上可以传递多种极端信息和附加情感信息。⑤

齐春红认定"简直"句运用了夸张修辞手法，"简直"可以表示夸张语气。与比喻、拟人、双关、仿词等结合使用的"简直"句，夸张手法的运用较为明显，是高度夸张；不与其他修辞手法配合使用的"简直"句表达的是心理的真实感受，用法凝固化，夸张手法没有得到凸显，这样的"简直"句是轻度夸张。⑥

吴炳章、李娴发现"全部 A 都……，只有 a……"形式获得的小夸张修辞效果是通过"全部 A 都……"增强语句的语义信息获得反衬，继而通过"只有 a……"凸显例外现象实现的。⑦

张时阳、晁亚若探讨了"数 N"结构语义上具有夸张作用的情况，当"数"为表示不确定数目的虚数时，"数 N"结构具有明显的夸张作用，强调数量多或者少。此用法主要集中在熟语中，具有整体性，中间不能加

---

① 张炼强：《由某些语法结构提供修辞资源论析》，《首都师范大学学报》1995 年第 1 期。
② 唐善生：《句法小夸张》，《语文知识》2001 年第 10 期。
③ 李杰：《"X 比 Y 还 W"格式的夸张功能》，《修辞学习》2001 年第 4 期。
④ 张望发、张莹：《超前夸张句式的特征与基本类型》，《延边大学学报》2002 年第 4 期。
⑤ 张望发：《"还 A 就 B"超前夸张句式浅析》，《汉语学习》2003 年第 5 期。
⑥ 齐春红：《谈"简直"与夸张》，《红河学院学报》2007 年第 3 期。
⑦ 吴炳章、李娴：《指类句的修辞性嬗变》，《中国海洋大学学报》2012 年第 4 期。

量词转化为"数量N"结构。①

全国斌认为"A了去了"是汉语中与这种区间量表达相对的一种极度量表达形式，是一种往大里说即"极度夸张"的修辞构式，相对地"A不到哪里去了"可以表述为一种负向的往大里说即"适度夸张"的修辞构式。二者是基于A的量幅区间里与之并存的量段或量点的相对性。②

程亚恒确定"（X）连YA都没有"式比较句是一种比较特殊的差比构式。典型的"（X）连YA都没有"构式中，Y常常是说话者主观上认为处于系列比较项中靠近低端的一个元素，构式表达的是一种主观上认为"Y算不上A，但X却连Y也比不上"的构式义。非典型的"（X）连YA都没有"构式中，Y是说话者主观上认为处于系列比较项中靠近中间位置的一个元素，构式表达的是一种主观上认为"Y并不很A，但X却连Y也比不上"的构式义。这种差比构式在表达上带有夸张的意味，具有较强的主观性。③

陈勇比较了某些表"相等"关系的句式，如"X等于Y"式、"X顶Y"式、"X抵（上/得上）Y"等，虽然用了表"相等"的词语，但无论是X与Y在表层结构所显示的数量，还是在深层结构所隐含的数量，均不等，如"十年等于一日"。这种"不等"关系实际衍生出了"夸张"关系。④

夸张形式研究融合语法和修辞资源，讨论了其常见形式，尚需深化分析的夸张程度、夸张焦点等问题，取得了一定的进展，至于如何拓展分析，值得期待。

（四）夸张分类研究

夸张分类有多种说法，至今仍在探讨中，没有形成统一的认识。主要观点见表一。

---

① 张时阳、晁亚若：《现代汉语中的"数N"结构》，《汉语学习》2014年第4期。
② 全国斌：《汉语里的两个相对待的夸张构式——谈处于构式连续统中的"A了去了"与"A不到哪里去了"》，《汉语学习》2014年第5期。
③ 程亚恒：《差比构式"（X）连YA都没有"探析》，《汉语学习》2015年第1期。
④ 陈勇：《论汉语双数量的"相等""不等"关系》，《语文研究》2016年第2期。

表一

学者	辞格分类标准	辞格分类结果	出处
陈望道	性质、时间	普通夸张、超前夸张	《修辞学发凡》，大江书铺1932年版
江天	性质、时间	扩大、缩小、超前夸张	《论夸张》，《辽宁大学学报》1985年第5期
刘焕辉	性质、时间	夸大（积极夸张）、夸小（消极夸张）、超前夸张、窜后夸张	《修辞学纲要》，百花洲文艺出版社1991年版
王希杰	结构	直接夸张、间接夸张	《汉语修辞学》，北京出版社1983年版
谭永祥	结构	直接夸张、间接夸张	《汉语修辞美学》，北京语言学院出版社1992年版
倪宝元	结构	直接夸张、融合夸张	《修辞学习》，东方书店1954年版
谢兆龙	结构	借助比喻式、单独运用式	《论夸张》，《语文学习》1979年第3期
黄汉生	结构	借助比喻式、单独运用式	《现代汉语语法修辞》，书目文献出版社1981年版
张弓	多角度、分层次	数量、性态、质量的夸张	《现代汉语修辞学》，天津人民出版社1963年版
黄庆萱	多角度、分层次	空间的夸饰、物象的夸饰、时间的夸饰、人情的夸饰	《修辞学》，台湾三民书局1975年版
沈谦	多角度、分层次	空间的夸饰、物象的夸饰、时间的夸饰、人情的夸饰、数量的夸张	《修辞方法析论》，台北宏翰文化事业有限公司1992年版
李维琦	多角度、分层次	数量、高矮、大小、时间、空间的夸张	《修辞学》，湖南人民出版社1986年版
孙建友	多角度、分层次	结构：单纯夸张、融合夸张 性质：扩大、缩小、超前、后馈 方式：借比喻夸张、借比拟夸张	《夸张研究史略论》，《修辞学习》1995年第2期
吴礼权	多角度、分层次	结构：直接夸张、间接夸张 性质：扩大式夸张、缩小式夸张 方式：折绕式、比喻式、排比式、用典式、超前式	《论夸张的次范畴分类》，《修辞学习》1996年第6期

续表

学者	辞格分类标准	辞格分类结果	出处
曲英杰	强度和语言风格	轻度夸张—实言夸张、中度夸张—戏言夸张、高度夸张—直言夸张、极度夸张—悖言夸张、玄言夸张	《夸张分类新探》,《辽宁师专学报》2001年第3期
周生亚	文学	夸大夸张、缩小夸张	《古代诗歌修辞》,语文出版社1995年版
林东海	艺术	叙述夸张法（赋法夸张）、描写夸张法（比法夸张）	《诗法举隅》,上海文艺出版社1981年版

夸张的分类，众说纷纭，存在分类标准多样，不能全覆盖夸张现象、子项相容等问题。陈望道的普通、超前两类分法没有包容所有夸张现象。分别着眼性质和时间，江天继承陈望道观点把夸张分为扩大、缩小、超前三类。谭永祥对《修辞学发凡》和几本词典的例子进行批驳，认为"酒未到，先成泪"的酒到和成泪没有必然先后联系，不能说是超前，因为必然的先后联系是超前夸张的前提条件之一。[①] 这促使我们设想夸大、缩小和超前的夸张分类没有遵循同一标准，存在瑕疵。

张弓从程度、范围、真伪、题材、效果等多角度分类，结果交叉，标准难操作。

吴礼权分出的直接夸张包括扩大、缩小两式，是个封闭系统。间接夸张举出折绕、比喻、排比、用典、超前等五式为代表，不限于此，是个开放系统。直接夸张没有从语言形式着手划分，而是根据语义的扩大和缩小划分，从辞面不能一目了然，必须思而得之。间接夸张及小类从构成修辞方式的多少角度切入。他把夸张第一层次切分为直接和间接两种，特别是对超前夸张的认识和判定，略去时间先后特征，抓住辞面不直接显现意思，通过句际（或词际）关系暗示所欲表达意旨的语言特点，将其认定为间接夸张的小类，这和同小类的需借助其他修辞方式参与判断标准不同，此种分类值得思忖。

"轻度、中度、高度、极度"是强度的连续统，彼此之间很难截然判别。"实言、戏言、直言、悖言、玄言"的语言形式也没有明显的标志，

---

① 谭永祥：《"超前夸张"例辞甄别》，《逻辑与语言学习》1994年第4期。

很难界定。虽然如此，作者对夸张分类的求新思考是值得肯定的。

除此之外，高锦平还提出"等度"夸张概念，先故意造成夸大其词的气氛，实际却与客观程度相当，将这种均衡关系，称为等度。① 此种均衡是表面的，无论从说话人的主观感受还是从听话人的实际意识观察，它都没有向大夸张，也没有向小夸张，不被夸张的两种形式包容，举出例句如下：

> 我的妈呀！吓得我出了一脑袋头发。
> 真能说大话，地球都让你吹圆了。
> 等你来呀，黄瓜菜都凉了。

我们不太同意他的分析，觉得表达者和接受者并非着眼于客观现实的描述，而是重点强调主观感受。头发客观存在，表达者注意焦点原本不在此处，现在注意到头发的存在，说明表达者处于非正常情况，呈现出惊吓程度强的状态。单个人把地球吹圆，在现实世界不可能实现，此处强调吹牛能量太大，属于夸大夸张。黄瓜菜大多凉拌，原本就是凉的，歪曲说成等凉了，只是抱怨等待时间太久而已。"等度"夸张提法只关注到夸体的客观事实，没有从心理角度、表达者的主观意图上考虑，观点尚需斟酌。张廷远对高锦平指出的"等度"夸张现象，再次命名为"强涉夸张"，② 突出其将互不关涉的两件事强扭在一起进行夸张的特点。

分类是在对事物本质认识的基础上把事物概念化、范畴化的结果，以夸张性质为标准的分类，最被学界认可，但涉及具体例句的归类，有时会出现不同的认定意见，这从反面说明了标准的缺陷。强调夸张结构特征为标准的分类，比较容易操作，但是由于夸张无显性结构标志，人们在认识上存有差别，分类结果有时相异。我们似乎可以把对夸张分类的探索和处理方式当成样本，作为其他辞格分类的参照。

（五）夸张心理研究

夸张常常在心理作用下，强化主观情感，背离现实世界。围绕夸张心理问题，不同学者表达了各自看法，主要观点如下。

---

① 高锦平：《"等度"夸张》，《修辞学习》1998年第1期。
② 张廷远：《特殊的夸张——"强涉夸张"》，《语文知识》2000年第3期。

吴礼权指出夸张客观心理强调人们在强势状态下的情绪和情感，违背逻辑与事理的夸张往往是说写者"忘我"精神状态下的一种"本我"的返真，是人类一种正常而普遍的言语现象。①

间海燕总结艺术夸张的心理原型和基础，具有人类思维早期发展阶段的原始思维和个体思维早期发展阶段的儿童思维共同拥有的同一性特征，以及情感性特征。②

疏志强、陆生从三个角度论述夸张的心理机制。对接受者来说，能强化注意力，引导其深思和品味。对表达者目的来说，夸张文本建构有利于宣泄强烈情感。从夸张文本建构手段来说，夸张依赖想象的心理机制。③

夸张心理研究延续到 21 世纪，凭借新理论的介入，成为学术关注的焦点。

《辞格学新论》认为相似类比是夸张形成的心理基础。李晗蕾在对"阑风伏雨秋纷纷，四海八荒同一云"例句的分析中，表达了此观点。"夸张在表达者而言，不是以夸张事实为目的，而是以夸张为类比手段来凸显表达者的心理状态。夸张于事理不合，但于情理和心理却是极相合的，表达者本人并不认为这是夸张，而只是把它当作一种类比，'四海八荒同一云'从字面上看是夸张的，但是从辞格语义角度看，这是类比联想的结果，在诗人眼里，风雨不息、秋意绵绵的景色仿佛四海八荒都被一块巨大的乌云笼罩着，这种主观相似性是夸张辞格的语义基础，夸张的相似是对事物感知程度的相似，换言之，'阑风伏雨秋纷纷'的程度在作者看来，如同'四海八荒同一云'的程度，前者是现实的感知，后者是超现实的感知。用义集描写为：夸张：[+事物$_1$，+事物$_2$，+可类比，+显性，+超现实，+感知程度，+相似]。"④

作者从语义聚合角度观察夸张，视角新颖，指出相似类比是夸张形成的心理基础，很有道理，但我们不认同某些分析。

此诗句出自杜甫《秋雨叹三首》其二，写作背景正如清人仇兆鳌《杜诗详注》于此诗首引卢注云："《唐书》：天宝十三载秋，霖雨害稼，

---

① 吴礼权：《论夸张表达的独特效应与夸张建构的心理机制》，《扬州大学学报》1997 年第 4 期。

② 间海燕：《论夸张修辞的心理原型——心理与修辞研究之三》，《南京师大学报》1998 年第 1 期。

③ 疏志强、陆生：《浅析夸张的心理机制》，《修辞学习》1999 年第 2 期。

④ 李晗蕾：《辞格学新论》，黑龙江人民出版社 2004 年版，第 151 页。

六句不止，帝忧之。杨国忠取禾之善者以献，曰：'雨虽多，不害稼。'公有感而作是诗。"奸臣当道，民不聊生，诗人赤心忧国忧民，秋风、秋雨、秋意绵延，凄凉、悲愤之情如风雨不绝。整个世界都被乌云笼罩，黑暗里更觉人世的无望，怎能不让人悲愤？李文里"这种主观相似性"指代不明。借鉴汤川秀树"等同确认"认知作用理论中对同一的理解，被视为同一的实际上是"具有相当抽象和普遍的性质"的东西。[①] 我们认为前后两句诗主观相似是诗人复杂感受导致的同一认识，这种同一凭借夸张语言形式表现，变异了景物量限范围，把现实眼前景物凸显成心理上的全天下景物；把诗人主观感受此情此景引起的感受，推衍到普天之景物引起的感受，是抽象情感的极端夸大。

我们不同意"表达者本人并不认为这是夸张"的说法。表达者在强烈情绪引导下，产生新鲜的、个体的原发认知，当选择有意味的诗句表达出来时，逻辑认知应该是参与其中的，诗句表现为修辞意图支配下的产物。正如特德·科恩呼唤理想的接受者，进行"以理解为目的、彼此都清楚意识到的合作"。此合作预设的目标受众范围仅指掌握相关语言，同时还熟悉修辞者所具有的学识、信念、意图、态度，不仅能看出修辞者在使用辞格，而且能恰到好处解读这一辞格的人。如果表达者都不知道自己在使用夸张，又何谈寻找知己接受者呢？诗人写出"四海八荒同一云"时，明确知道自己是在借助物象强化自己的感受，同时期待着接受者的共鸣。"同一云"也是夸张，云如天大。如果着眼云与天的相关性，夸张中暗含借代。

李晗蕾归纳夸张类比的三种主要方式：相关类比、相似类比、相反类比。认为不仅存在单用，也存在配合使用的类比多义情形。她把比喻看成相似类比聚合中零度辞格，夸张是比喻的偏离辞格，夸张处于相似类比聚合的边缘地带，与相关类比范畴比较接近，具有明显偏离度。她从语义角度研究辞格，把辞格当作类似语法单位的整体系统研究，具有很强的创新性。

还有学者强调夸张话语心理基础是人们通过对事物相邻关系延伸的把握，对被描写事物某一方面的数量特征产生了特殊的感悟。夸张生成过程是在交际意向态度制约下产生的"表达度"范围内对相邻环节作出选择的

---

① ［日］汤川秀树：《创造力和直觉》，周林东译，复旦大学出版社1987年版，第94页。

结果。理解夸张是知觉行为表现出的理解性、恒常性心理特征相互作用的结果。① 朱肖一指出创造性想象和再造性想象是建构和接受夸张修辞文本的心理基础。探讨创造性想象的本质和特点,有利于更深刻地理解夸张修辞文本的生成缘由;研究再造性想象的本质和特点,有助于更好地了解夸张修辞文本的接受规律。②

（六）夸张原则研究

刘勰提出"夸而有节,饰而不诬",《诗经》《尚书》的夸张是典范,不能"名实两乖"。夸张要有节制,不能违反事理。

刘知几批评司马迁在《史记·司马相如传》和《扬雄传》里引了他们的赋,认为"繁华而失实,流宕而忘返"。

> 《东观汉记》曰:"'赤眉降后,积甲与熊耳山齐'云云。难曰:案盆子既亡,弃甲诚众,必与山比峻,则未之有也。昔《武成》云:'前徒倒戈,血流漂杵。'孔安国曰:'盖言之甚也。'如积甲与熊耳山齐者,抑亦'血流漂杵'之徒欤?""言之甚也"就是铺张。（《史通·暗惑》）

刘知几从历史文体特点出发,强调质实,反对华文是有道理的,但他的批评忽视了一个事实,传记主要突出了两位辞赋家的成就,辞赋上的特色,如果不引用赋作为论据,则很难让人信服。

李商隐批评前人文风,提倡"好对切事,声势物景,哀上浮壮"的作文之法。

> 后又两为秘省房中官,恣展古集,往往咽嚛于任、范、徐、庾之间。有请作文,或时得好对切事,声势物景,哀上浮壮,能感动人。（《樊南甲集序》）

他强调对仗工整,贴近所咏事物,声势壮大,感人至深,"哀上浮壮"是最高境界,注意到夸张情感和语言形式关联的问题。

---

① 廖巧云:《相邻关系视角下的"夸张"》,《外语教学》2008 年第 3 期。
② 朱肖一:《想象与夸张修辞文本的建构和接受》,《中南大学学报》2003 年第 5 期。

元好问对"斗靡夸多""布谷澜翻"行文风格进行了否定。

人们对夸张原则的探讨,从古至今未曾间断。余菁认为:夸张与时代是并存的;夸张与真实是统一的;夸张与浮夸是相悖的。夸张是人类以一种极不合逻辑的思维方式表达某种纯主观感受的有效手法,刻画纯主观感受的强度和深度。夸张的逻辑结构可用数学概念描述为反比关系,它主宰了夸张手法由形式上的不合逻辑转换成内容上的合乎逻辑的心理过程的完成。划定夸张修辞的效果范围,可以给计算机的夸张修辞行为设定有效空间,规划一些导致无效行为的禁区和有效行为的必要条件,有可能赋予计算机一定的夸张修辞能力。①

胡习之、高群指出夸张与吹牛都是故意言过其实,违背逻辑规约,但两者有本质的不同。它们在言语表现、使用心态、目的及语言、物理、心理、文化世界和真假关系上都有差异。人们对张大事实言语现象的夸张与吹牛的评判标准包含两个方面:文化、心理度和领域、语体度。夸张与吹牛存在大量的"非此即彼"的典型成员,也存在"亦此亦彼"的中介现象。②

赵宏发现夸张中存在两种真实。夸张中需要的真实:所说事物有无某种特征、属性的真实,即预设前提为真;不需要的真实:特征、属性是否超过现实世界中可能"度"的真实,夸张在"度"上应该"言过其实"。③

曹晓宏等认为夸张表现的并不是客体外形存在之真,而是主体情感流程之真,它所展示的内容不能在经验世界中还原,可以在情感世界中得到验证,实现客观真实与艺术真实、理性认识之真与审美体验之真的辩证统一。④

郑文贞、余纲强调夸张具有在客观现实的限制下,接受者能明显感受主观故意,过度表达的修辞效果。夸张是在客观基础上生成的,任何事物的性质、特征总有个相对限度。这个客观限度,也就是夸张有可能让人家明显地看出是故意地言过其实的客观基础。⑤

---

① 余菁:《英语夸张修辞的逻辑结构及效果范围》,《怀化学院学报》2007年第1期。
② 胡习之、高群:《有意夸大的言语行为:夸张与吹牛的判别》,《毕节学院学报》2008年第1期。
③ 赵宏:《夸张的真假与认知思维模式》,《贵州教育学院学报》2009年第1期。
④ 曹晓宏、郑群:《夸张:物理之真与心理之真的辩证统一》,《云南师范大学学报》1999年第4期。
⑤ 郑文贞、余纲:《修辞格的客观基础》,《厦门大学学报》1963年第3期。

韦世林找出夸张辞格的逻辑支点——概念的限制。夸张产生的逻辑程序：用"限制"的逻辑方法，给夸张对象增加一些特殊内涵——可能属性；检查加上去的可能属性，是否符合"远离现实世界之实而又不超越可能世界之度"的逻辑准则。他运用模态逻辑的"可能世界"理论，对夸张进行逻辑剖析。①

冯寿忠判定夸张最低标准是夸张与非夸张的分水岭"度"，"合度"，即必须"言过其实"。"实"，即事物或信息客观、实际量的值。不合"度"则为非夸张。夸张正确的关键以被表述事物或信息质的存在或不变为前提。判定某一夸张表述适宜与否，必须以语域作依据。夸张在语域的适应性上是有局限的，科研领域里的科学作品是绝对排斥夸张的，文学领域里的文学作品和社交领域里的交际语词，只有在需要对被表述事物或信息进行量的强化性表述时才使用夸张。区别"浮夸"与"吹牛"的标准为"在应该作客观表述的语域中使用了夸张或在应该谦虚的语域中使用了夸张"，二者与夸张的区别在于适宜性。②

周一农重新梳理了历史上关于杜诗《古柏行》的种种争议，从方法的"维""度"出发，进一步探讨了夸张的游戏规则，指出了该诗隐藏的深层逻辑悖论。③

还有学者认为夸张只能在一个层次进行，不能进入第二层次，对同一客观事物不能进行两次夸张，被夸张后的事物不能再与其他事物进行比较。④

对夸张原则的理解、夸张和逻辑关系的探讨，牵涉夸张真假、合度等问题，研究尚待进一步深化。

（七）夸张认知研究

辞格观的差异，引领修辞研究范式多样化，如何把西方理论和汉语夸张实践结合研究，是我们面对的难题，也是理论本土化研究的价值所在。

《比喻、近喻与自喻——辞格的认知性研究》在认知原发过程的分析中，梳理出有介体和无介体两种认知变化方式。夸张具有无介体、自变关

---

① 韦世林：《试析夸张辞格的逻辑支点》，《云南师范大学学报》1996年第4期。
② 冯寿忠：《夸张的标准试说》，《修辞学习》1996年第4期。
③ 周一农：《夸张的维度与古柏悖论》，《浙江社会科学》2003年第2期。
④ 冯振广：《避免两级夸张》，《语文知识》2002年第7期。

系特征，属于自喻系统辞格。①

蒋勇用推导夸张梯级含义的方法推导夸张性隐喻的梯级含义，即通过"下移"或"上浮"的方法，从语用梯级中的夸张程度点（或称参照点）的状况推导出语用梯级中相邻的强调程度点（或称目标点）的状况。夸张性隐喻的命题信息与背景知识的互动和张力运动使听话人从隐喻命题所描述事物的极限程度推导出事物的非常程度。因此，夸张性隐喻在交际中的主要功能是传递梯级含义而不是双重指代。②还有人采用空间复合论分析讲话人在生成夸张言语时，在虚拟复合空间中铸造新创结构的具体方法，论证夸张的梯级含义功能。③

蒋冰清也持夸张是一种认知性修辞格观点，指出夸张是由于人们对客观世界认知关系的改变而产生的一种超常规的变异心理过程。夸张的认知心理过程包括夸张生成和夸张接受的认知心理过程两部分。④

张超认为夸张是故意用话语表述出一种不符合基础认知的虚拟认知，通过形成认知距离而凸显对象属性的一种表达手段。夸张成立必须满足两个条件，一是基础认知程度值必须为真，二是认知距离必须大于零。夸张要有效，其言辞传达出的情感值不能超过人们认知限定的情感最大值。⑤他从认知角度探讨了夸张定义、成立条件和有效性条件等问题。

范振强、郭雅欣运用高层转喻对夸张生成和理解的认知语用机制进行分析，发现从发话者的角度而言，夸张生成的高层转喻机制有"量标"转喻、"部分整体互代"转喻以及"因果互代"转喻；从受话者角度分析，夸张的理解基于事件域的高层转喻推理；无论是发话者生成夸张还是受话者理解夸张，都是多种源自身体经验的高层转喻合力发挥作用的过程。夸张推理体现了发话者和听话者的交互主观性，是发话者运用与受话者拥有共同体验的认知机制以共同视角看待客观世界或实施行为的一个过程。⑥

夸张不仅是一种认知辞格，而且已经潜移默化地渗入了人类的认知活

---

① 刘大为：《比喻、近喻与自喻——辞格的认知性研究》，上海教育出版社2001年版，第204—211页。
② 蒋勇：《夸张性隐喻的梯级含义功能》，《现代外语》2004年第3期。
③ 俞理明、蒋勇：《隐喻性夸张与复合空间》，《外国语言文学》2004年第4期。
④ 蒋冰清：《夸张的认知心理机制研究》，《广西社会科学》2008年第4期。
⑤ 张超：《夸张辞格的认知阐释》，《贵州教育学院学报》2009年第8期。
⑥ 范振强、郭雅欣：《高层转喻视域下夸张的认知语用研究》，《当代修辞学》2019年第3期。

动中，人们大致相同的身体感知机制和外部经验，促成夸张跨主体相通性成为可能，夸张作为一种认知模式逐渐引起关注。

（八）夸张机制研究

学者们力图探求夸张生成的深层动因，江东认为夸张点制约着夸张物的选择，二者要有被表现与表现的关系，夸张幅度受夸张点制约。当夸张点是事物的具体属性时，局限性大，夸张要注意分寸，不能过于超越现实。当夸张点是人的感情与事物的抽象属性时，由于抽象程度高，很少受现实限制。但此时，夸张形象要注意节制，夸张要有一定分寸。①

于广元《汉语修辞格发展史》指出强化是增强语言表现力的一种修辞机制，夸张就是通过强化机制来增强语言表现力的。无论是扩大夸张、缩小夸张还是超前夸张，都是强化机制在起作用。夸张是故意言过其实，在客观事物真实的基础上，经过艺术的加工，达到艺术的真实。"故意言过其实""艺术的加工"是一般性的说法，如果从修辞机制上来考虑，可以说是强化机制在起作用。虚化是对事物进行虚写的一种修辞机制，夸张也是因虚化机制形成和发展起来的。有时人们对夸张产生误解，就是因为没弄清虚写而据实计算、据实理解，忽略虚化机制作用的结果。有时人们夸而过度，也是因为对虚化机制没有把握好。可见，正确理解和把握虚化机制，是夸张发展的一个关键。夸张以真实为基础，与真实对立统一，说明夸张不是凭空捏造的。因此，所谓虚化的"虚"是有"实"的基础的。夸张的形成和发展，强化机制和虚化机制都起了作用，从表达效果看是强化机制起了作用，从表达手段看是虚化机制起了作用，两种机制难分主次。②

向莉梳理了历代文学作品的夸张运用，证明了现实世界与情感世界是形成夸张的双重基础，作家独特的心灵创造将二者沟通起来，使情感超越现实，创造出震撼人心的艺术形象。③ 江南发现夸张机制表现为三方面：简单夸张中夸张点制约夸张物的选择；夸张点制约夸张幅度；在复杂夸张中，夸张点制约夸张形象的构成。④

---

① 江东：《谈夸张的真实性》，《徐州师范大学学报》1990年第1期。
② 于广元：《汉语修辞格发展史》，吉林人民出版社2003年版，第399页。
③ 向莉：《论夸张艺术的情感基础和现实基础》，《西南民族大学学报》2003年第8期。
④ 江南：《论夸张的构成、性质与内在机制》，《修辞学研究》（第七辑），南京大学出版社1997年版。

近年来，一批学者运用符号学理论、心智哲学探讨夸张生成机制和原理，取得一定进展。刘倩强调"夸张"的修辞特征是由使用语言的人赋予的。夸张的理解可以视为在语词的使用规则和人们的信念选择两大前提下进行的；夸张表达的内涵特征和本体的内涵特征具有相似的心理属性；信念选择是人们能够在适宜的意向态度作用下对作为意向内容的夸张语词表达做出解读；意向态度可有三个次范畴；这种解释是一种反溯推理。① 赵明将心智哲学的意象和认知语用学的说话人主观意义作为夸张生成和解读的主要限制条件，解释夸张如何以夸张意象指向本体意象。认为指类思维的概念层面运作体现为三个要点，即夸张是说话人刻意的主观性语用意图的实现；夸张意象是该主观性语用意图实现的具体手段；夸张意象指向本体意象的实现程序是类—属或者属性—属性联结推理操作。② 徐蕾把莱布尼茨的"同一性"作为哲学指导纲领，以"感受质随附"为认知的具体解读模式，全面分析夸张中的感受质如何在人类惯势性类—属思维的作用下，在不可分辨和等价定律的操作中，完成感受质和表述之间在意义上达成同一性的执行过程。③ 邵春、胡志强指出夸张语义特征是"扬虚隐实"，实的部分与虚的部分可以分别被看作对客观事物的真值和估值描述。在修辞意向的驱动下，估值的取值超出了一定范围而形成了字面含义为假的话语。④ 研究者着力探讨夸张语义在推理过程中产生的内在修辞机制，丰富了夸张研究。

（九）夸张效果研究

刘勰第一个总结了夸张功用，赞扬其修辞效果。

> 辞入炜烨，春藻不能程其艳；言在萎绝，寒谷未足成其凋，谈欢则字与笑并，论戚则声共泣谐。信可以发蕴而飞滞，披瞽而骇聋矣。（《文心雕龙·夸饰》）

姚仲明觉得夸张是基于创作主体的审美需要、审美心理、审美活动等的特殊表现，是高于生活真实的、变形的艺术美，是强化审美效应的一种

---

① 刘倩：《"夸张"为什么可能——"夸张"的意向性解释》，《中国外语》2013 年第 2 期。
② 赵明：《夸张的指类分析》，《外语学刊》2015 年第 3 期。
③ 徐蕾：《夸张的感受质同一性》，《外语学刊》2016 年第 4 期。
④ 邵春、胡志强：《夸张与意识双重结构》，《西安外国语大学学报》2017 年第 3 期。

物化过程、艺术手段。①

康梅林指出夸张具有概念功能、人际功能、组篇功能，在语言偏离方面与"前景化"保有高度一致性。②

杨峥琳认为夸张不恪守客观真实的束缚，用模糊的语言方式表现审美主体原初的情感体验；在心理距离的空间内，使阅读者获得审美再创造的乐趣；通过深层语义容纳尽可能多的情感信息，提高审美信息传递的效率。③

廖逢珍归纳夸张具有意象美、情感美、崇高美、幽默美特征。④

黄长江从构思文章角度论证夸张在构思时的价值，把夸张手法分为四类：人物的夸张体现为形象夸张、行为夸张、语言夸张、心理夸张；事件的夸张体现为贯穿于事件全过程、某一环节、某个场面；情境夸张侧重于环境、气氛、情绪的夸张；程度的夸张。⑤

汇聚于夸张效果的研究成果相对薄弱，尚需进一步拓展。

（十）夸张艺术手法研究

朱彤指出夸张是艺术创作的基本法则，只有运用虚构进行夸张，才能创造艺术美。⑥

杨嘉论证夸张使虚构达到更好的艺术效果，虚构需要夸张去强调其描写意图，强化事物本质，二者相辅相成，互为作用。他通过分析《聊斋志异》虚构和夸张的运用，总结文学夸张手法主要表现为：形象的夸张，情绪的夸张，意义的夸张，景物的夸张，事件的夸张等。⑦研究较早关注到文学的想象、虚构、夸张三者的关系。

张抗抗《小说创作艺术感受》强调艺术感觉较之生活原来形象更为生动、形象、精细、凝练或者夸张变形。⑧

金道行认为艺术夸张表现为漫画式、细节式、浪漫式、戏剧式、寓言式等类型，夸张辞格与艺术夸张不同。夸张辞格是语言运用的技巧，

---

① 姚仲明：《夸张的美学价值》，《黄冈师专学报》1991年第3期。
② 康梅林：《从功能文体学看夸张辞格》，《武汉理工大学学报》2007年第3期。
③ 杨峥琳：《略论夸张的修辞效应》，《思茅师范高等专科学校学报》2003年第1期。
④ 廖逢珍：《夸张艺术魅力举隅》，《黑龙江教育学院学报》2009年第3期。
⑤ 黄长江：《燕山雪花大如席——谈夸张在文章中的运用》，《新闻知识》1992年第4期。
⑥ 朱彤：《夸张——艺术创作的基本法则》，《南京师大学报》1982年第3期。
⑦ 杨嘉：《文学的想象、虚构和夸张》，《暨南学报》1983年第4期。
⑧ 张抗抗：《小说创作艺术感受》，《当代文坛》1985年第3期。

体现为词、句形式，艺术夸张参与人物描写、情节构成、形象创造，完整，不能句摘。夸张辞格依赖想象、虚笔，艺术夸张重在客观事实的记录，营造艺术的真实。夸张辞格效果能憎能爱，偏重形式美，艺术夸张效果在于讽刺与幽默，强调内容美。① 他在修辞技巧论的视野里定义夸张辞格，在文本创作视野里界定艺术夸张，研究范畴没有设定在同一层面，虽然想努力寻找两者差别，但并没有达到自己的学术目标，让人信服。

艺术夸张不仅表现在文学创作中，还表现在音乐、美术、影视、产品研发等更广阔的领域中，夸张这种思维模式，具有强大渗透力，绵延在文化传统的长河里，彰显在文化艺术的多个层面。

(十一) 夸张运用研究

学者们关注夸张本体研究的同时，也注重夸张实践运用，分析提炼夸张运用原则。此类研究成果覆盖面广、历时长、数量多。夸张运用研究成果丰富，主要集中在广告、文学作品等领域。特别是围绕李白、杜甫的夸张语言现象，针对专书《史记》等夸张的探讨，延续了刘知几的思考，架起历史和想象的桥梁。

1. 夸张在广告中的运用研究

广告的求真性质使人们对夸张在广告中运用的合适度产生质疑，慕明春认为文学夸张与广告夸张二者幅度、侧重点、目的不同，文学夸张提倡大胆，夸张幅度大，通过艺术变形渲染思想感情，符合美学原则；广告具有夸张意味，幅度小，淡化主观感受，强调商品或服务的客观性能与效果，服从经济规律。②

丁柏铨论证了广告语的夸张通过对商品、服务某些特点夸大、缩小、变形或者强化主观心理感受得以表现。有适度、极度两种夸张类型可取，不能出现介乎两者之间的夸张。夸张语言必须与受众心理、商品本质、品格契合，不能引起误解。③

张勇军强调夸张失去形貌的真，达到体现事物本质的真，产生传播效果。夸张不能夸大，弄虚作假欺骗消费者。④ 接受者可以通过对字面信息

---

① 金道行：《夸张修辞与艺术夸张》，《语文教学通讯》1985年第12期。
② 慕明春：《关于广告的夸张》，《修辞学习》1994年第5期。
③ 丁柏铨：《论广告语中的夸张》，《语言文字应用》1995年第1期。
④ 张勇军：《广告的夸张与夸大》，《修辞学习》1997年第2期。

即表层信息的解读，探求深层信息即本质信息，理解夸张更高层次的艺术真实。

兰宾汉分析广告语要显示夸张的魅力，需要协调夸张与广告语其他因素关系，切合受众接受心理，注意商品类型对其运用的影响。要以诚为本，准确表现商品或服务的本质特点。① 他还根据不同的分类标准，总结了广告语的夸张类型，论述了夸张是广告语的基本修辞手法这一观点。

高金章、马向晖提出广告艺术夸张的感性形象、内涵、情感要真实，应遵循的原则为：比喻不出歧义；夸张不导致乱真；防止意错；明确艺术真实和商品、服务信息真实；感受类要求生活化表现；朦胧类不宜和文案同时渲染；允诺表达明确具体，具有可兑现的刚性；特殊产品广告一般不宜渲染；夸张要注意文化心理、地域差异，让接受者对夸张、真实做出正确判断。②

赵宏《广告夸张与虚假的语用辨析》立足于广告的语境和语体特征，阐明了广告中"夸张"和"虚假"语用产生的原因，从语用和心理认知的角度，辨明了夸张修辞中涉及的"实"与"度"的区别，认为虚假广告已经成为一个较为严重的社会问题，"夸张"和"虚假"的语言使用倾向对广告业的发展影响甚大。③

针对广告语这一特殊文体要求，研究大都着眼于广告真实性和夸张虚构性辩证统一关系，探寻广告语夸张的表现方式，总结运用夸张注意事项和运用原则等问题，目的是更好地指导广告语的创作和解读。

2. 夸张在文学作品中的运用研究

周振甫把顾况《宫词》和李白《北风行》比较，认为顾况用四个夸张格分别指四样事物，用"玉"指美好，用"天半""近秋河"指高，用"水精"指晶莹，夸张在情理之中。李白用四个夸张格夸张一样事物——寒冷，"雪花大如席""北风号怒天上来""寒门""日月照之何不及此"，出乎情理之外。④ 刘明华论述了数字夸张系统与思维定式的关系，夸张、壮语、胸襟、物象四者的牵连，以及由杜诗生发出的关联性思考。⑤ 张国伟对比李白和杜甫夸张运用的差异，强调李白整首诗运用夸张，如《蜀道

---

① 兰宾汉：《夸张：广告语中的基本修辞手法》，《人文杂志》1998年第5期。
② 高金章、马向晖：《广告艺术夸张度研究》，《郑州航空工业管理学院学报》1999年第1期。
③ 赵宏：《广告夸张与虚假的语用辨析》，社会科学文献出版社2014年版。
④ 周振甫：《夸张和跳跃》，《瞭望》1988年第22期。
⑤ 刘明华：《杜诗夸张二题》，《西南师范大学学报》1990年第4期。

难》《将进酒》；杜甫局部运用夸张。李白把夸张和奇特想象或神话传说结合在一起，如《梦游天姥吟留别》《北风行》；杜甫运用夸张为了更好反映现实，如《九日寄岑参》等。李白夸张从天而降，先声夺人，如"君不见黄河之水天上来"；杜甫则有很多铺垫，水到渠成，如"耶娘妻子走相送，尘埃不见咸阳桥。牵衣顿足拦道哭"自然引出"哭声直上干云霄"。李白夸张语调高昂、感情奔放，杜甫语调苍劲、感情深沉，形成《蜀道难》与《剑门》的不同风格。① 他通过分析李白、杜甫运用夸张的不同，概括出现实主义和浪漫主义运用夸张的不同，赞扬了杜甫夸张与体物入微融合，精确恰当，运用自然。王新媛指出李白诗中的夸张主要表现在写山写水、烘托气氛、吟咏美酒、抒写离情、激发豪情、蔑视权贵、寄托愁思等方面，多运用夸大手法，借助丰富的想象，常与比喻、拟人、对比修辞等连用，量词使用丰富。② 我们认为借助丰富的想象不能算夸张形式，语料来源《唐诗鉴赏辞典》，范围狭窄，结论说服力较弱。

梁建邦论证了《史记》运用扩大夸张、缩小夸张，直接描述、借人物语言夸张，漫画式夸张等形式，强烈地表达思想感情，突出事物本质特征，增加了事物的形象性和情节的生动性。③ 唐子恒以《苏秦列传》苏秦游说诸侯国的记事为例，发现在尊重历史事实的前提下，《史记》常常运用虚构夸张等手段，使该书在一些细节叙述上，常有难以解释甚至前后矛盾的地方。④ 这两篇文章一褒一贬，促使我们更多地思考：夸张手法与历史事实应该如何结合？

王卯根观察到由于作者特定情感和人物心理需要，《史记》某些片段中时间副词在意义上反向使用，使长久时段夸张得短暂，短暂时段夸张得长久，呈现出使用意义和固有意义的背离，隐含意义和字面意义的反差。⑤ 研究着眼点关注时间副词的特殊用法，侧重点不在夸张。

章可敦考察夸张应用于《诗经》的状况，认为战争诗通过夸张军威、道德，从侧面映衬战争。两汉乐府诗夸张了人物的服饰、仪仗，是

---

① 张国伟：《因夸以成状，沿饰而得奇——杜甫对夸张艺术的运用》，《河北学刊》1991年第5期。
② 王新媛：《此曲只应天上有，人间能得几回闻——评李白诗中的夸张》，《现代语文》2006年第8期。
③ 梁建邦：《〈史记〉的夸张修辞》，司马迁与《史记》国际学术研讨会论文，西安，2000年。
④ 唐子恒：《〈史记〉叙事的矛盾与夸张》，《晋阳学刊》2002年第4期。
⑤ 王卯根：《〈史记〉时间副词的反向夸张用法》，《修辞学习》2009年第2期。

详写的对象。①

　　章沧授在对诸子散文详细引证的基础上，指出诸子散文的夸张随处可见，主要表现为比喻夸张、排比夸张、性状夸张、数量夸张、以小容大的夸张等形式。②

　　窦丽梅分析汉赋使用夸张的原因主要是顺应润色鸿业的社会需要，赋家独特的想象是心理基础，先秦纵横家的影响，对屈宋之赋传统的继承等。汉赋夸张的特点有：夸张多是排比式，往往和别的修辞方式结合在一起使用；对实在实有之物进行扩大性表述，创造出带有神话色彩的意境；夸张运用存在鱼龙混杂现象。③ 作者肯定了夸张的价值，认为汉赋作为一代之文学离不开夸张；同时也指出汉赋具有被文体所限制，为了追求新奇，夸张过度的弊端。

　　李慰祖指出深刻主题和夸张手法的统一是《七发》成为讽喻大赋成功的主要原因，对"观涛"的刻画，极尽铺张扬厉，使场面宏大有层次感。④ 余翔、林阳地认为《李凭箜篌引》借助夸张，由近及远、由人到神，描摹了音乐效果的强烈感染力。长安城的人们陶醉在李凭弹奏的美妙箜篌声中，忘情、移情，竟连深秋的风寒露冷也丝毫未觉。箜篌之声不仅打动君王，而且感动天神，使鱼蛟见赏。⑤ 向莉强调《红楼梦》运用夸张手段，抒愤激之情、同情之情、赞美之情、讥讽之情、愉悦之情，表达作者对社会、对人生的深切感受，对众多年轻女子悲剧命运的同情和关怀，传达了强烈的不满和愤懑。⑥ 蒋冰冰觉得《西厢记》肯定了崔、张爱情的坚贞，谱写了"愿普天下有情的都成了眷属"的颂歌，夸张具有通俗化、个性化，赋式夸张大量出现的特征。⑦

　　夸张在古代文学作品中运用广泛，在现当代文学作品中的运用也很普遍。

---

　　① 章可敦：《论〈诗经〉威仪描写和汉乐府人物服饰的夸张》，《辽宁教育行政学院学报》2005 年第 7 期。
　　② 章沧授：《论先秦诸子散文的夸张艺术》，《安庆师范学院学报》1989 年第 3 期。
　　③ 窦丽梅：《汉赋中的夸张》，《修辞学习》2000 年第 4 期。
　　④ 李慰祖：《哲理性的主题与夸张的表现——枚乘〈七发〉简论》，《韶关学院学报》1993 年第 3 期。
　　⑤ 余翔、林阳地：《浪漫摇曳在幻想夸张之中　典范长存于音乐飘香之外：李贺〈李凭箜篌引〉营造的音乐美》，《电影评介》2009 年第 15 期。
　　⑥ 向莉：《〈红楼梦〉夸张辞格的情感特征探析》，《西南民族学院学报》2002 年第 6 期。
　　⑦ 蒋冰冰：《澎湃系情愫，炽烈滚肺腑——谈〈西厢记〉中夸张手法的运用》，《修辞学习》1997 年第 2 期。

张耀辉剖析了《木偶奇遇记》《爱丽丝漫游奇境记》《豌豆上的公主》《大林和小林》《一个天才的杂技演员》等作品，认为童话的夸张是全方位的、极度的，人物外形、语言、行为、性格、遭遇等都可以借助夸张表达。①

樊发稼是童话作家，在自己创作基础上论证了童话的夸张具有对生活中的人或事进行全面艺术放大，使某种特点、特征获得"最大化"效果的特征。夸张常和幻象联系在一起，没有夸张，就没有童话中特有的幻象，也就没有童话。② 他用浅显的语言，说出幻象思维、夸张手法、童话文体之间的关系。

吴福辉指出张天翼把讽刺小说的人物放到显微镜下，用状态"廓大"方法，塑造了《善举》《砥柱》《呈报》里的典型人物。夸张贯穿构思、手法、用语等方面，使文章达到讽刺的效果。③ 赖志明认为张天翼讽刺小说显示的独特艺术个性是通过戏剧性的片段构思，讽刺典型，通过夸张和对比手法揭示人物内涵，运用了幽默、尖峭的讽刺语言显现的。④

张云峰发现老舍的《正红旗下》从词汇、语法、语用等层面，通过"确认、肯定"情感态度，减弱、淡化"言过其实"，营造夸张的"真实"氛围。⑤ 徐景洲揭示出鲁迅夸张地描绘了阿Q在土谷祠时的兴师动众，在艺术真实中传达出历史的真实，从而彰显阿Q悲剧的必然性。⑥ 雷涛举例说明了阳翰笙戏剧中扩大夸张、缩小夸张、融合夸张的运用。⑦

孙光萱分析了夸张在诗歌中的表现形式，关注到散文和诗歌对夸张取舍和承受的不同是由于人们阅读不同语体的心理期待相异导致的特点。散文贴近生活，凭借真情实感取信于人，诗歌更注重形象，具有更多夸张的权利。⑧

---

① 张耀辉：《略谈童话的夸张》，《写作》1994年第11期。
② 樊发稼：《童话的艺术夸张》，《少年月刊》2004年第18期。
③ 吴福辉：《锋利·新鲜·夸张——试论张天翼讽刺小说的人物及其描写艺术》，《文学评论》1980年第5期。
④ 赖志明：《简捷·夸张·幽默——从〈包氏父子〉和〈华威先生〉看张天翼小说的讽刺艺术个性》，《西江大学学报》2000年第4期。
⑤ 张云峰：《"真实"的夸张——老舍先生的另一种语言风格》，《襄樊学院学报》2009年第7期。
⑥ 徐景洲：《夸张愈奇，愈近事理——谈阿Q土谷祠被捉场面的夸张描写》，《阅读与写作》1996年第1期。
⑦ 雷涛：《阳翰笙戏剧的夸张艺术》，《宜宾学院学报》1996年第3期。
⑧ 孙光萱：《诗歌"夸张"综论》，《辽宁教育行政学院学报》1995年第1期。

南帆指出余华的《兄弟》上部仅是一些夸张的悲欢离合，生活和历史被单纯化。下部变本加厉地夸张，从泪痕斑斑的悲情转向逗乐的闹剧。喜剧风格更多地运用了夸张的修辞策略。① 他在对作品整体评价否定居多的情况下肯定了《兄弟》的夸张修辞策略，但对产生的夸张效果提出质疑。认为人物僵硬倾向有增无减，无人折磨灵魂，他们内心扁平单一，自始至终，动作不太连贯地向事先设定的目标迈进，导致人物与历史内部的巨大冲突脱节，以致他们的故事不可能提供历史启迪，历史也不可能给这些性格注入深刻的内涵。

张恒君论述莫言作品的色彩摹绘独具特色，追求色彩可视化效果，再现事物的印象色，带有浓烈的主观性，呈现出颜色的夸张。对事物和感官体验的描写，极尽夸张与想象，创造出属于自己的魔幻与现实世界。②

陈淑梅运用叙事学方法对王安忆的《弟兄们》进行分析，觉得《弟兄们》表现了在距离与声音方面移步换形的丰富意味。叙述者参与女性故事时，不再仅仅是毫无保留地同情、声援与支持，而是有距离的温情，以戏仿、评论、夸张的方式给女性故事涂抹上另一种色彩，从而呈现出叙述主体对于女性故事新的态度，为女性故事创造了新的艺术表现方式。③

学者们还关注到少数民族诗人、作品的夸张运用情况。李学琴指出《格萨尔》具有藏族文学语言辞典特质，夸张是其语言特色，呈现缩小、窜前等多种形式。夸张分别与比喻、比拟、叠音、对比、映衬结合运用，效果表现为揭示事物本质特征，表达人物思想感情，刻画人物栩栩如生，看清楚人、事等方面。④

晴川发现诗人阿拜被夸张视角和变形的世界激活创作灵感，告别因袭写法，用诗歌唤醒人们对西部边塞的热爱与向往。⑤

学者们还涉及外国作品夸张运用的研究。孙致礼认为《华尔特·密蒂的秘密生活》刻画了无知英雄形象。主人翁梦想当飞行员，却不懂航空知识；梦想当医生，却不懂医学；梦想当神枪手，却不懂兵器；梦想当机械

---

① 南帆：《夸张的效果》，《当代作家评论》2006 年第 4 期。
② 张恒君：《莫言小说语言风格论》，《小说评论》2015 年第 4 期。
③ 陈淑梅：《声音与距离——对王安忆〈弟兄们〉的叙事学分析》，《文艺争鸣》2013 年第 9 期。
④ 李学琴：《浅谈〈格萨尔〉中的夸张》，《西南民族大学学报》1992 年第 2 期。
⑤ 晴川：《灵感妙悟与夸张变形——回族诗人阿拜抒情诗欣赏》，《民族文学研究》1995 年第 4 期。

师,却不懂机械常识。作品凸显了西方幽默文学借助夸张达到讽刺效果的传统。①

郭珊宝觉察儿童心理和情趣渗透在狄更斯小说的氛围里,就连叙述者的语气也具有孩子特有的夸张性。童稚的夸张不但被叙述者描绘,也被小说中大部分成年形象诉说。接受者只要把握住童心式夸张关键词,就会获得研究其小说中成人性格的楔子。刘白论证了狄更斯作品中彰显出的一系列二元对立或统一的关系,如思想上的传统与激进、扁形人物与圆形人物的塑造、夸张与真实的矛盾统一、幽默与讽刺的结合等,展现了狄更斯作品所体现出来的张力和深度,狄更斯的伟大及其小说的经典性也正是在这些二元关系中显现出来。②

徐仲炳、蔡国亮论述了夸张在莎翁剧中的作用主要表现为渲染悲剧恐怖气氛,突出主人公内心矛盾冲突,鲜明表露人物情感,深刻暴露丑陋邪恶等方面的特性。③

葛艳萍、刘兰指出《竞选州长》借用夸张手法,给"正派人"扣上伪证犯、肮脏的舞弊分子、可恶的讹诈专家等帽子,鼓吹令人吃惊、爆炸、神经错乱、几乎发疯的情绪,表现出政客们手段毒辣、造谣猛烈之态,讽刺了道德品质和竞选结果矛盾的可耻真相。④

刘轶、韩惠民论证《百年孤独》的夸张起到影射现实、针砭时事,刻画人物形象传神,刻画环境印象深刻等作用。⑤

古今中外文学作品都出现了夸张的身影,大多分布在诗歌、童话、戏剧、小说等文艺文体里,表现出夸张的跨民族使用特征。学者们通过对夸张运用语言事实的考察,认识夸张本质,归纳夸张运用原则,力图为夸张理论建构提供实证。

(十二) 外语界对夸张的研究

多种语言出现了夸张现象,我们通过对别类语言夸张现象和理论的总

---

① 孙致礼:《瑟伯作品的讽刺与夸张——〈华尔特·密蒂的秘密生活〉浅析》,《译林》1980年第2期。
② 郭珊宝:《狄更斯小说的夸张》,《外国文学研究》1987年第4期;刘白:《狄更斯作为经典作家的形成过程》,《湖南社会科学》2015年第4期。
③ 徐仲炳、蔡国亮:《莎士比亚〈哈姆莱特〉剧中的夸张艺术》,《外国语》1991年第1期。
④ 葛艳萍、刘兰:《谈〈竞选州长〉中的对照与夸张》,《牡丹江师范学院学报》1996年第2期。
⑤ 刘轶、韩惠民:《瑰丽奇异,恍惚迷离——浅析〈百年孤独〉中夸张手法的作用》,《修辞学习》1998年第2期。

结，可以反观汉语夸张特性，进一步证明夸张是语言的一种共性。

赵颂贤指出法语夸张分增益性、减缩性、窜前性三类，夸张效果借助词汇、语法、修辞等手法得以完成。①

袁顺芝认为俄语夸张借助形态、词汇、句法等手段构成，文章举例说明了名词、动词构成的夸张结构，认为语调重心、手势有表现夸张的作用。②刘永红也认为夸张是俄语常见的语言现象，是对某物的存缺、性质、行为、距离等的夸大性评价。主要的评价对象有：会话者的特性和状态，工作量、强度、时间，人与人之间的空间距离、相互关系，雨、雪、风、酷暑、严寒等自然现象。文章认为人的世界可以被夸张化。③

围绕英语夸张研究的成果较多。芦力军认为澳大利亚英语最大特点就是夹杂着许多夸张性的俗语和比喻，随处使用夸张性的幽默烘托语境。夸张多出现在议论日常琐事话题中，幽默形式具有较多包容性，这是其独特文化的一部分。④谢庆芳指出英语谚语夸张的三种主要表现形式为利用数量词、固定结构、词类单个的词。⑤刘蓉以审美心理学为依据，分析了英语夸张辞格生成的心理机制为审美求异心理，审美知觉的选择性，审美情感、想象等，以及在此基础上创造出的形象美、意象美和意境美。⑥张保亚从正确理解词义的角度出发，论证了英语超前夸张有较高的使用频率。他通过英汉超前夸张运用的对比研究，认为英语超前夸张具有稳定性，而汉语超前夸张具有临时性。⑦

英语夸张研究集中在表现类型、常用词、应用特点、功能、数量结构等方面。同名标题"用于夸张的 to"，只是更换例句而已，出现很多重复研究的现象。

学者们还尝试从英汉对比角度研究夸张，胡曙中《英汉修辞比较》指出英语夸张侧重对事实的艺术性夸大。汉语夸张不仅包括故意夸大，还包括故意缩小被描写的事物，即采用"言过其实"，或者"称美过其善，进恶没其罪"（王充《论衡·艺增》）的手法。汉语夸张除去上两种方法之

---

① 赵颂贤：《法语夸张初探》，《法国研究》1997 年第 1 期。
② 袁顺芝：《俄语夸张：现象、成因与效果》，《中国俄语教学》2006 年第 2 期。
③ 刘永红：《夸张》，《中学俄语》2006 年第 9 期。
④ 芦力军：《浅析澳大利亚英语中的夸张和比喻》，《中州大学学报》2004 年第 3 期。
⑤ 谢庆芳：《拟人与夸张在英语谚语中的运用》，《中山大学学报论丛》2006 年第 1 期。
⑥ 刘蓉：《英语夸张辞格的心理机制及其审美功能》，《青海师范大学学报》2006 年第 2 期。
⑦ 张保亚：《论英语的超前夸张》，《贵州民族学院学报》2002 年第 6 期。

外，还有一种，即超前夸张。这也是英语夸张中所罕见的，即便在汉语中，这种方法的使用频率也是不高的。① 林孟夏认为英汉存在借助形容词、副词、数词、名词、否定词与借助明喻、暗喻、比拟等修辞手段两类夸张形式，汉语中常用的"缩小夸张"和"超前夸张"手法在英语中却极少运用。② 倪秀英对比英、汉两种语言，认为夸张虽说其一定程度上违反了合作原则，但符合礼貌原则。③ 文章分析了英汉夸张手段、文化差异、修辞效果、语用类型，审美价值等。

把一种语言翻译成别的语言，是广义的语言对比研究。从翻译角度研究夸张，学者们做了尝试。

李国南根据汉语数量夸张的文化特征，指出"三"和"九"及其倍数是汉文化中特有的满数概念，以古汉语诗词借助这类满数生成数量夸张的大量译例为基础，探讨了夸张的翻译问题。认为由于语言文化的异质性，这类数量夸张一般都不宜如数直译。④ 他从古代汉民族哲学思想以及汉字形态入手，探讨汉民族特殊的满数概念，指出"三"和"九"及其显性形式和隐性形式是汉语中特有的满数，列举汉语古典诗词中借助于这类满数的数量夸张的大量实例，与其英语译文尤其是西方汉学家的译文作对比研究，借助统计数据，论证了运用"三"、"九"及其倍数的数量夸张的汉民族文化特征。⑤ 裴利民从对比语言学的角度，对英汉夸张习语所含文化因素进行分析，论述了该类习语的翻译策略。⑥

还有学者讨论了英语夸张修辞特征与汉译技巧，⑦ 分析了夸张辞格的语用类型、语用特点、语用功能和语用前提等，指出夸张的翻译要注意英汉语言的语用差异，根据不同的语境采取不同的翻译方法，才能取得特殊的修辞效果。⑧ 郑雅丽从语义性质入手关注夸张格英汉互译问题，认为夸张格强调语气的表达手法，特色在于大书特书、渲染强调，以引起接受者

---

① 胡曙中：《英汉修辞比较》，上海外语教育出版社1993年版。
② 林孟夏：《浅议英汉语夸张手法的比较》，《福州大学学报》1997年第1期。
③ 倪秀英：《夸张与礼貌原则》，《牡丹江大学学报》2003年第9期。
④ 李国南：《汉语数量夸张的英译研究》，《天津外国语学院学报》2004年第2期。
⑤ 李国南：《英语观照下的汉语数量夸张研究——"三""九"的汉文化特征》，《外语与外语教学》2004年第11期。
⑥ 裴利民：《英汉夸张习语的文化差异与翻译策略》，《零陵学院学报》2003年第1期。
⑦ 黄娟云：《英语夸张辞格的修辞特征与翻译》，《汕头大学学报》2000年第1期。
⑧ 钟馥兰：《英语夸张的语用分析与翻译》，《华东交通大学学报》2004年第3期。

特别的注意，使其留下深刻的印象。①

此类研究近百篇，集中在英语数字夸张的作用及翻译问题上，大同小异的标题多次出现。文章数量多，重复研究多，例子对比多，深度研究少。

（十三）夸张史研究

于广元认为夸张从古至今不是一帆风顺发展的，经历了曲折历程。他分为七个时间段考察夸张运用状况，即先秦时期的夸张、汉魏六朝时期的夸张、唐代的夸张、宋代的夸张、元代的夸张、明清时期的夸张、现代的夸张，得出结论：夸张与时代是并存的；夸张与真实是统一的；夸张与浮夸是相悖的。指出夸张在汉魏六朝经历了一次大曲折，表现为当时赋中的夸而过度，运用过剩。列举了赋在畋猎和京都这两个方面描写中的夸而过度的情形，引述当时和后来的人们对赋的夸而过度所作的批评，说明了赋的夸而过度是个缺陷，是夸张发展中的一次大曲折，人们应该吸取这个历史教训，运用夸张要注意把握好"度"。②

夸张研究经过漫长的学术接力，发展到 21 世纪，学者们引进新理论，试图拓展夸张研究角度。

宋长来以关联理论为基础，提出意象论观点，对夸张进行了具体解释。认为只有通过夸张，说话者才能更好地达到交际目的——表达加强的情感，听话者也会更好地理解这种情感。③ 布占廷指出夸张处于极差系统边缘，伴随建构经验世界，传达态度意义，即情感、评判、鉴赏。夸张可以直接增强显性态度意义，还可以通过激发、旗示等方式引发隐性态度意义。夸张是级差系统极致情形，分为语焦和语势子系统，语势可以继续分化为强化、增强、量化。夸张语篇借助小类共同运作，呈现韵律性。④ 寿永明借助语用学理论，分析出夸张辞格语义要素包括夸张物、夸张形象和夸张点。真实性是夸张语义基础的主要内容，涉及夸张条件和夸张度，夸张的内、外因素制约着夸张的形象。⑤ 虽说新理论解释汉语夸张实践的能力还需进一步印证，但经过学者们坚持不懈的努力，夸张研究已经形成相对丰厚的学术成果，建树主要表现为：夸张命名的辨析，夸张定义的确

---

① 郑雅丽：《修辞与翻译：委婉、加工、夸张》，《南通纺织职业技术学院学报》2003 年第 3 期。
② 于广元：《夸张发展中的一次大曲折》，《平顶山学院学报》2007 年第 6 期。
③ 宋长来：《论夸张的关联性》，《外语与外语教学》2006 年第 4 期。
④ 布占廷：《夸张修辞的态度意义研究》，《当代修辞学》2010 年第 4 期。
⑤ 寿永明：《夸张辞格的语用研究》，《社会科学战线》2005 年第 6 期。

立，夸张本质的探究，夸张分类的研讨，夸张形式的归纳，夸张机制的探求，夸张真假度的判别，夸张认知的思索等方面，夸张现象和夸张理论出现在多种语言中，体现了人类语言的某种共性。

夸张不仅是辞格，还是艺术手法，有特定心理机制，表现出多样化功能。对夸张研究的学术行为延续了数代学者的智慧，借助关联理论、认知理论的学术探索正力求更深入揭示夸张特质，为进一步理解夸张做出更多尝试。

二 夸张研究的缺失

不回避夸张研究的缺失，是深化研究的出发点。

（一）重复研究，结论不一

研究重复现象集中表现在英语夸张研究上。文章扎堆儿在英语夸张例句分析、夸张手段总结、英汉互译注意事项归纳等方面，用例重复，观点缺少新意，甚至出现套用汉语夸张理论解释英语夸张现象的情形。

（二）重描写，轻阐释

研究成果多偏向语言现象的描写，缺少让人信服的理论解释。如夸张运用研究，从古诗、喜剧、小说等作品中找出一些语料，参照夸张的分类，把例子对号入座，简单评点。

研究模式：文学作品＋例子＋效果评点。

研究结论：万能、针对性缺失。

研究功能：解释力不足。

（三）宏观把握与微观分析结合不紧密

对夸张分类不一现象的研究没有放在辞格分类系统中整体观照，忽视了每种分类标准都有解释力度，但同时也存在解释力弱化的尴尬，致使微观和宏观研究结合不足。

分类是在对事物本质认识的基础上把事物概念化、范畴化的结果。夸张作为辞格系统中的个体辞格，也是其下位分类的聚合群。可以把对夸张分类的探索和处理方式作为样本，让其成为其他个体辞格分类的参照。如何融合宏观把握与微观分析，在辞格系统中确认个体辞格的地位？要解决此疑问，我们首先要对辞格系统分类现状进行考察，摸清分类的宏观学术背景。

辞格分类是个难题，吸引着学者们探究的目光，他们试图寻找合适的分类标准，解释缤纷的辞格现象。我们列出有代表性的观点，试图展示辞格分类研究的部分面貌（见表二）。

表二

学者	辞格分类标准	辞格分类结果	夸张所属类别	出处
唐钺	用法与效果	五类：比较、联想、想象、曲折、反复	想象	《修辞格》，商务印书馆1923年版
徐梗生	心理学	八类：结体、烘晕、增义、存余、融合、奇警、顺感、变性	奇警	《修辞学教程》，广益书局1933年版
周振甫	作用与效果	六类：具体、强调、含蓄、趣味化、精练、变化	强调（采用铺张术语）	《通俗修辞讲话》，通俗读物出版社1951年版
张弓	语言因素和表现手法的关联性	三类：描绘、布置、表达	描绘类	《现代汉语修辞学》，天津人民出版社1963年版
陈望道	大体依据组织，间或依据作用	四类：材料、意境、词语、章句	意境	《修辞学发凡》，大江书铺1932年版
周秉钧	方式、目的、效果	四类：比说、代说、虚说、曲说	虚说	《古汉语纲要》，湖南人民出版社1981年版
潘晓东	形式和内容的本质特点或显著特征	两类：形式、内容	内容	《辞格大类划分刍议》，载《修辞学研究》（第二辑），安徽教育出版社1983年版
王希杰	美学	四类：均衡美、变化美、侧重美、联系美	变化美	《汉语修辞学》，北京出版社1983年版
吴士文	辞格的特定结构	四类：描述体描述对象体、换借体换借本事体、引导体引导随从体、形变体形变原形体	描述体描述对象体	《修辞格论析》，上海教育出版社1986年版
王笑	历史发展过程	三类：传统、发展、新兴	传统	《汉语辞格的宏观分类》，《修辞学习》1986年第1期
王春生 阎卫平	语言组合聚合理论	两类：横组合、纵聚合	纵聚合	《横组合辞格与纵聚合辞格》，《修辞学习》1989年第2期
陆稼祥	内外结构关系	三类：形变（搭配、句式）、音变、义变	搭配上的形变	《辞格的运用》，辽宁人民出版社1989年版

续表

学者	辞格分类标准	辞格分类结果	夸张所属类别	出处
刘焕辉	语音形式、结构形式、语义因素的有效运用方式	三类：语义的特殊组合、语音和汉字的特意组合、话语结构的特殊组合	语义的特殊组合	《修辞学纲要》，百花洲文艺出版社1991年版
黎运汉 盛永生	语义、语形、语言运用策略方式、效果	六类：语义变异和语形变异、语形求同和语式变异、语域变异和逻辑变异	增语：语式变异 夸张：逻辑变异	《汉语修辞学》，广东教育出版社2006版

分析表格所显示的信息，我们得出如下结论。

结论一：辞格分类标准各异。

结论二：辞格分类结果各异。

结论三：每种分类标准都有解释力度，但同时也存在解释力失效的尴尬。

徐梗生引进五十岚力《新文章讲话》的八种分类法，分类结果优点、缺点鲜明。着眼于心理的，忽视了语言本体分析；着眼于功能、效果、美学的，忽视了功能、效果、美学本身的多重性，判断的主观性，因人而异采用同一标准得出不同分类结果的实际情形；着眼于音、形、义、结构的，忽视了音、形、义的相辅相成性，导致小类出现交叉，飞白等很难归类；着眼于内容、形式的，出现了依据两个标准，分类结果很难统一的弊端；着眼组合聚合的，强调句法结构关系，忽视了大于、小于句子的辞格，如象征、析字的归属问题；着眼于时间先后的，有史料线索价值，忽视了科学分类共时性原则，时间段划分存在模糊性，把拈连看成既是传统辞格又是发展辞格，行文矛盾。陆稼祥强调变异，把双关归入音变类，很难让人接受。张弓单列表达类，其实，很多辞格大都为表达而存在。至于增语和夸张分属不同辞格类型，让人费解。有的论著和《现代汉语》教材修辞部分采取列举代表性辞格的办法，力图避免分类难题，但在编排上仍旧有自己的体系，可以看成隐形的分类。李晗蕾提出：语言、言语、语义、语文、语法、物理、文化、心理、零度、偏离等辞格，多角度对辞格进行分类，夸张属于语义辞格。[①] 术语繁多，命名标准不一，很

---

① 李晗蕾：《辞格学新论》，黑龙江人民出版社2004年版。

难操作。辞格分类研究成果集中在 20 世纪 80 年代，多角度辞格分类研究是学术热点。

众说纷纭的辞格分类结果产生的原因是什么呢？胡习之认为学者们找不到某一个能适用所有辞格的标准（也就是所有辞格共有的特征）给辞格分类的原因是因为辞格不是个特征范畴。辞格作为一个类，不是每一个辞格都具有辞格的共同特征，而是每个辞格都和其他一个或几个辞格有一些"家族相似性"。辞格正是以环环相扣的方式通过"家族相似性"联系起来形成类聚系统的。辞格在很大程度上是原型范畴。辞格存在着典型成员与非典型成员之别。辞格的研究需要"非此即彼"的观念，也需要"亦此亦彼"的观念。① 他借用原型范畴化理论对辞格分类标准不一、结果各异现象进行了哲学视野的观照，认为辞格不属于特征范畴而属于原型范畴，通过"家族相似性"联系起来，形成类聚系统。因为不存在每一个辞格都具有的辞格共同特征，所以也就不存在能适用于所有辞格的分类标准，辞格分类存在中介现象是合理的。此观点启发我们重新认识辞格分类问题。

我们行文目的不是单纯讨论辞格分类的多元化现状，而是想把夸张放在辞格类聚系统中观照，从夸张所属的类别反观学者归类时对夸张特点的认识。借助表二的分析，归纳夸张特点如下。

结论四：夸张心理奇警；功能具有强调、描绘、描述、营造意境的效果；形式凭借虚说、纵聚合、搭配上的形变、语式变异、逻辑变异；内容突出语义特殊组合；审美具有变化美特质。

对夸张特点的认识在不同时间、不同学者的视域里逐渐清晰。夸张是思维、认知模式在特定的心理、情绪作用下，凭借语言形式的超常搭配，引起语义变异，形成修辞幻象，放大审美张力，震撼人们的心灵。

如果说辞格分类锁定的是整体辞格的宏观分类，夸张分类锁定的是个体辞格的内部分类，原型范畴理论对夸张分类标准、结果不统一的现象也具有解释力。不同分类标准表明观察角度相异，小类之间的模糊性、复杂性，表明夸张存在着典型成员与非典型成员。对于夸张意味的词、句、篇等夸张中介现象，研究都应该重视起来。

（四）激活多学科理论资源共享，促成研究方法互补能量不足

想要对夸张心理、真假度、作为一种创作手法、认知世界的方式等相

---

① 胡习之：《辞格分类的"原型范畴化"思考》，《修辞学习》2004 年第 5 期。

关问题作进一步的解释，需要借助哲学、美学、心理学、逻辑学、文艺学、符号学、教育学、人类学、认知科学等多学科理论资源的介入，但从目前研究成果的广度与深度来看，跨学科视野的研究呈现弱势，研究方法交叉补充，成果相互印证力度不够。

文艺学中孟子诗说体系的缘起就与对夸张经典例句"周余黎民，靡有孑遗""溥天之下，莫非王土；率土之滨，莫非王臣"的理解有很大关联，现有的夸张研究很少有人借助文艺学理论资源，对此例句进行深入分析，把其放进孟子诗说体系中观照，认识其高频出现的价值，及其在建构"断章取义，以意逆志，知人论世"理论体系时发挥的作用。

"以意逆志"是针对"断章取义"和"以诗为史"提出的。蔡宗齐指出春秋时代，文人雅士有观诗雅好。观诗有三种形式：一是不涉主客互动之观乐；二是主客互动之赋诗；三是直抒胸襟之引诗。[①] "断章取义"的缺点在于忽略《诗》的本旨，"以诗为史"则把诗歌文本与历史文本混同起来。"以意逆志"是孟子诗说的核心，如邓新华所言：经过后世文学理论家、批评家的提炼，上升为中国古代文学释义的原则和方法，甚至蕴含与西方现代解释学理论相沟通的理论因子。[②]

我们借助广义修辞学两个主体（表达者/接受者）的双向交流行为在三个层面的双向互动、立体建构的多层级框架理论，[③] 和西方模因理论，让"话语方式、文本方式、人的存在方式"与"断章取义，以意逆志，知人论世"穿越时空对接，延续学术探索历程。

我们认为，观诗借用《诗经》中的诗句，把其从原文中抽出来，为抒发情感、评价别人和社会现象起到接引作用，这也是"断章取义"的命名义，一个地道的中性而非贬义词。诗句意义强调在新语境中新意义的生成，不是《诗经》诗句原意的阐释，此时的诗句可以看成文化传播的基因，具有模因因子的性质，被模仿和引用。Meme 具有两个含义：一是"文化传播单位"；二是"模仿单位"。[④] 只不过，观诗借形不完全拘泥于原意的用法，体现了模因的表现型传播方式特征，从而与保持原意不变的

[①] 蔡宗齐：《从"断章取义"到"以意逆志"——孟子复原式解释理论的产生与演变》，金涛译，《中山大学学报》2007 年第 6 期。

[②] 邓新华：《"以意逆志"论——中国传统文学释义方式的现代审视》，《北京大学学报》2002 年第 4 期。

[③] 谭学纯、朱玲：《广义修辞学》，安徽教育出版社 2001 年版，第 2—3 页。

[④] 谢朝群、林大津：《meme 的翻译》，《外语学刊》2008 年第 1 期。

基因型传播方式相异。"断章取义"凭借话语方式传播,随着读诗的兴起,从"断章取义"到"以意逆志"的转变,其实是从话语方式上升到文本方式对修辞语义的尊重。诗句局部表层意义和深层意义的背离,从全文观察正是匠心独具之处。孟子解答咸丘蒙的困惑时,正是从修辞诗学的角度,阐明了对夸张的理解。"周余黎民,靡有孑遗","溥天之下,莫非王土;率土之滨,莫非王臣"。因孟子的解释,成为经典。周裕锴认为:由于诗歌文体最"善言",诗人常使用暗示、象征、隐喻等修辞手段,在篇章义和诗人志之间就有"近"和"远"的跨度问题。诗歌的虚构和夸张也会使"辞"和"志"脱节。"周余黎民,靡有孑遗",所言不是事实,而是文学描写的艺术夸张,意义所指"志在忧旱,灾民无孑然遗脱旱灾者,非无民也"。① 诗句夸张了西周末期大旱的严重灾情,抒发了周宣王愁苦焦虑、祈雨急切的心态,并不是说周无一人存活。"以意逆志"尊重接受者的阅读主动,为恰当理解文本意义扩展了新空间。读诗者、说诗者、解诗者,无论凭借何种主体符号出场,想要真正理解诗句的原意或整首诗的内涵,都要把其放到成诗的原初语境中,从理解主体即知人入手,从而理解整个社会背景和历史事件,这样才能在更大语境中更准确地解读诗句。孟子在谈交友之道时说:"以友天下之善士为未足,又尚论古之人。颂其诗,读其书,不知其人可乎?是以论其世也。是尚友也。"(《孟子·万章下》)这段话强调要想真正理解古人,只靠读其诗书是不行的,必须了解他们生活的时代和行为处事方式,心灵才能穿越时空相遇,成为知音。汉儒解经把"知人论世"发展到极端的做法也是欠妥的,任意指认作者,甚至杜撰作者,表面上符合其精神,实际上却出现很多讹误。郑玄的考证被考古证明正确之时,也讽刺了汉儒解经的主观性。"我注六经"体现的是为我所用的精神,接受的同时也在创造新的意义。"六经注我"体现的是语言、文化对人精神的影响,六经作为模因集合体的形式,被复制、被传播、被遗传,代代不息。"知人论世"凸显人的存在方式,把孟子诗说体系提升到了哲学层面。

  理论资源共享薄弱的现状还可以从对经典理论认识不足的研究中看出,如果在多学科理论资源背景中观察刘勰的夸饰理论,其价值会得到更全面的发掘。

---

 ① 周裕锴:《"以意逆志"新释》,《文艺理论研究》2002年第6期。

刘勰对夸饰的界定和他的语言观是相联系的。"夫形而上者谓之道，形而下者谓之器。神道难摹，精言不能追其极；形器易写，壮辞可得喻其真；才非短长，理自难易耳。"此处"精言"与"壮辞"对举，正如张灯的考证，《斠诠》云："精言，犹微言。《吕览·精谕》：'有事于此，而精言之而不明。'高注：'精，微。'《汉书·艺文志》：'昔仲尼没而微言绝。'颜师古注：'精微要妙之言。'""壮辞"即"壮语"，"壮"字，各本均训作"大"，约有两种解释：用有力的（或壮丽的）文字；夸张的言辞。① 张灯认为"壮"应训为粗壮，引申为粗略的描状。

为什么"壮辞"能达到"喻其真"的效果呢？

张连武指出夸饰通过"辞甚""矫饰"方式实现言说，不对事物进行面面俱到的叙述、精细入微的刻画，而是抓住事物最突出的特征，通过变形、变理扩大、缩小等方法使描绘事物脱略形似，存其本真。② 郭晋稀论述"夸"是夸张，"饰"是修饰。创作上需要把事物形象突现出来，一方面是对事物加以夸张，另一方面是集中刻画，所以本篇以夸饰名篇。③ 刘勰把"夸""饰"并列，使"夸饰"具有扩大和缩小两个向度。冯学勤考察了夸饰可以从"剖情析采"之法转换到"联辞结采"之法，存在于构思、物化的全过程里。④

刘勰的夸饰，可以在美学、文艺学、心理学、符号学、修辞学等范畴内观察，与传统修辞学强调夸张是辞格不同，应该理解为广义修辞学视野中的夸张，存在于修辞技巧、修辞诗学、修辞哲学等层面。现有的研究大多把夸张限定在辞格范畴内，收窄了刘勰的夸饰定义，从侧面反映了以词句研究为中心，关注修辞技巧的认知局限。

视野更为开阔的夸张研究正拉开序幕，但原创性研究成果不多，缺乏根植汉语实际对夸张系统论述的力作。特别是吸收叙事学、诗学、语用学等多学科营养，寻找语篇中的夸张标记和抽象语义框架，发掘夸张的语篇功能和夸张接受研究等方面都存在着研究欠缺。如果把夸张放在美学、符号学、文艺学、心理学、人类学、语言哲学、认知科学等交叉学科中观

---

① 张灯：《文心雕龙·夸饰辨疑》，《河北大学学报》1997年第3期。
② 张连武：《夸而有节 饰而不诬——刘勰夸饰论探析》，《河北师范大学学报》2006年第4期。
③ 郭晋稀：《文心雕龙注译》，甘肃人民出版社1982年版，第468页。
④ 冯学勤：《夸饰在用，文岂循检——论〈文心雕龙·夸饰〉中夸饰的涵义》，《浙江师范大学学报》2007年第6期。

察，可以激活多学科理论资源能量，孕育新时代学术发展的生长点。

三 夸张研究的学术转向

(一) 夸张研究的学术转向背景

还原夸张研究学术转向的背景，可以梳理出清晰的转向轨迹：

西方修辞学研究转向—西方辞格研究转向 ⎫
中国修辞学研究转向—中国辞格研究转向 ⎬ 夸张研究学术转向

1. 西方修辞学转向—西方辞格研究转向

根据顾曰国的研究，① 西方古典修辞学发展为西方新修辞学轨迹见表三。

表三

类别	西方古典修辞学	西方新修辞学
特点	技艺派、智者派、哲学派皆重视人文传统，人文传统后分化出文体风格传统	多元化、多学科交叉、古今结合
理论成果	Aristotle 修辞学	Richards 修辞哲学；Burke 动机修辞学；Booth 小说修辞学；Black 修辞批评方法论；Perelman and Olbretchts-Tyteca 论辩修辞学；Corbett 古典修辞学今用；Scott and Smith 对抗修辞学；Burgess 黑人权利修辞学；Scott 认知修辞学；Young, Becker and Pike 法位修辞学；Leech 描写修辞学；Bally, Crystal and Davy 语体学（功能修辞学）；Freeman, Cluysenaar, Leech and Short 文体学；Dubois 普通修辞学；Weaver 价值修辞学；Haiman, Corbett 肌腱修辞、身体修辞；Christensen 生成修辞学；Ricoeur, Cooper, Ortony 论隐喻

从西方古典修辞学发展到西方新修辞学，是西方修辞学转向的成果。相对于西方古典修辞学而言，新修辞学具有更为明显的多元化、多学科交叉性质。

在西方修辞学转向背景下，西方辞格研究也在转向。

张会森认为法国"新批评派"推动了西方辞格研究的兴起。

列日学派辞格观表现为对"零度语言"的偏离，涉及语言所有平面，分属于三类语言系统。形态变异格（语音与字符变异格）、句法变异格、语义变异格。

---

① 顾曰国：《西方古典修辞学和西方新修辞学》，《外语教学与研究》1990 年第 2 期。

比利时学者从研究文学作品特点（雅柯布逊所说的"文学性"）出发，提出普通辞格学要研究篇章的"格"，如：叙述格——时空变异、叙述主体变异、作者参与、篇章结构变异等。提出想法，没有展开，被"语言学止于句子"的观点所束缚。

受罗兰·巴特结构主义诗学影响，话语、篇章语言学兴起，传统辞格研究也应提升到篇章观察。有些辞格的可分析性本来就在"句子"之外，属于"超句统一体"现象。[①]

刘亚猛《追求象征的力量》指出主流研究的认知倾向遭到学者们的反对，代表人物有法国后结构主义文艺理论家热拉尔·热奈特，美国修辞思想家肯尼思·伯克，美国美学家泰德·科恩等，他们在争取为修辞"恢复名誉"时对辞格进行重新思考和界定。

热奈特把辞格重新界定为：符号和意义之间的间隙。他对辞格中心化进行批判的同时，推出独特修辞观，使修辞领域再度扩展到整个人类话语。他以文学语言为例，指出字面和意义，或者说诗人写下的和他在创作过程中所想到的之间存在着"一个缺口，一个空间"，他把文字和思想、字面和实意、真实语言和虚拟语言、能指和所指等二元对立概念观念性差别和内部张力形象化表述为不重合的两条线，把语言、话语、意义、认知等思想观念表述为线条圈起来具有一定形状的空间、形体或格式。

两条线重合：不能形成任何形状的空间格式，不能产生修辞格。符号和意义一致，表现为实意语言。

两条线分离：不能形成任何形状的空间格式，不能产生修辞格。符号和意义脱节，表现为荒唐言。

辞格产生条件一：两条线既分又合，从而围出空间。修辞性空间因其具备雄辩或诗意有别于语法性空间。

辞格产生条件二：两条线一显一隐，修辞形式是由在场的能指和缺席的能指这两条线围成的面。

辞格存在形诸文字的喻意表达，也存在着没有形诸文字的非喻意表达。修辞效果的产生是在场成分和缺席成分共同发挥作用，贯穿修辞过程相互"戏动"的结果。他以此区别于一般观点：喻意表达对实意表达的置换或替换，认为辞格构成语言的内层空间，修辞效果表现为雄辩和诗意。

[①] 张会森：《国外辞格研究评介》，《修辞学习》1996年第1期。

伯克强调辞格不承认边界。认为修辞基本功能是人类施事者通过词语的使用促使其他施事者形成一定的态度或采取某种行动。这也是语言本身的基本功能，作为一种象征手段的语言诱使对象征天生敏感的人类个体相互合作的那个功能。他把修辞和语言功能联系起来观察，认为修辞与人类社会同时发生，不是任何一个具体社会历史形态的产物。他选择"四大主转义辞格"为突破口，还修辞本来面目。

他对"四大主转义辞格"细致分析，得出结论一：四个主辞格之间可以互相转化。结论二：辞格活动空间不仅局限于比喻或喻意言语，可以延伸到非比喻或实意言语领域。他提出"修辞格其实有两套名称"的说法，"观点""简约""表述""辩证"是比喻性语境中的隐喻、换喻、提喻、反喻在非比喻性语境中的化名。

伯克将"隐喻/观点""换喻/简约""提喻/表述""反喻/辩证"同义化，对"辞格/概念""喻意/实意""比喻性语言/非比喻性语言"等二元对立进行解构，四大主辞格互相依附、共生，互为构成成分，区别变得模糊。长期以来被当作与修辞对立面的日常话语、哲学话语、学术话语等实意言语只不过是另类喻意言语。当人们在使用朴素、平实语言或者严谨、科学概念，针对事物或状况做准确、客观描述、说明、解释、论证时，有可能是在使用改名换姓手段，成功将修辞本相掩盖起来的隐形修辞格和修辞手段，凭借不被觉察方式造成预订的修辞效果。伯克的论证使隐喻中心化潮流失去合法性，推翻了限制辞格乃至修辞活动范围和活动方式受到局限的各种内外壁垒。

科恩从修辞互动角度探讨辞格功能，认为辞格的主要功用在于亲近，拉近构筑者和理解者的距离，从而密切两者互动关系。使用辞格的意图是要发起"以理解为目的、彼此都清楚意识到的合作"。此合作预设的目标受众范围仅指掌握相关语言的同时还熟悉修辞者所具有的学识、信念、意图、态度，不仅能看出修辞者在使用辞格，而且能恰到好处解读这一辞格的人。辞格呼唤知己，反之，辞格是修辞者用以邀请受众加入知己者行列的手段。修辞者应用辞格不仅在于表达微妙、丰富含义，还在于建立亲近关系。此合作和基于"实意语言"的日常理解有重大差别。应用"实意语言"的预设目标受众是所有掌握该语言的人，没有亲疏之分。科恩的辞格观着眼于说者和听者基本修辞关系的调节，是对辞格研究的创新。

热奈特、伯克、科恩为代表的辞格研究模式既是对亚里士多德修辞理论体系的背离，又是对贬抑辞格、削弱修辞的智力传统的背离，也是对强调辞格认知价值当代辞格理论的背离。他们认为辞格不仅是文体手段、藻饰，辞格使语言获得形体，是在场和缺席文本成分隐性"戏动"的产物；辞格使观点得以转换，穿越实意和喻意的界限，相互渗透发挥功能；辞格关注语义和人际关系，是说者和听者对话关系按照修辞目的进行调控的手段，通过字面对实义的疏远，达到听说者的亲近。不仅如此，正如昆提利安强调的辞格还作为命名手段在人类语言发展过程中起到关键作用。

修辞具有变动的整体特征，辞格应该被看成这一特征的条规化和制度化。夸张作为辞格的一员，通过增减、缩放等机制产生，实现修辞目标，也体现出变动性特征。①

西方新修辞学把语言学的多层次结构分析方法引进辞格研究，更新了辞格理论。按区别特征、语素、音节、词、分句、句和语段这些层次，分表达形式和内容形式对辞格进行定义和描写，推动了辞格研究的转向。辞格观的差异，新理论的介入，形成了西方辞格研究范式的多样化。

2. 中国修辞学转向——中国辞格研究转向

文艺美学研究的"修辞学转向"，哲学研究的"修辞学转向"，文化批评的修辞学介入，先后向修辞学界抛了3次"学术彩球"，可惜的是中国修辞学界淡定以对，最终没能"学术联姻"，使修辞学登上学术中心的舞台。

修辞学界的学者，面对西方新修辞的活跃，中国修辞学被边缘化的现实，没有无动于衷，宗廷虎在1995年就亮出观点：汉语修辞学21世纪应成"显学"。② 在1996年提出了"21世纪的汉语修辞学向何处发展"的问题。③

2001年《广义修辞学》出版，标志着广义修辞学理论体系的诞生，先后重印4次。2008年的修订版篇幅由初版42万字增至50余万字，先后又重印3次。作为非资助出版的学术著作，能有如此销量，足见其理论渗透力与影响力。

广义修辞学拓展狭义修辞学研究范畴，把狭义修辞学侧重言语技巧的

---

① 刘亚猛：《追求象征的力量》，生活·读书·新知三联书店2004年版，第210—246页。
② 宗廷虎：《汉语修辞学21世纪应成"显学"——读伍铁平〈语言学是一门领先的科学〉札记》，《修辞学习》1995年第3期；《再论汉语修辞学21世纪应成"显学"——谈国内出现的良好的学术机遇》，《修辞学习》1995年第5期。
③ 宗廷虎：《21世纪的汉语修辞学向何处发展？——关于现状与前景的思考》，《云梦学刊》1996年第2期。

研究提升为话语、文本、人的存在三种方式同现的递升研究框架，促进修辞学研究从"技"向"艺"的提升，从语言学向文艺美学、文化哲学层面延伸。① 研究面貌与传统修辞学研究大相径庭，可以看成修辞学转向的重要成果。

2003年，谭学纯《修辞学研究突围：从倾斜的学科平台到共享学术空间》发出修辞学研究突围的宣言：修辞学研究需要走出"就语言谈语言"的技巧论，向更为开阔的公共学术空间突围。②

修辞学在语言学科被边缘化、淡化的价值导向，不能享有刊物、项目、教材建设的学科平台，严峻的学科生态让更多的人行动起来，拓宽研究视野，更新研究方法，推动修辞学转向。教育部全国高校学报名栏《福建师范大学学报》"修辞学大视野"自2003年诞生，为倾斜的学科平台寻找一个平衡点。2007年"首届望道修辞学论坛"也传递了修辞学转向的信息。

《修辞学习》2008年第2期集中刊发一组"首届望道修辞学论坛"文章，与此同时的《福建师范大学学报》2008年第2期"修辞学大视野"讨论的话题是：修辞研究——再思考与再开发。两组文章同期刊发，引起很大反响，受到许多学者关注。大家研讨的问题主要有三方面：修辞学研究现存问题、发展走向、方法更新等。陆俭明指出汉语修辞研究深化的空间；沈家煊认为修辞学研究有两个取向，一是注重修辞语言与一般语言的共同点，另一个是注重修辞语言的特殊性；屈承熹强调语法与修辞合则双赢；邵敬敏批评修辞学研究理论和方法老化，修辞学在中国语言学界被动边缘化和主动边缘化。③

面对研究队伍流失、研究地盘被蚕食、研究方法老化等严峻的现实，为了尽快使修辞学研究走出不景气的现状，学者们前瞻性的思考集中在修辞学研究方法的更新上，力图改变修辞学研究流于效果、鉴赏层面的研究路径。

《修辞学习》从2010年改版为《当代修辞学》是修辞学转向的又一

---

① 谭学纯、朱玲：《广义修辞学》，安徽教育出版社2001年版，第2—3页。
② 谭学纯：《修辞学研究突围：从倾斜的学科平台到共享学术空间》，《福建师范大学学报》2003年第6期。
③ 陆俭明：《关于汉语修辞研究的一点想法》；沈家煊：《谈谈修辞学的发展取向》；屈承熹：《合则双赢：语法让修辞更扎实 修辞让语法更精彩》；邵敬敏：《探索新的理论与方法 重铸中国修辞学的辉煌》，《修辞学习》2008年第2期。

次亮相。学术路径的探索模式，引导了学人与学术走向。

"中国修辞学研究正在面临转向，这已经成为中国修辞学界有识之士的共识，但对于如何转向，却依然缺乏深入的讨论。"① 修辞学转向是学科的重大事件，不仅需要深入讨论，更要行动起来。"2001 年出版的《广义修辞学》将修辞学拓展为表达论、接受论、互动论，本身就是一次成功突围的实际先行。"②

学者对转向的呼唤，带动学界同人的学术参与，专业栏目、刊物的支持，给转向成果提供了生长、交流空间，从主观与客观推助修辞学转向。修辞学研究正处于转向历程中，学术探索的对与错都体现出探索的价值，学者思维活跃，研究路径多元化，突围与坚守同在。转向为修辞学注入新动力，促使修辞学研究呈现勃勃生机。

在中国修辞学转向背景下，中国辞格研究也在转向。

20 世纪，辞格理论创建，夸张被放入辞格系统中观察，成为辞格中的典型成员。

国内辞格研究整体面貌特征被田荔枝归纳为：传统修辞学注重例证搜集和研究，唐钺采用归纳方法；陈望道采用辩证法；吴士文采用系统论方法。辞格分主理论和客理论两类，主理论包括：定义、本质、结构、范围、单位、基础、确立标准、功能、运用、分析。客理论包括：辞格与其他修辞理论的关系（消极修辞、语体等）、民族、时代、文化背景。他在辞格研究类聚系统里点明夸张的心理基础是人的"好奇""快意"，夸张是逻辑规则的超常运用。③

在中西辞格研究的学术背景下，学者们融合理论资源，日渐丰富了夸张理论研究。孙建友专门梳理了夸张研究史，把夸张研究分为领悟、纷争、成熟、发展四个阶段，对夸张研究进行了纵向梳理。④ 总的说来，20 世纪夸张研究主要体现为夸张本体研究，成果集中表现为夸张的性质与定义、构成与形式、机制与心理、运用与实践等方面。

近年，中国学者受到认知语言学启示，研究成果集中体现为认知修辞特色，这暗合西方当代辞格主流研究范式。以拉科夫为代表的语言哲学家

---

① 胡范铸：《专题研究：形象塑造与国家形象修辞主持人语》，《当代修辞学》2011 年第 2 期。
② 钱冠连：《见证中国修辞学变革》，《福建师范大学学报》2009 年第 6 期。
③ 田荔枝：《辞格理论研究述评》，《齐鲁学刊》1996 年第 2 期。
④ 孙建友：《夸张研究史略论》，《修辞学习》1995 年第 2 期。

继承了当代辞格研究对隐喻的中心化趋势,并将隐喻拓展到语言哲学、认知科学等领域。隐喻意味着思想体系中的跨领域映射,在本质上是一种认知。辞格因其认知价值,成为揭示真理、确立知识的重要手段。

辞格研究转向的代表成果是 2001 年出版的《比喻、近喻与自喻——辞格的认知性研究》。刘大为选用语义学方法分析认知性辞格,从区别性语义特征的普适度和量限范围两个维度观察,厘清语义特征的必有特征、可能特征、不可能特征三个核心概念,界定认知性辞格的本质:接纳不可能特征。不可能特征包括性质和程度两类。在认知原发过程的分析中,梳理出有介体和无介体两种认知变化方式。作者从寻求不可能特征角度探讨辞格的认知结构和语言结构,构建了辞格的解释性系统。①

辞格研究一直是修辞学研究关注的对象,如何拓展、深化辞格研究,是大家共同关心的话题。正如《当代修辞学》主持人定名的"辞格新探",意图实现在全面、细致的描写辞格现象的基础上,利用现代语言学理论探究辞格的类别、功能、理解机制等问题。②

把认知构式语法理论引入修辞学研究的践行者是刘大为,《从语法构式到修辞构式》(上、下)明确提出修辞构式概念。修辞构式指所有带有不可推导性的构式,只要这种不可推导性还没有完全在构式中语法化。③

王珏等连续发表两篇文章,重点研究了构式与辞格的关系,认为辞格构式是在语法构式等级降低的基础之上产生的。④

辞格构式概念的提出,对探索辞格研究新路径有很大帮助。

(二) 夸张研究的学术转向描述

在中西修辞学研究、辞格研究转向的学术背景下,夸张研究也在转向。学者们融合理论资源,日渐丰富了夸张理论研究。

《比喻、近喻与自喻——辞格的认知性研究》指出夸张表现为接纳程度上的不可能特征,改变词语的量限范围,实现强制性语义共现,导致认知关系的变化。通常表现为:无介体接纳方式。但借助介体的夸张也存在,因此夸张可以分为简单夸张(无介体)和复杂夸张(有介体)

---

① 刘大为:《比喻、近喻与自喻——辞格的认知性研究》,上海教育出版社 2001 年版,第 3—58 页。
② 徐默凡:《专题研究:辞格新探主持人语》,《当代修辞学》2011 年第 1 期。
③ 刘大为:《从语法构式到修辞构式》(上、下),《当代修辞学》2010 年第 3、4 期。
④ 王珏、谭静、陈丽丽:《构式等级降低与辞格生成》,《修辞学习》2008 年第 1 期;王珏:《从构式理论、三层语法看辞格构式的生成》,《当代修辞学》2010 年第 1 期。

两类。刘大为认为研究认知性辞格的最终目的，是探求原发认知过程中创造性思维的运动轨迹。夸张具有无介体、自变关系特征，属于自喻系统辞格。夸张因为强烈情绪的介入，牵引我们下意识放弃逻辑认知，选择原发性认知，并进而影响其方向和程度。夸张因为不借助介体，本体词的语义变化是本体自身变化造成的，词义的可能特征集合中的量限范围会被迫向扩大最大量或缩小最小量两个方向变化，属于原发过程模式识别中的自变关系，根据语义变化自变特点，夸张被称为自喻。在特别强烈的情绪、欲望支配下，或是体验特别强烈的感觉刺激时，对象的某些特征被放大，甚至产生感觉的变异。尤其是想象、回忆中的事物，更容易受主体因素的影响发生变化。这种正常逻辑下的对现实的扭曲反映只有在梦境或强烈情感心理活动中才容易表现出来。特征的放大和缩小超出词义原有的量限范围，认知结构表现为：

夸张性自喻：本体 A + 本体 A 程度上的不可能特征；

语言结构表现为：本体词 + 属于本体词的性质上可能但程度上的不可能的特征。

程度上的不可能特征具备两个前提：首先，它在性质上是可能的；其次，程度的扩展或收缩必须引起认知关系的改变，不是相对于某种特定环境的不可能，是事理上的不可能。与可能特征异形是绝对性的程度上不可能特征，与可能特征同形是相对性的程度上不可能特征。

相对性的程度上不可能特征预示着一个介体的存在，夸张的本质在于没有介体的情况下接受不可能特征，因此，夸张不会构成：本体 + 相对的程度不可能特征形式。

值得注意的是量限范围中的"量"是个抽象概念，可以单个对象独立具备，也可以体现为对象与其他对象关系中。

设定夸张为观察点，夸张自身不能形成一个梯度，只有无介体等级发展到有介体时，就转化为夸张性比喻或夸张性近喻，这种过渡衔接的延伸关系，使夸张性自喻、夸张性比喻、夸张性近喻一体化，勾勒出夸张和其他辞格共生、倚变关系。[①]

"大多数性质上不可能特征的接纳都含有夸张的意味"[②]，"用认知性

---

① 刘大为：《比喻、近喻与自喻——辞格的认知性研究》，上海教育出版社 2001 年版，第 204—211 页。

② 同上书，第 45 页。

辞格来强化形象的感觉，通常具有夸张的意味"。① 这样的认识可能有助于解释辞格之间的连续性，也启发我们思考典型夸张和夸张意味的分界。

无介体辞格创造性含量的评价原则：产生语义跨度的可能性越大，创造性含量也越大。② 对夸张来说，可以从量上比较不同夸张产生语义跨度可能性的大小，由此启发我们寻找判定非夸张、夸张意味、夸张语言现象时所遵循的理据。

李淑康、李克认为夸张的认知心理基础是人类在情感驱动下的丰富想象，不能采用逻辑方式推理，在现实世界中也不存在，属于主观想象出来的意象，是意象思维的产物。③

夸张超越了认知辞格的范畴，渗入人们的认知活动中，有可能影响到人类的认知模式。当夸张在改变着认知、改变着世界时，观察夸张，也意味着使世界从遮蔽走向澄清。

前人的思考是一种学术激励，能否在夸张研究转向的变革中发出自己的声音？夸张研究还有哪些可以开发的学术空间？

在此基础上，我们基于全球化背景和本土传统的修辞学交叉学科性质和跨学科视野对修辞学的学科定位、在中西方横向联系与古今纵向时间坐标轴上探索辞格研究新路径，提出广义修辞学理论资源下的夸张研究模式。希望通过一个单独辞格的个案研究，在研究的"互文"状态中，突破研究瓶颈，为深化夸张理论研究，提供微小的观察和支撑。

我们的夸张研究，发生于辞格研究转向、修辞学研究转向的学术背景，同时也作为上述背景下的一道风景，企望丰富着修辞学研究的学术资源。这是一种互为因果的关系。

从夸张研究学术转向的尝试，反观辞格研究转向，进而反观修辞学研究转向，学术事实显示的，都不是个人行为，而是团队行为，重要的是从团队的自发行为，上升为团队自觉。同时，学术转向也对研究主体的知识结构提出了更高的要求，"这种知识结构不能满足于个人化，而应该追求团队化"。④

---

① 刘大为：《比喻、近喻与自喻——辞格的认知性研究》，上海教育出版社2001年版，第51页。
② 同上书，第232页。
③ 李淑康、李克：《夸张：人类的一种认知模式》，《前沿》2008年第11期。
④ 谭学纯：《身份符号：修辞元素及其文本建构功能——李准〈李双双小传〉叙述结构和修辞策略》，《文艺研究》2008年第5期。

作为团队自觉的践行者之一，笔者欣慰在修辞学研究转向的学术历程中，有自己的参与。

四 小结

我们简单梳理夸张研究的状况，认为夸张研究的成果主要体现在13个方面，表现为命名、性质、形式、分类、心理、原则、认知、机制、效果、艺术手法、运用、夸张史和外语界对夸张研究等成果里。

夸张研究的缺失主要表现为重复研究、结论不一、重描写、轻阐释，宏观把握与微观分析结合不紧密，激活多学科理论资源共享、促成研究方法互补能量不足等方面。

基于夸张研究成果、缺失的梳理，在夸张研究学术转向大背景的认识基础上，我们对夸张研究学术转向进行描述，探索广义修辞学理论资源下的夸张研究模式，参与夸张研究转向的学术实践。我们的夸张研究发生于修辞学研究转向—辞格研究转向的学术背景，同时作为上述背景下的一道风景，企望丰富着修辞学研究的学术资源，二者体现为一种互为因果的关系。

第三章　夸张语义研究

甲骨文以来，夸张就是汉语中的老牌修辞现象。正如刘勰《文心雕龙·夸饰》所说"故自天地以降，豫入声貌，文辞所被，夸饰恒存"。从古到今，人们渐进地认识夸张，在探索中丰富着夸张。当我们重新审视夸张时不禁要问："夸张语义是如何发生的呢？"

一　夸张语义的发生

夸张语义自刘勰至今没有定论，但共同之处有二："言过其实""量的扩大、缩小"。这种观察着重描述夸张结果，忽略夸张语义形成的内部动因。夸张语义必须借助夸张结构才能完全展示，不能从其构成成分的特征，也不能从语言中已经存在的其他形式中推导出来，表现为夸张结构和意义一体性的特性。我们将在此认识的基础上，借助夸张结构的帮助求解夸张语义。

（一）夸张语义的"主观性"与"主观化"

据沈家煊介绍："主观性"（subjectivity）是指语言的这样一种特性，即在话语中多多少少总是含有说话人"自我"的表现成分。也就是说，说话人在说出一段话的同时表明自己对这段话的立场、态度和感情，从而在话语中留下自我的印记。"主观化"（subjectivisation）是指语言为表现这种主观性而采用相应的结构形式或经历相应的演变过程。实体与实体之间的关系如果不引发"言语场景"，这种关系处于客观轴上，如果引发"言语场景"，这种关系就处在主观轴上。关键概念"言语场景"（ground），实际就是指"言语事件"（speech event），包括会话的参与者和说话环境。两个实体在"认知语法"中分别称作"射体"（trajector）和"陆标"（landmark）。"主观化"将这两个实体之间的关系从客观轴调整到主观轴。[①]

[①] 沈家煊：《语言的"主观性"和"主观化"》，《外语教学与研究》2001年第4期。

语言"主观性"与"主观化"理论具有普适性，对很多语言现象的发生都有解释力，这段话启示我们从此角度观察夸张语义的发生，更好地理解夸张语义的特性。

据此，我们尝试做个大胆的假设，把夸张重新定义为：

> 语义凸显同质经验域内的量变特征，结构包含本体、夸体、夸张点三要素，追求故意言过其实的修辞效果，生成表达主观情感的修辞幻象。

表达者根据需要，从一定视角出发认知客观情景，通过"心理扫描"，借助"言语场景"，运用语言形式把实体与实体的客观关系主观化，使夸张带有夸大、缩小的主观性。接受者通过语用推理，领悟主观化生成的修辞幻象特征，一是通过语言描述，二是在心理上生成象征性的真实感受。修辞幻象生成的过程也就是语言"主观化"的过程，激活"射体"和"陆标"的主观联系。

要想证明此假设的合理性，我们必须注入新的解释能量，寻找新的观察点。

（二）夸张语义的"主观量"与"夸张量"

"量"具有主观性生成的"主观量"现象早就引起学者们的关注。马真在研究现代汉语副词修饰数量词时，直接把修饰数量结构的副词分为"言够""言多""言少""等量""估量""实量""总计"等七类，并对其进行语法、语义分析。[①]

陈小荷明确提出"主观量"、"主观大量"和"主观小量"等概念，讨论集中在与主观量有关的副词、语气词、后缀、句重音等问题上。[②]

李宇明《汉语量范畴研究》全面考察"量"的语义语法范畴，着重分析形成"主观量"的词语、重要结构等手段，深入研究了与"一"相关的两种结构，把"主观量"分为异态型"主观量"、直赋型"主观量"、夸张型"主观量"、感染型"主观量"四类。对夸张型"主观量"的问题

---

① 马真：《修饰数量词的副词》，《语言教学与研究》1981年第1期。
② 陈小荷：《主观量问题初探——兼谈副词"就""才""都"》，《世界汉语教学》1994年第4期。

没有太多涉及。①

李善熙的博士学位论文《汉语主观量表达研究》系统研究了"主观量"的表达手段,关注到"主观量""主观性""客观量""期待量""主观量程度"等问题,把"主观量"表达手段归为语音手段、词汇手段、语序手段、复叠手段和语气词五类,至于句式表达手段的论述,散见于各章,没有涉及夸张型"主观量"的研究。②

学者们对"主观量"的观察集中在副词等语言标记方面,如:董为光、周守晋、张谊生等学者的研究。③

对夸张型"主观量"研究的忽略,成为后续研究的理由与动力。

1. 夸张语义"主观量"的生成

夸张语义"主观量"如何生成?生成过程该如何描述?夸张修辞功能的实现很大程度要以语义修辞化变异为前提,从某种意义上说,对夸张语义"主观量"的理解是夸张的认知基础。

我们把由"主观量"向"夸张量"的判定与理解放在夸张结构与语义结合的句管控下进行。

夸张认知形成的意象图式在语言中的投射,同样符合陆俭明针对人从感知客观事物到用言辞将所感知的客观事物表达出来的过程所做的六层面假设。④

第一层面:客观世界(客观事件或事物之间客观存在的关系等);

第二层面:通过感觉器官感知而形成意象;

第三层面:在认知域内进一步抽象由意象形成意象图式(概念框架);

第四层面:该意象图式投射到人类语言,形成该意象图式的语义框架;

第五层面:该语义框架投射到一个具体语言,形成反映该语义框架的构式;

---

① 李宇明:《汉语量范畴研究》,华中师范大学出版社2000年版,第111—195页;《主观量的成因》,《汉语学习》1997年第5期;《"一量+否定"格式及有关强调问题》,《华中师范大学学报》1998年第5期;《"一V……数量"结构及其主观大量问题》,《汉语学习》1999年第4期;《数量词语与主观量》,《华中师范大学学报》1999年第6期。

② 李善熙:《汉语主观量表达研究》,博士学位论文,中国社会科学院,2003年。

③ 董为光:《汉语副词的数量主观评价》,《语言研究》2000年第1期。周守晋:《"主观量"的语义信息特征与"就"、"才"的语义》,《北京大学学报》2004年第3期。张谊生:《试论主观量标记"没、不、好"》,《中国语文》2006年第2期。

④ 陆俭明:《构式与意象图式》,《北京大学学报》2009年第3期。

第六层面：物色具体词项填入该构式，形成该构式的具体句子。

在此大胆假设的前提下，我们选择夸张经典例句"蜀道之难，难于上青天！"为研究对象，尝试寻找夸张语义"主观量"的生成理据。

第一层面：客观存在着"蜀道难行"的事实；

第二层面：视觉感知形成"行蜀道，比上青天还难"意象；

第三层面："行蜀道，比上青天还难"意象可以抽象为："高阻不可逾"+"高危不可行"+"高险不可越"等基本元素，从而形成"行蜀道，比上青天还难"图式；

第四层面：初步选择语义框架：蜀道难行体现在高阻、高危、高险等方面；

第五层面：该语义框架投射到语言，形成反映该语义框架的结构——本体+夸体+夸张点；

第六层面：选择具体词项填入该构式，形成具体的句子——"蜀道之难，难于上青天！"

在六个层面中，前四个层面隐性存在于人的认知内化状态，具有整体感知的模糊不定性。随着认知处理程序深化，意象图式转化为更抽象的语义框架，此阶段跨越图像和符号距离，为显性的第五层结构的生成，做了强力支撑。在第五层的框架下，第六层具体词项的选择水到渠成，经典夸张例句"蜀道之难，难于上青天！"生成。此时的"比上青天还难"就是夸张结构与语义管控下带有诗人强烈情感的"主观量"。这种"主观量"又是如何转化为"夸张量"的呢？

2. 夸张语义"夸张量"的生成

在诗人认知域里形成"行蜀道，比上青天还难"的意象图式，投射到语言层面呈现"蜀道之难，难于上青天！"诗句。"难于上青天"描述对象超出行路、爬山难度的正常量范畴，在现实世界中，那时的蜀道虽难，人仍旧可以通行，但上天，却是不能实现的愿景。借助本体+夸体+夸张点的夸张结构可以判定此时的"难于上青天"是结构聚合系统中的"夸张量"。本体"蜀道之难"，夸体"难于上青天"，夸张点"难度强"在语言形式中显现，语义表现为难度量域被夸大，故意言过其实，服务于抒发强烈情感的主观意图，最终生成的"蜀道之难，难于上青天！"是诗人的也是接受者的，"难于上青天"从"主观量"因为夸张结构与语义管控的参与，转化为"夸张量"。

"夸张量"中的"量"不仅表现为直观可见的长度，还可以表现为抽象的程度、时间的超前、事理的反逻辑等。"夸张量"的存在凸显了夸张"言过其实"的功能，成为判定夸张成立的一个依据。

二 夸张语义的特征

"客观量"因为语言"主观性"的影响，转化成"主观量"，"主观量"因为夸张结构与语义的管控生成修辞化语义变异的"夸张量"。带有"夸张量"的夸张语义该如何认知呢？

（一）夸张点的显隐义

为了方便论述，我们设定"本体：A；夸体：B；夸张点：C；"，夸张点在夸张构式里以显性、隐性两种方式出现。

当夸张点显性出现时，会出现显、隐两种意义。如：

想不到郭振山勃然大怒，大眼珠在鼓眼泡里瞪得拳头大。（柳青《创业史》）

分析：A：大眼珠；B：瞪得拳头大；C：大。夸张结构：ABC。

夸张点"大"显现在构式中，语义双关，显现义是眼大，隐现义是怒火大。

当夸张点隐性出现时，会出现显、隐两种意义。如：

真了不起呀，那威风。当时大会上为他鼓掌的声响，外国人测到了，准以为又爆炸了一颗氢弹呢。（高晓声《崔全成》）

分析：A：为他鼓掌的声响；B：爆炸了一颗氢弹；C：（声音大、威风大）。夸张结构：AB。

夸张点隐现于构式中，显现义是时间长，隐现义是说话费劲。

这说明在夸张构式中，夸张点不管是显性还是隐性出现，都是一个重要的形式要素，因主观意图、构式义等因素介入，存在多种观察的可能性，显示多种理解。

（二）夸体语义的亚义位、自设义位特征

我们将在夸张结构管控下，借助亚义位、自设义位、空义位等理论资

源探究夸体语义特征。

1. 夸体语义的亚义位特征

我们选取经典诗句"飞流直下三千尺"为例,说明夸体语义的亚义位特征。

从语法视角观察"飞流直下三千尺",此句犯了主语和动语语义不搭配的错误。数量结构"三千尺"如果不在陈述飞流长度结构里充当宾语,是一个普通的表示长度的单位,没有夸张意味。因为主语是"飞流","三千尺"描述对象超出长度的正常量范畴,语义义位在语用环境中发生了转移,具有亚义位特征,使夸张成为可能。

为解释语用环境中的义位转移现象,谭学纯提出三个相关概念:亚义位、自设义位、空义位。依据是否具有自然语言的词条身份、是否具有词典记录的固定义项、是否可以依据词典释义概括出相应义位等条件,把三个概念分别定义如下。

亚义位:具有自然语言的词条身份和词自身的内涵义,在静态词义系统之外可以概括固定义项的、最小的、能独立运用的语义单位。

自设义位:具有自然语言的词条身份,但不具有词自身的内涵义,而是在静态词义系统之外,能够提取临时语义的、最小的意义单位,属于使用者的自定义。

空义位:不具有自然语言的词条身份和词自身的内涵义,在静态词义系统之外,能够提取临时语义的、最小的意义单位。"亚义位""自设义位""空义位"在使用中有一定的关注度,也进入郑敏惠、高万云、高群、张春泉、冯海霞、周荐等学者的专题研究或学术综述。①

我们借助这项研究成果观察夸张,发现夸体语义在夸张点的作用下,

---

① 谭学纯:《亚义位和空义位:语用环境中的语义变异及其认知选择动因》,《语言文字应用》2009 年第 4 期;《语用环境中的义位转移及其修辞解释》,《语言教学与研究》2011 年第 2 期;《语用环境中的语义变异研究:解释框架和模式提取》,《语言文字应用》2014 年第 1 期;《"义位—义位变体"互逆解释框架:基于〈现代汉语词典〉5—7 版比对的新词新义考察》,《语言文字应用》2017 年第 4 期;《[-表色]范畴"X 色":语义特征及其修辞加工》,《语言教学与研究》2018 年第 5 期。郑敏惠:《广义修辞学视野中的语义研究》,《阜阳师范学院学报》2013 年第 4 期。高万云:《广义修辞学研究范式:本体论、认识论、方法论》,《当代修辞学》2014 年第 2 期。张春泉:《新世纪中国修辞学学科概念术语研究综论》,《福建师范大学学报》2017 年第 2 期。高群:《广义修辞学副文本考察》,《湖南科技大学学报》2017 年第 1 期。李富华:《近四十年拈连研究得失及辞格研究多元走向》,《福建师范大学学报》2018 年第 2 期。冯海霞、周荐:《新世纪汉语"词义—修辞"研究现状与前瞻》,《福建师范大学学报》2018 年第 2 期。

带有亚义位和自设义位双重特征，从而与本体搭配，完成夸张义的生成。

数量结构"三千尺"具有固定语义，泛指长度，已经进入公共交流空间，其组成成分"三千""尺"也被词典记录，成为静态词义系统的一员。但在夸张"飞流直下三千尺"中，因长度被凸显的内因推动，数量结构"三千尺"可以被替换。

首先，"三"常指虚数，表示"多"的意义，可以被替换为"五、九"等指虚数，表示"多"义的词。"三千尺"可以替换为"五千尺""九千尺"等。

其次，"千"可以被"十、百、千、万"等替换。"三千尺"可以替换为"三十尺、三百尺、三万尺"等。

最后，"尺"可以被"寸、丈"等替换。"三千尺"可以替换为"三千寸、三千丈"等。

因为长度成为凸显特征，在此聚合系统中，超常量才会成为被选择的对象，因此，"三十尺""三百尺""三千寸"等在客观世界中可能出现的瀑布长度被剔除，不可能出现的"三千尺"等才成为诗人想象中的瀑布长度，"三千尺"被替换的过程，收窄了精确数字含义，放宽了模糊长度的表达，在庐山瀑布雄伟壮观语境的触发下，瀑布被夸张为超长，竟然被怀疑为银河从九天落下。当然，下句"疑是银河落九天"是比喻，也是夸张。二者的复杂关系，不是本部分内容涉及的问题，拟另文论述。

"三千尺"被替换的逻辑程序是：剔除客观世界中可能出现的瀑布长度—筛选诗人想象中瀑布长度—确定超常量聚合系统。

此时"三千尺"的意义虽然仍具有静态的表长度的意义，但更具有非精确表长度语义的动态性，因此"三千尺"语义具有亚义位特征，从旧有的自然语义转移到新生的自然语义，对应词典记录和尚未记录的公共经验。

2. 夸体语义的自设义位特征

"三千尺"语义的亚义位特征，需要借助同质性质的概念认知；夸体语义的自设义位特征更多借助异质性质的修辞认知。[1]

夸体语义具有自设义位特征的例句如：

---

[1] 谭学纯、肖莉：《比喻义释义模式及其认知理据——兼谈词义教学和词典编纂中的比喻义处理》，《语言教学与研究》2008年第1期。

你瞎说点啥！没喝酒，你就醉了！

既然没喝酒就醉了，"醉"的必备义素［＋喝酒］被删除，"醉"具有自设义位的语义特征，从旧有的自然语义转移到非自然语义（非字面义/字面义），由客观化的语义转向主观化的语义，释义精度降低，语义共享范围缩小。传统夸张分类中的超前夸张的夸体语义，大都具有自设义位语义特征。我们把唐黄本、汪吴李本、谭濮沈本三本辞典的超前夸张语料列举如下说明之。

憨老汉真是饿急了，那位大嫂刚把一碗黑面饸饹端进来，他接住，嘴还没沾上碗边，半碗饸饹早就咽下肚了。（周汶《小店》）

分析：A：嘴还没沾上碗边；B：半碗饸饹早就咽下肚了；C：（时间超前、事理矛盾）。夸张结构：AB。"嘴还没沾上碗边"表明没有行使"吃"的行为，"咽"的必备义素［＋吃］被删除，全句时间超前，事理违背逻辑，"咽"具有自设义位的语义特征。

"你这烟不错，是蛟河烟。没错，是蛟河烟。"
"嘀！行家嘛！你什么时候学会抽烟的？"
"在娘肚子里我就会抽两口了！"（陈放《白与绿》）

分析：A：我就会抽两口了；B：在娘肚子里；C：（时间超前、事理矛盾）。夸张结构：BA。"在娘肚子里"不具备行为能力，"抽"的必备义素［＋有行为能力］被删除，全句时间超前，事理违背逻辑，"抽"具有自设义位的语义特征。

这种媳妇，才算媳妇，要照如今的妇女呀，哼，别说守一年，男人眼没闭，她早就瞧上旁人了。（周立波《暴风骤雨》）

分析：A：男人眼没闭；B：她早就瞧上旁人了；C：（时间超前、事理矛盾）。夸张结构：AB。"瞧上旁人"的必备义素［＋男人先死］被删除，全句时间超前，事理违背逻辑，"瞧上旁人"具有自设义位的语义特征。

（雨村、士隐）二人归坐，先是款酌慢饮，渐次谈至兴浓，不觉飞觥献斝起来。当时街坊上家家箫管，户户笙歌，当头一轮明月，飞彩凝辉，二人愈添豪兴，酒到杯干。（曹雪芹《红楼梦》）

分析：A：酒到；B：杯干；C：（时间超前、事理矛盾）。夸张结构：AB。"杯干"的必备义素［+无酒］被删除，全句时间超前，事理违背逻辑，"杯干"具有自设义位的语义特征。

多么惊人而宏伟的计划呵，首创者当然是岑朗。她在班里发起这次假期旅行时嚷嚷说："两个暑假，除了太阳岛没别处可去，快把人烤糊啦。"——响应者不下十人。那神奇的瀑布在召唤我们，考试时都听到隆隆的水声。（张抗抗《去远方》）

分析：A：考试时；B：听到隆隆的水声；C：（时间超前、事理矛盾）。夸张结构：AB。"听到隆隆的水声"的必备义素［+到达瀑布之地］被删除，全句时间超前，事理违背逻辑，"听到隆隆的水声"具有自设义位的语义特征。

碰上院里搬来个陈大爷，捻儿更急，你还没点哪，他就炸了。（陆明生《大院今昔》）

全句分析为：A：捻儿；B：你还没点哪，他就炸了；C：性格急。夸张结构：ACB。其中夸体：你还没点哪，他就炸了，也属于超前夸张。"炸"的必备义素［+点火］被删除，此句时间超前，事理违背逻辑，"炸"具有自设义位的语义特征。

这孩子可爱得很，在娘胎里就会笑了。

全句分析为：A：可爱；B：在娘胎里就会笑了；C：（时间超前、事理矛盾）；（程度）很。夸张结构：ACB。全句夸张点不止一个，其中夸体：在娘胎里就会笑了，属于超前夸张。"笑"的必备义素［＋有行为能力］被删除，此句时间超前，事理违背逻辑，"笑"具有自设义位的语义特征。

  毕业找工作的事让李明心烦得很，看着满满一桌子菜，他还没动筷子，肚子就饱了。

全句分析为：A：心烦；B：还没动筷子，肚子就饱了；C：（时间超前、事理矛盾）；（程度）很。夸张结构：ACB。全句夸张点不止一个，其中夸体：还没动筷子，肚子就饱了，属于超前夸张。"饱"的必备义素［＋吃］被删除，全句时间超前，事理违背逻辑，"饱"具有自设义位的语义特征。

  "请"字儿未曾出声，"去"字儿连忙答应，早飞去莺莺跟前，"姐姐"呼之，诺诺连声。（王实甫《西厢记·请宴》）

分析：A："请"字儿未曾出声；B1："去"字儿连忙答应；B2：早飞去莺莺跟前；B3："姐姐"呼之；B4：诺诺连声；C：（时间超前、事理矛盾）。夸张结构：AB1B2B3B4。夸体的成立必须依据"请"的先行存在，现在"请"的先行存在的前提被删除，故夸体都带上了自设义位的语义特征。至于包含其中的小的夸张句"早飞去莺莺跟前"的A：（张生）；B：去莺莺跟前；C：飞（速度快、心情急）；夸张结构：BC。"飞"的语义带有亚义位的语义特征。

还有一例：

  他酒没沾唇，心早就热了。（郑直《激战无名川》）

  唐黄本辞典把其判定为夸张，我们认为"酒没沾唇"与"心早就热了"，既无时间的超前，也无必然逻辑关系、事理的矛盾，不把其看成夸张更好。

  对夸大、缩小夸张来说，夸体语义具有亚义位特征，凸显的是在静态词义系统之外的具有自然语言的词条身份和词自身的内涵义的动态修辞义。如"三千尺"突破精确数字身份,与"飞流"搭配,超越客观世界不可能限制,完成心理世界存在的瀑布超常量的夸张表述。

对超前夸张来说,夸体语义具有自设义位特征,凸显临时生成的使用者的自定义。如:"没喝酒,就醉了"中的"醉"。

(三) 夸张语义的修辞幻象特征

修辞幻象是鲍曼在讨论西方戏剧主义修辞批评理论时提出的一个重要术语。"能够将一大群人带入一个象征性现实的综合戏剧,我称之为修辞幻象。"①

谭学纯、朱玲《广义修辞学》对此概念深化分析,总结了修辞幻象的两个特征,即修辞幻象不是指向真实的世界,而是指向语言重构的世界,修辞幻象在人们的心理重建一种象征性现实。他们把修辞幻象重新表述为:语言制造的幻觉。②

修辞幻象概念具有普泛性,启示我们用新视角理解语言和现实世界的关系。修辞幻象不仅是表达者专利,更有待接受者参与。修辞信息传达渠道是"交流",修辞幻象生成基础是"经典的台词",修辞幻象完成标志是形成以最初情感为基础的情感反应,在语言制造的幻觉里生成每个人心中不同的象征性现实。语言和世界偏离的事实是修辞幻象产生的前提,理解修辞幻象有赖于表达和接受两个向度的努力,修辞接受意义的实现既可以当时实现,也可以在以后的反复再现中实现。夸张:本体+夸体+夸张点的故意言过其实特质,可以理解为语言参与制造的心理上象征性现实,具有修辞幻象特质。

夸张的修辞幻象特征,在物象、意象、语象的转换过程中体现得更为明显。

1988年,朱玲、谭学纯曾提出在不同层面定位物象、意象、语象这三个概念,即:现实层面的物象;心理层面的意象;符号层面的语象。③

表达者面对现实中的物象,在心理融会为意象,借助语言符号体现为语象,从而在接受者眼中、心理上生成象征性现实的修辞幻象。此时的修

---

① [美] 欧内斯特·鲍曼:《想象与修辞幻象:社会现实的修辞批评》,《当代西方修辞学:批评模式与方法》,王顺珠译,中国社会科学出版社1998年版,第81页。
② 谭学纯、朱玲:《广义修辞学》,安徽教育出版社2001年版,第182—183页。
③ 朱玲、谭学纯:《月亮和太阳:李白和艾青诗歌的核心语象》,《修辞学习》1988年第3期。

辞幻象具备了两层意义：一是试图还原表达者的物象和意象，这是阅读产生共鸣的基础；二是在内心建构接受者的物象和意象，具有主观性的现实感。四个"象"的运思轨迹可描述为："物象$_1$→意象$_1$→语象→修辞幻象→物象$_2$+意象$_2$"。

在此轨迹中，表达的最后步骤是生成语象，此时的语象成为接受的起点，在此基础上，接受者生成的修辞幻象，具有物象$_2$与意象$_2$融合的特点。具体到"飞流直下三千尺"来看，在此夸张生成过程中，作为书写对象的外在客体庐山瀑布偏离了纯粹自然物属性，经历了第一自然（现实化的自然）→第二自然（人格化的自然）→第三自然（符号化的自然）的转换，这三个层面，分别属于物象$_1$、意象$_1$和语象。接受者正是根据语象，在自己心理层面认同李白的物象$_1$、意象$_1$，重新建构"飞流直下三千尺"的修辞幻象，试图还原更确切地说是新生成的修辞幻象具有的心理层面的真，带有物象$_2$+意象$_2$象征性现实感，表达和接受双方都主观化凸显物象的某种特质，共鸣飞越时空生成。

（四）夸张语义生成修辞幻象的理据

判定"夸张语义生成修辞幻象"的理据是什么？反观刘勰断言的"夸饰恒存"，不禁要问："在中国，为什么夸张的发生是如此久远又如此频繁呢？"这应该与国人的"象"思维作用下的"象"文化有关。

先贤运用"近取诸身，远取诸物""比类取象""援物比类"等思维方式对万物的感悟，延续至今，成为中国人的特色思维，成为中国"象"文化生成的深层动因。

正如冯友兰《中国哲学简史》分析中西哲学差异时指出：中国哲学用直觉的方法获得概念，语言富于暗示，言简意丰，采用比喻例证；在进行科学研究时用"负"的方法"告诉我们它的对象不是什么"。西方哲学用假设的方法获得概念，语言严密而明确，采用演绎推理论证，在进行科学研究时用"正"的方法，"告诉我们它的对象是什么"。[①]

推理式思维凭借假设形成的概念为前提，从已知判断推出新判断，即从前提推理出结论，演绎出推理过程，一般表现为三段论形式，肯定或否定事物的存在，或指明是否具有某种属性，形式逻辑用"A 是 B"表达，A 与 B 同质，A 与 B 呈上下位概念关系，主观性因素无法参与，在客观论

---

① 冯友兰：《中国哲学简史》，北京大学出版社 2013 年版，第 11—12、323—325 页。

证中,演绎"是"的必然性。

直觉式思维运用联想、体悟方式连通外延没有联系的异类事物,大致相当于中国传统思维中的"比类取象""援物比类"。"取象"的旨归是"尽意",把客观存在转化为主观认识,然后通过对具体"象"的阐释,说明事物本质特征,把主观理解过的客观规律表述出来,变成人们的共识。用公式可表示为:"A 犹如 B"。A 与 B 不受同质、异质的限制,表达者能通过"悟"的方法建立起联想关系,通过比喻例证描绘事物的性质、特点。表达者主观性因素直接参与"悟"的过程,在"犹如"所说的若干可能性联系中选择其中一种,"象"呈现主观特征。如果提高"悟"的审美要求,就会生成朱良志提出的"审美妙悟"。"审美妙悟"作为中国人重要的认识方式之一,具有潜在的美学特质,具有类通审美认识活动的特性,是特殊的审美直觉活动,与西方审美直觉理论具有明显的差异,是"慧的直觉",表达的是天人相合哲学的精髓。他认为在世界美学中,应确立"审美妙悟"作为一个独特美学概念的位置,在未来的世界美学建设中,应注意吸收中国"审美妙悟"学说的滋养。①

中国"象"文化的确立主要表现在哲学、文论、画论、医学等方面,与直觉感悟认知特性是有关联的。"象"语义取自《易传·系辞上》:"子曰:'书不尽言,言不尽意。然则圣人之意,其不可见乎?'子曰:'圣人立象以尽意,设卦以尽情伪,系辞焉以尽其言,变而通之以尽利,鼓之舞之以尽神。'""圣人有以见天下之赜,而拟诸其形容,像其物宜,是故谓之象。"在言不及意的困境中,"象"成为联通言意的媒介。在中国哲学的源头,对"道"的描画也借助了"象"。《老子》"道之为物,惟恍惟惚。惚兮恍兮,其中有象。恍兮惚兮,其中有物"。至于"大音希声,大象无形"所谓的"至乐无乐""无状之状,无物之象"就是要超越具体的、有限的形象,达到永恒的、无限的"无"和"道"的境界。

在文论中,影响较大的是司空图提出的"象外之象"说。《与极浦书》:"戴容州云:'诗家之景,如蓝田日暖,良玉生烟,可望而不可置于眉睫之前也。'象外之象,景外之景,岂容易可谈哉!""象"和"景"主实,主"物";《与李生论诗书》中提出"味外之旨""韵外之致"的"味"和"韵"主虚,主"心"。他力图超越主客结合、心物交融的二元

---

① 朱良志:《论"审美妙悟"概念之成立》,《江海学刊》2004 年第 1 期。

思维模式，从而接近发掘"物我两忘"一元特性的合理性。"象外之象"的前"象"还有具象的痕迹，后"象"则更接近抽象"道"的体悟。

阅读接受要借助"象"，主体运思同样需要借助"象"。唐代王昌龄《诗格》曰："诗有三格：一曰生思，二曰感思，三曰取思。生思一：久用精思，未契意象，力疲智竭，放安神思，心偶照镜，率然而生。感思二：寻味前言，吟讽古制，感而生思。取思三：搜求于象，心入于境，神会于物，因心而得。"在生思过程中，冥思苦想而不得"象"，灵感突显，"象"自然而生。在感思过程中，阅读触动思考，在语言营造的"象"里，神心交融。在取思过程中，提取、锁定"象"，完成言意的融合。

王国维"有我、无我"的观点，也可以看成对有我之"象"和无我之"象"的解读。"以我观物，故物皆着我之色彩"，主观移情到客观，凸显主观的我，物因我而生。"以物观物，故不知何者为我，何者为物。"物我相混，凸显客体的物，隐藏主观的我。不是无我，而是我凭借更隐蔽的姿态出场。

在画论中，石涛的"不似之似"成为中国画家遵循的法则。中国画形、意兼备。"象中有意，意中有象"，不似的"象"是手段，"似"在目的。"象"的变形，意在抒情。文人画更是在画里寄托人生理想，人格化所描绘的"象"，选择用"四君子"称呼"梅兰竹菊"，审美超出现实美和艺术美的范畴，上升到人生哲理的高度。人品即画品，人在自然生命、自我生命的包围中升华。

在中医理论中，"象"可以理解为具有层级性的语义场，从抽象到具体依次表现如下。

道：执大象，天下往。（《老子·三十五章》）

阴阳：不以数推，以象之谓也。（《黄帝内经·素问篇·五运行大论》）

五行：金、木、水、火、土。

六气：风、寒、暑、湿、燥、火。

具体的象：脏象、脉象、舌象、声象等。

"望、闻、问、切"四诊，依赖具体的象的表征才得以进行。《黄帝内经·素问篇·宣明五气》云："五脉应象：肝脉弦，心脉钩，脾脉代，肺脉毛，肾脉石，是谓五脏之象。"中医切脉，脉搏具体形态称"脉"，对脉深入体验后获得的才是"脉象"。在象中把握脉与脏器的关系，由下往上推衍，对象的诊查，是在象的语义场中，在阴阳与外界环境中把握

"脉象"含义。《黄帝内经·灵枢篇·本藏》云:"经脉者,所以行血气而营阴阳,濡筋骨,利关节者也。"《黄帝内经·灵枢篇·刺节真邪》云:"所受于天,与谷气并而充身也。"经络运行无法用西医解剖学解释,在外在"象"的观照中发现体内病变信息,许多信息是生理化验检查时发现不了的。认识的整体性符合人的生理有机整体性特征。象的形象中蕴含理性分析特征,表明其既是实体范畴,又是关系范畴。这是中医的思维特色,也是中国传统的思维特色。"象"是感性和理性的统一,取象目的在于尽可能地表现事物本质,探索抽象规律。在有形中探索无形,在有限里发掘无限。[①]

中国"象"思维不仅体现在"象"文化里,还体现在负载文化意蕴的媒介里。当"象"思维凭借语言形式表现出来时,往往需要借助修辞幻象的参与。

"夸饰恒存"的夸张思维中无理、无逻辑特征与重直觉妙悟的"象"思维关联,换句话说,在"象"思维里主体的强势参与隐含着夸张的可能性。正如黄宾虹"不似之似为真似",齐白石"妙在似与不似之间",在源远流长的"象"文化里,在似与不似夸张变形的"象"中,凸显人的主动性。在物象、意象、语象、修辞幻象的转换过程中,人在改变世界,修养自身的同时,不忘伫立自己伟岸的身姿。人的视界覆盖世界的同时,蕴含人的觉醒,在天地的背景中凸显人的一颗大心、大智慧。

三 小结

我们探索了夸张语义的生成机制,认为夸张语义的发生以"夸张量"的生成为前提。由于夸张点显隐义的丰富性与夸体语义的亚义位、自设义位特征的影响,我们觉得只有在充分认识夸张整体结构语义与组成部分意义融合的基础上,才能判断一个数量结构是属于常量、超常量还是夸张量,从而更充分地解释夸张语义。据此,对夸张重新定义为:语义凸显同质经验域内的量变特征,结构包含本体、夸体、夸张点三要素,追求故意言过其实的修辞效果,生成表达主观情感的修辞幻象。夸张的修辞幻象特征,在物象、意象、语象的转换过程中体现。

基于对夸张结构与语义特征的分析与理解,我们推测如果出现"飞流

[①] 王前、刘庚祥:《从中医取"象"看中国传统抽象思维》,《哲学研究》1993年第4期。

直下三千尺长""飞流直下三千丈"等变化的格式,可以看成顺应,即由中心意义派生出非中心意义的变化。比照修辞同化与修辞顺应,① 夸张同化与夸张顺应可以概括为:

夸张同化:夸张在与构成成分整合过程中将整体的结构义加给这些成分,使它们发生适应自己的变化;

夸张顺应:夸张在表达满足修辞动因造成的意义时,自身发生由中心意义派生出非中心意义的变化来适应它。

夸张结构和语义的不可推导性吸引着人们打破现实世界的边界,追寻想象世界的自由。

---

① 刘大为:《从语法构式到修辞构式》(下),《当代修辞学》2010 年第 4 期。

第四章 夸张构式理论研究

一 认知构式语法理论与夸张构式的提出

（一）认知构式语法理论

"构式"强调形式和意义的融合，在某种程度上可以看成是 Saussure，结构主义语言学理论语言符号是形式和意义结合体思想的发展。"构式"涉及句法、语义、语用三个层面，吸收 Morris 符号学理论的句法学、语义学和语用学内涵，关注形式、所指对象、解释者多方面。

构式语法（Construction Grammar）在批判 Chomsky 语言理论背景之下产生，直接源于格语法、Fillmore 的"框架语义学"、Langacker 的认知语法、Pollard 和 Sag 的中心语驱动短语结构语法（HPSG）。作为新理论模式，构式语法理论在 20 世纪 80 年代后期创立，正逐渐受到国际语言学界的关注，国际构式语法研讨会（International Conference on Construction Grammar，ICCG）已举办了四次，主要代表人物和著作有 Fillmore、Kay 和 O'Connor（1988），Kay（1995，2001），Kay 和 Fillmore（1999），Goldberg（1995，2003），Fillmore、Kay、Michaelis 和 Sag（2003），Croft（2005）以及 Fried 和 Boas（2005）等。[1]

构式语法是集大成的学术流派，汇聚了不同学者的智慧和研究成果。Goldberg 指出构式语法包括四个主要流派：Langacker 为代表的认知语法即句法题元结构理论（Syntactic Argument Structure theories，SAS）；Fillmore 和 Kay 为代表的统一构式语法（Unification Construction Grammar）；以 Croft 为代表的极端构式语法（Radical Construction Grammar）；以 Goldberg 为代表的认知构式语法（Cognitive Construction Grammar）。[2]

---

[1] 刘国辉：《〈语法构式：溯源〉述评》，《当代语言学》2008 年第 1 期。
[2] 梁君英：《构式语法的新发展：语言的概括特质——Goldberg〈工作中的构式〉介绍》，《外语教学与研究》2007 年第 1 期。

Goldberg 1995 年出版的《构式：论元结构的构式语法研究》（*Constructions: A Construction Grammar Approach to Argument Structure*）和 2006 年出版的《工作中的构式——语言概括性的本质》（*Constructions at Work: The Nature of Generalization in Language*）两部著作，建构了认知构式语法基本理论框架，被称为 CCxG 理论。有学者认为：CCxG 实际上可视为一个广义术语，即只要循着"现实—认知—语言"这一基本原理，从体验哲学与狭义认知语言学视角展开的构式语法研究皆可视为 CCxG。①

我们选取狭义 CCxG，仅指 Goldberg 的认知构式语法，以此为切入点，理解其主要观点。

95 定义：C 是一个构式当且仅当 C 是一个形式—意义的配对 $\langle Fi, Si \rangle$，且 C 的形式（Fi）或意义（Si）的某些方面不能从 C 的构成成分或其他先前已有的构式中得到完全预测。②

06 定义：任何语言构型只要在形式或功能的某个方面不能从其组成部分，或不能从其他已存构式中严格预测出来，就可被视为构式。此外，某些能被完全预测出来的语言构型，只要有足够的出现频率，也可作为构式储存于记忆中。③

定义是理论的核心，对比两定义，重要的改变是"form-meaning pairing"（形式和意义的匹配）修改为"form-function pairing"（形式和功能的匹配）。CCxG 的这一定义引起了持"语言使用观"的构式语法学家的质疑。Langacker 尖锐地指出，从心理学角度看，该定义通过"不可预测性"将规则的、固定的表达式任意地排除在构式之外显然是不可取的，构式的定义还应该考虑与使用相关的频率、固化度和规约度。④

为了更好地理解两定义的内涵，我们把两定义放到更大的语境里考察，放到两部著作研究的理论系统中观测，从而更好地寻找修改定义的理由。

95 著作核心

论述了论元结构构式，如：双宾构式、致使移动构式、因果构式和 Way 构式的意义。主要讨论了动词和结构之间的关系，用构式理论解释传

---

① 刘玉梅：《Goldberg 认知构式语法的基本观点——反思与前瞻》，《现代外语》2010 年第 2 期。
② [美] Adele E. Goldberg：《构式：论元结构的构式语法研究》，吴海波译，北京大学出版社 2007 年版，第 4 页。
③ 刘玉梅：《Goldberg 认知构式语法的基本观点——反思与前瞻》，《现代外语》2010 年第 2 期。
④ 同上。

统句法动词中心说，初步涉及论元结构习得问题的研究。

06 著作核心

强调构式的形式与功能规约匹配关系，提出术语"表层概括假设"（Surface Generalization Hypothesis），突出构式语法以用法为基础的特点，研究语言的一般规律和特定构式，属于是非还原性理论。著作还论述了题元结构构式的习得，避免过度概括，关注学习概括过程等专题，指出功能与信息处理的结合理念将合理地解释语言内及语言间概括（language-internal and cross-linguistic generalizations）等相关问题。

两部专著留下了理论建立到理论证明的轨迹，正如梁君英所言："如果说95构式只是对于构式语法的浅尝辄止，那么06构式就是构式语法的完善和系统化工程。"[①]

06著作阐述了语言的概括特质，用岛屿限制问题和倒装构式论述了构式的信息结构特征，强调了理论的解释力，明确提出概念：认知构式语法（Cognitive Construction Grammar）。

汪兴富、刘世平[②]认为Goldberg构式发展表现出"六化"倾向，即问题明晰化、定义复杂化、表征烦琐化、求证数据化、结构功能化、语义形式化。在心理语言学试验基础上对语言概括的习得和限制进行证明，结合特定句法现象解释了语言概括中构式所起的作用。

定义体现了CCxG对"不可预测性"（unpredictability）"及"使用频率"（frequency）的理解发生的变化。当"不可预测性"不作为构式必要条件时，那些有足够出现频率和独特构型的语言表达式，即使是完全组合的、可预测的，也可视为构式。这样一来，构式的范围被扩大了。

Goldberg将构式范围扩大到"pre-""-ing"等语素单位的做法受到了国内外一些学者的批评。Langacker认为≥2的象征单位才可视为构式；Croft指出从词到抽象的句法、语义规则都可表征为构式，前者为实体构式，后者为抽象构式；Bod进一步论述"任何语言构型"这一说法缺乏明晰的界定。[③]

---

① 梁君英：《构式语法的新发展：语言的概括特质——Goldberg〈工作中的构式〉介绍》，《外语教学与研究》2007年第1期。

② 汪兴富、刘世平：《Goldberg构式语法思想变迁跟踪——基于1995及2006著作的考察》，《西安外国语大学学报》2010年第2期。

③ 刘玉梅：《Goldberg认知构式语法的基本观点——反思与前瞻》，《现代外语》2010年第2期。

中国学者代表性的观点主要有：陆俭明认为构式语法理论的局限性主要有四个，强调构式范围过于宽泛，从语素到复句都可以看成构式，会造成构式数量无穷大。语素被看成构式，跟句法层面的构式会存在要素无法统一的问题。语素的形式多指语音形式，句法构式形式多指形成构式的词类序列和语义配置。同一个形式的概念，本质却不同。①

石毓智批评构式语法理论中的 construction（构式）概念包括了从语素到句型的各级语言单位，其外延等同于"语言单位"或者"语法单位"。"上述定义不仅打破了国际语言学界长期以来普遍接受的定义，而且也与认知语言学的有关定义不相符。构式理论这一定义的扩展既混同了两种性质很不一样的语言单位之间的本质区别，也没有带来任何实际的研究效用，而是徒增概念混乱。"② 为此，Goldberg 对构式范围做了适当的调整，不再将语素单独视为一类，而是将其视为部分固定词语构式（partially filled words），比如"post-N""V-ing"。这样就巧妙地避开了将构式范围无限扩大的责难。③

除了批评，也有赞同的声音。"构式的定义从形式与意义的匹配延伸到形式与功能的匹配，这样构式的范畴也从先前相对单一、具体的范围扩展到一个连续体，可以包括词素等相对较小、较抽象的语言单位，也可以包括习语或篇章。功能所涵盖的范围也包括语义、语用和认知，而不是大致的语义分析。"④ 陈满华指出构式范围很广，包括从语素到句型的各个层级单位的观点可以成立，是对传统构式（construction）概念定义的重大改进。构式界定在构式主义理论体系内部具有充分的自足性，与经典的认知语法关于构式的定义并不矛盾，这一点可以从其定义、示例的构式至少具有二分性的论证和阐释中看出来。⑤

对构式是否包含语素的质疑，主要是基于语言学家对结构的理解。一般认为结构是至少由两个成分构成的语言单位，具有组合性。运用认知构式语法理论分析的语言对象都是两个或以上的复合语言单位，虽然认为词法—句法连续（lexiconsyntax continuum），更多关注的是句子层面的复杂

---

① 陆俭明：《构式语法理论的价值与局限》，《南京师范大学文学院学报》2008 年第 1 期。
② 石毓智：《结构与意义的匹配类型》，《解放军外国语学院学报》2007 年第 5 期。
③ 刘玉梅：《Goldberg 认知构式语法的基本观点——反思与前瞻》，《现代外语》2010 年第 2 期。
④ 梁君英：《构式语法的新发展：语言的概括特质——Goldberg〈工作中的构式〉介绍》，《外语教学与研究》2007 年第 1 期。
⑤ 陈满华：《关于构式的范围和类型》，《解放军外国语学院学报》2008 年第 6 期。

构式，词、篇等很少涉及，对 Adele Goldberg 教授的构式观和语言观都有所发展。田臻在《构式研究展望：构式、心理与语言加工——Adele Goldberg 教授访谈实录》中指出："构式"由"形式—意义的结合体"扩展为"形式—功能的结合体"，从而将信息结构纳入构式中来，并促进构式心理加工的研究；根据上述定义，"构式"既包括语素、词语、习语，也包括论元构式，以及某些形式明确的语篇构式；短语结构规则在某种意义上可视为"可习得的形式—功能结合体"，因此应该被纳入"构式库"中；语言的创新性来源于在新语境下既定表达式的缺失，而这种创新性受到语言规约的限制，"统计优选"（statistical preemption）策略能够有效避免语言习得中的过度概化问题；就语法构式涉及的"多义"和"同形异义"现象而言，由于一个维度的"异"可视为另一维度的"同"，两者之间很难得到明确的区分，但可通过心理实验来说明两构式之间是否存在关联；"构式主义研究法"比"构式语法"更为适合，它的涵盖范围更广，在跨学科研究的大背景下有利于发现心理语言学、神经语言学和计算语言学成果的关联和一致性；未来十年中构式研究的热点仍将涉及语言习得、记忆与语言概化之间的关系等问题。①

陆俭明也肯定了认知构式语法研究的价值，"研究的目标，我想应该是建构一个构式的网状系统。……这项工作需要异想天开！""这种研究的前途如何？难以预卜，但有一点可以肯定，无论是走得通走不通，都是伟大成果——走得通，可以给语言研究再走出一条新路；走不通，可以给后来者树一块'此路不通'的警示牌。这不都是成果吗？"②

王寅明确指出认知语言学与修辞学的兼容性和互补性体现为五个方面。

第一，学科设置上具有兼容性。修辞学被设定为三级学科，归属于二级学科语言学。

第二，学理基础上具有相通性。认知语言学核心原理是"现实—认知—语言"，即语言是人们在现实世界经过互动体验和认知加工形成的。修辞现象特别是辞格是认知加工的结果；隐喻和转喻认知理论深化了修辞学的研究。

第三，分析方法上具有互洽性。认知语言学追求用几种认知方式对语

---

① 田臻：《构式研究展望：构式、心理与语言加工——Adele Goldberg 教授访谈实录》，《外国语》2018 年第 3 期。
② 陆俭明：《构式语法理论的价值与局限》，《南京师范大学文学院学报》2008 年第 1 期。

言各层面统一解释的研究方法适用于修辞学。基于用法的模型和构式压制理论强调了"句法环境"的重要，也适用于解释偏离常规的修辞性语句。

第四，研究内容上具有互补性。认知构式语法既关注语言中特殊现象，又关注普遍现象，把语言中的一切单位归结为"构式"，期望实现语言理论的简约，对语言进行统一的解释，拓展对语言心智的理解。这些与修辞学重视特殊、复杂的语言现象，并以此为基础重视概括、规则的语言现象异曲同工。

第五，哲学上共基于辩证性。普遍性存在于特殊性之中，以对非核心语法分析为起点，认为普遍语法的构式理论与修辞学通过特殊表达反溯普遍规律思想相符。

王寅通过运用"传承整合观"理论论述汉语的"副名构式"认知成因案例的成功经验，有力地对 CL 特别是认知构式语法理论适用于修辞学的观点提供了实证。他认为把认知语言学理论特别是认知构式语法引入修辞学是可行的。[①]

在这种理念的激励下，我们鼓足勇气把认知构式语法理论引进修辞学领域。认知构式语法理论强调的语言结构的单层性，结构自身拥有不可或缺的意义，并能通过结构意义对词义等进行限制，从而影响到语言的表达与接受等观点，可以启发我们思考夸张与词、句构式的关系，以及表现于修辞学的形式、意义、功能。即使今天的尝试是幼稚的、失败的，也希望留下研究痕迹，供大家批驳，从而丰富研究路径，推进研究进程。认知构式语法的学术视野、学术资源，不仅属于语法，也应该属于修辞。

认知构式语法理论认为语言主要是基于后天体验习得的，与人类其他认知能力密不可分。构式由一个或数个象征单位构成，对高频语言现象进行范畴化，在心智中形成形义配对体，从而在心智层面组建相互沟通的网络，外在表现为语言体系就是构式的聚合，语言运行机制依据"整体大于部分之和"的理念，力求对语言做出统一的解释。在研究路径上与认知修辞研究挖掘特殊语言形式背后的修辞动因，探寻语言运行机制的思路不谋而合。

把认知构式语法理论引入修辞学研究的另一位践行者是刘大为，他明

---

① 王寅：《基于认知语言学的"认知修辞学"——从认知语言学与修辞学的兼容、互补看认知修辞学的可行性》，《当代修辞学》2010 年第 1 期。

确提出修辞构式概念。

(二) 修辞构式的提出

我们于2020年4月16日,在中国期刊全文数据库文史哲范围内,选择时间段：1982—2020年；输入关键词"构式语法/语法构式"检索,共得到1263条记录；输入关键词"修辞构式"检索,共得到74条记录。从两个记录数字的对比中可以看出,对修辞构式的研究刚刚起步。

学者们大多研究某一类或某种语言、方言中某类修辞构式,对"修辞构式"进行理论思考的最突出的成果应该是刘大为《从语法构式到修辞构式》(上、下)所阐释的观点。

文章首先质疑了构式的不可推导性质,认为语言中的简单构式都是可推导的,不可推导性不是构式的唯一性质,但修辞构式研究的大都是这类具有不可推导性的构式。不可推导性表现为构式本身具有的和构式本身是可推导的因不规范使用导致推导受到阻碍形成不可推导的两种情形。针对后一种情形,如果是临时形式的,就是独特的话语实体,属于实体性构式。如果重复使用,原单位整体投入,则不具备能产性,形成习语。重复的只是提取的框架,具有能产性,依靠语类之间的关系和构式标记,属于关系构式。既然文章指出"构式义并不总是编码在全部的构成成分上,很多情况下它只决定于部分成分的使用,只要这些成分保留着,构式义也就能维系着。可以推断,习语也能通过保留这些与构式义直接相关的成分而舍弃其他成分,形成一个可替换的框架而获得能产性"。可替换的框架也可以理解为依靠语类之间的关系和构式标记强化的构式,那么通过框架提取获得能产性的习语,就没有必要再造新概念半实体构式来指称,还是着眼于框架和组成部分之间的关系称关系构式更合适,这样处理一来符合关系构式的特征,二来减少新增术语,降低识记成本。

所谓不可推导性按照Goldberg的定义指"构式本身具有意义,该意义独立于句子中的词语而存在"。从话语自身结构得不出应有解释会带来理解难度的提高。与句子的可接受度有关的只是那些人们习惯的词语间结构关系被改变而造成的理解难度；与合语法度有关的只有涉及句法功能的结构方式的改变。由此看来,构式的不可推导性与语言形式的理解难度、可接受度、合语法度的关系错综复杂,要根据不同情况,针对性分析,不可一概而论。

刘大为认为所谓的修辞意义,其实就是这种不可推导的构式义。甚至可以说，一个研究者为什么会在纷纭复杂的话语中感觉到某种现象具有修辞的性质，正是感受到了其中不可推导意义的存在。他基于缜密论证和对语法构式的比照，明确提出修辞构式概念：修辞构式指的则是所有带有不可推导性的构式，只要这种不可推导性还没有完全在构式中语法化。并由此将语法构式和修辞构式描述为一个连续统。

构式连续统的一端是可推导的构式（最典型的语法构式），另一端则是临时产生了不可推导性的构式（最典型的修辞构式），随着不可推导的意义渐渐凝固在构式上，构式也就渐渐呈现出语法的性质。待到这种意义完全凝固成构式的一部分，修辞构式也就转化为语法构式。语法构式指的是任何一种可从构成成分推导其构式义的构式，以及虽有不可推导的构式义，但已经完全语法化了的构式。从而论证语法学和修辞学是一个学科统一体的两端的思想，实现语法学和修辞学结合的梦想。①

金志军在对近十年修辞构式研究成果分析的基础上提出"修辞"研究应该有其本体论基础的观点，对"修辞"的探究也应该从发现其概念本质的角度去切入和展开，不应简单地将"修辞"归入"句法"或"语用"概念域里探讨。从狭义的语句修辞看，不对称性如动词题元结构或数目的不对称、题元结构和句法结构的不对称、词汇义与世界知识的不对称、词性与句法功能的不对称等是"修辞"产生的原动力。要形成有效的"修辞"，语句必须要在"修辞功能"的促动下，使"未修辞体"和"修辞体"在"修辞界面"经过"修辞义"的"相似性"检验才能成功。"修辞构式"是上述"修辞"理论基础上的"修辞义"和"修辞形式"的结合体。"语法构式"是形成"修辞"的必要因素，"修辞构式"则是"修辞"形成后的形式意义有效联结的体现。推而广之，从广义修辞上看，不对称性和相似性之间的张力作用，是包括语言修辞在内的所有修辞成功与否的根本因素。②

有些学者想借助"构式"这一概念，将修辞学的研究本体与语法学的研究本体描述为一个连续统，思考这两个学科作为一个学科统一体在研究方法上保持一定的连续性问题。他们关注学科定位、探讨研究方法的良苦用心让人钦佩，如果修辞学和语法学可以作为一个学科，这个学科是什

---

① 刘大为：《从语法构式到修辞构式》（上、下），《当代修辞学》2010年第3、4期。
② 金志军：《近十年修辞构式研究概观及再探讨》，《福建师范大学学报》2018年第2期。

么？还有必要再区分修辞学和语法学吗？如果研究方法上保持一定的连续性的话，还有各自学科的研究范畴、研究路径、研究特色吗？认知构式语法理论本身就关注到特殊的语言形式问题，其理论资源属于语法界当然也属于修辞界，按理说只要有构式概念就行了，没有必要再区分语法构式和修辞构式。但在实际研究层面，修辞构式的提出，把构式中特殊语言形式构式一类独立出来，强调语言特殊规律的提炼，在技术操作层面更方便，因此我们肯定修辞构式概念提出的价值。

（三）辞格构式的提出

我们于 2020 年 4 月 20 日，在中国期刊全文数据库文史哲范围内，选择时间段：1982—2020 年，输入关键词"辞格构式"检索，只得到 1 条记录：

> 王珏：《从构式理论、三层语法看辞格构式的生成》，《当代修辞学》2010 年第 1 期。

王珏等 2008 年发表的文章，重点研究了构式与辞格的关系，认为辞格构式是在语法构式等级降低的基础之上产生的。构式中的语义要满足语义共现的规则，构式的句法要满足句法组合规范的规则，构式的语义等级与句法等级可以合称"构式等级"。构式等级高者为语义、句法均合格、规范的构式。反之为语义、句法均不合格、不规范的构式。推理得出辞格生成的理据和过程是对其寄身于其中的微观语言单位的表层构式的语义等级、语法等级、语用等级、语音等级、文字等级、词汇等级的降低途径，最终形成辞格构式。并在形式和意义上对其进行界定，形式表现为"原构式形式加上某种形式偏离"，意义表现为"原构式命题意义（逻辑—语义结构）之上增加某种语用/修辞意义"。时隔两年，王珏又撰文把辞格构式的生成放在三层语法和对零度构式（规范构式）的偏离中考察，具体表现为对句法层形式、情态层形式、语篇层形式的偏离。指出零度构式是无标记构式，辞格构式还需拥有自己特有的形式要素，因而属于有标记构式。辞格构式的形式与意义之间相对或绝对不透明，有异构构式特征。

作者努力用三层语法、构式语法理论对辞格系统进行宏观考察，强调了辞格构式生成的理据：宏观是对零度构式句法、情态、语篇的偏离；微观是在语法构式等级降低的基础上产生，表现为语义、语法、语音、文字、词汇等各方面合法度的降低。①

汉语辞格分类至今仍无定论，客观原因是具体辞格产生的理据不同，很难用同一标准对辞格整体进行解释。用构式语法理论对辞格系统进行观照，虽说科学性有待验证，但勇敢的尝试对我们仍有很大启发。也有人尝试着把构式理论运用到具体辞格的研究上，如认为"移就是人们特殊的心理感受变通词语搭配上的意念关系，是构式赋予移就辞格中形式与意义的匹配理据"。②

正如刘大为所言："高能产性是以明确的规则化为前提的，在构式标记带来的能产性背后，可以看到不规则的非典型用法已经在一定程度上被规则化了，原本临时性的修辞现象现在成了一种关系构式而具有了语法的性质。一种修辞现象之所以能概括为一个辞格而获得一定的能产性，往往也是提取结构框架带来的规则化造成的，都可以作为一种关系构式来观察。"③

辞格构式概念的提出，对探索辞格研究新路径有很大帮助。我们在此启发下，尝试提出夸张构式概念，希望通过一个辞格构式的个案研究，对修辞构式、辞格构式等理论的科学性、合理性进行验证，在研究的"互文"状态中，突破辞格研究的瓶颈，探索修辞学研究新视野。

（四）夸张构式的提出

夸张有特定的形式吗？这个疑问困扰着研究者，也吸引着研究者。

早在古希腊时期亚里士多德就提到过形式问题，认为形式、质料和具体事物都是实体。培根也强调形式是支配和构造简单性质的那些绝对现实的规律和规定性。如果把形式看成物质内部固有的规律，认识形式可以看成认识事物规律，形式不再仅仅是简单的外形，而体现为认识的目的。

基于对形式的理解，我们可以认为夸张形式体现为夸张基本规律。换句话说，夸张的基本规律反映夸张形式。学者对夸张形式的关注体现在哪些方面呢？夸张的形式如何反映夸张规律呢？对前人研究成果的梳理是我们再探讨的起点。

---

① 王珏、谭静、陈丽丽：《构式等级降低与辞格生成》，《修辞学习》2008年第1期；王珏：《从构式理论、三层语法看辞格构式的生成》，《当代修辞学》2010年第1期。
② 魏在江：《移就辞格的构式新解——辞格的认知研究》，《外语学刊》2009年第6期。
③ 刘大为：《从语法构式到修辞构式》（上、下），《当代修辞学》2010年第3、4期。

1. 夸张构式研究的前期基础：形式和语义认知研究

1.1 夸张形式研究

夸张形式多表现为变形、使用特定的语法格式、程度补语、副词、数字等。

黄侃《文心雕龙札记》论及夸张，强调夸张运用虚托手段，夸张形式多表现为变形。张炼强总结具有夸张特色的语法格式，① 唐善生论述句法小夸张，② 张望发、张莹研究了超前夸张句式的特征与基本类型，③ 迟永长关注到谈汉语"死"的修辞功能，指出夸张补语专指带有极言某种意义程度说法的补语，④ 齐春红论证了"简直"表示夸张语气的理据。⑤ 刘晓峰、崔忠民归纳出数字夸张特征。⑥

夸张形式研究融合语法和修辞资源，但只是归纳出了夸张形式的各种具体表现，并没有指出带有普遍意义或者说体现夸张基本规律的夸张形式是什么，这也说明了夸张形式难以抽象与提炼。

1.2 夸张语义认知研究

学者们把认知语义学相关理论引进修辞学领域，深化了夸张研究。夸张表现为接纳程度上的不可能特征，改变词语的量限范围，实现强制性语义共现，导致认知关系的变化。通常表现为无介体接纳方式。但借助介体的夸张也存在，因此夸张可以分为简单夸张（无介体）和复杂夸张（有介体）两类。

夸张性自喻认知结构：本体 A + 本体 A 程度上的不可能特征。

语言结构表现为：本体词 + 属于本体词的性质上可能但程度上的不可能的特征。⑦

《辞格学新论》把夸张放到辞格类聚系统中考察，从语义聚合角度观察夸张，用义集描写为："夸张：[+ 事物$_1$， + 事物$_2$， + 可类比， + 显

---

① 张炼强：《由某些语法结构提供修辞资源论析》，《首都师范大学学报》1995 年第 1 期。
② 唐善生：《句法小夸张》，《汉语知识》2001 年第 10 期。
③ 张望发、张莹：《超前夸张句式的特征与基本类型》，《延边大学学报》2002 年第 4 期；张望发：《"还 A 就 B"超前夸张句式浅析》，《汉语学习》2003 年第 5 期。
④ 迟永长：《谈汉语"死"的修辞功能》，《辽宁师范大学学报》1998 年第 6 期。
⑤ 齐春红：《谈"简直"与夸张》，《红河学院学报》2007 年第 3 期。
⑥ 刘晓峰、崔忠民：《虚数与数字夸张》，《语文知识》1994 年第 4 期。
⑦ 刘大为：《比喻、近喻与自喻——辞格的认知性研究》，上海教育出版社 2001 年版，第 123 页。

性，+超现实，+感知程度，+相似]"①，归纳夸张类比的三种主要方式：相关类比、相似类比、相反类比。认为不仅存在单用，也存在配合使用的类比多义情形。把比喻看成相似类比聚合中零度辞格，夸张是比喻的偏离辞格，夸张处于相似类比聚合的边缘地带，与相关类比范畴比较接近，具有明显偏离度。

既然可以把形式看成物质内部固有的规律，能不能把夸张形式、语义融合在一起探讨夸张的形式呢？这种疑问，引导着我们论证的推进。

2. 夸张构式的提出

夸张语义强调的"言过其实""量的扩大、缩小"着重描述夸张的结果，忽略了夸张形成的内部动因。借助认知构式语法理论，重新审视夸张，提出夸张构式概念，是我们的学术尝试。

构式语法（Construction Grammar），有学者翻译成"构件语法""框架语法""构块式语法""架构语法""句式语法"等，是近年汉语研究高频出现的概念。我们无意纠缠术语的异同，只是想借其理论解释夸张。一方面希望拓宽夸张研究视野，另一方面尝试着丰富理论本身，为理论寻找更多实证，从而增强理论解释力。从 Goldberg 两次对构式定义的修改与近期成果可见，认知构式语法越来越多关注非核心语言结构的研究。② 有学者强调"构式语法不但是一种研究思潮和理论，即所谓的构式主义取向（constructionist approach），而且是一种观察语言（形成过程和方式）的方法和所取的态度，即构式主义态度（constructionist attitude），它将语言内部从语素到句法构造的各个层面的单位视为一类大的单位——构式，这类单位有本质上的相同点——形式与意义（及功能）的配对，不能从构成成分对其形式和意义（或功能）进行预测。这种归类和所取的视角是前所未有的，虽然还不能说完美无缺，已经超越了以往的任何语法理论方法（如传统语法、结构主义语法和生成语法等），但是，这种理论至少开辟了新的视野，具有广阔的前景"。③

我们可以假设，提出某个构式的理由是该构式的形式与意义（及功

---

① 李晗蕾：《辞格学新论》，黑龙江人民出版社 2004 年版，第 152 页。
② 参见 Adele E. Goldberg《构式：论元结构的构式语法研究》，吴海波译，北京大学出版社 2007 年版，第 4 页；刘玉梅《Goldberg 认知构式语法的基本观点——反思与前瞻》，《现代外语》2010 年第 2 期。
③ 陈满华：《关于构式的范围和类型》，《解放军外国语学院学报》2008 年第 6 期。

能），不能从构成成分对其形式和意义（或功能）进行预测。夸张形式必须借助夸张意义和功能的介入才能完全展示，不能从其构成成分的特征，也不能从语言中已经存在的其他构式中推导出来，因此我们认为夸张构式成立。从吴士文《修辞格论析》系统关注辞格结构研究始，对夸张结构研究就有不少说法，夸张的本体、夸体、夸张点等要素，出现形式或隐或显，出现数量不定，有时同时出现，有时只出现一个、两个，但只要能被判定为夸张的语言形式，都应该包含三要素。结构的本体、夸体、夸张点三要素，理应认为是夸张构式形式三要素，为表现夸张构式意义、功能而存在。

二 夸张构式的生成机制与界定

（一）夸张构式的生成机制

夸张构式凭借词汇、句子、语篇等形式出现，夸张构式如何生成？其形式、意义、功能该如何描述？

Goldberg《构式：论元结构的构式语法研究》第二章提出了"情景编码"假设，试图解释构式义的性质，认为与基本句子类型对应的构式把与人类经验有关的基本事件类型编码为这些构式的中心意义。此观点没有具体论证，很难让人信服和理解。

陆俭明指出构式是人的认知域所形成的意象图式在语言中的投射，构式义来源于人的认知域里所形成的意象图式。为此，他针对人从感知客观事物到用言辞将所感知的客观事物表达出来的过程，做了六层面假设。[①]

夸张构式是构式的下位类型，夸张构式生成也应符合上述假设路径。

以此为出发点，选择夸张经典例句"黛色参天二千尺"为研究对象，尝试寻找夸张构式生成理据。

第一层面：客观存在着武侯庙柏高耸入云景象；

第二层面：视觉感知形成高耸入云的庙柏意象；

第三层面：庙柏高耸入云意象可以抽象为树干高耸、树色苍翠等基本元素，从而形成庙柏意象图式；

第四层面：初步选择语义框架，树干高耸、树色苍翠等；

第五层面：该语义框架投射到语言，形成反映该语义框架的构式——本体＋夸体＋夸张点；

---

① 陆俭明：《构式与意象图式》，《北京大学学报》2009 年第 3 期。

第六层面：物色具体词项填入该构式，形成该构式的具体的句子——黛色参天二千尺。

在六个层面中，前四个层面隐性存在于人的认知内化状态，具有整体感知的模糊不定性。随着认知处理程序深化，意象图式转化为更抽象的语义框架，此阶段跨越图像和符号距离，为显性的第五层构式生成，做了强力支撑。在第五层的框架下，第六层具体词项的选择水到渠成，经典夸张例句"黛色参天二千尺"生成。

(二) 夸张构式的界定：假设与验证

基于夸张构式生成的分析，夸张构式可以界定为：夸张意象图式在语言中的投射，语言形式存在或隐或显本体、夸体、夸张点三要素，语义凸显同质经验域内的量变特征，追求故意言过其实的修辞效果，生成表达主观情感的修辞幻象。

语言形式显性表现为：夸张构式＝本体＋夸体＋夸张点。

此定义是一种假设，以"黛色参天二千尺"为例，演绎之。

在诗人认知域里形成武侯庙柏高耸入云的意象图式，投射到语言层面呈现"黛色参天二千尺"诗句。因为主语是"黛色"，"二千尺"描述对象超出长度的正常量范畴，在现实世界中，树干不可能达到"二千尺"的长度，借助本体＋夸体＋夸张点的夸张构式可以判定此时的"二千尺"是数量结构聚合系统中的夸张量。本体：黛色，夸体：二千尺，在语言形式中显现；夸张点：长度，在语言形式中隐现；形式隐现的夸张点在读者接受中复原，在意义把握中提取。构式义表现为长度量域被夸大，故意言过其实，服务于抒发强烈情感的主观意图，最终生成的武侯庙柏是诗人的，也是接受者的。穿越时空的共鸣因素是"黛色参天二千尺"这个修辞幻象。

(三) 夸张构式是判定夸张语义的依据

对于构式来说，构式义是句义和词汇义整合——压制的结果，不能由构式成分推知，也不能叠加词典义得到。构式对词项的压制遵循一致原则：构式挑选并凸显词项与构式相兼容和谐的意义，而抑制其他与构式相冲突的意义，从而使词项与构式在意义上保持一致。[①]

Michaelis 把构式的语义压制功能称作凌驾原则（the Override Princi-

---

① 董成如、杨才元：《构式对词项压制的探索》，《外语学刊》2009年第5期。

ple），即如果词语在语义上与句法环境不协调，那么词语意义必然服从句法结构的意义。

构式形式和意义固化特性决定语义压制成为可能。具体到夸张构式"本体+夸体+夸张点"，因为夸张点的凸显功能，夸张构式所具有的语义压制功能迫使夸体语义改变为满足构式的要求。在"黛色参天二千尺"例中，杜甫对武侯庙柏树干高耸入云的关注与强调，用特定的数量结构"二千尺"强调出来。数量结构"二千尺"具有固定语义，泛指长度，已经进入公共交流空间，其组成成分"二、千、尺"也被词典记录，成为静态词义系统的一员。但在夸张构式中，因夸张点长度被凸显的内因推动，数量结构"二千尺"可以被替换为"二万尺""二千丈"等超常量，"二十尺""二千寸"等在客观世界中可能出现的庙柏长度都被剔除，此时"二千尺"虽然仍具有静态的表长度意义，但更具有非精确表长度语义的动态性，由精确表达变为可替换的超常量的聚合系统。

"二千尺"被替换的逻辑程序是：剔除客观世界中可能出现的庙柏长度—筛选诗人想象中武侯庙柏长度—确定超常量聚合系统。

因为夸张构式的介入，长度成为凸显特征，在数量聚合系统中，超常量才会成为被选择的对象，因此，不可能出现的"二千尺"等成为诗人想象中庙柏长度，"黛色参天二千尺"被判定为夸张。

（四）典型夸张构式和非典型夸张构式

"构式并非只有一个固定不变的、抽象的意义，而是通常包括许多密切联系的意义，这些意义共同构成一个家族。"①

上面的话可以理解为构式具有与变体共存的特质。具体到夸张构式，借助原型范畴理论观察，处于核心地位的可以称为典型夸张构式，处于非核心地位的就可以称为非典型夸张构式。

> 村长阎恒元，一手遮住天，自从有村长，一当十几年。年年要投票，嘴说是改选，选来又选去，还是阎恒元。（赵树理《李有才板话》）

本体：村长阎恒元；夸体：一手遮住天；夸张点：（霸道）。

---

① ［美］Adele E. Goldberg：《构式：论元结构的构式语法研究》，吴海波译，北京大学出版社2007年版，第31页。

"村长阎恒元"同位短语,与"一手"有相关性,借代成立。夸张点"霸道"隐现,"遮住天"是"一手"的超常量限范畴,夸张构式因为介体"一手"的参与,成为非典型夸张构式,整个句子可称为借代式夸张。

  我刚来这个片儿管户籍的时候,回民大院的"院长"就是白大妈,她是属爆仗的,一点就着。碰上院里搬来个陈大爷,捻儿更急,你还没点哪,他就炸了。(陆明生《大院今昔》)

这个例子里有两个夸张。"她是属爆仗的,一点就着。"
本体:她;夸体:是属爆仗的,一点就着;夸张点:(性子急)。"陈大爷,捻儿更急,你还没点哪,他就炸了。"本体:陈大爷;夸体:捻儿更急,你还没点哪,他就炸了;夸张点:(性子急)。借助介体"爆仗"把人性子急表现为超常量范畴"一点就着""你还没点哪,他就炸了",这两个句子都可称为比拟式夸张。介体"爆仗"在前句中显现,在后句中隐现。

  当他拭着泪水难为情地朝大家微笑时,他看到许多人的眼睛都湿润了,于是他不再克制,纵情任眼泪像瀑布般直泻而出。(高晓声《"漏斗户"主》)

本体:眼泪;夸体:像瀑布般直泻而出;夸张点:(泪水多)。借助介体"瀑布"和比喻词"像……般",把眼泪流淌的情形表现为超常量范畴,这个句子可称为比喻式夸张。

  两天后,他们领到钱;旅馆与银行间这条路径,他们的鞋子也走熟得不必有脚而能自身来回了。(钱钟书《围城》)

本体:他们;夸体:他们的鞋子不必有脚而能自身来回了;夸张点:走得熟。他们的鞋子与他们具有相关性,隶属于他们,用鞋子借代他们。鞋子不必有脚而能自身来回了,删除鞋子[-生命]语义特征,增加[+生命]特征,拟人成立。夸体的复杂性,导致拟人、借代式夸张成立。
这些因介体参与本身复杂化的夸体生成的夸张构式可以看成典型夸张

构式延伸出的非典型夸张构式。依据夸体是否借助介体可以把夸张构式分成典型夸张构式与非典型夸张构式两类，即：

典型夸张构式＝本体＋夸体（无介体）＋夸张点；

非典型夸张构式＝本体＋夸体（有介体）＋夸张点。

典型夸张构式指夸体没有借助介体，语义吸收程度上的不可能特征，量变呈现于超常量范围构成的夸张构式。

非典型夸张构式可以看成典型夸张构式的变体，指夸体借助介体，语义吸收程度上不可能特征，量变呈现于超常量范围构成的夸张构式。

借助典型夸张构式—非典型夸张构式视角把夸张放到辞格系统中观察，可以更好地理解夸张与别类辞格的关系。"在有赖于介体的夸张中，夸张与比喻已经融为一个整体，分不清哪一个因素是夸张的，哪一个因素是比喻的。事实上任何一个比喻只要是认知性的，多少都带有夸张的意味，接受一个不可能特征多少会伴随着程度上的提高……"[①]

正如刘大为所认为的自喻、比喻、近喻的一体化构成了认知性辞格的完整体系，夸张以逻辑为基础的反逻辑特质，典型夸张构式—非典型夸张构式的提法，只有放在更广阔的语境中才能被更好地理解。

认知构式语法的介入，夸张构式的提出、界定、验证，深化了对夸张的认识。夸张构式强调"语义凸显同质经验域内的量变特征"，能否出现异质经验域内的质变特征情况？

> 我是一条天狗呀！／我把月来吞了，／我把日来吞了，／我把一切的星球来吞了，／我把全宇宙来吞了。／我便是我了！（郭沫若《天狗》）

有"天狗吞月"之说，没有"人吞月"之说。"人吞月"的成立，不仅是语义凸显同质经验域内的量变特征，还表现为"天狗吞月"与"人吞月"的相似性被激活。夸张出现了异质经验域内的质变特征。

此种情况，还需要更有说服力的解释，以及夸张研究的进一步深化和细化。

---

① 刘大为：《比喻、近喻与自喻——辞格的认知性研究》，上海教育出版社2001年版，第210页。

三 夸张构式的形式观察与解释

构式强调"形式和意义的某些方面不能从其构成成分的特征或其他构式中得到完全预测"。换句话说，提出某个构式的原因是该构式的意义或形式不能从语言中已经存在的其他构式中综合推导出来。

夸张构式形式和意义的一体性，要求我们在求解意义的同时探索形式，从某种意义上说，形式很大程度上体现为结构的表述。夸张的本体、夸体、夸张点等要素，可以看成夸张构式要素。夸张意义必须借助夸张形式才能完全展示，不能从其构成成分的特征，也不能从语言中已经存在的其他构式中推导出来，因此我们认为夸张构式成立。

语言形式显性表现为：夸张构式＝本体＋夸体＋夸张点。

此种假设延续了重视辞格结构研究的学术传统。早在吴士文的《修辞格论析》中就系统关注辞格结构研究。当下，谭学纯认为结构是辞格生成与理解的可识别标志，是辞格的区别性标志，是辞格下位层次的分类标志，是辞格存疑的参考依据。①

具体到夸张结构的研究，前人已有不少成果。我们立足夸张构式形式，辞格辞典选取最早的唐松波、黄建霖主编的《汉语修辞格大辞典》（以下简称：唐黄本），影响较大的汪国胜、吴振国、李宇明主编的《汉语辞格大全》（以下简称：汪吴李本），最新研究成果谭学纯、濮侃、沈孟璎主编的《汉语修辞格大辞典》（以下简称：谭濮沈本）里的用例为语料，封闭研究对象，穷尽式研究，佐以开放的学术视野，以期为提炼夸张构式形式提供语言实践的证明。资料的完备性，为我们系统分析夸张形式提供了保障。②

夸张构式可以表现为不同的形式，包含本体、夸体、夸张点三个要素。如果考虑到三要素出现个数、语序前后等因素，会出现多种可能组合。按照我们先前的设定"本体：A；夸体：B；夸张点：C；"，夸张构式就会表现为三种类型。

类型一：一个要素，A/B/C；

---

① 谭学纯：《汉语修辞格大辞典·前言》，上海辞书出版社2010年版，第1—8页。
② 唐松波、黄建霖：《汉语修辞格大辞典》，中国国际广播出版社1989年版，第74—81页；汪国胜、吴振国、李宇明：《汉语辞格大全》，广西教育出版社1993年版，第286—291页；谭学纯、濮侃、沈孟璎：《汉语修辞格大辞典》，上海辞书出版社2010年版，第147—149页。

类型二：两个要素，AC/AB/BC/CA/BA/CB；
类型三：三个要素，ABC/ACB/BAC/BCA/CAB/CBA。

在语言实际运用中，这三种类型都出现吗？下位类型分布情况如何？

三本辞典基本把夸张分为扩大夸张、缩小夸张、超前夸张三类，举例说明之。我们跨越分类约束，重复用例只选用一次，分析时直接列出语言表层能观察到的显现要素，隐现要素用（）括起来。

有的例句是复句，会出现不止一个夸张构式的情况，如：

他"说"了，说得真痛快，动人心，鼓壮志，气冲斗牛，声震天地！（臧克家《闻一多先生的说和做》）

分析：A：气；B：冲斗牛；C：（气势盛）。夸张构式：AB。
A：声；B：震天地；C：（响度大）。夸张构式：AB。

分句各自出现夸张构式，全句就出现了两个夸张构式。统计时把例句中出现的夸张构式都计算在内，共有 78 个有效构式，观察结果见表一。

表一　　　　　　　　　　　　　　　　　　单位：次

类型（组合形式）		出现次数	合计
类型一	B	4	4
类型二	AB	41	50
	BA	8	
	BC	1	
类型三	ACB	11	20
	ABC	3	
	CAB	3	
	BCA	2	
	CBA	1	
特例	CA1B1A2B2	1	4
	AB1B2B3	1	
	AB1B2B3B4	1	
	B1AB2	1	

1. 观察与解释一：夸张构式的新分类

类型一：一个要素，A/B/C 三种可能性，例句只有 B 可以单独出现。

类型二：两个要素，AC/AB/BC/CA/BA/CB 六种可能性，例句存在 AB/BA/BC 三种组合。

类型三：三个要素，ABC/ACB/BAC/BCA/CAB/CBA 六种可能性，例句存在 ACB/ABC/CAB/BCA/CBA 五种组合。

另外，例句出现四种特殊组合：CA1B1A2B2/AB1B2B3/AB1B2B3B4/B1AB2（见表一）。

最常见的是本体、夸体都出现的夸张构式，语序表现为本体在前，夸体在后占多数。本体、夸体、夸张点都出现时，夸张点大多处于本体、夸体中间位置。夸体可以单独出现，是夸张构式必现要素。

由此启发我们认定以出现要素个数为新分类标准，夸张构式可以分为三类：一个要素夸张构式、两个要素夸张构式、三个要素夸张构式。此分法会对解决标准不统一，夸张分类不定问题有借鉴作用。

2. 观察与解释二：夸张点的显、隐义

夸张点在语言形式里会出现显、隐两种意义。如：

没有人比她更能掂出手上这两点五克重的小白球的分量，每一球，每一板，每一分，都重似千斤。（张挺、吴晓民《她也是世界冠军》）

分析：A：每一球，每一板，每一分；B：似千斤；C：重量、重要。夸张构式：ACB。

夸张点"重"显现在构式中，语义双关，显现义是重量，隐现义是重要。

冯结巴用了近一个世纪的光景才把一个语意完全表达出来：看新娘子才三天热闹劲儿。你仰起脸让他们看个够，不就结啦！（肖克凡《黑砂》）

分析：A：光景；B：近一个世纪；C：（时间长、说话费劲）。夸张构式：BA。

夸张点隐现于构式中，显现义是时间长，隐现义是说话费劲。

这说明夸张点因主观意图、构式义等因素介入，存在多种观察的可能性。显现时可以表现为显现义、隐现义两种理解；隐现时同样也可以表现为显现义、隐现义两种理解。

3. 观察与解释三：只有夸体也可以生成夸张构式

一个要素，A/B/C 三种可能性，只有 B 可以单独出现。这也意味着只有夸体也可以形成夸张构式，理解时常需要借助上下文语境。我们把 B 单独出现的四个例句分析如下。

> 至正光年中，太后始造七层浮图一所，去地百仞。是以邢子才碑文云"俯闻激电，旁属奔星"是也。（北魏·杨衒之《洛阳伽蓝记·景明寺》）

分析：A：（七层浮图）；B：俯闻激电，旁属奔星；C：（塔高）。夸张构式：B。

前句出现本体，但夸张构式"俯闻激电，旁属奔星"里没有出现，故夸张构式：B 成立。

> 山，快马加鞭未下鞍。惊回首，离天三尺三。（毛泽东《十六字令》）

分析：A：（山）；B：离天三尺三；C：（山高）。夸张构式：B。
本体"山"在前文出现，夸张构式"离天三尺三"没有出现，故夸张构式：B 成立。

> 陆机则兄弟同居，韩康则舅甥不别，蜗角蚊睫，又足相容者也。（北周·庾信《小园赋》）

分析：A：（住所）；B：蜗角蚊睫；C：（狭小）。夸张构式：B。
本体"住所"由"陆机则兄弟同居，韩康则舅甥不别"语义推导出，夸张构式"蜗角蚊睫"没有出现，故夸张构式：B 成立。

> 锁成慌了神儿，又要找医生，又要烧绿豆汤。老婆说："苍蝇蹬一脚，咋乎啥？过来给俺捏几把就中。"（王润滋《内当家》）

分析：A：（伤）；B：苍蝇蹬一脚；C：（程度轻）。夸张构式：B。
本体"伤"在前文出现，由"锁成慌了神儿，又要找医生，又要烧绿豆汤"语义推导出，夸张构式"苍蝇蹬一脚"没有出现，故夸张构式：B 成立。

4. 观察与解释四：夸大缩小两可不成立

有学者认为针对同一个夸张构式，存在夸大缩小两可的可能性。如：

山，
快马加鞭未下鞍。
惊回首，
离天三尺三。（毛泽东《十六字令》）

唐黄本把其归为缩小夸张类型，理由：写山和天近，故意缩小。我们的分析：A：（山）；B：离天三尺三；C：（山高）。夸张构式：B。认定其为夸大夸张类型，理由：山离天三尺三，夸张点着眼的是山的高度，按照百科知识理解，此高度应该是海拔高度，参照物是地平线，而不是山顶和天的距离。

唐黄本认定为缩小夸张类型的另两例，我们依据夸张点选择参照物的视角，夸张点要表现的对象为标准，同样分析为夸大夸张类型。

我只好一动不动，除上课外，便关起门躲着，有的连烟卷的烟钻出窗隙去，也怕犯了挑剔学潮的嫌疑。（鲁迅《孤独者》）

分析：A：关起门躲着；B：连烟卷的烟钻出窗隙去，也怕犯了挑剔学潮的嫌疑；C：（小心翼翼程度强）。夸张构式：AB。夸张点的参照物选择的是小心翼翼，夸张点要表现的是小心翼翼程度强，"连烟卷的烟钻出窗隙去，也怕犯了挑剔学潮的嫌疑"，属于夸大夸张。

汪先生的脸开始发红，客人都局促地注视各自的碗筷，好几秒钟，屋子里静寂得应该听得见蚂蚁在地上爬——可是当时没有蚂蚁。（钱钟书《围城》）

分析：A：屋子里；B：应该听得见蚂蚁在地上爬；C：（静寂程度强）。夸张构式：ACB。

夸张点的参照物选择的是静寂，夸张点要表现的是静寂程度强，"应该听得见蚂蚁在地上爬"属于夸大夸张。

这种情况与下两例不同。

> 可是更妙的是三五月明之夜，天是那样的蓝，几乎透明似的，月亮离山顶，似乎不过几尺……（茅盾《风景谈》）

分析：A：月亮离山顶；B：似乎不过几尺；C：（距离近）。夸张构式：AB。夸张点的参照物选择月亮离山顶的距离，夸张点要表现的"似乎不过几尺"，属于缩小夸张。

> 是的，那么小的一个小城，就是城东一个人放个屁，城西的人也会嚷嚷臭不可闻。（张洁《祖母绿》）

分析：A：城；B：城东一个人放个屁，城西的人也会嚷嚷臭不可闻；C：（面积小）。夸张构式：CAB。夸张点的参照物选择城的面积，夸张点要表现"城小"，不是"屁大"，属于缩小夸张。

凭借选择夸张点参照物的不同，确定夸张点要表现的对象，可以清晰判断属于夸大还是缩小，因此，不存在夸大缩小两可的情形。

5. 观察与解释五：夸张构式非典型成员的非范畴化特征

用原型范畴理论观察，在夸张构式的原型范畴中，有典型成员和非典型成员的区别。"弹丸之地"属于夸张构式范畴的非典型成员。

> 你只有谷城县弹丸之地。池塘小，难养大鱼。等到你的创伤养好了，羽毛丰满了，左良玉他们的人马也整练好了，比以前更多了。（姚雪垠《李自成》）

分析：A：地；B：弹丸；C：（地域狭小）。夸张构式：BA。

非典型成员处于非范畴化的中介状态。在语言研究层面，非范畴化被定义为在一定的条件下范畴成员逐渐失去范畴特征的过程。这些成员在重新范畴化之前处于一种不稳定的中间状态，也就是说在原来范畴和它即将进入的新范畴之间会存在模糊的中间范畴，它们丧失了原有范畴的某些典型特征，同时也获得了新范畴的某些特征。在认识方法层面，非范畴化是一种思维创新方式。[①]

对于夸张构式来说，"弹丸之地"属于修辞的夸张构式还是已经词汇化的语法现象？观点很难统一。这正体现了修辞语言创新和语法语言常规用法的关系，也支持了语言非范畴化是语言范畴化理论的重要组成部分，二者构成一个完整动态过程的观点。

6. 观察与解释六：连夸、博夸的界定

连夸：一个夸张点可以用两个本体、两个夸体表现，甚至更多本体、夸体可以参与，夸张具有连续性。

> 鸿渐吓得头颅几乎缩齐肩，眉毛上升入发，知道苏小姐误会这是求婚的信，还要撒娇加些波折，忙说："请你快看这信，我求你。"（钱钟书《围城》）

分析：A_1：头颅；B_1：缩齐肩；A_2：眉毛；B_2：上升入发；C：吓得（程度强）。夸张构式：$CA_1B_1A_2B_2$。

用两个夸张构式：头颅几乎缩齐肩，眉毛上升入发共同作用于一个夸张点：鸿渐惊吓程度强，夸张成连续状态。还可续接句子，如：魂飞魄散、体如筛糠等。我们把此种具有连续性的夸张称为连夸，夸张构式：$CA_1B_1A_nB_n$。

博夸：一个夸张点、一个本体用等于或大于两个夸体表现。

> 小妹长得白如银，想死村中多少人；多少活人想死了，多少死人想还魂。（《吴歌》）

分析：A：小妹长得白如银；B_1：想死村中多少人；B_2：多少活人想死了；B_3：多少死人想还魂；C：（极美）。夸张构式：$AB_1B_2B_3$。

为了渲染小妹长得美的程度，先使用了比喻"白如银"，此比喻里也含有夸张成分。从语篇语义角度考虑，三个不同夸体的存在，目的是凸显极美的夸张点，故夸张构式：$AB_1B_2B_3$ 成立，属于博夸。

[①] 刘正光、刘润清：《语言非范畴化理论的意义》，《外语教学与研究》2005年第1期。

"请"字儿未曾出声,"去"字儿连忙答应,早飞去莺莺跟前,"姐姐"呼之,诺诺连声。(王实甫《西厢记·请宴》)

从全句语义完整性观察,分析为:A:"请"字儿未曾出声;B1:"去"字儿连忙答应;B2:早飞去莺莺跟前;B3:"姐姐"呼之;B4:诺诺连声;C:(时间超前)。夸张构式:AB1B2B3B4。

按照事理、时间顺序,一请,二应,三去,四呼,五诺。此处,应、去、呼、诺皆提到请前,凸显夸张点的时间超前,违背事理逻辑,表现张生情急之态。至于在这个博夸构式里,包含的局部小的夸张"早飞去莺莺跟前",可分析为:A:(张生);B:去莺莺跟前;C:飞(速度快、心情急)。夸张构式:BC。不在讨论范围之内。

再看下面的例句:

遥望齐州九点烟,一泓海水杯中泻。(唐·李贺《梦天》)

分析:A:齐州;B:九点烟;C:(面积小)。夸张构式:AB。
A:海水;B1:一泓;B2:杯中泻;C:(量少)。夸张构式:B1AB2。
用一泓、杯中泻共同强化海水量少的感受,恰如其分传达了作者梦游月宫,俯视人间,时间短促,空间渺小,齐州如烟尘,大海似水杯的主观感受。夸张构式:B1AB2,属于博夸。另外,A:齐州;B:九点烟;C:(面积小)。夸张构式:AB。不在讨论范围之内。

把一个夸张点、一个本体用等于或大于两个夸体表现的夸张称为博夸,夸张构式:AB1B2Bn,因夸体语序位置的不同,存在着变体夸张构式:B1AB2 等。

7. 观察与解释七:相似语言形式的不同分析

小妹长得白如银,
想死村中多少人;
多少活人想死了,
多少死人想还魂。(《吴歌》)

三个不同夸体的存在,目的是凸显极美的夸张点,故夸张构式:

AB1B2B3 成立，属于博夸。

  不夸船身挤满江，
  不夸船头碰白云；
  咱给浪花猛喝彩，
  看它托起莽昆仑。（《万吨巨轮争下水》）

  语篇语义着眼点分属于船身、船头、浪花，所以我们分析为三个夸张构式。
  A：船身；B：挤满江；C：（大）。夸张构式：AB。
  A：船头；B：碰白云；C：（高）。夸张构式：AB。
  A：浪花；B：托起莽昆仑；C：（力量大）。夸张构式：AB。
  语言形式相似，都属于诗歌文体，但因语篇语义着眼点的不同，分析有别。
  8. 观察与解释八：特殊例句分析的说明

  白发三千丈，缘愁似个长。不知明镜里，何处得秋霜？（李白《秋浦歌·其十五》）

  分析：A：白发；B：三千丈；C：（长）。夸张构式：AB。夸张点是头发的长，不是后句出现的愁的长。两句诗表现了逻辑前果后因，但我们分析只针对夸张构式的语言形式，故把夸张点判定为隐现。

  六十年代初，菇母山区各公社的综合商店，曾经运进来一批新面市的"的确良"，色彩鲜明诱人。可是货到几年都无人问津。倒不是因为价钱稍高，而是因为"的确良"太薄。山民们摸一摸，转身走了，笑着说："这也叫布？做裤子穿，一个硬屁不打个窟窿才怪呢！"（叶蔚林《菇母山风情》）

  分析：A：裤子；B：一个硬屁不打个窟窿才怪呢；C：（布极薄）。夸张构式：AB。
  夸张点虽然前文出现，但此句没有语言形式的表现，故分析为隐现。

如果十分钟里你不想办法游动游动，这股冷风不仅可以透过衣服，而且简直可以从胸前吹进，穿过皮肉，从背上吹出来。（吴之南《高原书简》）

分析：A：风；B：胸前吹进，穿过皮肉，从背上吹出来；C：冷。夸张构式：CAB。

"这股冷风不仅可以透过衣服，而且简直可以从胸前吹进，穿过皮肉，从背上吹出来。"是个复句，后一分句的主语"风"承前省，分析时补出，夸张构式：CAB 三要素齐备。

愁肠已断无由醉，酒未到，先成泪。（范仲淹《御街行》）

汪吴李本对此句分析：A：酒未到；B：先成泪；C：（事理、时间超前）。夸张构式：AB。

我们不同意汪吴李本的分析，认为应该分析为：A：无由醉；B：酒未到；C：（事理、时间超前）。夸张构式：AB。

因为"醉"［＋饮酒］，酒未到，却醉了，违背事理，把后发生的事提前了。"酒"和"泪"没有必然的先后逻辑关系，虽然分析的结果都是夸张构式：AB，但分析理据却是不同的。

9. 观察与解释九：借助其他修辞方式的夸张构式

拟人、借代、夸张同现：

两天后，他们领到钱；旅馆与银行间这条路径，他们的鞋子也走熟得不必有脚而能自身来回了。（钱钟书《围城》）

"请"字儿未曾出声，"去"字儿连忙答应，早飞去莺莺跟前，"姐姐"呼之，诺诺连声。（王实甫《西厢记·请宴》）

借代、夸张同现：

村长阎恒元，一手遮住天，自从有村长，一当十几年。年年要投票，嘴说是改选，选来又选去，还是阎恒元。（赵树理《李有才板话》）

拟物、夸张同现：

我刚来这个片儿管户籍的时候，回民大院的"院长"就是白大妈，她是属爆仗的，一点就着。碰上院里搬来个陈大爷，捻儿更急，你还没点哪，他就炸了。（陆明生《大院今昔》）

比喻、夸张同现：

地上是冰凉的，身子一贴着地皮，那寒气嗖嗖地直往肚皮里钻，平日厚重严实的棉衣，这工夫仿佛变成一层薄纸，不顶事了。（谢雪畴《老虎团的结局》

刘燕燕眉毛细长如线，回眸一顾一盼似乎连月光都能拽动。（敬超《毕业歌》）

可是更妙的是三五月明之夜，天是那样的蓝，几乎透明似的，月亮离山顶，似乎不过几尺……（茅盾《风景谈》）

君不见高堂明镜悲白发，朝如青丝暮成雪。（李白《将进酒》）

当他拭着泪水难为情地朝大家微笑时，他看到许多人的眼睛都湿润了，于是他不再克制，纵情任眼泪像瀑布般直泻而出。（高晓声《"漏斗户"主》）

夸张与其他修辞方式同现的研究成果很多，融合夸张，又称间接夸张，就是由此角度命名的，此处不再赘言。

10. 观察与解释十：借助副词、固定搭配的夸张构式

借助的副词有：都、都要、简直、几乎、甚至、真是等。

同车的人告诉她："黑龙江人常说，这里的土插根筷子都会发芽。"（丁玲《杜晚香》）

肚子瘪得贴到了背脊骨，喉咙都要伸出手。（古华《芙蓉镇》）

如果十分钟里你不想办法游动游动，这股冷风不仅可以透过衣服，而且简直可以从胸前吹进，穿过皮肉，从背上吹出来。（吴之南《高原书简》）

鸿渐吓得头颅几乎缩齐肩，眉毛上升入发，知道苏小姐误会这是

求婚的信，还要撒娇加些波折，忙说："请你快看这信，我求你。"（钱钟书《围城》）

当我们回顾四年这一切，笑声和泪水不仅仅限于嘴和眼睛，甚至会从肚脐眼里溢出。（敬超《毕业歌》）

正如《美洲华侨日报》上一篇分析近年移居美国的中国知识分子处境和心态的文章所指出："中国知识分子人潮相继涌出国门，涌入美国，现在在美国许多城市的华埠，中国的知识分子真是碰眼碰鼻都是啊！"（胡平、张胜友《世界大串联》）

借助的固定搭配有：连……都、不……才怪、连……也等。

魏继红大笑起来，随即又有点鄙视地说："我以为你这样的男人心里都盛得下事，哼，没想到连根针都搁不下。"（晓剑《生之歌》）

我只好一动不动，除上课外，便关起门躲着，有的连烟卷的烟钻出窗隙去，也怕犯了挑剔学潮的嫌疑。（鲁迅《孤独者》）

六十年代初，菇母山区各公社的综合商店，曾经运进来一批新面市的"的确良"，色彩鲜明诱人。可是货到几年都无人问津。倒不是因为价钱稍高，而是因为"的确良"太薄。山民们摸一摸，转身走了，笑着说："这也叫布？做裤子穿，一个硬屁不打个窟窿才怪呢！"（叶蔚林《菇母山风情》）

"辞格研究是修辞学研究过去较受关注、近年相对降温的领域。从学术研究减少自我重复的意义上说，辞格研究的学术面貌与方向性选择如何吸收相关学科的学术智慧？"[①]"修辞学大视野"主持人话语蕴含学者的超前思考，我们呼应这种学术召唤，借助构式理论资源，在定量分析语言事实的基础上，对夸张形式作出完备性描述与解释，呼应辞格研究转型的学术召唤。夸张是一种构式，属于运用新理论观察老问题，提出原创观点的学术创新，不仅深化了个体辞格研究，扩大观察，对整个辞格系统研究在理论借鉴和方法论证上也具有借鉴作用。

封闭的研究对象，使研究处于可控态势；开放的研究结果，使研究具有范式性。放眼整个修辞学界、语言学界、学术界，学术背景的转换，迫

---

① 谭学纯、林大津：《修辞学：辞格研究》，《福建师范大学学报》2009年第5期。

使学术创新的跟进。如何突破学科樊篱，汲取广阔领域的研究成果，为研究注入新能量，是时代学术无法回避的问题。探索未知的诱惑，将吸引着我们继续前行。

四　小结

　　基于夸张形式、语义、功能研究的梳理，引进构式语法理论，提出夸张构式概念，探索其生成机制，对夸张构式进行界定与验证。认为夸张构式是夸张意象图式在语言中的投射，语言形式存在或隐或显的本体、夸体、夸张点三要素，语义凸显同质经验域内的量变特征，追求故意言过其实的修辞效果，生成表达主观情感的修辞幻象。夸张构式是判定夸张的依据，具有典型夸张构式和非典型夸张构式两种表现形式。

　　借助构式理论资源，在定量分析语言事实的基础上，对夸张形式作出完备性描述与解释，定性的观察结果有：参照夸张构式要素出现个数制定夸张分类的新标准；只有夸体也可以生成夸张；夸大缩小两可不成立；语言事实有连夸、博夸现象；夸张也可以借助其他修辞方式、形式标记生成等。关注到夸张非典型成员的非范畴化特征，注重特殊夸张语例分析，对相似语言结构但本质不同现象区别对待，采取不同的处理方式。我们呼应深化辞格研究的学术召唤，提供个案研究支持，延伸思考学术背景转换下的辞格研究转型问题。

第五章 框架夸张构式及其夸张功能理据

框架是事物的基本组织、结构。语言框架就是语言形式的基本组织、结构，表现形式有多种，比如结构框架、语义框架、韵律框架等。语言学，尤其语法学研究的一个重要方面就是要充分揭示各种语言框架与其构成成分或者元素之间的关系，以及语言框架的基本意义与语用功能。

沈家煊撰文介绍过语言的主观性与主观化概念，"主观性"（subjectivity）是指语言的这样一种特性，即在话语中多多少少总是含有说话人"自我"的表现成分。也就是说，说话人在说出一段话的同时表明自己对这段话的立场、态度和感情，从而在话语中留下自我的印记。"主观化"（subjectivisation）则是指语言为表现这种主观性而采用相应的结构形式或经历相应的演变过程。①

不管从"历时"角度观察，探索表现主观性的结构或形式是如何经历不同时期通过其他结构或形式演变而来的，还是从"共时"角度观察，寻找一个时期说话人采用什么样的结构或形式来表现主观性，对于夸张这种主观性极强的语言形式来说，其结构或形式对主观性的表现都值得探寻。那么，夸张主观化的语言形式有哪些呈现呢？蕴含夸张语义的构式中构式与夸张语义的关联在哪里？我们试图在框架夸张构式研究背景中，剥离出该构式的夸张义，寻找夸张形式、语义的内在关联。

我们以典型示例分析方式，论述几种句法夸张构式，即在句法结构框架作用下形成的夸张，描写这几种框架夸张构式及其夸张功能理据。

一 "X 得不能再 X"构式及其夸张功能理据

"X 得不能再 X"构式在多种语境下出现，逐渐引起关注。张炼强认

---

① 沈家煊：《语言的"主观性"和"主观化"》，《外语教学与研究》2001 年第 4 期。

为它是一种同语复用固定结构，现代汉语里有一些语法结构出于结构的必需，在某些固定的词语之间定位重复使用同一个词语。此时的"X"多为形容词，还可以是与表示"可能""程度"语法特点联系密切的动词。吕叔湘提到了这种"形+得+不能+再+形+了"结构，其中的形容词多为单音节，前后相同，等于"形+到极点了"。曾海清也从结构角度对此格式进行了分析。①

（一）"X得不能再X"构式"X"的分布

我们借助北京大学汉语语言学研究中心语料库（CCL语料库），从中共收集到可供分析语料357条，除去重复出现的，"X"作为可变成分，具体分布如表一所示。

表一

	形容词	动词	名词
单音节	青 白 黄 绿 黑 苦 坏 脏 小 大 穷 雅 高 旧 短 纯 冷 老 细 熟 刁 矮 短 差 静 傻 近 俗 火 艳 重 远 乱 少 深 急 晚 破 美 紧 满 低 臭 好 扁 巧 弱 快 恶 糟 惨 窘 低 弯 紧 帅 长 干 愁 左 次（62个）	穿 翻 睡 栽 爱 像（6个）	土 鼓 铁 油（4个）
双音节	熟悉 简单 实在 普通 满意 朴素 简易 便宜 简陋 充足 幼稚 潇洒 朴实 虚弱 糟糕 平常 平凡 自然 正确 基本 廉价 透明 正常 重复 正确 荒唐 高雅 单调 简略 质朴 奇异 顺利 微小 小心 平衡 伟大 老实 纯正 美满 清楚 贴心 顽固 明确 明显 成熟 深沉 随便 快乐 温柔 沉稳 小心 精细 蹊跷 深刻 突然 新鲜 精彩 意外 惊喜 普遍 黑暗 醒龊 亲热 沉闷 优惠 起码 露骨 古老 准点（69个）	巴结 盛开 扭曲 分割（4个）	精英 大众 经济 职业 传统 风光 世俗（7个）

统计支撑了张炼强认为"X"多为形容词的判断，语料呈现表明单、双音节形容词使用频率区别不明显。"X"还可以是动词，虽说出现频率不高，但都表示吕叔湘认为的等于"形+到极点了"的意义。

从出现频次观察，同一"X得不能再X"构式高频出现十次以上的语料，"X"皆为形容词，具体如表二所示。

---

① 张炼强：《同语复用固定结构及其修辞分析》，《首都师范大学学报》1986年第1期；吕叔湘：《现代汉语八百词》，商务印书馆1996年版，第570页；曾海清：《"A得不能再A"结构考察》，《汉语学习》2010年第4期。

表二

语料	出现频次
小得不能再小	35
好得不能再好	27
普通得不能再普通	26
简单得不能再简单	22
熟得不能再熟	11
老得不能再老	10

(二)"X得不能再X"构式具有夸张功能的理据

"X得不能再X"构式具有夸张功能,能进入此构式的成分从词性角度而言为形容词、动词、名词。我们重点讨论的是该构式中的形容词、名词、动词具有什么样的特质,它们如何促使整个构式具有"到极点了"的夸张功能。

聚焦到"X得不能再X"构式,"X"常常由单、双音节形容词充当,正如吕叔湘认为此格式具有"形+到极点了"语义,能进入此结构中的形容词"X"只能是原型形式的性质形容词,重叠形式的性质形容词和状态形容词因其本身含有程度义不能进入此结构,曾海清对此有过较为详细的论述。表一的语料统计也支撑了此观点,表二高频出现的具体表现形式,X皆为形容词,也是对此观点的实证。

"X得不能再X"高频出现的六个具体表现形式,"X"皆为形容词,呈现扩大夸张、缩小夸张两种类型。

"X得不能再X"表示扩大夸张,例如:

"哎呀,这部片子好得不能再好了。"走出影院时她说。
千篇一律的节目模式,熟得不能再熟的明星面孔,着实让人生厌。
王十袋今年已近八十,已是个老得不能再老的老江湖,江湖中的事,能瞒过他的已不多。

此时的"好""熟""老"词义本身就表示很大、很强的程度,超越一般常量,出现在超常量界域。通过"不能再"的否定,也就是否定了超出"X"出现的可能性,语义具有"大到极点了",呈现不可能出现超越"好、熟、老"的情况,使得整个"X得不能再X"格式呈现超越超常量,到达夸张量的界域，具有扩大夸张特质，呈现故意言过其实的修辞效果。在客观世界中，比这部电影好看的电影、比这个明星更熟悉的明星、比王十袋更老的江湖人士也许都会存在，通过"X 得不能再 X"框架对表示大量的"好、熟、老"等此类形容词的压制，促使整个构式生成通过语言描述和在心理上生成象征性现实具有表达主观情感的修辞幻象，表现为扩大夸张语义。

"X 得不能再 X"表示缩小夸张，例如：

　　而女人恰恰在意的不是整幕人生的波澜壮阔，她在意小得不能再小的一点点温柔体贴和一丝丝浪漫，即使那浪漫人为的痕迹有多么的重，即使浪漫是刻意摆出来的，即使那温柔体贴的话都是假意强装的，但它们都足以俘获女人的一颗芳心。

　　我想我要完蛋了，什么热情什么灵感都没有，我可能是个普通得不能再普通的女孩子，患了要写书出名的妄想症。

　　宿舍里简单得不能再简单，一人一房，一进门便可清楚地看见"三大件"——床、书台、书柜，洗手间没有热水供应。和我们一起"住"进去的还有一个饭碟、一个水杯、一个勺子——那是学员吃饭用的统一餐具。

此时的"小""普通""简单"词义本身就表示很弱、很平常程度，比一般常量还要小，出现在超常量界域。通过"不能再"的否定，也就是否定了超出"X"出现的可能性，语义具有"小到极点了"，呈现不可能出现超越"小""普通""简单"的情况，使得整个"X 得不能再 X"格式呈现超越超常量，到达夸张量界域，具有缩小夸张特质，呈现故意言过其实的修辞效果。在客观世界中，比这更小的温柔体贴、比我更普通的女孩子、比这间宿舍更简单的宿舍也许都会存在，通过"X 得不能再 X"框架对表示小量的"小""普通""简单"等此类形容词的压制，促使整个构式生成通过语言描述和在心理上生成象征性现实具有表达主观情感的修辞幻象，表现为缩小夸张语义。

用"好得不能再好"这一述补结构作为述语陈述影片的优秀，其实"好"在不同接受者那里具有不同界定，可能表达者认为已经很好了，但在别的接受者那里还不够好。正如沈家煊所言，性质形容词具有无界的特征。"性状在程度或量上有'有界'和'无界'之分","这种量上的有界和无界也是以人的主观估价为准","性状的'有界'和'无界'在汉语语法中的表现就是形容词有性质形容词和状态形容词之分"①。这也从另外一个视角解释了在"X得不能再X"构式中,"X"大多由性质形容词充当的原因。因为性质形容词的无界性,拓展了人们的想象空间,有利对事物的行为、性质、状态做出主观性的评价、判断,促使夸张义这种传递极点主观性的表达得以生成。

CCL语料库中还出现了"X"可以由单、双音节名词充当的情况。例如:

> 这部电影有一个土得不能再土的名字,它叫《黄土地》。
> 嘴已经鼓得不能再鼓,再鼓就要外淤了。
> 这是一个铁得不能再铁的铁关系。
> 虽然其体形硕大却不笨拙,刚一揭盖便左突右撞,油得不能再油,还往上够着要蹿罐儿。
> 爱尔兰作家乔伊斯的名著《尤里西斯》,是一部精英得不能再精英的先锋性小说,竟然在中国翻译出版后成为市场的热点。
> 情调相近的诗歌,前者被认为是"先锋""新潮",后者却是大众得不能再大众了呢?
> 细细盘算了一遍,觉得要想装修效果好,曾师傅的全套方案已经经济得不能再经济了。
> 曲络绎亲手炒过很多重量级的员工,一颗心早已经职业得不能再职业了。
> 用这种传统得不能再传统,熟悉得不能再熟悉的打法开头,他们硬不上钩,我也没有办法了。
> 真正是热火朝天,风光得不能再风光了,不仅名扬全县,同时简报也送到了省里、中央。
> 我总觉得我在世俗的工作还远远没有完成,而对于中国这个世俗得不能再世俗的国家,把"凯撒"与"上帝"分开,有着多层的意思。

---

① 沈家煊:《"有界"与"无界"》,《中国语文》1995年第5期。

此处的单音节名词"土、鼓、铁、油"和双音节名词"精英、大众、经济、职业、传统、风光、世俗"受程度副词"再"的修饰，对此类副词修饰名词情况，张谊生曾经指出，"一般情况下，人们使用名词主要是使用其理性义发挥其指称功能。但在特定的场合，人们为了交际和表达的语用需要，为了引起读者或听话者的联想和想象，也可以使名词的功能性状化使用其内涵义"。他认为内涵义主要包括内涵凸现式、特征概括式、概念状化式、形象比喻式等 4 种类型。[①]

"精英""大众"属于内涵凸现式性状化名词，基本上是一些表示不同社会阶层和社会角色的名词，不是专指"精英""大众"两种人，指的是与这两种人密切相关的两种性状。这两个名词通过前加副词作为性状化手段使原来所蕴含的内涵义凸现了出来，"X 得不能再 X"表示的意义分别是"像精英那样优秀、像大众那样普通"。

"传统""世俗"属于概念状化式性状化名词，主要是一些表示各种现象、状况、范畴等的抽象名词和一些表示各种情况、关系、类别的具体概念名词，通过前加程度副词等方式，这些名词所表示的概念发生了转变，变成各种各样的性状。"传统""世俗"不再指某种抽象的概念，而是指与这些概念密切相关的两种性状，分别表示"具有传统风格的""带有世俗色彩的"。"经济""职业""风光"所表示的也不再是具体的实指概念，而是"很划算""不带有自己感情""春风得意"等性状和状况。

"土、鼓、铁、油"属于形象比喻式性状化名词，大都是一些指物名词，也有少数专有名词，其共同特点为皆具有一定的足以用来打比方的形象。"土、鼓、铁、油"通过比喻表示相关的性状，意义可以理解为"像土一样土气""像鼓一样突出""像铁一样牢固""像油一样油滑"。

至于特征概括式性状化名词，大多是地域名词，主要指一些比较有名的具有独特个性特征、能够引起某种联想和共鸣的国别和区域的专有名称。CCL 语料库中没有出现相关例子，我们将其放入"X 得不能再 X"构式，造出"中国得不能再中国"，强化"中国特色"，也是合格句子。

进入"X 得不能再 X"构式的名词，被强制性接受副词"再"修饰，

---

① 张谊生：《名词的语义基础及功能转化与副词修饰名词（续）》，《语言教学与研究》1997 年第 1 期。

这些名词凭借其理性意义作为表义的基础和前提，在具体语境中，强调其具有某些特征的内涵义，引导接受者根据自身主观知识和倾向，作出差异性联想，从而生成多样化解读。"X"突出的性状意义超越一般常量，出现在超常量界域，通过"不能再"的否定，也就是否定了超出"X"出现的可能性，语义具有"大到极点了"，出现不可能出现超越"土、鼓、铁、油、精英、大众、经济、职业、传统、风光、世俗"的情况，使得整个"X得不能再X"格式呈现超越超常量，到达夸张量的界域，具有夸张特质，呈现出故意言过其实的修辞效果。

"X"作为动词，CCL语料库中涉及6个单音节动词"穿、翻、睡、栽、爱、像"和4个双音节动词"巴结、盛开、扭曲、分割"，语料不多，全录如下：

还是那条大人穿得不能再穿的破布制服裤子，裤腿挽到膝盖上。

是一个老掉牙的罗密欧和朱丽叶式的爱情故事，舞台上和银幕上翻得不能再翻的陈旧悲剧。

"睡过了呢？已经睡得不能再睡了？"

多少老师再批再骂也没这么挖苦过，完了，这回他在班上臭不可闻栽得不能再栽了。

为了让儿子高兴，他趴在地上，让狼小儿当牲口骑都愿意哪！爱得不能再爱啦！

女人咳声中夹着婴孩的哭叫，这一家三口的猎户真是像得不能再像。

这么多年来，他在剧团，小心得不能再小心，巴结得不能再巴结，却不晓得为什么，别人对他积聚了这么大的仇恨。

厅里和篮里的康乃馨都开到了最顶点，盛开得不能再盛开，也止了声息。

霍克的嘴唇似乎已经扭曲得不能再扭曲了。

子女结婚单过，早已把有限的住房分割得不能再分。

"穿、翻、睡、栽、巴结、盛开、扭曲、分割"都属于动作动词，进入"X得不能再X"构式，动词受到"再"修饰，语法特征带上表示程度的意义。这些动词强调的不是"穿、翻、睡、栽、巴结、盛开、扭曲、分割"的动作，而是"穿到极点、翻到极点、睡到极点、栽到极点、巴结到极点、盛开到极点、扭曲到极点、分割到极点"的程度高。

"爱"属于心理活动动词,"像"属于能愿动词,二者的语法特征表现为能够前加程度副词,表示程度。例如"爱—很爱—爱到极点—爱得不能再爱",突出"爱"的程度高,"像—很像—像到极点—像得不能再像",突出一家人具有较多共同点特征,家族相似性程度高。

出现在"X 得不能再 X"构式中,表示极点意义的动词多为与"程度"语法特点联系密切的动词,至于表示"可能"的动词,语料中没有出现。"X"强调的程度意义超越一般常量,出现在超常量界域,通过"不能再"的否定,也就是否定了超出"X"出现的可能性,语义具有"大到极点了",呈现不可能出现超越"穿、翻、睡、栽、爱、像、巴结、盛开、扭曲、分割"的程度,使得整个"X 得不能再 X"格式呈现超越超常量,到达夸张量的界域,呈现夸张特质。

总之,如果从"X 得不能再 X"构式的形成观察,充当"X"的大多数是性质形容词,少数由性状名词、语法特点与程度有关的动词充当。前"X"中心语 + 结构助词"得",形成述补结构,"不能再 X"作程度补语。"不能"限制"再 X"形成以后"X"为中心语的状中结构,副词"再"限制"X"形成状中关系。"X 得不能再 X"构式进入句子后,凝固成一个整体充当句子成分,对进入其中的词的语法功能与词义本身皆产生压制作用,迫使其发生变化,适应该构式凸显出的表达主观量增大到极点的要求,从而行使语法功能,"X 得不能再 X"构式具有夸张特质,与构式压制的原因有关。

如果从焦点信息角度观察,"X 得不能再 X"构式的句法成分可以是述语、状语、宾语、定语等,不管是对主语的陈述还是对中心语的修饰,因其鲜明的形式标记,属于认知心理认为的凸现度高的事物,极易获取人们的注意,经常作为句子的焦点信息存在,有利于表达出句子具有主观增量超出客观世界的超常量,突围到主观世界的夸张量界域特质。

(三)"X 得不能再 X"的特殊用法

除表一统计出的"X"分布情况之外,"X"还出现一例双音节区别词"初级"的用法:

  "谢谢""对不起""没关系""再见"等等,确实是起码得不能再起码、简单得不能再简单、初级得不能再初级了,但这是由于在我国礼貌长期被忽视甚至遭到严重破坏而至今仍然未能彻底改变的实际情况所决定的。

区别词主要表示人和事物的属性或区别性特征，有区分事物的分类作用。其语法功能修饰名词或名词短语作定语、不能作谓语，与形容词能充当定语、谓语、补语、状语的语法功能还是有很多差别的，但从表事物的属性观察，与形容词有相通之处。区别词充当"X"进入"X得不能再X"构式，出现情况极少，可以看成一种特殊用法。

语料出现3次"X"为多音节的情况，分别是"省吃俭用、有意思、失望绝望"，例如：

  打飞眼呀，传秋波呀，递情信呀，花前月下，海枯石烂……那真是有意思得不能再有意思了！
  死了就死了吧，管她依然年轻，管她是为了什么而来到这个国度，因为什么而失望绝望得不能再失望再绝望。
  以四间老屋开设了便民小旅店，三角、五角、六角地积蓄，省吃俭用得不能再省了；儿子从小到中学毕业，她未给儿子买过一根五分钱的冰棒吃。

"有意思"属于动宾短语，从语义观察，带有对事物性质的主观评价，具有描述性。短语进入"X得不能再X"格式充当"X"的情况极少，也可以看成一种特殊用法。

"失望绝望"属于形容词连用，如果"再"字呈现一次，相当于"失望绝望得不能再失望绝望"，"再"字呈现两次，相当于"失望得不能再失望，绝望得不能再绝望"，加强失望、绝望的程度。此例子中两个"X"不同形，"前X=失望绝望""后X=失望再绝望"可以看成"X得不能再X"的变式。

"省吃俭用"属于成语，其中"省"和"俭"语素近义，进入"X得不能再X"构式后，后面的"X"采用省略形式，提取出"省"语素代替原成语，此时"X得不能再X"构式中的两个"X"不同形，"前X=省吃俭用""后X=省"可以看成一种变通用法。如果着眼构式的差异，可以看成一种变式。与此相似用法的语料还有"露骨得不能再露、分割得不能再分、古老得不能再老、准点得不能再准"四例，皆提取中心语素"露、分、老、准"反复，强调语义重点，简化语言形式。

语料中还出现了"X得不能再X"2次、3次连用的情况，也可以看成特殊用法。例如：

在如今这个黑暗得不能再黑暗、龌龊得不能再龌龊的时刻，屋子依然明亮。

现在社会上很多行业，特别是"窗口行业"提倡和推行的文明礼貌用语，例如："您好""请""谢谢""对不起""没关系""再见"等等，确实是起码得不能再起码、简单得不能再简单、初级得不能再初级了，但这是由于在我国礼貌长期被忽视甚至遭到严重破坏而至今仍然未能彻底改变的实际情况所决定的。

并列式中的"X"除"初级"是区别词外，其他都是形容词，连用结构形成一个有机的意义整体，分别从不同侧面描述，共同作述语或者修饰语，陈述其前面的主语，或修饰其后面的中心语。在CCL语料库中我们没有找到3次连用以上的情况，因为"X得不能再X"反复出现，虽然可以起到语义强调、语势增强的效果，但语段较长，会给阅读增加阻碍。

二 "除了X还是X"构式及其夸张功能理据

学者们对"除了"句式的研究日渐深入，观点主要有二类说、三类说、四类说三种。

二类说：郑懿德、陈亚川指出"除了"句式的语法意义主要表示"排除"与"加合"意义。

三类说：《现代汉语八百词（增订本）》认为"除了"句式主要有三种语义：排除特殊，强调一致，后面常用"都、全"等呼应；排除已知，补充其他，后面常用"还、也"等呼应；"除了……就是……"表示二者必居其一。

四类说：朱军、盛新华发现"除了"句式主要包括"排除""加合""选择""等义"四种语义。

在"除了"句式中，"除了X还是X"是一种有特点的句式，受到黄佩文、刘卫、刘双艳等研究者的关注。"除了X还是X"语义等义，语用效果带有夸张色彩,是我们重点讨论的对象。①

(一)"除了 X 还是 X"构式"X"的分布

借助北京大学汉语语言学研究中心语料库(CCL 语料库),从中共收集到可供分析语料 149 条,除去重复出现的情况,"X"作为可变成分,具体分布如表三所示。

表三

	形容词	动词	名词
单音节	忙(1个)	闹 吃 忍 吵 贫 玩儿(6个)	书 兵 山 竹 树 沙 土 肉(8个)
双音节	羡慕 真实 混浊 宁静 奇寒 空白 高兴 死寂 抽象 震惊 粉饰 虚伪 黑暗 失望 疯狂 沧桑 疑惑 惭愧 疲惫 欣然 惊诧 简单 残暴 感动 惊喜(25个)	学习 下雨 挣钱 工作 拐弯 训练 应酬 跑步 挖煤 拥抱 亲吻 耕田 谢恩 干活 花钱 作战 训练 吃醋 看球 祝福 读书 考研 画画 等待 忌妒 紧张 痛苦 感谢 自嘲 威胁(30个)	汗水 制服 师范 农田 石头 白色 沙漠 黄瓜 文件 女足 板球 月饼 情节 技巧 贫嘴 乃文 公务 死亡 柴禾 激情 苦难 课堂 赌厅 艺术 荣誉 利益 石英 事故 浓雾 猎人 山丘 沙漠(32个)

统计支撑了"X"多为名词、动词、形容词的判断,单、双音节使用频率区别不明显,还可以是多音节词或者短语(见表四)。

表四

	名词	缩略语	动宾短语	联合短语	偏正短语	中补短语	"的"字短语
多音节	邓小平 沙坨子 实验室 地平线 (4个)	科普(科学普及) 三通(通邮、通商、通航) 科幻(科学幻想)(3个)	写妇女问题 渴望美丽 剥削你们 莫名其妙 看课本 (5个)	石头和黄土 荒草泥土 (2个)	大胆说真话 灰黄的干土 恐怖袭击 浙江产品 臭狗屎 加油声 连绵不断的山丘(7个)	得意洋洋 睡过了头 (2个)	要钱的 (1个)

从出现频次观察,同一"除了 X 还是 X"格式高频出现 2 次以上的语料,"X"不仅是名词、动词、形容词还可以是缩略语、短语(见表五)。

---

① 郑懿德、陈亚川:《"除了……以外"用法研究》,《中国语文》1994 年第 1 期;吕叔湘:《现代汉语八百词》,商务印书馆 1996 年版,第 103—104 页;朱军、盛新华:《"除了"式的语义研究》,《语言研究》2006 年第 6 期;黄佩文:《介绍句式"除了 A 还是 A"》,《汉语学习》2001 年第 1 期;刘卫:《"除了 X 还是 X"句式及其语用修辞功能》,《毕节学院学报》2013 年第 9 期;刘双艳:《"除了 A 还是 A"句式分析》,《传奇·传记文学选刊》2011 年第 8 期。

表五

	语料	出现频次
名词	除了书还是书	4
	除了石头还是石头	3
	除了山还是山	3
	除了兵还是兵	2
	除了死亡还是死亡	2
动词	除了工作还是工作	6
	除了考研还是考研	3
	除了学习还是学习	2
	除了挣钱还是挣钱	2
	除了训练还是训练	2
形容词	除了死寂还是死寂	2
	除了失望还是失望	2
缩略语	除了科幻还是科幻	3
	除了科普还是科普	2
的字短语	除了要钱的还是要钱的	2

(二)"除了 X 还是 X"构式具有夸张功能的理据

"除了 X 还是 X"构式其构成部分有三项,常项"除了"、"还是"和变项"X"。"除了"表示排除,"还是"表示前后类同,构式看似矛盾,如何统一在一起呢？正如邵敬敏所言,这一句式并非强调前后的 A 与 B 是等义的,而是指出在所讨论的范围里,即使要人为地区分为 A 与 B 两种类型或两种情况,也是不可能的,其实除了 A,剩下的所谓 B 也是 A,强调的是 A 与 B 本质的一致性、同质性。后项的照应标记词为"还是/就是",属于"强调唯一"。其标记就是 A 与 B 同形同义,句式框架是"除了 A 还是/就是 A"。①

变项"X"重复出现,强调"X"的同质性,与常项"除了……还是……"结合,产生"强调唯一"的构式义。当此"唯一"性在现实世界不为真,此种强调为的是突出表达者主观性意图的凸显意义,在主观世界可以被接受时,该构式就会带有夸张语义。根据我们对"X"分布的观

---

① 邵敬敏：《"除了"句式的语法意义新解及其启示》,《语文研究》2017 年第 3 期。

察,"X"不仅可以由单音节、双音节、多音节词充当,还可以由短语充当,主要表现为名词性成分、动词性成分、形容词性成分三种类型。

名词性成分"X"语料如下:

> 河之岸山之麓,弥眼俱绿,除了竹还是竹,绿汪汪,水灵灵,齐展展,英气逼人。
>
> 内地的中秋节除了月饼还是月饼。而在香港,我们居然可以像小孩子一样手提着灯笼,兴致勃勃地去公园看花灯和表演。
>
> "我以前知道中国人热爱邓小平,但没有想到到了广安,人们如此喜欢他,我看到、听到的除了邓小平,还是邓小平。"来自华盛顿的美国之音记者周幼康说。
>
> 人们总以为陕南山区单调、闭塞,除了石头和黄土还是石头和黄土。
>
> 从头到脚打量一下自己,许多中国人很可能会有意外的发现:除了浙江产品还是浙江产品。
>
> 好像银行的钱是国家的,好比"唐僧肉",不要白不要,银行门庭若市,除了要钱的还是要钱的。

名词性成分"X"具体呈现为"竹""月饼""邓小平""石头和黄土""浙江产品""要钱的",抽象为单音节、双音节、多音节名词以及名词性的联合、定中、"的"字短语。例句语义具体理解如下。

河之岸山之麓,如此广袤的土地,现实世界里除了竹,还有别的植物。但在人们的心理世界,竹的繁茂和品种多样,超越一切,成为唯一的存在。

中国的中秋节,具有传统的文化内涵,饮酒、赏月、游玩等欢庆的形式多样,不会只是吃月饼,此处强调吃月饼的广泛性、重要性、单调性。如此表述,目的在于呼吁形成丰富的中秋文化,不能只有月饼经济一枝独秀。

突出被称为中国改革开放和现代化建设"总设计师"的邓小平,改变了中国,也影响了世界,深受国人爱戴。在他的故乡广安,爱戴之情更深,无处不在。

陕南北靠秦岭、南倚巴山,汉江自西向东穿流而过,自然条件具有明显的南方地区特征,主要栽种水稻,盛产橘子、茶叶,与人们主观的认识上的石头和黄土相差甚远,反面证明人们认识的荒谬。

国货产品丰富,物美价廉,国人用国货,渐成趋势。浙江产品产业链成熟，产品多样，成为首选，但不可能是唯一。语料如此表达，凸显浙江产品的市场占有率高，人们喜爱的程度强。

人们到银行办理业务，有着多种形式与目的，"要钱的"省略中心语"人"，强调贷款人的比例高。

"除了X还是X"的"X"由名词性成分充当，强调在客观世界该事物出现频率高，范围包容性大，"X"用重叠方式表明呈现的唯一性。可是，此唯一性经不起事实的验证，只是表达者主观情绪的呈现，强调心理世界的唯一性。此种排除其他，只有纯粹一种情况的极大量，相当于"都是X""全是X"，量的范畴超越常量、超常量界域，带有夸张量特点，整个构式也就带有了夸张语义。

动词性成分"X"语料如下：

> 他根本不会玩也没有培养出任何别致的情趣，只对吃熟悉，只对吃有浓厚的兴趣，终生最大的嗜好就是吃上一顿对口味的好饭。除了吃还是吃！连玩都不会！连一份哪怕是像打麻将这样的庸俗乐趣都不具备！他的寂寞可想而知。

> 入秋后，伦敦就进入了湿漉漉的雨季。父亲总在外面忙着，她的生活中除了下雨还是下雨。

> 忌妒是弱者的激情，因为他除了忌妒还是忌妒，做不出什么能使自己感到自豪，使自己的心理变得平衡的事。

> 所以，我们的愿景除了"三通"，还是"三通"！

> 城里孩子动画片影碟看了一套又一套，农村孩子除了看课本还是看课本。

> 以色列为了达成停火协议进行了很多努力，包括积极配合美国特使津尼的行动，宣布放弃7天绝对平静期，从巴控区撤出军队等，但以色列的每一次停火努力所得到的，除了恐怖袭击，还是恐怖袭击。

> 格里高觉得，他的情况除了睡过了头，还是睡过了头。他本人完全健康，而且甚至还特别的饥饿。

> 三班几个全副武装加伪装的士兵从小河边走过去，而后伪装得更彻底的高城从河水里爬上来，除了得意洋洋还是得意洋洋。

动词性成分"X"具体呈现为"吃""下雨""忌妒""三通""看课

本""恐怖袭击""睡过了头""得意洋洋",抽象为单音节、双音节动词以及动词性缩略语、动宾、状中、中补短语。语料语义具体理解如下。

对人来说,生活里不可能只有"吃"这个持续的动作行为,语料的说法,强调他无其他乐趣的状态,寂寞的原因由此可知。

下雨只是自然环境的一种状态,从而反衬生活的单调与孤寂,语料描述显示生活只剩下雨,与生活真实面貌相差甚远。

忌妒这种强烈、隐蔽、极具杀伤力的情感,对于无法改变现实的弱者来说,是种不选之选,无法摆脱的情绪,和语料中的"得意洋洋"相似,表现出人的心理活动。

"三通"指大陆与台湾的"通邮、通商、通航",以期实现贸易繁荣,情感亲密功效。这只是两地民众最强烈的愿望,事实上还有很多愿望没有表现出来。

农村孩子课外生活单调,但也不至于看不上电视,如此表达,为的是对比两类孩子极大的差异。

以色列停火努力成为再次被欺骗的借口,足见恐怖袭击是美军唯一所为。

格里高认为自己没有病,变成甲虫,是人精神被扭曲、摧毁的隐喻。

"除了X还是X"的"X"由动词性成分充当,此类动词大多具有动作性强的特点,强调动作具有长久持续性,无其他行动。由心理动词构成的动词性短语,更是传递出情绪、心理的全情投入,无其他心理介入。"X"用重叠方式表明动作、心理状态呈现的唯一性。可是,此唯一性经不起事实的验证,着重强调心理世界主观感受到的动作、心理情绪的唯一性,动量达到极高的程度、状态,超越常量、超常量的界域,呈现夸张量的特点,整个构式也带有了夸张语义。

形容词性成分"X"语料如下:

> 朋友见面,同学聚会,同事聊天,谈得最多的除了忙还是忙,怎一个"忙"字了得!

> 然而,他的热情和努力所换来的除了失望还是失望;岂止于失望?简直是绝望!

> 时过境迁,我们眼前看到的除了宁静还是宁静,往昔那种客商云集的场景该向何处寻觅?

形容词性成分"X"具体呈现为"忙""失望""宁静",抽象为单音节、双音节形容词,语料没有出现形容词性短语的用法,语义具体理解如下。

聚会聊天,谈话内容各式各样,丰富多彩,"忙"只是一个话题,一种生活模式,此处说成仅有的生活状态,目的是强调"忙"的程度极高。

"修齐治平"的政治理想,在惨烈的党祸之乱的现实面前,不堪一击,失望是最形象的结果。

客商云集的繁华已经随着岁月流失殆尽,此地空余宁静。

"除了 X 还是 X"的"X"大多由性质形容词充当,因为性质形容词的无界性,拓展了人们想象的空间,对事物的行为、状态做出主观性的评价,超出客观世界量度界域的束缚,促使生成了表达极度主观性的夸张语义。

从"除了 X 还是 X"构式"X"出现的频次观察,表五高频出现的成分"书、山、兵、石头、死亡、工作、考研、学习、挣钱、训练、死寂、失望、科幻、科普、要钱的"等感情色彩皆中性、客观,但与该构式结合,"强调唯一"的构式语义产生压制作用,使得语句带有单调、厌倦的主观情感。正如刘卫所言:"该句式在表现单调性时往往运用夸张修辞,更好地突出了事物或状态的本质,达到体现单调性的作用。""虽然可以表达多种感情色彩,但是多用来表示贬义,往往表现说话人消极的主观态度。"① 我们语料的客观呈现,也印证了刘卫的观点。

从"除了 X 还是 X"构式的形成观察,充当"X"的大多数是名词性成分、动词性成分,少数由性质形容词充当。变项"X"重复出现,强调"X"的同质性,与常项"除了……还是……"结合,对进入其中的词或者短语的语法功能、语义产生压制作用,迫使其发生变化,适应该构式凸显出的"强调唯一"构式义,目的是传递出表达者主观性认为的唯一性的量度增大到极致,没有别种状况、行为、程度存在,从而促使该构式具有夸张特质。构式极量义是构式框架与待嵌构件共同作用的结果,构式框架提供了极量义得以生成的结构形式,待嵌构件提供了极量义得以生成的概念实体。

"除了 X 还是 X"构式进入句子后,凝固成整体充当句子成分,从焦点信息角度观察,该构式的句法成分大多充当述语、宾语等,还可以单独成句,不管是对主语的陈述还是单独成句,因其鲜明的形式标记,属于认知心理认定的凸现度高的事物,极易获取人们的注意,经常作为句子焦点

---

① 刘卫:《"除了 X 还是 X"句式及其语用修辞功能》,《毕节学院学报》2013 年第 9 期。

信息存在，表达出句子具有极强主观性特征，主观化的量域超出客观世界的超常量，突围到主观世界的夸张量界域，该构式也就具有了夸张特质。

（三）"除了X还是X"的特殊用法

"除了X还是X"构式，强调前后"X"相同，重复出现，才能产生"强调唯一"的构式义。在实际语料中，出现前后"X"稍有不同的用法，例如：

> 作为一名成功的妇女问题专栏记者，回顾自己所做的事，除了写妇女问题还是妇女问题，她感到那些受人吹捧的文章观点浅显毫无意义。
>
> 太阳似乎黯淡下来，世界变得十分遥远灰暗。他往四周看去，除了连绵不断的山丘之外还是山丘。
>
> 当机上所有的乘客走入迎候大厅的时候，大厅里的人除了拥抱，还是紧紧的拥抱；除了亲吻，还是深深的亲吻。
>
> 在李振权的时间表里，没有星期天、节假日，除了工作、工作、还是工作。

表六

前"X"	后"X"
写妇女问题	妇女问题
连绵不断的山丘之外	山丘
拥抱	紧紧的拥抱
亲吻	深深的亲吻
工作、工作	工作

观察表六，我们得出3个观察结果。

1. "除了X还是X"构式的前后"X"可以有稍微差异，在"除了……还是……"构式的压制下，稍有差异的两个"X"的语义，依旧可以顺利被理解。动宾短语"写妇女问题"与偏正短语"妇女问题"看似差异大，对一名成功的妇女问题专栏记者来说，写作是其常态，后"X"经过构式压制，语义可以填补出"写"。后"X"的"紧紧的拥抱""深深的亲吻"通过增加修饰语，更突出中心语义"拥抱""亲吻"的无可替代性。前"X"两次"工作"的重复，已经增加了工作的唯一性程度，再经过后"X"的承接，工作占据生活的全部状态被强化。

2. "除了X之外还是X"可以看成"除了X之外X"与"除了X还是X"糅合生成的构式,先是排除义,后追加排除对象,例如排除"连绵不断的山丘",后面追加的还是排除的对象"山丘",从语篇效果观察,此种表达追求曲折风格,产生出乎接受者意料的修辞感受。

3. "除了X还是X"构式还可以出现"除了X,还是X""除了X、还是X"等变式,中间的标点符号增加了语句的停顿,强调意味更明显。

语料中还出现"除了X还是X"的主语、状语不同形式的用法。例如:

你根本用不着动那么多脑子,不用想,就是个坏人,我除了剥削你们,我还是剥削你们。

那个政权是世界公认的邪恶政权,他对她的人民除了残暴还是残暴,对国际社会除了威胁还是威胁。

在"除了X还是X"构式中,主语大多出现在该框架的前面,形成"主语+除了X还是X",还有就是省略主语用法。至于"我除了剥削你们,我还是剥削你们"可以看成变式"主语+除了X+主语+还是X",强调"X"的同时也强调了主语。

"对她的人民除了残暴还是残暴,对国际社会除了威胁还是威胁。"针对不同的状语,呈现不同"X"的续接,语义从不同方面传递出更大的信息量。

语料中还出现了"除了X还是X"2次连用的情况,也可以看成特殊用法。例如:

四人帮的"歌德文艺",是除了虚伪还是虚伪,除了粉饰还是粉饰。

画匠的作品只能是欺骗外行的伪艺术,除了情节还是情节,除了技巧还是技巧。

目前中学生的学习压力大都挺重,课余生活不够丰富,每天除了课堂还是课堂,除了读书还是读书,甚至连节假日都没有,难免感到厌烦。

连用结构形成一个有机的意义整体,分别从不同侧面描述,共同作述语或者宾语,陈述其前面的主语。在CCL语料库中我们没有找到3次连用以上的情况，因为"除了X还是X"反复出现，虽然可以起到强调语义、增强语势效果，但语段较长，不宜多次重复，增加语言的冗余度。

三 "X死了"构式及其夸张功能理据

"死"在《现代汉语词典》里有7个义项：

1. （生物）丧失生命（跟"生"、"活"相对）；
2. 不顾生命；
3. 至死，表示坚决；
4. 表示达到极点；
5. 不可调和的；
6. 固定，死板，不活动；
7. 不能通过。

许慎《说文解字》："死，澌也，人所离也。从歹人。凡死之属皆从死。"什么是"人所离"呢？《段注》曰："形体与魂魄相离，故其字从歹人。"① 什么是"澌"？扬雄《方言》解释说："澌，索也，尽也。"由此可推测，人尽为"澌"，为"死"。《现代汉语词典》义项1"（生物）丧失生命"是"死"的本义，其余义项皆为引申用法，只有义项4"达到极点"明确表示夸张意义，这说明离开语境与构式，单独从词义角度观察，不能确定夸张是否成立，放在构式中观察，不失为一种可行路径。前期已经有学者关注到程度补语"死"的个体研究和"形（动）死我了"句式的考察，② 我们想通过个案的细化分析，思考特定语言形式在词、句层面的夸张修辞功能。例如："死"的基本义表示人或其他生物失去生命，语义实在，记为"死$_1$"；引申义表示程度深，达到极点，语义虚化，记为"死$_2$"。在语言运用中，"死$_2$"高频率出现，分布领域广泛。由于"死$_2$"主要承载程度深和达到极点的语义，可以很好地契合夸张特质，彰显夸张修辞功能，以此延伸考察"死"参构的"X死了"夸张构式的形式与意义。

---

① 许慎撰，段玉裁注：《说文解字》，上海古籍出版社1981年版，第164页。
② 侯瑞芬：《"动（形）+死+"的结构语义分析》，《北京教育学院学报》2005年第2期；及轶嵘：《"想死你了"和"想死我了"》，《天津大学报》2000年第2期；徐银：《基于构式语法的汉语"形（动）死我了"句式研究》，《江苏科技大学学报》2010年第2期；农朗诗：《程度补语"极"、"透"、"死"、"坏"个体研究》，硕士学位论文，广西师范大学，2007年；徐霞：《心理动词"死"字句中的主宾互易现象的研究》，硕士学位论文，河南大学，2004年。

（一）"X死了"构式"X"的分布

吕叔湘、朱德熙、马庆株都关注过"死"后补语是表示结果还是表示程度的问题，在"X死了"构式中，"死"具有结果义和程度义两种类型。当"死"表示结果义时，"X"与"死"的语义关系可以表述为"因X而死"，"死"具有实在义，提取《现代汉语词典》中义项1、义项6的语义，构成"病死了""（门缝）塞死了"等表达。当"死"表示程度义时，提取《现代汉语词典》中义项4的语义，构成"嗨死了"等表达。

从"X死了"构式结构观察，"死"是"X"的结果、程度补语。当"X死了"具有夸张性质时，排除"死"当结果补语情况，从而选择"死"当程度补语用法，因此，"X"的确定很重要。

据吴长安分析，"死"当程度补语时充当"X"的主要有三类词。①

第一，"X"由形容词的简单形式充当。即形容词的单音形式，如"红死了"。形容词的双音形式，如"糊涂死了"。形容词的简单形式只表事物的单纯性状、属性，可以与"死"的程度义组合，表达极性程度，使整个构式带有夸张语义。至于重叠式形容词、带修饰性成分的复杂形容词，则不能充当"X"。如"红红死了""红彤彤死了""鲜红死了"，构成句子不合理，表达不成立。原因是重叠式形容词、带修饰性成分的复杂形容词已经表达说话人对形容词所具有属性的主观评价，带有"量"的增强特点，这样一来，与"死"所传递的"极""很"极性程度语义产生矛盾，所以不能充当"X"。

第二，"X"由绝大多数心理活动动词充当。常用的有"爱、怨、恨、气、怕、吓、愁、信、感动、喜欢、佩服、爱护、同情、讨厌、抱怨、埋怨、害怕、心疼、害羞、满意、着急、伤心、明白、相信、同意、放心、怀疑、关心"等。人的心理活动常常带有对某事、某人、某类现象的主观评价，当主观评价所表现出的欣赏、厌恶、痛恨程度由修饰、补充成分"死"来强调时，整个构式具有极性的夸张语义。少数几个被认为是表示心理活动的动词，如：感到、觉得、认为、猜、估计、打算、回忆等不能充当"X"。原因有二：首先，一般心理活动动词都能受"很"修饰，而这些词不能；其次，一般心理活动动词带有心理活动过程的描述性，这些词只引导出心理活动内容，其宾语常由主谓短语或复杂谓语担任，叙述完整的心理活动过

---

① 吴长安：《口语句式"W死了"的语义、语法特点》，《东北师大学报》1997年第1期。

程,类似心理活动引导词。例如,"你打算中秋节回家看望父母吗?"

第三,"X"由一部分表可能、意愿的动词充当。在这类动词中,心理活动性强的,可以充当"X",如:愿意、应该。因为意愿、可能动词同心理活动动词有很多共同点,意愿、可能的思考过程可以看成一种心理活动。动作性强的,不能充当"X",如:要、肯、该、敢等。

综上所述,在"X死了"构式中,"死"充当程度补语,"X"由形容词的简单形式,大多数心理活动动词,一部分表可能、意愿的动词等构成,整个构式才具有极性夸张语义。

这也印证了迟永长的观点,他认为,"死"表示夸张,主要出现在三种句式里,即"形+死+了""动+死+了""动(动语素)+死+名(名词素)+了"。① 在"形+死+了"构式中,形容词主要反映说话主体自身的某种感受或主体对客体某种性质状态的感受,而"死"则补充说明这种感受的极端程度,因为没有什么能比"死"更能表示达到极点的意义了。此时,"死"绝大多数可以用表程度深的副词"极"去替换,人们弃"极"不用而选择"死",强化了言过其实的主观感受,整个构式也就具有了鲜明的夸张语义。

在"动+死+了"构式中,当"死"表示"生命结束义"的"实死"时,"死"的语法功能强调补充说明前面动词所表示的动作行为的结果,如"吓死了"(被吓对象已死),构式不具有夸张语义。当"死"表示"到达极点义"的"虚死","死"的语法功能强调补充说明前面动词表示的动作行为所达到的极端程度,如"吓死了"(被吓对象没死),只表示对象被吓的程度达到极点,构式具有夸张语义,此时,构式可以变换为"动+死+我+了",如"吓死我了",说话主体在说该句子的时候还活着,这里的"死"表达极端程度,带有言过其实的夸张语义。

"动(动语素)+死+名(名语素)+了"可以看成"动词+死+了"构式的临时变体用法,把"死"看作双音节动宾结构中间的临时插入成分,"死"可以后移,如"操死心了"可变换为"操心死了"。也可以把"死"看作离合词的标志,此时"动+宾"关系松散,插入"死"后,语感顺畅,"死"在这里的语法功能依然强调补充说明其前面动词或动素极点程度,夸张表义倾向明显。此种构式出现频率不高,涉及的动宾

---

① 迟永长:《谈汉语"死"的修辞功能》,《辽宁师范大学学报》1998年第6期。

结构范围不广泛,可以看成"动+死+了"的构式变体。

(二)"X死了"构式具有夸张功能的理据

借助北京大学汉语语言学研究中心语料库,收集到"X死了"典型例句"爱死了"可供分析语料6条,以此为例,我们讨论"X死了"构式具有夸张功能的理据。

> 海藻叹口气,近乎于妖媚地挤出一句:"我爱这颗痣,爱死了。"
> 什么东西最硬?女孩子最喜欢,特别是结了婚的女人,更是爱死了。答案:钻石
> 她说起自己的故事,她在机场读了女作家的自传,爱死了,引为知音,写了信给出版社。
> "爱死了"达硌士上气不接下气,"最适合你用。"
> 我爱死了节日的千层酥饼、薄荷糖、杏仁甜面包和水果干。
> 一枚小刀,银制的刀柄刻着巨龙作为他的生日礼物。史钢爱死了这些礼物。

1. 具有夸张语义构式"X死了","死"语义虚化,大多不带宾语。

具有夸张语义构式"X死了"的"死"语义虚化,黏附于前面的成分,语法意义依赖前面成分而实现,语义指向性状(谓语)本身。张谊生指出在某种意义上,可以把它们看作一个词。①

构式"X死了"不带宾语,"X死"的语义指向主语,如前四例中,"X死"的语义分别指向主语"我、结了婚的女人、她、达硌士",当表达主体发出此种感慨时,"死"的语义虚化,只是强调了爱的程度极深的意思,并没有失去生命,句子带有夸张语义。

构式"X死了"带宾语,如果整个句子强调表达者的感受,表达者同时也是主语,"X死"的语义指向主语,如后两例,"X死"的语义依旧指向"我、史钢",强调爱的程度极深,句子也带有了夸张语义。

"X死了"带宾语,有时理解上会出现歧义,如"爱死我了","X死"的语义指向宾语或者主语,出现"我爱""爱我"两种理解,此种歧义在上下文的制约下,很容易分化。如:

---

① 张谊生:《程度副词充当补语的多维考察》,《世界汉语教学》2000年第2期。

> 是你自己一趟趟讲,爱死我了。(爱我)
> 这部电影太好看了,爱死我了。(我爱)

具有夸张语义构式"X死了",大多不带宾语。如果带宾语,也常常是"我",指说话人自己,整个句子带有极强的主观性,强调表达者感受达到顶点,整个构式带有夸张语义。

2. 具有夸张语义构式"X死了",只能出现句末"了"。

《现代汉语八百词》把"了"分化为"了$_1$"和"了$_2$"。"了$_1$"用在动词后,表示动作的完成。"了$_2$"用在句末,肯定事态出现了变化或即将出现变化,有成句的作用。①

具有夸张语义构式"X死了"只可以出现"了$_2$"。如:

> 气死了他（死作结果补语,无夸张语义,他失去生命）
> 气死他了（死作程度补语,有夸张语义,生气程度极强）
> 他气死了（兼具以上两种情况:第一,死作结果补语,无夸张语义,他失去生命;第二,死作程度补语,有夸张语义,生气程度极强）

对夸张语义构式"X死了"来说,"死"后或宾语后需要加"了",否则,句子不完整。如:

> 爱死了。
> 爱死我了。
> *爱死。

3. 具有夸张语义构式"X死了",没有否定式。

夸张语义构式"X死了",不能加"没、没有、不"构成否定。否则,就是结果补语,不具有夸张语义。

> *没爱死了。
> *没有爱死了。

---

① 吕叔湘:《现代汉语八百词》,商务印书馆1996年版,第314页。

＊不爱死了。

以上句式，"死"作程度补语，有夸张意义，表示爱的程度极强。

没饿死。
没有饿死。
不饿死你算你走运。

"死"皆选取"失去生命"意义，作结果补语，句式无夸张语义。

4. 具有夸张语义构式"X 死了"，不能变为祈使、可能句式。

夸张语义构式"X 死了"，不能变为祈使、可能句式，否则，就是结果补语，不具有夸张语义。

＊爱死他！
＊爱得死他。

"死"作程度补语时，多用于口语。具有夸张语义构式"X 死了"，"死"的"失去生命"语义虚化，只是强调了程度极深的意思，语义指向表达者，凸显其主观感受，从而促使构式带有夸张语义。

四 "要多 X 有多 X"构式及其夸张功能理据

"要多 X 有多 X"构式是一种表达主观极量性，生成夸张语义和修辞功能的有特色的语言形式，已经引起学者们的持续关注。王春东、许璇、张言军、甄珍、汪国胜等、胡德明等、吉益民都进行过相关研究。[①] 研究成果体现在构式历时形成过程、构式特点、嵌件条件、生成机制、语用功能等方面，至于该构式变项"X"的分布、类型、构式生成夸张语义的机

[①] 王春东：《要多 a 有多 a》，《汉语学习》1992 年第 1 期；许璇：《"要多 A 有多 A"构式分析》，《吉林广播电视大学学报》2012 年第 5 期；张言军：《框式结构的生成与语义、语用特点——以强调极性程度的"要多 X 有多 X"为例》，《江汉学术》2014 年第 1 期；甄珍：《现代汉语主观极量构式"要多 A 有多 A"研究》，《汉语学习》2015 年第 1 期；汪国胜、杨黎黎、李沛：《构式"要多 A 有多 A"的跨句语法化》，《语文研究》2015 年第 2 期；胡德明、毕晋：《"要多 X 有多 X"构式试析》，《遵义师范学院学报》2015 年第 5 期；吉益民：《汉语主观极量构式"要多 X 有多 X"》，《海外华文教育》2017 年第 7 期。

制及理据等研究还需要进一步探讨。

（一）"要多 X 有多 X"构式"X"的分布

"要多 X 有多 X"构式由四个语块组合而成，即"要 + 多 X + 有 + 多 X"。根据此标准，语料中出现的"要多少黄金就有多少黄金、要多少仆人就有多少仆人"等情况被排除在研究范围之外。借助北京大学汉语语言学研究中心语料库（CCL 语料库），共收集到可供分析语料 142 条，除去重复出现的情况，"X"作为可变成分，具体分布见表七。

表七

	形容词	动词	名词
单音节	少 美 沉 笨 大 好 远 坏 杂 嗲 惨 脏 烂 狠 白 快 野 静 脏 乱 丑 奸 滑 重 慢 蠢 绿 丑 惨 糟 像 高（32 个）	吵气（2 个）	窝（1 个）
双音节	宝贵 精致 豪华 古典 方便 漂亮 窝囊 糟糕 难看 好看 好吃 丰富 深刻 温顺 痛快 踏实 凉快 方便 破烂 虚无 正当 难听 残酷 舒坦 神奇 不易 下贱 热闹 刻薄 狼狈 舒服 负面 严重 土气 傻气 快乐 娇气 别扭 神气 幸福 眼尖（方言，刻薄的意思）（41 个）	伤心 难受 揪心 烦人 激动 恶心 痛苦 可爱 受罪（9 个）	绅士（1 个）

统计支撑了"X"多为形容词的判断，语料呈现表明单、双音节形容词使用频率区别不明显。"X"还可以是表示心理活动动词、名词，三音节短语出现频率低。

从出现频次观察，同一"要多 X 有多 X"格式频次出现 2 次以上的语料，"X"多为形容词，只有少数是表示心理活动的动词（见表八）。

表八

语料	出现频次
要多难看有多难看	5
要多笨有多笨	2
要多大有多大	2
要多好有多好	2
要多坏有多坏	2
要多丑有多丑	2
要多方便有多方便	2
要多漂亮有多漂亮	2

续表

语料	出现频次
要多热闹有多热闹	2
要多痛快有多痛快	2
要多难听有多难听	2
要多难受有多难受	2

(二)"要多X有多X"构式具有夸张功能的理据

聚焦到"要多X有多X"构式,"X"由单、双音节形容词充当,正如王春东认为此构式具有夸张意味,有"非常非常X"的语义。能进入此构式中的形容词"X"只能是原型形式的性质形容词,重叠形式的性质形容词和状态形容词因其本身含有程度义不能进入此构式,甄珍对此进行过论述,① 表七的语料统计也支撑了此观点。表八高频出现的具体表现形式,"X"大多为形容词,也是对此观点的实证。

"要多X有多X"高频出现的12个具体表现形式,"X"大多为形容词,出现一例"X"为动词语料,皆呈现扩大夸张类型。例如:

魏强见这人疙疙瘩瘩的桔皮脸上,趴着个蒜头鼻子,大嘴巴,厚嘴唇,两个小眼挤巴挤巴的,要多难看有多难看。

"你回温哥华?"这问题要多笨就有多笨,明明是直航飞机。果然,刘曙唏笑答:"不,飞机抵达大西洋上空,他们会叫我跳伞。"

从长远看,移动电子商务市场可以说要多大有多大,因为它将成为世界经济正常运作的基础之一。

她的帽子挂在墙上,她显得十分自在,对哈里顿边笑边谈,兴致要多好有多好。

知道她对她的印象要多坏有多坏,能改变印象当然求之不得啦。

有一张大得像月亮的脸,皮肤黝黑,脸上的皱纹多得像夹心饼干,要多丑有多丑。光是这张皱皮大脸,连警徽都不用亮出来,就能吓死几个大贼。

计算机联网后,所有的信息都可由计算机传递和读取,要多方便

---

① 王春东:《要多a有多a》,《汉语学习》1992年第1期;甄珍:《现代汉语主观极量构式"要多A有多A"研究》,《汉语学习》2015年第1期。

有多方便。

　　难怪别人说赵大爷的两条腿可值万两黄金，你瞧他踢出去的那一脚，要多漂亮有多漂亮。

　　对过那狗摊儿旁边又是倒腾做古工艺品的——五色杂陈鸟啼虫吟，要多热闹有多热闹。嘿！要多痛快有多痛快！诸位！这块瓜园可并不系外，就是刁万成家的。

　　神经病大部分时间是憋着嗓子唱戏，要多难听有多难听，就像有人拿钝刀宰他……

　　这种"左右周旋"的窝囊劲儿，对他这个向来不肯低头的学者来说，要多难受有多难受。

　　此处的"大""好""方便""漂亮""热闹""痛快"皆是褒义词，通过"要多 X 有多 X"构式的凸显，词义呈现强烈的主观性，具有"大到极点""好到极点""漂亮到极点""热闹到极点""痛快到极点"特征，主观认为不可能出现超越"大""好""方便""漂亮""热闹""痛快"的情况，使得整个"要多 X 有多 X"构式抵达夸张量界域，具有扩大夸张特质，呈现出故意言过其实的修辞效果。在客观世界中，比移动电子商务市场更大的市场，比此次谈话更好的兴致，比计算机传递、读取更方便的方式，比赵大爷踢球更漂亮的人，比花鸟、古玩市场更热闹的地方也许都会存在，通过"要多 X 有多 X"构式对此类形容词的压制，促使整个构式宣泄主观喜爱、赞美态度，生成通过语言描述和在心理上生成象征性现实具有表达主观情感的修辞幻象，表现为扩大夸张语义。

　　此处的"难看""笨""坏""丑""难听"皆是贬义词，通过"要多 X 有多 X"构式的凸显，词义呈现强烈的主观性，具有"难看到极点""笨到极点""坏到极点""丑到极点""难听到极点"的特征，在客观世界中，比这人更丑的人、比这问题更笨的问题、比对她印象更坏的印象、比他的脸更丑的脸、比神经病唱戏更难听的声音也许都会存在，通过"要多 X 有多 X"构式对此类形容词的压制，促使整个构式宣泄主观厌恶、讽刺态度，生成通过语言描述和在心理上生成象征性现实具有表达主观情感的修辞幻象，表现为扩大夸张语义。

　　"难受"属于心理活动动词，通过"要多 X 有多 X"构式的凸显，词义具有"难受到极点"的意味，在客观世界中，比左右周旋更难受的状况肯定会存在，通过"要多X有多X"构式对"难受"词义压制，促使整个构式宣泄主观心里难受程度，生成扩大了的"难受"夸张语义。

沈家煊论述过性质形容词的无界特征，这也从另外一个视角解释了在"要多X有多X"构式中，"X"为何大多由性质形容词充当。性质形容词的无界性，拓展了人们想象的空间，对事物的行为、性质、状态做出主观性的评价、判断，促使夸张语义这种带有极点主观性的表达得以生成。

语料中还出现了"X"可以由单、双音节名词充当的情况。例如：

要多窝有多窝，没想到今天栽在这儿。
坐了半个多钟头，他双手搭肩要多绅士有多绅士。

单音节名词"窝"和双音节名词"绅士"受程度副词"多"的修饰，对此类副词修饰名词情况，根据张谊生对副词修饰名词的研究成果推断，①"窝"属于形象比喻式性状化名词，这些指物名词，具有一定的足以用来打比方的形象，通过比喻，表示相关的性状，"要多窝有多窝"可以理解为"在窝里，人蜷缩，像窝卷起来一样憋屈、窝囊"。整个句子可以替换为"要多窝囊有多窝囊，没想到今天栽在这儿"。"绅士"属于内涵凸现式性状化名词，基本上是一些表示不同社会阶层和社会角色的名词。不是指"绅士"这种人，指的是与这种人密切相关的性状。这类名词通过前加副词作为性状化手段使原来所具有的内涵义凸现了出来，"要多绅士有多绅士"表示的意义是"像绅士那样有涵养、有风度"。

进入"要多X有多X"构式的名词，都需要强制性接受副词"多"修饰，这些名词凭借其理性意义作为表义的基础，在具体语境中，凸显具有特征的内涵义，引导接受者根据自身主观知识和倾向，作出差异性联想、多样化解读。通过"要"的引导，"有"的续接，构式整体凸显主观意识的实现，"X"表现出的性状意义，不仅属于客观世界，更体现出主观世界强烈情感认证与期待，超越一般常量、超常量界域，到达夸张量的界域，具有夸张语义，呈现出故意言过其实的修辞效果。

"X"作为动词，语料涉及两个单音节动词"吵、气"，9个双音节动

---

① 张谊生：《名词的语义基础及功能转化与副词修饰名词（续）》，《语言教学与研究》1997年第1期。

词"伤心、难受、揪心、烦人、激动、恶心、痛苦、可爱、受罪",全录如下:

> 好像是有意同昨晚的寂静作比,这时候是要多吵有多吵,各种各样的声音都有,那个闹呀!
> 四爷要多气有多气。
> 她把母亲的惨死和兄弟在夜袭队干不名誉的事情加到一起,真是要多伤心有多伤心,要多难过有多难过,于是哭得就更厉害了。
> 当你被他感动了,真的不走,那时候,你要多难受,就有多难受。
> 屋外是秋风瑟瑟,厕所里是王小梅的尖叫声,那声音在夜里听来,要多揪心有多揪心,令姜大明彻夜难眠。
> 午后的闺阁,真是要多烦人有多烦人的。
> 这突发的奇想使他要多激动有多激动,跟老丫头一起,可以共同开创未来全身心地投入。
> 当年她跟靴子他爸结婚,一见他是罗锅,要多恶心有多恶心。
> 那段时间精力主要放在了数学上了,我学的是工科,考数一,内容贼多,第一轮复习我记得是要多痛苦就有多痛苦。
> 这两个孩子,混合了中西优良的血统,长得要多可爱有多可爱。
> 款式倒是其次,最要紧的是穿上那个"磕"脚,硬邦邦,偪挺挺,要多受罪有多受罪,可鞋对于山区的人来说,更有它的意义,首先要的就是那个结实。

"吵、气、伤心、难受、揪心、烦人、激动、恶心、痛苦、可爱、受罪"这些与心理活动与心理感受相关的动作动词,进入"要多 X 有多 X"构式,动词受到"多"修饰,语法特征带上表示程度的意义。这些动词不仅关注动词词汇义所表示的心理活动、心理感受本身,而且更加强调带有主观情绪的"吵到极点、气到极点、伤心到极点、难受到极点、揪心到极点、烦人到极点、激动到极点、恶心到极点、痛苦到极点、可爱到极点、受罪到极点"程度极高。例如"吵—多吵—吵到极点—要多吵有多吵""可爱—多可爱—可爱到极点—要多可爱有多可爱",突出主体强烈情绪和主观认定,"吵""可爱"的程度达到最高极限,超出客观实际情况,到达主观想象的程度。出现在"要多 X 有多 X"构式中,受到"多"

修饰的构件"X"为心理活动动词，凸显出的程度意义大都超越客观世界的常量，出现在超常量界域，再通过"要"的引导，"有"的续接，构式整体凸显主观心理活动预设，语义实现了情绪宣泄的目的，"X"程度到达主观世界夸张量的界域，构式整体具有夸张语义。

总而言之，如果从"要多X有多X"构式的形成观察，充当"X"的大多数是性质形容词，少数由性状性名词、心理活动动词充当。受到"多"修饰的"X"，再通过"要"的引导，"有"的续接，对进入其中的词的语法功能、词义本身产生压制作用，迫使其适应构式凸显出的表达主观量增大到极点的要求，促使构式整体凸显主观预设得以实现，语义实现情绪宣泄的目的，此时，"X"程度到达主观世界夸张量的界域，构式整体具有夸张语义。

如果从焦点信息角度观察，"要多X有多X"构式的句法成分可以是主语、谓语、状语、补语、定语等。不管是对主语的陈述还是对中心语的修饰，因其鲜明的形式标记，属于认知心理认为的凸现度高的事物，极易获取人们注意，经常作为句子焦点信息存在。加之主观情绪"要"的设定，词义很少出现中性词，褒贬色彩鲜明，走向极致，表达出句子具有主观增量超出客观世界的超常量，突围到主观世界的夸张量界域特质。

关于"要多X有多X"构式的演变，胡德明等指出隐喻是其演变动因。[1] 吴为善也从认知机制视角出发进行解释，认为隐喻是跨概念域的系统映射。[2] A式即"要NP，（就）有NP"中，说话人心理预期的NP属于"空间域"。当B式即"要什么有什么"产生后，其本身带上了［+量大］［+极性］的语义特征，此时说话人心理预期表示任指的"什么"属于"数量域"。而当构式进一步虚化，产生C式即"要多X有多X"时，此时说话人心理预期的"多X"属于"性状域"。"要多X有多X"构式的产生，便是通过隐喻映射产生。

汪国胜等研究得出"要多A有多A"是从两个相对自由的并列句发展成为具有事理逻辑的主从关系句，最后再形成一个不可分割构式的结论。整个构式以聚合关系上构式项的扩展和组合关系上谓语单核化的紧缩为基

---

[1] 胡德明、毕晋：《"要多X有多X"构式试析》，《遵义师范学院学报》2015年第5期。
[2] 吴为善：《认知语言学与汉语研究》，复旦大学出版社2011年版，第143页。

础形成的，并推导出"语法化可以发生在跨句之间""不仅仅是独立的词汇项上"，进一步深化了语法化的研究。①

（三）"要多 X 有多 X"的特殊用法

"要多 X 有多 X"的特殊用法主要表现为"要 + 多么 + X + 有 + 多么 + X"和"要 + 多 X + 就/便/可能/就可能 + 有 + 多 X"两种类型。

1. "要 + 多么 + X + 有 + 多么 + X"分析

语料出现了"要 + 多么 + X + 有 + 多么 + X"用法，"多么"代替了原构式中的"多"，例如：

> 看这小院子，到了夏天，柳树遮着荫凉，连日头也见不着，要多么凉快，有多么凉快。
>
> 打仗就是这样，要多么残酷就有多么残酷。弟兄们天天泡在尸水里打仗，在死人堆里打滚，那种日子，别提有多么艰苦。

对此，汪国胜的研究指出"多/多么"已经发展成为一个稳定的、可独立使用的感叹标记，而"多/多么"含有"程度极高，没有限度，不可计量"之意，这样的语义正符合整个构式表达说话人的一种主观极限值这一条件。②

2. "要 + 多 X + 就/便/可能/就可能 + 有 + 多 X"分析

语料还出现"要 + 多 X + 就/便/可能/就可能 + 有 + 多 X"用法，在原构式"有"的前面增加副词"就/便/可能/就可能"等，例如：

> 我对做生意、商人和老板什么看法？可以说要多负面就有多负面。
> 哈里顿先生向后退，显得要多蠢就有多蠢。
> 当你被他感动了，真的不走，那时候，你要多难受，就有多难受。
> "是啊，我没有宝石，"最小的那只癞蛤蟆说道；这只癞蛤蟆要多丑便有多丑。
> 在政治上有时必须冒险，赌注要多高就可能有多高，其结果是显而易见的：成功或是失败。

---

① 汪国胜、杨黎黎、李沛：《构式"要多 A 有多 A"的跨句语法化》，《语文研究》2015 年第 2 期。

② 同上。

吉益民觉得"就"与"有"高频共现，语义相互侵染，因此在具体语境中，二者也具有较高的可互换性和可组合性。①

我们认为这和副词"就/便/可能/就可能"语法功能也有关系，除了增加构式关联性，还为构式整体表达强烈主观意愿，设定了语言形式上的缓冲地带，在构式上增加副词，加重增强程度、增加语气、增进关联等功能，更能凸显构式的主观性。

语料还出现一例"X"由动宾短语"没出息"充当的情况：

这位爷，提笼架鸟，游手好闲，要多没出息有多没出息。

此处动宾短语"没出息"，不仅仅表现心理活动，更强调描述某人的性状。此类性状描述短语可以适用于不同类型的人物，从而具备程度差异，具有量的特征，可以进入该构式。

语料库只出现连用两次构式的情况，没有出现更多次的连用，例如：

避免把人物写"扁"，而且往往将人物的所谓"两重性格"熔铸得要多丰富有多丰富、要多深刻有多深刻，以至读者进行审美时实难稳定住对之的爱憎怨怒与是非判断。

做买卖就得上上下下伺候人，要多不易有多不易，要多下贱有多下贱，不瞒您说，这些年我受够了。

老大忠厚；老二老实；只有这老三要多奸有多奸，要多滑有多滑，一点亏儿都不吃，交朋友人家都不交他，简直是瓷公鸡，铁仙鹤。

床头上是一大块磨砂玻璃砖镜子，下面有散射冷光打上来，要多精致有多精致，要多豪华有多豪华！

只见这家伙脸上要多脏有多脏，衣裳要多烂有多烂。

连用结构形成有机的意义整体，分别从不同侧面描述，共同作述语或者修饰语，增强主观化程度与语气，但构式的反复出现，语段较长，连用太多次，会产生冗余感。

（四）附论："要多少X有多少X"分析

CCL语料库中高频出现39次"要多少有多少"的用法，还出现了变

---

① 吉益民：《汉语主观极量构式"要多X有多X"》，《海外华文教育》2017年第7期。

式"需要多少有多少""要多少,就有多少""要多少就有多少""要多少会有多少",与我们讨论的"要多X有多X"构式看似相同,细分起来,用法上是有区别的。

"要多少有多少"的构成成分为"要+多少+有+多少",与"要多X有多X"构成成分"要+多X+有+多X"不同,区别在于"要多少有多少"中的"多少"可以看成一个词,不宜拆分。例如:

> 我和我太太分居了,这算什么?女人,哼!我要多少有多少!我有什么不幸福?
>
> 咱们家是几代的盐商,旁的不敢说,这盐巴是要多少有多少,可就没人知道还可以这么利用。
>
> 其实黄花衣买起来非常的容易,只要梅佐贤去一个电话,要多少有多少,价钱便宜得出乎人的意料之外,比一号破籽还贱。

以上三个语料,"多少"的中心语皆提前出现,运用变换分析方法,以上语料可以被替换为:

> 我和我太太分居了,这算什么?哼!我要多少女人有多少女人!我有什么不幸福?
>
> 咱们家是几代的盐商,旁的不敢说,要多少盐巴有多少盐巴,可就没人知道还可以这么利用。
>
> 其实黄花衣买起来非常的容易,只要梅佐贤去一个电话,要多少黄花衣有多少黄花衣,价钱便宜得出乎人的意料之外,比一号破籽还贱。

构式中的"要""有"宾语同指,都为"X",疑问代词"多少"表示不定指,指代的是特定范围内的任何成员,具有连续性的数量特征。类似的语料还有"要多少页有多少页""要多少外汇有多少外汇""要多少次有多少次""要多少水有多少水"等用法,还出现了丰富的下位形式变体,如下所示。

省略后"X":要多少非法毒品有多少。

增加副词"就":要多少男人就有多少男人,要多少黄金就有多少黄金,要多少钱就有多少钱。

增加心理活动动词"想":想要多少仆人就有多少仆人。

增加标点符号:要多少字,有多少字!

主语相异:要多少证据我有多少证据。

语序倒装:有多少个邻居就要多少个邻居。

语料中还出现 14 次倒装格式"有多少要多少",带标点符号的"有多少,要多少",以及不同主语的"有多少我们要多少"等情况。正如吉益民指出的"X"为表离散量的名词,可接受表数量"多少"修饰,而无法接受表程度的"多"修饰;相反,"可爱"为表连续量的形容词,可接受表程度的"多"修饰,而无法接受表数量的"多少"修饰。① 由此可见,"多"已经由数量域跨域映射到程度域,从而印证了储泽祥提出的"用数量大映射程度高"成为"格式语义的主要形成机制"的观点。

汪国胜等也关注到此类现象,他们从历时角度,梳理唐宋时期、明末清初、清末民初等时期语言实际运用状况,认为"X"从名词一步步扩展到形容词,该构式最初指某种实物性的拥有,表示主观意愿和现实拥有的一种承接性,当发展到形容词可以进入之后,该构式开始表示说话人对某种事物的主观极限评价。② 因此,构式整体也带有了夸张语义。

五 "一百个 X"构式及其夸张功能理据

"一百个 X"构式在多种语境带有夸张色彩,"一百个"很多时候表达的不是具体数据,而是代表量大的约数,此时的"X",常由名词及其短语充当。当数量短语"一百个"逐渐产生副词化用法,由数量多转化为程度大的时候,此时的"X"常常由动词、形容词及其短语充当,对此储泽祥有细致的论述。③

(一)"一百个 X"构式"X"的分布

借助北京大学汉语语言学研究中心语料库(CCL 语料库),共收集到可供分析语料 781 条,"X"作为可变成分,由名词和名词性短语充当共 659 条语料,由动词、形容词及其短语充当共 122 条语料,后种情况构式

---

① 吉益民:《汉语主观极量构式"要多 X 有多 X"》,《海外华文教育》2017 年第 7 期。

② 汪国胜、杨黎黎、李沛:《构式"要多 A 有多 A"的跨句语法化》,《语文研究》2015 年第 2 期。

③ 储泽祥:《强调高程度心理情态的"一百个(不)放心"类格式》,《世界汉语教学》2011 年第 1 期。

呈现夸张语义比例更高,是我们分析的重点,具体分布见表九。

表九

形容词	形容词性短语	动词	动词性短语
吉祥 痛苦 诚恳 有趣 高兴 好嘞（6个）	不可能 不高兴 不舒服 不耐烦 不错（5个）	放心 佩服 愿意 满意 赞成 同意 嘀咕 休想 盼望 拥护 恼恨 信任 感激 答应 点头 小心 反对 支持 知道 宽容 胡闹 是 走 死（24个）	不满意 不情愿 不同意 不承认 不相信 不如意 不答应 不信任 不愿意 不欢迎 不知道 不乐意 不放心 不甘愿 不行 不要不管 不是 不为 不忿 不去 想不嫁人 没意见 错不了 信不过 想不通 看她不顺眼 看不上眼 不是好人 中伤 诽谤 瞧不上（31个）

从出现频次观察,同一"一百个X"构式高频出现的语料,"X"大多为动词和动词性短语,形容词和形容词性短语高频出现的语料较少（见表十）。

表十

语料	出现频次
一百个放心	24
一百个不愿意	9
一百个不同意	5
一百个不满意	3
一百个不情愿	3
一百个不行	3
一百个不是	3
一百个好	3
一百个诚恳	3
一百个高兴	3

（二）"一百个X"构式具有夸张功能的理据

在"一百个X"构式中,"X"由名词和名词性短语充当,是构式最常见的状态,659条语料的出现,也是对此观点的实证。在人们的认知经验里,"一百"数字属于"大量","一百个"在数量结构序列中,也具有表达"大量"的语义特点。当"一百个"表达实际所指的时候,构式没有夸张色彩。只有当"一百个"传递语言表达意图,语义虚指的时候,构式才具有夸张语义。例如：

> 诵经之后，我奶奶还要给佛像磕一百个头，一直折腾到后半夜，才肯收兵。
> 二〇〇一年一月一日，北京将有一百个百岁老人进行百米竞赛。
> 正厅"百狮楼"得名于当年栏杆上一百个用紫檀木雕成的狮子。
> 你磕一百个头也没有用！我说没有办法就是没办法。
> 我罪行累累，对无锡人民作的孽，杀我一百个头也赔不起！
> 唱歌五音不全，因此，每次有人请我唱歌，我都要找一百个理由推托搪塞，就连大合唱也只是做做口型，装装样子而已。
> 一夜无眠，雅晴披衣下床的时候只觉得头重脚轻，脑子里像有一百个人，在用锤子剧烈地敲打，震动得她每根神经都痛。
> 这些金子闪耀的光芒就像一百个太阳同时发出的光芒一样。

前三例的"一百个"是数量短语，修饰名词，语义针对事实进行描绘，奶奶磕一百个头、一百个百岁老人、一百个用紫檀木雕成的狮子都是实际情况，构式无夸张语义。当语义虚指，数量超出现实世界所指，抵达带有主观情绪心理世界界域的时候，构式表达一种假设，数量不能在现实世界兑现，只能看成主观情绪宣泄程度大，呈现夸张量特征。磕一百个头也没有用，传递请求态度诚恳程度高，即使这样，我也无法兑现请求。一个人不可能有一百个头，杀我一百个头实际语义突显自己罪孽深重，杀一百次也不解恨。找一百个理由，强调寻找多种理由拒绝，对自己唱歌水平极度缺乏自信。脑袋里不可能装得下一百个人，这样表达为的是渲染脑子疼痛剧烈。一百个太阳只能出现在想象中，同时发出光芒，也许会把金子熔化，眼睛刺瞎，哪里还能看见金子闪耀的光芒，如此表达，夸大光芒程度极度闪亮，此时的构式带上了夸张语义。

当构式出现语义对比时，突出的不仅是原本数量的大与小，还强化了对比量差距大，此时的构式才具有夸张语义。例如：

> 一百个赵中和也比不过王国炎的半个脚指头！
> 一个母亲的成就比一百个教师的还多。
> 诸如"后结构"或"后现代"。人们可以在一周之内制作或消费

一百个主义,但是,一般来说,人们睁大眼睛也很难看清这些主义后面的人。

圆明园的意义在于它记载着我们的历史,我们的耻辱。你可以修一百个游乐城,但圆明园只有一个!

在人们的认知里,"一百个"表"大量","一个、半个"表"小量",当二者在语句里对比出现时,表达的不仅是原本数量的大与小,还描绘出对比量的差距大。一百个赵中和与王国炎的半个脚指头相比,都比不过,足见二人差距达到天壤之别的程度。母亲对孩子教育具有极大作用,甚至超越肩负教育职责的一百个教师,不是贬低教师的成就,而是强调母亲成就超越所有人。短期内出现如此多种理论现象,通过量的对比,映衬反差之大,讽刺了学界的浮躁与混乱程度。记载着民族历史和耻辱的圆明园岂是游乐城可比的?圆明园的价值无可替代。

语料中还出现了隐形对比的情况,虽然没有出现具体的"一个",但语义表达得很清楚,"一个"是存在的:

见不着她,天地化为零!天地都化为零了,你们就是在我面前放一百个唐小姐,我也视而不见!

娘,你不能死,你死了给我娶一百个媳妇也不愿意。

见不着她,天地化为零,"一百个唐小姐"比不上"一个她","一百个媳妇"也比不上"一个娘",差距之大正如泰山之于鸿毛,足见她、娘对于我的重要性,以及我对她们爱之深切。数字"一个"和"一百"虽然有所缺失,但在语境中,语义很容易补充完整,此种情况可以看成语义的隐形对比,依旧强调对比量的差距大,此时的构式也具有夸张语义。

当构式突出极高比例时,语义带有对比意味,强调对比量差距巨大,构式因之也就带上了夸张语义。例如:

一个美丽的女人若能很适当地用这四种武器……一百个男人中最少也有九十九个半要倒在她的脚下。

这里用得着美学家桑塔耶那的一句话:"一千个创新作品里,九百九十九个都是平庸之作,只有一个是天才的产物。"

> 这世上的恶事，主要来自权势者，而举目四顾，一百个权势者，九十九个是男人。

一百个男人中最少也有九十九个半为她折服，剩的半个大概也在折服途中。语句通过强调极高百分比，传达出她魅力的巨大。同时，语义还包含了"一百"和"半个"的对比，对比量差距极大。同理，一千个创新作品里，九百九十九个都是平庸之作。一百个权势者，九十九个是男人。都是通过强调极高百分比，传达出对天才作品极高的褒扬，对男性权势者极度的讥讽。此时的百分比不是现实世界具体客观统计的结果，带有鲜明主观性，凸显情绪褒贬强烈，百分比的量和对比量之巨大皆带有主观的夸张语义。

当构式带有数量层递语言形式时，量的层级变化巨大，语义带有递增或者递减含义，语义呈现的不是客观世界量的变化，而是为了传达主观世界假设的量的变化，从而印证所要强调的观点，此时的构式也会带上夸张语义。例如：

> 人类是奇妙而复杂的，十个人有十个人的样子，一百个人有一百种不同的脾气。
>
> 好嫂子呀！你能把同志救活，我给你烧香磕头，道一百个一千个一万个万福。
>
> 陈昌礼老爷子就是对这个未来的小女婿有一千一百个不同意，也只好默认了。
>
> 从七百万到一百个到一个人，这是数字的缩小呢，还是思想的放大？

十个人递增到一百个人，不是强调数字本身取样基数扩大，而是强化个体差异性增大的可信度提高了。一百个一千个一万个，连续两次数量的递增，传递出感谢程度强，感情炽热程度之高。一百个不同意已经是心理承受的大量，此大量从一千个不同意递减而来，足见岳父大人对未来女婿不满意程度极度高。从七百万递减到一百个、一个人，语言层面是数字的缩小，语义层面突出思想承载于一人，重要性被放大。以上4例语料的数字皆虚指，"大量"递增到"更大量"或者"更大量"递减到"大量"，强化程度大量主观意味强，构式呈现出带有主观情感的夸张语义。

当构式带有重复使用"一百个"的语言形式时，大量得到进一步强化，语义主观量程度增大，构式会带有夸张语义。例如：

> 过去，你做过什么，我不介意，你结过一百次婚，你生过一百个儿女，我也不管，我爱你，只是现在的你。
>
> 戏有各种各样的编法和演法，就像老话说的，有一百个观众，就有一百个哈姆雷特。《五爱街》也是一样，有一百个编剧，就会有一百个《五爱街》。

一百个、一百次的重复出现，铺垫出在预设大量超出现实可能、可以接受程度时，我都爱你，爱你无可置疑，表达出爱的程度极深。后例假设取样大量的存在，强调戏的编法和演法的各种各样性。

语料还出现了"重复+对比"的语言形式。例如：

> 一百只兔子永远也凑不成一匹马，一百个疑点永远也不能构成一个证据。一个男人的一百个男朋友，也没有一个好女人好；一个男人的一百个男朋友，也不能代替一个好女人。

重复促使大量得到进一步强化，对比突出对比量反差强烈，疑点不能构成证据，好女人是一所学校呈现主观量得到强化，构式具有了夸张语义。

聚焦带有"一百个X"构式，"X"由名词及其短语充当，当"一百个"表达实际所指客观世界的表大量的数量结构时，构式没有夸张语义。只有"一百个"不是客观世界实际数量所指的时候，语义虚化，在语义对比、强调极高比例、数量层递、重复使用等情况下，交际意图更多表现为程度量大的时候，构式才具有夸张语义。

"X"作为动词、动词性短语，出现频次较高的有"放心、不愿意、不同意、不满意、不情愿、不行、不是"等，"X"作为形容词、形容词性短语，出现频次较高的有"好、诚恳、高兴"，语料如下：

> 村民对记者说："俺村这些年变化大，全靠有好支部，跟着他们走，一百个放心。"
>
> 陈长老心中虽一百个不愿意，但帮主之命终究不敢违拗，说

道:"是。"

他对汪霞所提出的办法,一百个不同意。

林雁冬觉得刚才提出这个问题太犯傻,自己对自己一百个不满意,也不作声。

他一百个不情愿地关了电视。

别的我都依了你,只有这一件,我不能去丢那个丑。不行,一百个不行!

做妈的,说自己孩子,肯定一百个好,不客观。

他拉着马青的手,同样一百个诚恳地说些肺腑之言:"我怎么能是骗子?平生我最恨的就是骗子……"

有当地党的负责同志跟在自己身边,魏强的心里是一百个高兴。

这种"大数量+VP"格式,储泽祥研究较为深入,他认为"X"的类别成员有明显的语义共性。语义共性之一:不管"X"是动词性的、形容词性的还是副词性的,不管是肯定形式还是否定形式,都跟情感、态度、价值判断等心理因素有关。他暂时用"心理情态"概括,即"X"具有"心理情态"的语义属性。语义共性之二:"X"没有动作性或动作性很弱。构成"X"的形容词、副词没有动作性,而由动词性成分构成的"X",动作性也很弱(指没有外显的、可以看得见的动作),它们都是心理动词或动词性短语,如"放心、拥护、满意、信任、感激"等。否定形式动作性更弱,如"不答应、不同意、不理解、没想到、对不起、看不起"等,都是表示心理的某种状态。"X"的语法性质类别,主要是动词或动词性短语,其次是形容词,副词一般限于否定副词"不",如"不,一千个不!"表达了说话人强烈的否定态度。

从其充当的句法功能角度观察,"大数量+X"格式主要充当谓语或小句,其次是充当"是""有""感到/觉得"类动词的宾语,偶尔也可以作状语。

储泽祥分析了数量映射程度的条件及程度高的强化手段,指出此种构式用数量大映射程度高+强调主观评判,强调的是"高程度的心理情态"。①

---

① 储泽祥:《强调高程度心理情态的"一百个(不)放心"类格式》,《世界汉语教学》2011年第1期。

在"一百个 X"构式中,构式语义呈现为"高程度的心理情态",当此时的心理情态程度高出现实世界界域,量度达到夸张量界域,凸显主观情绪程度达到极点,则构式具有了夸张语义。

蒋协众研究发现"千万"由古代汉语中表示"数据"义的数词逐步虚化为现代汉语中"务必"语义,出现了演化为副词的倾向。[①] 我们认为在此格式中,"一百个"语义虚化,也出现了副词化趋势。以上语料中的"一百个"可以被"百分之一百""百分之百""百分百"替换,语义没有大的变化。

村民对记者说:"俺村这些年变化大,全靠有好支部,跟着他们走,百分之一百/百分之百/百分百放心。"

陈长老心中虽百分之一百/百分之百/百分百不愿意,但帮主之命终究不敢违拗,说道:"是。"

他对汪霞所提出的办法,百分之一百/百分之百/百分百不同意。

林雁冬觉得刚才提出这个问题太犯傻,自己对自己百分之一百/百分之百/百分百不满意,也不作声。

他百分之一百/百分之百/百分百不情愿地关了电视。

别的我都依了你,只有这一件,我不能去丢那个丑。不行,百分之一百/百分之百/百分百不行!

做妈的,说自己孩子,肯定百分之一百/百分之百/百分百好,不客观。

他拉着马青的手,同样百分之一百/百分之百/百分百诚恳地说些肺腑之言:"我怎么能是骗子?平生我最恨的就是骗子……"

有当地党的负责同志跟在自己身边,魏强的心里是百分之一百/百分之百/百分百高兴。

这些语料中的"百分之百"类词语正如王擎擎、金鑫指出的已经完成从数量短语到副词的演变。因为只有"百分之百"类词语表示"整体量",而其他数值都是"部分量"。"整体量"的数词在使用过程中,除了表示数量以外,语义引申又使得其衍生出一些修饰性、限定性的用法,用

---

① 蒋协众:《副词"千万"用法的历史演变》,《钦州学院学报》2010 年第 1 期。

来表示"整个范围"或者"高程度"义。① 对此，陈颖等解释为表示 1 的倍数的百分数在数量上表示的都是整数，也就是说在人的认知心理上都是"满"的，都有"十足"的语义，说话人在使用它们的时候就是为了加强语义，增强"绝对性"，使自己所说的话更加可信。由于"百分之百"在被日常用语借用后常表示这种绝对的"满"样的极大量，量大往往程度就深、范围就广，由此就引申出程度上的"绝对"、范围上的"完全"，于是就有了副词的用法。②

在"一百个 X"构式中，"X"由动词、形容词及其短语充当，此时的"X"突破数量界域，带上高程度和强烈主观评价色彩，心理情态超越现实世界的正常状态，凸显主观情绪程度达到极点，量度达到夸张量界域特点，促使构式语义带有夸大色彩，形成夸张语义。

如果从焦点信息角度观察，"一百个 X"构式的句法成分可以是述语、状语、宾语、定语等，不管是对主语的陈述还是对中心语的修饰，因其鲜明的形式标记，属于认知心理认为的凸现度高的事物，极易获取人们的注意，经常作为句子的焦点信息存在。除了表现客观语义之外，焦点信息更多传达出表达者的交际意图，强调语义的主观性与情绪的极度呈现，具有主观增量超出客观世界的超常量，突围到主观世界夸张量界域的特点。

（三）"一百个 X"的特殊用法

"一百个 X"的特殊用法主要表现为"正反对举"和"追加强化"两种类型。

1. 正反对举形式的运用

构式中的"X"可以凭借肯定、否定两种形式出现，根据表九统计的结果可见，主要集中在动词、形容词及其短语的使用范围内。

肯定：放心、满意、情愿、同意、答应、信任、愿意、知道、高兴。

否定：不放心、不满意、不情愿、不同意、不答应、不信任、不愿意、不知道、不高兴。

此类现象，石毓智探讨得较为深入，认为"没"与"不"在现代汉语中是有分工的，"没"是用来否定具有离散量语义特征的词语，"不"

---

① 王擎擎、金鑫：《"百分之百"类词语从数量短语到副词的演变》，《求索》2013 年第 3 期。
② 陈颖、陈一：《"百分之百"的语法化及传信功能》，《语文教学通讯》2013 年第 9 期。

则是用来否定具有连续量语义特征的词语。名词所代表的是现实世界的一类类实体，每一类实体又是由一个个独立的成员组成，因此其语义特征是离散性质的。形容词所代表的是抽象的性质，每一类性质又可按程度分出高低，相邻的两个程度之间的边界总是模糊的，无法对其分出边界清晰的单位，因此其语义特征是连续的。动词既有连续量的特征又有离散量的特征，这是由于观察视角不同造成的。当从一个行为的内部进行过程看时，它总是在一定时间区间持续，即具有连续性，当从整体上观察一个行为时，它常常拥有起始点和终结点，这就使该行为成为一个边界明确的单位，即具有了离散性。名词通常用"没"否定，形容词通常用"不"否定，动词既可以用"没"也可以用"不"来否定。同样具有离散性，名词的离散性又不同于动词，名词的离散性是三维的、可触摸的，动词的则是两维的、不可触摸的。动词的离散性是不自足的，需要依赖于一个外在的参照系，反映到语言中表现为有界性的动词性成分往往不是一个单纯的动词，常有其他量性成分伴随出现，主要包括各种补语、体标记、时间词、动量词、数量短语等。具体到"一百个X"构式，数量短语就成了"不X"的参照系，促使否定的形成。[①]

2. 追加强化用法

语料中还出现了追加强化的用法，例如：

> 我说他不行，他一百个不行，他没有好结果。
> 你们看老太爷吐出来的就是痰吗？不是！一百个不是！这是白沫！大凡人死在热天，就会冒出这种白沫来，我见过。
> "不是，不是！一百个不是！"淑娴立时回答，但又哀痛地叹口气，"唉！可是人家有信的。"

先用动词性短语表明心理情态，然后再用"数量+动词性短语"来强化心理情态的极高程度，用前面的无程度衬托出后面的高程度，凸显语义的主观性与情绪的极度呈现，促使主观高程度量达到夸张量要求，整个构式语义呈现夸张语义特点。

---

① 石毓智：《肯定和否定的对称与不对称》，北京语言文化大学出版社2001年版，第309—343页。

还有一种数字追加形式，如：

这就请汗王一百二十个放心了！不过俺的能力有限，又没有从政的经验，还得请你经常指点他。

到底为什么考研？一百个研究生可能有一百零一种理由。

"一百个放心""一百个考研理由"已经是语义主观性与情绪的极度呈现了，在此基础上再追加数量，达到"一百二十个""一百零一种"，在极度量上又前进一步，夸张语义程度更高。

六 小结

我们借助 CCL 语料库，考察了"X 得不能再 X"构式在句子中充当述语、状语、宾语、定语的语法功能，认为充当"X"的大多数是性质形容词，少数由性状性名词、语法特点与程度有关的动词充当。"X 得不能再 X"构式具有夸张特质，其构成元素"X"的语义属性、在句子中充当凸现度高的焦点信息，以及"X 得不能再 X"结构框架自身的压制，促使整个构式生成具有达到极点的主观增量，超出客观世界的超常量，突围到主观世界的夸张量界域特质。

"除了 X 还是 X"构式在句子中主要充当述语、宾语等语法功能，充当"X"的大多数是名词性成分、动词性成分、形容词性成分。该构式义具有"强调唯一"特点，表达的感情色彩偏重消极意义。"X"在句子中充当凸现度高的焦点信息，在构式压制的作用下，句子生成主观性表达的极大量，使得构式具有夸张语义。

"死$_2$"高频率出现，分布领域广泛，主要承载程度深和达到极点等语义功能。延伸考察"死"参构的"X 死了"夸张构式的形式与意义，在"X 死了"构式中，"死"充当程度补语，"X"由形容词的简单形式，大多数心理活动动词，一部分表可能、意愿的动词等构成时，整个构式才具有极性夸张语义。

梳理"要多 X 有多 X"构式中"X"的分布以及构式的用法，发现充当"X"的大多数是性质形容词，少数由表示心理活动的动词、性状性名词充当。从历时角度观察，"X"由名词逐渐扩展到形容词，凸显表达者对性质和状态的描述和主观极限值的想象。从构式整体演变可以看出，跨句构式的形成是一个紧缩的过程，从双核源结构的并列成分到简单句的紧缩以一个动词的衰落为标志。这个过程构成了一个演变链：并列复句＞主次关系从句＞构式。① "要多 X 有多 X" 极性语义的获得如吉益民认为的来自两个因素，即 "意愿＋拥有→主观极限：结构语义的主观化"、"大数量→高程度：构件语义的隐喻化" 和构式框架与待嵌构件共同作用的支撑。② 构式框架提供了极量义得以生成的结构形式，待嵌构件提供了极量义得以生成的概念实体。"要多 X 有多 X" 在句中充当凸现度高的焦点信息，经常出现在感叹句中，不仅表达一种较高的性质程度，而且还表达说话人强烈的感情，促使句子生成具有到达极点的主观增量的夸张语义。

观察带有夸张语义的 "一百个 X" 构式 "X" 的分布，充当 "X" 的大多数是动词和动词性短语，少数由形容词和形容词性短语充当，在句子中充当述语、宾语、状语等。"一百个 X" 构式具有夸张特质的理据和 "一百个" 表达 "大量" 的数量结构本身有关，也和充当 "X" 的动词、形容词及其短语的无界性有关。"一百个 X" 构式夸张极量义是构式框架与待嵌构件共同作用的结果，构式框架提供了夸张极量义得以生成的结构形式，在此构式中必须是 "一千个" "一万个" 等表大量的数量结构才能符合要求，待嵌构件提供了夸张极量义得以生成的概念实体。构式作为整体在句子中充当凸现度高的焦点信息，促使句子语义量度抵达主观世界夸张量界域，生成主观夸张语义。

---

① 汪国胜、杨黎黎、李沛：《构式 "要多 A 有多 A" 的跨句语法化》，《语文研究》2015 年第 2 期。

② 吉益民：《汉语主观极量构式 "要多 X 有多 X"》，《海外华文教育》2017 年第 7 期。

第六章　数字成语夸张构式解析

龙青然关注过采用夸张手法构造并表达语义的成语现象，认为成语中数字夸张意义的表达受数字本身数值大小、其他成分语义烘托以及一定认知心理背景等因素制约。① 他采用举例说明的方式，着重描写了成语中夸张运用及分类情况，但对夸张型数字成语缺乏全面、深入的分析。可以说夸张型数字成语是前人研究着力不多的问题，我们以此研究对象为突破点，细化"夸张量"呈现的具体形式，力图总结承载"夸张量"数字成语的语言规律，运用结构—语义相结合的研究视角，尝试对其进行更合理的解释。

依据《中国成语大辞典》② 为语料来源，遵循其立目原则，选择一、二、三、四、五、六、七、八、九、十、百、千、万、亿等词目，把辞典出现的词条穷尽列出，建立小型语料库。为了突出数字特点和论述的方便，我们把成语中出现的数词称为数字。

《中国成语大辞典》词目分主条和附见条两类。主条是成语的早期或主要形式，辞典作了音义解释，并举书例作证。附见条是成语的其他表现形式，辞典不另作解释，提示相对应的主条名称。如："一板一眼"是主条，"一板三眼"是附见条，在"一板三眼"条下只标注见"一板一眼"。我们把附见条作为副条处理，用"/"隔开，列在主条之后，包含在主条内，处理形式为：一板一眼/一板三眼，从而缩小分析对象数目，简化分析步骤。至于"万剐千刀"是"千刀万剐"附见条，"千刀万剐"又是"千刀万剁"附见条，则"千刀万剁"为主条，其余皆为附见条，处理形

---

① 龙青然：《汉语成语中的数字夸张》，《邵阳学院学报》2003 年第 1 期；《汉语成语夸张用法类析》，《邵阳学院学报》2004 年第 5 期。

② 商务印书馆汉语工具书编辑室、汉语大词典编纂处和上海辞书出版社语词编辑室的部分编辑人员编写：《中国成语大辞典》，上海辞书出版社 1987 年版。

式为：千刀万剁/千刀万剐/万剐千刀。

主条与副条字数不符，以主条字数为准。如："三寸之舌/三寸不烂之舌"属于四字格；"三折肱，为良医/三折之肱"属非四字格。

数字开头的成语因副条合并到主条后，主条首字不是数字，如："不值一钱/一钱不值/一文不值"等，不符合我们讨论的范围，统计数据时剔除此类情况。

主条与副条数字不符，以主条数字为准。如："八门五花/五花八门"处理为"八"字开头成语，统计数据只出现一次，避免重复计算。

因受辞典立目、排列的限制，我们只观察首位是选定数字的成语，观察结果如下。

首字是"一"开头的成语共有334个，四字格有287个，属于夸张的174个，非夸张的113个，夸张所占的比例：60.6%；非四字格有47个，属于夸张的31个，非夸张的16个，夸张所占比例：66%。

首字是"二"开头的成语共有7个，四字格有5个，属于夸张的4个，非夸张的1个，夸张所占的比例：80%；非四字格有2个，属于夸张的1个，非夸张的1个，夸张所占比例：50%。

首字是"三"开头的成语共有58个，四字格有49个，属于夸张的40个，非夸张的9个，夸张所占的比例：81.6%；非四字格有9个，属于夸张的9个，非夸张的0个，夸张所占比例：100%。

首字是"四"开头的成语共有21个，四字格有19个，属于夸张的16个，非夸张的3个，夸张所占的比例：84.2%；非四字格有2个，属于夸张的2个，非夸张的0个，夸张所占比例：100%。

首字是"五"开头的成语共有23个，四字格有22个，属于夸张的18个，非夸张的4个，夸张所占的比例：81.8%；非四字格有1个，属于夸张的0个，非夸张的1个，夸张所占比例：100%。

首字是"六"开头的成语共有15个，四字格有15个，属于夸张的12个，非夸张的3个，夸张所占的比例：80%；非四字格有0个。

首字是"七"开头的成语共有16个，四字格有16个，属于夸张的15个，非夸张的1个，夸张所占的比例：93.8%；非四字格有0个。

首字是"八"开头的成语共有11个，四字格有10个，属于夸张的9个，非夸张的1个，夸张所占的比例：90%；非四字格有1个，属于夸张的1个，非夸张的0个，夸张所占比例：100%。

首字是"九"开头的成语共有 15 个,四字格有 13 个,属于夸张的 12 个,非夸张的 1 个,夸张所占比例:92.3%;非四字格有 2 个,属于夸张的 2 个,非夸张的 0 个,夸张所占比例:100%。

首字是"十"开头的成语共有 30 个,四字格有 23,属于夸张的 20 个,非夸张的 3 个,夸张所占比例:86.9%;非四字格有 7 个,属于夸张的 6 个,非夸张的 1 个,夸张所占比例:85.7%。

首字是"百"开头的成语共有 81 个,四字格有 75 个,属于夸张的 68 个,非夸张的 7 个,夸张所占比例:90.7%;非四字格有 6 个,属于夸张的 5 个,非夸张的 1 个,夸张所占比例:83.3%。

首字是"千"开头的成语共有 68 个,四字格有 60 个,属于夸张的 59 个,非夸张的 1 个,夸张所占的比例:98.3%;非四字格有 8 个,属于夸张的 8 个,非夸张的 0 个,夸张所占比例:100%。

首字是"万"开头的成语共有 29 个,四字格有 27 个,属于夸张的 27 个,非夸张的 0 个,夸张所占比例:100%;非四字格有 2 个,属于夸张的 2 个,非夸张的 0 个,夸张所占比例:100%。

首字是"亿"开头的成语共有 1 个,四字格有 1 个,属于夸张的 1 个,非夸张的 0 个,夸张所占比例:100%。

汇总统计如表一所示。

表一

首字	类别	四字格(个)			非四字格(个)			总计(个)
		夸张	非夸张	总计(个)	夸张	非夸张	总计(个)	
一	个数	174	113	287	31	16	47	334
	比例(%)	60.6	39.4		66	34		
二	个数	4	1	5	1	1	2	7
	比例(%)	80	20		50	50		
三	个数	40	9	49	9	0	9	58
	比例(%)	81.6	18.4		100	0		
四	个数	16	3	19	2	0	2	21
	比例(%)	84.2	15.8		100	0		
五	个数	18	4	22	1	0	1	23
	比例(%)	81.8	18.2		100	0		

续表

首字	类别	四字格（个）			非四字格（个）			总计（个）
		夸张	非夸张	总计（个）	夸张	非夸张	总计（个）	
六	个数	12	3	15	0	0	0	15
	比例（%）	80	20		0	0		
七	个数	15	1	16	0	0	0	16
	比例（%）	93.8	6.2		0	0		
八	个数	9	1	10	1	0	1	11
	比例（%）	90	10		100	0		
九	个数	12	1	13	2	0	2	15
	比例（%）	92.3	7.7		100	0		
十	个数	20	3	23	6	1	7	30
	比例（%）	86.9	13.1		85.7	14.3		
百	个数	68	7	75	5	1	6	81
	比例（%）	90.7	9.3		83.3	16.7		
千	个数	59	1	60	8	0	8	68
	比例（%）	98.3	1.7		100	0		
万	个数	27	0	27	2	0	2	29
	比例（%）	100	0		100	0		
亿	个数	1	0	1	0	0	0	1
	比例（%）	100	0		0	0		
合计（个）		475	147	622	68	19	87	709

由表一可知：在四字格数字成语中，包含夸张义数字成语所占比例大于非夸张义数字成语所占比例。在此种语言事实的背后蕴藏着什么样的规律呢？数字能否看成夸张结构的一个形式标志？数字语义发生了什么样的变化，才能成为判定夸张语义生成的依据？结构—语义结合的观察视角是否可行？带着这些疑问，我们拉开了研究的序幕。

一 四字格数字成语夸张的生成

夸张在数字成语中占的比例很大，其中四字格夸张成语占绝大多数，共有 475 个，是我们重点考察的对象。

X 代表数字，O 代表非数字，数字开头四字格成语排列模式有 8 类，即：XOOO、XXOO、XOXO、XOOX、XXXO、XOXX、XXOX、XXXX。

继续观察此8类模式，按照出现数字的多少分4类情况。即：
模式一：1个数字，成语排列模式有1种XOOO；
模式二：2个数字，成语排列模式有3种XOXO、XOOX、XXOO；
模式三：3个数字，成语排列模式有3种XXXO、XXOX、XOXX；
模式四：4个数字，成语排列模式有1种XXXX。

我们把分类情况和语料库的语料结合起来研究，从夸张角度观察，分析数字夸张成语的表现形式和语义规律。

（一）模式一：XOOO（236）

因为研究考察范围已经限定为开头是数字的成语，整个成语只有1个数字，成语排列模式只出现了XOOO的情况（注：括号里的数字是此类成语出现语料的个数，下同）。

从结构—语义结合的视角观察，我们可以把XOOO模式细化为4种下位类型。依据每种结构出现频率的高低排序，依次为：主谓结构、偏正结构、动补结构、并列结构。

1. 主谓结构（132）

带有否定词"不"的主谓结构成语出现频率较高，如：

一尘不染　一成不变/一成不易　一丁不识　一介不取　一毛不拔　一窍不通　一丝不苟　一丝不挂　一文不名　一字不苟　六畜不安　六亲不认　六神不安/六神无主　九死不悔　十恶不赦　百读不厌　百年不遇　百世不易　百战不殆　百折不挠/百折不回　百世不磨　百口莫辩/百喙莫辩　百身何赎/百身莫赎　百口难分　万夫不当/万夫莫当　万劫不复　万死不辞　万不得已

在"一A不B"具体格式中，通过对范畴极端成员"一A"的否定，达到否定全体的极端表达效果。"一尘不染"佛家称色、声、香、味、触、法为六尘，修道的人不被六尘所沾污。成语整体意义有两种。（1）比喻为官清廉，或人品纯洁，丝毫没有沾染坏习气。此种意义强调"为官清廉，人品纯洁"与"一尘不染"的相似性，清廉、纯洁程度高的意思，成语意义整体更偏重于比喻义。（2）形容环境非常清洁或物体非常干净。此种意义着重强调清洁、干净的程度高。成语整体意义属于夸张意义。

"一A不B"中的"一"可以被其他数字替换，形成"六/九/百/万

A 不 B"等格式。

这些格式通过对范畴成员大多数的否定，达到否定全体的极端表达效果。"六畜不安"用六畜不安反衬人的不安，凸显全家不安宁。"九死不悔"形容意志坚定，无论经历多少危险，也决不动摇退缩。"百年不遇"强调千载难逢，不易见着。至于"不"也可以用"莫"和表示反问的"何"替换，"百口莫辩/百喙莫辩"指纵然有一百张嘴也辩解不清，极言无法申诉。"百身何赎/百身莫赎"表明愿百死己身以偿所失之人。表示对死者的沉痛悼念。"不"的位置可以前移，"万不得已"强调实在没有办法；不能不如此。这里的数字"九、百、万"都具有虚数意味，六畜虽然实指"牛、马、羊、豕、鸡、犬"，但不是表达的重点，只是用典型成员作为家禽的代表，目的要凸显人的不安。属于借助衬托手法生成的夸张。

带有否定词"无"的主谓结构成语出现频率较高，如：

一无长物　一无忌惮　一无可取　一无是处　一无所长　一无所成　一无所得　一无所好　一无所能　一无所求　一无所取　一无所有　一无所知　百无禁忌　百无聊赖　百无所成　百无所忌　三纸无驴　五色无主　六亲无靠　百事无成　万籁无声/万籁俱寂　万寿无疆

出现了"一/百无 AB"具体格式，"一、百"是虚数，通过对极端范畴成员最少与最多的否定，达到否定全部的目的。"一无长物"指没有任何多余的东西，极度贫穷。"百无禁忌"指什么都不忌讳。

在"三/五/六/百/万 A 无 B"具体格式中，"三、五、六、百、万"是虚数，通过对范畴成员多数的否定，达到否定全部的目的。"三纸无驴"讥讽写文章废话很多，不涉要点。"五色无主"形容极度惊惶恐惧的神态。"六亲无靠"形容无任何亲属可依靠。"百事无成"指什么事情都没做成。"万籁无声"中"万籁"指自然界的万物发出的各类声响，形容环境分外宁静。其中"百事无成"可以替换成"一事无成"，此时的"一"与"百"等值，为判定此小类中的数字皆表示虚数提供了证据。

语料中还出现了带"难"字的包含隐性否定义的例子，如：

一木难支/一木难扶　一言难尽/一言难罄　千载难逢

"一木难支"通过对范畴极端成员"一A"的否定，达到否定全体的极端表达效果。大楼将要倒塌，一根木头不可能支撑得住。常指一个人的力量单薄，不可能维持全局。

"千载难逢"通过对范畴成员大多数的否定，达到否定全体的极端表达效果。一千年里也很难碰到一次，夸张了机会难得程度。

语料出现很多表达肯定夸张义的例子，如：

一气呵成　一笔勾销/一笔勾断　一笔抹杀/一笔抹倒　一步登天　一帆风顺　一身是胆　一手包办/一手包揽　一手遮天　一网打尽　一言中的　一言定交/一言订交　一言丧邦　一言兴邦　一字褒贬　一柱擎天　一叶知秋/一叶落知天下秋　一语中人　一针见血　三生有幸　三户亡秦　三人成虎　三分鼎足/三分鼎立　四大皆空　四海承风　四海鼎沸　四海升平　四海为家　四郊多垒　四脚朝天　四时气备　五方杂厝/五方杂处　五世其昌　五体投地　五谷丰熟/五谷丰登/五谷丰稔　五色缤纷　五行并下/五行俱下　六道轮回　六马仰秣　六月飞霜　七窍生烟/七孔生烟　八方呼应　八面见光　八面玲珑　八面威风　八面圆通　八仙过海　九原可作　十万火急/十万火速　十行俱下　十鼠同穴/十鼠争穴　十指连心　百步穿杨　百川归海　百堵皆作　百端交集/百感交集　百废俱兴/百废备举　百兽率舞　百福具臻　百花齐放　百卉含英　百家争鸣　百念皆灰/万念俱灰　百事大吉/万事大吉　千载独步/千古独步　千里命驾　千金买笑　千金市骨　千里迢迢/千里迢遥　千人所指/千夫所指　万古长春/万古长青　万古流芳/万古留芳　万箭攒心/万箭穿心　万马奔腾　万象更新　万马皆喑/万马齐喑　万目睽睽　万人空巷　万事亨通

此类主谓结构语料中的数词多虚指，动词后常带体词性成分，组合成多层结构。夸张因超出正常量限的陈述与被陈述的关系而生。"一气呵成"形容文章的气势首尾贯通。亦比喻整个工作过程不间断，不松懈。"三生有幸"的"三生"佛教指前生、今生、来生。三生都很幸运，"三"涵盖全部范围，形容极难得的好机遇。"四大皆空"的"四大"指古代印度认为地、水、火、风是构成一切物质的元素，佛教指坚、湿、暖、动四种性能，称为"四大"。佛教用语，指世上一切都是空虚的。"五方杂厝"

的"五方"指东、西、南、北和中央,各地的人聚居一起。"六道轮回"的"六道"指佛教的天道、人道、阿修罗道、鬼道、畜生道、地狱道。轮回:佛教指有生命的东西永远像车轮一样在天堂、地狱、人间等六个范围内循环转化,泛指人死后的痛苦。"七窍生烟"形容气愤已极,好像耳目口鼻都要冒出火来。"八方呼应"形容各方面互相通气、互相配合。"九原可作"谓死而复生。"十万火急"形容非常紧急,刻不容缓。"百步穿杨"出自《史记·周本纪》:"楚有养由基者,善射者也,去柳叶百步而射之,百发而百中之。"形容射术高明。"千载独步"形容古往今来绝无仅有、独一无二。"万古长春"凸显永远像春天那样,草木青翠,生气勃勃,祝愿好事长存。

2. 偏正结构(67)

偏正结构大多由"数+量+名"组成,其中"一A之B"格式出现频率较高,如:

一臂之力　一得之功　一得之愚/一得之见　一孔之见　一念之差/一念之错　一日之长　一日之雅　一席之地　一人之交　一隅之地

"一臂之力"强调其中一部分力量或不太大的力量。"助一臂之力"表示从旁帮忙。因"之",成语成定中结构。"一A"显示了量域范畴成员中弱小事物,修饰中心语后,使整个成语呈现极小状态。

"一A之B"中的"一"可以被其他数字替换,形成"三/七/八/九/百/千/万A之B"等格式。如:

三寸之舌/三寸不烂之舌　三年之艾　七步之才/七步成章　八拜之交　八斗之才　九泉之下　九世之仇　百城之富　百炼之钢　百龙之智　百年之柄　百年之业　百世之利　百世之师　千金之家　千金之子　万全之策/万全之计　万人之敌

"三寸之舌"属于借助借代形成的非典型夸张,指能言善辩的口才。"七步之才"借用典故:文帝尝令东阿王七步中作诗,不成者行大法。应声便为诗曰:"煮豆持作羹,漉豉以为汁,其在釜下燃,豆在釜中泣,本自同根生，相煎何太急！"帝深有惭色。在七步的小量限制下，出口成章，成语指有才气，文思敏捷。"八拜之交"旧称异姓结拜的兄弟姐妹。八拜：古代世交子弟谒见长辈的礼节。通过仪式的慎重、繁多，强调感情的深厚。"九世之仇"借用典故：齐哀公因纪侯进谗言，被周天子处死。后齐襄公灭纪国，报了九世之仇。成语常指积怨久远之仇。"百城之富"似拥有许多城市那样富有，成语夸张藏书极多。"千金之家"泛指富豪之家。"万全之策"强调极其周到妥帖的计谋。

在数字十进制的参照系内，"三"虽是小量，但在汉文化中"三"非实指，经常表示多，"七、八、九"应是大量。但在"七步之才/七步成章"成语中，通过"七"呈现的却是在小量限制下完成不可能完成的特征，体现用典的限制，成语整体语义夸大。"百、千、万"常表大量，有此标记，成语语义夸大色彩明显。

其他由"数＋量＋名"组合成偏正结构的成语还有很多，如：

犀心顷中窗计

一鼻子灰　一场春梦　一串骊珠　一寸丹心/一寸赤心　一点灵
一股脑儿　一盘散沙/一片散沙　一片冰心　一片丹心/一片赤
一片官商　一纸空文　一片汪洋　一抔黄土　一腔热血　一弹指
一天星斗　一枕黄粱　一衣带水　二分明月　二缶钟惑　五里雾
五日京兆　五言长城　六朝金粉/六朝脂粉　十里洋场　十年寒
十步芳草　百尺竿头　百丈竿头　百代过客　百代文宗　百年大
千钧重负　千里鹅毛　万贯家财　万里长城

在"数＋量＋名"组合的偏正结构中的数字虚数用法多，实指少，与量词共用在名词前，作定语。夸张因定语与中心语的修饰关系超出正常量限而生。"一串骊珠"：相传骊龙额下有千金明珠。比喻歌声圆润婉转，就像成串的骊珠一样，夸张因"骊珠"珍贵程度高形成。"一衣带水"原形容河流狭窄，仅像一条衣带那样宽，后比喻仅隔一水，极其邻近。夸张因"一"借用的量词"衣带"与名词"水"的关系生成，现实世界中不可能出现衣带宽的水。"二分明月"出自徐凝《忆扬州》："天下三分明月夜，二分无赖是扬州。""二分"夸张了扬州的繁荣景象。"五里雾中"出自范晔《后汉书·张楷传》："性好道术，能作五里雾。"比喻迷离恍惚，不明真相的境地。"六朝金粉"指六朝时金陵的靡丽繁华景象，后也比喻妇女的仪容、装饰。六朝专指，夸张因金粉而生。"十里洋场"旧时指洋人较多的地方，多指上海。"百尺竿头"高竿的顶端，佛教比喻道行造诣达到极高境界，但尚需继续努力。后亦常与"更进一步"连用，泛指不满足已有成就，要争取更大进步。"千钧重负"指很沉重的负担或非常重要的责任。"万贯家财"极言钱币之多，谓家资富有。

此类语料出现了先状中，后动宾的复杂结构，如：

三复斯言　三缄其口　六出奇计

在"数+动+名"组合中，先切分出"数"+"动+名"的偏正结构，再切分"动+名"的动宾结构。数词常表虚数或者在出处的典故中实指，在后来的使用中泛化，虚指，含夸张意义。"三复斯言"强调反复体会这句话。"六出奇计"出自《史记·陈丞相世家》："凡六出奇计，辄益邑，凡六益封。"泛指出奇制胜的谋略。

3. 动补结构（22）

此类动补结构出现了有标记语和无标记语两小类下位结构。

标记语主要有"如""犹""而"三个。如：

一败如水　一寒如此　一廉如水　一贫如洗　一清如水　一文如命／一钱如命　五内如焚　千里犹面　一蹴而就／一蹴而得　一挥而成／一挥而就　一扫而空　一触即发　一触即溃　一拍即合　三思而行

比喻词"如""犹"标记语的出现，使成语具有比喻特征，这属于借助比喻形成的非典型夸张。比喻词激活异质范畴成员之间的相似性，喻体"水""洗""命""焚"等的选择，是范畴成员的极性状态的代表，成语整体意义的融合，凸显性质、程度夸张。"一败如水"夸大军队打仗败的程度，喻体"水"泼到地上不可收拾特性的介入使夸张得以实现。

"一A而B"格式中的"而"插在主语谓语中间表假设。"一挥而成"一动笔就写成，形容写字、画画、作文等很快就完成。"一A"与"B"有对比的意思，强调花费最小的代价，获得最大的效果。"三A而B"格式中"而"表相承，"三思而行"反复思考然后再去做，言行事谨慎。

无标记的动补结构语料如：

一飞冲天　一顾倾城/一顾倾人/一貌倾城　一鸣惊人　一败涂地　一塌糊涂　一应俱全　百炼成钢

无标记的动补结构由"数+动+动"组合而成，数词常虚指，含夸张意义。"一飞冲天"出自《韩非子·喻老》："虽无飞，飞必冲天；虽无鸣，鸣必惊人。"鸟儿展翅一飞，直冲云霄。比喻平时默默无闻，突然做出了惊人之举。"百炼成钢"指铁经过多次锻炼，能炼成钢。比喻人经过斗争生活的长期考验，能成为坚强的英才。

4. 并列结构（15）

主要有"一A半B""一A众/久/永B""一A再B"等具体格式。如：

一官半职　一男半女　一知半解　一时半刻　一阶半级/一阶半职　一鳞半甲/一鳞片甲　一言半语/一言半句　一傅众咻　一误再误　一劳久逸/一劳永逸　三更半夜

在"一A半B"结构中，A、B属于同一范畴概念，因"半"把不能分割的整体分割开来，主观意图凸显缩小效果。王力先生认为汉语用"半"把本来不能再分或不宜再分的事物再分成两半，以达到夸张的目的，这是"中国语里颇特别的情形"。①"一官半职"指一定的官职，用"半"更加凸显职位的低微。"三更半夜"比较特殊，人们使用此成语时，选择实际所指"一夜分为五更，三更指午夜十二时"语义的频率不高，语义常常强调主观感受的时间晚，超出预设量，常常带有夸张义，泛指夜深。此种处理涉及理性夸张义与语境生成夸张义的问题，情况较为复杂，拟另文论述。

在"一A众/久/永B"结构中，"半、众、再、久"不是数字，具有数字功能，与前面的"一"传递的信息形成对比。"一傅众咻"凸显一人教，众人不听，吵闹起哄，做事不能有所成就的极端状态。"一劳久逸"强调辛苦一次把事情办好，以后就可以不再费力了。

在"一A再B"结构中，"再"与前面的"一"形成连续性，通过对成员集合中小数目否定，从而达到否定全体。"一误再误"第一次错了，

---

① 王力：《中国语法理论》，《王力文集》（第一卷），山东教育出版社1984年版，第328页。

不吸取教训，第二次又错了，强调屡犯错误。

还出现了利用借代、比喻形成的夸张义。如：

　　九鼎大吕　　九霄云外　　百龄眉寿　　百舍重茧

数量与名词性成分所指并列，共同形成夸张语义。"九鼎大吕"的"九鼎"指夏禹铸的象征九州的鼎；"大吕"指周代大钟。两者都是国宝，比喻贵重，力量大。"百龄眉寿"出自《琵琶赋》："愿百龄兮眉寿，重千金之巧笑。"眉寿：长寿。祝人高寿的颂辞。"百舍重茧"指百里一舍，足底老皮上又生出硬皮。夸张了长途奔走、十分辛劳的程度。

通过对"模式一：XOOO"夸张型数字成语语料的分析，发现此模式出现主谓结构、偏正结构、动补结构、并列结构四种组合。从结构所反映的语义关系观察，出现了因陈述、修饰、补充等关系形成的成语夸张义。在某些具体的格式中，语义呈现因对比，比喻、否定等因素生成的成语夸张义。

（二）模式二：XOXO、XOOX、XXOO（235）

夸张成语开头是数字，整体包含2个数字，就会出现3种排列模式。XOXO模式出现221个语料，XOOX模式出现8个语料，XXOO模式出现6个语料。

从结构—语义结合的视角观察，我们可以把三种模式分别细化出不同的下位类型。

1. XOXO（221）

在XOXO模式中，出现了并列结构与主谓结构两种类型。

1.1 并列结构（195）

此类并列结构依据数字前后相同或相异，分为两种类型。

1.1.1 数字X前后相同（33）

依据语义关系，分为语义相近、语义相关、语义相反三种类型。

1.1.1.1 数字修饰的两个中心语的语义相近（6）

　　一厘一毫　一鳞一爪/一鳞半爪　十全十美　百伶百俐　百灵百验　百依百顺/百顺百依/百依百随

"一厘一毫"出自朱熹《奏巡历婺衢救荒事件状》："常山、开化系灾伤极重去处，而常山所放仅及一分六厘有奇；而开化又止一厘一毫而已。"形容极少的数量。"十全十美"形容完满无缺。"百伶百俐"形容非常聪明乖巧。"伶俐"属于把单纯词拆开的特殊用法，此类中心语"毫、厘""全、美"等皆近义。数字虚化，"一"表极少，"十、百"表全部、极多。

1.1.1.2 数字修饰的两个中心语的语义相关（18）

一步一鬼　一字一板　一字一泪　一字一珠　一德一心/一心一德　一琴一鹤　一手一足　一丘一壑　一觞一咏/一咏一觞　一饮一啄　一板一眼/一板三眼　一成一旅　一箪一瓢　三衅三沐/三沐三衅/三衅三沐/三浴三衅　十荡十决　百发百中/百中百发　百战百胜　百举百捷/百举百全

"一步一鬼"出自王充《论衡·订鬼》："人病则忧惧，忧惧见鬼出……昼日则鬼见，暮卧则梦闻。"走一步路就好像碰到一个鬼，形容遇事多疑。"三衅三沐"出自《国语·齐语》："比至，三衅三沐之，桓公亲逆之于郊，而与之坐而问焉。""衅"以香涂身，多次沐浴并用香料涂身，这是我国古代对人极为尊重的一种礼遇。"十荡十决"中"荡"为冲杀；"决"为突破。十次冲杀，十次突破敌阵，形容每战必胜。"百发百中"形容射箭或射击非常准，每次都命中目标。也比喻做事有充分把握，办事成功，绝不落空。两个中心语语义具有相关性，数字虚化。

1.1.1.3 数字修饰的两个中心语的语义相反（9）

一薰一莸　一长一短　一来一往　一死一生　一龙一蛇　一龙一猪　一朝一夕　一颦一笑　七纵七擒

"一薰一莸"的"薰"指香草，比喻善类；"莸"指臭草，比喻恶物。薰莸混在一起，只闻到臭闻不到香。"薰"与"莸"原本是比喻用法，但用"一"对比强调范畴中的两个极端，生成了夸张意义。"七纵七擒"出自陈寿《三国志·蜀书·诸葛亮传》："亮笑，纵使更战。七纵七擒，而亮犹遭获。获止不去，曰：'公天威也！南人不复反矣。'"比喻运用策略，使对方心服。数字"七"开始确有实指，后使用中虚化。

在两个数字相同的并列结构中，相同的数字分别修饰具有相近、相关、相反关系的不同中心语，与中心语语义共同作用下，生成了成语范畴成员的极端夸张义。

1.1.2 数字前后相异（162）

1.1.2.1 数字前小后大（108）

1.1.2.1.1 数字相连（32）

  A. 一差二错/一差二误　一干二净　一齐二整　一清二白　一清二楚　一穷二白　一言两语　二满三平/三平二满　三从四德/四德三从　三朋四友　三翻四复　四分五裂　五颜六色　四通五达/四通八达　七颠八倒　七拉八扯　七零八落　七拼八凑

  B. 一长两短/一长半短　一来二去　三男四女　七长八短　七高八低　七上八下　七手八脚　七死八活

  C. 一簧两舌　五雀六燕　五脏六腑　七病八痛　七青八黄　七嘴八舌/七嘴八张

连续的两个数字并非实际所指，都是虚化用法。数字后的中心语属于同一范畴中的相近、相关、相反成员。"一差二错"指意外或差错。"二满三平"谓平稳、过得去。"四分五裂"形容分散、不完整、不集中、不团结、不统一。"七病八痛"泛指各种各样的病痛。"三从四德"的"三从"指女子未嫁从父，既嫁从夫，夫死从子；"四德"指妇德、妇言、妇容、妇功，封建礼教用来束缚妇女的道德规范。"五雀六燕"出自《九章算术·方程》："今有五雀六燕，集称之衡，雀俱重，燕俱轻，一雀一燕交而处，衡适平。"比喻事物之轻重相等。"三从四德""五雀六燕"的"三、四""五、六"出处有具体所指，在后来实际用法中泛化，指称所有现象，整个结构的语义多指向事物全部，呈现夸张意义。"七……八……"的中心语皆相反，前后两部分语义相对，夸张极端状况。

1.1.2.1.2 数字相隔，语义并置（76）

一隅三反　一波三折　一唱三叹　一浆十饼　一了百当　一了百了　一了千明　一呼百诺　一呼百应　一倡百和/一唱百和　一碧万顷　三差五错　三纲五常　三回五次　三令五申　三茶六饭　三姑六婆　三班六房　三头六臂　三亲六眷/三亲四眷　三推六问/六问三推　三灾八难　三槐九棘　三教九流　三旬九食　三贞九烈　四清六活　四亭八当　四方八面/四面八方　四平八稳　四时八节　五痨七伤　五风十雨　五光十色　九流百家　百锻千炼　百卉千葩　百计千谋　百计千心　百谋千计　百岁千秋　百纵千随　百孔千疮/百孔千创/千疮百孔/千孔百疮　百巧千穷/百巧成穷　千变万化/千变万状　千仓万箱　千兵万马/千军万马/万马千军　千差万变/万别千差　千仇万恨　千愁万恨　千村万落　千刀万剁/千刀万剐　千叮万嘱　千恩万谢　千端万绪/千头万绪/千绪万端/万绪千端/万绪千头　千呼万唤/千唤万唤　千欢万喜　千门万户/万户千门　千难万难　千难万险　千年万载　千秋万代　千秋万世　千秋万岁/万岁千秋　千乘万骑　千思万想　千山万水/千山万壑/万水千山　千态万状/千状万端/千状万态　千条万端　千推万阻　千妥万当/千妥万妥　千辛万苦/千辛百苦/万苦千辛　千岩万壑/千岩万谷　千言万语/万语千言　千真万确/千真万真　一曝十寒

前后两部分，数字虽然相差很大，但是中心语大多相关，只有"一曝十寒"相反。成语前后并列的两个结构的语义并置，数字不是实指，整体语义具有夸张特质。夸大居多，夸小很少。

语义夸大。"一隅三反"出自《论语·述而》："不愤不启，不悱不发，举一隅不以三隅反，则不复也。"即举一反三，谓善于类推，能由此及彼。"三纲五常"中"三纲"指君为臣纲，父为子纲，夫为妻纲；"五常"指仁、义、礼、智、信。开始数字实指，在使用中泛化夸大到封建礼教提倡的人与人之间的道德规范。"百锻千炼"比喻文字经过再三推敲，从而十分准确精练。"千变万化"形容变化极多。其中"百……千""千……万"格式皆表示极多，语义夸大，无例外。

语义夸小。"一浆十饼"比喻小恩小惠。激活"一碗浆，十个饼"的

"不值钱"与"小"的相似性，整体语义凸显缩小夸张特质。"一曝十寒"通过并列结构的语义对比，夸张学习或工作没有恒心的状态。

1.1.2.2 数字前大后小（54）
1.1.2.2.1 数字相连（15）

A. 三番两次/三番五次　三头两绪　三瓦两舍/三瓦四舍　三心二意/三心两意/二意三心/二心两意　三言两句/三言两语/三言五语

B. 五湖四海　十病九痛　十亲九故　十拿九稳/十拿十稳　十室九空　十羊九牧　十捉九着

C. 三长两短　三好两歉　十生九死

连续的两个数字并非实际所指，都是虚化用法。数字后的中心语属于同一范畴中的相近、相关、相反成员。

A. 中心语相近："三番两次"形容不止一次；"三瓦两舍"指宋元时城市里妓院和各种娱乐场所集中的地方。

B. 中心语相关：占大多数。"五湖四海"指全国各地，有时也指世界各地，现有时也比喻广泛的团结；"十病九痛"形容浑身病痛；"十亲九故"形容亲戚朋友很多。

C. 中心语相反："三长两短"指意外的灾祸或事故，特指人的死亡；"三好两歉"指时好时病，形容体弱；"十生九死"形容极其危险或处境十分窘迫。

其中"十拿九稳、十室九空、十羊九牧、十捉九着"的前数字可以看成分母，后数字可以看成分子，夸张所占比例大。"十拿九稳"比喻很有把握。"十室九空"指十户人家，九家空虚，形容因灾荒、战乱或暴政使得人民破产或流亡的景象。"十羊九牧"指十只羊，九个放牧人。旧时以羊为民，以牧人为官，比喻民少官多。也比喻使令不一，无所适从。"十捉九着"比喻十分有把握。

1.1.2.2.2 数字相隔，语义对举（22）

九合一匡　九牛一毛　九死一生/百死一生　十死一生/十死九生　百不一遇　百无一漏　百无一能　百无一失/百步一失/百不一爽　百无一是　百无一用　百虑一致　千金一诺　千金一掷/一掷千

金　千里一曲　千虑一得　千虑一失　千篇一律　千载一时/千岁一时　千载一遇/千载一逢/千载一合/千载一会　万世一时/万代一时　万死一生　万众一心

前后两部分数字相差很大，不管中心语是相关、相反，前后语义都呈现对举状态。"一"代表极端少数，另一数字代表极端大，通过对比，凸显两个数字之间夸张的关系。"九合一匡"出自《论语·宪问》："桓公九合诸侯。"又："管仲相桓公，霸诸侯，一匡天下。"原指春秋时齐桓公多次会合诸侯，称霸主，使混乱的政局得以安定。后用以形容有卓越的治国才能。"百不一遇"指一百次中遇不到一次，形容极其难得。"千金一诺"出自《史记·季布栾布列传》："得黄金百斤，不如得季布一诺。"一个诺言价值千金。指守信用，不轻易许诺。"万世一时"出自《史记·吴王濞列传》："彗星出，蝗虫数起，此万世一时，而愁劳圣人之所起也。"万世才有这么一个机会，形容机会难得。

此类少数成语可以前后换位，不影响语义。如："千金一诺"有时可以写作"一诺千金"。这也验证了夸张语义来自两个数字对比，与语序关系不大。

1.1.2.2.3 数字相隔，语义并置（17）

六街三市　六韬三略　六通四辟/六通四达　八门五花/五花八门　九烈三贞　九流三教　十风五雨　千奇百怪　千方百计/百计千方/千方万计　千锤百炼　千回百转　千依百顺/千依万顺　千娇百态/千娇百媚/百媚千娇　千了百当/百了千当　万缕千丝/千丝万缕　万代千秋/千秋万古/万古千秋/万载千秋　万紫千红/百紫千红/千红万紫/万红千紫

前后两部分，数字相差很大，因中心语皆是同类相关范畴的成员，故前后语义并置。数字不是实指，整体语义具有夸张特质。

"六街三市"的"六街"指唐代长安城中的六条大街；市，古代称早晨、中午、傍晚为三时之市，泛指大街小巷。"十风五雨"指十天一刮风，五天一下雨，形容风调雨顺，气候适宜。"千奇百怪"形容各种各样奇怪的事物和现象。"万缕千丝"指千条丝，万条线，多形容彼此之间关系密切、复杂，难以割断。

并列结构占据了 XOXO 模式中的大多数，这与数字后面经常出现体词性成分有关。中心语语义的相近、相关、相反关系与相连、相隔数字相互作用，通过并列的两个部分语义的并置或对比生成整个成语的夸张义。

1.2 主谓结构（26）

此类主谓结构中大多数是数字前小后大，数字相隔，语义对举的情况。

A. 一国三公　一日三秋／一日不见，如隔三秋　一岁三迁／一岁九迁　一言九鼎　一馈十起　一目十行　一致百虑　一树百获　一发千钧／千钧一发　一饭千金　一壶千金　一诺千金　一刻千金／千金一刻　一笑千金／千金一笑　一言千金　一字千金／一字值千金　一举千里　一落千丈　一日千里　一泻千里　一日万几

B. 一谦四益　一本万利

A. 中心语相关，如："一国三公""一言九鼎""一日万几"等。"一国三公"出自《左传·僖公五年》："一国三公，吾谁适从？"一个国家有三个主持政事的人。比喻事权不统一，使人不知道听谁的好。"一言九鼎"源自《史记·平原君列传》："毛先生一至楚而使赵重于九鼎大吕。毛先生以三寸之舌，强于百万之师。胜不敢复相士。"形容人说话信誉极高，一言半语就起决定作用。"一日万几"指（多用于治国者）每天要处理成千上万件事情，形容政务繁忙。

B. 中心语相反，如："一谦四益""一本万利"。"一谦四益"出自《周易·谦》："天道亏盈而益谦，地道变盈而流谦，鬼神害盈而福谦，人道恶盈而好谦。"强调谦虚能使人获益很多。"一本万利"形容本钱小，利润大。

此类主谓结构成语前后两部分，因为数字相差很大，不管中心语是相关、相反，前后语义都呈现对举状态。数字虽然不是实指，但存在小与大、多与少的对比，陈述与被陈述因对比强烈，生成夸张义。

主谓结构中也出现了数字相连的语料，如：

一刀两段　一刀两断　一口两匙

"一刀两段"表面是一刀斩为两段,实际比喻坚决断绝关系,夸张了断绝的程度。"一口两匙"的数字义虚化,通过比喻,夸张了贪多程度。

2. XOOX（8）

此模式语料皆呈现主谓结构,如:

> 一般无二　一心无二　一以当十　百不当一　百不失一　万不失一/万无失一/万无一失　四不拗六　百里挑一

前后数字不同,呈现对比形式。从意义观察,有两种情况,一种强调全同,无差别,数字无实际所指。"一般无二"没有两样,完全相像。"一以当十"比喻英勇。另一种强调差异,凸显多数中少数的极端状态。"百不失一"形容绝不会出差错。"百不当一"指一百个也抵不上一个,形容人、物优异出众。"四不拗六"少数人不能违反多数人的意思。"百里挑一"指一百个中挑出一个,形容极为优秀、难得的人或物。

3. XXOO（6）

此模式语料只有"千万买邻"是主谓结构,其余大多是偏正结构,如:

> 二三其德/二三其意　三千珠履　百二山河/百二关山　百万雄师/百万雄兵　亿万斯年

无限的数目是由有限的数词构成的,主要依靠单纯的系数词（从零到九）、位数词、系位结构（数词结构或数词短语或复合数词）组成。

无论是系数词、位数词、系位结构的哪一种形式,其中的系、位数皆无实指。"千万买邻"夸张好邻居的难得与可贵。"二三其德"由系数词组成,突出三心二意而没有一定的操守。"三千珠履""百二山河"由系位结构组合。"珠履"指鞋上以珠为装饰,富贵之人用之。用"珠履"代人,"三千珠履"形容贵宾之多。"百二山河"出自《史记·高祖本纪》:"秦,形胜之国,带河山之险,县隔千里,持戟百万,秦得百二焉。"形容边防牢固,国力强盛。"百万雄师""千万买邻""亿万斯年"由位数词组成。"百万雄师"指人数众多、威武雄壮的军队。"亿万斯年"出自《诗经·大雅·下武》:"于万斯年,受天之祜。"夸张时间极其长久,用作祝贺之词。

通过对模式二夸张型数字成语语料的分析，发现 XOXO 模式的并列结构占有很大比例，数字前后相同时，数字修饰的两个中心语的语义呈现相近、相关、相反类型，与数字虚化共同作用下，生成了数字成语的夸张义。数字前后相异时，连续的两个数字并非实际所指，都是虚化用法。数字后的中心语属于同一范畴中的相近、相关、相反成员。当数字相差很大时，数字修饰的中心语大多相关，成语前后并列的两个结构的语义并置，语义呈现对举状态，数字不是实指，整体语义具有夸张特质。夸大居多，夸小很少。XOXO 模式主谓结构成语前后两部分，因为数字相差很大，不管中心语是相关、相反，前后语义都呈现对举状态。数字虽然不是实指，但存在小与大、多与少的对比，陈述与被陈述因对比强烈，生成夸张义。

XOOX 模式语料皆呈现主谓结构，前后数字不同，呈现对比形式。从意义观察，有两种情况，一种强调全同，无差别，数字无实际所指。另一种强调差异，凸显多数中少数的极端状态。

XXOO 模式语料大多是偏正结构，主要依靠单纯的系数词（从零到九）、位数词、系位结构（数词结构或数词短语或复合数词）组成，系、位数皆无实指。

（三）模式三：XXXO、XOXX（2）

成语出现 3 个数字，排列模式理论上有：XXXO、XXOX、XOXX。在实际语料中，只出现两个夸张语义的用法。

XXXO 模式：三六九等

成语属于偏正结构，"三、六、九"皆系数，常虚数用法，指多。"三六九等"夸张了各种等级和很多差别。

XOXX 模式：一掷百万

成语属于主谓结构，"百万"是位数组合，表示多，与"一"对比，夸张了赌徒下注极大。

（四）模式四：XXXX（2）

成语出现 4 个数字，排列模式只有 1 种。语料有两条：十十五五、万万千千/千千万万，皆并列结构。

"十十五五"形容分别聚合，多少不等。"万万千千"出自王充《论衡·自然》："天地安得万万千千手，并为万万千千物乎？"形容数量极多。此模式数字皆虚指，指多或少，成语整体呈现夸张义。

这种情形与"三三两两、一五一十、七七八八"不同，"三三两两"

指三个两个地在一起。"一五一十"指五个十个地将数目点清，形容查点数目。表比喻时，指叙述从头到尾，原原本本，没有遗漏，与本意相似点是清点清楚，成语整体更偏重比喻用法。"七七八八"犹言差不多或犹言零零碎碎，各式各样，成语整体偏重借代。

在四字格数字成语中，模式一XOOO的主谓结构与模式二XOXO的并列结构出现频率较高。这与数词的语法功能有关。数词常与体词性成分结合，形成的还是体词性结构，在更大的语法结构中经常充当被陈述的对象。所以，当只有一个数字出现时，XOOO中的XO体词性居多，后面的两个空位如果是谓词性的，最易形成主谓结构；如果是体词性的，最易形成偏正结构。主谓结构语料出现132例，偏正结构语料出现67例，就是证明。成语语义因为数字语义虚化，影响到陈述义或者修释义超出正常量限范围，凸显成语的某种特征，使得整个成语生成夸张义。

XOXO的两个XO结构都是体词性的，两个体词性结构组合在一起，最易出现并列结构。并列结构语料出现了195例就是证明。因数字语义虚化，前后两个体词性成分通过对比、并置等形式存在，凸显成语的某种特征，使得整个成语生成夸张义。

二　非四字格数字成语夸张的生成

针对四字格数字出现的个数，分出四种模式，又根据数字排列顺序、大小等关系、数字与中心语的关系，细化出每一模式的下位类型。根据非四字格夸张成语字数不定，结构灵活的特点，关注数字特点和成语语义，分出带有一个数字的非四字格成语和带多个数字的非四字格成语两类。

（一）带有一个数字的非四字格夸张成语（33）

1. 主谓结构（30）

从收集到的语料观察，此类成语大多是主谓结构。

1.1 语义对比（10）

一虎难敌众犬　一人得道，鸡犬升天　一言既出，驷马难追　一度着蛇咬，怕见断井绳/一夜被蛇咬，十日怕麻绳/一朝被蛇咬，十年怕井绳/一朝被蛇咬，三年怕草索　一叶蔽目，不见泰山/一叶障目，不见泰山　三十六计，走为上计/三十六计，走为上策/三十六着，走为上着　千里之堤，溃于蚁穴　千里之行，始于足下/千里始足下　万

变不离其宗　万事俱备，只欠东风

数字虽然只有一个，成语出现了隐性表数的词，如："众犬""驷马"等。数字、隐性表数词与数字所修饰的中心语本身大小、强弱等共同作用下，形成语义对比，因对比差异巨大，生成了成语夸张义。如："叶与泰山""堤与蚁穴"等。"一虎难敌众犬"比喻弱者只要团结起来就能制服强者。"一叶蔽目，不见泰山"指一片树叶挡住了眼睛，连面前高大的泰山都看不见。比喻为局部的或暂时的现象所迷惑，不能认清全面的或根本的问题。"千里之堤，溃于蚁穴"强调千里长的大堤，由于有一个小小的蚂蚁洞而崩溃。比喻小事不注意，就会出大乱子。"千里之行，始于足下"突出千里的行程是从脚下第一步开始的。比喻事情的成功是由小而大逐渐积累的。"万事俱备，只欠东风"比喻一切都已齐备，只差最后的一个重要条件。

1.2 语义超常（12）

一鼻孔出气　一言以蔽之/一言蔽之/一言以蔽　一举手之劳　一床锦被遮盖　一口吸尽西江水　一文钱逼死英雄汉/一文钱难倒英雄汉　二人同心，其利断金　三人行必有我师　三折肱，为良医　四海之内皆兄弟　九回肠/九回断肠　千里送鹅毛

数量名结构与后面的陈述部分，语义呈现极端搭配，凸显主体具备的超强能力或某范围不可能出现的情况等，生成夸张。"一鼻孔出气"指相互间言行如出自一人。"一言以蔽之"语言表层指用一句话来概括，实际常常含有夸张义，凸显语言的概括能力强大特征。"一床锦被遮盖"比喻请求别人通融庇护。"一文钱逼死英雄汉"谓钱的作用极重要，没有钱英雄豪杰也走投无路。"一口吸尽西江水"原意是一口气即能贯通万法，后比喻性子太急，想一下就达到目的。"二人同心，其利断金"强调二人心齐，力量如同锋利的刀剑，可以切断金属，谓团结的力量无敌。"三折肱，为良医"多次折断胳膊，也就成为一好医生。比喻对某事实践多，经验丰富，造诣就会精深。也比喻高明医术。"三人行必有我师"指几个人在一起行走，其中必定有可以作为我老师的，意谓要善于向他人学习。"四海之内皆兄弟"强调全中国的人都像兄弟一样。"九回肠"形容胸间的愁

闷、痛苦已到了极点。"千里送鹅毛"比喻礼物虽轻而情意深厚。

1.3 带否定词"不"（8）

一个巴掌拍不响　一钱不落虚空地　三过其门而不入　三句不离本行　三年不窥园　八字没一撇　百步无轻担　百思不得其解/百思莫解

在一个量限范围内，通过对某种现象典型成员的否定，夸张某种极端状态。"一个巴掌拍不响"比喻单方面闹不起事来。"一钱不落虚空地"比喻钱都花在需要花的地方，丝毫也不浪费。"三过其门而不入"强调几次经过家门，都不进去，指大禹治水的故事。形容热心公务，忘记私事。"八字没一撇"中的"八"在此成语中利用的是其字形特征，"八"失去数字功能，所以处理为此类情况，比喻事情还没有眉目。"百思不得其解"凸显经过百般思索仍旧不能理解。

2. 偏正结构（3）

一溜烟　一窝蜂　一字长蛇阵

数量结构修饰中心语，共同夸张某种状态。"一溜烟"形容跑得飞快。"一窝蜂"形容很多人同时说话或行动，乱哄哄的状态。"一字长蛇阵"形容排列成一长条的人或物，凸显长条特征。

（二）带多个数字的非四字格夸张成语（35）

1. 数字相同（5）

1.1 主谓结构（3）

一棒一条痕/一鞭一条痕　一寸光阴一寸金　一棍打一船/一棍子打死

"一"非实指，夸张了前后语义统一，无例外。"一棒一条痕"比喻做事扎实或说话一语破的。"一寸光阴一寸金"谓时光可贵，必须珍惜。"一棍打一船"比喻全盘否定。

1.2 并列结构（2）

十目所视，十手所指　千部一腔，千人一面

"十目所视，十手所指"夸张一个人的言行，总有许多人监察着，不可不谨慎。"千部一腔，千人一面"表层义指成千部书都是一种写法，成千个人都是一个面孔，凸显老一套，没有变化状态。

2. 数字不同（30）

2.1 并列结构（14）

一不做二不休　一佛出世，二佛升天/一佛出世，二佛涅槃　一而再，再而三　一沐三捉发　三分像人，七分像鬼　一传十，十传百　四体不勤，五谷不分　三日打鱼，两日晒网　十日一水，五日一石　十年树木，百年树人　千军易得，一将难求　一夫当关，万夫莫开　一人传虚，万人传实　百万买宅，千万买邻

数字相连或相隔，语义前后顺承，共同夸张某现象。"一不做二不休"谓不做则已，做就索性做到底。"一而再，再而三"一次又一次。"一沐三捉发"比喻求贤殷切。"一佛出世，二佛升天/一佛出世，二佛涅槃"夸张死去活来状态。"三日打鱼，两日晒网"比喻做事情没有恒心，时常中断，凸显不能坚持的特征。"四体不勤，五谷不分"形容读书人完全脱离生产劳动，缺乏起码的生产知识。"十日一水，五日一石"比喻画家精心构思，不随便下笔，夸张慎重程度。"一传十，十传百"原指疾病传染很快，后用于形容消息传播得很快。"一人传虚，万人传实"强调本来没有的事，传说的人多了，就成为事实，夸张众人传言力量强大。

2.2 主谓结构（12）

一心挂两头　一言抄百总　一夜夫妻百夜恩/一夜夫妻百日恩　一失足成千古恨　十五个吊桶打水，七上八落/十五个吊桶打水，七上八下　十年九不遇　五十步笑百步　百动不如一静　百闻不如一见　千里姻缘一线牵　千闻不如一见　千镒之裘，非一狐之白

两个数字相差很大，多以倍数形式出现，集中在"一……百……""一……千……""一……万……"等格式上，凸显前后语义对比的程度强烈。其中"一"的语序可前可后。"一言抄百总"谓一句话说出口，再也不改变，谓打定了主意。"一失足成千古恨"强调一旦堕落或犯了严重错误，就成为终身的恨事。常与"再回头已百年身"连用。"十五个吊桶打水，七上八落/十五个吊桶打水，七上八下"比喻心情不安。"五十步笑百步"比喻缺点错误的程度有所不同，本质是一样的。"百动不如一静"谓多动不如静待有效。"千镒之裘，非一狐之白"强调价值千金的皮衣，不是用一个狐狸腋下的白毛制成的，比喻治理好国家需要依靠众多贤士的力量。

2.3 偏正结构（4）

一百二十行　三百六十行　十万八千里　九牛二虎之力

数字皆虚指，表示"多"。"一百二十行"犹"三百六十行"，指各种行业。数字非实指，夸大行业种类，全包括，无例外。"十万八千里"形容距离很远。"九牛二虎之力"比喻很大的气力或很大的力量。

非四字格数字夸张成语因为组合成分的增加，语符增多，加之标点符号的运用等因素的影响，结构更多表现为主谓结构。数字语义虚化，大、小数字共现格式凸显语义对比程度强烈，被陈述与陈述关系出现超常搭配，使得整个成语凸显某种特征，语义突破正常量限范畴，生成夸张义。

三　数字成语夸张的特点

成语具有意义整体性、结构凝固性特点，夸张型数字成语不仅具有成语特点，还因数字虚化用法，数字失去精确释义特质，导致很多词条凭借异形同义形式出现。被词典固定下来的身份具有刚性的语法结构特点，多形式副条的出现，体现使用过程中的柔性修辞结构特点。

数字成语夸张最显著的特点：数字丧失精确义，拥有成语语境规约的修辞义。

"一孔之见"的"一"，从字面义观察可以认定为"一个"，但因成语意义整体性制约，实际意义比喻狭隘片面的见解。缩小夸张的介入，致使

"见解"被"一孔"修饰,"一"失去数字精确义,拥有成语语境规约的修辞义。

"一己之私/一己之见/一家之言/一家之论/一家之说/一家之学"中的"一",字面义与成语整体义皆采用精确数字义,夸张没有介入,不属于数字成语夸张范畴。由此得出结论:数字丧失精确义,拥有成语语境规约的修辞义,可以成为判定数字成语夸张成立的标准。

为了验证此标准的解释力,我们观察了更多例证。

"一男半女"与"一年半载"的"半"不同,子、女不能用"半"修饰,年、载都可以用"半"修饰,故"一男半女"的"半"失去精确义,由于缩小夸张的介入,带上成语语境规约的修辞义,数字成语夸张成立。

"一长两短/一长半短"的成语释义是"犹三长两短","一=三""两=半",数字失去精确义,带上成语语境规约的修辞义,数字成语夸张成立。

此类情况出现频率不低,实例还有:"一鳞一爪/一鳞半爪""三亲六眷/三亲四眷""四方八面/四面八方""一板一眼/一板三眼""四通五达/四通八达""一岁三迁/一岁九迁""三番两次/三番五次""三言两句/三言两语/三言五语""三瓦两舍/三瓦四舍""十拿九稳/十拿十稳""九死一生/百死一生""十死一生/十死九生""千方百计/百计千方/千方万计""千了百当/百了千当""千依百顺/千依万顺""百孔千疮/百孔千创/千疮百孔/千孔百疮""千端万绪/千头万绪/千绪万端/万绪千端/万绪千头""千辛万苦/千辛百苦/万苦千辛""万紫千红/百紫千红/千红万紫/万红千紫"。观察这些语料,发现"一=半""四=六""四=八""一=三""五=八""三=九""两=五""两=四""九=十""九=百""一=九""百=千=万"等式,因为受到成语结构凝固性特点的规约,除了"百=千=万"其余皆不可合并同类项,进行数字相等的类推。在现实世界中不可能出现的等式,皆因数字丧失精确义,拥有成语语境规约的修辞义,数字成语夸张成立。

同时出现主、副词条的夸张型数字成语,除了具备数字丧失精确义,拥有成语语境规约的修辞义特点外,还呈现两个下位特点。

第一,与数字搭配的中心语素大多近义,使数字失去精确义成为可能。

观察语料:"一倡百和/一唱百和""一差二错/一差二误""三衅三沐/三沐三熏/三熏三沐/三浴三熏""六通四辟/六通四达""七嘴八舌/七嘴八张""二三其德/二三其意""百二山河/百二关山""百依百顺/百顺百依/百依百随""百举百捷/百举百全""百万雄师/百万雄兵""百无一失/百不一失/百不一爽""千兵万马/千军万马/万马千军""千变万化/千变万状""千差万变/万别千差""千刀万剁/千刀万剐""千呼万唤/千唤万唤""千山万水/千山万壑/万水千山""千态万状/千状万端/千状万态""千妥万当/千妥万妥""千岩万壑/千岩万谷""千真万确/千真万真""千载一时/千岁一时""千载一遇/千载一逢/千载一合/千载一会""千娇百态/千娇百媚/百媚千娇""万世一时/万代一时""万代千秋/千秋万古/万古千秋/万载千秋",发现数字修饰的中心语素大多近义,如:"倡、唱""差、错、误""衅、熏、沐""通、辟、达""嘴、舌、张""德、意""依、顺、随""举、捷、全""师、兵""失、爽""兵、马、军""变、化、状""差、变、别""剁、剐""呼、唤""态、状、端""妥、当""真、确""载、岁""遇、逢、合、会""娇、媚""世、代""代、秋、古、载"。其中"嘴、舌、张"中的"张",是用量词代替名词"嘴、舌"的用法,也属于近义用法。很少出现类义如"河、关""水、壑""壑、谷"的用法。与数字搭配的中心语素大多近义,使数字失去精确义成为可能。

第二,大多呈现并列结构,与数字无精确义、中心语素近义特质共同起作用,弱化作为重要语法手段语序的功能。

上面第一、第二类中的语料,从结构角度观察,都属于并列结构。数字成语夸张大多出现两个数字,因为数字失去精确义,中心语素又多近义,故语序的前后变化,不会太大影响其意义。

语料中还出现了很多单纯语序变化的变体,如:"千金一掷/一掷千金""二满三平/三平二满""三从四德/四德三从""三推六问/六问三推""一德一心/一心一德""一觞一咏/一咏一觞""百发百中/百中百发""万不失一/万无失一/万无一失""一发千钧/千钧一发""一刻千金/千金一刻""一笑千金/千金一笑""千门万户/万户千门""千秋万岁/万岁千秋""千言万语/万语千言""三心二意/三心两意/二意三心/二心两意""八门五花/五花八门""万缕千丝/千丝万缕"等。

此时的语序不是作为影响意义变化的重要语法手段出现的,更多表现为追求错综美的修辞手段。

只要是数字成语夸张一定要具备"数字丧失精确义，拥有成语语境规约的修辞义"特点，带有主、副条形式的则具备三个特点。任选一例"三亲六眷/三亲四眷"，首先出现"六＝四"，数字丧失精确义，拥有成语语境规约的修辞义。其次，"亲、眷"是与数字搭配的近义中心语素，使数字失去精确义成为可能。最后，成语是并列结构，理论上可以推导出"六眷三亲/四眷三亲"形式，语序成为实现错综美的修辞手段。

换句话说，只要具备了"数字丧失精确义，拥有成语语境规约的修辞义"特点，就可以判断此成语属于数字成语夸张，此特点成为判定数字成语夸张的依据。

夸张型成语除了数字成语外，还表现为动物成语，带有人体器官的成语等，此等问题需进一步研究。

四　元语言视角下释义术语"极言""形容""比喻"的观察

在对夸张型数字成语语义进行观察时，常常会借助成语的释义。我们发现，只要是夸张型数字成语，其释义经常会出现"极言""形容""比喻"等释义术语。这就启发我们从释义术语入手，理解夸张型成语的夸张语义。因为辞典释义语言可以看成一种元语言，所以，我们的论证以元语言为起点。

元语言发源于语义哲学，《西方哲学英汉对照辞典》的定义是：第一语言的表达式的名称，以及这些表达式之间关系的名称，都属于第二语言，后者叫作元语言。哲学界肯定了元语言的价值。黄玉顺指出，语言之所以能成为西方哲学的最后边界，是因为西方哲学从一开始就将对于"存在"（古希腊语 on，英语 to be）的思考视为自己的核心课题，而 on 或 to be 具有双重意义：它是哲学意义上的"存在"，又是语言学意义上的系词"是"。前者是从"对象性语言"层面对事实的陈述，后者是从"元语言"层面对思想的表述。在前一种情况下，它是一种对象性的陈述或描述；在后一种情况下，它是一种元语言性质的判断或断定。于是，"事实—思想—语言"打成一片了，或曰混为一谈了。西方哲学这种以"言"代"有"、以"思"代"在"的理性主义传统，确实异常强大，以致现代人文主义最杰出的哲学大师海德格尔，最后也未能彻底逃出"语言的牢笼"，承认"语言是存在的家园"。不仅如此，当今西方哲学似乎还有某种越陷越深的迹象。①

哲学界对元语言的理解与语言学界对其的理解不尽相同。比如辞典学涉及的元语言从语义哲学元语言衍化而来，具有了不同的所指。"辞书中解释词条的语言，是元语言之一。这种元语言的整体观包括元语言的整体简化，即只使用民族共同语的有限的常用词。"②

辞典中解释语言的语言，具有元语言特征的说法，被语言学界普遍认可。苏新春《汉语释义元语言研究》提出的"释义元语言"，已经关注到释义元语言的解释力。借用"释义元语言"视角观察夸张型数字成语释义，发现对其进行释义的这种"解释词典所收词语的定义语言"③ 具有鲜明的特征。

首先，只要出现元语言释义术语"极言"，就可以判定此成语为夸张型数字成语。换句话说，"极言"属于典型的夸张释义元语言术语。

在四字格数字成语夸张中，"极言"只出现7例。如：

> 百口莫辩/百喙莫辩：纵然有一百张嘴也辩解不清，极言无法申诉。
> 千山万水/千山万壑/万水千山：极言山水之多，比喻道路的艰险、遥远。
> 千态万状/千状万端/千状万态：极言形态的多种多样。
> 千言万语/万语千言：极言言语之多。
> 万贯家财：极言钱币之多，谓家资富有。
> 万劫不复：万劫，佛家称世界从生成到毁灭的过程为一劫，万劫极言时间之长。谓永远不能复原。
> 万世一时/万代一时：很多世代才有这么一个时机。极言机会难得。

其中，"千山万水/千山万壑/万水千山"：极言山水之多，比喻道路的艰险、遥远。极言与比喻在释义中先后出现，统计依据先出现术语"极言"为标准。

其次，带有"极言"这个典型的夸张释义元语言术语的夸张型数字成

---

① 黄玉顺：《语言的牢笼——西方哲学根本传统的一种阐明》，《四川大学学报》2002年第1期。
② 张志毅、张庆云：《词汇语义学》，商务印书馆2001年版，第346页。
③ 苏新春：《汉语释义元语言研究》，上海教育出版社2005年版，第4页。

语释义出现比例不高，大多数是带有"形容""比喻"释义术语的情况。

释义术语"形容"179 例，"比喻"108 例。其中出现两种释义术语混杂 7 例。如：

  一尘不染：佛家称色、声、香、味、触、法为六尘，修道的人不被六尘所玷污。(1) 比喻为官清廉，或人品纯洁，丝毫没有沾染坏习气。(2) 形容环境非常清洁或物体非常干净。两夸张义不同。
  一刻千金/千金一刻：比喻时间极宝贵。多用于形容男女之恋情。
  一衣带水：原形容河流狭窄，仅像一条衣带那样宽，后比喻仅隔一水，极其邻近。
  一气呵成：形容文章的气势首尾贯通，亦比喻整个工作过程不间断，不松懈。
  一泻千里：原形容江河水势奔流直下，后泛指直线下降，势头很猛。亦用以比喻文笔奔放畅达。
  一丝不挂：形容不穿衣服，赤身露体。亦比喻不被尘俗牵累。
  千锤百炼：形容对诗文多次加工润色，精益求精。也比喻经过多次斗争和考验。

统计依据释义术语"比喻""形容"出现的先后顺序，把"一尘不染""一刻千金"处理为释义术语的"比喻"类；把"一气呵成""一泻千里""一丝不挂""千锤百炼"处理为带有释义术语的"形容"类。特殊情况："一衣带水"：原形容河流狭窄，仅像一条衣带那样宽，后比喻仅隔一水，极其邻近。出现原意义与后起意义，现在比较通用后起意义，故把其归为带有释义术语"比喻"类别。

在非四字格数字成语夸张中，带有释义术语"形容"3 例，"比喻"28 例。如：

  一传十，十传百：原指疾病传染很快，后用于形容消息传播得很快。
  一溜烟：形容跑得很快。
  一窝风：形容许多人乱哄哄地同时说话或行动。
  一床锦被遮盖：比喻请求别人通融庇护。
  一夫当关，万夫莫开：比喻地势险要，易守难攻。

一叶蔽目，不见泰山／一叶障目，不见泰山：一片树叶挡住了眼睛，连面前高大的泰山都看不见。比喻为局部的或暂时的现象所迷惑，不能认清全面的或根本的问题。

苏新春以《现代汉语词典》（修订本）释义元语言为语料，研究了释义术语"形容""比喻"的特点。因为成语结构凝固，语义整体的特点与词义相似，此研究对观察成语释义也有解释力。"形容"能用在形容词、动词、象声词、名词、副词的释义中，用在形容词时为的是说明词义的指向，显示形容的对象和范围。而用在其他词语上时，"形容"指向的都是词义。使得原来那些非形容词的具有明显的形容、修饰、渲染作用，使之或变为形容词，或有形容义的表达效果。"形容"这个术语对揭示词义的形容性功能是十分重要的。它的出现，使得词义脱离了词的原本、内在、底层的意义层面，而进入了概括的、整体的、词语的意义层面，使整个词的意义显得更完整、更圆润。① 此观点与刘叔新《汉语描写词汇学》强调成语"意义的双层性是汉语成语的区别性特征"有相似之处。双层性指的是字面义和字里义，或者称为表层义和里层义。辞典释义考虑到成语意义的整体性，常使用"比喻""形容"连通词目与释文，主要是针对延伸出来的里层意义。

这说明带有释义术语"形容"的释义，强调的是成语意义的整体性特征，目的是使释义对象带有形容、修饰、渲染功能。当成语具备了这些延伸出来的功能时，就新增了为凸显事物某些特质的修辞功能，会不自觉地带上不同程度的夸张意味。当夸张程度突破正常的量限范围时，夸张语义随之产生。

苏新春认为释义术语"比喻"反映的也是转化了的词义，与"形容"很容易混淆。两者之间的区分主要有三点，参见表二。

表二

形容	比喻
重在词义层面	重在词义形成来源与原型之间质的相似性
重在程度的加深	重在不同质的对象之间的转移
突出形容词功能	不限于突出形容词功能

---

① 苏新春：《汉语释义元语言研究》，上海教育出版社2005年版，第147—149页。

《现代汉语词典》二版与三版之间就出现了释义术语"形容""比喻"互换的现象。①

据余桂林统计《现代汉语词典》成语中使用"比喻""形容""指"特征词进行释义的条目共有1632条（其中有41条兼用上述两个或两个以上释义特征词），占其总数2736条的59.65%。②

这说明在释义中出现"形容""比喻"混用不是孤立现象。成语语义整体性特点对构成成分具有语义强制作用，还会使古语词虽然在现代汉语中变成语素，不能单独使用，但仍旧保存在特定成语中。如："一文不名"的"名"保存了"占有"的意思。

此处要注意的是作为释义术语的"比喻"与比喻义不同。

苏新春指出比喻义是多义词中因比喻而引申出来的词义。《现代汉语词典》对比喻义作了两种处理：一是词义本身是比喻义的，在释义中直接使用了"比喻"的字眼；二是例句是比喻义的，则在例句前标明了"◇"符号。③

比喻义常使用释义术语"比喻"表名，但是不能说使用释义术语"比喻"的就一定是"比喻义"。如："一夫当关，万夫莫开"：比喻地势险要，易守难攻。成语的整体意义通过"一"与"万"的对比，凸显了夸张语义。

我们从释义术语"形容""比喻"入手观察，发现带有此类释义术语标志的数字成语大都带有描绘性，不能简单判定为比喻义，很多时候表明成语整体语义具有凸显事物某特质，强化某程度的特点。当描绘的程度突破正常的量限范围时，就会生成夸张语义。这说明，选择释义术语为观察标志，从释义反观数字成语，可以帮助人们判定夸张型数字成语的生成，降低夸张语义的理解难度。

五 小结

运用结构—语义结合研究视角，在对夸张型四字格数字成语个案研究的基础上，归纳其形式上的四种模式。模式一：XOOO，模式二：XOXO、

---

① 苏新春：《汉语释义元语言研究》，上海教育出版社2005年版，第151页。
② 余桂林：《〈现代汉语词典〉四字成语的意义及释义特征》，《萍乡高等专科学校学报》2001年第2期。
③ 苏新春：《汉语释义元语言研究》，上海教育出版社2005年版，第162页。

XOOX、XXOO，模式三：XXXO、XOXX，模式四：XXXX。

在四字格数字成语中，模式一XOOO的主谓结构与模式二XOXO的并列结构出现频率较高。这与数词的语法功能有关。数词常与体词性成分结合形成体词性结构，在更大的语法结构中充当被陈述的对象。当只有一个数字出现时，XOOO中的XO体词性居多，后面的两个空位如果是谓词性的，最易形成主谓结构，如果是体词性的，最易形成偏正结构。此模式主谓结构语料出现132例，偏正结构语料出现67例，就是证明。成语语义因为数字语义虚化，影响到陈述义或者修释义超出正常量限范围，凸显了成语的某种特征，使得整个成语生成夸张语义。

XOXO的两个XO结构都是体词性的，两个体词性结构组合在一起，最易出现并列结构。并列结构语料出现了195例就是证明。因数字语义虚化，前后两个体词性成分通过对比、并置等形式存在，突出成语的某种特征，使得整个成语生成夸张语义。夸大居多，夸小很少。

XOOX模式语料皆呈现主谓结构，前后数字不同，呈现对比形式。从意义观察，有两种情况：一种强调全同，无差别，数字无实际所指；另一种强调差异，区别多数中少数的极端状态。

XXOO模式语料大多是偏正结构，主要依靠单纯的系数词（从零到九）、位数词、系位结构（数词结构、数词短语、复合数词）组成，系、位数皆无实指。

模式三、模式四出现比例偏低，数字皆虚指，凸显多、少对比义，成语整体语义呈现夸张语义。

非四字格数字夸张成语因为组合成分增加、语符增多，加之标点符号的运用等因素的影响，结构更多表现为主谓结构。数字语义虚化，大、小数字共现格式凸显语义对比强烈，被陈述与陈述关系出现超常搭配，语义突破正常量限范畴，生成夸张语义。

在定量分析的基础上，我们归纳出夸张型数字成语语义具有丧失数字精确义，拥有成语语境规约的修辞义特点。同时出现主、副词条的夸张型数字成语，除了具备上述特点外，还呈现两个下位特点。第一，与数字搭配的中心语素大多近义，使数字失去精确义成为可能。第二，大多呈现并列结构，与数字无精确义、中心语素近义特质共同起作用，弱化作为重要语法手段语序的功能。

我们选择释义术语"形容""比喻"为观察标志，为判定夸张型数字成语的生成，提供反视角观察的实证。

按照 Traugott 与 Langacker 的观点，语言主观化程度的高低跟语言编码形式的多少成反比。主观化程度越高，观察对象在语句中呈现的语言形式就越少，即主观化程度越高，相应的表达形式越少。相对于句子形态、语篇形态的夸张来说，夸张型数字成语用简洁、凝固的形式，传递出整体性夸张语义，属于主观化程度较高的夸张形态。

第七章　夸张构式话语标记"夸张地说"及其否定形式

启用中国期刊全文数据库搜索引擎，确定文史哲范围，输入关键词"话语标记"（搜索时间：2020年4月20日），查到相关条目1458个，极少从话语标记角度研究"夸张地说"及其否定形式"不夸张地说""毫不夸张地说""可以毫不夸张地说"的成果。我们尝试联通话语标记与"夸张地说"及其否定形式两个问题进行分析，在前人研究的空白处展开后续研究可开发的学术空间，继续观察夸张结构三要素之外的夸张结构更多的表现形式。

一　话语标记与夸张

话语标记又称为"话语小词"（discourse particles）、"语用标记"（pragmatic markers）、"话语连接词"（discourse connectives）等，学者们对话语标记的基本特征达成如下共识：a. 功能上具有连接性；b. 语义上具有非真值条件性，即话语标记的有无不影响语句命题的真值条件；c. 句法上具有非强制性，即话语标记的有无不影响语句的句法合法性；d. 语法分布上具有独立性，经常出现在句首，不与相邻成分构成任何语法单位；e. 语音上具有可识别性，可以通过停顿、调值高低等来识别。①

常见的话语标记是一些语法词，如副词、连词、感叹词、带有插入语性质的短语、小句等。学者因研究领域差异，对话语标记有不同理解。吴福祥认为话语标记主要有两种研究模式：一种是"基于话语产出"模式，即从话语分析的角度考察话语标记在话语或篇章组织中的衔接和连贯功

---

① 胡德明：《话语标记"谁知"的共时与历时考察》，《语言教学与研究》2011年第3期。

能；另一种是"基于话语解释"模式，即从话语交际的角度考察话语标记在话语理解中的提示、引导或制约作用。①

基于对话语标记与夸张的理解，我们把研究对象确定为：夸张话语标记"夸张地说"及其否定形式，融合话语产出与理解研究模式，对其进行修辞学分析。为了实现预设的学术目标，要区别对待"夸张地说"及其否定形式的非话语标记、话语标记、夸张话语标记等不同情况。

二 肯定形式"夸张地说"使用频率、分布

借助北大 CCL 语料库查询发现带有"夸张地说"的共有 22 例。人工排除不在同一层次的"夸张"与"说"的情况 2 例，如：

> 我总是在兴致勃勃地讲诉什么奇闻异事，要么就是表情夸张地说个笑话，或者愁眉苦脸地发发牢骚，诸如此类的。
>
> "我不赚你钱呐"，老林语调夸张地说，"你到外面打听打听，都是这个价，公平价。"
>
> （注：除注明特殊出处语料外，语料皆来源于北大语料库）

此处，"表情夸张""语调夸张"先组合一个整体，然后修饰中心语"说"，夸张陈述的是"表情""语调"，不能组合"夸张地说"，与我们要讨论的模块化"夸张地说"不同。

模块化"夸张地说"共有 20 例。"夸张地说"作为句子成分和独立语两种形式分布，呈现非话语标记、话语标记、夸张话语标记三种类型。

（一）非话语标记"夸张地说"

"夸张地说"作为句子成分共有 16 例。句子主语大多是表达主体，不符合话语标记的界定，不能看作话语标记，话语大多也并不表示夸张语义。有时用"不妨、稍带、甚至、甚至还、大肆、自豪"等作为修饰语，组合成"大肆夸张地说"等形式，但全句仍不表示夸张语义。如：

> "在沼泽底下吧，"泰斯夸张地说。"你要下去捡吗？"
> 可以自豪地夸张地说，1994 年算是医学教育改革生机勃勃的一年。

---

① 吴福祥：《汉语语法化研究的当前课题》，《语言科学》2005 年第 2 期。

这就像缪塞身为巴黎的普通市民而大肆夸张地说什么：武装我帽子的金雀鹰一样。

在16例中表夸张语义的只有4例。如：

迪亚希里斯特地将度假时间选在奥运会13日开幕前。迪亚希里斯故意夸张地说："奥运会开幕以后，这个城市就属于你们这些外国人啦。"
一位哲人曾夸张地说过，给我一个支点，我便能撬动地球。
文化活动突然拥塞在一起，因此我也变得"重要"起来，一位朋友甚至夸张地说，他几乎能从报纸的新闻上排出我最近的日程表。难道真是这样了？

还有1例主语承前省略：

儿子有些改变了，他遇到老婆就很谄媚地笑，然后很夸张地说："妈，你好漂亮呀，好漂亮呀……"

即使全句表示夸张语义，但"夸张地说"不作为话语标记出现，故不是我们讨论的对象。

(二) **话语标记"夸张地说"**
当"夸张地说"作为独立语时，属于话语标记，共有4例。

老柯顺从地站在两面镜子之间，这样他第一次看见了自己头发的形状，夸张地说很像儿子随意画的太阳和光的形状，一切都酷似已故的父亲。
可以夸张地说，根本不同一个世界。
"晚上有俩哥儿们请我喝酒。"他拇指向上一挑，夸张地说。
应当怎样看待《生生不已》那落地的树叶？不妨夸张地说，它们既渺小又伟大。

(三) **夸张话语标记"夸张地说"**
在属于话语标记的4例中，表夸张语义的有2例，只有这2例才是我们分析的对象。把句子中的"夸张地说"去掉,并不影响全句的结构与理解,全句带有夸张性质,呈现结构与语义融合后的言过其实的特点。表夸张语义的2例可以被替换为:

> 老柯顺从地站在两面镜子之间,这样他第一次看见了自己头发的形状,很像儿子随意画的太阳和光的形状,一切都酷似已故的父亲。
> 根本不同一个世界。

"夸张地说"与下文用不用标点隔开,语调上都会出现停顿,在语篇衔接中,起到强调作用,凸显强烈的主观情感态度。我们把此例句放回到其生成的原初语篇语境中观察,会更容易发现夸张效果实现的动因。

> 看你的头发,妻子脸上突然出现一种暧昧的笑容,她用木梳随意指了指老柯,你的头发越来越少了,好像每天都在掉,看上去很滑稽,就像——就像什么?
> 就像儿子图画本上的太阳,四周涂了些光芒,中心是空的,光秃秃的,妻子扑哧笑了一声,她观察着老柯的反应,发现他的茫然多于愠怒,你过来,我再拿面小镜子,让你看看自己的头发。
> 老柯顺从地站在两面镜子之间。这样他第一次看见了自己头发的形状,夸张地说很像儿子随意画的太阳和光的形状。一切都酷似已故的父亲,在这个春寒料峭的早晨,老柯不无酸楚地想到了人类遗传方面的一些危害,仅仅几年光阴,他的一头乌黑发亮的头发就消失不见了,就像一些干草被风卷走了。即使是一个不修边幅的男人,也是一种残酷的打击了。我有一顶帽子,我要戴那顶帽子去上班,老柯后来用一种严肃的语气对妻子说。老柯所说的就是那顶灰呢绒的鸭舌帽。
> (苏童《灰呢绒鸭舌帽》)

这是妻子与老柯关于"头发"的交流语篇。

妻子:你的头发越来越少了,好像每天都在掉,看上去很滑稽,就像——就像什么?就像儿子图画本上的太阳,四周涂了些光芒,中心是空的,光秃秃的。

老柯:这样他第一次看见了自己头发的形状,夸张地说很像儿子随意画的太阳和光的形状。

"头发"先是在妻子的视角里出现,后被老柯的视角印证,几乎相同的感受用几乎相同的语言形式表述出来:头发像儿子图画本上的太阳。

这是借助比喻词"像"生成的比喻:

本体:头发+喻体:儿子图画本上的太阳+相似点:形状

因为话语标记"夸张地说"介入,全句可以看成融合比喻生成的比喻式夸张。"头发的形状"与"太阳和光的形状"相似,产生联想,生成比喻,但二者相似度也许很低,当二者相似度被主观的"夸张地说"凸显,相似度增强。当相似度在量的范畴被夸大,就会生成夸张:

本体:头发+夸体:儿子图画本上的太阳+夸张点:形状极度相似

夸张因结构与语义融合的言过其实特质,生成了表达主观情感的修辞幻象。老柯头发形状在妻子与自己语言描述中,完成心理认可的真实性的转化,"即使是一个不修边幅的男人,也是一种残酷的打击了"。于是带有宿命色彩的"灰呢绒鸭舌帽"成为必须出场的道具,变成推动语篇叙事的关键词。

"夸张地说"还能被"可以"修饰,组合成"可以夸张地说",如下例:(注:因语篇篇幅过长,中间夹着别的叙事,引用只还原与理解例句有关的部分。)

> 车子驶往郊外,一列住宅区十来间平房,前后花园,十分清雅。……初夏的明媚在此间尽显颜色,简单似小学课本上形容的一般:鸟语花香,熏风微送。……祖斐呆住,屋子外型很普通,但前院种满各类白色的花,有大有小,有些攀藤,有些附墙壁上,引得蜜蜂嗡嗡飞舞,城市人早与大自然脱节,祖斐不相信此情此景是真的,她像是踏进迪斯尼乐园其中一个机关。她的心境忽而宁静下来,说不出的舒服。……祖斐脱口而出:"《桃花源记》。"……
>
> 车子离开郊外,驶进公路回市区,忽然之间满天阴霾,空气潮湿闷郁,下起雨来,交通挤塞,人心烦躁。
>
> 祖斐说:"奇怪,与刚才的环境相比,仿佛有天渊之别。"
>
> 可以夸张地说,根本不同一个世界。(亦舒《异乡人》)

依据语篇,由上下文语境可知,郊区与市区相距不远,表达者发出

"根本不同一个世界"的感慨，生成典型的夸张"郊区与市区，可以夸张地说，根本不同一个世界"。

本体：郊区与市区＋夸体：不同一个世界＋夸张点：环境差别大

现实世界中相距不远的两个地方，在表达者心中却有天渊之别，这种感受带有强烈的主观性，夸大实际距离量，生成了带有心理真实感的修辞幻象。夸张话语标记"可以夸张地说"在语言形式上由带有主观意味的"可以"和"夸张地说"组合，点明表达者强烈的情感倾向，与夸张语义一起凸显结构与语义融合的夸大了的判断。

夸张话语标记"夸张地说"彰显了"夸张—凸显"功能，实现了借助语言形式区分语义层次的预设。前小句大多表达的是旧信息，表达者说完，觉得没有凸显要描绘的重点，用"夸张地说"点明，增强下句传递的新信息对上句信息的进一步强调，信息由旧到新的传递，借助"夸张地说"承前启后，显示出处理过程。相对于承前来说，"夸张地说"启后功能更强，因为夸张话语标记就是要实现"夸张—凸显"功能，凸显的语义重点，传达的主观感情，往往在后面新信息里蕴藏。带有"夸张地说"话语标记句子的启后性比没有此话语标记的启后程度强。"根本不同一个世界。"不仅是环境的不同，更是祖斐感受出现巨大反差的主观认定。"可以夸张地说"在句首出现，给接受者一个预设，下文会有更精彩的表达，进一步强调表达者的主观态度与评价。

三 "夸张地说"否定形式使用频率、分布

"夸张地说"是肯定形式，其否定形式表现为"不夸张地说""毫不夸张地说""可以毫不夸张地说"。通过对否定形式使用频率与分布的调查，验证其作为夸张话语标记的可信度。

（一）"不夸张地说"使用频率和分布

借助北大 CCL 语料库查询，带有话语标记"不夸张地说"共有 31 例，全部以独立语的形式出现，分布在句中或句首，属于话语标记。例句明确表夸张语义的只有 4 例，占很少比例。完全是客观表达的也占少数，大多数例句语义表达了事实基础上带有的夸张意味，强化了主观化表达效果。这样一来，"不夸张地说"虽说都是作为话语标记出现的，但出现了两类不同的情况。

1. 话语标记"不夸张地说"

话语标记"不夸张地说"出现在句首或句中,纯客观表达占少数。如:

不夸张地说,中央乐团已到了生死存亡的最后关头。政协会上的新闻与POPS音乐会的二重奏,给中央乐团带来了希望,也带来了一个问题:中央乐团的路究竟该怎么走?

然而遗憾的是,拿这个译本对照原文一看,让人大吃一惊。不夸张地说,译本从头至尾几乎每页都有一二处错误。

"夸张地说"含有"故意的言过其实"语义,前面增加"不"修饰,表达了肯定语义,可被替换成"客观地说",不影响全句语义的理解。替换的前提是情况属实,语义客观。

客观地说,中央乐团已到了生死存亡的最后关头。政协会上的新闻与POPS音乐会的二重奏,给中央乐团带来了希望,也带来了一个问题:中央乐团的路究竟该怎么走?

然而遗憾地是,拿这个译本对照原文一看,让人大吃一惊。客观地说,译本从头至尾几乎每页都有一二处错误。

带有话语标记"不夸张地说"大多数例句语义呈现夸张意味,强化对客观事实的主观态度与评价。此时,不能被替换成"客观地说"。

不夸张地说,11亿人都在这一个月中认识了健力宝,认识了李宁牌。

要不是解放前生活的四处奔波,要不是"反右"和"文革",不夸张地说,丁聪的藏书大概可以开个像样的图书馆。

龙狮运动自两千多年前诞生以来,颇受世界各地华人的喜爱,不夸张地说,世界凡是有华人聚集的地方就有龙狮运动的开展。

中小企业主,不仅受到大资本的挤压,更受到腐败官僚的敲诈。不夸张地说,在俄罗斯,办任何事情都要以金钱开道。

BP机的网络化发展至"个人全球通信",不夸张地说,是指日可待的。

"11亿人都在这一个月中认识了健力宝，认识了李宁牌。"带有褒扬情感，属于对事实的主观强化。"11亿人"与"一个月"对比出现就是一种强调，不一定是实数，传达的是对客观量的主观夸大。"丁聪的藏书大概可以开个像样的图书馆"中"大概"表达推测语气，全句强调的不是数字的精确，而是对丁聪藏书多的评价。"世界凡是有华人聚集的地方就有龙狮运动的开展。"实际的情况里肯定有反例，句子要传递的是龙狮运动受华人喜爱的程度强烈。"在俄罗斯，办任何事情都要以金钱开道。"传递了鲜明的谴责态度；"BP机"已经销声匿迹，"个人全球通信"也将会是个漫长过程，"指日可待"传达了对美好前景的热切期盼。

"不夸张地说"出现变异形式"不加夸张地说""并不夸张地说"，增加修饰语"可以"组合成"可以不夸张地说""可以不太夸张地说""可以不事夸张地说"等，也渲染了在事实基础上的夸张意味。

> 根据关于1895年莫斯科工人阶级住房建筑的一份报告，不加夸张地说，这些地方只能与养牛的地方相比。
> 如果文化对人类的重要性不必再论证的话，那么可以不太夸张地说，他们不仅是写了几本书，而是维系了人类的文化和精神。

例句强化主观情感、态度、评价，语义没有偏离客观量太多，只呈现夸张意味，还没有形成典型夸张。换句话说，数量结构聚合系统中存在常量、超常量、夸张量三个等级。在现实世界中，常量是经常出现的；有可能出现超常量事物，但数量少，不典型；不可能出现夸张量。夸张意味着大多体现为超常量状态，但还没有达到夸张量的范畴。夸张量存在于心理世界，一旦出现了现实世界不可能出现的极大或极小的夸张量，就会生成夸张。

2. 夸张话语标记"不夸张地说"

既符合夸张要求，又带有话语标记"不夸张地说"的句子有4例。

> 五年来，项kun为剧本付出的"含辛茹苦"，不夸张地说，有许多可列入《吉尼斯世界纪录大全》。

夸张＝本体：为剧本付出的劳动＋夸体：有许多可列入《吉尼斯世界

纪录大全》+夸张点：辛苦程度强。全句并不是说真的要申请吉尼斯世界纪录，语义焦点凸显辛苦程度强，许多具体表现被夸大为世界纪录，全句夸张成立。

哼，坐公共车呀，时不时还得蹭一下儿。诶，诶，我啊，不夸张地说，十块钱以上的人民币，我几乎都没有仔细地看过两眼。

夸张＝本体：钱少＋夸体：十块钱以上的人民币，我几乎都没有仔细地看过两眼＋夸张点：穷的程度强。全句带有戏谑色彩，没有机会仔细看过十块钱以上的人在现实世界很少见，用否定形式否定量限范围的最小量，等于否定全部，夸大穷的程度，全句夸张成立。

项目资金的管理尤为严格，可以不夸张地说，每一分钱都要求落地有声。

夸张＝本体：每一分钱＋夸体：都要求落地有声 ＋夸张点：管理严格程度强。用最小量"每一分钱"指称资金，用"落地有声"指称用钱要落在实处。现实世界中的一分钱落地动静太小，常识上可以忽略不计，夸体的落地有声激发心理世界的慎重之情，夸张成立。连对最小量都如此严格，更何况对大笔资金，管理严格程度在推理中递增。

简牍的出土就成为中国20世纪最重要的考古发现之一。可以不夸张地说，中国每一次重要的简牍出土，在国际汉学界都等于引起一次地震。

夸张＝本体：中国每一次重要的简牍出土＋夸体：在国际汉学界都等于引起一次地震＋夸张点：反响大。夸体"等于引起一次地震"不是现实世界的地震，凸显简牍出土意义大、影响远，对研究者震动巨大，夸张成立。

"不夸张地说"深层含义是"不是言过其实"，目的是强化表达的可信度。夸张必须传达夸张语义的限定，使否定形式话语标记"不夸张地说"依旧成为夸张的标记，与肯定形式的话语标记"夸张地说"所起作用相同，都为实现"夸张—凸显"功能发挥作用，这也验证了话语标记的有无不影响句子真值条件的特质。因为夸张语义的限制，无论肯定或者否定形式的话语标记，目的都是凸显主观情感、态度、评价。从接受者角度观察，肯定形式"夸张地说"预设与结果一致；否定形式"不夸张地说"预设与结果相反，传达出乎意料、故意戏谑的修辞效果。

（二）"毫不夸张地说"使用频率和分布

以"毫不夸张地说"为关键词，在北京大学 CCL 语料库搜索，共得 45 例。凭借独立语形式出现的有 40 例，分布在句中或句首位置。作为句中成分出现的有 5 例。

1. 非话语标记"毫不夸张地说"

"毫不夸张地说"作为句中成分出现 5 例，主语为我们 1，我 4。其中夸张语义 3 例，生成了夸张。但"毫不夸张地说"作为句中成分出现，不是要讨论的话语标记，不在研究范围之内。

> 他甚至由此得出结论："我觉得，我们在这里可以在某种意义上毫不夸张地说，给我物质，我就用它造出一个宇宙来！"
>
> 譬如半个苹果，也要你一口我一口像鸟一样地互相喂。我毫不夸张地说，她称呼潘佑军就像宋美龄称呼蒋先生一样叫："大令。"
>
> 浑身充气，四肢带电，每个人挨近她都感到受到气压和电击。我毫不夸张地说，阴天时她周身就像夜明珠一样发出幽绿的莹光。

2. 话语标记"毫不夸张地说"

以独立语形式出现的有 40 例，出现大量客观语义和具有夸张意味的使用情况。

客观语义：

> 鲜荔枝 40 车皮，共 1200 吨。我们批给小贩是 4 元钱一斤。毫不夸张地说，今年咱北方人吃的荔枝比南方还要便宜。
>
> 毫不夸张地说，这里是世界上奥运资料最齐全的收藏所。

夸张意味：

> 毫不夸张地说：这是一座真正的酒都。

美国就可以随意印发钞票而不会在国内引起通货膨胀。另外，毫不夸张地说，20世纪80年代，美国人成吨地向西欧人和日本人销售国债券。

与因此组合"因此，毫不夸张地说"用标点隔开，表明原因。出现1例：

设备简陋或较小的医院，这部分收入可占总收入的90%。因此，毫不夸张地说，药品收入已成为医院的主要创收来源。

夸张意味虽说夸大量度，但没有到达现实世界不可能存在的夸张量的程度，故不在研究范围之内。"成吨地向西欧人和日本人销售国债券"有可能是现实世界出现的超常量，用在此处，主要是凸显主观态度与情感。

3. 夸张话语标记"毫不夸张地说"

带有夸张话语标记"毫不夸张地说"的句子只有8例。

欧洲足坛乃至国际足坛都闪亮无比的名字，岂是德国球员能比的？毫不夸张地说，每一个荷兰队员都可以去做德国球员的技术指导。

夸张＝本体：每一个荷兰队员＋夸体：都可以去做德国球员的技术指导＋夸张点：技术高超。荷兰队员是集合名词，包含技术好、中、差不同层次的队员；同理，德国球员也是集合名词，包含技术好、中、差不同层次的队员；夸体凸显荷兰队员技术高超，说出"每一个荷兰队员都可以去做德国球员的技术指导"，描述了现实世界不可能出现的情景，夸张目的无非是褒扬荷兰队员，全句生成呈现主观心理真实感的修辞幻象。

载重汽车，其防备各种自然、非自然侵害的措施是非常严密的，毫不夸张地说：连只苍蝇也飞不进去。

夸张＝本体：防备各种自然、非自然侵害的措施是非常严密的＋夸体：连只苍蝇也飞不进去＋夸张点：严密程度高。用"连……也……"强调，有学者指出"连……都/也……"句式是一种全称数量表达形式，

"连"标记集合中的一个极端成员,通过对该极端成员的肯定或否定达到对整个集合的肯定或否定的目的。该成分的极性特点可以通过显性的数量表示,也可以通过人们的心理评价来判定。①"苍蝇"作为极端成员,体现出心理评价的极性特点,夸体否定"苍蝇飞进去",实现了否定所有的侵害有机可乘的情况。

> 信阳是一块浸染了30万烈士鲜血的红土地。毫不夸张地说,这里的石头是血红的,这里的泥土是血红的。

夸张＝本体:信阳是一块浸染了30万烈士鲜血的红土地＋夸体:这里的石头是血红的,这里的泥土是血红的＋夸张点:惨烈程度强。本体中的红土地是暗喻,夸体中的血红的石头、血红的泥土,无不具有心理想象的夸张特质,凸显烈士牺牲的壮烈与后人仰慕革命精神的深情。

> 小辉(父亲对他的爱称)从小淘气,在我们体委大院是出了名的。毫不夸张地说,邻居听说小辉要来玩,都像避瘟神似的将自家的房门关好。

夸张＝本体:小辉从小淘气＋夸体:邻居听说小辉要来玩,都像避瘟神似的将自家的房门关好＋夸张点:淘气程度强。把孩子当瘟神躲避,属于融合比喻的夸张。孩子淘气是可爱,不是可怕,将自家的房门关好更是小题大做。

> 毫不夸张地说,写论文、写专著,对于她这个一级教授来说,不过是举手之劳。

夸张＝本体:写论文、写专著＋夸体:举手之劳＋夸张点:轻易。无论对谁,想写出真正意义上的论文、专著都需要殚精竭虑。"举手之劳"的轻易只存在心理想象中。

---

① 曹秀玲:《再议"连……都/也……"句式》,《语文研究》2005年第1期。

他就感到无比的幸福:"我整个属于她,叫我和她分离,毫不夸张地说,就等于和生命分离。"

夸张=本体:我和她分离+夸体:等于和生命分离+夸张点:相爱程度深。这简直是"短章中神品"《上邪》的口语表达。"我欲与君相知,/长命无绝衰。/山无陵,/江水为竭,/冬雷震震,/夏雨雪,/天地合,/乃敢与君绝!"连用五件不可能发生的事捍卫生死不渝的爱。如同例句所夸张的"我整个属于她""叫我和她分离,就等于和生命分离"。

它哧哧地笑着,扑向山巅,涌向海岸,发出排山倒海的轰鸣。毫不夸张地说,这涛声是我带有咸味的蓝色之梦,是我初识人生的记忆荧屏。

夸张1=本体:涛声+夸体1:发出排山倒海的轰鸣+夸张点:蕴含丰富。

夸张2=本体:涛声+夸体2:我带有咸味的蓝色之梦+夸张点:蕴含丰富。

夸张3=本体:涛声+夸体3:我初识人生的记忆荧屏+夸张点:蕴含丰富。

此例是个复句,由三个分句组成。可以分解为三个局部的夸张,本体与夸张点相同。夸张融合拟人、通感、比喻,凸显听涛感悟启示人生的重要程度。

每一个象冢里都有几十根甚至上百根象牙,毫不夸张地说,找到一个象冢就等于找到一个聚宝盆。

夸张=本体:象冢+夸体:聚宝盆+夸张点:象牙数量多、值钱。"聚宝盆"具有财富取之不竭、用之不尽的特点,把本体可数的象牙、可计算的财富比作聚宝盆,突破有限量域范畴,指向无限。

"毫不夸张地说"通过否定极端成员"丝毫"从而否定整个集合。因为夸张传达夸张语义的强力限定,表面否定形式的话语标记"毫不夸张地说"与表面肯定形式的话语标记"夸张地说"所起作用相同。

（三）"可以毫不夸张地说"使用频率和分布

以"可以毫不夸张地说"为关键词，在北大 CCL 语料库查询，共有 113 条结果。

1. 非话语标记"可以毫不夸张地说"

句中形式出现 13 例，主语分别是：我们 6 次，我 5 次，他 1 次，人名 1 次。夸张语义 4 例，虽然全句生成夸张，但"可以毫不夸张地说"充当句子成分，不是话语标记，不属于研究对象。

> 九十年代则是市场的竞争，而归结其内涵，我们也可毫不夸张地说：人才，将是 21 世纪的星球大战。
>
> 描写恐怖，而是用悬念和暗示来激发读者的想象力，以至于他可以毫不夸张地说，最佳的效果是读者在阅读他的小说时因心脏病发作而死去。
>
> 施振荣可以毫不夸张地说，他的电脑款款都是经典之作。
>
> 在那件事发生以前，我可以毫不夸张地说，天底下没有比我再幸福的了。

2. 话语标记"可以毫不夸张地说"

以独立语形式出现 100 例。出现大量客观语义和具有夸张意味的使用情况。

客观语义：

> 此次包机的顺利抵达北京，可以毫不夸张地说，归结于外经贸部合作司与援外司的默契配合。
>
> 可以毫不夸张地说，没有生活，就不会有这些作品，就不会有这些作家。
>
> 可以毫不夸张地说，苏南尤其是苏南的乡镇企业是发展社会主义市场经济的先驱。

夸张意味：

> 可以毫不夸张地说，市场已成为农民学习经商做买卖的商品经济

大学校和求富的乐园。

　　可以毫不夸张地说，中国大陆一乱，整个世界经济会大萧条。

　　可以毫不夸张地说，人类的文明是伴随着歌声发展起来的。

3. 夸张话语标记"可以毫不夸张地说"

对带有"可以毫不夸张地说"话语标记的语料逐一考察，共得到夸张话语标记的夸张语义25例。

　　可以毫不夸张地说，石化厂已成为我区经济发展的"擎天柱"之一。

夸张＝本体：石化厂＋夸体：擎天柱＋夸张点：地位重要。夸张融合比喻生成。

　　可以毫不夸张地说，固海扬水工程竣工8年来，一个新的"塞上江南"正在这里崛起。

夸张＝本体：这里＋夸体：新的"塞上江南"＋夸张点：工程成效显著。此夸张语义重点不是放在塞上江南的生成上，传达的是固海扬水工程成效显著，重点在于夸张。

　　可以毫不夸张地说，正是他们，撑起了台州经济的"半壁江山"。

夸张＝本体：他们＋夸体：撑起了台州经济的"半壁江山"＋夸张点：贡献大。

　　可以毫不夸张地说，登喜路绅士用品是大亨的象征。

夸张＝本体：登喜路绅士用品＋夸体：大亨的象征＋夸张点：品味超群、价格昂贵。

　　可以毫不夸张地说，哪里有小商贩的违法建筑，哪里就会出现垃圾堆。

夸张＝本体：哪里有小商贩的违法建筑＋夸体：哪里就会出现垃圾堆＋夸张点：无例外。两个"哪里"连用，强调囊括所有情况。

可以毫不夸张地说：喀什和维吾尔人个个是巴扎迷。

夸张＝本体：个个人＋夸体：巴扎迷＋夸张点：范围广。强调无一例外。

可以毫不夸张地说：吸烟是走向死亡的消费。

夸张＝本体：吸烟＋夸体：走向死亡的消费＋夸张点：吸烟对健康危害大。

可以毫不夸张地说，篇篇有读头。

夸张＝本体：篇篇＋夸体：有读头＋夸张点：质量高。如果是高品位的选本，"篇篇有读头"有可能是事实。但因"可以毫不夸张地说"介入，主观情感增强了，判定为夸张更合适。

可以毫不夸张地说，在这里盆景与黄金齐价。

夸张＝本体：盆景＋夸体：与黄金齐价＋夸张点：昂贵。稀世珍品有可能比黄金还贵。但此句没有明确数量的客观价格作比，主观强调的是品性贵重，看成夸张更合适。

从一定意义上，可以毫不夸张地说，曹崇恩就意味着崇高。

夸张＝本体：曹崇恩＋夸体：意味着崇高＋夸张点：高尚程度强。一个人无论如何高尚也不可能时时刻刻崇高。另外，崇高内涵丰富，岂是一个人能代表的，夸张成立。

可以毫不夸张地说，在经济生活诸多领域，"一卡在手，走遍天下"。

夸张 = 本体：一卡在手 + 夸体：走遍天下 + 夸张点：功能强。无"卡"也可以"走遍天下"，夸张融合借代，凸显"卡"的方便、快捷、功能强大。

可以毫不夸张地说，阿拉木图的街名就像是一部哈萨克民族的"百科全书"。

夸张 = 本体：阿拉木图的街名 + 夸体：一部哈萨克民族的"百科全书" + 夸张点：丰富。夸张融合比喻，凸显街名多姿多彩、含义丰富，体现民族文化特色。夸大街名数量、含义的量域，生成夸张。

为他们精心保护遗产、爱护一草一木的至诚所感动。可以毫不夸张地说：武陵风景是世界一流的，管理也是世界一流的。

夸张1 = 本体：武陵风景 + 夸体：世界一流 + 夸张点：风景好。
夸张2 = 本体：管理 + 夸体：世界一流 + 夸张点：管理好。
把风景与管理并列，目的就是要凸显自己的自豪、对风景的喜爱、对管理者的钦佩，并非真的就是科学检测出来的"世界一流"，更何况"世界一流"本身语义也是模糊的。

社会的各种原因，自然灾害更加频繁，灾情也更为严重。可以毫不夸张地说，新中国诞生前的百余年间，几乎是无年不灾，无灾不烈。

夸张 = 本体：百余年间 + 夸体：无年不灾，无灾不烈 + 夸张点：灾害的频繁与严重。双重否定并列强调无一例外，每年必灾，每灾必烈，主观情感强烈，判断绝对化。

排队现象已多年不见了。现在，一天24小时，一年四季，可以毫不夸张地说，什么都不缺了。

夸张 = 本体：一天24小时，一年四季 + 夸体：什么都不缺了 + 夸张点：货物充足。这是个人的主观判断，不是对所有人都适用，事实是还有很多人在贫困线上挣扎。凸显现在物产丰富、购买便利与过去货物短缺、需要排队购买差异大。

  俄罗斯即将举行总统选举，可以毫不夸张地说，俄罗斯国家的命运将取决于这次选举。

夸张＝本体：俄罗斯即将举行总统选举＋夸体：俄罗斯国家的命运将取决于这次选举＋夸张点：总统选举的重要。俄罗斯国家的命运是总统也无法完全主宰的，更不可能取决于一次选举，凸显主观评价。

  你们的确是一些了不起的人物，可以毫不夸张地说：造谣能手，陷害专家。

夸张＝本体：你们＋夸体：造谣能手，陷害专家＋夸张点：恶劣程度强。融合反语"是一些了不起的人物""能手""专家"，传达主观的厌恶与评价。

  我们这一代影人是随着新时期电影事业的成长而成长起来的，可以毫不夸张地说，我们每个人的历史合起来，就是一部新时期中国电影的历史。

夸张＝本体：我们这一代影人是随着新时期电影事业的成长而成长起来的＋夸体：每个人的历史合起来，就是一部新时期中国电影的历史＋夸张点：联系紧密。电影的历史内涵远远大于个人历史之和，凸显主观认识与判断。

  他们创作的不朽作品在世界音乐宝库中被视为珍品。可以毫不夸张地说，世界上没有一分钟不在演奏它们。

夸张＝本体：他们创作的作品＋夸体1＋不朽＋夸体2：被视为珍品＋夸体3：世界上没有一分钟不在演奏它们＋夸张点：极好。连用3个夸体，凸显强烈喜爱之情，音乐时时刻刻萦绕在耳边，渲染作品魅力之大，影响深远。

可以毫不夸张地说，歌谣真正是空前绝后的艺术哩！

夸张＝本体：歌谣＋夸体：真正是空前绝后的艺术哩＋夸张点：魅力大。歌谣魅力再大也不可能"空前绝后"，因为魅力大，更会被人们继承、传唱、生成。凸显主观武断与盲目喜爱之情。

岳麓书院存在于世已经足足一千年了，可以毫不夸张地说，这是世界上最老的高等学府。

夸张＝本体：岳麓书院存在于世已经足足一千年了＋夸体：是世界上最老的高等学府＋夸张点：历史悠久。是否最老的高等学府，没人会去考证、较真儿，此时要传递的信息是其历史悠久的带有强烈主观性的判断。

他曾经同她的父亲是最亲密的战友。可以毫不夸张地说，她是在叶努启则的眼皮底下长大的。

夸张＝本体：她＋夸体：在叶努启则的眼皮底下长大的＋夸张点：亲近程度强。凸显叶努启则亲历她长大的过程，二人关系密切。

房间装饰华丽，陈设考究，摆放着宽大的摇椅，可以毫不夸张地说，这里的一切无可挑剔，尽善尽美。

夸张＝本体：这里的一切＋夸体：无可挑剔，尽善尽美＋夸张点：极好。选用极端意义的词语"尽善尽美"，传达极端的喜爱之情。

"可以毫不夸张地说"与"因此、所以、故、借此、但"等连用，共有7条语料，只有2条表夸张语义。

《经传释词》曾被誉为每一条都是高水平的语言学论文，借此，可以毫不夸张地说，《文通》对每个代词和虚词的剖析，都称得上卓越的语法学论文。

夸张 1 ＝本体：《经传释词》＋夸体：曾被誉为每一条都是高水平的语言学论文＋夸张点：质量高。

夸张 2 ＝本体：《文通》对每个代词和虚词的剖析＋夸体：都称得上卓越的语法学论文＋夸张点：质量高。

用"借此"点明夸张 1 与夸张 2 的相似性，每一个夸张凸显的都是主观评价。把释义、注释上升到卓越论文的高度，夸大其容量与质量。

因此，可以毫不夸张地说，"仿生"几乎在人类生活的一切领域留下了它的痕迹。

夸张＝本体：仿生＋夸体：几乎在人类生活的一切领域留下了它的痕迹＋夸张点：应用范围广。"人类生活的一切领域"是绝对化的表述，在人类生活领域中很容易找出不用"仿生"技术的例子，句子传达的是对"仿生"应用范围广泛的主观判断。

"因此、借此"的出现，预设前文有应该出现的原因，"可以毫不夸张地说"紧随其后出现，重点作用于语篇启后的衔接功能。

语料中出现话语标记"一点也不夸张地说" 3 例，"毫无夸张地说""可以毫无夸张地说"各出现 1 次，无夸张语义用法，全表示客观真实语义，不属于讨论的夸张话语标记。

一点也不夸张地说，我的学生都达到了我所倡导的"自治自理""自学自醒"的要求。

一点也不夸张地说，街头小书摊已成为图书市场的重要组成部分。

但是一点儿也不夸张地说，当时真有一丝悲哀升上来，我的眼睛热辣辣的。

可以毫无夸张地说，这是《联合国海洋法公约》中最为重要的一项法律制度。

毫无夸张地说，那位我假定他仍然是部长的人说的话（半圆形会场的右边举座哗然）。

综上所述，毫：副词，一点儿，只用于否定式。可以：助动词，表示可能或能够，强调可能性。与"夸张地说"多种组合，生成"不夸张地说""毫不夸张地说""可以毫不夸张地说"凭借话语标记与非话语标记两种类型出现，只有在夸张成立的前提下，他们才能生成夸张话语标记，实现整体语法结构对局部语义的强力修正功能。

夸张话语标记"夸张地说"及其否定形式的分布、出现次数、百分比详见表一。

表一

	关键词	分类	出现次数		出现次数	百分比	合计
肯定形式	夸张地说	非话语标记	16				20
		话语标记	4	夸张话语标记	2	10	
否定形式	不夸张地说	话语标记	31	夸张话语标记	4	12.9	31
	毫不夸张地说	非话语标记	5				45
		话语标记	40	夸张话语标记	8	17.8	
	可以毫不夸张地说	非话语标记	13				113
		话语标记	100	夸张话语标记	25	22.1	

对照话语标记特征，发现"夸张地说""不夸张地说""毫不夸张地说""可以毫不夸张地说"作为夸张话语标记的特点如下。

a. 相对独立，多出现在句首，多以独立语形式出现，不与其他语言单位组合成更大的语法单位。

b. 有无皆不影响命题内容和真值条件，凸显强烈的主观情感、评价、态度。

c. 具有承前启后连贯语义特点，实现"夸张—凸显"功能。

d. 发音时，可停顿。

多样化的观察结果，吸引我们追问什么是夸张话语标记生成的修辞动因，由此疑问，延伸出下一步论证。

四 夸张话语标记生成的修辞动因：语句关联性的语义限制

《修辞学习》2009 年第 4 期的专题研究"话语标记语与修辞"栏目编者按："话语标记语是一个日益引起学界关注的语言现象，从国内外学者们对话语标记的描述来看，它与修辞意图的实现密切相关：例如话语标记语的功能就在于制约或引导听话者对话语的理解，使他能够在付出最小代价的情况下准确地解读话语，话语标记语编码的不是概念信息，而是有利于识别说者所期待的语境和认知效果的程序信息……无怪乎本专栏一位作者这样提出问题：能不能将话语标记语的功能看作是修辞动因的集中体现？更重要的是，话语标记语的研究已经展开，但是一旦从修辞学的角度切入，会不会呈现出一个新的面貌？"

如果把编者按看成栏目策划的学术宣言，设立的栏目就是召唤结构，呼唤更多的学术参与，那么探寻夸张话语标记生成的修辞动因的思索是我们的学术呼应行动。

夸张话语标记生成的修辞动因集中表现为语句关联性的语义限制。

Blakemore 等学者把话语标记放进关联理论系统中观照，认为话语标记编码的是程序意义，强调制约或引导理解明示信息和暗含意义，从而区别概念意义关注表达明示信息和暗含意义。这种对理解的强调，符合关联理论提出的"明示—推理"模式。

关联理论的"明示—推理"模式，把表达与接受放在了平等地位，给予相同的重视。明示指的是说话人"明确地向听话人表示意图的一种行为"，表达的意义和意图通过明说和暗含显示。推理指的是"听话人从说话人通过明示手段所提供的信息中推断出说话人的意图"。

"无论是话语生成或话语理解，说话人与听话人都希望话语理解取得成功，而且还希望所构建的话语在听话人理解时付出尽可能少的努力。这就是说话人使用话语联系语（discourse connectives）、话语标记语（discourse markers）等明示语言手段对听话人的话语理解实行语用制约的认知心理理据（cognitive-psycho-logical motivation）。"[①]

马博森认为话语标记传达程序意义，主要作用于推理过程，借助认知语境，通过语境化，激活语境效果。此时的认知语境是心理结构体（psychological construct），体现为一系列存在于人们大脑中的认知语境假设。当新、旧信息，新、旧假设相互作用，形成新的语境，就是关联理论指出的"语境化现象"（contextual-ization）。要想使新信息被听话人理解，就要与其认知语境有关联，激活语境假设，产生语境效果。怎样才算取得语境效果呢？Sperber 和 Wilson 认为有三种情况：

---

① 冉永平：《语用过程中的认知语境及其语用制约》，《外语与外语教学》2000 年第 8 期。

新信息与现存的语境假设相结合,产生新的语境含义;新信息能使现存的语境假设得到加强;新信息与现存的语境假设产生矛盾,并足以推翻现存的语境假设。①

夸张话语标记"夸张地说""不夸张地说""毫不夸张地说""可以毫不夸张地说"作为明示语言手段,显示的程序意义,只有在接受推理中才能被解读。例如:

郊区与市区,可以夸张地说,根本不同一个世界。

夸张"郊区与市区不同一个世界"的修辞幻象与其话语标记"可以夸张地说"被接受者认同,要经过如下步骤。

步骤一:存在明示语言形式

夸张=本体:郊区与市区+夸体:不同一个世界+夸张点:环境差别大

夸张话语标记"可以夸张地说"

步骤二:推理过程

夸张可以表示一种推导关系,"X,可以夸张地说,Y",生成"可以夸张地说 X = Y"。

此时的"X = Y"不是存在于现实世界的客观事实,而是语言在接受者心中制造的修辞幻象,具有心理层面的真实感。根据语言形式提供的新信息"根本不同一个世界",从认知语境中选择最佳关联假设,主人公祖斐因对怀刚爱慕、相聚的依恋,感受到《桃花源记》般郊区的宁静与舒适。当回市区时,不仅有物理时空的满天阴霾,空气潮湿闷郁,交通挤塞,更有心理上与相爱的人分离,对现实无法掌控、未来无法预测的担忧。当这些在接受者头脑中储存的语境假设被激活,相互关联,经过语境化,生成新的认知语境,语境效果的产生伴随理解的推进得以实现。在"仿佛有天渊之别"的主观感受上,推理出"根本不同一个世界"的结论。

"完整字面义的获得需要借助语境信息完成一个或多个下述操作:1)指称指派(reference assignment):为代词和时间副词确定具体的指称对象;2)其他充盈(saturation)过程:补出省略的句子成分和句法上不

---

① 马博森:《关联理论与叙事语篇》,《现代外语》2001 年第 4 期。

需要但在语义理解上必要的成分；3）丰义（enrichment）：意义的进一步精细化，如补充隐含的逻辑关系、深化某些词语的意义等；4）解歧（disambiguation）：选定歧义语句在具体语境的单一意义。在关联理论中，这些操作的结果被称为显义（explicature），而相应的操作过程有时也称作显谓（explicating）。显义是在组合语义的基础上借助具体语境而充实得到的，所以有一定的语用内容，是后逻辑式或是后组合语义的意义层次。显然，只有显义才是真正的字面义，也只有显义才能确定语句的真值（truth value）及其衍推关系（entailment meaning）。"①

借鉴此段涉及的关联理论中意义的理解，重新认识夸张"郊区与市区，可以夸张地说，根本不同一个世界"意义的生成，可以增强推理的明晰程度。关联理论的意义有三种所指，我们分别用意义$_1$、意义$_2$、意义$_3$表示。

意义$_1$ = 字面义

意义$_2$ = 显义（由具体语境充实得到，包含语用内容，是后逻辑式或是后组合语义的意义）

意义$_3$ = 高层显义（即命题态度：人持有和表达某个命题的具体方式，如相信、打算、愿望、需求、担心等）

三种意义之间的关系：意义$_1$和意义$_2$是基础意义，意义$_3$是增加命题态度的高层意义，夸张意义应该属于意义$_3$。

夸张话语标记"可以夸张地说"通过语言上的明示为接受理解提供认知方向，暗示该话语标记后面的信息将被重点强调，于是，前、后话语之间信息的"夸张—凸显"关系更易被理解。

步骤三：最佳关联

认知语境假设、语境化、关联程度、语境效果是变量，关联程度强弱与语境效果呈正比，和所付出的努力呈反比。语境效果要体现最佳关联，对说话人来说，追求最大限度地减少听话人理解话语时所付出的努力；对听话人来说，力争付出较小的努力获得更大的语境效果。话语标记体现的程序意义在某种意义上传达了命题态度，"命题态度的理解和确定是解读语句字面义的关键过程。在关联理论中，命题态度又被称为高层显义，因

---

① ［法］丹·斯珀波、［英］迪埃珏·威尔逊：《关联：交际与认知》，蒋严译，中国社会科学出版社2008年版，第6—7页。

为字面义自身的命题义是基层显义,而命题态度是对基层显义作进一步的显谓所得到的结果,就像是把基层显义当做初级句子,而在该句子上又用上层谓词来对其述谓,如:说话人 V(p)。其中 P 为子句命题即基层显义,V 代表上层谓词如断言、吩咐、命令、质疑、保证、宣布、声明、怀疑、预计等等"。①

为了寻求最佳关联,关联理论往往采用理解启发式(relevance-theoretic comprehension heuristic)语用推理新模式。蒋严等引用梁宁建的定义解释说:"启发式是指个体根据自己已有的知识经验,在问题空间内粗略搜索用来解决问题的策略。它要求以与问题相关领域特定的知识为前提。启发式并不能完全保证问题解决的成功,但是运用这种方法来解决问题比较省时、省力,而且效率较高。"②

启发式语用推理强调有限度搜寻关联的信息,与问题相关领域特定的知识要求限定了语境范围,不需要寻找、加工所有信息,费时、费力,而是在瞬间寻找有关联的信息,发挥优化的推理功能,这种对信息范围的限定,对加工深浅度的选择,在一定程度上解释了交际得以瞬间完成的内部推理过程。理解启发式推理的优化选择性与博弈思想有相似之处,参与者在语境和规则限制下,选择策略,实现优化结果,实施每个参与者的利益最大化。这种有限制的自由,如戴着镣铐的舞蹈,强力吸引追寻者的关注,在不同经验域寻找到最佳关联。

步骤四:生成带有临场概念特质的夸张义

关联理论借助临场概念和相关认知心理学成果,对隐喻进行的新分析,对探索夸张义的生成动因有很大启发。

临场概念(ad hoc concept)是指"应特定场合之需而形成的临时性概念,此前并没有与之相当的固定而界定清晰的概念。临场概念既可以得到新的编码,以新词新语的形式出现,也可以对既有概念作调整,表达较原概念更窄或更宽的意义"。③

这说明临场概念因语境不同临时产生使用的特点。在这种一次性交流过程中,通过收窄和放宽手段,对概念内涵进行个人化的修订,从而改变

---

① [法]丹·斯珀波、[英]迪埃珏·威尔逊:《关联:交际与认知》,蒋严译,中国社会科学出版社 2008 年版,第 11—12 页。
② 蒋严、袁影:《临场概念与隐喻分析》,《当代修辞学》2010 年第 3 期。
③ 同上。

概念的外延。此种语用推理方法在词汇语用学里得到很好的体现，推理的前提是句子的字面意义，推理的结论是句子的充实意义即显义。

基于词语意义调整基础上的临场概念在推理过程中凸显了要表现的事物性质，与交际最佳关联原则并肩携手规划推理方向和深度。比照对隐喻义的解释关注夸张义，夸张义更强调程度的区别。借助临场概念，夸张义的生成可做如下分析。

夸张句的意义因夸张点存在被直接分析为本体和夸体，夸体所指谓的范畴并不是初始概念 C 的范畴，而是根据初始概念而构建的临场概念 C* 所指谓的范畴。之所以会构建 C*，是因为夸张句的字面义不够完备，是欠明的（underdetermined），需要根据语境信息而充实填补，经过显谓（explicating）而得到显义即完备的字面义。C 的某些特征得到触发，而另一些特征受到压抑封闭，直接致使因素来自夸张点的凸显。

在"郊区与市区，可以夸张地说，根本不同一个世界"夸张句中，本体：郊区与市区，夸体：不同一个世界。此时"不同一个世界"即初始概念 C，可以表现为一个聚合系统，被"天壤之别""两个世界""天堂与地狱"等替换，因为"环境差别大"成为凸显特征，被替换的过程，正是建构临场概念 C* 的过程，收窄了精确语义，放宽了模糊语义的表达。

在夸张中，话语标记"夸张地说""不夸张地说""毫不夸张地说""可以毫不夸张地说"传达出命题态度，让听话人在话语理解的推理过程中更容易发现话语关联性，从而降低理解难度，减少付出的努力，在认知制约的牵引下，更顺利地完成调整认知语境信息，实现最佳关联，产生语境效果，生成带有临场概念特质的夸张义。语句关联性的语义限制与外在的话语标记共同推动了夸张的产生与理解。

五 作为非话语标记的"夸张"

排除运用非语言手段的夸张（如夸张艺术设计、夸张表情等）情况，针对运用语言手段的夸张看，夸张存在有标记与无标记两种情形，作为夸张话语标记词出现的语言形式更少。

以"夸张"为关键词，在北大 CCL 语料库查询，共有 2162 条结果。其中大多数传达了夸张的概念意义，表明评价态度，在句中作谓语、宾语、定语、状语、补语等，不单独使用，从性质看，不属于我们讨论的话语标记。如：

> 语言明快风趣，情节生动曲折，表情动作夸张，风格粗犷，长于演唱英雄人物除暴安良的武打故事。（谓语）
>
> 倘若我们说，这独笑才是正宗的笑，笑的本体。或许也不算是夸张吧？（宾语）
>
> 你们不要相信报纸上讲流星雨出现的描述，这是一种夸张的手法，主要对这种东西没有做一个详细说明。（定语）
>
> 以上几位被认为有望夺冠的选手，克制着紧张，夸张地显现着自己的个性。（状语）
>
> 前期的发轫期的和全盛期的冯小刚，他的影片其实说得夸张一点，也是说得直白一点，他就是有一番人间气象，而不是人文气象。（补语）

以"太夸张"为关键词查询，有21条结果；以"太夸张了"为关键词查询，有30条结果；以"太夸张了吧"为关键词查询，有4条结果。传达的皆是各自的概念意义，强调对人、事等的评价，很少单独使用，大多充当谓语，也不属于我们考察的话语标记。如：

> 我当时认为他太夸张，如果他们之间的目光对扫就算到了顶，后来的结婚又算什么呢？
>
> "演戏不要太夸张了！"河风压低声音说，卡拉蒙立刻停了下来。
>
> 你也太夸张了吧？你以为你是谁？

六 小结

我们对传达命题态度话语标记"夸张地说"及其否定形式"不夸张地说""毫不夸张地说""可以毫不夸张地说"进行描写、解释，认为夸张话语标记生成的修辞动因来自语句关联性的语义限制，通过以下四个步骤"步骤一：存在明示语言形式，步骤二：推理过程，步骤三：最佳关联，步骤四：生成带有临场概念特质的夸张义"完成"明示—推理"模式，让听话人在推理过程中抓住话语的最佳关联，增强"夸张—凸显"关系的理解指数。对夸张结构个案研究的探索,不仅深化了个体辞格研究路径,扩大观察,对整个辞格系统的研究也具有借鉴作用。我们试图在修辞学研究领域融合关联、话语标记等理论,在更开阔的视野中观察修辞学核心问题。夸张的故意言过其实特质,在跨学科研究模式中得到优化解释。

第八章 夸张语篇的广义修辞学分析

语篇含义丰富,学界对其界定不一,分析对象迥异。我们依据的语篇概念,指交际行为过程中使用的语言单位,呈现为一系列连续句子或语段构成的形式衔接、语义连贯的语言整体,强调语言结构完整,语义封闭的整体性。

夸张在语篇中承担的功能,可以是结构性的,也可以是非结构性的。结构性夸张参与语篇生成,是承担语篇结构框架支持功能的修辞元素。控制着语篇叙事路向,使之定型为特定样态。非结构性夸张是参与话语生成的修辞元素,不承担语篇结构框架支持功能。①

一 民间故事的结构性夸张构式的广义修辞学分析

基于语篇与夸张的理解,我们选择513型"超凡的好汉兄弟"与700型"拇指汤姆"民间故事为研究对象,发掘作为修辞元素的夸张在语篇结构中的叙事功能。

513型"超凡的好汉兄弟"是丁乃通按AT分类法编撰《中国民间故事类型索引》收录的一类民间故事,附异文39篇。②

在展开论述前,先明晰一下涉及的相关术语。

(一) 相关术语介绍

AT分类法:国际上通用的故事情节类型分析法。芬兰的阿尔奈《故事类型索引》将不同故事的同一情节的不同异文归为一个类型,写出简洁的提要,然后分类编排,统一编号。美国的汤普森《民间故事类型索引》

---

① 谭学纯:《身份符号:修辞元素及其文本建构功能——李准〈李双双小传〉叙述结构和修辞策略》,《文艺研究》2008年第5期。

② [美] 丁乃通编著:《中国民间故事类型索引》,郑建威、李倞、商孟可等译,李广成校,华中师范大学出版社2008年版,第117—120页。

对其体系进行补充和修订。他们的分类被合称为"阿尔奈—汤普森体系",简称"AT分类法"。①

异文:类型是就其相互类同、近似而又定型化的主干情节而言的,至于那些在枝叶、细节和语言上有所差异的不同文本则称为异文。②

类型:同一个故事,在不同时间空间背景上的人群口耳相传时,既保持着它的基本形态,又发生局部变异,便构成大同小异的若干不同文本了。故事学家通过比较其异同,将这些文本归并在一起,称为同一类型。③

母题:文学研究领域不同,含义也不同。针对民间故事而言,通常被认为是情节要素,或者是难以再分割的最小叙事单元,由鲜明独特的人物行为或事件体现。单一母题构成单纯故事,多个母题按一定序列构成复合故事。多个母题形成母题链,其中核心母题决定故事构成。许多故事的名称由此而来。金荣华《六朝志怪小说情节单元分类索引》将"母题"改称"情节单元"。④

分析母题、确立类型,在民间故事研究中意义重大。母题体现为最小的情节要素。类型偏重一系列顺序相对固定的母题组合而成,依赖于叙事完整独立存在的故事。

(二)封闭结构性夸张——513型"超凡的好汉兄弟"的叙事结构

封闭结构性夸张指的是夸张独自构成语篇结构,支撑语篇的生成。换句话说,抽去此夸张,语篇就是一盘散沙,叙事无法进行。现以513型"超凡的好汉兄弟"为例说明之,录全文如下:

> Ⅰ.(e)好汉出行要去惩处一个杀人犯或拯救一个好人。(f)好汉们要向皇帝挑战。(g)好汉们是亲生兄弟们,往往是由于他们的母亲吞服了仙丹才生出他们的。(h)好汉另有使命。
>
> Ⅱ.(d^1)千里眼(g)会喝光(g^1)不怕水(h)大肚子(h^1)不怕饿(i)不怕火(j)不怕热(j^1)经得起重压(k)长腿(k^1)粗壮的腿(k^2)长臂(m)铁身(m^1)弹性身体(n)会造大水(o)

---

① [美]丁乃通编著:《中国民间故事类型索引》,郑建威、李倞、商孟可等译,李广成校,华中师范大学出版社2008年版,第1页。
② 刘守华主编:《中国民间故事类型研究·导论》,华中师范大学出版社2002年版,第2页。
③ 同上。
④ 同上书,第2—3页。

会杀光（p）会呼风唤雨（q）会造兵造将（r）会放大炮（s）大脚（s^1）大手掌（t）多层皮（u）大头（u^1）有杀不尽的头（u^2）会入地（u^3）硬头（v）大眼（w）大鼻子（x）撅嘴唇（y）深眼睛（z）有其他超人的技能。

Ⅲ．（j^1）别的试验（m）别的功勋（常常在抵抗国王的迫害中，每一个英雄用他特殊的才能）（n）他们幸免于洪水，但后来当他们不能一起合作就死了。（n^1）他们辟去洪水要来的谣言（o）他们（他们中的一个）引来洪水（p）他们杀死暴君（q）他们捉到一条大鲸鱼煮熟，但是全被大肚子吃掉。大眼哭了，他的泪水淹没了大地。①

丁著对各种版本的故事情节作了明确交代。以罗马字母代表故事情节大的段落，以英语字母代表小的情节单元，即母题。

此类型故事，夸张的意义体现为"超凡的好汉兄弟"，语言形式本体＋夸体＋夸张点在语篇范畴中观察，呈现复杂化、层次化特质。

故事类型是在综合许多故事基础上抽象化、固定化的结果，从语篇整体层次观察，夸张可以如下表述：

本体：好汉＋夸体：非凡 X 特征＋夸张点：非凡程度强

从推动夸张语篇生成层次观察，夸体：非凡 X 特征，成为推动夸张语篇叙事的修辞因素，表现为三种夸张母题。

夸张母题一：非凡的出生

神仙投生：八个天人投生苗家，解救百姓。（《八兄弟》）

神仙助生：母亲吞服了仙丹生出他们（《十兄弟》）

夸张母题二：非凡的本领

他们因本领特点得到鲜明的夸张命名。主要有两类：

非凡的身体与器官带来的非凡技能。

身体：会喝光；不怕水；不怕饿；不怕火；不怕热；经得起重压；铁身；弹性身体；多层皮等。

器官：大头；有杀不尽的头；硬头；千里眼；深眼睛；大眼；大鼻子；撅嘴唇；大肚子；长腿；粗壮的腿；长臂；大手掌；大脚。

---

① ［美］丁乃通编著：《中国民间故事类型索引》，郑建威、李倞、商孟可等译，李广成校，华中师范大学出版社 2008 年版，第 117—118 页。

非凡技能：会造大水；会杀光；会呼风唤雨；会造兵造将；会放大炮；会入地等。

夸张母题三：非凡的事迹

惩处一个杀人犯或拯救一个好人；向皇帝挑战；杀死暴君；幸免于洪水；捉到一条大鲸鱼煮熟；泪水淹没了大地等。

他们的出生除了具有神秘色彩外，更夸大了出生的非凡，为他们具有非凡的本领、成就非凡事迹埋下了伏笔。非凡的出生增加了非凡的本领与事迹的可信性。神仙本来就具有超人力量，无所不能。好汉们具有夸张的普通人不可能的本领与不可能的行为，得到了解释。

夸张"本体：好汉 + 夸体：非凡 X 特征 + 夸张点：非凡程度强"具有内在逻辑性，展现语篇的完整结构，推动故事语篇的生成，体现了封闭结构性夸张特质。

"超凡的好汉兄弟"型有多种异文在我国广为流传，如表一所示。

表一

人物	篇名	流行地区	出处
四兄弟	《兄弟除妖》	广西武宣	《广西民间文学作品选·武宣卷》，广西民族出版社1990年版，第171—173页
五兄弟	《五胞胎》	浙江磐安	《中国民间故事集成·浙江卷》，中国文联出版公司1997年版，第614—616页
六兄弟	《六兄弟》	吉林珲春	《中国民间故事集成·吉林卷》，中国文联出版公司1992年版，第454—455页
七兄弟	《七兄弟》	山东	董均伦、江源记：《聊斋汉子》，中国民间文艺出版社1982年版，第183—185页
八兄弟	《八兄弟》	贵州黄平、施秉、凯里	祁连休、肖莉：《中国传说故事大辞典》，中国文联出版公司1992年版，第666页
九兄弟	《九兄弟》	云南彝族	《中华民族故事大系》，上海文艺出版社1995年版，第108—109页
十兄弟	《十兄弟》《水推长城》	浙江衢州 山西	《中国民间故事集成·浙江卷》，中国ISBN中心1997年版，第613—616页 《中国民间故事选》，作家出版社1958年版，第75页

由表一可知，此型故事在汉族、朝鲜族、彝族、苗族、黎族、景颇族、壮族、傈僳族、毛南族、蒙古族等民族广为传诵，流行地域广泛，

"从现代口头采录的故事异文看,十兄弟是最基本的形式"。①

因此,我们锁定《十兄弟》为研究对象,细化分析封闭结构性夸张推动语篇生成的修辞功能。

1.《十兄弟》:封闭结构性夸张分析

据《中国民间故事集成·浙江卷》录《十兄弟》全文如下:

> 很久以前,在一个小山坞里,居住着一户人家,他们男耕女织勤俭治家,日子过得蛮不错。可是,活了大半辈子却还没有一个儿子。男人想儿子都快想疯了,脾气变得越来越坏,女人也没法子。
>
> 一天,大清早,男人又发起了脾气,责怪老婆不给他生个儿子,女人只好站在大门口,从早晨一直哭到午后。黄昏时,从村口来了一位老人家,看到她站在大门口掉泪,问她为了何事。女人把事情一五一十地跟老人家讲了,只见老人从口袋里拿出一粒丸子,叫女人吞下去就走了;第二天,女人突然生了一个儿子,两口子高兴死了。第三天,女人又生了一个儿子,以后一天生一个儿子,十天共生了十个儿子,而且,面孔都差不多。这十个儿子,两口子把他们依次取名为:"吹风一""造梁二""万里耳千里眼""剥皮四""油煎五""大肚六""长脚七""八驼子""九爬山""十铁皮"。
>
> 有一年大热天,兄弟十个在地里割稻,太阳直到大家头顶转,只见"吹风一"开嘴猛吹一口气,把太阳吹跑了。"万里耳"一声叫:"不好!"他用"千里眼"一看,皇帝的金銮殿倒了。"造梁二"连忙跑向京城,他左搭一下,右搭一下,便把金銮殿重新造好了。皇帝亲自出来接见"造梁二",要给他官做;可"造梁二"推说家里有老子娘,第二天就回家了。
>
> 当天,赃官们都在皇帝面前吹风,说"造梁二"的本事那么大,以后要造反的,要皇帝把他抓起来。这事被"万里耳"听到了,兄弟十个作好了准备,等衙役们前去捉拿时,换了个"剥皮四"。衙役们把"剥皮四"绑在大树上,快刀乱砍,奇怪的是,当刀子向他身上砍来时,他身子一软,根本就砍不进去。就这样刀子一砍,身子一软,砍了半天,衙役们吃力杀了,"剥皮四"却没有什么事情。

---

① 刘守华主编:《中国民间故事类型研究》,华中师范大学出版社2002年版,第463页。

用刀杀不死老四，衙役们又打算把他放进油锅里煎死。聪明的老四就哭了："你们要把我煎死，我也没办法，不过我家里有老子娘，今天晚上我要回去最后见娘一面。"皇帝答应了他的要求。老四一回家，就与"油煎五"对换了。第二天，当衙役们准备把老五推下油锅时，只见老五把他们一推："我自己来。"就跳进油锅里面转圈子："哈！真舒服啊，从小没洗过这么舒服的澡。"衙役个个都傻了眼。

衙役们煎不死老五，于是就打算用米饭把他胀死，聪明的老五哭丧着脸说："你们要把我胀死，我也没办法，不过我要求回家看看老子娘。"皇帝也答应了他的要求。老五一回去，就与"大肚六"互换了。第二天，衙役们杀了一头大肥猪，还烧了二斗白米饭，给老六吃。"大肚六"高兴死了，放开肚皮吃个净光，最后还问："还有吗？我还没吃饱呢！"衙役个个慌了神。

米饭胀不死老六，于是，衙役们又准备把老六推到大海里去喂鱼。老六哭着要回去见老子娘。皇帝以为他是个孝子，又让他回家一趟。大肚六换了个"长脚七"。当衙役们把老七推下大海时，"长脚七"一下从大海的一头跳到了那一头，来回几下，脚指头还夹了一条大鱼，高高兴兴地回家去孝敬老子娘了。

于是，衙役又抓来了"八驼子"。要把他放到舂米臼里舂死。老八蹲在地上，衙役们一下一下地用力舂着他的背，累了个半死，最后"八驼子"站起身来，摸摸本来有点驼的背被舂直了。

衙役们没办法，要把老八活埋。这次来的是"九爬山"。当衙役们挖好一个大坑把老九推下去时，只见老九一下从坑里爬起来，爬上了高高的山顶。等衙役们追上山顶，老九又爬到了另一座山顶。

最后，衙役们又商量要用箭把老九射死。这次是"十铁皮"被绑在大树上，用一块黑布蒙上他的眼睛，只见他把黑布一扯："用不着！来吧！"衙役们恶狠狠地举箭对他乱射起来。"十铁皮"挺起胸膛，当箭射到他身上时，"噗"的一声又弹了回去。箭从哪射来就从哪回去。最后，"十铁皮"一点事也没有。衙役们却一个个被箭射死了。

讲述者：赖金珠　女　87岁　衢县后溪镇　农民　不识字
采录者：杨晓慧　男　28岁　衢州化学公司设计院　大专

采录时间及地点：1979 年 8 月于衢州市柯城区①

夸张语言结构本体＋夸体＋夸张点在《十兄弟》语篇范畴中观察，可以表述为：

本体：十兄弟＋夸体：非凡 X 特征＋夸张点：非凡程度强

从推动语篇生成层次观察，夸体：非凡 X 特征的复杂性使每一个兄弟非凡本领成就的每一次非凡事迹，生成一个局部夸张，局部夸张组合在一起，生成《十兄弟》整体夸张，完成语篇叙事。此种具有独立完成语篇叙事功能的夸张属于封闭结构性夸张。

夸体：非凡 X 特征表现的三种夸张母题在《十兄弟》中体现的共性是夸张母题一：非凡的出生。如果把"十月怀胎"的百科知识当作参照物，这种神仙助生，母亲吞服仙丹，"一天生一个，面孔差不多"的出生，缩小出生时间，夸大非凡出生的神奇。

体现的个性是夸张母题二：非凡的本领；夸张母题三：非凡的事迹。分述如下：

兄弟一：开嘴猛吹一口气，把太阳吹跑了，同时吹倒金銮殿。

兄弟二：左搭一下，右搭一下，重新造好金銮殿。

兄弟三：千里眼看见皇帝的金銮殿倒了；万里耳听到赃官们在皇帝面前造谣。

兄弟四：身子一软，刀砍不进去。

兄弟五：跳下油锅，转圈子，洗澡。

兄弟六：吃了一头大肥猪和二斗白米饭。

兄弟七：从大海的一头跳到了那一头。

兄弟八：驼背能被舂直。

兄弟九：一下从坑里爬起来，爬上了高高的山顶。瞬间，又爬到另一座山顶。

兄弟十：把射来的箭弹回去，射死衙役们。

---

① 中国民间文学集成全国编辑委员会、中国民间文学集成浙江卷编辑委员会：《中国民间故事集成·浙江卷》，中国 ISBN 中心 1997 年版，第 613—616 页。

十个兄弟分别叫："吹风一""造梁二""万里耳千里眼""剥皮四""油煎五""大肚六""长脚七""八驼子""九爬山""十铁皮"。命名反映了各自的本领特点，预设了事迹走向。"吹风一"吹跑了太阳是好事，同时吹倒皇帝的金銮殿是坏事。虽说"造梁二"及时弥补，却终究难逃祸端。面对皇帝、赃官、衙役强大的势力，弱小的老百姓只好寄希望于想象中的超人，实现惩恶扬善的愿望。十兄弟团结起来，取长补短，体现集体力量的强大。他们非凡的本领、事迹不是体现为创造新世界，而是体现为对黑暗势力的被迫抵抗。"官不逼，民绝不会反"，这与中华民族弘扬的温柔敦厚文化传统有关。中国很少有凸显个人历险的传奇故事也从侧面证明了这一点。

基于夸张命名与非凡本领、事迹的梳理，局部夸张可以表述为以下十种形式（见表二）。

表二

局部夸张	本体	夸体		夸张点
一	兄弟一	神仙助生	吹风一开嘴猛吹一口气，把太阳吹跑了，同时吹倒金銮殿	非凡程度强
二	兄弟二		造梁二左搭一下，右搭一下，重新造好金銮殿	
三	兄弟三		千里眼看见皇帝的金銮殿倒了；万里耳听到赃官们在皇帝面前造谣	
四	兄弟四		剥皮四身子一软，刀砍不进去	
五	兄弟五		油煎五跳下油锅，转圈子，洗澡	
六	兄弟六		大肚六吃了一头大肥猪和二斗白米饭	
七	兄弟七		长脚七从大海的一头跳到了那一头	
八	兄弟八		八驼子的驼背能被舂直	
九	兄弟九		九爬山一下从坑里爬起来，爬上了高高的山顶。瞬间，又爬到另一座山顶	
十	兄弟十		十铁皮把射来的箭弹回去，射死衙役们	

组合十个局部夸张，形成具有封闭结构性夸张特质的整体夸张：
本体：十兄弟 + 夸体：非凡 X 特征 + 夸张点：非凡程度强；
夸体：非凡 X 特征的丰富性成为语篇叙事的动力，决定了语篇的生成。

2. 封闭结构性夸张解释力的验证

与《十兄弟》相近的故事最早书面记载见于明代屠本畯撰写的《憨

子杂俎》中的《七兄弟》。引录如下：

> 古者，兄弟七人，皆绝技，曰健大一，硬颈二，长脚三，远听四，烂鼻五，宽皮六，油炸七。健大看得须弥山可列家门屏幛，担却归。上帝怒，敕封隆瞖追之，并获硬颈二。以斧斫其颈，斧数易，而颈无恙。长脚三距海一万八千里，一日夜抵家报信。远听四早闻，偕烂鼻五赴难。西海龙王遣数千将敌之。五以鼻涕向下一捆，尽糊其将之眼。于是龙王亲征，获第六，直扯横拽，而皮不窘。获第七，叉入油气铛，炒七日七夜，而体不焦。七人者，终无成，老于牖下。①

从语篇整体观察，夸张＝本体：七兄弟＋夸体：非凡 X 特征＋夸张点：非凡程度强成立。从局部组合整体观察，局部夸张有七个。与《十兄弟》不同的是，他们缺少了非凡出生的母题（见表三）。

表三

局部夸张	本体	夸体	夸张点
一	兄弟一	健大看得须弥山可列家门屏幛，担却归	非凡程度强
二	兄弟二	以斧斫其颈，斧数易，而颈无恙	
三	兄弟三	长脚三距海一万八千里，一日夜抵家报信	
四	兄弟四	远听四早闻	
五	兄弟五	以鼻涕向下一捆，尽糊其将之眼	
六	兄弟六	直扯横拽，而皮不窘	
七	兄弟七	入油气铛，炒七日七夜，而体不焦	

夸体：非凡 X 特征聚合过程推动语篇叙事生成。"健大一，硬颈二，长脚三，远听四，烂鼻五，宽皮六，油炸七。"夸张命名，与语篇开头点出的"绝技"呼应，凸显每个兄弟的非凡本领。语篇最后一句"七人者，终无成，老于牖下"，警示世人，即使拥有绝技的人如果不加以充分利用，终归会泯然众人，一事无成。正如《伤仲永》中天才的平庸化，除了感叹，更应该吸取教训。《七兄弟》凭借书面记载，传承了训诫的教育意义，《十兄弟》依靠口头传播，更夸大了他们团结一心、敢作敢为、惩恶扬善的气概。

---

① 刘守华：《中国民间故事史》，湖北教育出版社 1999 年版，第 472 页。

封闭结构性夸张支撑故事叙事生成，对古今同类故事语篇生成动因都具有解释力。这就说明，在 513 型"超凡的好汉兄弟"此类故事中，夸张＝本体：好汉＋夸体：非凡 X 特征＋夸张点：非凡程度强，独立支撑语篇的叙事结构，可以称为封闭结构性夸张。

丁乃通《中国民间故事类型索引》记载相近故事类型，如：653"才艺高强的四兄弟"；654"自命不凡的兄弟"；655"聪明的弟兄"①等皆可用封闭结构性夸张推动叙事结构，解释其语篇生成的动因。

（三）开放结构性夸张——700 型"拇指汤姆"的叙事结构

开放结构性夸张指的是夸张融合别的修辞因素共同构成语篇结构，支撑语篇的生成。现以 700 型"拇指汤姆"为例说明之，录全文如下：

Ⅱ．（a）他赶着一条水牛。（b）他从新主人那里逃跑后坠入地的裂缝（洞穴）里。（f）他被其他动物吞吃了。（h）所有家务事他都能做。（i）他被一个县长抓去，等等，并且要受处罚，由于他身材细小、行动迅速，总能逃掉。（j）他游泳。②

700 型"拇指汤姆"，共有 18 篇异文，流传于欧亚大陆。情节单元与母题都具有夸张特征。夸张表现为：

本体：汤姆＋夸体：超常 X 特征＋夸张点：超常程度强

从推动语篇生成层次观察，夸体：超常 X 特征，表现出相对性，成为推动语篇叙事的修辞动因。

相对于身材微型，赶水牛、游泳、所有家务事他都能做等，对于常人来说正常的事，对汤姆来说就体现为超常本领。

同时由于汤姆的弱小，却能打败县长，总能逃掉，表现出超常的能力。

汤姆外表怪异，但他勤劳善良，展示了至高美德。

夸体的超常 X 形式多样，聚合过程伴随其他修辞因素，推动语篇叙事生成。这种故事类型叙事结构不仅依靠夸张支撑，还需要融合别的修辞因素，共同推动语篇结构叙事，支撑语篇的生成。从夸张与语篇叙事结构关系观察，语篇叙事结构不是仅仅依靠夸张生成的，夸张不能独立构成语篇

---

① ［美］丁乃通编著：《中国民间故事类型索引》，郑建威、李倞、商孟可等译，李广成校，华中师范大学出版社 2008 年版，第 150—153 页。

② 同上书，第 156 页。

完整结构，但对语篇叙事结构生成，影响较大。此种夸张属于开放结构性夸张。我们以《枣孩》为例，详细论述之。

1.《枣孩》：开放结构性夸张分析

据《中国民间故事集成·浙江卷》录《枣孩》全文如下：

　　有一对穷苦的夫妻，结婚多年了，一直还未生儿，成天盼望着说："老天爷，保佑吧，赐给我一个像枣儿那么小的姆儿我们也感谢哇！"谁晓得那年冬里，果然生了一个像枣儿那么小的姆儿，大家都叫他"枣孩"。

　　十年过去了，枣孩仍然那么小。他虽然小，但会蹦蹦跳跳，一跳就是三丈来高。他阿爸赶牛耕田去，枣孩就跳到牛耳朵里，给牛引路；他阿爸砍柴去，枣孩就跳在扁担头上，跟阿爸去砍柴。邻居们都夸他是个勤力的好孩子。

　　有一年闹灾，粮食颗粒无收，老百姓靠吃树皮和草根度荒。县官带着差役下乡逼粮，见老百姓拿不出粮食，就把牛、羊、猪、鸭都抢去。百姓们个个啼啼哭哭。枣孩安慰大家说："不要急！我有办法把牲口赶回来。"枣孩连蹦带跳地跑到县衙门口，看见被县官抢去的牲口都关在后边院子里，四周有差役看守，枣孩就躲在墙外等候。

　　天黑了，月光上来啦，枣孩就溜进院子，趁差役们都在打瞌睡时，轻轻地跳进一头大水牛的耳朵里踢呀、抓呀，牛受了惊，乱跑乱跳的，所有的牲口也都跟着跑啊、跳啊。差役们被惊醒了，喊："有贼！有贼！"差役一边喊一边点起灯笼到处找寻，什么也没发现。差役们认为没事了，呼噜呼噜睡着了。枣孩又在牛耳朵里瞎抓，牲口又都跟着这头水牛一起跑啊，跳啊。差役们再一次被惊醒了，又点起灯笼去找贼，仍旧什么贼也没有。这回啊，差役们索性用被把头蒙起来睡啦。待差役们都睡熟后，枣孩就轻手轻脚地跳到大门口，把院门开得大大的，把牛、羊、猪、鸭都赶回自己村庄。乡亲们见到自个的牲口，真是快活，都夸枣孩聪明能干。

　　天光了，差役们见院子里的牲口都跑光了，急急忙忙去禀告县官。县官气得直蹬脚，立即带领差役去抓贼。县官和差役到了村口，枣孩就站出来说："牲口是我赶回来的，要抓，就抓我吧！"县官怒喊道："来人啊！把他抓起来！"差役拼死用枷来锁枣孩，谁知枷未锁上，枣孩早就从枷里钻了出来。县官弄呆了，气得没法子。有一个差役脑袋还算灵光，用口袋把枣孩套住，带回县衙。

县官命令差役道："给我重重地打！"差役们举起水火棍就打。谁晓得棍未落地，枣孩早就蹦出去了，左打右打，老是打不着。这时节，县官见枣孩蹦到梁上去了，便大声嚷道："多来几个人，一齐用力打！"差役们一齐扑上，用水火棍向他头上打下去，只听棍打在梁上"咯噔""咯噔"响，县官捋捋胡须，高兴地叫道："打得好，打得好！这下一定打死他了！"

"狗官，我在这儿哪！"大堂匾额上传来了枣孩的声音。县官急了，忙命令差役拿梯子来，爬上去打。差役梯子未背到，枣孩就朝下一跳，跳到县官的帽上，伸手抓住县官的胡子，荡起秋千来。差役们见枣孩在县太爷胡子上荡秋千，拿起水火棍就狠命地打过去。不料，一棍打去正巧打在县太爷的喉咙上，顿时口里涌出鲜血，县官一命呜呼。枣孩呢？平安无事，欢欢喜喜地回到了爹娘和乡亲们的身边。

讲述者：杨树林　男　65岁　瑞安市马屿顺泰乡　农民　不识字
采录者：杨小秋　女　16岁　瑞安市马屿顺泰乡　学生　初中
采录时间及地点：1987年8月12日于瑞安市顺泰乡汤岙村①

夸张语言结构本体+夸体+夸张点在《枣孩》语篇范畴中观察，可以表述为：

本体：孩子+夸体：枣孩；超常X特征+夸张点：超常程度强

从推动语篇生成角度观察，夸体：枣孩；超常X特征；成为推动夸张语篇叙事的修辞因素，夸张表现为两个层次。

第一层次：本体：孩子+夸体：枣孩+夸张点：超常程度强

这属于比喻性夸张。先用跨域范畴的"像枣儿那么小"比喻孩子的形体，因为孩子无论如何小，也不可能小到与"枣"一样，喻体的选择为的是凸显孩子形体小的程度，从意义角度观察，属于夸张意义。

第二层次：本体：枣孩+夸体：超常X特征+夸张点：超常程度强

只有在枣孩主体确立基础上，才能继续推进故事叙事结构的展开。夸

---

① 中国民间文学集成全国编辑委员会、中国民间文学集成浙江卷编辑委员会：《中国民间故事集成·浙江卷》，中国ISBN中心1997年版，第622—623页。

体：超常 X 特征的聚合过程，成为叙事动力。X 表现为多种形式，如：

（1）因祈祷而降生；

（2）十年没长大；

（3）一跳就是三丈来高；

（4）跳到牛耳朵里，给牛引路；

（5）跳在扁担头上，跟阿爸去砍柴；

（6）溜进院子，跳进一头大水牛的耳朵里踢呀、抓呀，使牛受惊跑、跳；

（7）打开院门，把牛、羊、猪、鸭都赶回自己村庄；

（8）从枷里钻出来；

（9）蹦到梁上；

（10）抓住县官的胡子，荡起秋千来。

相对于他的体型来说，这些都是超常能力的表现，做出了正常人无法完成的事情，具备符合社会评价"勤力的好孩子""聪明能干"的优秀品质。

从《枣孩》语篇整体观察，除了夸张对叙事结构展开起到重要作用外，还有其他因素影响叙事进程。如：县官、差役的愚蠢；恶势力自相残杀导致的覆灭，民众的无作为等。因此，我们把此种融合其他修辞因素共同推动语篇叙事的夸张称为开放结构性夸张。

在我国，这类"怪异儿"故事，是民众喜闻乐见的故事类型之一，分布于众多民族。他们随形附名，如：葫芦娃、冬瓜儿、滚豆儿、南瓜儿、桃娃、枣孩儿、豆芽儿、核桃格格、三钱娃、青蛙姑娘、羊尾巴儿、蛋娃、拇指孩、独头娃等。故事缩小他们的形体，夸大本领的高强。缩小怪异外表出现的时间，夸大善良纯洁、勤劳勇敢的完美。夸张母题包含怪异儿出世与创造超常事迹两部分，满足结构性夸张影响语篇叙事结构的成立条件，此种开放结构性夸张在语篇叙事结构展开过程中又融合更多修辞因素，合力完成此类故事语篇的生成。

2. 开放结构性夸张解释力的验证

斩妖除魔，解救公主、亲人等，一直是民间故事展现的主体，开放结构性夸张在语篇生成中发挥巨大能量，是推动叙事结构的重要手段。

分布在我国北方和西部一些狩猎和游牧民族中"黑马张三哥"型故事语篇的生成，也可以从开放结构性夸张角度观察，解释其叙事结构展开的动因。

据统计，"黑马张三哥"型故事有 100 多篇异文，故事主要母题列述见表四。①

表四

故事	民族	诞生	伙伴	妖怪	背叛	火种
黑马张三哥	土族	马	三	九头	无	有
树大石二马三哥	裕固族	马	三	三头	无	有
阿腾其根·麻斯睦	撒拉族	马	三	九头	有	有
马大哥和他的兄弟	回（新疆）族	马	三	九头	有	有
叶尔吐斯克勇士	哈萨克族	马	三	妖婆	有	无
桑斯尔大战蟒古斯	蒙古族	无	三	十五头	有	有
艾里·库尔班	维吾尔族	熊	六	多头	有	无
玛桑亚如卡查	藏族	牛	三	妖婆	有	无
米多仁钦智胜女鬼	门巴族	无	四	鬼婆	有	无
罗多斯白	普米族	猪	三	魔鬼	无	无

借助表四观察，夸张语言结构本体＋夸体＋夸张点在"黑马张三哥"型故事语篇的表现，可以表述为：

本体：张三哥＋夸体：超常 X 特征＋夸张点：超常程度强

从推动语篇生成角度观察，夸体：超常出生促成的超常本领成就的超常事迹，成为推动夸张语篇叙事的修辞因素。

夸体：超常 X 特征表现为多种形式，与 513 型"超凡的好汉兄弟"的叙事结构相似，具有超常出生、超常本领、超常事迹三类夸张母题。不同的是："黑马张三哥"型故事复杂，除了夸张推动叙事进程外，还依靠更多的修辞因素起作用。如：由动物诞生。主人公与伙伴相助或者背叛的关系、兄妹关系、父子关系、夫妻关系等。故事母题除了斩妖除魔外，还显示了特定的风俗。

对于游牧民族来说，视马为亲密伙伴，英雄由马所生，预示着不平凡的神性。当他们保护亲人与人民时，更具有人性光辉。"火种"母题，传递了火种在艰苦生存环境中的重要与崇尚火神的民俗，裕固族就把主人公除魔保护火种行为，演绎成婚礼仪式，代代相传，以示纪念。"再生"母题与萨满教信仰有关。

"黑马张三哥"型故事历史悠久，藏族异文最多。此型故事最早的书

---

① 刘守华主编：《中国民间故事类型研究》，华中师范大学出版社 2002 年版，第 476—477 页。

面记载出现于藏族《尸语故事》的"诺桑雅儒格布"。当印度《尸语故事》传到西藏,佛教徒常借此宣扬佛教教义,广泛传播,此书被别的民族翻译成不同版本流传,北方其他民族"黑马张三哥"型故事是受到藏族同型故事影响的结果。"黑马张三哥"故事情节在蒙古族史诗《格斯尔》《江格尔》中出现,彰显民间故事与英雄史诗相互渗透的特质。

故事语篇情节复杂,含义丰富的类型居多,开放结构性夸张出现的频率高于封闭结构性夸张。毕竟,依靠夸张就可以完成的语篇结构,语篇情节相对简单,含义也会单纯,此种类型的语篇不会出现得太多。

封闭结构性夸张与开放结构性夸张都起到支撑语篇结构、影响语篇生成全过程的作用,因为母题链的参与,情节单元多寡不定,叙事长度增加等因素影响,与表现为词语、句子层面单纯的夸张有本质的不同。分析突破局部的修辞技巧,提升到修辞诗学层面。

更多民间故事类型,可以借助我们提出的夸张概念观察,如:301"被偷走的三位公主";301B"大汉、伙伴和寻找失踪的公主";603A1"神力勇士";650A1"强力约翰"等,语篇叙事都呈现开放结构性夸张特质。

如果追溯夸张因素的渊源,出现过"巨人后代"说。"童话(也称幻想性故事)中具有顶天立地、排山倒海的巨人能耐,勇于反抗'皇权'的十兄弟,实际上是这些巨人们的后代。"[①] 逐日的夸父、铜头铁额的蚩尤都是巨人族的代表。千里眼、顺风耳"溯其原始,意者离娄目察秋毫之末,师旷耳听八风之音,或即古之千里眼、顺风耳"。[②]《山海经》还有"大人国""长股国""长胫国""长臂国"的记载。

夸张与民间故事文体关系复杂,值得探索。除了民间故事文体外,神话、诗歌、小说、戏剧等文体都间或出现或多或少的夸张因素。《西游记》的魔幻,《聊斋志异》的传奇,《巨人传》的讽刺,哈利·波特系列小说的魔法,活跃在DC漫画、动画、电影、电视剧、舞台剧的"超人"等无不带有夸张色彩。夸张作为推动语篇叙事结构的修辞因素,活跃在世界文学的舞台。

二 赋的结构性夸张构式的广义修辞学分析

夸张不仅是辞格,还是一种创作手法,一种凸显所要表达事物特征的

---

① 刘守华:《中国民间童话概说》,四川民族出版社1985年版,第64页。
② 袁珂编著:《中国神话传说辞典》,上海辞书出版社1985年版,第461页。

思维方式。赋，作为独具中国文化特色的文体，反映了当时的政治、经济状况和审美风尚。当我们关注赋的语义、赋的起源以及汉魏六朝海赋文本的实证分析时，我们发现夸张与赋文体的演变轨迹、文体特点的形成紧密相连，夸张作为内部的一种强劲动力，推动了赋形成文辞华美、结构铺陈、体式雍容、文风博雅等特点的呈现。

（一）"赋"的语义

《说文》曰："赋，敛也。从贝，武声。"《广韵》方遇切，去遇非。鱼部。《汉语大字典》（缩印本）录有15种解释。

1. 敛取；征收。《急就》篇第三章："种树收敛赋税租。"颜师古注："敛财曰赋。"

2. 税。《广雅·释诂二》："赋，税也。"《书·禹贡》："厥赋惟上上错。"孔传："赋，谓土地所生以供天子。"

3. 徭役；兵役。《周礼·地官·小司徒》："以任地事而令贡赋。"郑玄注："赋，谓出车徒给徭役也。"

4. 兵，军队。《论语·公冶长》："由也，千乘之国，可使治其赋也。"朱熹集注："赋，兵也，古者以田赋出兵，故谓兵为赋。《春秋传》所谓'悉索敝赋'是也。"

5. 贡士，古代向最高统治者荐举人员。《字汇·贝部》："赋，贡士曰赋。"《汉书·晁错传》："乃以臣错充赋。"

6. 授予；给予。《国语·晋语四》："公属百官，赋职任功。"韦昭注："赋，授也。授职事，任有功。"

7. 禀受，特指生成的资质。《字汇·贝部》："赋，禀受也。"《旧唐书·僖宗纪》："河中节度使王重荣神资壮烈，天赋机谋。"

8. 藏。《方言》卷十三："赋，藏也。"钱绎笺疏："藏，古藏字。赋者，谓取而藏之。"

9. 量。《尔雅·释言》："赋，量也。"郭璞注："赋税所以评量。"

10. 操持。《方言》卷十二："赋，操也。"郭璞注："谓操持也。"

11. 诗歌表现手法之一。《释名·释典艺》："敷布其义谓之赋。"《周礼·春官·大师》："教六诗：曰风，曰赋，曰比，曰兴，曰雅，曰颂。"南朝梁钟嵘《诗品·序》："直书其事，寓言写物，赋也。"《文心雕龙·诠赋》："赋者，铺也，铺采摛文，体物写志也。"

12. 古代文体之一。《史记·屈原贾生列传》："及渡湘水，为赋以吊屈原。"汉班固《两都赋·序》："赋者，古诗之流也。"三国魏曹丕《典论·论文》："诗赋欲丽。"唐李白《大猎赋》："自以为古诗之流，辞欲壮丽，义归博远。"

13. 诵读；吟咏。《左传·文公十三年》："文子赋《采薇》之四章。"

14. 写作。汉司马迁《报任少卿书》："屈原放逐，乃赋《离骚》。"

15. 通"敷"。清朱骏声《说文通训定声·豫部》："赋，假借为敷。"（1）铺展；敷布。《广雅·释诂三》："赋，布也。"王念孙疏证："赋、布、敷、铺并声近而义同。"（2）颁布；陈述。《尔雅·释言》："班，赋也。"郭璞注："谓布与。"《诗·大雅·烝民》："天子是若，明命使赋。"毛传："赋，布也。"郑玄笺："显明王之政教，使群臣施布之。"①

赋，形声字，本义是赋税。简化字推行后，"貝"简化为"贝"，"賦"类推简化为"赋"。

"贝"代表古代货币，上古，滨海民族由渔得贝，逐渐发展为私财。"武"表明征收赋税与武力有关，即赋税包括与征伐相关的兵士、兵器，以及武力征服带来的结果。所以，汉字"赋"的语义首先指向兵役、徭役以及田地税、人丁税等各种服务于统治者的方法。2、3、4、8、9义项皆属于此类。

赋，引申义指"贡士"，以及上对下的"收敛""颁发""分配"，5、1、6、10义项皆属于此类。7义项关涉人的天赋，体现出上天对人的眷顾，也算在此类引申义中。

"赋"与"敷""溥""铺""布"音义相通，15义项对此有充分的解释。此类字皆含有"铺布""广远""普遍"义，在古籍中经常彼此互训和假借。这一组字的引申义首先涉及的是上传下递信息时的话语铺叙，如《尚书·大禹谟》："文命敷于四海，只承于帝。"蔡沈集传："禹既已布其文教于四海矣，于是陈其谟以敬承于舜。"《淮南子·要略》："分别百事之微，敷陈存亡之机。""敷陈"即"铺陈"。其次是言语交际的辞藻铺陈，如《文心雕龙·风骨》："是以怊怅述情，必始于风，沈吟铺辞，莫先乎骨。"

赋的语义涉及文艺创作，义项11、12、13、14对此有详细解释。

---

① 汉语大字典编辑委员会：《汉语大字典》（缩印本），湖北辞书出版社、四川辞书出版社1995年版，第1517页。

正如朱玲所言:"赋"的语义,可以分属于"政治—经济"和"文艺创作"两个语义场,服务于统治阶级的"赋"从经济形式到文体形式的转换,其间存在着语义关联,后者从前者逐步发展而来,其发展轨迹大体为:体现政治权力的经济手段—向神和国君等进言的话语形式—铺张扬厉的文体。

"赋"的物质载体是物和言,进献或颁布物与言(包括贡献可以进言的士)通称为"赋",是因为它们出于同样的目的。汉字"赋"的语义发生转移时,新的语义所指仍保持着原有的一些美学基因,"赋"的多维语义指向,在深层保持着一定的美学关联。[①]

赋,从诗歌表现手法发展到古代文体,语义变化的同时,也反映出人们对赋认识的扩展与深化。在这些轨迹里,暗藏着赋文体起源与确立的线索。

(二)赋文体的形成

王国维《宋元戏曲考·序》中写道"凡一代有一代之文学,楚之骚,汉之赋,六朝之骈语,唐之诗,宋之词,元之曲,皆所谓一代之文学,而后世莫能继焉者"。这说明,汉赋作为赋繁盛代表的观点,被世人认可、传播。但赋如何从"六诗"中的诗歌表现手法独立成为一种文体的呢?这不仅涉及赋的起源,也涉及对赋文体特征的把握。

赋文体之源,主要观点有7种。

1. 赋源于古诗之流说

班固在《两都赋·序》中明确地说:

> 或曰:赋者,古诗之流也。昔成、康没而颂声寝,王泽竭而诗不作。大汉初定,日不暇给。至于武、宣之世,乃崇礼官,考文章,内设金马石渠之署,外兴乐府协律之事,以兴灭继绝,润色鸿业。是以众庶悦豫,福应尤盛,《白麟》《赤雁》《芝房》《宝鼎》之歌,荐于郊庙;《神雀》《五凤》《甘露》《黄龙》之瑞,以为年纪。故言语侍从之臣,若司马相如、虞丘寿王、东方朔、枚皋、王褒、刘向之属,朝夕论思,日月献纳;而公卿大臣,御史大夫倪宽、太常孔臧、太中

[①] 朱玲:《汉字"赋"的语义系统和赋体语言的美学建构》,《福建师范大学学报》2004年第3期。

大夫董仲舒、宗正刘德、太子太傅萧望之等，时时间作。或以抒下情而通讽谕，或以宣上德而尽忠孝，雍容揄扬，著于后嗣，抑亦《雅》《颂》之亚也。①

因为"或曰"的存在，提醒我们注意，不管说此话的人是谁，在班固之前已经出现赋为"古诗之流"的说法，班固认可并推广了此种说法。他们对赋的认识强调"抒下情而通讽谕，或以宣上德而尽忠孝"，从经学角度强调《诗》和赋具有政教之责，可讽谕、可颂美国事，因为二者社会政治功能相同，相当于"雅颂之亚也"，可以"炳焉与三代同风"。班固正是认为在这些方面，赋继承《诗》的传统，才有"赋者古诗之流"的说法。此说法，也被后人接受，左思、皇甫谧皆有论述。

晋·左思《三都赋序》：

盖诗有六义焉，其二曰赋。扬雄曰："诗人之赋丽以则。"班固曰："赋者，古诗之流也。"先王采焉，以观土风。②

晋·皇甫谧《三都赋序》：

诗人之作，杂有赋体。子夏序《诗》曰：一曰风，二曰赋。故知赋者，古诗之流也。③

巩本栋认为沿袭汉人赋为《诗》之流的看法，从文体特征上加以论证的，是晋人挚虞。其《文章流别论》曰：

古之作诗者，发乎情，止乎礼义。情之发，因辞以形之；礼义之旨，须事以明之。故有赋焉，所以假象尽辞，敷陈其志。……古诗之赋，以情义为主，以事类为佐；今之赋，以事形为本，以义正为助。情义为主，则言省而文有例矣；事形为本，则言当而辞无常矣。文之烦省，辞之险易，盖由于此。夫假象过大，则与类相远；

---

① （南朝梁）萧统编，（唐）李善注：《文选》，中华书局1997年版，第21—22页。
② 同上书，第74页。
③ 同上书，第641页。

逸辞过壮，则与事相违；辩言过理，则与义相失；丽靡过美，则与情相悖：此四者，所以背大体而害政教。是以司马迁割相如之浮说，扬雄疾辞人之赋丽以淫。①

由铺陈其志的《诗》"六义"中的赋，直接进入"言当而辞无常"的"今之赋"（指大赋），赋为《诗》之流的看法被提升到了理论的层面，具有了文体学上的意义。自挚虞以后，赋源于《诗》的观点逐渐占据了主流地位，直到现代，仍是汉赋起源问题研究中最主要的观点之一。②

2. 赋源于楚辞说

汉赋源于《楚辞》说，巩本栋指出，此说早在司马迁《史记·屈原贾生列传》中已见端倪。司马迁说："屈原既死之后，楚有宋玉、唐勒、景差之徒者，皆好辞而以赋见称。然皆祖屈原之从容辞令，终莫敢直谏。"此处，司马迁把"辞"与"赋"并称，二者应是同一层面的概念，"辞"不同于"赋"，在这里指的应是楚辞。他考察了宋玉等人的实际创作情况，认为屈原的创作影响了宋玉、唐勒、景差等人，而他们又共同影响了汉代及汉以后骚体赋创作。萧统《文选》所收宋玉《高唐赋》《神女赋》《风赋》等作品，从文体性质上看，大致属于骚体一类。汉贾谊《吊屈原赋》、司马相如《长门赋》、扬雄《逐贫赋》、班固《幽通赋》、张衡《思玄赋》《归田赋》等也都是在楚辞影响下创作的以抒情为主的骚体赋。然而，汉大赋却是以言事体物为主的，在以抒情为主的楚辞和以体物为主的汉大赋之间，没有直接的联系，虽然汉大赋源于楚辞的观点在后世影响甚大，但是巩本栋对此观点是持否定态度的。③

赋源楚辞说，从古至今大多关注语言风格、艺术效果等赋体理论范畴，旁涉汉代帝王对赋的现实喜好等问题，文人的借鉴与帝王的推崇，促使赋体文学蓬勃发展。

3. 赋源于纵横家言说

刘勰《文心雕龙·诠赋》：

---

① （唐）欧阳询：《艺文类聚》，中华书局1982年版，第1018页。
② 巩本栋：《汉赋起源新论》，《学术研究》2010年第10期。
③ 同上。

> 述客主以首引,极声貌以穷文,斯盖别诗之原始,命赋之厥初也。①

刘勰认为汉赋在形式上继承了战国纵横家的主客问答、铺张肆意文风等特点。如余江所言,汉之距战国未远,文辞言说难免具有战国纵横家骋辞之遗风。《汉书·郦陆朱刘叔孙传赞》记载,"高祖以征伐定天下,而缙绅之徒骋其知辩,并成大业"。这种特点深刻影响了汉赋,汉初陆贾、朱建等人即是秉承并发扬此遗风的典型,班固在《汉书·艺文志》中专分"陆贾赋"一类,并首列陆贾赋,亦是思虑到其引领纵横风气之特点,其下辖赋家确多善于骋辞展才,赋作也大多具有聚事敛材、旨诡词肆之文风特点。②

巩本栋持此说,认为汉赋直接源于战国纵横家的游说进谏之辞,从春秋时期公卿士大夫在特定的政治、外交场合赋《诗》言志,到战国时期士人的隐语讽谏和游说进谏,再到汉初枚乘的《七发》,汉赋的萌发、演进之迹皦然分明。③

4. 赋源于俳词说

刘勰《文心雕龙·谐隐》:

> 及优旃之讽漆城,优孟之谏葬马,并谲辞饰说,抑止昏暴。是以子长编史,列传滑稽,以其辞虽倾回,意归义正也。但本体不雅,其流易弊。于是东方、枚皋,铺糟啜醨,无所匡正,而诋嫚媟弄,故其自称为赋,乃亦俳也,见视如倡,亦有悔矣。④

文中指出东方朔、枚皋等人的赋作,类似俳辞,供人取乐,而赋家也被视为倡优,带有表演性质。

冯沅君认为"汉赋乃是优语的支流"。曹明纲在其《赋学概论》中引任半塘先生《优语集》关于优语的相关论述,认为任先生"第一次明确提出赋起源于俳辞的观点",并在此基础上加以详细论证,得出"赋在战

---

① 周振甫:《文心雕龙今译》,中华书局1986年版,第77页。
② 余江:《赋源诸说新析》,《云梦学刊》2014年第5期。
③ 巩本栋:《汉赋起源新论》,《学术研究》2010年第10期。
④ 周振甫:《文心雕龙今译》,中华书局1986年版,第133页。

国末期由俳词演变而成"的结论。①

5. 赋源于隐语说

刘勰《文心雕龙·诠赋》：

> 观夫荀结隐语，事数自环。②

刘勰明确指出荀子的《赋》篇运用隐语结构成篇，采用回环形式行文，初步具有铺陈的文体特征。在专章讨论隐语的时候，认为荀卿赋开创了隐语体裁，赋与隐语互为影响，并用班固《艺文志》收录作品的实际情况为例证，进一步说明二者的联系。

刘勰《文心雕龙·谐隐》：

> 昔楚庄齐威，性好隐语。至东方曼倩，尤巧辞述……自魏代以来，颇非俳优，而君子嘲隐，化为谜语。……荀卿蚕赋，已兆其体。
> 盖意生于权谲，而事出于机急，与夫谐辞，可相表里者也。汉世《隐书》，十有八篇；歆固编文，录之赋末。③

马积高《赋史》、万光治《汉赋通论》、朱光潜《诗论·诗与隐》、徐北文《先秦文学史》、刘斯翰皆持此说。赋与隐语究竟是单向抑或是双向的影响？赋源于隐语究竟跟荀卿赋有没有关系？皆尚不能确定，但可以肯定的是赋体确实从民间文学隐语中吸收了很多营养。④

6. 赋源于不歌而诵说

班固《汉书·艺文志》：

> 传曰："不歌而诵谓之赋。登高能赋可以为大夫。"⑤

这里所说的"赋"，属于"赋"13 义项，指不用音乐伴奏的诵读。当时

---

① 余江：《赋源诸说新析》，《云梦学刊》2014 年第 5 期。
② 周振甫：《文心雕龙今译》，中华书局 1986 年版，第 80 页。
③ 同上书，第 137、135 页。
④ 余江：《赋源诸说新析》，《云梦学刊》2014 年第 5 期。
⑤ （汉）班固：《汉书》（卷三十），（唐）颜师古注，中华书局 1962 年版，第 1755 页。

的人用是否配乐区分歌诗与赋诗,如刘勰《文心雕龙·诠赋》所言:"至如郑庄之赋'大隧',士蒍之赋'狐裘',结言短韵,词自己作,虽合赋体,明而未融。"由此可知,刚开始的赋,属于脱离音乐的诵读方式,这样一来,势必带来文体的转变,赋也就逐渐成为以诵读为特点的独立文体。

7. 赋源于多源说

扬雄《法言·吾子》:

或问:"景差、唐勒、宋玉、枚乘之赋也,益乎?"曰:"必也淫。""淫则奈何?"

曰:"诗人之赋丽以则,辞人之赋丽以淫。如孔氏之门用赋也,则贾谊升堂,相如入室矣。如其不用何?"①

扬雄从屈原开始把赋分为"诗人之赋"和"辞人之赋"两种类型,承继《诗经》传统的"诗人之赋"呈现为"丽以则",宋玉以后的作品属于"辞人之赋"呈现为"丽以淫"。在扬雄看来赋应该具有两个来源。章学诚、章太炎、刘师培、刘咸炘和万曼等人的看法,都注意到纵横家对汉赋形成的影响,但同时又都认为赋的产生是多源的。②

踪凡《汉赋研究史论》对此也有详细论述,③供大家参阅。

我们分析赋起源的多种说法,重点不在于对赋起源的考证,目的是想通过对赋起源的梳理,反观赋文体的包容性。2、3、4、5、6诸说,分别从语言形式对赋进行观察,涉及言辞、结构、展现形式等方面。第1说,强调语言功能,突出政教之用。第7说博采众家之长,更容易凸显一种文体产生的复杂性和对前代文学继承的丰富性。

从7种赋起源的说法,可以看出赋从不同侧面继承前代文学的某种因素,在文体层面的汇集,建构出带有文辞华美、结构铺陈、体式雍容、文风博雅等赋文体特色。

从赋语义,到赋文体形成的漫长过程中,贡赋之"赋"作为体现政治权力的经济手段,它在发生过程中的大面积铺布形式影响了后世赋的创作心

---

① (汉)扬雄:《法言义疏》(卷三),(晋)李轨注,汪荣宝义疏,中华书局1987年版,第49页。
② 巩本栋:《汉赋起源新论》,《学术研究》2010年第10期。
③ 踪凡:《汉赋研究史论》,北京大学出版社2007年版,第28页。

理和审美基调；礼乐之"赋"，作为神圣而繁复的祭祀内容和形式的规范铺陈，规定了后世赋庄严铺排的审美倾向；贡士和赋诗之"赋"，作为进献能言之士和进言的手段，成为后世赋"铺陈政教之善恶"的功能导向。①

赋成为一种文体，美学追求汇集以往文学形式之大成，带有鲜明的"铺张扬厉"语言特征。夸张与赋联系紧密，古今学者皆有论述，如：踪凡《试论王充的汉赋观》、刘晓荣《宋玉赋的夸饰铺陈与优语》等。② 于广元在梳理夸张辞格发展史的过程中，认为赋中的夸而过度，运用过剩，引起当时和后来人的批评，对夸张产生反感，影响了其正常发展，使夸张经历了一次较大的曲折，可以说是夸张发展中的一股逆流。为了印证此观点，他列出古人批评夸张言论。西汉司马迁曾在肯定司马相如赋的"讽谏"功能时，指出其"侈靡过其实，且非义理所尚"瑕疵。扬雄作为赋作大家，在创作赋的过程中，对其进行了反思，认为："赋者，将以风也，必推类而言，极丽靡之辞，闳侈钜衍，竞于使人不能加也，既乃归之于正，然览者已过矣。"虽然具有"用词靡丽、鸿篇巨制"特点，但是起不到劝诫讽刺作用，便弃之不作。东汉王充《论衡》批评了司马相如《大人赋》、扬雄《甘泉赋》"夸而过度"的虚妄之言。"《艺增》着重评论'六艺'即'六经'等经书中的夸张现象；《儒增》着重评论诸子传书中的夸张现象；《语增》着重评论世俗传说中的夸张现象。"王符反对"今赋颂之徒，苟为饶辩屈塞之词，竞陈诬罔无然之事，以索见怪于世"。主张"辞语者，以信顺为本，以诡丽为末"。指出赋的流弊，提倡正本清源文风。魏晋南北朝的挚虞针对当时赋作呈现出的"夸而过度"现象给予批评，"古诗之赋，以情义为主，以事类为佐。今之赋以事形为本，以义正为助。……夫假象过大，则与类相远；逸辞过壮，则与事相违；辩言过理，则与义相失；丽靡过美，则与情相悖。此四过者，所以背大体而害政教"。左思主张征实，列举出辞赋家夸而过度之处，"相如赋《上林》而引'卢橘夏熟'，扬雄赋《甘泉》而陈'玉树青葱'，班固赋《西都》而叹以'出比目'，张衡赋《西京》而述以'游海若'，假称珍怪，以为润色。若斯之类，匪啻于兹。考之果木，则生非其壤；校之神物，则出非其

---

① 朱玲：《汉字"赋"的语义系统和赋体语言的美学建构》，《福建师范大学学报》2004年第3期。

② 踪凡：《试论王充的汉赋观》，《社会科学研究》2002年第2期；刘晓荣：《宋玉赋的夸饰铺陈与优语》，《忻州师范学院学报》2013年第4期。

所。于辞则易为藻饰，于义则虚而无征。且夫玉卮无当，虽宝非用；侈言无验，虽丽非经"。刘勰对夸张的认识较为全面，但他也批评了夸张"诡滥愈甚""虚用滥形"现象，提倡"酌诗书之旷旨，翦扬马之甚泰""夸而有节，饰而不诬"合理的夸张用法。黄侃批评夸而过度为"夸张之文，连篇积卷，非以求简，只以增繁"。王力认为"'相如凭风，诡滥愈甚。'实际上并不是司马相如个人的缺点，而是汉赋的共同特色"。①

于广元梳理出的古今学者针对赋"夸而过度"情形的批评言论，纵深展示了各朝代的代表性观点，从中既可以发现客观看待此类语言现象的理论轨迹，又可以推断出夸张与赋文体关系密切，不管运用适当还是过度，赋文体似乎都少不了夸张。如果说，这只是我们的一个推断，那么，回归赋的语言事实的考察，可以从实证角度，支持我们设想的合理性。

左思花十年时间写出《三都赋》，虽然追求"其山川城邑，则稽之地图；其鸟兽草木，则验之方志；风谣歌舞，各附其俗；魁梧长者，莫非其旧"，但仍不免带有夸张过度、铺陈堆砌特色，被称为"类书郡志"，以反例身份说明了夸张是赋不可或缺的修辞因素。

刘勰在考察大量赋作基础上，发现夸张强大的修辞功能，以及赋借助夸张成篇的事实。"至如气貌山海，体势宫殿，嵯峨揭业，熠耀焜煌之状，光采炜炜而欲然，声貌岌岌其将动矣。莫不因夸以成状，沿饰而得奇也。于是后进之才，奖气挟声，轩翥而欲奋飞，腾踯而羞踽步。辞入炜烨，春藻不能程其艳；言在萎绝，寒谷未足成其凋；谈欢则字与笑并，论戚则声共泣偕；信可以发蕴而飞滞，披瞽而骇聋矣。"②他认为赋作的后起之秀只有掌握夸张，使其赋作具备深厚艺术感染力，才能高飞于青云之上。

于广元《夸张辞格审美发展史》在分析汉赋—魏晋南北朝大赋、骈体抒情小赋—唐宋传统辞赋、文赋、律赋—元明清赋等作品的基础上，归纳出赋作中夸张的各种美感形式，"赋的最大特色就是铺陈扬厉，极度地运用夸张，对描写对象极力铺陈，着意刻画，极尽夸张之能事，从而展现出宗白华所认为的'错采镂金，雕缋满眼'的美。这显然是赋的特色，应予肯定。但是，过分的铺陈夸张，浓墨重彩，也会使人觉得眼花，带来审美疲劳。所以，到了魏晋南北朝时期，赋逐渐有了一些变化，除了大赋以

---

① 于广元：《汉语修辞格发展史》，吉林人民出版社2003年版，第262—268页。
② 祖保泉：《文心雕龙解说》，安徽教育出版社1993年版，第717页。

外，出现了小赋，形式上注重骈体，表意上注重抒情，形成了骈体抒情小赋，其中的夸张，其审美取向显现为形式美、抒情美。到了唐宋时期乃至其后，赋又转向文赋和律赋。文赋乃赋的发展的必然。律赋是科举考试的产物，它在唐代、宋代和清代都曾经作为科举考试文体之一。文赋、律赋中的夸张，往往运用清新浅切的词语，显示出新的面貌，给人以清新自然之美。文赋中的夸张形式不太受拘束，给人清新的流动之美。律赋中的夸张工整规范，形式整齐，受科举考试的制约，更具形式之美"。[①]

于广元正面论证了汉赋的"错采镂金，雕缋满眼"崇高美是夸张的主流美感形式，认为随着时代、文体、审美追求的演变，延伸出夸张"骈四俪六"的形式美、清新自然之美、典雅的崇高美等更多形式。夸张丰富美感形式存在的前提，应该是赋作大量运用夸张成篇语言事实的存在，我们在阅读于广元搜集的众多语料与严谨论证过程中，更坚定夸张与赋关系密切，进一步提升夸张是赋成篇不可或缺修辞因素设想的可信度。

从西汉司马迁到当代于广元，大多学者分析夸张参与赋的创作、赋文体形成所起的作用大多表现为语句描绘层面的非结构性修辞功能发掘，忽略了夸张还可以表现为语篇建构结构性修辞功能的探究，为后来者的研究预留出新的切入点，促使我们尝试分析夸张参与赋语篇创作的结构性修辞诗学功能。

（三）研究语料：汉魏六朝海赋文本的选择

我们不对夸张与赋的关系进行全貌式梳理，排除大多学者关注的赋中夸张非结构性修辞功能的研究，只考察夸张参与赋语篇创作的结构性修辞诗学功能。为了将研究对象界定在可控范围之内，观察得更为多维，故选择作品丰富，涉及面广的以客观景物呈现的"汉魏六朝海赋"为研究对象。唐以后，赋体逐渐走向衰落，不再占据文坛主流地位，故没有涉及。

汉魏六朝，人们地理知识丰富，对江海水系认识进一步深化，引发对江、河、湖、海等水系为描写对象的赋作增多，萧统编《文选》时，专门设立"江海赋"门类收录木华《海赋》、郭璞《江赋》，江海赋呈现兴盛态势。在山水渐渐成为独立审美对象的过程中，宏观视之，可见世人的文化渊源、审美意识、对自然的态度。微观视之，可在具体篇章中，发现用

[①] 参见宗廷虎、陈光磊主编《中国辞格审美史》（第一卷），吉林教育出版社2019年版，第461—462页。

词、造句、构篇的技法与创作理念,研究结果可以类推观察其他类型的赋,延伸观察赋文体整体状况,达到窥一斑知全豹的效果。

据王允亮对汉魏六朝江海赋考论,汉魏六朝流传至今的以江海水域为题材的赋作共有40篇(见表五)。

表五

时间	篇数	作者	作品
汉	3	班彪	《览海赋》
		张衡	《温泉赋》
		蔡邕	《汉津赋》
三国	10	曹操	《沧海赋》
		曹丕	《沧海赋》《济川赋》《临涡赋》《浮淮赋》
		王粲	《游海赋》《浮淮赋》
		应场	《灵河赋》
		应贞	《临丹赋》
		杨泉	《五湖赋》
两晋	20	傅咸	《神泉赋》
		胡济	《瀍谷赋》
		张载	《濛汜池赋》
		成公绥	《大河赋》
		左棻	《涪沤赋》
		潘岳	《沧海赋》
		袁乔	《江赋》
		木华	《海赋》
		郭璞	《江赋》《盐池赋》
		曹毗	《涉江赋》《观涛赋》《水赋》
		王彪之	《水赋》
		庾阐	《海赋》《涉江赋》
		孙绰	《望海赋》
		伏滔	《望涛赋》
		顾恺之	《湘川赋》《观涛赋》
南北朝	7	谢灵运	《长溪赋》
		谢庄	《悦曲池赋》
		谢朓	《临楚江赋》

续表

时间	篇数	作者	作品
南北朝	7	张融	《海赋》
		萧纲	《海赋》《大壑赋》
		杜台卿	《淮赋》

另，西晋江统有《徂淮赋》一篇，因残存无几，无法考释其是否以描写水况为主，处于存疑之列。①

这些水赋涉及大海、长江、钱塘江、黄河、汉水、淮水、湘水、涡水、丹水、太湖、涪沤等，以赋大海、写长江两类最多。我们选择每个时间段的一篇海赋为代表，构成研究对象（见表六）。

表六

时间	作者	作品	出处
汉	班彪	《览海赋》	费振刚、仇仲谦、刘南平校注：《全汉赋校注》，广东教育出版社2005年版，第355页
三国	王粲	《游海赋》	费振刚、仇仲谦、刘南平校注：《全汉赋校注》，广东教育出版社2005年版，第1037页
西晋	木华	《海赋》	萧统编：《文选》，李善注，中华书局1977年版，第179—183页
东晋	孙绰	《望海赋》	严可均：《全上古三代秦汉三国六朝文》，中华书局1958年版，第1806页，下栏
南北朝	张融	《海赋》	严可均：《全上古三代秦汉三国六朝文》，中华书局1958年版，第2872页，上栏

（四）汉魏六朝海赋的结构性夸张构式的广义修辞学分析

夸张构式指夸张意象图式在语言中的投射，语言形式存在或隐或显的本体、夸体、夸张点三要素，语义凸显同质经验域内的量变特征，追求故意言过其实的修辞效果，生成表达主观情感的修辞幻象。

夸张构式在语篇中承担的功能，可以是结构性的，也可以是非结构性的。结构性夸张构式参与语篇生成，是承担语篇结构框架支持功能的修辞元素，控制着语篇叙述路向，使之定型为特定样态。非结构性夸张

---

① 王允亮：《汉魏六朝江海赋考论》，《北方论丛》2012年第1期。

构式是参与话语生成的修辞元素，不承担语篇结构框架支持功能。我们曾经借助对民间故事结构性夸张构式进行观察，探讨过结构性夸张构式参与语篇生成，其下位类型封闭性夸张构式与开放性夸张构式都起到支撑语篇结构，影响语篇生成全过程等相关问题。认为结构性夸张构式与词语、句子层面的夸张有很大不同，更多地表现为修辞诗学层面的叙述功能。[①]

我们运用广义修辞学理论资源和模式，发掘作为修辞元素的夸张构式在语篇结构中的叙述功能。聚焦到汉魏六朝海赋结构性夸张构式的分析，认为其更多表现为结构性的开放性夸张构式。汉魏六朝海赋约40篇，叙述结构与语言描写大都具有夸张特征。夸张构式表现为：

本体：大海 + 夸体：超常 X 特征 + 夸张点：超常程度强

本体大海内涵丰富，是"广""大""怪""奇"等形貌的集合，夸体的超常 X 形式多样，聚合过程伴随其他修辞因素，推动语篇叙述生成。我们以具体文本班彪《览海赋》、王粲《游海赋》、木华《海赋》、孙绰《望海赋》、张融《海赋》为例，详细论述之。

1. 结构性夸张构式——木华《海赋》的叙述结构

木华《海赋》两晋时就盛誉满天下，为同类题材上乘之作，表达者也凭借此孤篇，垂范于后世。

在《海赋》中，夸张构式的意义体现为，语言形式本体 + 夸体 + 夸张点在语篇范畴中观察，呈现复杂化、层次化特质。从语篇整体层次观察，夸张构式可以表述为：

本体：大海 + 夸体：超常 X 特征 + 夸张点：超常程度强

从推动夸张语篇生成的角度观察，四种局部夸张构式：海之状、海之产、海之事、海之德，建构出四个分语篇，它们使大海丰富特征得到充分展现，每个层面的描绘，生成一个局部夸张构式，局部夸张构式组合在一起，生成《海赋》整体夸张构式，四个分语篇合在一起，完成《海赋》语篇叙述。

语篇一、语篇二、语篇三属于封闭性夸张构式，夸张构式独自构成语篇结构，支撑语篇生成。换句话说，抽去此夸张构式，语篇就成一盘散沙，叙述无法进行。

---

① 高群：《民间故事结构性夸张构式的广义修辞学分析》，《江淮论坛》2012年第4期。

1.1 语篇一：局部夸张构式"海之状"

海之状，通过三个下位层次的局部夸张构式：海之广、海之奇（怪）、海之大呈现。此叙述线索在文本中显性呈现，直接点明。"其为广也，其为怪也，宜其为大也。"

1.1.1 本体：海广+夸体：超常 X 特征+夸张点：超常程度强

大海原本宽广无际，具实描绘本没有超常表现。但是，当表达者面对大海时，大海的广阔还是会对人产生极大震撼。为了凸显海之广在主观视角渲染下的状态，表达者笔下的大海就带上有意识选择后的主观情绪，呈现超常宽阔、充盈的夸大状态。如：

> 泱溔澎湃，浮天无岸；沏濈沆瀁，渺沵淡漫；波如连山，乍合乍散；嘘噏百川，洗涤淮汉；襄陵广舃，滂漭浩汗。

超常 X 特征的 X 表现为：（水波）涌向天边，（海面）浩渺旷远，（波涛）山峦相连，（水量）纳百川涤淮汉，（盐碱地）遍布，（海湾）浩瀚。

表达者在描绘水波浩渺、海面广阔、海浪壮观、水量充沛、海滩众多、海湾深邃的情境中，表现出超越个人视点观察到的现实大海实际状况。每个观察到的画面，都像中国画移步换影、散点透射事物最具代表性也是表达者最愿意呈现的重要之处，虽然夸张点没有在语言形式上直接呈现，接受者在解读夸体语义过程中，很容易把握表达者着力表现的"超常程度强"的匠心。在夸张构式"海广"结构和夸张点"超常程度强"合力压制下，水波、海面、波涛、水量、盐碱地、海湾等句子的语义皆超出现实世界的常量、超常量，达到精神世界中夸张量范畴，促成整个构式带有了夸张语义。

1.1.2 本体：海奇（怪）+夸体：超常 X 特征+夸张点：超常程度强

"怪"基本语义有 6 个义项，海之状的"怪"在文本中应该理解为"奇异，不平常"。

> 于是鼓怒，溢浪扬浮，更相触搏，飞沫起涛。状如天轮，胶戾而激转；又似地轴，挺拔而争回。岑岑飞腾而反复，五岳鼓舞而相碰。疾濆沦而漰濞，郁沏迭而隆颓。盘汩激而成窟，㶸瀺滐而为魁。泅泊柏而迤扬，磊䃀匈而相豗。惊浪雷奔，骇水迸集；开合解会，瀼瀼湿

湿；葩华踧汩，溳汀濼瀋。若乃霾曀潜销，莫振莫竦；轻尘不飞，纤萝不动；犹尚呀呷，余波独涌；澎濞灢碨，碨磊山垄。

超常 X 特征的 X 表现为：（波涛高扬着飞沫）仿佛上天的车轮飞旋出无数激流旋涡，又似大地的车轴挺拔遒劲争相转动，（波涛翻卷着巨浪）仿佛小山不停地翻腾倾覆、如同五岳山峰相互冲撞，（回波）好似奔赴赶集、重叠的浪头忽起忽塌，（旋涡）形成深深的魔窟，波涛仿佛突起环绕的小山，（流波）倾斜着疾驰、层叠的巨浪仿佛巨石碰撞，（惊涛骇浪）如迅雷疾奔、攒集迸发，（浪峰开合）波光闪烁时明时灭，（浪纹）散开蘑集、波响如开水沸腾。（浪沫）遮蔽了太阳、晦暗让人毛骨悚然，（浪尘）不动，如平铺的丝绢和藤萝，（海水）自如地吞吐呼吸、独自涌动，（余波）冲刷高低不平的山垄。

此段描绘的不是常态的海浪，更像台风中海啸的场面，被表达者以为"怪"。海浪飞扬沉浮，相互搏击，形大如山，遮天蔽日。表达者不仅注重惊涛骇浪搅天动地、天昏地暗，外形的视觉呈现，还有浪声如雷鸣、波响如山撞的听觉刻画，以及对旋涡、阴霾魔窟般恐惧、惊悚的综合感受。表达者截取大海非常态画面，突破单纯平面"铺陈"技法，精雕细刻立体呈现，着力点在于渲染海啸中的大海"超常程度强"。为了凸显表达效果，表达者在夸张的基础上增加比喻、比拟手法，展示出非典型夸张的语用价值，语言形式增加比喻词"如、似、成"等的使用，借助类比思维，将人们少见、难理解的海啸场面描绘得更容易被接受。在夸张构式"海奇"结构和夸张点"超常程度强"合力压制下，巨浪、回波、旋涡、流波、浪峰、浪纹、浪沫、浪尘、晦暗、余波等句子的语义皆带有表达者有意增加的主观愿望，语义超出现实世界的常量、超常量，达到精神世界中夸张量范畴，整个构式的夸张语义得以实现。

1.1.3 本体：海大 + 夸体：超常 X 特征 + 夸张点：超常程度强

海之大的"大"更专注于对大海面积广大的描述，不同于海之广对水波、水量、海湾等多方面的表述。

尔其为大量也，则南澉朱崖，北洒天墟，东演析木，西薄青徐。经途漫漠，万万有余。

超常 X 特征的 X 表现为：（南行）海南朱崖，（北上）北极天涯，（东至）天上渡口，（西抵）临近东海。

大海的广博让海上旅途经历绝远，万里有余。在夸张构式"海之大"结构和夸张点"超常程度强"合力压制下，南行、北上、东至、西抵等句子的语义除了实际距离的表述外，还带上表达者特意强调面积之大的主观性，语义呈现超出现实世界的常量、超常量特征，整个构式带上夸张语义。

"海之广、海之奇（怪）、海之大"三个下位层次夸张构式合力支撑"海之状"局部夸张构式成立，推动形成了语篇一对"海之状"的带有主观感情的夸张描绘。

1.2 语篇二：局部夸张构式"海之产"

大海包蕴万物，海之产的丰富，超出人的想象。表达者满怀探究海珍的愿望与搜珍猎奇的兴奋，铺陈出海珍的繁多，刻画出海鲸卓然、海鸟群集两个典型画面。

1.2.1 本体：海珍 + 夸体：超常 X 特征 + 夸张点：超常程度强

大海吞吐云霓，孕育龙鱼，奇珍异宝，闻所未闻，人力无法尽述，如果一定要描绘的话，只能传达一些相似的颜色，大概的形状。

> 尔其水府之内，极深之庭，则有崇岛巨鳌，岠崿孤亭。擘洪波，指太清。
>
> 其垠则有天琛水怪，鲛人之室。瑕石诡晖，鳞甲异质。若乃云锦散文于沙汭之际，绫罗被光于螺蚌之节。繁采扬华，万色隐鲜。阳冰不冶，阴火潜然。熺炭重燔，吹烟九泉。朱芝花乏绿烟，曖眇蝉蜎。珊瑚琥珀，群产接连。车渠马瑙，全积如山。

超常 X 特征的 X 表现为：（巨鳌）负山，（孤亭）高峻如山峰、劈开洪波直刺青天；（宝石、怪石）远在天涯海边，（人鱼）深藏水底，（玉石）变幻着神奇光色，（鱼类、贝类）各呈异彩，（沙滩）五彩斑斓，（海螺巨蚌）闪耀绫罗般光彩，（海贝）飞扬异彩、令万般珠宝黯然，（极地冰山）永不融化，（暗火）融化坚冰，（海炭燃烧）光束照亮九泉阴间，（红火、绿烟）左顾右盼，（珊瑚、琥珀）成群相连，（砗磲、玛瑙）堆积如山。

大海珍宝之多之奇，超出人们想象，即使太颠之宝，随侯明珠也比不上。如果说巨鳌、鲛人、鳞甲类、贝类动物、宝石、珊瑚、琥珀、砗磲、玛瑙精彩纷呈，还在人们认知范围之内，那些冰山、暗火、海炭的神奇只能揣摩了。"红火、绿烟左顾右盼"，属于夸张与比拟并用。"海水极深之处，巨鳌负山游走，五座神山，下分洪涛，上指青天，众仙所居，御风而行，漂浮南北。"典故出自《列子·汤问》，属于夸张与用典并用。大海物种数量、种类、形状、色彩等丰富异常，在夸张构式"海珍"结构和夸张点"超常程度强"合力压制下，语义带有奇幻色彩，延伸到夸张量范畴，整个构式夸张语义自然呈现。

1.2.2 本体：海鲸＋夸体：超常 X 特征＋夸张点：超常程度强

表达者如果止步于对大海奇珍异宝精彩绝伦、神秘莫测的罗列，会有平铺之嫌疑，无法实现对前人同类题材的超越。表达者对大海最具特色鲸鱼的表述，痛惜感叹，美轮美奂。

鱼则横海之鲸，突抓孤游；戛岩嶅嵌礐，偃高涛，茹鳞甲，吞龙舟，噏波则洪涟踧蹜，吹涝则百川倒流。或乃蹭蹬穷波，陆死盐田，巨鳞插云，鬐鬣刺天，颅骨成岳，流膏为渊。

超常 X 特征的 X 表现为：（背脊）高大如山岭，（大嘴）吞咽鱼类、贝类、巨大似龙舟，（吸气）阻巨浪停滞，（吐水）至百川倒流。（鱼鳞）插入云彩，（鱼鳍）直刺青天，（尸骨）堆成山岳，（膏油）汇聚深潭。

海鲸，生时威猛震撼，死后悲惨无限。在夸张构式"海鲸"结构和夸张点"超常程度强"合力压制下，海鲸如超能英雄，驰骋在大海间。此段语言，想象奇特，夸张大胆，气势如虹，壮阔无边，成为经典，永世流传。

1.2.3 本体：海鸟＋夸体：超常 X 特征＋夸张点：超常程度强

表达者不仅关注到海里的"海之产"，也注意到岸边的海鸟育雏、飞翔洗浴、嬉戏浮游等情景。

若乃岩坻之隈，沙石之嵚；毛翼产鷇，剖卵成禽；觜雏离襓，鹤子淋渗。群飞侣浴，戏广浮深；翔雾连轩，泄泄淫淫；翻动成雷，扰翰为林；更相叫啸，诡色殊音。

超常 X 特征的 X 表现为：（高飞的群鸟）编织成连天雾幔，（翅膀翻动的声音）好似雷鸣，（振动的羽翼）遍布林间，（鸟鸣）轮番呼叫、迥然不同。

在表达者笔下，海鸟的一生与群集活灵活现，出生—长羽—展翅—嬉戏—叫啸各有呈现，既有遮天蔽日、振翅雷鸣的夸大壮观，又有破壳而出、羽毛湿漉漉夸小的爱怜。海鸟不单纯是物产，也与人类息息相关。

"海珍、海鲸、海鸟"三个夸张构式合力支撑"海之产"局部夸张构式成立，形成了语篇二对"海之产"所藏之富，惊耳骇目的感叹，在夸张的奇幻呈现中，人与万物感同身受，共建和谐自然生态。

1.3 语篇三：局部夸张构式"海之事"

随着人们对海洋认识的深化，海洋知识的丰富，人的角色产生变化，不仅旁观，更多地参与对其的开发。凭借水流速度传递讯息，依靠大海的富饶养活自己，利用大海的莫测惩戒坏人，都是借海力成就人事的例证，表达者选择了海速和海难两个事件夸张呈现。

1.3.1 本体：海速＋夸体：超常 X 特征＋夸张点：超常程度强

交通不便，信息难以迅速传递应该是人们特别想解决的问题，借助百川归海，顺流直下的海力，不失为一个极好的办法。

> 若乃偏荒速告，王命急宣，飞骏鼓楫，泛海淩山。于是候劲风，揭百尺，维长绡，挂帆席；望涛远决，罔然鸟逝，鹬如惊凫之失侣，倏如六龙之所掣；一越三千，不终朝而济所届。

超常 X 特征的 X 表现为：（帆樯）百尺，（船儿远行）像鸟飞翔、像惊飞的野鸭寻找伴侣、像六条龙为太阳驾车，（渡船）日行三千里、不到清晨散朝可达目的地。

支流途经蛮夷之地，虽然路途回环，蜿蜒万里，却有机会在海湾与主流再次汇合。如果遇到偏远地区特情告急，或是王命急传，可以使用舟船替代马匹，急速绕过阻碍的高山，借助强劲的海风，高举百尺帆樯，日行三千里。在船只没有机械动力系统的情况下，海速日行三千里超出现实世界实际，带上人为主观愿望的夸张量，夸张点"超常程度强"被凸显，整个构式夸张语义鲜明呈现。

1.3.2 本体：海难＋夸体：超常 X 特征＋夸张点：超常程度强

靠海吃海，人们利用海洋物产的丰富养活自己，改善生活水平，正是此种意识的体现。但是，天有不测风云，海有无常惨状。

于是舟人渔子,徂南极东,或屑没于鼋鼍之穴,或挂胃于岑崟之峰。或掣掣泄泄于裸人之国,或泛泛悠悠于黑齿之邦。或乃萍流而浮转,或因归风以自反。徒识观怪之多骇,乃不悟所历之近远。

超常 X 特征的 X 表现为:(渔民)碎身于老鳖和鳄鱼的空腹、困厄在孤岛山巅,遇难漂浮到裸人之国、黑齿之邦,(难民)像浮萍漂流无踪影,偶尔顺风返家园。

遭遇海难的渔民,因风大浪急葬身鱼腹或滞留孤岛是现实生活中可能发生的事故,但至于漂浮到裸人之国和黑齿之邦则是为了夸大距离的遥远,地点的莫测、内心的恐惧,想象出来的地方。那个时代,很少有人、有机会到大海上游览,遭遇海难的另一类型人群,大概就是犯错被流放的罪人了。"若其负秽临深,虚誓愆祈,则有海童邀路,马衔当蹊。"为了让"劝善惩恶"效果更佳,夸大海怪拉人上路、马头龙身的独角兽半路拦截等恐怖情景,期待唤醒人们善行回归。

"海速、海难"两个夸张构式合力支撑"海之事"局部夸张构式成立,形成语篇三对"海之事"夸张性的赞美与恐惧。

"海之状、海之产、海之事"三个局部夸张构式属于封闭性夸张构式,独自构成语篇一、语篇二、语篇三,支撑其夸张语义的生成。虽然在这些语篇中也出现比喻、比拟、用典等修辞手法参与的情况,但是这些非典型夸张大多表现在句子层面,对推动这些语篇的叙述影响不大。

1.4 语篇四:局部夸张构式"海之德"

与"海之状、海之产、海之事"封闭性夸张构式不同,"海之德"属于开放性夸张构式。开放性夸张构式不能独立构成语篇完整结构,但对语篇叙述结构生成,影响较大。

1.4.1 本体:大海+夸体:仙境、超常 X 特征+夸张点:超常程度强

从推动语篇生成角度观察,夸体"仙境、超常 X 特征"成为推动夸张语篇叙述的修辞因素,夸张构式表现为两个层次。

第一层次:本体:大海+夸体:仙境+夸张点:超常程度强

第二层次:本体:仙境+夸体:超常 X 特征+夸张点:超常程度强

比喻的强势出现,形成了比喻性夸张构式"大海如仙境"。此种比喻性夸张构式,不仅作用于句子描述层面,更对语篇叙述产生强力牵引。先用跨域范畴的"仙境"比喻大海的神奇,只有在仙境主体确立的前提下,

"仙境如此美好"的叙述才能继续推进,夸体"超常 X 特征"的聚合过程,才能成为叙述动力。

本体:仙境 + 夸体:超常 X 特征 + 夸张点:超常程度强

若乃三光既清,天地融朗。不泛阳侯,乘屩绝往;觌安期于蓬莱,见乔山之帝像。群仙缥眇,餐玉清涯。履阜乡之留舄,被羽翮之襂缅。翔天沼,戏穷溟;甄有形于无欲,永悠悠以长生。且其为器也,包干之奥,括坤之区。惟神是宅,亦只是庐。

超常 X 特征的 X 表现为:(波神阳侯)高飞泛海,(安期生相约秦始皇)拜见乔山的黄帝遗像,(神仙)缥缈自如、餐食美玉,(安期生)羽衣如生、飞翔到天池,嬉戏于北海,无欲无求,永乐长生,(神仙)以天地为容器,包罗苍天奥秘,囊括大地区域。(大海)是神仙的住宅、圣人的住所。

"竭盘石,栖百灵。扬凯风而南逝,广莫至而北征。"大海有各类神仙栖居,御风而行,在纯净透明的日月星光里与天地融合。神仙们自由自在、永乐长生。神仙是人类理想,仙境是精神向往,食美玉,披羽衣,超越现实的想象,对仙境来说,夸张点"超常程度强"。无论如何超常,"仙境如此美好"都能被理解。大海拥有蓬莱和乔山,承载仙境所在,"大海如仙境"成立。局部夸张构式"海之德"推动的语篇四的夸张语义尽显。

"海之德"除了仙境神仙,祥和美妙的呈现外,还有对海怪的想象,此处海怪语义指向妖魔。我们没有把这些海妖列入"海珍"论述,考虑到表达者描述的海妖,也许有实际海洋生物的模型,但更多是其想象出来的形象,用来彰显惩恶功效。

1.4.2 本体:海妖 + 夸体:超常 X 特征 + 夸张点:超常程度强

天吴乍见而仿佛,蝄像暂晓而闪尸。群妖遘迕,眇晻冶夷。决帆摧橦,戕风起恶。廓如灵变,惚恍幽暮。气似天霄,媛髀云步。儒昱绝电,百色妖露。呵欻掩郁,曨眯无度。飞涝相碾,激势相泐。崩云屑雨,泫泫汩汩。习踔湛綷,沸渍渝溢。灌沸濩渭,荡云沃日。

超常 X 特征的 X 表现为:(人面海妖)八足八尾,(吃人海怪)一闪即逝,(女妖成群)争相献媚、(海妖)扯船帆、断桅杆、鼓飓风、肆意作恶,(海天)瞬息万变、朗空变黄昏,(云气)冲霄怒气、密布乌云,(雷鸣电闪的瞬间)百种怪异现象显露,(光色)闪烁不定,(巨浪)飞舞撞击,(云层)崩裂、暴雨倾泻、应和波涛翻滚的轰鸣,(水波)跳跃腾涌、如沸水、乱流四溢,(波浪)荡涤着天边的云彩、浇灌着天边的太阳。

海妖兴风作浪、电闪雷鸣、阴森恐怖的大海让人望而生畏,与其葬身妖腹,不如当个好人。"海妖"夸张中掺杂比拟,比拟大多融合在句子层面,封闭性"海妖"夸张构式引导了叙述走向,摹绘出大海对人的约束与威严。

"仙境"与"海妖"夸张构式建构的"海之德"语篇,从善、恶两方面彰显大海的包容性。"何奇不有,何怪不储?芒芒积流,含形内虚。旷哉坎德,卑以自居;弘往纳来,以宗以都;品物类生,何有何无。"江河归向汇集,大海广纳百川,大海的外形无边,内在品格虚心,流淌安居,包藏万物。大海是人类精神家园,蕴含旷世伟大的水德。

组合四个局部夸张构式,形成具有结构性的"大海"整体夸张构式(见表七)。

表七

	结构性夸张构式类型	局部夸张构式	本体	夸体	夸张点
《海赋》语篇结构性夸张构式:"本体:大海+夸体:超常X特征+夸张点:超常程度强"	结构性夸张构式类型	海之状	海广	超常X特征	超常程度强
			海奇		
			海大		
		海之产	海珍		
			海鲸		
			海鸟		
	封闭性夸张构式	海之事	海速		
			海难		
	开放性夸张构式	海之德	海妖		
			仙境		

《海赋》语篇由结构性夸张构式"本体:大海+夸体:超常X特征+夸张点:超常程度强"推动叙述形成,在叙述的过程中,"海之状、海之

产、海之事、海之德"四个局部夸张构式分别建构出四个分语篇，融合形成《海赋》总语篇。夸体"超常 X 特征"的丰富性成为语篇叙述动力，决定了语篇个性化生成。由此可知，结构性夸张构式具有层次性，不管处于上位、下位的哪一个层次，都表现出引领叙述走向，承担支撑叙述结构的重任。《海赋》开篇营造出大海形成过程的历史沧桑感，如：

> 昔在帝妫，臣唐之代，天纲浡潏，为涧为瀵；洪涛澜汗，万里无际；长波浩漫，迤涎八裔。于是乎禹也，乃铲临崖之阜陆，决陂潢而相波。启龙门之岸嶺，垦陵峦而崭凿。群山既略，百川潜渫。泱漭淡汙，腾波赴势。江河既道，万穴俱流，掎拔五岳，竭涸九州。沥滴渗淫，荟蔚云雾，涓流泱瀁，莫不来注。

从远古时代漫天洪水着笔，细化大禹治水艰辛，用历史空间烘托出大海的博大深广的物理空间，形成气势雄浑、博雅深厚的审美风格。

表达者继承前代同题赋的游仙设计，弘扬铺陈名物写法，融航海知识和奇谈怪事为一体，吸收猎奇志怪时风审美趣味，具有鲜明的述异色彩，突破以华丽辞藻、丰富情思斗逞文采、寄托心志赋文体的约束，展开奇幻想象，打造出宏伟诡谲、略带惊悚的阅读体验，与鲍照《芜城赋》、张敏《神女赋》共同引领了志怪小说的生发。

2. 结构性夸张构式解释力的验证

通过前文的分析，我们稍加理解了结构性夸张构式在木华《海赋》的诗学功能。结构性夸张构式在海赋文体语言里是否批量出现，促使夸张成为构成海赋文体要素的假设得以成立呢？我们将依次考察不同时期海赋的代表作，如：班彪《览海赋》、王粲《游海赋》、孙绰《望海赋》、张融《海赋》，以此印证夸张是海赋文体构成要素的假设得以成立。

2.1 结构性夸张构式——班彪《览海赋》的叙述结构

第一篇以海命名的赋作是班彪的《览海赋》，《文选》以题材不同，把赋分为 15 类，其中第八类为"江海赋"，从此，江海赋作为一类文体正式出现。这首以大海为题材的作品，比第一首山水诗曹操的《观沧海》要早一百七十年，开创了山水文学的创作之旅。与《庄子·秋水》论述的大海形象不同，庄子用大海作比，旨在说理。"天下之水，莫大于海。万川归之，不知何时止而不盈；尾闾泄之，不知何时已而不虚；春秋不变，水旱不知，此其过江河之流，不可为量数。"庄子的描述无关大海形貌，通过水神河伯与北海海神若关于大与小的对话，劝导人们有容乃大，追寻大道。班彪把大海作为描绘对象，在歌颂了山水自然美的同时，抒发自己的情感。

《览海赋》夸张构式表现为：

本体：大海 + 夸体：超常 X 特征 + 夸张点：超常程度强

由局部夸张构式"海之状""海之德"构成。

> 顾百川之分流，焕烂熳以成章。风波薄其裔裔，邈浩浩以汤汤。指日月以为表，索方瀛与壶梁。

通过近观、远眺、极目三个视点的夸张描绘，展现"海之状"的壮美。

> 曜金璆以为阙，次玉石而为堂。蓂芝列于阶路，涌醴渐于中唐。朱紫彩烂，明珠夜光。松乔坐于东序，王母处于西箱。命韩众与岐伯，讲神篇而校灵章。愿结旅而自托，因离世而高游。骋飞龙之骖驾，历八极而回周。遂倰节而响应，勿轻举以神浮。遵霓雾之掩荡，登云涂以凌厉。乘虚风而体景，超太清以增逝。麾天阍以启路，辟阊阖而望余。通王谒于紫宫，拜太一而受符。

先把大海比喻为仙境，通过开放性夸张构式的叙述，神驰幻境、体悟人生。

据赵逵夫考证，班固名下的"运之修短，不豫期也"是班彪《览海赋》中结尾部分，明确表现出命运不可掌握的思想。①

局部夸张构式"海之状""海之德"与文本开头作赋缘由合为一体，构成《览海赋》夸张语篇。与木华《海赋》相比，少了"海之产"与"海之事"两部分，班彪不在意"写物图貌、蔚似雕画"，更强调"虚拟仙境、体物写志"，呈现出审美山水的赋体格局。

2.2 结构性夸张构式——王粲《游海赋》的叙述结构

《游海赋》夸张构式表现为：

---

① 赵逵夫：《班彪〈览海赋〉》，《文学遗产》2002 年第 2 期。

本体：大海 + 夸体：超常 X 特征 + 夸张点：超常程度强
由局部夸张构式"海之状""海之产"构成。

> 吐星出日，天与水际。其深不测，其广无臬。寻之冥地，不见涯泄。章亥所不极，卢敖所不届。洪洪洋洋，诚不可度也。处嵎夷之正位兮，同色号于穹苍。苞纳污之弘量，正宗庙之纪纲。总众流而臣下，为百谷之君王。洪涛奋荡，大浪踊跃。山隆谷窳，宛覃相搏。

通过"登阴隅以东望，览沧海之体势"，展现"海之状"的无边无际，深不可测。

> 怀珍藏宝，神隐怪匿。或无气能行，或含血而不食，或有叶而无根，或能飞而无翼。鸟则爰居孔鹄，翡翠鹳鹳，缤纷往来，沉浮翱翔。鱼则横尾曲头，方目偃额，大者若山陵，小者重钧石。乃有贡蛟大贝，明月夜光，蠵鼊玳瑁，金质黑章。若夫长洲别岛，旗布星峙，高或万寻，近或千里。桂林蘩乎其上，珊瑚周乎其趾。群犀代角，巨象解齿，黄金碧玉，名不可纪。

铺陈罗列大海珍奇灵异之宝藏，有写实成分，更多带有想象中的夸张。

局部夸张构式"海之状""海之产"与开头点明的作赋缘由合力，构成《游海赋》夸张语篇。与木华《海赋》相比，少了"海之事""海之德"两部分，王粲此赋简略，内容未铺展，虽有铺陈见闻的主观意愿，结构仍旧具有夸张构式的特征。

2.3 结构性夸张构式——孙绰《望海赋》的叙述结构

《望海赋》夸张构式表现为：

本体：大海 + 夸体：超常 X 特征 + 夸张点：超常程度强
由局部夸张构式"海之状""海之产"构成。

> 因湛亮以静镜，俯游目于渊庭。（《文选》颜延之《应诏宴曲水诗》注）
> 五湖同浸，九江丛溉，抱河含济，吞淮纳泗，南控沅湘，西引泾渭。洲诸迢递以疏属，岛屿绵邈以牢罗，殖鬼崔之碣石，构穹隆之𤫊

柯。玄奥之府，重刃之房。

表达者极尽铺排，以夸张笔法展现了海的博大、壮观、神奇的"海之状"。

  鳞汇禺殊，甲产无方。包随珠，衔夜光。玳瑁熠烁以泳游，螗蠾焕烂以映涨，虚贝含素而表紫，蠳螺络丹而带缃。青甲芬飙以微扇，玄木杳眇以舒芳。其卉木则绿苔石发，蔓以流绵。紫茎苣综，解以被渚；华组依波而锦披，翠纶扇风而绣举。长鲸岳立以截浪，虯鲭扬鬐以排流。巨鼇蝾屃以冠山，乌鳢呼禽以吞舟。鹏为羽桀，鲲称介豪，翼遮半天，背负重霄。举翰则宇宙生风，抗鳞则四渎起涛。考万川以周览，亮天池之综纬。弥纶八荒，亘带九地。昏明注之而不溢，尾闾泄之而不匮。（《艺文类聚》八）
  石鸡清响以应潮，慧躯轻远以远洁。（《御览》九百十八）
  三余孤戏，比目双游。（《初学记》三十）
  文鲤黄鳣。（《御览》九百三十九）
  若乃惟馨陈祈，祝不愧言，或适于东，或归于西。商客齐畅，潮流往还，各资顺势，双帆同悬。偃如骈骊偕驰，拿如交隼轩骞。（《北堂书钞》一百三十八，《御览》七百七十一）

铺陈赞美大海物产丰富、灵异，精心列出海中珍宝、草木、鳞禽等类物产。

局部夸张构式"海之状""海之产"构成《望海赋》夸张语篇，与木华《海赋》相比，少了与"海之事""海之德"两部分。孙绰此赋的大海，除了把大海当成审美对象，还包含歌颂王朝声威，展泱泱大国气势的修辞意图。

2.4 结构性夸张构式——张融《海赋》的叙述结构

《海赋》夸张构式表现为：

本体：大海＋**夸体**：超常 X 特征＋**夸张点**：超常程度强

由局部夸张构式"海之状""海之产"构成。

  尔其海之状也，之相也：则穷区没渚，万里藏岸，控会河济，朝总江汉。回混浩溃，巅倒发涛。浮天振远，灌日飞高。拟撞则八弦摧殨，鼓怒则九纽折裂。擒长风以举波，漰天地而为势。濴泽渚洽，来往相辜，汩浃淠渤，窨石成窟。西冲虞渊之曲，东振汤谷之阿。若木于是乎倒覆，折扶桑而为渣。濩濼㵎浑，𣵧洌碨雍，渤濢沦潭，澜浅垄椴。湍转则日月似惊，浪动而星河如覆。既裂太山与昆仑相压而共溃，又盛雷车震汉破天以折榖。

卷涟涴濑，辗转纵横。扬珠起玉，流镜飞明。是其回堆曲浦，欹关弱渚之形势也。沙屿相接，洲岛相连。东西南北，如满于天。梁禽楚兽，胡木汉草之所生焉。长风动路，深云暗道之所经焉。茗茗蒂蒂，窅窅翳翳，晨鸟宿于东隅，落河浪其西界。茫沆汴河，汩魂漫桓。旁踞委岳，横竦危峦。重彰岌岌，攒岭聚立。嵂嵃㟐崁，架石相阴。吞曈陁陁，横出旁入。嵬嵬磊磊，若相追而下及。峰势纵横，岫形参错。或如前而未进，乍非迁而已却。天抗晖于东曲，日倒丽于西阿。岭集雪以怀镜，岩昭春而自华。

江泽汨汨，滦岩拍岭。触山礚石，汙湾寒况，碨泱瀇澌，流柴磾屼。顿浪低波，蓉硗硊，折岭挫峰，牢浪碨掊，崩山相磋，万里霭霭，极路天外。电战雷奔，倒地相礚。兽门象逸，鱼路鲸奔。水遽龙魄，陆振虎魂。却瞻无后，向望何前。长寻高眺，唯水与天。若乃山横蹴浪，风倒摧波。磊若惊山竭岭以竦石，郁若飞烟奔云以振霞。连瑶光而交彩，接玉绳以通华。

尔乎夜满深雾，昼密长云，高河灭景，万里无文。山门幽暖，岫户葐蒀。九天相掩，五地交氛。汪汪横横，沉沉浩浩。淬溃大人之表，泱荡君子之外。风沫相排，日闭云开。浪散波合，岳起山隤。

波涛汹涌之状好似断裂维系天地的枢纽，整个宇宙被搅得动荡，日月受惊，银河倒扣。

巨浪相倾如泰山压昆仑，小浪相逐仿佛兽斗象逸。浪声震天恰似电战雷奔、水剧龙魂、陆振虎魄。当大海平静之时，海上波光水色、风云烟月，意境幽雅，诗情画意。表达者极尽想象，以夸张笔法展现了"壮哉水之奇也，奇哉水之壮也"的"海之状"。

若乃漉沙构白，熬波出素。积雪中春，飞霜暑路。尔其奇名出录，诡物无书。高岸乳鸟，横门（《艺文类聚》作"阎"）产鱼。则何惧鳙鲐，鱻鱿鲽。哄月吐霞，吞河漱月。气开地震，声动天发。喷洒哕噫，流雨而扬云。乔髓壮脊，架岳而飞坟。蜒动崩五山之势，睑焕七曜之文。蟮蟮瑅蛘（《艺文类聚》作"毒瑅"）绮贝绣螺。玄朱互彩，绿紫相华。游见秋濑，泳景登春。伏鳞渍彩，升鲂洗文。

若乃春代秋绪，岁去冬归。柔风丽景，晴云积晖。起龙途于灵步，翔螭道之神飞。浮微云之如懵，落轻雨之依依。触巧途而礠远，抵栾木以激扬。浪相礴而起千状，波独涌乎惊万容。苹藻留映，荷芰提阴。扶容曼彩，秀远华深。明藕移玉，清莲代金。眄芬芳于遥渚，泛灼烁于长浔。浮舻杂轴，游舶交艘。帷轩帐席，方远连高。入惊波而箭绝，振排天之雄飙。越汤谷以逐景，渡虞渊以追月。遍万里而无时，浃天地于挥忽。雕隼飞而未半，鲲龙趋而不逮。舟人未及复其喘，已周流宇宙之外矣。

阴鸟阳禽，春毛秋羽。远翘风游，高翩云举。翔归栖去，连阴日路。澜涨波渚，陶玄浴素。长纮四断，平表九绝。雉蓦成霞，鸿飞起雪。合声鸣侣，并翰翻群。飞关溢绣，流浦照文。

尔夫人微亮气，小白如淋。凉空澄远，增汉无阴，照天容于鲦渚，镜河色于鲹浔。括盖余以进广，浸夏洲以洞深。形每惊而义维静，迹有事而道无心。于是乎山海藏阴，云尘入岫。天英篇华，日色盈秀，则若士神中，琴高道外。袖轻羽以衣风，逸玄裾于云带。筵秋月于源潮，帐春霞于秀濑。晒蓬莱之灵岫，望方壶之妙阙。树遏日以飞柯，岭回峰以蹴月。空居无俗，素馆何尘。谷门风道，林路云真。

若乃幽崖陡陉，隈隩之穷，骏波虎浪之气，激势之所不攻。有卉有木，为灌为丛。络糅网杂，结叶相笼。通云交拂，连韵共风，荡洲礠岸，而千里若崩，冲崖沃岛，其万国如战。振骏气以摆雷，飞雄光以倒电。

若夫增云不气，流风敛声。澜文复动，波色还惊。明月何远，沙里分星。至其积珍全远，架宝谕深。琼池玉壑，珠岫珊岑。合日开夜，舒月解阴。珊瑚开绩，琉璃竦华。丹文镜色，杂照冰霞。洪洪溃溃，浴于日月。淹汉星墟，渗河天界。风何本而自生，云无从而空灭。笼丽色以拂烟，镜悬晖以照雪。

星如珠玉，倒影在海中闪烁，月如明镜，随波浪而飞流。天上景物倒映在水中，伴着大海原本拥有的海盐、鱼类、贝壳类等珍宝、物种，相映成趣。表达者没有严格遵循大赋的铺陈罗列的写法，不强调海之产的丰硕、神奇，而是出神入化表现出从浮云飘移想到如入梦境，观轻雨淅漓感到依依不舍等人类细腻的情感，从对"形每惊而义维静，迹有事而道无心"海景的观察中，体悟人的形迹千变万化而心却坚守如一的道理。表达者略写"海之产"，详述所观、所悟。

> 尔乃方员去我，混然落情。气暄而浊，化静自清。心无终故不滞，志不败而无成。既覆舟而载舟，固以死而以生。弘刍狗于人兽，导至本以充形。虽万物之日用，谅何纬其何经。道湛天初，机茂形外。亡有所以而有，非胶有于生末。亡无所以而无，信无心以入太。不动动是使山岳相崩，不声声故能天地交泰。行藏虚于用舍，应感亮于圆会。仁者见之谓之仁，达者见之谓之达。咶者几于上善，吾信哉其为大矣。（《南齐书·张融传》《艺文类聚》八）

《海赋》最后一段，包含着深奥的佛理玄思，由大海所生发出的哲理，与木华《海赋》的"喻诸心性德行"不同，直接阐释动静、有无、生死、行藏等道理，比木华《海赋》的结尾更玄奥，彰显了张融佛学家兼文学家的双栖身份。

不同于木华等人在岸上望海或近处游海，《海赋》貌似作于航海途中，属于切身体验，从开端的序中，可见端倪。

> 盖言之用也，情矣形乎。使天形寅内敷，情敷外寅者，言之业也。吾远职荒官，将海得地，行关入浪，宿渚经波，傅怀树观，长满朝夕，东西无里，南北如天，反覆悬乌，表里菀色。壮哉水之奇也，奇哉水之壮也。故古人以之颂其所见，吾问翰而赋之焉。当其济兴绝感，岂觉人在我外，木生之作，君自君矣。

此段也直接点明虽说木华《海赋》精妙绝伦，但是，表达者要另辟蹊径，创新演绎新篇章的创作目的。正如谭家健所言《海赋》，"有别于汉大赋的全方位铺陈罗列的手法，不着力于海中神话和海上物产，而以浓墨重彩，精雕细刻，去表现海洋在不同气候条件下的复杂面貌和航海者的不同观察与感受，尤其在用词造句方面刻意求新求精"。①

局部夸张构式"海之状""海之产"构成《海赋》夸张语篇，张融此赋的大海，把大海当成单纯审美对象，想象奇特，夸张恢宏，主观上达到表达者预设的创作目的，客观上成为传世名篇。

结构性夸张构式在班彪《览海赋》、王粲《游海赋》、孙绰《望海赋》、张融《海赋》四篇海赋文体语言里皆有出现，因为篇幅与创作目的不同，局部夸张构式的数量会有变化，为了方便对比，列表如下（见表八）。

表八

作品	结构性夸张构式类型	局部夸张构式	本体	夸体	夸张点
班彪《览海赋》	封闭性夸张构式	海之状	海之状	超常 X 特征	超常程度强
	开放性夸张构式	海之德	海之德		
王粲《游海赋》	封闭性夸张构式	海之状	海之状		
	封闭性夸张构式	海之产	海之产		
孙绰《望海赋》	封闭性夸张构式	海之状	海之状		
	封闭性夸张构式	海之产	海之产		
张融《海赋》	封闭性夸张构式	海之状	海之状		
	封闭性夸张构式	海之产	海之产		

由表八可知，海赋文体构成要素与结构性夸张构式密不可分，大多体现在"海之状"的夸张描绘与"海之产"的繁丰罗列中，在对所赋之物浓墨重彩讴歌基础上，引申出对人生、自然、宇宙的感叹。汉魏六朝海赋将写实与神话传说相结合，在虚实之间，描绘出大海气势超凡、物产丰饶的盛景，传递出怀才不遇的士人在对大海仙境的畅想里，隐藏的对理想生活的渴望。"中国文学中的海大多数情况下成了一个非自然性的仙话载体，既有仙声神氛又有人间政治性、伦理性的烟火气。中国文人创作心境各异，但于海的情绪记忆却似乎特别的好，只不过这是集体的而非个人的。于是，在这种'惯常思路'的诱发和导引下，海意象遂成为宣泄传统文人内心郁闷的一个窗口，海的相关题材领域也成为超现实想

---

① 谭家健：《汉魏六朝时期的海赋》，《聊城师范学院学报》2000年第2期。

象的一个孳生外化之处。"① 以海入赋，拓展了赋体文学的创作领域，是汉魏六朝人"将欣赏自然，转化为一种自觉、普遍的精神生活方式，转化为一种自觉的审美趣味、行为者"的结果，"自然山水实乃魏晋士人的精神家园"。②

汉魏六朝海赋夸张语篇的客观存在，印证了夸张是海赋文体构成要素假设的合理性，也帮助海赋，甚至整个赋文体形成文辞华美、结构铺陈、体式雍容、文风博雅等文体特点。当然，从海赋文体进一步拓展到其他类型赋的文体，夸张能否依旧是赋文体构成的要素呢？还需要考察更多文本，进一步验证。

三 诗的结构性夸张构式的广义修辞学分析

夸张作为创作手法与认知世界的独特方式，凸显事物特征，表达主观情感，很早就在诗中显现。《诗经》中《河广》篇："谁谓河广？曾不容舠。谁谓宋远？曾不崇朝。"《云汉》篇："周余黎民，靡有孑遗。"皆体现出表达者强烈的主观情感与所要传递的"河狭、途近、周民无"等最重要的信息，这些信息在现实世界不真实，都带有表达者主观强调的夸张语义。

夸张与诗联系紧密，古今学者皆有论述，如：刘明华、于广元、张炎荪、范夏勋、胡传志等。③ 于广元《夸张辞格审美发展史》明确表示：《诗经》及先秦散见歌谣中的夸张，是人们载歌载舞时展示崇高之美的产物，并展现出热烈、奔放的特色。《楚辞》中的夸张也是人们载歌载舞时展示崇高之美的产物，并展现出南方楚文化浓厚的神话色彩和炽烈的浪漫激情。秦汉诗歌中的夸张深受楚文化的影响，展示的是充满激情的崇高之美。……魏晋南北朝时期诗歌夸张的审美则转向了优美，并且展示了优美的不同特色。在玄言诗中，夸张用以体悟玄理，展示的是虚淡简约的优美；在山水诗中，夸张用以描述山水景色，展示的是"初发芙蓉"的优美；在乐府诗中，夸张用以表达男女之情，展示的是哀怨缠绵的优美。唐

---

① 王立：《海意象与中西方民族文化精神略论》，《大连理工大学学报》2000年第4期。
② 薛富兴：《魏晋自然审美概观》，《西北师大学报》2005年第3期。
③ 刘明华：《杜诗夸张二题》，《西南师范大学学报》1990年第4期；于广元：《唐代诗歌的夸张及其审美》，《平顶山学院学报》2012年第4期；张炎荪、于广元：《魏晋南北朝诗歌的夸张及其审美》，《南京晓庄学院学报》2016年第5期；范夏勋、胡传志：《李白诗歌夸张艺术的客观基础》，《皖西学院学报》2018年第3期。

宋时期诗歌中夸张的审美继承发展了先秦两汉时期夸张审美的传统，主要展现了崇高之美，但也间有优美。唐诗中的夸张展现了崇高之美，然不同的诗有不同的特色。边塞诗中的夸张展现了奔放奇异、非凡浪漫的天才美，杜甫诗中的夸张展现了沉郁顿挫、形式完美的规范美，宋诗中的夸张展现了充满才气、富有哲理的崇高美。……元明清时期诗中的夸张，继承了夸张审美的传统，展现了崇高之美。……现当代时期诗歌中夸张的审美，继承发展了古代诗歌中夸张的审美传统。这些诗歌，不管是应用古代诗歌格律的体式，还是现代自由的体式，都普遍地运用了夸张，展现了崇高之美。20 世纪之初郭沫若的《女神》中大量非凡大胆的夸张，在继承中国古代崇高、吸收西方崇高的同时，展现了不同于古代崇高、西方崇高的具有五四时期时代精神的狂飙突进的崇高美。改革开放以后的朦胧诗和其他新兴的诗中的夸张，意象模糊，令人思索，展现的是朦胧美。[①] 于广元在分析《诗经》及先秦歌谣—《楚辞》—魏晋南北朝玄言诗、山水诗、乐府诗—唐宋边塞诗、李白诗、杜甫诗—元明清诗—现当代时期诗歌等作品的基础上，归纳出诗歌中夸张的各种美感形式。我们在阅读于广元搜集的各个时期诗歌夸张语料基础上，更坚定了夸张与诗歌文体关系密切的认识。

很多学者关注诗歌夸张运用研究，研究成果大多涉及李白、杜甫等诗人作品词句的夸张分析，宏观探讨魏晋南北朝、唐代诗歌中夸张语言形式及审美特点，较少有学者涉及夸张参与诗歌创作、诗歌文体与夸张关系研究，特别是从广义修辞学视角，观察夸张参与语篇建构的修辞诗学研究，这些空白点的存在，鼓励了我们再探讨的勇气。当我们关注诗的语义、诗的起源，试图发现夸张与诗文体的关联时，在对诗歌文本细读的基础上，意识到夸张作为不可缺少的修辞因素，凸显物体特征，张扬诗人真情，推动诗篇叙述，最大可能激活诗文体的审美功能，抒发出强烈的人类情感，具备强大的修辞诗学功能。

（一）"诗"的语义

《说文》曰："诗，志也。从言，寺声。"《广韵》书之切，平之书。之部。《汉语大字典》录有 6 种解释。

[①] 宗廷虎、陈光磊主编：《中国辞格审美史》（第一卷），吉林教育出版社 2019 年版，第 451—452 页。

1. 文学的一种体裁。通过精练而有节奏的语言，集中地反映现实，抒发情感。《诗·小雅·巷伯》："寺人孟子，作为此诗。"晋陆机《文赋》："诗缘情而绮靡，赋体物而浏亮。"唐白居易《与元九书》："诗者，根情，苗言，华声，实义。"毛泽东《给陈毅同志谈诗的一封信》："诗要用形象思维，不能如散文那样直说，所以比兴两法是不能不用的。"

2. 指《诗经》。《论语·为政》："《诗》三百，一言以蔽之，曰'思无邪'。"《庄子·天运》："（孔）丘治《诗》《书》《礼》《乐》《易》《春秋》。"唐韩愈《进学解》："《易》奇而法，《诗》正而葩。"

3. 赋诗歌颂。《史记·司马相如列传》："询封禅之事，诗大泽之博，广符瑞之富。"裴骃集解引《汉书音义》曰："诗，歌咏功德也。"元盛如梓《庶斋老学丛谈》卷上："月宫姮娥，初无此说，诞妄始于《淮南子》，汉人从而传之，唐宋文人又从而诗之歌之。"

4. 奉侍；继承。《礼记·内则》："国君世子生……三日，卜士负之，吉者宿斋，朝服寝门外，诗负之。"郑玄注："诗之言承也。"孔颖达疏："《诗含神雾》云：诗者，持也，以手维持，则承奉之义，谓以手承下而抱负之。"元盛如梓《庶斋老学丛谈》卷中上："《史记》之文，其意深远，则其言愈缓；其事繁碎，则其言愈简。此诗《春秋》之意。"

5. 同"邿"。春秋时国名。在今山东省济宁县东南。

6. 姓。《万姓统谱·支韵》："诗，见《元和姓纂》。望出合浦。"[1]

"诗"为"寺人"之"言"，"寺"属于寺庙官署，由此推之，"诗"的原初语义会带上官方色彩，主要用来歌咏功德，李泽厚、刘纲纪对此也有过相关论述：

> 历史地考察起来，我们认为在远古的氏族社会中，还不可能产生后世那种抒发个人情感、被称为文艺作品看待的"诗"。当时所谓的"诗"是在宗教性、政治性的祭祀和庆功的仪式中祷告上天、颂扬祖先、记叙重大历史事件和功绩的唱词。它的作者是巫祝之官，而不是后世所谓的"诗人"。[2]

---

[1] 汉语大字典编辑委员会：《汉语大字典》（缩印本），湖北辞书出版社、四川辞书出版社1995年版，第1648页。

[2] 李泽厚、刘纲纪：《中国美学史》（先秦两汉编），安徽文艺出版社1999年版，第105页。

"诗"的包容性和复杂性，义项1、2、3、4皆有涉及。义项1指文学的一种体裁，确指文体，义项2指出"诗"可以专指最早的诗歌总集《诗经》，义项3偏重由歌咏功德扩大为赋诗歌颂，义项4由一般的奉侍语义发展为继承。义项5、6与本文无直接关联，略述。

诗，从歌咏功德发展到文体，语义变化的同时，也反映出人们对诗的不断认识，在漫长的语义演变过程中，诗作为独立文体具有怎样的功能呢？

（二）诗文体的形成

《诗经》出现许多杂糅神话传说和史料的诗篇，借助歌颂祖先功德进而祭拜祖先神，如《商颂》中的《长发》《玄鸟》《殷武》，《大雅》中的《生民》《公刘》《文王》，被神化的历史人物随着诗歌逐渐走进人们的视野。

《吕氏春秋·古乐》记载了传说中诗歌起源时由歌颂天帝，发展为歌颂帝王功劳与善德功能的转变过程。"帝颛顼生自若水，实处空桑，乃登为帝，惟天之合正风乃行。其音若熙熙凄凄锵锵，帝颛顼好其音，乃令飞龙作效八风之音，命之曰《承云》，以祭上帝……帝喾命咸黑作为声歌，《九招》《六列》《六英》……帝喾大喜，乃以康帝德。帝尧立，乃命质为乐，质乃效山林溪谷之音以歌……命之曰《大章》，以祭上帝。舜立……帝舜乃令质修《九招》《六列》《六英》，以明帝德。禹立，勤劳天下，日夜不懈，通大川，决壅塞，凿龙门，降通漻水以导河，疏三江五湖，注之东海，以利黔首，于是命皋陶作为《夏籥》九成，以昭其功。""殷汤即位，夏为无道，暴虐万民，侵削诸侯，不用轨度，天下患之。汤于是率六州以讨桀罪，功名大成，黔首安宁。汤乃命伊尹作为《大护》，歌《晨露》，修《九招》《六列》，以见其善。周文王处岐，诸侯去殷，三淫而翼文王。散宜生曰：'殷可伐也。'文王弗许，周公旦乃作诗曰：'文王在上，于昭于天。周虽旧邦，其命维新。'以绳文王之德。武王即位，以六师伐殷。六师未至，以锐兵克之于牧野。归，乃荐俘馘于京太室，乃命周公为作《大武》。成王立，殷民反，王命周公践伐之。商人服象，为虐于东夷，周公遂以师逐之，至于江南，乃为《三象》，以嘉其德。故乐之所由来者尚矣，非独为一世之所造也。"

黄帝、颛顼、喾、尧、舜五帝命人创作出《承云》《九招》《六列》《六英》《大章》《夏籥》等歌颂天帝和祖先神，汤、文王、武王、成王命人创作出《大护》《晨露》《大武》《三象》等歌颂帝王功绩，这些发自内心的颂扬，不仅彰显帝王们的功勋，使其得以流传，也抒发了对他们的感激、敬佩之情。诗歌功能如《尚书·尧典》中舜帝所言："诗言志，歌永言，声依永，律和声。八音克谐，无相夺伦，神人以和。"强调诗用来表达思想感情，唱出来后才成为歌，根据所唱而制定五声，用六律和谐五声。如果能调和八类乐器声音，不使其混乱，那么就能营造出神和人共生的祥和境界。

随着人主体意识的觉醒，人的活动、生活、情感逐渐受到重视，诗歌关注的对象也由颂神转变为颂人。先秦出现的"诗言志"到六朝出现的"诗缘情"，都表明诗具有以抒发情志为要义的文体功能。

据徐麟考证，"言"字的古义中，不仅包含着言说和言语，也包含着言说者自身的意思。

他对《诗经》中"言""我"二字出现频率和形态进行统计和分析，发现"言"字在《诗经》中共出现180处，依毛传、郑笺作"我"解的，有104处，除有7个可断为错训以外，其余大致均匀地分布在整个《诗经》中，表明"言"在当时是一个普通的常用词语，已经进入了"雅语"层次。

《诗经》中"我"字出现的频率极高，达574次，形态上有"所属格""宾格""主格"三种类型，语义指向"我的"、作为外在行为对象的"我"、作为外在行为主体的"我"。"我"字已是一个充分发育成熟的自称代词，语义稳定，很少歧义，内涵丰富，表现自由度大。如果不是因某种表现上的必需，可以不必取用他词来替代，然而《诗经》中很多以"言"代指"我"现象，从何发生呢？徐麟认为要想解释这个疑问，需要对"言"字词义进行说明。

"言"指从内心发出的"舒泄"，"己事己泄""我口舒我心"谓之"直言"。"言"有形式规定，指有韵、有文采，又有节奏，能合乐而诵而歌的言说方式。在内容上，与"我"的内在情感、情绪状态，即"己事"相关；在形式上，与歌、乐相通。狭义的"言"其实就是"诗"，即以"诗"而直接"舒泄"内心的言说方式。《诗经》中"言"字，全属主格。"言""我"形态不同，表明它们在语义的承担上有差别，在诗的语境中呈现不同的表现功能。主格与所属格是"言""我"比重最大的区别，"言"字中有一种指称状态的描述性意义。当"言"字以主格形式出现在某种语境中时，所指称的是一个含有内在情感结构的"我"，是"我"的存在方式或状态，与

"我"不可分。而一旦这个内在的情感"结构"被独立或分离出来,成为中心词或专门描写对象时,那么"言"的主格也就被语境抽空,只能成为次要的修饰成分而退居所属格,即变为"我的","驾言出游,以写我忧"可以表现出"言"与"我"的这种微妙差别。

关于"诗"的字义,杨树达先生认为《说文》用"志"释"诗",是因为"占'诗'、'志'二文同用"的缘故。从内在的方面看,"志"是"心"的一种活动形态。"心"字在汉语中,一向被用以指称人的情感、意志和智慧之源或中心。《说文·心部》释"心,人也。土藏在身之中,象形"。"身"字在《尔雅·释诂》的同一条目下,与"余""言"等一起,被训为"我"。"身"在"心"外,"心"在身内,二者指谓,所重不同。但至少已可看出,"心"字中实际已包含了内在感知、自我意识及在心理上自谓的意思。所以,汉字中凡从"心"者,和由"心"字构成的词语又指情、指意、指欲者,几乎都隐含着一层内在体验的"心觉"意味。

关于"志",在我国古代诗学中,居主导地位的是"情志"说,"心"是"志"的寓所。

《左传·昭公二十五年》:"是故审则直类,以制六志。"杜预注:"为礼制好、恶、喜、怒、哀、乐六志,使不过节。"孔颖达疏:"此六志,《礼记》谓之六情。在己为情,情动为志。情志一也。"孔语既说明了"情"与"志"的关系,又陈述了由"情"到"志"的发动过程。"情"居内己,一旦动而为"志",就要施之于外。所以对于"己"来说,"情志一也",但又有内外之别。《说文·己部》:"己,中宫也,象万物辟藏,拙形也。己承戊,象人腹。"故"己"与"身"形义相关,都有反身自称之义。《说文·我部》:"我,施身自谓也。"由此可见,"己"、"身"与"我"在代称关系上具有一致性。从字义上看,"志"无论是"心之所之"还是"情动为志",都因其系内出于一"己"之"心",而至隐有"我"义在内,则无可置疑。

从诗学方面来说,既然古之"诗""志"同用,而"志"又在"己"之心,并非直接就是"诗",那么在"诗""志"之间,就必须有一个中介性的转换过程,这就是"言"。如杨树达所言"诗与志虽无二,究有内外之分。故许(慎)复以志发于言为说"。《毛诗序》云:"诗者,志之所之,发言为诗。"说明"志"必须在特定方式的言说中,才成其为诗。尤其值得注意的是孔颖达的疏:"此又解作诗之由。诗者,人志意之所适也。

虽有所适，犹未发口，蕴藏在心，谓之为'志'。发见于言，乃名为'诗'。言作诗者，所以舒心志愤懑，而卒成于歌咏。故《虞书》谓之'诗言志'也。包管万虑，其名曰'心'；感物而动，乃呼为'志'。志之所适，万物感焉。"这段话说明了在"诗"产生过程中，"志"的流程是由"心"到"言"。"言"作为一个中介环节的意义在于延续了"志之所之"，而成之为诗。因此，这就是一个以"志"为心理动力和起点的言说过程，也就是诗歌话语的生成过程。并且，其全过程都完成于言志者之"我"的一己之内。可以想象，古之"诗""志"同用，体现了"言，我也"的隐含意义，并且也只有在这个意义上，"言，我也"之训才能成立。所以，《说文》以"志"释"诗"具有原始文化意味，表明了"志""言""诗"三者在古语中的某种不言而喻的同位性和同构性。①

我们借助徐麟的论证，认可"诗""言""志"一体的观点，认为中国古代抒情诗发达的原因是古人主体自觉意识的觉醒、自我体验的丰富，主体关注的目光聚焦在内在自我的同时，凭借"诗"的形式走上社会舞台，完成自我实现的目标。

诗，在中国绵延的历史长河中，主要指抒情诗，经历了"颂神—颂人—言志"的转化，这种偏向于内心观照、精神性的活动，不仅记录、反映了中国人诗意化的生活，也塑造了中国人，尤其是知识分子政治人生、艺术人生的走向，形成审美化人格。正如朱玲所言："中国抒情诗参与知识分子的人生建构，主要是通过两方面进行的，即写诗、献诗、用诗作为知识分子投身社会政治活动的途径。诗作为诗人在艺术层面上的自我实现方式。这两方面，在不同的时期各有侧重，共同铸就知识分子的人生。诗，也因此以独特的审美方式，渗透进众多知识分子的意识行为，使得他们的人格体现出强烈的审美化特征。"②

纵观中国古代诗歌史可知，周到春秋，设有专门机构，采集诗歌，整理编纂，了解民风，考察社会。汉代社会的繁荣富庶，唤起文人作诗献赋的热情为帝王歌功颂德的同时展现自我人生价值。唐代更是把诗推向鼎盛，帝王与世人皆爱诗，视诗才选拔、任用之，助推诗人实现建功立业的政治理想。所以王国维才说："披我中国之哲学史，凡哲学家无不欲兼为

---

① 徐麟：《"言，我也"和中国古代诗学》，《文艺理论研究》1996年第1期。
② 朱玲：《文学文体建构论》，海峡文艺出版社2005年版，第173页。

政治家者……诗人亦然……至诗人之无此抱负者，与夫小说、戏曲、图画、音乐诸家，皆以俳优倡优自处，世亦以俳优倡优畜之。所谓'诗外尚有事在'，'一命为文人，便无足观'，我国人之金科玉律也……此无怪历代诗人，多托于忠君爱国劝善惩恶之意，以自解免。"①

对诗人本身而言，自觉遵循"诗"所提倡的价值理念与审美倾向立身行事成为必然，诗人在抒发自己情感的同时也在用诗中歌咏的高洁人格规约自己。魏晋以后，随着"人"的解放、"文"的自觉，促使人们用诗的语言品评人的诗意人生，很大程度上把对人的理性评判变成审美品味，影响了中国人审美化人格追寻的风尚。

从《诗经》起，已经有相当部分诗歌带有人的自我情感抒发特征，从某种意义上说，在中国语境中，从诗歌生发过程观察，诗也就是抒情诗，《楚辞》更是抒情诗的典范，引领中国抒情诗文体的形成。屈原既是伟大的诗人又是杰出的政治家，精美的诗篇与高尚的人格成为引领中国知识分子精神的明灯。夸张作为凸显事物特征、表达主观情感的创作方法可以很好彰显诗文体抒情性的特点，成为诗人强烈主观态度与情感宣泄的好凭借。我们借助对《离骚》等各个时期典型抒情诗歌文本的分析，尝试探讨夸张是创作抒情诗不可缺少的修辞因素的合理性。

（三）研究语料：抒情诗文本的选择

为了将研究对象界定在可控范围之内，观察得更为仔细，我们按照时间先后，在每个时代选择一篇抒情诗的代表性文本（见表九），在具体篇章中，探索夸张参与抒情诗语篇建构的修辞功能，再延伸观察夸张与诗文体的关系，尝试论述夸张是伴随诗语篇生成、诗文体发展不可或缺修辞因素观点的成立。

表九

时间	作者	作品	出处
先秦	无名氏	《国风·王风·采葛》	程俊英、蒋见元：《诗经注析》，中华书局 2009 年版，第 211—213 页
先秦	屈原	《离骚》	金开城、董洪利、高路明：《屈原集校注》，中华书局 1996 年版，第 1—184 页

---

① 王国维：《静庵文集·论哲学家与美术家之天职》，胡经之主编：《中国古典美学丛编》（下），中华书局 1979 年版，第 728 页。

续表

时间	作者	作品	出处
汉	无名氏	《上邪》	郭茂倩编：《乐府诗集》，中华书局2013年版，第231页
唐	李白	《蜀道难》	王琦注：《李太白全集》，中华书局1999年版，第162—168页
宋	苏轼	《有美堂暴雨》	冯应榴辑注：《苏轼诗集合注》，上海古籍出版社2009年版，第453—455页
元	杨维桢	《鸿门会》	张景星、姚培谦、王永祺编选：《元诗别裁集》，上海古籍出版社2013年版，第51页
明	王阳明	《泛海》	杜贵晨选注：《明诗选》，人民文学出版社2003年版，第272页
清	魏源	《晓窗》	《魏源全集》第十四册，《古微堂诗集》卷十，岳麓书社2011年版，第224页

（四）抒情诗的结构性夸张构式的广义修辞学分析

聚焦到我们着重研究的抒情诗的结构性夸张构式分析，更多表现为结构性的开放性夸张构式。我们运用广义修辞学理论资源和模式，发掘作为修辞元素的夸张构式在语篇结构中的叙述功能。抒情诗的结构与语言描写大都具有夸张特征，因为具体诗篇描写、表现的对象不一样，夸张本体呈现丰富多彩的聚合体特征，我们用 X 标识。只要抒情诗歌呈现用夸张建构语篇的特征，夸体就表现出超越物体、人物、事件等的正常状态，凸显特定情感与状态的特异性，采用超常程度强大的语言形式，带来表达与接受的冲击力，从而提升审美张力，强化阅读体验。夸张构式可以抽象为：

本体：X + 夸体：超常 X 特征 + 夸张点：超常程度强

每首诗的夸张构式都是这个抽象式的一个变体，聚合在一起，可以验证"夸张构式具有参与抒情诗歌语篇建构修辞功能"假设的成立。我们先以屈原《离骚》为例，详细论述之。

1. 结构性夸张构式——屈原《离骚》的叙述结构

屈原是我国伟大诗人的先行者，创作的《离骚》《九歌》《天问》《九章》等系列优秀作品，一改《诗经》风格，如刘勰所言"自铸伟辞"，开创了文人抒情诗时代。《离骚》更是中国文学史上的鸿篇巨作，是屈原用理想、生命熔铸而成的心灵史诗。

《离骚》篇名的解释，旧说可以概括为两类：司马迁《史记·屈原列传》曰"离骚者，犹离忧也"。班固《离骚赞序》认为："离，犹遭也。骚，忧也。明己遭忧作辞也。"二人观点略同，多为后人所宗。另一说来自王逸《楚辞章句离骚经序》曰："离，别也。骚，愁也。经，径也。言己放逐离别，中心愁思。犹依道径以风谏君也。"此说释"离骚"为"别愁"，影响后世。近人的解释，影响较大的也有两家。一是游国恩《楚辞概论》所持观点："离骚"与《大招》中的"劳商"双声通转，"劳商"王逸注为古曲名，则《离骚》亦应古曲名，用于篇名与《九歌》《九辩》相若。至于"离骚"二字本身的意义，即"牢骚"。二是钱钟书《管锥篇》认为的："离骚"是"欲摆脱忧愁而遁避之"之意，与用作人名的"弃疾""去病"，或用作诗题的"遣愁""送穷"相类。此二说颇为新颖别致。金开诚等认为，从屈原的生平事迹和屈辞用词之例来看，司马迁与班固的解释较为符合题名原意。①

我们从金说，认可司马迁、班固"离忧"观点。

《离骚》是古典文学中最长的抒情诗，内容丰富。全诗由三部分组成。

第一部分：描写自己的出生、世系、品质、修养等，回忆辅佐楚王进行政治改革、遭逸被疏经历，表明政治态度和信念。

第二部分：借女媭劝告，向重华陈词，坚持"举贤授能"主张，执着于"上下求索"理想。

第三部分：请灵氛占卜、巫咸降神、寻求出路、去国远游，抒发恋恋不舍的深情厚谊。

在《离骚》语篇范畴考察，夸张构式意义体现为语言形式本体＋夸体＋夸张点呈现复杂化、层次化特质。从语篇整体层次着手，夸张构式可以抽象为：

本体：离骚＋夸体：超常 X 特征＋夸张点：超常程度强

《离骚》由三个局部夸张构式组合而成，呈现为结构上的第一、第二、第三部分，建构出三个分语篇，他们使"离忧"的情感得到充分展现。每个层面的描绘，生成一个局部夸张构式，局部夸张构式组合在一起，生成语篇整体夸张构式，三个分语篇合在一起，完成《离骚》语篇叙述。夸体"超常 X 特征"和夸张点"超常程度强"根据所处的具体夸张构式，表现

---

① 金开城、董洪利、高路明：《屈原集校注》，中华书局1996年版，第1页。

出多种形式的聚合与变化。

语篇一属于封闭性夸张构式，夸张构式独自构成语篇结构，支撑语篇生成。

1.1 语篇一：局部夸张构式"自叙身世、忧君忧民忧己"

语篇一通过5个下位层次的局部夸张构式"纷吾既有此内美兮，又重之以修能""指九天以为正兮，夫唯灵修之故也""愿依彭咸之遗则""伏清白以死直""虽体解吾犹未变"建构而成。

1.1.1 本体：纷吾既有此内美兮，又重之以修能 + 夸体：超常 X 特征 + 夸张点：超常程度强

诗人自述家世出身，"帝高阳之苗裔兮，朕皇考曰伯庸。摄提贞于孟陬兮，惟庚寅吾以降。皇览揆余初度兮，肇锡余以嘉名。名余曰正则兮，字余曰灵均"。表明自己出身名门，吉瑞降生，拥有相应美名。但自己没有沉溺于良好的天赋，强调后天努力的修能，于是诗人笔下的修能，就带上强烈的主观情绪，呈现丰富多彩的夸大状态，夸体表现为：

> 扈江离与辟芷兮，纫秋兰以为佩。
> 汨余若将不及兮，恐年岁之不吾与。
> 朝搴阰之木兰兮，夕揽洲之宿莽。
> 日月忽其不淹兮，春与秋其代序。
> 惟草木之零落兮，恐美人之迟暮。
> 不抚壮而弃秽兮，何不改乎此度。
> 乘骐骥以驰骋兮，来吾道夫先路。

夸体超常 X 特征的 X 表现为：诗人把江离芷草披在肩上，把秋兰结成索佩挂在身上。早晨在大坡采集木兰，傍晚在小洲摘取宿莽。如此勤奋，也抵挡不住光阴似箭，四季更迭，岁月无情，美人迟暮，何不在盛时扬弃秽政、改变法度呢？来吧，我在前引导开路，乘上千里马纵横驰骋吧。

诗人在描绘"纷吾既有此内美兮，又重之以修能"时，除了自报家门属实以外，其余表达皆带有想象成分，披挂采集香草，借具体实物比喻抽象品格高洁，比喻只是手段，目的是凸显"内美"与"修能"并重，超越常人，也超越了现实世界的事实情况。虽然夸张点没有在语言形式上直

接呈现，接受者在解读夸体语义过程中，很容易把握表达者着力表现的"超常程度强"的良苦用心。在夸张构式"纷吾既有此内美兮，又重之以修能"结构和夸张点"超常程度强"合力压制下，采集香草、光阴似箭、策马驰骋等句子的语义皆超出现实世界的常量、超常量，达到精神世界夸张量范畴，因而，整个构式带有了凸显诗人强烈情感的夸张语义。

1.1.2 本体：指九天以为正兮，夫唯灵修之故也＋夸体：超常 X 特征＋夸张点：超常程度强

诗人阐明自己的政治立场和观点，但这些建议却不被君王采纳。早知忠言直谏会带来灾祸，仍旧执着于约定。诗人笔下的被君王所"数化"，就呈现出伤心欲绝的夸大状态，夸体表现为：

> 岂余身之殚殃兮，恐皇舆之败绩。
> 忽奔走以先后兮，及前王之踵武。
> 荃不查余之中情兮，反信谗而齌怒。
> 余固知謇謇之为患兮，忍而不能舍也。
> 指九天以为正兮，夫唯灵修之故也。
> 曰黄昏以为期兮，羌中道而改路。
> 初既与余成言兮，后悔遁而有他。
> 余既不难夫离别兮，伤灵修之数化。

夸体超常 X 特征的 X 表现为：不害怕招惹灾祸，担心国家就此覆没。前前后后地奔走照料，就为了君王能跟上先王脚步。你不了解我的忠心，听信谗言对我发怒。我明知忠言直谏会带来灾祸，却又不能不说。让苍天做证，一切为你，你却毁约。我不伤心与你别离，伤心你的反反复复。

为了劝谏君王，诗人举出三公德行完美，尧舜光明正直，亲贤人、远小人，沿着正道登上坦途的正面事迹，用桀纣的狂妄邪恶、走投无路作为反衬，怒斥结党营私之人苟安享乐，导致前途黑暗、险阻，带给国家巨大伤害。自己一片丹心，却遭小人离间，君王怀疑，夸张点强调了被疑伤心的"超常程度强"，当诗人痛苦吟诵出"指九天以为正兮，夫唯灵修之故也"时，不仅是对君王的失望，也带有无法实现自己政治理想的伤痛，构式带有了夸张语义。

1.1.3 **本体：愿依彭咸之遗则 + 夸体：超常 X 特征 + 夸张点：超常程度强**

诗人为国家培养人才，但众芳变得污秽，利欲熏心又贪得无厌，猜疑别人宽恕自己，钩心斗角相互嫉妒，奔走钻营争权夺利，这些都不是诗人追求的，诗人担心的是老年渐渐来临，美好的名声却不能树立。诗人的积极自修，呈现出众人皆浊我独清的夸大状态，夸体表现为：

朝饮木兰之坠露兮，夕餐秋菊之落英。
苟余情其信姱以练要兮，长顑颔亦何伤。
擥木根以结茝兮，贯薜荔之落蕊。
矫菌桂以纫蕙兮，索胡绳之纚纚。
謇吾法夫前修兮，非世俗之所服。
虽不周于今之人兮，愿依彭咸之遗则。

夸体超常 X 特征的 X 表现为：早晨饮木兰上的露珠，晚上食菊花残瓣充饥。情感坚贞，哪管形销骨立。用木根编结茝草，穿缀薜荔花蕊。用菌桂枝条连接蕙草，搓成又长又好的胡绳。向古代圣贤学习，不是世间俗人能做到的，虽不能相容与现在的人，愿依照彭咸的遗教。

《章句》："彭咸，殷贤大夫，谏其君不听，自投水而死。"诗人此处的明志，并不是真的投水而死，表明要遵循先贤遗留的教诲，在群芳芜秽的环境中，洁身自好的气节。此处描述的生活也不是现实世界的真实场景，夸张点强调了积极自修的"超常程度强"，当诗人发出"愿依彭咸之遗则"的誓言时，表明了"謇吾法夫前修"的决心，此构式的表达带有诗人主观感情介入后的夸张语义。

1.1.4 **本体：伏清白以死直 + 夸体：超常 X 特征 + 夸张点：超常程度强**

诗人在君王的昏聩、群小的谗毁之下，感到孤独，但他矢志不移，宁可"伏清白以死直"，也不"背绳墨而追曲"。诗人宁死不屈的志向，呈现出主观强调的夸大状态，夸体表现为：

长太息以掩涕兮，哀民生之多艰。
余虽好修姱以鞿羁兮，謇朝谇而夕替。
既替余以蕙纕兮，又申之以揽茝。

> 亦余心之所善兮，虽九死其犹未悔。
> 怨灵修之浩荡兮，终不察夫民心。
> 众女嫉余之蛾眉兮，谣诼谓余以善淫。
> 固时俗之工巧兮，偭规矩而改错。
> 背绳墨以追曲兮，竞周容以为度。
> 忳郁邑余侘傺兮，吾独穷困乎此时也。
> 宁溘死以流亡兮，余不忍为此态也。
> 鸷鸟之不群兮，自前世而固然。
> 何方圜之能周兮，夫孰异道而相安。
> 屈心而抑志兮，忍尤而攘诟。
> 伏清白以死直兮，固前圣之所厚。

夸体超常 X 特征的 X 表现为：诗人揩着眼泪声声长叹，人生道路多么艰难。自己虽然爱好修洁严于责己，却遭到早晨被辱骂晚上又丢官的对待。群小攻击我佩戴蕙草采集芷兰，妖艳好淫，君王糊涂呀，不能体察人心。庸人善于投机取巧，背弃规矩改变政策，追求邪曲，争着苟合取悦。雄鹰不能与燕雀同群，方与圆不能配合，志向不同不能相安，宁愿多次死亡不后悔，宁可马上死去魂魄离散，宁把斥责咒骂统统承担，也要保持清白节操，死于圣贤所称赞的直道。

诗人三次提到至死不变的坚贞气节，"死"不是肉体真的消亡，代表一种程度处于极限的状态，夸张点强调了即使在此极限状态下也不能改变志向情感的"超常程度强"。"亦余心之所善兮，虽九死其犹未悔。""宁溘死以流亡兮，余不忍为此态也。""伏清白以死直兮，固前圣之所厚。"所强调的语义，表达出诗人心灵深处的坚持，皆超出现实世界的超常量，抵达精神世界夸张量范畴，整个构式因之带有诗人强烈情感的夸张语义。

1.1.5 本体：虽体解吾犹未变 + 夸体：超常 X 特征 + 夸张点：超常程度强

诗人的理想虽然不能实现，但坚决不放弃，努力强化自己的道德情操，决不屈服。诗人的迷茫与迟疑只是暂时的，进取不成反而获罪的不公也不能停下"好修"的品行，"虽体解吾犹未变"呈现出主观强调的夸大状态，夸体表现为：

制芰荷以为衣兮，集芙蓉以为裳。
不吾知其亦已兮，苟余情其信芳。
高余冠之岌岌兮，长余佩之陆离。
芳与泽其杂糅兮，唯昭质其犹未亏。
忽反顾以游目兮，将往观乎四荒。
佩缤纷其繁饰兮，芳菲菲其弥章。
民生各有所乐兮，余独好修以为常。
虽体解吾犹未变兮，岂余心之可惩。

夸体超常 X 特征的 X 表现为：裁剪菱叶为上衣，编织荷花为下裳，加高帽子，增长佩带，佩戴五彩缤纷华丽装饰，散发悠悠浓郁芬香。虽然芳洁污垢混杂一起，我也要保持内心馥郁芬芳。人们各有爱好，我最爱自洁高尚，受到警戒也不彷徨，粉身碎骨也不彷徨。

面对众人的诋毁，诗人也有软弱、犹豫的时候。后悔看不清前途，迟疑着掉转车头走回原路，打马彳亍在兰草水边，停留徘徊在椒木小山。"忽反顾以游目兮，将往观乎四荒。"鼓起勇气，驱散这瞬间的软弱，继续修行，为自己的理想，粉身碎骨也愿意。诗人再次使用表达极限程度的粉身碎骨不能移其志，传递出带有夸张语义的强烈情感。

5个下位层次的局部夸张构式"纷吾既有此内美兮，又重之以修能""指九天以为正兮，夫唯灵修之故也""愿依彭咸之遗则""伏清白以死直""虽体解吾犹未变"组合成语篇一。诗人自叙出身高贵、德才兼备、道德情操高尚、政治理想坚定，虽然被权贵群小所嫉恨、被君王疏远，但为了国家利益、人民生活，自己要克服艰难险阻，洁身自好，虽死不改志向，为国家鞠躬尽瘁。语篇一虽然依据现实勾勒而出，但诗人饱满的深情极好地渲染出抒情诗所要传递的强烈主观感情的特性。主观性的情感，借助主观化的夸张构式的语言形式演绎而出，尽情地凸显诗人所要表现的心灵深处的寻找知音反而被弃的痛苦，塑造出"与天地兮同寿，与日月兮齐光"的伟大形象，开启了浪漫主义文学的审美之路。

1.2 语篇二：局部夸张构式"女媭劝诫、向重华陈辞、上下求索"

诗人遭受不见容于君、不受知于世的巨大重创，被贬谪流放。在回顾追求之路的时候，面对失败，不得不进行反思，连情深谊重的"女媭"都责备、劝说自己，还能期待有谁能理解呢？诗人被逼着去找重华评理，开启上叩天门下求美女皆不得的失败之路。

语篇二通过 3 个下位层次的局部夸张构式"女媭劝诫""向重华陈辞""上下求索"建构而成。与语篇一封闭性夸张构式不同，语篇二属于开放性夸张构式。开放性夸张构式不能独立构成语篇完整结构，但对语篇叙述结构生成，影响较大。夸张构式表现为两个层次。

第一层次：本体：诗人反思 + 夸体：女媭劝诫、向重华陈辞、上下求索 + 夸张点：超常程度强

第二层次：本体：女媭劝诫、向重华陈辞、上下求索 + 夸体：超常 X 特征 + 夸张点：超常程度强

现实世界的被驱逐惨景，让世人心生幻想，期待在想象世界中寻觅知音。诗人想象出女媭、重华、上叩天门下求美女的场景，目的不是刻画这些事件和场景的真实存在，而是通过这些场景的设计，创造合适的语言形式表达出诗人内心痛苦、反思深度。从人们认知的角度说，首先认可第一层次夸张构式虚构的"女媭、重华、上下求索"人物、事件的存在，其次才能理解第二层次诗人在对这些人物、事件刻画的同时，倾注巨大心血，夸张性表达出上天入地不死心的执着。换句话说，只有在"女媭、重华、上下求索"先是夸体后是本体确立的前提下，"诗人反思"的叙述才能继续推进，夸体"超常 X 特征"的聚合过程，才能成为叙述动力。局部夸张构式具体表现如下：

1.2.1 本体：女媭劝诫 + 夸体：超常 X 特征 + 夸张点：超常程度强

女媭对我的遭遇非常关切，一而再再而三地告诫我，虽然不能让我放弃主张，但她言辞激烈，爱恨交织，夸大了诗人情绪的抒发，夸体表现为：

  鲧婞直以亡身兮，终然夭乎羽之野。
  汝何博謇而好修兮，纷独有此姱节。
  薋菉葹以盈室兮，判独离而不服。
  众不可户说兮，孰云察余之中情。
  世并举而好朋兮，夫何茕独而不予听。

对女媭的解释有多种说法，王逸《楚辞章句》："女媭，屈原姊也"；《说文》引贾逵说："楚人谓姊为媭"；汪瑗《楚辞集解》："媭者，贱妾之称"；张凤翼《文选纂注》："媭者，女人通称"；刘梦鹏《屈子章句》

"娭,众女相弟兄之称"等。金开诚等认为:"女娭"只是寓言,并非实有其人;因为屈原曾以美人自喻,所以对他进行责劝的人也假设为女性,这也正如上文嫉其蛾眉者,必设为"众女"一样。又从"女娭"责劝的态度、内容及语气看,则其人身份当是女伴中的长者,是一个"老大姊"式的人物。①

诗人虚构出"家姐"这个人物,表明连最亲近的人都不能理解自己,何况外人呢?设置出最小量都无法满足的悲惨现状,至于世人的理解,比登天都难。这也是否定最小量连带否定一切的夸张用法的体现。

夸体超常X特征的X表现为:鲧刚直到不顾性命的程度,被杀死在羽山荒野。你不吸取教训,依旧忠言无忌,爱好修饰,独有美好节操。满屋堆着普通花草,你却与众不同,不肯佩服。无法挨家挨户说明自己的高洁,没有人会详查我们的本心。世人都喜欢成群结伙,你为何总是不听我的劝说?

假借女娭之口,连用三个"独"字,"纷独有此姱节、判独离而不服、夫何茕独而不予听",表明自己与世人趋炎附势的对立。自己依照先圣行为节制性情却遭孤立,愤懑之情难以平静。诗人借用违抗女娭劝诫,传递出连最亲密家姐的劝说都不能使其抛弃节操,至于世人围攻就更不足惧的态度。此处以否定最大量连带否定一切的夸张用法,传递出诗人坚定不移的决心。

1.2.2 本体:向重华陈辞 + 夸体:超常X特征 + 夸张点:超常程度强

诗人在虚设的家姐面前遭受重创,为了续接一丝渺茫的幻想,去找虞舜评理。评理是虚,倾诉为实,愤懑情绪被夸大呈现,夸体表现为:

启九辩与九歌兮,夏康娱以自纵。
不顾难以图后兮,五子用失乎家巷。
羿淫游以佚畋兮,又好射夫封狐。
固乱流其鲜终兮,浞又贪夫厥家。
浇身被服强圉兮,纵欲而不忍。
日康娱以自忘兮,厥首用夫颠陨。
夏桀之常违兮,乃遂焉而逢殃。

---

① 金开诚、董洪利、高路明:《屈原集校注》,中华书局1996年版,第58页。

> 后辛之菹醢兮，殷宗用而不长。
> 汤禹俨而只敬兮，周论道而莫差。
> 举贤而授能兮，循绳墨而不颇。
> 皇天无私阿兮，览民德焉错辅。
> 夫维圣哲以茂行兮，苟得用此下土。
> 瞻前而顾后兮，相观民之计极。
> 夫孰非义而可用兮，孰非善而可服。
> 阽余身而危死兮，览余初其犹未悔。
> 不量凿而正枘兮，固前修以菹醢。

夸体超常 X 特征的 X 表现为：夏启、后羿、寒浇、夏桀、纣王寻欢作乐，荒淫放纵，把忠良剁成肉酱，祸国殃民不能久长；商汤、夏禹、文王态度恭敬，选拔贤良，讲究道理，遵循规则治国安邦。上天公正无私，扶持德行高尚圣王，才能享有天下土地。回顾过去展望未来，观察做人根本才能打算怎样。不义、不善的事情，坚决不干，虽然面临死亡的危险，丝毫不后悔当初志向。

诗人内心因家姐的劝说备感迷茫，在向重华倾诉的过程中，志向又逐渐坚定起来。极度鞭挞愚君的丑恶，赞美贤君的圣明，在善、恶两极的对比中，增强叙述的张力，夸张点强调坚定信念不动摇决心程度强烈，"阽余身而危死兮，览余初其犹未悔"至死不悔。反问句的连用，"夫孰非义而可用兮，孰非善而可服"更是强化了情绪激烈程度，夸大了语义的主观性。

1.2.3 本体：上下求索 + 夸体：超常 X 特征 + 夸张点：超常程度强

诗人因为女媭劝诫，不得不向重华阐述举贤授能的政治主张，结果却不得不面对贤人正在遭殃的事实。诗人泣不成声，哀叹美好时光不再，热泪滚滚沾湿衣裳，想离开尘世，上下求索，表现为两个更下位的局部夸张构式。

1.2.3.1 本体：上叩天门 + 夸体：超常 X 特征 + 夸张点：超常程度强

诗人驾驭着玉虬乘着凤车，飘忽离开尘世飞到天上，夸体表现为：

> 朝发轫于苍梧兮，夕余至乎县圃。
> 欲少留此灵琐兮，日忽忽其将暮。

> 吾令羲和弭节兮，望崦嵫而勿迫。
> 路曼曼其修远兮，吾将上下而求索。
> 饮余马于咸池兮，总余辔乎扶桑。
> 折若木以拂日兮，聊逍遥以相羊。
> 前望舒使先驱兮，后飞廉使奔属。
> 鸾皇为余先戒兮，雷师告余以未具。
> 吾令凤鸟飞腾兮，继之以日夜。
> 飘风屯其相离兮，帅云霓而来御。
> 纷总总其离合兮，斑陆离其上下。
> 吾令帝阍开关兮，倚阊阖而望予。
> 时暧暧其将罢兮，结幽兰而延伫。
> 世溷浊而不分兮，好蔽美而嫉妒。

夸体超常 X 特征的 X 表现为：早晨从南方的苍梧出发，傍晚就到达了昆仑山。本想在灵琐稍事逗留，但夕阳西下暮色苍茫。命令羲和停鞭慢行，不让太阳迫近崦嵫山旁。前面道路又远又长，我上上下下追求理想。马在咸池饮水，缰绳拴在扶桑树上。折下若木枝挡住太阳，暂且从容徜徉。前面望舒作为先驱，后面飞廉紧紧跟上。鸾鸟凤凰在前戒备，雷师还没安排停当。命令凤凰展翅，夜以继日飞翔。旋风聚集，云霓迎上，五光十色飘浮游荡。叫天门守卫把门打开，他却靠门呆望。日色渐暗，时间已晚，我结着幽兰久久徜徉。这个世道混浊、善恶不分，喜欢妒忌别人、抹杀所长。

在诗人幻想出来的光怪陆离的天界，诗人虽然具备驱日驭月、驾龙乘凤、号令雷师等夸大、超凡的能力，夜以继日赶到天门，却被拒之门外。夸张点凸显上叩天门无果，失望程度强烈。即使在幻想世界，也寻找不到知音，无法获得实现政治理想的办法。巨大落差，灭顶锤砸，诗人虽有幽兰之香，也被混浊世界吞没，邪恶力量无比巨大。

1.2.3.2 本体：下求美女＋夸体：超常 X 特征＋夸张点：超常程度强

诗人上叩天门求索失败后，心有不甘，下求美女再次明志，夸体表现为：

> 朝吾将济于白水兮，登阆风而绁马。

忽反顾以流涕兮，哀高丘之无女。
溘吾游此春宫兮，折琼枝以继佩。
及荣华之未落兮，相下女之可诒。
吾令丰隆椉云兮，求宓妃之所在。
解佩纕以结言兮，吾令蹇修以为理。
纷总总其离合兮，忽纬繣其难迁。
夕归次于穷石兮，朝濯发乎洧盘。
保厥美以骄傲兮，日康娱以淫游。
虽信美而无礼兮，来违弃而改求。
览相观于四极兮，周流乎天余乃下。
望瑶台之偃蹇兮，见有娀之佚女。
吾令鸩为媒兮，鸩告余以不好。
雄鸠之鸣逝兮，余犹恶其佻巧。
心犹豫而狐疑兮，欲自适而不可。
凤皇既受诒兮，恐高辛之先我。
欲远集而无所止兮，聊浮游以逍遥。
及少康之未家兮，留有虞之二姚。
理弱而媒拙兮，恐道言之不固。
世溷浊而嫉贤兮，好蔽美而称恶。
闺中既以邃远兮，哲王又不寤。
怀朕情而不发兮，余焉能忍与此终古。

夸体超常 X 特征的 X 表现为：回头眺望涕泪淋漓，哀叹高丘没有美女。飘忽游到春宫，摘下玉树枝条增添配饰，把能接受馈赠琼枝花朵的美女寻找。命云师驾车，找寻宓妃住处。解下佩戴，束好求婚信，请蹇修做媒。云霓簇集，乖离难成。宓妃晚宿穷石，晨洗发于洧盘，仗着美貌骄傲自大，放荡不羁寻欢作乐，虽美丽但不守礼法，只好放弃，另外求索。在天上观察四面八方，周游一遍后从天而降。遥望华丽巍峨的玉台，有娀氏美女住在那里。请鸩鸟前去做媒，又嫌弃其诡诈轻佻，自己去吧又觉得不妙，因为凤凰接受聘礼，高辛赶在了前面。想去远方又无处安居，只好四处逍遥流浪。趁着少康还没有结婚，留着有虞国的二姚公主。媒人没有伶牙俐齿，说合希望渺茫。世间混乱，嫉贤妒能，障蔽美德，称道恶事。闺中美女无法接近，贤智君王又没有睡醒。满腔忠贞激情无处倾泻，又怎能永远忍耐？

诗人一求宓妃，二求有娀氏，三求二姚，虽说有云师护驾，有蹇修、鸩鸟做媒，都求之不得。"闺中邃远"和"哲王不寤"是失败的最主要原因，夸张点凸显下求美女失败后痛苦程度强烈。

从女媭劝诫，引出向重华陈辞，进而上下求索，即使在幻想世界中也难逃失败命运，更何况污浊的现实世界呢？夸张语义表现出诗人政治理想不被世人接受、不被君王赏识的深沉的悲哀。

1.3 语篇三：局部夸张构式"灵氛占卜、巫咸降神、远逝以自疏"

诗人遭受上叩天门、下求美女的失败，仍旧不忍离开故国，心存留恋，继续寻找能理解自己的人物，能说服自己的理由。

语篇三通过3个下位层次的局部夸张构式"灵氛占卜""巫咸降神""远逝以自疏"建构而成。语篇三也属于开放性夸张构式，夸张构式表现为两个层次。

第一层次：本体：诗人去留难决断＋夸体：灵氛占卜、巫咸降神、远逝以自疏＋夸张点：超常程度强

第二层次：本体：灵氛占卜、巫咸降神、远逝以自疏＋夸体：超常 X 特征＋夸张点：超常程度强

诗人想象出灵氛、巫咸、远逝以自疏等情节，通过这些虚构人物和场景的设计，借助创新性语言形式表达出内心对无人赏识的悲愤，去国离乡的犹豫。从认知的角度说，认可第一层次夸张构式虚构的"灵氛、巫咸、远逝以自疏"人物、事件的存在，才能理解第二层次诗人在对这些人物、事件刻画的时候，夸张性凸显出"将远逝以自疏"的不舍与不甘。换句话说，只有在"灵氛、巫咸、远逝以自疏"先是夸体后是本体确立的前提下，"去留难决断"的叙述才能继续推进，夸体"超常 X 特征"的聚合过程，才能成为叙述动力。局部夸张构式具体表现如下：

1.3.1 本体：灵氛占卜＋夸体：超常 X 特征＋夸张点：超常程度强

诗人找来灵草和细竹片，请灵氛占卜，幻想着双方美好必将结合，真正好修必然爱慕，天下如此广阔，不应该找不到知音。诗人残存的一点希望，被灵氛夸张话语彻底碾压。夸体表现为：

勉远逝而无狐疑兮，孰求美而释女。

> 何所独无芳草兮，尔何怀乎故宇。
> 世幽昧以眩曜兮，孰云察余之善恶。
> 民好恶其不同兮，惟此党人其独异。
> 户服艾以盈要兮，谓幽兰其不可佩。
> 览察草木其犹未得兮，岂珵美之能当。
> 苏粪壤以充帏兮，谓申椒其不芳。

夸体超常 X 特征的 X 表现为：远走高飞不要迟疑，真正寻求美人的不会把你放弃。天涯何处无芳草，不必苦苦怀恋故地。世道黑暗使人眼光迷乱，没有人了解我们内心。人们好恶原本相异，这帮小人更加怪癖，把艾草挂满腰间，说幽兰不可佩戴。连草木好坏都分辨不清，哪里能够正确评价玉器？用粪土塞满自己香袋，反说佩戴的申椒没有香气。

诗人在去留问题上犹豫不决，虚构出灵氛占卜，帮助自己做出决断。灵氛讲出世道奸诈、邪恶，香臭、好坏颠倒，力劝诗人离去。夸张点强调应该离去的态度强烈，不要再心存留恋。

1.3.2 本体：巫咸降神 + 夸体：超常 X 特征 + 夸张点：超常程度强

诗人带着花椒精米去请巫咸降神，天上诸神遮天蔽日齐降，九嶷山众神纷纷迎接，灵光闪闪，奇妙无边。巫咸代替众神发言，夸体表现为：

> 勉升降以上下兮，求榘矱之所同。
> 汤禹俨而求合兮，挚咎繇而能调。
> 苟中情其好修兮，又何必用夫行媒。
> 说操筑于傅岩兮，武丁用而不疑。
> 吕望之鼓刀兮，遭周文而得举。
> 宁戚之讴歌兮，齐桓闻以该辅。
> 及年岁之未晏兮，时亦犹其未央。
> 恐鹈鴂之先鸣兮，使夫百草为之不芳。

夸体超常 X 特征的 X 表现为：上天下地寻找意气相投的同道，伊尹、皋陶、傅说、姜太公、宁戚幸遇汤、禹、武丁、周文王、齐桓公，因为明君严正虚心，君臣才能协调。趁年轻大有作为，施展才华，不要等到年老力衰时，一切来不及。

巫咸替神代言，劝说诗人看清眼前形式。美好的琼佩，出于嫉妒被摧毁，从前的香草变成荒蒿野艾，兰草抛弃美质追随世俗，花椒专横谄媚，茱萸冒充香草，揭车江离早已变心，事态习俗随波逐流，诗人保持的美德"芳菲菲而难亏兮，芬至今犹未沫"，诗人如此不容于世，还是离开"聊浮游而求女""周流观乎上下"。夸张点强调离去理由充分，说服诗人不要再抱有幻想。此段语义，夸大描述了诗人复杂矛盾的心理，淋漓尽致展现出万千思绪。

1.3.3 本体：远逝以自疏＋夸体：超常 X 特征＋夸张点：超常程度强

灵氛占卜力劝，巫咸替神代言鼓励离去，终于让诗人下定决心，选个好日子出发。诗人做足了远游的准备，夸体表现为：

> 折琼枝以为羞兮，精琼爢以为粻。
> 为余驾飞龙兮，杂瑶象以为车。
> 何离心之可同兮，吾将远逝以自疏。
> 邅吾道夫昆仑兮，路修远以周流。
> 扬云霓之暗蔼兮，鸣玉鸾之啾啾。
> 朝发轫于天津兮，夕余至乎西极。
> 凤皇翼其承旂兮，高翱翔之翼翼。
> 忽吾行此流沙兮，遵赤水而容与。
> 麾蛟龙使梁津兮，诏西皇使涉予。
> 路修远以多艰兮，腾众车使径待。
> 路不周以左转兮，指西海以为期。
> 屯余车其千乘兮，齐玉轪而并驰。
> 驾八龙之婉婉兮，载云旗之委蛇。
> 抑志而弭节兮，神高驰之邈邈。
> 奏九歌而舞韶兮，聊假日以偷乐。
> 陟升皇之赫戏兮，忽临睨夫旧乡。
> 仆夫悲余马怀兮，蜷局顾而不行。

夸体超常 X 特征的 X 表现为：摘下玉树枝叶作为肉脯，捣碎美玉备齐干粮。驭飞龙驾车，镶嵌美玉和象牙于华车，远游昆仑山下。玉玲叮当，伴着云霞，清晨从天河渡口出发，傍晚到达西边天涯，凤凰展翅托旌旗，翱翔长空节奏忙。指挥蛟龙架桥，命令西皇渡我上岸。路途遥远艰险，经过不周山向左转，直指西海。玉轮齐驱，八龙前行，云霓旗帜飘扬，奏着《九歌》跳起《韶》舞，欢娱大好时光。当太阳东升，光照大地，忽然看见故乡，仆从悲伤，马儿也退缩回头不肯走向远方。

诗人幻想着驾龙御凤远离是非之地，千辆宝车伴随云霓出行，外在的辉煌热闹都是虚张声势，被疏远的诗人不可能有此待遇，这种超越现实的心灵抚慰，难掩不忍离去的忧伤。虽说"已矣哉，国无人莫我知兮，又何怀乎故都"，但是，诗人还是不肯放弃自己的理想，发誓至死不渝，"既莫足与为美政兮，吾将从彭咸之所居"。整段话语以乐景衬悲伤，夸张点凸显悲伤程度强，夸大了诗人高尚志向终落空的悲伤深沉，虽死不悔绝望的坚守绵长。

组合三个局部夸张构式，建构出具有结构性夸张构式的整体夸张构式"离骚"（见表十）。

表十

	结构性夸张构式类型	局部夸张构式	本体	夸体	夸张点
《离骚》语篇结构性夸张构式："本体：离骚 + 夸体：超常 X 特征 + 夸张点：超常程度强"	封闭性夸张构式	自叙身世、忧君忧民忧己	纷吾既有此内美兮，又重之以修能	超常 X 特征	超常程度强
			指九天以为正兮，夫唯灵修之故也		
			愿依彭咸之遗则		
			伏清白以死直		
			虽体解吾犹未变		
	开放性夸张构式	女媭劝诫、向重华陈辞、上下求索	女媭劝诫		
			向重华陈辞		
			上下求索		
		灵氛占卜、巫咸降神、远逝以自疏	灵氛占卜		
			巫咸降神		
			远逝以自疏		

《离骚》语篇由结构性夸张构式"本体：离骚 + 夸体：超常 X 特征 + 夸张点：超常程度强"推动叙述形成，在叙述的过程中，"自叙身世、忧君忧民忧己；女媭劝诫、向重华陈辞、上下求索；灵氛占卜、巫咸降神、远逝以自疏"三个局部夸张构式形成的三个分语篇，融合组建了《离骚》总语篇。夸体"超常 X 特征"的丰富性成为语篇叙述动力，

决定了语篇个性化生成。由此可知,结构性夸张构式具有层次性,不管处于上位、下位的哪一个层次,都表现出引领叙述走向,承担支撑抒情诗结构模式的重任。

1.4 《离骚》其他夸张形式分析

《离骚》的夸张表现为多种形式,除了前面分析的结构性夸张构式形式,还呈现为词语、句式、借助比喻、比拟等因素形成的局部或系统性夸张。

1.4.1 《离骚》词语夸张形式分析

《离骚》词语夸张形式主要表现为"九""百""死"等词语虚指所呈现出的夸张用法。

1.4.1.1 "九"虚指呈现出的夸张用法

"九",在汉语里是个有趣的数字,《说文》:"九,阳之变也。象其屈曲究尽之形。"丁山《数名古谊》:"九,本肘字,象臂节形。……臂节可屈可伸,故有纠曲意。"按:甲、金文中九用为数字。《广韵》举有切,上有见。幽部。《玉篇·乙部》:"九,数也。"除了实际所指之数,还泛指多数。《广雅·释诂四》:"九,究也。"清汪中《述学·释三九上》:"因而生人之措辞,凡一二之所不能尽者,则约之三以见其多;三之所不能尽者,则约之九以见其极多,此言语之虚数也。"刘师培《古书疑义举例补·虚数不可实指之例》:"《楚辞·九歌》本十一篇,而以九数标目,则数之不止于九者,亦可以九为数,盖'九'训为'究',又为极数,凡数之指其极者,皆得称之为九,不必泥于实数也。"[①]

《离骚》出现"九"的句子如下:

> 指九天以为正兮
> 余既滋兰之九畹兮
> 虽九死其犹未悔
> 思九州岛之博大兮
> 九嶷缤兮并迎
> 启九辩与九歌兮
> 奏九歌而舞韶兮

---

① 汉语大字典编辑委员会:《汉语大字典》(缩印本),湖北辞书出版社、四川辞书出版社1995年版,第20—21页。

"九嶷"指九嶷山，地名，似与虚指无关。九辩，王夫之《楚辞通释》说："辩犹遍也。一阕谓之一遍。盖亦效夏启《九辩》之名，绍古体为新裁，可以被之管弦。其词激宕淋漓，异于风雅，盖楚声也。后世赋体之兴，皆祖于此。"根据洪兴祖《楚辞补注》、朱熹《楚辞集注》的分法，《九辩》分为十章。《九歌》十一篇，与实际数目有异，虽然属于虚指用法，但不带有极数义。九天、九畹、九死、九州为极数，表达极高、极大、极多、极广等意思，全句因之带有夸张语义。

1.4.1.2 "百""千"虚指呈现出的夸张用法

《说文》："百，十十也。从一、白。数，十百为一贯，相章也。"《广韵》博陌切，入陌帮。铎部。基本意义是数词，还可以表示概数，言其多。①

《说文》："千，十百也。从十，从人。"《广韵》苍先切，平先清。真部。基本意义是数词，还可以表示多。②

"百"和"千"义项皆有"多"的含义，在《离骚》中，表现为以下例句中：

  百神翳其备降兮
  又树蕙之百亩
  使夫百草为之不芳
  屯余车其千乘兮

"百神""百亩""百草""千乘"表达极多意思，全句因之带有夸张语义。

1.4.1.3 "死"虚指呈现出的夸张用法

《说文》："死，澌也，人所离也。从歺，从人。"商承祚《殷墟文字类编》：甲文象"生人拜于朽骨之旁，'死'之谊昭然矣"。《广韵》息姊切，上旨心。脂部。基本意义是生命终结。③

《离骚》出现"死"的句子如下：

---

① 汉语大字典编辑委员会：《汉语大字典》（缩印本），湖北辞书出版社、四川辞书出版社1995年版，第1105页。
② 同上书，第25页。
③ 同上书，第580页。

> 虽九死其犹未悔
> 宁溘死以流亡兮
> 伏清白以死直兮
> 阽余身而危死兮

诗人如此说，不是真的"生命终结"，而是表达出即使到了"死"的状态，也不改变自己的信仰。"死"带有极甚程度，全句也因之带上夸张语义。

《离骚》还出现了委婉言"死"的句子，如：

> 虽体解吾犹未变兮
> 愿依彭咸之遗则
> 吾将从彭咸之所居

句中"体解"，指肢解，一种酷刑，把人的四肢分割开。"彭咸"，指殷贤大夫，谏其君不听，自投水而死。虽然没有直接言"死"，但语义含有和"死"相同等级的极甚程度，全句也因之带上夸张语义。

1.4.2 《离骚》句式的夸张用法

《离骚》多次出现"朝……夕……"和"夕……朝……"句式，如：

> 朝搴阰之木兰兮，夕揽洲之宿莽。
> 朝饮木兰之坠露兮，夕餐秋菊之落英。
> 余虽好修姱以鞿羁兮，謇朝谇而夕替。
> 朝发轫于苍梧兮，夕余至乎县圃。
> 朝发轫于天津兮，夕余至乎西极。
> 夕归次于穷石兮，朝濯发乎洧盘。

邹福清认为：诗人将"朝""夕"对举可以显示时间的流动性，时间的流动、流动的单向性对抒情主人公有着极为重要的意义。首先，时间作为抒情主人公个体生命的否定力量从而被抒情主人公深切感受到；其次，在时间的流逝中，环境朝着不利于抒情主人公的方向发展，使自己的追求更加紧迫，阻力更大。时间的流动既是对抒情主人公生命的否定，也是其价值追求的阻碍。可以说，在抒情主人公时间意识中心是时间的流动性而不是时间的秩序性。①

随着时间的流逝，诗人距离实现理想的目标越来越远，在时不我待的悲愤与忧愁中，留不住的盛世太平随之而去。"朝……夕……"和"夕……朝……"两个时间点，既可以显示全天之中其余的时间，强调时间的快速流逝，又可以夸大时间短暂，在横切面上展示空间的光怪陆离，呼应了时间飘忽不定，借不同时间承载的空间画面的变化映射人生的反复无常。转瞬之间，时空的流逝与转换，夸大凸显出诗人的忧思与悲愤，去留两难，犹豫难决的恍惚迷离的癫狂状态。

1.4.3 《离骚》借助比喻、比拟的夸张用法

《离骚》在语言形式层面运用丰富的比喻、比拟修辞手法，借助设立美好与丑恶对立的喻体与拟体，彰显更深意味的表达者想要强调的美丑两极、善恶两分的夸张性的修辞设计。

比喻、比拟修辞手法可以借助具体事物生动形象的特点，表达抽象无形的离愁别绪与矛盾复杂的思想。通观全篇，美善的喻体、拟体主要有香草类、美人类、飞鸟类、大道类、贤君类、玉石类等六类，详见表十一。

表十一

喻体类型	喻体、拟体	本体	相似点	例句
香草类	江离、辟芷、秋兰、木兰、宿莽、秋菊、薜荔、菌桂、胡绳、芰荷、芙蓉、茝、蕙	美好的素质、节操	芬芳、高洁	扈江离与辟芷兮，纫秋兰以为佩。朝饮木兰之坠露兮，夕餐秋菊之落英。朝搴阰之木兰兮，夕揽洲之宿莽。杂申椒与菌桂兮，岂维纫夫蕙茝。擥木根以结茝兮，贯薜荔之落蕊。矫菌桂以纫蕙兮，索胡绳之纚纚。制芰荷以为衣兮，集芙蓉以为裳。
	申椒、菌桂、蕙、茝	三后的贤臣	芬芳、高洁	杂申椒与菌桂兮，岂维纫夫蕙茝。

---

① 邹福清：《〈离骚〉中叙事的转化》，《孝感师专学报》1998年第3期。

续表

喻体类型	喻体、拟体	本体	相似点	例句
香草类	荃	楚王	芬芳、高洁	荃不查余之中情兮，反信谗而齌怒。
	兰、蕙、留夷、揭车、杜衡、芳芷	学生	芬芳、高洁	余既滋兰之九畹兮，又树蕙之百亩。畦留夷与揭车兮，杂杜衡与芳芷。
	芳草	别国的贤君明主	芬芳、高洁	何所独无芳草兮，尔何怀乎故宇。
美人类	美人	怀王	美好	恐美人之迟暮。
	蛾眉	自己	美好	众女嫉余之蛾眉兮。
	芰荷为衣、芙蓉为裳	自己节操	美好	制芰荷以为衣兮，集芙蓉以为裳。
	有娀之佚女、有虞之二姚	志同道合的贤臣	美好	见有娀之佚女。留有虞之二姚。
	高余冠，长余佩	自己	伟岸，俊美	高余冠之岌岌兮，长余佩之陆离。
	芳与泽杂糅	自己洁身自好	不合污	芳与泽其杂糅兮。
飞鸟类	鸷鸟	耿直忠臣	独立不群	鸷鸟之不群兮。
	"三次求女"中的凤凰	"红娘"一类的贤者	成人之美	凤皇既受诒兮。
	凤皇	随从	跟随	凤皇翼其承旂兮。
大道类	先路	自己愿作共建美政的前行者	先行	乘骐骥以驰骋兮，来吾道夫先路。
	遵道而得路	尧舜在正确的道路上前进	正确	彼尧舜之耿介兮，既遵道而得路。
	前王之踵武	顺着正确道路强大楚国	沿袭	忽奔走以先后兮，及前王之踵武。
	复路	前进道路阻塞不通，另觅出路	阻塞	回朕车以复路兮，及行迷之未远。
	路	上叩帝阍、下求美女	寻找	路曼曼其修远兮，吾将上下而求索。

续表

喻体类型	喻体、拟体	本体	相似点	例句
贤君类	尧舜、汤禹、武丁、周文王、齐桓公	希望楚王效法的理想明君	德才兼备	彼尧舜之耿介兮， 既遵道而得路。 汤禹俨而祗敬兮， 周论道而莫差。 说操筑于傅岩兮， 武丁用而不疑。 吕望之鼓刀兮， 遭周文而得举。 宁戚之讴歌兮， 齐桓闻以该辅。
玉石类	佩、珵	操行的端正、美好	光洁莹润、坚韧不变	长余佩之陆离。 佩缤纷其繁饰兮。 折琼枝以继佩。 解佩纕以结言兮。 岂珵美之能当。 何琼佩之偃蹇兮。 惟兹佩之可贵。

由表十一可见，《离骚》所用比喻，多为借喻形式，只出现喻体，不出现本体，没有出现"像""似"等比喻词，语言形式更简洁，表达更委婉，在某种程度上，也促成了本体理解的不确定性，给全文蒙上一层扑朔迷离的浪漫主义面纱。如：为"众女"所嫉"蛾眉"，本体先是美女，后在"三次求女"中变化为"未婚男子"；"芰荷为衣、芙蓉为裳"中"我"的本体是美女，紧邻的"高余冠之岌岌兮，长余佩之陆离"的"我"又以伟男子形象出现；"惟草木之零落兮，恐美人之迟暮"借美人指向本体怀王；"指九天以为正兮，夫唯灵修之故也"的"灵修"指男性；"初既与余成言兮，后悔遁而有他"的"灵修"指女性。喻体、拟体的不确定性是语言的瑕疵还是诗人有意的安排？我们更倾向后者，表达者采用含混、模糊、反常的语言形式，更易展示诗人在极端悲愤情况下，情绪不稳定的非理智状态。语言形式混乱用法还表现在语句重复上，例如："芳与泽其杂糅兮，唯昭质其犹未亏""佩缤纷其繁饰兮，芳菲菲其弥章""惟兹佩之可贵兮，委厥美而历兹。芳菲菲而难亏兮，芳至今犹未沫"措词相似；"何方圆之能周兮，夫孰异道而相安""伏清白以死直兮，固前圣之所厚""不量凿而正枘兮，固前修以菹醢"句式雷同；"世混浊而不分兮，好蔽美而嫉妒""世混浊而嫉贤兮，好蔽美而称恶""世幽昧以眩

曜兮，孰云察余之善恶"句式重复率高。此种重复、混乱的语言形式，有助于表达者展现心情郁懑烦乱到达极端的状态。

诗人在设置美善的喻体、拟体同时，还设置了丑恶的喻体、拟体，详见表十二。

表十二

喻体类型	喻体	本体	相似点	例句
恶草类	菉、葹、艾、椒、樧	邪恶的品质	恶臭	薋菉葹以盈室兮。 户服艾以盈要兮。 椒专佞以慢慆兮， 樧又欲充夫佩帏。
坏女类	众女、宓妃	世俗小人	卑劣	众女嫉余之蛾眉兮。 求宓妃之所在。
恶鸟类	鸩	言行不良之辈	有毒	鸩告余以不好。
小路类	捷径、小路	昏君举步维艰、奸党小人一意孤行	歪斜	何桀纣之猖披兮， 夫唯捷径以窘步。 惟夫党人之偷乐兮， 路幽昧以险隘。
庸君类	夏启、后羿、寒浞、夏桀、后辛	祸国殃民的坏君王	荒淫、祸害	启九辩与九歌兮， 夏康娱以自纵。 不顾难以图后兮， 五子用失乎家巷。 羿淫游以佚畋兮， 又好射夫封狐。 固乱流其鲜终兮， 浞又贪夫厥家。 浇身被服强圉兮， 纵欲而不忍。 日康娱以自忘兮， 厥首用夫颠陨。 夏桀之常违兮， 乃遂焉而逢殃。 后辛之菹醢兮， 殷宗用而不长。

丑恶与美好对立出现，在鲜明的对比中，美者更美，丑者更丑，夸大了美与丑的各自程度，拉长美、丑的两极，实现了超越语言形式对比的更高级别的表达者想要强调的美丑两极、善恶两分的夸张性的修辞设计。这种设想可以从全文喻体、拟体只有美、丑两类，无中间状态呈现来佐证，也可以从美丑的完全转变来印证。如："冀枝叶之峻茂兮"转瞬变成"哀

众芳之芜秽"悲叹贵族子弟的随波逐流;"兰芷变而不芳兮,荃蕙化而为茅。何昔日之芳草兮,今直为此萧艾也。""余以兰为可恃兮,羌无实而容长。""椒专佞以慢慆兮,樧又欲充夫佩帏。"悲愤"时缤纷其变易"的乱世中,善良者变为奸佞,正直者变为邪曲的哀伤。

《离骚》作为传世经典,研究成果珠玉纷呈,我们借助广义修辞学理论视野,分析其语言形式的夸张用法、结构性夸张构式建构语篇的修辞诗学功能,期待呈现出不一样的观察。

2. 结构性夸张构式解释力的验证

经过对《离骚》结构性夸张构式修辞诗学功能的梳理,我们尝试思考结构性夸张构式在抒情诗歌文体里是否常规性出现的问题,为此,我们考察不同时期抒情诗歌代表作,如:(先秦)无名氏《诗经·采葛》、(汉)无名氏《上邪》、(唐)李白《蜀道难》、(宋)苏轼《有美堂暴雨》、(元)杨维桢《鸿门会》、(明)王阳明《泛海》、(清)魏源《晓窗》,以此印证夸张是抒情诗文体构成要素的假设得以成立。

2.1 结构性夸张构式——《诗经·采葛》的叙述结构

《采葛》表现的急切相思之情,没有具体所指,有情人相思、朋友相念、惧谗、淫奔之诗等多种说法。我们跳出哪种说法正确的羁绊,观察相思之情炽热,极具感染力的原因,认为夸张功不可没。文本如下:

> 彼采葛兮,一日不见,如三月兮。
> 彼采萧兮,一日不见,如三秋兮。
> 彼采艾兮,一日不见,如三岁兮。

《采葛》夸张构式表现为:

本体:相思 + 夸体:超常 X 特征 + 夸张点:超常程度强

夸体表现为:"一日不见,如三月兮""一日不见,如三秋兮""一日不见,如三岁兮"。

夸体超常 X 特征的 X 表现为:在现实世界中"一日 ≠ 三个月/三个季节/三个年头",但是在有情人的精神世界中"一日 = 三个月/三个季节/三个年头",对物理时间的错觉感受,恰切反映出心理时间感受的相思之甚。夸张点凸显相思程度极强,超出现实世界的量范畴,到达主观精神世界中的夸张量界域,语篇因之具有鲜明的夸张语义,渲染了有情人之间如胶似漆、难分难舍之情。

《采葛》的夸张运用，不仅表现为词语层面的数字夸张，更体现在语篇层面的夸张构式强力牵引抒情走向的修辞诗学功能上，通过与反复修辞手法的结合，产生一唱三叹的接受效果，成为表达人间相思的千古绝唱。

2.2 结构性夸张构式——《上邪》的叙述结构

《上邪》为《铙歌十八曲》之一，属乐府《鼓吹曲辞》，属于民间情歌，也有人认为是毛苹所写的爱情诗，说法不一。对此诗，历代名家皆有点评，如：明代胡应麟《诗薮》："《上邪》言情，短章中神品！"清代王先谦《汉铙歌释文笺证》："五者皆必无之事，则我之不能绝君明矣。"清代张玉谷《古诗赏析》卷五："首三，正说，意言已尽，后五，反面竭力申说。如此，然后敢绝，是终不可绝也。迭用五事，两就地维说，两就天时说，直说到天地混合，一气赶落，不见堆垛，局奇笔横。"

诗中女子为了表明忠贞不渝的爱情，指天发誓，指地为证，要与情人永远相爱。文本如下：

> 上邪，我欲与君相知，长命无绝衰。
> 山无陵，江水为竭。
> 冬雷震震，夏雨雪。
> 天地合，乃敢与君绝。

《上邪》夸张构式表现为：

本体：与君相知＋**夸体**：超常 X 特征＋**夸张点**：超常程度强

夸体表现为："山无陵，江水为竭，冬雷震震，夏雨雪，天地合。"

夸体超常 X 特征的 X 表现为：在现实世界中，不可能出现高山变平地、江水干涸、冬日雷雨阵阵、夏天大雪纷纷、天地合而为一等违背自然规律的现象与事件，这位痴情女子，杜绝了"与君绝"条件发生的可能性，也就捍卫了"与君绝"的不可能。夸张点突出爱的程度极强，女子要和"君"永远相亲相爱，语篇呈现出主观性的夸张语义。以誓言形式剖白内心，指天发誓，口吐真言，笔势突兀，气势如虹，足见情之炽烈。"长命无绝衰"铿锵有力，忠贞刚烈。语篇句式长短错杂，随情而布，音节短促缓急，跌宕起伏，喷薄而出，用生命熔铸的爱情誓言与激情，呈现出绚烂的浪漫主义色彩，撼人心魄。

这首"短章中神品",对后世影响极大。敦煌曲子词《菩萨蛮》在思想内容、艺术表现手法等方面继承了其神韵。"枕前发尽千般愿,要休且待青山烂。水面上秤锤浮,直待黄河彻底枯。白日参辰现,北斗回南面,休即未能休,且待三更见日头。"连续运用多种不可能,夸大说明一种不可能,尽情言说追求爱情和幸福的决心势不可当。

2.3 结构性夸张构式——李白《蜀道难》的叙述结构

《蜀道难》承袭乐府旧题,采用律体与散文间杂,文句参差,笔意纵横,豪放洒脱,凭借浪漫主义手法,夸张地刻画了蜀道峥嵘、突兀、强悍、崎岖等奇丽惊险和不可凌越的磅礴气势,在歌咏蜀地山川壮秀的同时,赞颂祖国山河的雄伟壮丽。《诗源辨体》称:"屈原《离骚》本千古辞赋之宗,而后人摹仿盗袭,不胜厌饫……至《远别离》《蜀道难》《天姥吟》,则变幻恍惚,尽脱蹊径,实与屈子互相照映。"李白对屈原浪漫主义创作精神的继承与创新,不仅体现在弘扬浪漫主义思想方面,还体现在具体创作手法的运用上,夸张作为彰显诗歌情感,使其主观性以主观化方式呈现出来的修辞手法,在《蜀道难》里得到充分体现。文本如下:

> 噫吁嚱,危乎高哉!蜀道之难,难于上青天!
> 蚕丛及鱼凫,开国何茫然!
> 尔来四万八千岁,不与秦塞通人烟。
> 西当太白有鸟道,可以横绝峨眉巅。
> 地崩山摧壮士死,然后天梯石栈相钩连。
> 上有六龙回日之高标,下有冲波逆折之回川。
> 黄鹤之飞尚不得过,猿猱欲度愁攀援。
> 青泥何盘盘,百步九折萦岩峦。
> 扪参历井仰胁息,以手抚膺坐长叹。
> 问君西游何时还?畏途巉岩不可攀。
> 但见悲鸟号古木,雄飞雌从绕林间。
> 又闻子规啼夜月,愁空山。
> 蜀道之难,难于上青天,使人听此凋朱颜!
> 连峰去天不盈尺,枯松倒挂倚绝壁。
> 飞湍瀑流争喧豗,砯崖转石万壑雷。
> 其险也如此,嗟尔远道之人胡为乎来哉!

剑阁峥嵘而崔嵬，一夫当关，万夫莫开。
所守或匪亲，化为狼与豺。
朝避猛虎，夕避长蛇；磨牙吮血，杀人如麻。
锦城虽云乐，不如早还家。
蜀道之难，难于上青天，侧身西望长咨嗟！

从推动语篇生成角度观察，《蜀道难》第一叙事层由夸张+反复引导完成，第二叙事层由局部夸张构式组合出蜀道之难。《蜀道难》夸张构式表现为两个层次。

第一层次：本体：蜀道之难+夸体：难于上青天+夸张点：超常程度强

第二层次：本体：蜀道难+夸体：超常 X 特征+夸张点：超常程度强

第一层次的夸张构式与反复结合，属于开放性夸张构式，不能独立构成语篇完整结构，但对语篇叙述结构生成影响较大。全文三次出现"蜀道之难，难于上青天"夸张构式，形成叙事结构的三次反复，夸体"上青天"在现实世界不可能实现，已经抵达精神世界夸张量范畴，主体的蜀道难，比此夸张量呈现出的难度量还要大，夸张点凸显出的困难程度在极点上又前进一步，语义的夸张程度更甚，对接受者心理冲击更大。三次的反复感叹，感情强烈，气势磅礴，令人心潮激荡，闻而生畏。正如《唐音审体》所言："篇中三言蜀道之难，所谓一唱三叹也。突然以嗟叹起，嗟叹结，创格也。"此种开放性夸张构式形成《蜀道难》语篇的结构框架，也营造出雄浑高亢、回环往复的音乐旋律。

第二层次夸张构式表现为"蜀道难，高阻不可逾""蜀道难，高危不可行""蜀道难，高险不可越"三种局部夸张构式，呈现为结构上的第一、第二、第三部分，建构出三个分语篇，每个部分的描绘，生成一个局部夸张构式，局部夸张构式组合在一起，生成蜀道难整体夸张构式，使得"蜀道难"的感叹得到充分展现。

2.3.1 语篇一：局部夸张构式"蜀道难，高阻不可逾"

本体：蜀道难，高阻不可逾+夸体：超常 X 特征+夸张点：超常程度强

夸体表现为："蚕丛及鱼凫，开国何茫然！尔来四万八千岁，不与秦塞通人烟。西当太白有鸟道，可以横绝峨眉巅。地崩山摧壮士死，然后天

梯石栈相钩连。"

夸体超常 X 特征的 X 表现为：自古以来，秦、蜀被高山峻岭阻挡。太白峰高耸入云，只有鸟儿才能从低缺处飞过。太白峰在咸阳西南，是关中最高峰，民谚云："武公太白，去天三百。"蜀道不可逾越，除了太白峰当道，还在于无路可行。五丁开山、天梯石栈相连的神话，渲染出蜀道难开的奇幻色彩。夸张点突出蜀道难的程度极强。"四万八千岁"也是虚指，显示时间的久远，蜀道难、险阻不可逾越，自古皆然，夸张语义尽现。

2.3.2 语篇二：局部夸张构式"蜀道难，高危不可行"

本体：蜀道难，高危不可行 + 夸体：超常 X 特征 + 夸张点：超常程度强

夸体表现为："上有六龙回日之高标，下有冲波逆折之回川。黄鹤之飞尚不得过，猿猱欲度愁攀援。青泥何盘盘，百步九折萦岩峦。扪参历井仰胁息，以手抚膺坐长叹。问君西游何时还？畏途巉岩不可攀。但见悲鸟号古木，雄飞雌从绕林间。又闻子规啼夜月，愁空山。"

夸体超常 X 特征的 X 表现为：高山接天，挡住了太阳神的运行；回川曲折，冲波激浪。用水险，反衬山势高危，即使千里翱翔的黄鹤也不得飞度，轻疾敏捷的猿猴也愁于攀缘，用神话与想象递进映衬蜀道高危。蜀道难行还体现在青泥岭萦回峻危，《元和郡县志》载"悬崖万仞，山多云雨"，人行其上，曲折盘桓、手扪星辰、呼吸紧张、抚胸长叹、艰难畏惧等细节被放大摹写，夸张点所强调的蜀道难行困危之程度强烈，惊心动魄。加之"古木荒凉、鸟声悲凄、子规啼夜月"的烘托，使人闻声失色，旅愁和蜀道上的空寂苍凉皆被夸大，更觉蜀道难行。

2.3.3 语篇三：局部夸张构式"蜀道难，高险不可越"

本体：蜀道难，高险不可越 + 夸体：超常 X 特征 + 夸张点：超常程度强

夸体表现为："连峰去天不盈尺，枯松倒挂倚绝壁。飞湍瀑流争喧豗，砯崖转石万壑雷。其险也如此，嗟尔远道之人胡为乎来哉！剑阁峥嵘而崔嵬，一夫当关，万夫莫开。所守或匪亲，化为狼与豺。朝避猛虎，夕避长蛇；磨牙吮血，杀人如麻。锦城虽云乐，不如早还家。"

夸体超常 X 特征的 X 表现为：山峰之高，离天不盈尺，绝壁之险，枯松倒挂，水石激荡，山谷轰鸣，惊险万状，排山倒海的气势尽显。风光变幻，险象丛生，要塞剑阁呼之欲出，栈道蜿蜒，群峰如剑，连山耸立，

削壁中断如门，形成天然要塞。诗人化用西晋张载《剑阁铭》中"形胜之地，匪亲勿居"名句，劝人引以为戒，警惕战乱发生，使得"磨牙吮血，杀人如麻"成为现实。诗人凭借超常政治敏感和对国事的忧虑，预言出太平景象背后潜伏着的危机。夸张点强调的蜀道险恶达到极限，天险与人祸携手，渲染出惨绝人寰的蜀道之难。

《蜀道难》运用散文化诗句，字数从三言、四言、五言、七言，直到十一言，参差错落，长短不齐，形成奔放、灵动的语言节奏。语篇用韵，突破梁陈时代旧作一韵到底的程式，极尽变化，与开篇的"噫吁嚱，危乎高哉！蜀道之难，难于上青天！"的感叹呼应，形成慷慨激昂、一唱三叹的气势，借助第一层次与反复结合的夸张构式，搭建出语篇宏观叙事框架，支撑起语篇雄浑、奇幻的审美风格。第二层次夸张构式，注重每个细节的刻画，填充起"难在此处"的证明。第一、第二层次的结构性夸张构式与非结构性的词语夸张"四万八千岁、百步九折、不盈尺、万壑雷"，句式夸张"上有六龙回日之高标，下有冲波逆折之回川；扪参历井仰胁息，以手抚膺坐长叹；一夫当关，万夫莫开；朝避猛虎，夕避长蛇；磨牙吮血，杀人如麻"等合力，完成《蜀道难》语篇叙述。诗人糅合神话与现实景物，把历史与未来连线，在蜀道逶迤、峥嵘、高峻、崎岖变化莫测的景物中，倾注对山水的热爱与人类征服险阻的豪情、傲骨，终成千古绝唱，被殷璠编《河岳英灵集》评为"奇之又奇，自骚人以还，鲜有此体调"。

2.4 结构性夸张构式——苏轼《有美堂暴雨》的叙述结构

《有美堂暴雨》描绘了诗人在有美堂观看钱塘江暴雨的情景，描绘出钱江暴雨惊骇壮观的场景，文本如下：

> 游人脚底一声雷，满座顽云拨不开。
> 天外黑风吹海立，浙东飞雨过江来。
> 十分潋滟金樽凸，千杖敲铿羯鼓催。
> 唤起谪仙泉洒面，倒倾鲛室泻琼瑰。

《有美堂暴雨》夸张构式表现为：
本体：有美堂暴雨＋**夸体**：超常 X 特征＋**夸张点**：超常程度强
夸体表现为："游人脚底一声雷，满座顽云拨不开。天外黑风吹海立，浙东飞雨过江来。十分潋滟金樽凸，千杖敲铿羯鼓催。唤起谪仙泉洒面，倒倾鲛室泻琼瑰。"

夸体超常 X 特征的 X 表现为：暴风骤雨将至，闷雷自脚下响起，云雾绕座不散，所处地势很高，所见与平处不同。自高处观之，黑风骤起，天地变色，暴雨由远而近、横跨大江、呼啸奔来，如海潮汹涌。还没有见雨，黑云、狂风营造的飞雨过江而来的迅猛、壮阔气势已经先声夺人。西湖像一只金樽，快要满溢，雨声急促，如羯鼓激切。暴雨如果唤醒了沉醉的李白，让他看见倾倒鲛人宫室、洒满珍珠的雨中奇景，该会写出何等珠圆玉润的诗篇来？

夸张点突出雷声、黑云、疾风、雨势磅礴、西湖缩小如金樽、雨声大如羯鼓、雨催诗情勃发等夸体 X 特征超常程度极强，融合视觉、听觉等感官，将想象与实景结合，活现出"九天之云下垂，四海之水皆立"的磅礴气势，语篇夸张语义尽显。

夸张构式引领叙事结构形成的《有美堂暴雨》语篇，凭借雄奇笔调、夸张语言，绘声绘色表现出急雨骤至的壮观，凸显雨前刹那的云之黑、雷之响、雨过江之迅、海潮之汹涌、雨中暴雨之倾泻、谪仙人之才华。诗人把截取的雨前、雨中横断面有特征的地方夸大展示，将实写和虚想结合，突破眼前景物束缚，思接千里，在展现大自然壮丽雄伟之景的同时，抒发了阔大豪放的人类情怀，终成经典。

2.5 结构性夸张构式——杨维桢《鸿门会》的叙述结构

《鸿门会》是杨维桢"铁崖体"的代表作，模仿李贺《公莫舞歌》，意象奇崛、气势雄放，很好地体现出"铁崖体"雄奇飞动、充满力度感的特征，一改元代中期缺乏生气、面目雷同的诗风，引人注目。文本如下：

> 天迷关，地迷户，东龙白日西龙雨。
> 撞钟饮酒愁海翻，碧火吹巢双狻猊。
> 照天万古无二乌，残星破月开天余。
> 座中有客天子气，左股七十二子连明珠。
> 军声十万振屋瓦，拔剑当人面如赭。
> 将军下马力排山，气卷黄河酒中泻。
> 剑光上天寒彗残，明朝画地分河山。
> 将军呼龙将客走，石破青天撞玉斗。

《鸿门会》夸张构式表现为：

本体：鸿门会 + 夸体：超常 X 特征 + 夸张点：超常程度强

夸体表现为："照天万古无二乌，残星破月开天余。座中有客天子气，左股七十二子连明珠。军声十万振屋瓦，拔剑当人面如赭。将军下马力排山，气卷黄河酒中泻。剑光上天寒彗残，明朝画地分河山。"

夸体超常 X 特征的 X 表现为：自古以来，天无二日，国无二君。刘邦才是真龙天子，贤臣闪耀辅佐，军声震撼屋瓦，军威森严如赭。樊哙力大排山，气卷黄河。剑光冲天寒彗残，画地分河山。

夸张点突出刘邦身份的正宗，贤臣众多，军力强盛，樊哙勇力逼人，营造出宴会剑拔弩张的气氛。虽说鸿门宴是楚汉相争的重要事件，影响至深，但历史事实的楚汉相争不是靠鸿门宴定输赢、分天下，语篇夸大鸿门宴的作用，尽显主观性的夸张语义。

《鸿门会》选取鸿门宴精彩片段，开篇二句以群雄并起、天下纷争的时代背景作为铺垫，结篇选取"刘邦逃离鸿门""范增怒击碎玉斗"作对比，预示出刘得项失的胜负命运。此诗具有古乐府特色，借咏史、拟古进行艺术创新，继承李白、李贺风格，以气势雄健的奇思幻想见长，在文学史上占有一席之地。

2.6 结构性夸张构式——王阳明《泛海》的叙述结构

王守仁，明代思想家、教育家、哲学家，世称"阳明先生"，提倡以心为本体、求理于吾心的"知行合一"学说。《泛海》是他受奸臣刘瑾迫害，在被追杀途中所写，诗意汪洋恣肆，正义豪情冲天，表达了淡然世间荣辱的洒脱心态。文本如下：

> 险夷原不滞胸中，何异浮云过太空。
> 夜静海涛三万里，月明飞锡下天风。

《泛海》夸张构式表现为：

本体：泛海 + 夸体：超常 X 特征 + 夸张点：超常程度强

夸体表现为："险夷原不滞胸中，何异浮云过太空。夜静海涛三万里，月明飞锡下天风。"

夸体超常 X 特征的 X 表现为：（人生艰难挫折原本就不放心中）万物变化如同浮云掠过太空，了无痕迹。惊涛骇浪中命悬一线的凶险旅程，像高僧手拿锡杖，驾着天风，在月光下自由飞越的梦幻表演。夸张点突出淡然艰难心态程度强，海上的巨浪滔天，只要心不为所动，便光风霁月、处之泰然。

《泛海》夸张构式借助比喻，将人生的顿挫比作浮云过太空，借助开阔、雄奇的自然界物象，表明人生无常是常态，无须大惊小怪。借助"飞锡"典故，表明天地正气充盈而出，终会给人大能量、大智慧。开放性夸张构式建构的《泛海》语篇，在夸大表明诗人坚毅无畏品质的同时，反映其哲学观"戒慎不睹，恐惧不闻，养得此心纯是天理"，人们只有找到赤子之心，才能解放自己，达到心灵的纯明境界，张扬出"心外无物"心灵空间自我救赎的力量，终有"心学"之大成。

2.7 结构性夸张构式——魏源《晓窗》的叙述结构

《晓窗》巧借晋代祖逖与刘琨闻鸡起舞之典，提醒人们时不我待，要及时立志济天下。

文本如下：

少闻鸡声眠，老听鸡声起。千古万代人，消磨数声里。

《晓窗》夸张构式表现为：

本体：晓窗＋夸体：超常 X 特征＋夸张点：超常程度强

夸体表现为："少闻鸡声眠，老听鸡声起。千古万代人，消磨数声里。"

夸体超常 X 特征的 X 表现为：截取个人生命少、老两个时间点，强化闻鸡声与眠、起之间的关系。纵观世上千万代人的岁月，无不消磨在报晓的数声鸡鸣中。

夸张点突出时间短促程度强，强化个体生命、群体生命皆无比短暂的共性。诗人将生命价值、时间飞逝等重大哲学命题浓缩在数声鸡啼中呈现，夸大千古万代，缩小鸡啼数声，夸张中，更见对比之鲜明、震撼之巨大。在《晓窗》语篇里，夸大人生短促，时不我待的紧迫，人们要力争改变无志消沉，蹉跎岁月的状况，争取有志奋发，建功立业。

结构性夸张构式在先秦—汉—唐—宋—元—明—清各个时间段不同的诗作中皆有呈现，我们选择的诗作，涉及乐府、绝句、律诗等多种体裁，内容虽包括咏史、写景等题材，但抒情性是共性，结构性夸张构式皆成为他们推动语篇叙事的修辞因素。虽然不能将更多的诗歌语篇纳入分析范畴，提供更多佐证材料，但当我们将《离骚》共时分析与历朝抒情诗歌文本历时研究结合后观察，能够感觉到前文论述可以部分印证夸张构式是抒情诗歌文体构成要素假设的成立。

夸张与诗歌文体关系复杂，值得探索。我们尽量跳出名句鉴赏式的夸张分析手法，发现夸张作为推动语篇叙述因素的修辞诗学价值。诗歌所具有的主观性，强烈情感宣泄等特征呼唤着夸张这种主观化语言手段的强力参与。夸张构式作为抽象规则的存在，是很多诗歌想象奇特、别具匠心、出乎意料，产生审美创新、审美张力、审美魅力的深层原因之一。

四 小说的结构性夸张构式的广义修辞学分析

夸张作为修辞元素与认知世界的独特方式，强化主观感受，突出事物特征，魏晋南北朝时期就被运用在小说创作中。《世说新语》中《言语》篇："桓公入峡，绝壁天悬，腾波迅急。"《伤逝》篇："吾昔与嵇叔夜、阮嗣宗共酣饮于此垆，竹林之游，亦预其末。自嵇生夭、阮公亡以来，便为时所羁绁。今日视此虽近，邈若山河。"皆传递出表达者强烈主观情感与所要凸显的"壁高、事远"等带有主观强调性的夸张语义。

早有学者关注到夸张与小说的关系，如：吴福辉、郝敬波等。① 于广元《夸张辞格审美发展史》明确表示：魏晋南北朝时期，小说兴起。志怪小说中的夸张展现的是崇高之美。以《世说新语》为代表的笔记小说中的夸张，着力描述自然美、人之美以及人之美的情之深……唐传奇中的夸张展现了带有浓厚传奇色彩的崇高之美，宋话本中的夸张展现了走向市井的崇高之美……元明清时期小说蓬勃发展……（夸张）发展成为富有浪漫色彩、世俗人情的崇高之美……现当代时期小说中的夸张，大量继承发展了夸张的审美传统，展现了崇高之美。② 于广元在分析《世说新语》—唐传奇《柳毅传》《李娃传》《虬髯客传》《裴航》—宋话本《红白蜘蛛》《碾玉观音》《错斩崔宁》《简帖和尚》—元明清小说《三国演义》《水浒传》

---

① 吴福辉：《锋利·新鲜·夸张——试论张天翼讽刺小说的人物及其描写艺术》，《文学评论》1980 年第 5 期；郝敬波：《后现代语境中的夸张与缩小——90 年代新生代小说的缺失对当下文学的启示》，《当代文坛》2004 年第 6 期。
② 宗廷虎、陈光磊主编：《中国辞格审美史》（第一卷），吉林教育出版社 2019 年版，第 454—455 页。

《西游记》《红楼梦》《古今小说·宋四公大闹禁魂张》《十二楼·合影楼》—现当代时期小说《骆驼祥子》《林海雪原》《龙虎风云记》《蒲柳人家》《大淖记事》等作品的基础上，总结出小说中夸张各种类型的美感形式。我们在于广元收集到的丰富的小说夸张语料基础上，似可推测出夸张与小说文体关系密切的论断。

学界重点关注了小说夸张运用研究，成果多涉及张天翼、老舍等作家，唐传奇、宋话本、元明清小说等具体作品词句夸张分析，以及夸张作为人物描写手法，塑造人物形象等功能，较少有学者涉及夸张参与小说创作、夸张与小说文体关系研究，特别是从广义修辞学视角观察夸张参与语篇建构的修辞诗学功能研究，这些空缺的存在，成为我们延伸探讨的出发点。当我们关注小说的语义、小说的起源，试图发现夸张与小说文体关联时，在对小说文本细读的基础上，意识到夸张作为不可缺少的修辞因素，具备凸显人物、环境、情节特征，推动小说语篇叙述，拥有超强的修辞诗学功能。

（一）"小说"的语义

"小说"二字最早见于《庄子·外物》："饰小说以干县令，其于大达亦远矣。""县"即"悬"，"令"即"美"，整句话意思指依靠修饰琐屑浅薄的言论，以求取崇高声望和美好名誉，这和玄妙的大道相比，差得很远，是不可能达到至境的。此处"小说"分属于两个单音节词，组合构成偏正短语，中心语义"说"，指称"琐屑浅薄的言谈"。《说文》曰："说，说释也，从言、兑，一曰谈说。"段玉裁注："说释，即悦怿。说、悦、怿，皆古今字。"《广韵·薛韵》："说，喜也，乐也，服也。"《释名·释言语》："说，述也，宣述人意也。"杨树达《释说》："谈说者，说之始义也。"因此，小说的中心词"说"语义被朱玲概括如下：

（1）向人谈说的创作和传播方式；

（2）经谈说使人信服和用谈说使人悦怿的功能定位。

"小说"以"口头谈说"为特征的粗放创作和传播形式，使它不得不接受"小"的美学规定，可以从三个层面分析"小"的语义：

（1）题旨的浅近；

（2）题材的琐碎和篇幅上的短小；

（3）叙述话语的闲杂甚至粗鄙。

"小"与"说"合成为一个概念，它们的义素也经整合，成为"小说"产生之初就拥有，后来又一直延续下来的美学特点："小说"是简短浅薄琐碎的、让言者与听者体验到愉悦的"言谈"。①

《汉语大字典》其中一个义项将"说"解释为古文体之一。晋陆机《文赋》："奏平彻以闲雅，说炜晔而谲诳。"明杨慎《丹铅杂录·珊瑚钩诗话》卷六："正是非而着之者，说也。"清王士禛《〈蓉槎蠡说〉序》："予惟说者，释也，述也，解释义理而以己意述之也。"后世纂辑杂论、旧闻的一些集子也以"说"为名，如：陶宗仪编《说郛》、吴震方编《说铃》之类。②

此种不同于论述经世致用大道理的言说方式，受到"小"的约束，与"大达"语义相对，"小"与"说"词义整合，形成一个概念，逐渐用来指称一种文体。

(二) 小说文体的形成

小说文体初始，对题材和形式没有严格规定，闲谈琐语皆可记录其中。《钦定四库全书总目》用子部五十一—子部五十四篇幅，记录了杂事、异闻、琐语等各类小说存目，小说家类曰：张衡《西京赋》曰："小说九百，本自虞初。"《汉书·艺文志》载"《虞初周说》九百四十三篇"，注称："武帝时方士。"则小说兴于武帝时矣。故《伊尹说》以下九家，班固多注"依托也"。然屈原《天问》，杂陈神怪，多莫知所出，意即小说家言。而《汉志》所载《青史子》五十七篇，贾谊《新书·保傅篇》中先引之，则其来已久，特盛于虞初耳。迹其流别，凡有三派：其一叙述杂事；其一记录异闻；其一缀辑琐语也。唐宋而后，作者弥繁。中间诬谩失真，妖妄荧听者，固为不少，然寓劝戒、广见闻、资考证者，亦错出其中。班固称"小说家流，盖出于稗官"，如淳注谓："王者欲知闾巷风俗，故立稗官，使称说之。"然则博采旁搜，是亦古制。固不必以冗杂废矣。今甄录其近雅驯者，以广见闻。惟猥鄙荒诞，徒乱耳目者，则黜不载焉。③

由此可知，作为诸子百家的其中一家的小说家，记录民间街谈巷语、平民社会的四方风俗，呈报上级观览。但因为小说的"小"，与"大道"相悖，所以不为世人重视，被视为不入流者，有"九流十家"的说法。

---

① 朱玲：《文学文体建构论》，海峡文艺出版社 2005 年版，第 223—224 页。
② 汉语大字典编辑委员会：《汉语大字典》（缩印本），湖北辞书出版社、四川辞书出版社 1995 年版，第 1656 页。
③ 四库全书研究所整理：《钦定四库全书总目》，中华书局 1997 年版，第 1836 页。

古代小说，来源广杂，表述琐碎，野史、杂史、别史似乎都可以纳入传统笔记和小说的范畴，至明清依旧作为丛谈杂记的总称。题材和形式的自由，使得古代小说创作与接受，皆呈现宽松语境。通常认为，小说以神话为发端，以传说、寓言、志人、志怪为先河，演述故事的小说兴盛于唐传奇。鲁迅《中国小说史略》曰："小说亦如诗，至唐代而一变，虽尚不离于搜奇记逸，然叙述宛转，文辞华艳，与六朝之粗陈梗概者较，演进之迹甚明，而尤显者乃在是时则始有意为小说。"① 唐末宋初，在说话的基础上出现了平话、话本等形式，小说渐渐成为故事性文体的专称。元明以来，盛行章回体小说。小说发展到明清，作为传统散文体叙事文学体裁，题材包容，人物塑造鲜明，语言描述定型，体例完备、稳定等方面走向成熟。近、现代小说，在传统小说基础上，借鉴外国小说理论，继承传统话本、章回小说因素，完成自身建构，成为文学一大样式。小说具备完整的故事情节、具体的环境描写、丰富的人物形象、广泛反映社会生活等要素，逐渐从边缘进入到中心文体地位。

小说文体的平民性、愉悦性、口头述说等特点，成为中国小说继承传统文化特色的重要组成部分，引领中国小说文体的形成。在小说文体逐渐成熟的过程中，小说家借助夸张塑造出的典型人物、环境、情节，蕴含主观态度，表达对社会的认知，调动受众兴趣，活跃现场氛围，同时也促使了夸张作为凸显事物特征、推动叙述、渲染主观情感的诗学功能在小说文体中得以更好地实现。

为了将研究对象界定在可控范围之内，实现窥斑见豹的研究预期，我们选择小说名著《西游记》为代表性文本，探索夸张参与语篇建构的修辞诗学功能，探讨夸张与小说文体的关系。

(三)《西游记》的结构性夸张构式的广义修辞学分析

我们运用广义修辞学理论资源和模式，发掘作为修辞元素的夸张构式在小说语篇结构中的修辞诗学功能。聚焦到《西游记》的结构性夸张构式分析，其夸张构式可以抽象为：

本体：X + 夸体：超常 X 特征 + 夸张点：超常程度强

一般认为，小说以塑造人物形象为中心，通过叙述完整的故事情节，描写环境，反映现实生活，所以说，构成小说的三要素指人物、情节、环

---

① 鲁迅：《中国小说史略》，上海世纪出版集团、上海古籍出版社2006年版，第41页。

境。以此三要素为观察点,《西游记》的夸张本体呈现为人物、情节、环境三种类型的聚合,夸体表现出超越人物、情节、环境正常状态描写,凸显特定视点与状态的奇异性,夸张点通过语言形式传递出超常程度强的语言意图,与其他修辞因素组合在一起,完成带有鲜明夸张语义特色的《西游记》语篇建构。

1. 夸大孙悟空形象的结构性夸张构式——《西游记》的人物设计与叙述

《西游记》取经团队由唐僧和三个徒弟、一匹白马组成,在降妖伏魔的西行之路中,所有的人妖冲突皆围绕唐僧被掳、孙悟空营救展开,人物、妖怪、神仙设计也以孙悟空为中心,《西游记》的人物设计采取了运用夸大孙悟空形象的结构性夸张构式"本体:孙悟空形象+夸体:超常 X 特征+夸张点:超常程度强"展开,语篇叙述呈现为夸体,孙悟空形象具备超常特征,夸张点凸显超常程度强。具体呈现为五个下位结构性夸张构式。

1.1 结构性夸张构式一:夸大孙悟空来历的奇幻性

夸张构式表现为"本体:孙悟空来历+夸体:超常 X 特征+夸张点:超常程度强"。《西游记》语篇叙述呈现为夸体,孙悟空来历具备超常特征,夸张点凸显超常程度强。

开篇"灵根育孕源流出,心性修持大道生",描绘东胜神洲傲来国花果山仙石如下:

> 盖自开辟以来,每受天真地秀,日精月华,感之既久,遂有灵通之意。内育仙胞,一日迸裂,产一石卵,似圆球样大。因见风,化作一个石猴。五官俱备,四肢皆全。便就学爬学走,拜了四方。目运两道金光,射冲斗府。(2 页)①

这只天地精华所生石猴,攀爬跳跃,采花觅果,自由自在成长于"花果山福地,水帘洞洞天"。如果他没有产生想学个不老长生之法,躲过轮回,不生不灭,与天地山川齐寿的宏伟大志,也不会有机会成为须菩提祖师的弟子,因"猢字去了兽傍,乃是个子系。子者,儿男也;系者,婴细

---

① (明)吴承恩:《西游记》,人民文学出版社1990年版。文中所引语料来源此书的,文末标注出页码,不再另外作注。

也。正合婴儿之本论。教你姓'孙'罢"。又因门中有十二个字,分派起名,排到他正当"悟"字,起个法名叫作"孙悟空"。

全书回目及正文中,石猴的不同身份代码在不同语境中会合为身份符号聚合体,成为同一叙述结构中可供选择的修辞元素。"作为修辞元素的身份符号在文本中承担的功能,可以是结构性的,也可以是非结构性的:结构性身份符号参与文本生成,是承担文本结构框架支持功能的修辞元素。"①

仅在回目中,石猴的不同身份符号出现15个,出现频次高达49次,统计见表十三。

表十三

身份符号	出现频次
弼马温(弼马)	1
齐天大圣(大圣/齐天/孙大圣)	8
心猿	17
孙行者(行者)	10
孙悟空(悟空)	8
美猴王(猴王)	2
金公(金)	3

这里不包括虽然在回目中没有用身份符号点题,但在实际书写中,石猴是主人公的第一、二、三回。《西游记》高频使用指称石猴的身份符号为"大圣""行者""悟空",从表达者身份观察,石猴本尊最爱"齐天大圣",这也是出现频次最多的身份符号,天神们皆称其为"大圣",口语对话中多称"猴头""猴子""泼猴"。由此观之,石猴主观定位"齐天大圣"身份符号,折射出自己具备"大闹天宫"绝世武功的认知。在众多身份符号聚合体里,法名"孙悟空"作为正式命名与第一出场的人物形象,夸大孙悟空来历的奇幻性,形成结构性夸张构式一,奠定了《西游记》既魔幻又现实的叙述基调。夸张成为挣脱现实世界束缚,推动语篇形象塑造,引领叙述走向、情节发展的重要修辞因素,实现了支撑语篇结构叙述的修辞诗学功能。

---

① 谭学纯:《身份符号:修辞元素及其文本建构功能——李准〈李双双小传〉叙述结构和修辞策略》,《文艺研究》2008年第5期。

1.2 结构性夸张构式二：夸大孙悟空金箍棒威力与超凡武功

夸张构式表现为"本体：孙悟空金箍棒威力与武功＋夸体：超常 X 特征＋夸张点：超常程度强"。语篇叙述呈现为夸体，孙悟空金箍棒威力与武功具备超常特征，夸张点凸显超常程度强。表达者选择借助夸大孙悟空金箍棒威力与超凡武功的结构性夸张构式引领叙述，把孙悟空塑造成超级英雄，把金箍棒打造成极具中国文化特色、妇孺皆知的神奇兵器。

1.2.1 夸大金箍棒神奇出身

金箍棒产于鸿蒙初判、天地初分之时，属于具有灵性的上古神铁，太上老君将其铸成如意金箍棒，又称灵阳棒，原被视为神器，用来镇住天河的水妖海怪，后被大禹借走治水，功成后放于东海镇海，又名"定海神珍铁"。金箍棒颇具灵性，表达者借龙婆、龙女之口，道出神棒寻主的神奇之处，"我们这海藏中，那一块天河定底的神珍铁，这几日霞光艳艳，瑞气腾腾，敢莫是该出现，遇此圣也？"当龙王引导悟空至海藏中间，忽见金光万道，金箍棒初次露面：两头是两个金箍，中间乃一段乌铁；紧挨箍有镌成的一行字，唤作"如意金箍棒"，重一万三千五百斤。还借老龙口说出其威力，"莫说拿！莫说拿！那块铁，挽着些儿就死，磕着些儿就亡；挨挨儿皮破，擦擦儿筋伤！"在第八十八回"禅到玉华施法会，心猿木母授门人"，孙悟空在自己徒弟面前赋诗赞曰：

> 鸿蒙初判陶镕铁，大禹神人亲所设。湖海江河浅共深，曾将此棒知之切。开山治水太平时，流落东洋镇海阙。日久年深放彩霞，能消能长能光洁。老孙有分取将来，变化无方随口诀。要大弥于宇宙间，要小却似针儿节。棒名如意号金箍，天上人间称一绝。重该一万三千五百斤，或粗或细能生灭。也曾助我闹天宫，也曾随我攻地阙。伏虎降龙处处通，炼魔荡怪方方彻。举头一指太阳昏，天地鬼神皆胆怯。混沌仙传到至今，原来不是凡间铁。(643 页)

诗文详细交代了金箍棒非凡出身、神奇禀性，在西行接近终点的时候，孙悟空为自己也为金箍棒做了工作总结。

1.2.2 夸大金箍棒如意特性

"如意"作为"金箍棒"的修饰语，有两层意思。

第一，顺应孙悟空心意，自由变化，具有灵性。

金箍棒本身具有灵性，无须法力驱动，随孙大圣心意变化长短粗细，神力无穷，跨越阴、阳、天三界。"小做一个绣花针儿相似，可以搋在耳躲里面藏下。""上抵三十三天，下至十八层地狱。"平时，孙悟空将金箍棒变成绣花针大小，藏在耳内。临敌时，从耳内取出，变成碗口粗细的一根铁棒。金箍棒还能随身体比例改变大小，当孙悟空变成昆虫等时，金箍棒随之变化，仍旧可以藏在耳内，不会出现无法携带的状况。当其拔根毫毛变出千万个分身的时候，金箍棒也会幻化成千万个，还可以变为其他东西，如：七十个双角叉儿棒、纯钢的锉儿等，在与天界顶级战神兵器交锋中，势均力敌，随孙悟空下打阎罗殿、上打凌霄殿，取经路上战群魔。

第二，与孙悟空融为一体，只听他的话。

孙悟空自从寻得金箍棒，时刻未曾离身，二者似乎融为一体，战斗力极强，没有任何其他神仙或者妖怪能够让金箍棒随意变化。被黑白无常勾魂下地狱，金箍棒仍在；元神出窍时，金箍棒依旧在。当"金箍棒"遇到道家顶级神器"金刚琢"，两次被套走，孙悟空被迫与宝物分离时，战斗力锐减，好像被夺去了精气神儿。最终，孙悟空被如来封为斗战胜佛，完成从妖仙脱胎换骨为佛身变化时，作为道家宝物的金箍棒随之消失，这也间接说明金箍棒与孙悟空的不可分离性。

1.2.3 夸大金箍棒威力

金箍棒是三界称绝的兵器，天上地下都有名声，除了神奇的出身外，更是因为陪伴孙悟空入地府、闹天宫、战天神、扰西天，降妖除魔终成佛。在第七十五回"心猿钻透阴阳体，魔王还归大道真"，孙悟空由衷赞美金箍棒，诗曰：

> 棒是九转镔铁炼，老君亲手炉中煅。禹王求得号"神珍"，四海八河为定验。中间星斗暗铺陈，两头箝裹黄金片。花纹密布鬼神惊，上造龙纹与凤篆。名号"灵阳棒"一条，深藏海藏人难见。成形变化要飞腾，飘飘五色霞光现。老孙得道取归山，无穷变化多经验。时间要大瓮来粗，或小些微如铁线。粗如南岳细如针，长短随吾心意变。轻轻举动彩云生，亮亮飞腾如闪电。攸攸冷气逼人寒，条条杀雾空中现。降龙伏虎谨随身，天涯海角都游遍。曾将此棍闹天宫，威风打散蟠桃宴。天王赌斗未曾赢，哪吒对敌难交战。棍打诸神没躲藏，天兵十万都逃窜。雷霆众将护灵霄，飞身打上通明殿。掌朝天使尽皆惊，

护驾仙卿俱搅乱。举棒掀翻北斗宫,回首振开南极院。金阙天皇见棍凶,特请如来与我见。兵家胜负自如然,困苦灾危无可辨。整整挨排五百年,亏了南海菩萨劝。大唐有个出家僧,对天发下洪誓愿。枉死城中度鬼魂,灵山会上求经卷。西方一路有妖魔,行动甚是不方便。已知铁棒世无双,央我途中为侣伴。邪魔汤着赴幽冥,肉化红尘骨化面。处处妖精棒下亡,论万成千无打算。上方击坏斗牛宫,下方压损森罗殿。天将曾将九曜追,地府打伤催命判。半空丢下振山川,胜如太岁新华剑。全凭此棍保唐僧,天下妖魔都打遍。(553 页)

也有学者关注到金箍棒的文化内涵,认为《西游记》不但把金箍棒称作"拄杖""灵光""神珍",还写了金箍棒的种种神通变化。金箍棒的这些特点,也是人的"心性"所特有的,就是其"心"的反映。既把金箍棒比作心性的形而上之体,又描写其心性的形而下之用。[①]

我们似可从金箍棒的出身、经历、威力无边的特性中,反观孙悟空翻江倒海、大闹天宫、自由自在到弃道保佛、敬师尊释、救苦救灾的转变历程,金箍棒和孙悟空一起成就了夺天地造化,日月同明的救世伟业。

1.2.4 夸大孙悟空超凡武功

孙悟空不仅拥有如意金箍棒,"吃俺老孙一棒"成为他降妖除魔时标志性台词,他还从另外三海海龙王那里寻得"锁子黄金甲""藕丝步云履""凤翅紫金冠"三样宝贝,不仅可以护身,还能提升武力。加之他学会了筋斗云、七十二般地煞变化、隐身潜行之术和定身法,修成大道,上演降龙伏虎强销死籍,因弼马温官职低微与玉帝翻脸,搅乱王母娘娘蟠桃大会,偷饮御酒,盗食老君仙丹等大闹天宫之事,触发大闹天宫之战。孙悟空的超凡武功,在此战中得以淋漓尽致的体现。他先后战胜李天王哪吒父子、四大天王、十万天兵天将、九曜星、十八架天罗地网,与二郎神旗鼓相当,逼迫太上老君用金刚琢将其打伤、擒住,刀砍斧刹,火烧雷打,俱不能伤,在鼎中锻炼四十九日,毫发无损,却成就其火眼金睛,通天本事。

孙悟空借助金箍棒威力,修炼出超凡武功,高喊"因在凡间嫌地窄,立心端要住瑶天。灵霄宝殿非他久,历代人王有分传。强者为尊该让我,

---

① 李洪武:《论〈西游记〉中金箍棒的传统文化内涵》,《中央民族大学学报》2012 年第 5 期。

英雄只此敢争先"的战斗宣言，追求与"玉帝老儿"平起平坐、分庭抗礼、人人平等的境界，终成神奇非凡的"齐天大圣"。

1.3 结构性夸张构式三：夸大孙悟空人脉通达

夸张构式表现为"本体：孙悟空人脉 + 夸体：超常 X 特征 + 夸张点：超常程度强"。语篇叙述呈现为夸体，孙悟空人脉具备超常特征，夸张点凸显超常程度强。

如果说孙悟空具备超凡武功的实力，西天取经途中降妖除魔本不是难事，但是，取经团队面对的妖魔种类繁多，有些妖魔与天庭、仙界关系甚密，妖魔们不仅拥有主人法力无边的宝贝还拥有强大法力。在与他们的战斗中，单凭孙悟空一己之力，即使拥有金箍棒和超凡武功也无法对付庞大的妖魔集团，寻找外援是必然之策。《西游记》夸大孙悟空人脉通达，在师父"遇难—脱险"模式中，不管遇难过程如何惊心动魄，最终皆可逢凶化吉。我们从被收服的妖怪身上，似乎可以梳理出孙悟空请了哪些神仙帮忙，动用了多么强大的人脉关系。他向佛家寻求帮助，请弥勒佛、如来、文殊菩萨、普贤菩萨、灵吉菩萨、毗蓝婆菩萨收服黄眉怪、大鹏、青狮、白象、黄风怪、百眼魔君。还多次求助观音菩萨，分别收服灵感大王、熊黑怪、红孩儿。找道家的太上老君、太乙救苦天尊收服金角银角独角兕大王、狮狲怪。借天庭二十七宿星员、托塔天王、哪吒收服黄袍怪、牛魔王、老鼠精。除了孙悟空主动寻求帮助外，还有闻讯赶来的太阴星君协助收回玉兔等故事。

孙悟空拜道家为师，在天庭当弼马温，占花果山为齐天大圣，走上西天取经佛家弟子之路的经历，让他成为连接儒、释、道各种文化的象征性符号，表达者借助展示其人脉通达现象，夸大其能融合各界势力的神奇力量。

1.4 结构性夸张构式四：夸大孙悟空保护师父、降妖除魔战绩

夸张构式表现为"本体：孙悟空保护师父、降妖除魔战绩 + 夸体：超常 X 特征 + 夸张点：超常程度强"。语篇叙述呈现为夸体，孙悟空保护师父、降妖除魔战绩具备超常特征，夸张点凸显超常程度强。《西游记》将降妖除魔作为主要情节的设计，呈现出悬念迭起、叙述一波三折、故事波澜壮阔的语篇表达形式，实现作为传世经典的修辞接受效果。在取经团队中，孙悟空保护唐僧，打死或寻求帮助降服的妖精不计其数，促使猪八戒与沙僧台词"大师兄，师父被妖怪抓走了"高频出现。表达者有意塑造孙悟空赤胆忠心、战天斗地的大师兄形象，夸大孙悟空在取经团队中，保护

师父、降妖除魔战绩,为此,不惜弱化猪八戒、沙僧、白龙马武力,让其成为背景人物。

猪八戒是唐僧的二徒弟,受了菩萨戒行,断了五荤三厌,别号"八戒",法号悟能。原本是天庭的天蓬元帅,统率十万天河水军,因喝醉酒调戏嫦娥,被玉皇大帝逐出天界。后经观音菩萨指点,同赴西天取经。他会天罡三十六变法术,能腾云驾雾,使用的兵器是九齿钉耙,重量连柄五千零四十八斤。诗曰:

> 此是煅炼神冰铁,磨琢成工光皎洁。老君自己动铃锤,荧惑亲身添炭屑。五方五帝用心机,六丁六甲费周折。造成九齿玉垂牙,铸就双环金坠叶。身妆六曜排五星,体按四时依八节。短长上下定乾坤,左右阴阳分日月。六爻神将按天条,八卦星辰依斗列。名为上宝逊金钯,进与玉皇镇丹阙。因我修成大罗仙,为吾养就长生客。敕封元帅号天蓬,钦赐钉耙为御节。举起烈焰并毫光,落下猛风飘瑞雪。天曹神将尽皆惊,地府阎罗心胆怯。人间那有这般兵,世上更无此等铁。随身变化可心怀,任意翻腾依口诀。相携数载未曾离,伴我几年无日别。日食三餐并不丢,夜眠一宿浑无撒。也曾佩去赴蟠桃,也曾带他朝帝阙。皆因仗酒却行凶,只为倚强便撒泼。上天贬我降凡尘,下世尽我作罪孽。石洞心邪曾吃人,高庄情喜婚姻结。这耙下海掀翻龙鼍窝,上山抓碎虎狼穴。诸般兵刃且休题,惟有吾当耙最切。相持取胜有何难,赌斗求功不用说。何怕你铜头铁脑一身钢,耙到魂消神气泄!(137页)

九齿钉耙由太上老君用神冰铁亲自锤炼,借五方五帝、六丁六甲之力锻造而成,也具有"随身变化可心怀"的如意性,猪八戒借其威力,与孙悟空打斗,自二更时分,斗到东方发白,才化狂风,败阵逃回云栈洞,足见他武功高强。但全书中,他打死的妖怪多是末流小妖,有时还需等妖怪被打败的时候,要么捡便宜截杀虎先锋、狐阿七等,要么拣软的妖怪捏,诛杀玉面公主、万圣龙子、树妖等。打死的妖王只有一个艾叶豹子精,还是先被孙悟空用瞌睡虫儿放倒、绑了,他才捡漏一耙筑死。

猪八戒修辞身份定位为二师兄,性格温和,憨厚率直,力气大,嘴巴甜,与大师兄孙悟空聪明、活泼、忠诚、疾恶如仇、机智勇敢形成鲜明对比。表达者通过弱化猪八戒战斗力，展示其不完美，实现夸大孙悟空保护师父、降妖除魔战绩结构性夸张构式四成立。即使在完成西天取经伟业后，因"又有顽心，色性未泯"被封为净坛使者，终究比大师兄略逊一筹。猪八戒这个带有夸张性的大嘴长耳肥胖的喜剧形象，深受大众喜爱，民间文化在他形象与故事的基础上，延伸出很多有趣的歇后语，如："猪八戒照镜子——里外不是人""猪八戒擦粉——遮不了丑""猪八戒走路——左右摇摆""猪八戒的脊梁——无能之辈（悟能之背）""猪八戒吃人参果——全不知滋味""猪八戒咬牙——恨猴""猪八戒败阵——倒打一耙""猪八戒看唱本——假斯文"。这些语言反映出猪八戒既有人吃苦耐劳品质、贪婪自私本性，又有神的本领、猪的形体等特征，集懒惰、贪吃、好色于一身，把人性、神性、猪性完美结合。猪八戒与孙悟空一起，终成经典形象。

沙僧是唐僧的三徒弟，又叫沙和尚、沙悟净，原为天宫玉皇大帝的卷帘大将，因失手打破琉璃盏，触犯天条，被贬出天界，在流沙河兴风作浪，危害一方。后经观音点化，一心归佛，同去西天求取真经。沙僧修辞身份定位为三师弟，性格憨厚，忠心耿耿，谨守本分，任劳任怨。他的兵器，出自月宫梭罗仙木，由鲁班打造琢磨而成，外嵌宝霞光耀，内钻金瑞气凝，重五千零四十八斤，全名降妖真宝杖，也称降妖宝杖、降妖杖，随身携带，大小如意，善能降妖。他与猪八戒大战流沙河，各逞英雄。先是在河岸，战经二十回合，不分胜负。接着在水中争斗两个时辰，"铜盆逢铁帚，玉磬对金钟"不相上下。次早再战，斗经三十回合，不见强弱。足见沙僧武功实力与猪八戒不相上下。但在《西游记》里，他杀的唯一妖精是在花果山遇到的假沙僧——猴精。作为背景人物，既不像主角孙悟空那般傲气张扬、叛逆不羁，也不像猪八戒那样好吃懒惰、贪恋女色，他坚韧不拔、中庸求全，维系着取经队伍的和睦，衬托着大师兄与二师兄的辉煌与荣耀，沙僧修辞身份的"无字句处"定位，承担了"配角"的修辞功能。

白龙马本是西海龙王三太子敖烈，因纵火烧了殿上明珠，被表奏天庭，告了忤逆，吊打后被贬鹰愁涧，经菩萨点化，变身白龙马，皈依佛门。他的修辞身份经历了西海太子→妖怪→唐僧坐骑→八部天龙广力菩萨等几个阶段。西行途中，与其他三人"做个徒弟"不同，他的修辞角色是"做个脚力"，主要工作是"驮负圣僧来西""驮负圣经去东"。但从他在宝象国叫唐僧"师父",叫悟空和八戒"师兄"的称呼上,可以看出龙马的身份与其他人是平等的,只有在绝境状况下,如第三十回《邪魔侵正法,意马忆心猿》,唐僧被变为虎精,"大师兄去得久了,八戒、沙僧又无音信"时,他才"忍不住,顿绝缰绳,抖松鞍辔,急纵身,忙显化,依然化作龙",现身大战黄袍怪。他不为名、不为利,真正为了"功果"。只因"脚力"修辞角色的设定,武功超凡的他,除在鹰愁涧与孙悟空斗法、宝象国勇斗黄袍怪时略显神通外,没有更多展示机会。白龙马用他的安静、沉稳、平和,反衬出孙悟空的灵动、率真、暴躁。用他的耐性,走出了自己的取经之路,最终因为完成驮负唐僧重任,做着"师父的骨肉凡胎,重似泰山""遣泰山轻如芥子,携凡夫难脱红尘"等众人不能为的工作,成为五圣之一。

表达者将大显神通的闪耀时刻,尽可能多地留给了孙悟空,减少了猪八戒、沙僧、白龙马展示机会,在师弟们的衬托下,彰显出孙悟空大师兄地位的崇高,降妖除魔战绩的辉煌。

1.5 结构性夸张构式五:夸大孙悟空在修心历程中的作用

夸张构式表现为"本体:孙悟空在修心历程中的作用+夸体:超常X特征+夸张点:超常程度强"。语篇叙述呈现为夸体,孙悟空在修心历程中的作用具备超常特征,夸张点凸显超常程度强。《西游记》建构了孙悟空的英雄传奇,借神魔写人间,把"劝化众生""法轮回转""皇图永固"希望,寄托于有"童心"的"真人"身上,求索治国安邦之人、之道。试图把新兴市民阶层的社会力量和要求自由平等思想纳入封建宗法思想和制度轨道,共建王道乐土。为此,《西游记》有一条内隐的情节设计,叙述有"常心"的"常人"如何变成"真人"的修心过程。表达者借助夸大孙悟空在修心历程中的作用,见证取经团队的蜕变,尝试实现以上修辞意图。

黄霖先生认为《西游记》故事"隐喻放心、定心、修心的全过程"。放心、定心、修心,可视为贯穿全书的结构意脉。①

正如李洲良所论:大闹天宫写孙悟空练就了七十二般变化,闹龙宫闹地府以至于大闹天宫,喊出了"皇帝轮流做,明年到我家"的豪言,孙悟空成了不受任何束缚随心所欲敢作敢为的齐天大圣。客观地说,这一描写

---

① 黄霖:《关于西游记的作者和主要精神》,《复旦大学学报》1998年第2期。

的确张扬了人的个性、尊严和价值，但作者并不赞许。所以才有如来佛祖"五行山下定猿心"之举。取经缘起写观音受如来委派赴东土寻找高僧来西天取经。相继收了沙僧、猪八戒、孙悟空和玉龙，这一举动本身就含有"收心""定心"之意。待到西天取经也最能体现小说的结构寓意。在作者看来，"放心"是不可取的，"定心"是"修心"的前提，"修心"则是一个漫长而又艰难的"渐悟"过程。就孙悟空而言，作者真正赞赏的不是任性而为大闹天宫的齐天大圣，而是取经路上降妖伏怪忠于职守乐观进取的斗战胜佛。因此，从佛教道教的角度说，西天取经的过程就是由魔成佛、由妖成仙的修心过程。从儒家的角度说，就是正心诚意、格物致知的修身过程。这才是《西游记》"缀段式"结构所蕴含的哲理寓意。[①]

《西游记》叙述了两次重要的"放心猿"情节，第十四回描写诛杀"六贼"，第七十二回教导众生逃脱"七情"。人类的"七情""六欲"是"心性修养"的大敌，必须剿灭。在战斗过程中，孙悟空打死其代言的人、妖——六个毛贼和七只蜘蛛精。孙悟空在修心历程中，不仅可以降服外界妖魔，保护师父，还可以从内心鼓励唐僧，探讨佛理。

在取经团队中，作为师父的唐僧，心怀善良，信仰坚定，不遗余力宣扬佛法、亲民敬君思想，以期惠及黎民百姓。作为有血有肉的凡人形象，他有懦弱、犹豫、怕死的时候。例如第十九回乌巢禅师传授《多心经》后，孙悟空时常开导忧思重重、如履薄冰的师父，与其多次探讨"心生，种种魔生；心灭，种种魔灭"等禅学问题；在第九十三回，当八戒、沙僧讥笑悟空不懂得讲经时，只有唐僧明白悟空真正解得"无言语文字"。如：

第三十二回：
唐僧道："徒弟们仔细。前遇山高，恐有虎狼阻挡。"行者道："师父，出家人莫说在家话。你记得那乌巢和尚的《心经》云'心无挂碍；无挂碍，方无恐怖，远离颠倒梦想'之言？但只是：'扫除心上垢，洗净耳边尘。不受苦中苦，难为人上人。'你莫生忧虑，但有老孙，就是塌下天来，可保无事。怕甚么虎狼！"（230页）

第四十三回：
三藏大惊道："徒弟呀，又是那里水声？"行者笑道："你这老师

[①] 李洲良：《春秋笔法与中国小说叙事学》，《文学评论》2008年第6期。

父,忒也多疑,做不得和尚。我们一同四众,偏你听见甚么水声。你把那《多心经》又忘了也?"唐僧道:"《多心经》乃浮屠山乌巢禅师口授,共五十四句,二百七十个字。我当时耳传,至今常念,你知我忘了那句儿?"行者道:"老师父,你忘了'无眼耳鼻舌身意'。我等出家人,眼不视色,耳不听声,鼻不嗅香,舌不尝味,身不知寒暑,意不存妄想——如此谓之祛褪六贼。你如今为求经,念念在意;怕妖魔,不肯舍身;要斋吃,动舌;喜香甜,嗅鼻;闻声音,惊耳;睹事物,凝眸;招来这六贼纷纷,怎生得西天见佛?"(315页)

第八十五回:

三藏道:"休言无事;我见那山峰挺立,远远的有些凶气,暴云飞出,渐觉惊惶,满身麻木,神思不安。"行者笑道:"你把乌巢禅师的《多心经》早已忘了。"三藏道:"我记得。"行者道:"你虽记得,还有四句颂子,你却忘了哩。"三藏道:"那四句?"行者道:"佛在灵山莫远求,灵山只在汝心头。人人有个灵山塔,好向灵山塔下修。"(620页)

孙悟空听了乌巢禅师的《心经》,无师自通,妙悟真解。依次讲出"心无挂碍,方无恐怖""无眼耳鼻舌身意""灵山只在汝心头"等禅语,最终懂得无言语文字的真解,达到大彻大悟境界。师徒二人游离于情节佛学探讨使文本"心性修养"主旨得到彰显与加强。《西游记》运用夸大孙悟空在修心历程中作用的夸张构式,强化孙悟空对唐僧的影响力,外用金箍棒保护,内用佛学真谛指点,使自己成为西天取经团队的真正主角。

这种夸大孙悟空在修心历程中作用的观点也遭到有些学者的质疑,如:"不少研究者曾指出《西游记》是以个性心灵解放为基础的文艺作品,蕴含着明代个性思想改造过的心学哲理。可是唐僧传习《心经》的传说由来已久,从《大慈恩寺三藏法师传》起就作为唐僧西行取经的精神支柱而载入传记了,经过《独异志》到《大唐三藏取经诗话》的铺演,《心经》的影响始终没有消失。可是与猴行者并无关系。到了今本《西游记》里,把讲解《心经》的任务又转嫁到了孙悟空的身上,这是一个很大的变异。今本的写定者似乎对禅学还略有所知,孙悟空讲解的《心经》要义还头头是道,层层递进,不过讲的是禅宗的心学,与明代的心学还有一定差距。从《西游记》的具体描述看,孙悟空还是一个心猿,他的行动与他的佛学信仰互相抵触，知行不一，与王氏心学所要求的'知行合一'更是完全背道而驰的。《取经诗话》里的猴行者最初是以白衣秀才的形象出现的，后来又嫁接了东方朔偷桃故事，由西王母池偷桃发展为偷老君灵丹、偷王母绣仙衣（见《朴通事谚解》引《西游记平话》和《西游记杂剧》），再发展为大闹天宫的齐天大圣，最后才'弃道从僧'。到了世德堂本《西游记》里又被塑造成比他师父还懂佛学的真僧了。这些改造并没有达到宣传佛学的效果，却多少损害了孙悟空的形象。幸而这些情节未能引起广大读者的注意和兴趣，但这一历史文化现象还是很值得我们研究的。"①

在取经团队的五个成员中，唐僧耳软心活、不辨忠奸，但其高贵出身、执着信念是鼓舞西行的旗帜。猪八戒虽然贪吃贪睡、好财好色，但他的憨厚耐劳却是取经途中不可缺少的要素。老实厚道的沙和尚"眼明心亮，是非分明"。沉稳平和的白龙马"意马收缰"。他们用自己的不完美，烘托出孙悟空本领高超、精神乐观的光辉形象，寄托了表达者"凝聚五行力量"刻画人物的预设，彰显《西游记》的人物设计与叙述呈现夸大孙悟空形象的结构性夸张构式特点，叙述借助五个下位层次的结构性夸张构式，多角度夸大孙悟空来历的奇幻性，孙悟空金箍棒威力与超凡武功，孙悟空人脉通达，孙悟空保护师父、降妖除魔战绩，孙悟空在修心历程中的作用，促使夸张突破词句修辞层面，在《西游记》结构层面推进人物形象塑造，实现夸张的修辞诗学功能，创造出经典作品中的经典人物，正如李泽厚在《美的历程》中所言：孙悟空形象具有"七十二变的神通，永远战斗的勇敢，机智灵活，翻江搅海，踢天打仙，幽默开朗的孙猴子已经成为充满民族特性的独创形象"。②

2. 夸大"遇难—脱险"模式合理性的结构性夸张构式——《西游记》的情节设计与叙述

从外部语言形式观察，小说情节依托叙述结构展开，多指内容谋篇布局的呈现。刘勰《文心雕龙·附会》中说："总文理，统首尾，定予夺、合涯际，弥纶一篇，使杂而不越者也。若筑室之须基构，裁衣之待缝缉矣。"③刘勰在此处强调"附辞会义"的方法，经营词句，连句成章，会和局部表达的意旨，组合成"首尾周密、表里一体"整体，他把小说构思

---

① 程毅中：《〈心经〉与"心猿"》，《文学遗产》2004年第1期。
② 李泽厚：《美的历程》，中国社会科学出版社1984年版，第248—249页。
③ 祖保泉：《文心雕龙解说》，安徽教育出版社1993年版，第842页。

路径、语言表现提升到语篇建构的全过程。选择体裁、取舍题材、推敲字句、确定情调等，都需要以文章主旨为准则。这与陈望道"修辞以适应题旨情境为第一义，不应是仅仅语辞的修饰，更不应是离开情意的修饰"①的观点异曲同工。

《西游记》一百回，包括了"西游"、"回东"以及"五众"了断尘缘后归真的"回西"三阶段。"回东"与"回西"占第九十九和第一百回两回书的长度，只是叙述结构必备部分，罗列灾难清单，交代人物归属。"西游"属于全书关键部分，用第一至第九十八回篇幅展开叙述，情节繁，人物多，展示取经团队西天取经过程，具有旅行、游历性。《西游记》情节设计采取了夸大"遇难—脱险"模式合理性的结构性夸张构式"本体：'遇难—脱险'模式合理性＋夸体：超常 X 特征＋夸张点：超常程度强"展开，语篇叙述呈现为夸体，"遇难—脱险"模式合理性具备超常特征，夸张点凸显超常程度强。借助两个下位结构性夸张构式夸大"吃唐僧肉可以长生不老"传言的蛊惑力，夸大唐僧脱险的丰富性，推动语篇叙述，连缀"八十一难"中的四十余个相对独立的故事，完成《西游记》情节设计与叙述。

2.1 结构性夸张构式一：夸大"吃唐僧肉可以长生不老"传言的蛊惑力

夸张构式表现为"本体：'吃唐僧肉可以长生不老传言'的蛊惑力＋夸体：超常 X 特征＋夸张点：超常程度强"。语篇叙述呈现为夸体，"吃唐僧肉可以长生不老传言"的蛊惑力具备超常特征，夸张点凸显超常程度强。唐僧遇难，大多皆因受"吃唐僧肉可以长生不老"传言的蛊惑，促使众妖铤而走险，掳去唐僧，却又食之不得，被成功营救，建构出"遇难—脱险"模式反复出现，成就西游降妖除魔的佳话。

《西游记》里第一次说出此传言的妖精是白骨精。

> 他在云端里，踏着阴风，看见长老坐在地下，就不胜欢喜道："造化！造化！几年家人都讲东土的唐和尚取'大乘'，他本是金蝉子化身，十世修行的原体。有人吃他一块肉，长寿长生。真个今日到了。"（195 页）

---

① 陈望道：《修辞学发凡》，上海世纪出版集团、上海教育出版社 2001 年版，第 11 页。

白骨精，本相是一具白骨骷髅，脊梁上刻有"白骨夫人"四字，属于"尸魔"类妖精。她狡猾善变，借助变化为少妇—老太婆—老公公三个人物，骗过唐僧，意欲加害，虽没成功，却开启了群魔争抢"唐僧肉"的混战，吸引众多妖怪卷入其中，如：

> 金角道："你不晓得。我当年出天界，尝闻得人言：唐僧乃金蝉长老临凡，十世修行的好人，一点元阳未泄。有人吃他肉，延寿长生哩。"银角道："若是吃了他肉就可以延寿长生，我们打甚么坐，立甚么功，炼甚么龙与虎，配甚么雌与雄？只该吃他去了。等我去拿他来。"（236页）

虽说观音曾经在长安嘱咐众神"汝等不可走漏消息"，但"吃唐僧肉可以长生不老"还是传播开来，引得众多妖精飞蛾扑火，或被剿灭，或被菩萨收服。书中描述主观想吃"唐僧肉"的妖精就有白骨精、金角银角大王、红孩儿、黑水河水怪、灵感大王、独角兕大王、黄眉怪、多目魔君、青狮白象大鹏、豹子精等。被动想吃"唐僧肉"的妖精主要有辟寒辟暑辟尘大王，因其爱吃酥合香油，顺手牵羊将唐僧掳去，想一起煎着吃，最终落得被扒皮抽筋，打入地狱，永不得超生的下场。比丘国国王也是被白鹿变化的国丈妖怪蒙蔽，准备拿唐僧的心代替一千一百一十一个小儿心肝，做药引，煎汤服药，求得千年不老之功。最终，孙悟空解救无辜孩童，捣毁妖精魔穴，迫使国丈现出白鹿本相，被南极寿星收服。

不管是主动还是被动想"吃唐僧肉"的妖精，都没有好结果。还有另一类女性妖精，想"吃唐僧肉"，不是真的吃，而是取其借喻语义，意欲采其元阳，成就仙体。书中描述了女儿国国王、蝎子精、松柏竹杏四仙、老鼠精、玉兔精等人和妖的努力。西梁女国的国王，因一国无男儿，故在唐僧师徒经过时，决心招唐僧为夫，留其当国王，与其阴阳配合，生子生孙，永传帝业。她虽无恶意，却与唐僧取经愿望相悖，只能自觉惭愧，悔悟道"唐御弟也是个有道的禅僧，我们都有眼无珠，错认了中华男子，枉费了这场神思"。至于色邪蝎子精，锦绣娇容，金珠美貌，软玉温香，肌香肤腻，美艳至极。她修行多年，武艺高强，使用一柄三股钢叉，鼻中喷火，口中吐烟，神通广大，法力无边，不仅用倒马毒桩扎了如来佛祖，还令观音近不得分毫，两次击败孙悟空、猪八戒的联手，战绩彪悍。她用旋风卷走唐僧，百般诱惑，欲成夫妻美事，让唐僧意欲攀谈，差点乱了真性，咬钉嚼铁才保住自己的不坏身。表达者借助依据阴阳五行，相生相克之理，让其被昴日星官杀死，丢了性命，也没有吃到"唐僧肉"。金鼻白毛老鼠精"今朝拿住取经僧，便要欢娱同枕榻"，还特命手下去山头上取阴阳交媾的净水，安排素筵席，指天为媒，指地作订，与唐僧成亲。最终，她被押回天庭发落，如意算盘落了空。玉兔精原为广寒宫中捣药的玉兔，逃至下界，摄藏天竺国公主，自己变成公主模样，戏哄国王，欲搭台抛彩球，招唐僧为驸马，诱取唐僧的元阳。被孙悟空识破诡计，请太阴星君将其收走。

《西游记》情节设计与叙述夸大了唐僧因"唐僧肉"遇难的可能性，减少了因其他原因遇难概率，如：遇到六个土匪拦路抢劫，偶遇黄风怪、黄袍怪被掳，因推倒镇元大仙人参果树被捉，因虎力、鹿力、羊力大仙重道欺僧被困，让铁扇公主误认伤了红孩儿寻仇等。对于一部长篇小说来说，这些情节的安排远远没有高频重复出现的想吃"唐僧肉"渲染的精彩。唐僧遇难，被强留，被掳走，被真吃，被求元阳，皆因"唐僧肉"属于稀缺资源，妖精要么求延寿长生，要么求位列仙班，虽然所求相异，最终却有相同结果——竹篮打水一场空，唐僧"遇难—脱险"模式屡试不爽，皆能成功化解危险。此种语言上的反复呈现，夸大"吃唐僧肉可以长生不老"传言就像一个魔咒，吸引妖精们无法自控地走向盛宴，同时也走向灭亡的同时，提高了情节设计夸大"遇难—脱险"模式合理性的结构性夸张构式成立的可能性。

2.2 结构性夸张构式二：夸大妖精种类丰富，唐僧脱险多样性

夸张构式表现为"本体：妖精种类和唐僧脱险多样性＋夸体：超常 X 特征＋夸张点：超常程度强"。语篇叙述呈现为夸体，妖精种类和唐僧脱险多样性具备超常特征，夸张点凸显超常程度强。唐僧脱险，皆因徒弟们打败、打死那些作恶的歹徒或者妖精后，救出师父，保证"遇难—脱险"模式的成功实施，促使西行取经得以继续。为了打破唐僧遇难单一性带来的叙述单调感，《西游记》根据加害师父妖精的类型，夸大妖精种类丰富，唐僧脱险的多样性，设计出情节相异的叙述路径，展现精彩纷呈的唐僧脱险模式。

2.2.1 唐僧脱险模式一：打死强盗

《西游记》先后叙述了两伙强盗。在第十四回"心猿归正、六贼无

踪",出现拦路抢劫的眼看喜、耳听怒、鼻嗅爱、舌尝思、意见欲、身本忧六个毛贼。六贼姓名对应佛家六根"眼耳鼻舌意身",此时的孙悟空刚刚跟随师父入佛门,听唐僧说道:"只因你没收没管,暴横人间,欺天诳上,才受这五百年前之难。今既入了沙门,若是还象当时行凶,一味伤生,去不得西天,做不得和尚!忒恶!忒恶!"(103页)这对在花果山称王为怪恣意妄为的美猴王来说,岂能忍受此等说辞,"耳听怒"后,不服管教,一走了之,引来菩萨赠送紧箍儿咒真言,对其进行约束,借助佛界力量,捆绑师徒二人,让没有法力的唐僧,在神通广大高徒的保护下,有能力渡过千难万险,完成取经大业。

唐僧师徒西行遇到的第二伙强盗,也被孙悟空棍不留情,打死匪首。后至杨家庄,孙悟空不听唐僧劝告,打死、打伤二三十人,还特意割下杨老儿儿子首级,与唐僧"秉善为僧,决不轻伤性命"理念相悖。唐僧嫌恶孙悟空滥杀无辜,念起"紧箍儿咒",痛斥悟空。

> 你这泼猴,凶恶太甚,不是个取经之人。昨日在山坡下,打死那两个贼头,我已怪你不仁。及晚了到老者之家,蒙他赐斋借宿;又蒙他开后门放我等逃了性命;虽然他的儿子不肖,与我无干,也不该就枭他首;况又杀死多人,坏了多少生命,伤了天地多少和气。屡次劝你,更无一毫善念,要你何为!——快走!快走!免得又念真言!(418页)

孙悟空再三求饶,去后又返回,唐僧还是将其咒倒在地,箍儿陷在肉里一寸来深,置其上天无门,入地无路,到菩萨那里诉苦,却被教导"草寇虽是不良,到底是个人身,不该打死,比那妖禽怪兽、鬼魅精魔不同。据我公论,还是你的不善"。

两次遇到强盗,皆因"耳听怒"生出"嗔之心",孙悟空打死强盗,引出后来的六耳猕猴棒打唐僧,皆因"嗔"字。《西游记》里唐僧三次赶走孙悟空,因打死强盗被赶占了两次。唐僧脱险,值得欢喜,此处暴露出的师徒二人观点不和,暴露取经团队心不齐的隐患,减弱了对外的战斗力,为以后再次遇险埋下伏笔,引发对立的叙述张力,增强了情节多样发展的可能性。取经之途,不仅要降看得见的妖魔,还要修炼自己的心魔。

2.2.2 唐僧脱险模式二：打死、收服与天庭、灵山无关系的妖精1

《西游记》刻画的妖精主要有两类，妖精1：与天庭、灵山无关系；妖精2：与天庭、灵山有关系。我们将分类论述。

与天庭、灵山无关系的妖精1主要有熊罴怪、白骨精、虎力鹿力羊力大仙、蝎子精、六耳猕猴、九头虫、松柏竹杏四仙、蟒蛇精、百眼魔君、豹子精、黄狮精、辟寒辟暑辟尘大王等，在唐僧"遇难—脱险"模式制约下，此类妖精主要有两种下场：一是被打死；二是被仙界收服。

2.2.2.1 打死妖精1

被打死的妖怪里最有名的是白骨精，她从一堆白骨，历经千年，修炼成人形，先后三次变化，想吃唐僧肉，想要修炼成长生不老之身，最终被孙悟空一棒打死，成就了《西游记》"三打白骨精"经典情节。

虎力、鹿力、羊力大仙，居车迟国国师高位，虽保佑了国家风调雨顺，但终究是妖精所化，在"斗法大赛"中，虎力大仙的头被狗叼走，羊力大仙油锅洗澡时冷龙被破，鹿力大仙的五脏六腑被饿鹰叼走，先后丢了性命。虎、鹿、羊三兄弟虽是做了不少功德，只因供奉元始天尊、灵宝天尊、道德天尊道家祖师爷像，怂恿国王扬道抑佛，佛像被毁，庙宇被拆，没人再烧香拜佛，没有信众就没有供养，没有供养就没有灵山诸佛的口粮，佛祖岂能坐视不管？故以"文斗"之法，帮助唐僧脱险的同时，处死三仙。

蝎子精原本是女儿国的大臣，使用调虎离山计，用旋风把唐僧卷走，想跟唐僧结为夫妻。她本领高强，后孙悟空经观音菩萨指点，找到其克星昴日星官帮忙，最终被猪八戒捣成烂泥。

六耳猕猴，假悟空，实力和真孙悟空一般无二，打昏唐僧，抢走行李，大战孙悟空，闹到上天入地下海。另一说其为孙悟空的二心，故与孙悟空本领相同，最后被如来佛道出真身，用金钵盂罩住，被孙悟空打死。

> 如来笑道："汝等法力广大，只能普阅周天之事，不能遍识周天之物，亦不能广会周天之种类也。"菩萨又请示周天种类。如来才道："周天之内有五仙：乃天、地、神、人、鬼。有五虫：乃赢、鳞、毛、羽、昆。这厮非天、非地、非神、非人、非鬼；亦非赢、非鳞、非毛、非羽、非昆。又有四猴混世，不入十类之种。"菩萨道："敢问是那四猴？"如来道："第一是灵明石猴，通变化，识天时，知地利，移星换斗。第二是赤尻马猴，晓阴阳，会人事，善出入，避死延生。第

三是通臂猿猴，拿日月，缩千山，辨休咎，乾坤摩弄。第四是六耳猕猴，善聆音，能察理，知前后，万物皆明。此四猴者，不入十类之种，不达两间之名。我观'假悟空'乃六耳猕猴也。此猴若立一处，能知千里外之事；凡人说话，亦能知之；故此善聆音，能察理，知前后，万物皆明——与真悟空同象同音者，六耳猕猴也。"（430 页）

蟒蛇精本是一条红鳞大蟒，常在七绝山稀柿衕兴妖作怪，吞吃人畜不吐骨头。唐僧师徒路过此地，抱着为民除害的心态，将其打死。

南山大王豹子精，修行数百年成妖，武力和法力都很低下，但是颇有智慧，先是采用"分瓣梅花计"智擒唐僧，又两次用假人头欺骗孙悟空、猪八戒、沙和尚，是全书唯一被猪八戒杀死的妖王。

黄狮精因偷走孙悟空师兄弟的三件宝贝兵器举办"钉钯宴"，导致洞府被烧毁，自己被围剿。虽然投奔九灵元圣，在攻打玉华县时，依旧没有逃脱被杀结局。

辟寒、辟暑、辟尘大王，是修行多年的犀牛精，享受着供奉的酥合香油。香油价值白银五万余两，皆是百姓缴纳税款置办，造成欺压百姓之实。他们假扮佛爷，欺骗百姓，如果引起民众对佛教的怀疑，更是罪大恶极。虽贿赂西海龙王，关键时刻求其相助，但因孙悟空搬来天兵下界捉拿，势力太大，西海龙太子反戈一击，率兵协助孙悟空将其缉拿、打死，救出唐僧、八戒、沙僧，助唐僧成功脱险。

松、柏、竹、杏四仙裹挟唐僧进庵以谈论诗词为由，制造杏仙跟其交合的机会。饱读诗书的唐僧与树妖们交谈甚欢，他们压根就没有反抗能力，也被猪八戒一顿钉钯铲死，帮助唐僧脱险。此段情节属于全书中少有的有惊无险、轻松谐趣的遇难环节。

此类妖精，因为与天庭、灵山无关系，除了具有祸害百姓之恶，就是犯下阻碍弘扬佛法教义错误，他们的信仰与灵山有异，皆被诛杀，以儆效尤，起到了树立佛法威严的效果。

2.2.2.2 收服妖精1

另一类与天庭、灵山虽无关系，但最终却被仙界拯救，主要有熊黑怪、百眼魔君、牛魔王一家。

熊黑怪原是一头黑熊，勤于修行，成为精怪，本领高强，变化多端。当唐僧师徒所居观音禅院被贪愚的金池长老放火谋害时，黑熊精先去救火,后趁火打劫偷走如来佛祖赐给唐僧的宝贝锦襕袈裟。孙悟空与其争斗,未分高下,求救于南海观音菩萨,帮助讨回佛衣,并用金紧禁三箍中的禁箍收服了黑熊怪,使之皈依佛门摩顶受戒,看守南海落伽山后,当了守山大神。此段情节出现在西游记第十六回,回目为"观音院僧谋宝贝,黑风山怪窃袈裟"。围绕锦襕袈裟的失与得,两个动词"谋""窃",活画出"贪得无厌"的贪心。

百眼魔君,又叫多目怪,身居黄花观,炼制的毒药天下一绝,是盘丝洞七个蜘蛛精的师兄。当他脱去衣裳双臂齐抬时,两肋下黄雾弥漫,千只眼睛金光四射,将人罩在光网之中,使人不可近身,最终被毗蓝婆菩萨以昴日星官眼中所炼制的绣花针收服,现出七尺长大蜈蚣原形,被带去紫云山千花洞看守门户。

牛魔王四海有名称混世,西方大力号魔王。初登场于第三回"四海千山皆拱伏,九幽十类尽除名"。孙悟空寻得如意金箍棒后,"日逐腾云驾雾,邀游四海,行乐千山。施武艺,遍访英豪;弄神通,广交贤友"。会了个七弟兄,即牛魔王、蛟魔王、鹏魔王、狮驼王、猕猴王、禺狨王,连自家美猴王,共七个。孙悟空自称齐天大圣,于是牛魔王就自称平天大圣,其他五大魔王也都各称大圣,并称七大圣。《西游记》重点交代了牛魔王一家,牛魔王五百年后再次登场,娶了铁扇公主为妻,育有一子红孩儿,又纳玉面公主为妾,获得万岁狐王万贯家产。孙悟空与牛魔王第一次结怨,因红孩儿镇守火云洞,为了吃唐僧肉与孙悟空大战,最终被观音菩萨收为善财童子。第二次结怨,因在女儿国,孙悟空为取落胎泉水,与其弟如意真仙发生冲突。第三次结怨,因在火焰山,孙悟空逼迫铁扇公主交出芭蕉扇灭火。牛魔王没有强大后台,但他交友广泛,名气颇大,算得上妖怪中的绝世枭雄,虽为魔王,并没有犯下恶极之罪,最终被拿回西天。铁扇公主隐姓修行,流名经藏。一家人皆选择了弃道礼佛之路,得了正果。孙悟空与牛魔王家族三次结怨情节,连缀西行前、中、后三期的事件和人物,前后呼应,在情节上形成链条性结构,突破多次出现的单打独斗妖怪的单一化,丰富了情节叙述的类型。

除了以上论到的被打死、收服的妖精外,为了增加叙述的可能性与神秘感,情节叙述还设计了九头虫下落不明的情况。九头虫下血雨盗取祭赛国佛宝舍利子,导致家家害怕、户户生悲,金光寺宝塔失去祥云瑞霭,其他国家不再朝贡。九头虫抓走八戒,先是被孙悟空打得东躲西藏,后被路过的二郎真君帮忙惩治，被哮天犬咬下一个头来，仓皇逃命，是少数从孙悟空手中被放过的不知所踪的妖怪。其岳父万圣龙王，妻子万圣公主被斩杀，岳母万圣龙婆以"不知情"相求，遂得活命，被铁索击穿琵琶骨，锁在塔心，被惩戒。

熊黑怪、百眼魔君不是因为"想吃唐僧肉"遭殃，皆因被人累及或因唐僧师徒路见不平，仗义出手被打，他们与唐僧师徒没有产生直接冲突，也没有伤害百姓性命、为非作歹太甚，表达者本着慈悲为怀的佛意，留下向善的可能，让他们落得罪不至死的结果。

2.2.3 唐僧脱险模式三：收服与天庭、灵山有关系的妖精2

唐僧西行，为了完成佛祖"传经事业"，需要备受考验。正如弥勒佛所言，"你师徒们魔障未完，故此百灵下界，应该受难"。由此可知，西行路上的有些妖怪，多与佛祖安排的考验有关，原本就是神仙的附属，主要有童子类、亲戚或下属类、坐骑类、精怪类等4类。

2.2.3.1 童子类

金角大王原是太上老君看金炉的金灵童子，银角大王是看银炉的银灵童子。观世音菩萨为考验唐僧师徒取经决心，与太上老君合作，借丹房童子化为妖魔。金角、银角皆使用七星宝剑，还有红葫芦、玉净瓶、芭蕉扇、幌金绳等几件宝物，是《西游记》拥有宝贝最多的妖怪，与孙悟空比武斗法，难分输赢。逼迫孙悟空用计谋收缴五件宝物，战胜二怪，送还太上老君。

黄眉怪原是东来佛祖笑和尚敲磬的童子，手持狼牙棒，趁佛祖不在家，偷了金铙、人种袋两件宝贝，下界成精。借假雷音寺诱使唐僧师徒上当，把孙悟空扣在金铙里，数次将其和天兵天将收入人种袋。紧急关头，弥勒佛祖踏云而来，诱使妖怪出洞，将其制服。

2.2.3.2 亲戚或下属类

狮驼岭狮驼洞的三个魔头里的大鹏金翅雕，名号云程万里鹏，属于本领最大的妖王，算起来还是如来的舅舅，也是唯一需要如来亲自出面，将其收服的妖怪。

> 如来道："自那混沌分时，天开于子，地辟于丑，人生于寅，天地再交合，万物尽皆生。万物有走兽飞禽。走兽以麒麟为之长，飞禽以凤凰为之长。那凤凰又得交合之气，育生孔雀、大鹏。孔雀出世之

时,最恶,能吃人,四十五里路,把人一口吸之。我在雪山顶上,修成丈六金身,早被他也把我吸下肚去。我欲从他便门而出,恐污真身,是我剖开他脊背,跨上灵山。欲伤他命,当被诸佛劝解:伤孔雀如伤我母。故此留他在灵山会上,封他做佛母孔雀大明王菩萨。大鹏与他是一母所生,故此有些亲处。"(569页)

大鹏手使画杆方天戟,拥有阴阳二气瓶,心计狡诈,五百年前吃净狮驼国国王、文武官僚、满城大小男女,召集一帮妖怪建立自己的地盘,与青狮、白象结盟。大鹏占据狮驼国,青狮、白象占据狮驼岭,互为犄角,同心协力,共捉唐僧。大鹏被如来佛指伤了筋,不能远飞,被迫皈依,成为佛祖护法。青狮、白象分别是文殊菩萨、峨眉山普贤菩萨的坐骑成精下凡,后被主人收回。

黄袍怪原是天界奎木狼,武艺高强,因与披香殿侍香的玉女相爱,思凡下界,占山为怪,摄来托生为宝象国公主百花羞的玉女,与之做了十三年夫妻。唐僧路过碗子山时,被黄袍怪抓住,八戒与沙僧不敌,白龙马也被其所伤。八戒寻回孙悟空,上天界求助。玉帝令四大天师查勘,命二十七宿星员收他上界,罚给老君烧火,有功复职,无功罪加一等。后被官复原职,与孙悟空不计前嫌,大战小雷音寺。

2.2.3.3 坐骑类

除了前文提到的文殊菩萨、普贤菩萨的坐骑青狮、白象,其他下凡坐骑主要有九灵元圣和独角兕大王。

九灵元圣是太乙救苦天尊的坐骑九头狮子,因狮奴偷吃了轮回琼液醉倒,此狮挣脱锁链逃往下界为妖,吼声可上通三圣、下彻九泉,在玉华州竹节山九曲盘桓洞,收下黄狮、狻猊、抟象、白泽、伏狸、猱狮、雪狮七狮,被七狮精尊称为"祖翁"。他不以妖精自居,建立妖国,与人类公平贸易,和谐相处。《西游记》中只有他对唐僧肉几乎不感兴趣,但因纵容黄狮盗窃行为,为其报仇强出头,导致七狮被灭,自己也被太乙救苦天尊收回。

独角兕大王本是太上老君坐骑青牛,趁着牛童瞌睡之际,偷走金钢琢下界,用计捉住唐僧、八戒、沙僧,打败孙悟空。金刚琢法力无边,收了金箍棒、猴毛猴兵,收了哪吒的砍妖剑、斩妖刀、缚妖索、降魔杵、绣球儿、火轮儿,收了火德星君的火龙、火马、火鸦、火鼠、火枪、火刀、火弓、火箭，收了半河的黄河水，收了雷神的锤、天王的塔，还收了十八尊罗汉的金丹砂。独角兕大王是孙悟空遇到的最难缠的妖怪，为了将其降服，创下找人帮忙最多的纪录。孙悟空先求玉帝查其来历，随后求了李天王、哪吒、雷公、火德星君、黄河水伯、如来、十八罗汉等仙佛两界相助，最后请来其主人太上老君，使妖怪现出青牛本相，才解了围，过了关。

2.2.3.4 精怪类

此类妖精因善缘，与天庭、佛界有了些许关系，除了前文提到的老鼠精、玉兔精，还有灵感大王、黄风怪等。

灵感大王原身是观音菩萨莲花池里养大的金鱼，每日浮头听经，修成手段。将一枝未开的菡萏，运炼成九瓣赤铜锤作兵器，趁着海潮泛涨，跑到通天河为妖，抢占老鼋住宅，冒充神明，强迫村民每年祭祀童男童女。他抓走踏冰而渡的唐僧，被观音菩萨用鱼篮将其降伏并收走。

黄风怪原是灵山脚下得道的黄毛貂鼠，因偷吃琉璃盏内清油，怕被金刚捉拿，便跑到黄风岭占山为王，手持三股钢叉，神通广大，吹出的黄风更是所向无敌，吹伤悟空，劫走唐僧，后被灵吉菩萨用飞龙杖降服。

此类与天庭、灵山有关系的妖精2，大多不喜欢杀人，即使捉住唐僧，嚷嚷着要吃唐僧肉，心里也不是真的想吃，以致"吃唐僧肉"的预设总是落空，主人公得以保全性命，情节叙述顺利推进。弥勒佛的弟子黄眉怪只是想给自己创造个升职机会，太乙救苦天尊的坐骑九灵元圣为了给下属报仇才与孙悟空发生矛盾，独角兕大王更是没有野蛮地直接用武力抓唐僧，而是采取有理、有利的手段："我在山路边点化一座仙庄，你师父潜入里面，心爱情欲，将我三领纳锦绵装背心儿偷穿在身，只有赃证，故此我才拿他。"青牛与孙悟空大战三个时辰，徒手搏斗几百个回合不分胜负，打跑天兵天将，打败十八罗汉。坐骑尚且如此，主人法力更该无边。此段情节设计为淡泊名利、与世无争的道家做了个宣传。

《西游记》情节设计与叙述具备夸大"遇难—脱险"模式合理性的结构性夸张构式特点，叙述借助两个下位层次的结构性夸张构式，夸大"吃唐僧肉可以长生不老"传言的蛊惑力，夸大妖精种类丰富，唐僧脱险的多样性，遵循相异的三种唐僧脱险模式，即打死强盗，打死、收服与天庭、灵山无关系的妖精1，收服与天庭、灵山有关系的妖精2，展开叙述，打破"遇难—脱险"模式重复出现的弊端，增加了叙述路径的丰富性，从而形成跌宕起伏、异彩纷呈的情节,帮助夸张在《西游记》结构层面推进叙述进程,实现语篇建构的修辞诗学功能。

3. 夸大自然环境空间因素地位的结构性夸张构式——《西游记》的环境设计与叙述

小说环境融合社会和自然等环境要素,为人物塑造和情节发展,提供时代风貌、风土人情、日月星辰、时序节令等背景依托。《西游记》重点依托自然环境生成降妖除魔故事,淡化处理社会环境。正如巴赫金所说:"在文学中的艺术时空体里,空间和时间的标志融合在一个被认识了的具体的整体中。时间在这里浓缩、凝聚,变成艺术上可见的东西;空间则趋向紧张,被卷入时间、情节、历史的运动之中。时间的标志要展现在空间里,而空间则要通过时间来理解和衡量。这种不同系列的交叉和不同标志的融合,正是艺术时空体的特征所在。"① 他用"艺术时空体"强调文学中时间与空间的重要联系。对于《西游记》这类带有魔幻色彩的小说来说,强化自然环境描述,凸显情节发生地点、景物等空间因素,对渲染魔幻气氛起到非常重要的作用。《西游记》的环境设计与叙述,借助夸大自然环境空间因素地位的结构性夸张构式"本体:自然环境空间因素地位+夸体:超常 X 特征+夸张点:超常程度强"展开,语篇叙述呈现为夸体,自然环境空间因素地位具备超常特征,夸张点凸显超常程度强。通过三个下位结构性夸张构式夸大时空多维性,营造魔幻背景;夸大"山岳""河流"具体环境设计,弱化时间叙述流程;夸大花果山、两界山、灵山的修辞幻象特性,帮助完成西游降魔、修心成佛的旅程。

3.1 结构性夸张构式一:夸大时空多维性,营造魔幻背景

夸张构式表现为"本体:时空多维性+夸体:超常 X 特征+夸张点:超常程度强"。语篇叙述呈现为夸体,时空多维性具备超常特征,夸张点凸显超常程度强。

《西游记》环境设计恢宏壮阔,开篇即凸显宏观的时间、空间概念:

> 盖闻天地之数,有十二万九千六百岁为一元。将一元分为十二会,乃子、丑、寅、卯、辰、巳、午、未、申、酉、戌、亥之十二支

---

① [苏联] M. 巴赫金:《小说的时间形式和时空体形式》,《巴赫金全集》(第三卷),白春仁、晓河译,河北教育出版社 1998 年版,第 274—275 页。

也。每会该一万八百岁。且就一日而论：子时得阳气，而丑则鸡鸣；寅不通光，而卯则日出；辰时食后，而巳则挨排；日午天中，而未则西蹉；申时晡而日落酉；戌黄昏而人定亥。譬于大数，若到戌会之终，则天地昏曚而万物否矣。再去五千四百岁，交亥会之初，则当黑暗，而两间人物俱无矣，故曰混沌。又五千四百岁，亥会将终，贞下起元，近子之会，而复逐渐开明。邵康节曰："冬至子之半，天心无改移。一阳初动处，万物未生时。"到此，天始有根。再五千四百岁，正当子会，轻清上腾，有日，有月，有星，有辰。日、月、星、辰，谓之四象。故曰，天开于子。又经五千四百岁，子会将终，近丑之会，而逐渐坚实。《易》曰："大哉乾元！至哉坤元！万物资生，乃顺承天。"至此，地始凝结。再五千四百岁，正当丑会，重浊下凝，有水，有火，有山，有石，有土。水、火、山、石、土，谓之五形。故曰，地辟于丑。又经五千四百岁，丑会终而寅会之初，发生万物。历曰："天气下降，地气上升；天地交合，群物皆生。"至此，天清地爽，阴阳交合。再五千四百岁，正当寅会，生人，生兽，生禽，正谓天地人，三才定位。故曰，人生于寅。（1页）

古代先民将时间与空间融合在一起，观察宇宙与自身，在时间轴上标注空间坐标。天开辟于子会，产生日、月、星、辰——四象；大地开辟于丑时，产生水、火、山、石、土——五行；人诞生于寅会，确定天、地、人——三才的名位。对于大数来说，亥会始，遇黑暗，混沌生，万物没。再过五千四百年，子会始，开明朗，启动下一个轮回。对于一年来说，冬至是子时一半，天心没有改变，阳卦开始变动方位，万物还没有出生，在十二辟卦为地雷复卦，阴极之至，阳气始生，开始一年的轮回。对于一天来说，子时得阳气，丑时雄鸡报晓，寅时无光亮，卯时太阳升，辰时吃饭后，巳时渐到来。午时太阳到达天空正中，未时向西移动，申时近晚，酉时落山，戌时入黄昏，亥时人们入睡，进入一天的轮回。

时间概念，在此分为大数与小数两类。对于仙界来说，以大数观之；对于人间来说，以小数计之。《西游记》开篇对时间的设定，确定两个参照系，为神仙与凡人的登场准备了不同的时间通道。西游取经团队由凡人转变为神仙的过程中，穿梭于两条通道之间，表达者重点关注取经14年的人间时间，缩小偶尔嵌入的仙界时间片段的出场次数，运用时光转换手段，营造出多维时间大挪移的梦幻感。

《西游记》的空间意识体现出对四方—三界的感知。

> 感盘古开辟，三皇治世，五帝定伦，世界之间，遂分为四大部洲：曰东胜神洲，曰西牛贺洲，曰南赡部洲，曰北俱芦洲。（1—2页）

四大部洲占据东南西北四个方位，地方之感顿生，与天圆之念共同构建出中国古代"天圆地方"的方位崇拜，传递出祈求实现生命和谐稳定的愿望。就连石猴出世伊始，学爬学走后，也拜了四方。他目运两道金光，射冲斗府，惊动玉皇大帝，引出三界空间。

以玉帝、仙、佛为主的天界空间：

> 初登上界，乍入天堂。金光万道滚红霓，瑞气千条喷紫雾。只见那南天门，碧沉沉，琉璃造就；明幌幌，宝玉妆成。两边摆数十员镇天元帅，一员员顶梁靠柱，持铣拥旄；四下列十数个金甲神人，一个个执戟悬鞭，持刀仗剑。外厢犹可，入内惊人：里壁厢有几根大柱，柱上缠绕着金鳞耀日赤须龙；又有几座长桥，桥上盘旋着彩羽凌空丹顶凤。明霞幌幌映天光，碧雾蒙蒙遮斗口。这天上有三十三座天宫，乃遣云宫、毗沙宫、五明宫、太阳宫、化乐宫，……一宫宫脊吞金稳兽；又有七十二重宝殿，乃朝会殿、凌虚殿、宝光殿、天王殿、灵官殿，……一殿殿柱列玉麒麟。寿星台上，有千年不卸的名花；炼药炉边，有万万载常青的瑞草。又至那朝圣楼前，绛纱衣，星辰灿烂；芙蓉冠，金碧辉煌。玉簪珠履，紫绶金章。金钟撞动，三曹神表进丹墀；天鼓鸣时，万圣朝王参玉帝。又至那灵霄宝殿，金钉攒玉户，彩凤舞朱门。复道回廊，处处玲珑剔透；三檐四簇，层层龙凤翱翔。上面有个紫巍巍，明幌幌，圆丢丢，亮灼灼，大金葫芦顶；下面有天妃悬掌扇，玉女捧仙巾。恶狠狠，掌朝的天将；气昂昂，护驾的仙卿。正中间，琉璃盘内，放许多重重迭迭太乙丹；玛瑙瓶中，插几枝弯弯曲曲珊瑚树。（24—25页）

天界星辰灿烂，金碧辉煌，龙飞凤舞，瑞草呈祥，与人间迥异："金阙银銮并紫府，琪花瑶草暨琼葩。朝王玉兔坛边过，参圣金乌着底飞。"

在神奇炫目中，满足民众对神仙们的仰望与向往。

以十代冥王为主的地狱空间：

地狱空间在《西游记》里出现了两次。第一次出现在孙悟空醉闹森罗殿情节中。他强销生死簿里自己的名字，摆脱了生死。表达者借孙悟空视线匆匆浏览阎王所居幽冥界，"牛头鬼东躲西藏，马面鬼南奔北跑，众鬼卒奔上森罗殿"等场景，描述重点集中在"九幽十类尽除名"事件上。

第二次则借太宗李世民魂游幽冥界，重点刻画"阎老森罗殿""幽冥背阴山""十八层地狱""奈河桥"等地域标志性环境。

太宗游魂穿过"幽冥地府鬼门关"，到达阎老森罗殿，初见：

飘飘万迭彩霞堆，隐隐千条红雾现。耿耿檐飞怪兽头，辉辉瓦迭鸳鸯片。门钻几路赤金钉，槛设一横白玉段。窗牖近光放晓烟，帘栊幌亮穿红电。楼台高耸接青霄，廊庑平排连宝院。兽鼎香云袭御衣，绛纱灯火明宫扇。左边猛烈摆牛头，右下峥嵘罗马面。接亡送鬼转金牌，引魄招魂垂素练。唤作阴司总会门，下方阎老森罗殿。（75页）

游魂见到十殿阎王后，因崔判官偷改生死簿，将寿命延长了二十年，返本还阳途经"幽冥背阴山"，只见：

形多凹凸，势更崎岖。峻如蜀岭，高似庐岩。非阳世之名山，实阴司之险地。荆棘丛丛藏鬼怪，石崖磷磷隐邪魔。耳畔不闻兽鸟噪，眼前惟见鬼妖行。阴风飒飒，黑雾漫漫。阴风飒飒，是神兵口内哨来烟；黑雾漫漫，是鬼祟暗中喷出气。一望高低无景色，相看左右尽猖亡。那里山也有，峰也有，岭也有，洞也有，涧也有；只是山不生草，峰不插天，岭不行客，洞不纳云，涧不流水。岸前皆魍魉，岭下尽神魔。洞中收野鬼，涧底隐邪魂。山前山后，牛头马面乱喧呼；半掩半藏，饿鬼穷魂时对泣。催命的判官，急急忙忙传信票；追魂的太尉，吆吆喝喝趱公文。急脚子，旋风滚滚；勾司人，黑雾纷纷。（76页）

再经"十八层地狱"，看见：

吊筋狱、幽枉狱、火坑狱，寂寂寥寥，烦烦恼恼，尽皆是生前作下千般业，死后通来受罪名。酆都狱、拔舌狱、剥皮狱，哭哭啼啼，凄凄惨惨，只因不忠不孝伤天理，佛口蛇心堕此门。磨挨狱、碓捣狱、车崩狱，皮开肉绽，抹嘴龇牙，乃是瞒心昧己不公道，巧语花言暗损人。寒冰狱、脱壳狱、抽肠狱，垢面蓬头，愁眉皱眼，都是大斗小秤欺痴蠢，致使灾屯累自身。油锅狱、黑暗狱、刀山狱，战战兢兢，悲悲切切，皆因强暴欺良善，藏头缩颈苦伶仃。血池狱、阿鼻狱、秤杆狱，脱皮露骨，折臂断筋，也只为谋财害命，宰畜屠生，堕落千年难解释，沉沦永世不翻身。一个个紧缚牢拴，绳缠索绑，差些赤发鬼、黑脸鬼，长枪短剑；牛头鬼、马面鬼，铁简铜锤；只打得皱眉苦面血淋淋，叫地叫天无救应。（76 页）

踏上奈河桥，但见：

奔流浩浩之水，险峻窄窄之路。俨如匹练搭长江，却似火坑浮上界。阴气逼人寒透骨，腥风扑鼻味钻心。波翻浪滚，往来并没渡人船；赤脚蓬头，出入尽皆作业鬼。桥长数里，阔只三戤。高有百尺，深却千重。上无扶手栏杆，下有抢人恶怪。枷杻缠身，打上奈河险路。你看那桥边神将甚凶顽，河内孽魂真苦恼。桠杈树上，挂的是青红黄紫色丝衣；壁斗崖前，蹲的是毁骂公婆淫泼妇。铜蛇铁狗任争餐，永堕奈河无出路。（77 页）

穿过"六道轮回"之所，又见：

那腾云的，身披霞帔；受箓的，腰挂金鱼；僧尼道俗，走兽飞禽，魑魅魍魉，滔滔都奔走那轮回之下，各进其道。（78 页）

最后，太宗游魂终于带着做"水陆大会"的重任，脱离阴司，回到阳世。与天界的祥瑞相比，地狱鬼哭神号，剥皮断筋，血水浑波，阴森狰狞。善恶有报应，神鬼尽昭彰，如此恐怖的地狱之景，足以威慑世人少做坏事，信奉佛家的行善思想，"行善的，升化仙道；尽忠的，超生贵道；行孝的，再生福道；公平的，还生人道；积德的，转生富道；恶毒的，沉沦鬼道"。如果说天界是民众能想象出来的极端美好之景，地狱则是极端丑恶之地，在夸张的美丑、善恶两极景象的对比中，表明只有阴司无抱怨之声，阳世才可享太平之庆，天界才能祥瑞永昌的认识。

以人类生活为主的世俗空间：

唐僧师徒取经走了十四年，通关文牒的印章是很重要的线索，可以证明唐僧师徒途经之地。牒文印章涉及的国家和州府有宝象国、乌鸡国、车迟国、西梁女国、祭赛国、朱紫国、狮驼国、比丘国、灭法国、凤仙郡、玉华州、金平府等地，在西行途中，师徒们饱览大好河山，尽享人间风情，展示了形态迥异的人类生活空间。例如对宝象国的描绘，竟与长安风物相似，让师徒倍增睹物思乡之情。

地虽千里外，景物一般饶。瑞霭祥烟笼罩，清风明月招摇。崔崔崒崒的远山，大开图画；潺潺湲湲的流水，碎溅琼瑶。可耕的连阡带陌，足食的密蕙新苗。渔钓的几家三涧曲，樵采的一担两峰椒。廓的廓，城的城，金汤巩固；家的家，户的户，只斗逍遥。九重的高阁如殿宇，万丈的层台似锦标。也有那太极殿、华盖殿、烧香殿、观文殿、宣政殿、延英殿：一殿殿的玉陛金阶，摆列着文冠武弁；也有那大明宫、昭阳宫、长乐宫、华清宫、建章宫、未央宫：一宫宫的钟鼓管龠，撒抹了闺怨春愁。也有禁苑的，露花匀嫩脸；也有御沟的，风柳舞纤腰。通衢上，也有个顶冠束带的，盛仪容，乘五马；幽僻中，也有个持弓挟矢的，拨云雾，贯双雕。花柳的巷，管弦的楼，春风不让洛阳桥。(209—210 页)

到达祭赛国，见另一番异域风情。如：

龙蟠形势，虎踞金城。四垂华盖近，百转紫墟平。玉石桥栏排巧兽，黄金台座列贤明。真个是神州都会，天府瑶京。万里邦畿固，千年帝业隆。蛮夷拱服君恩远，海岳朝元圣会盈。御阶洁净，辇路清宁。酒肆歌声闹，花楼喜气生。未央宫外长春树，应许朝阳彩凤鸣。(454 页)

对西梁女国的刻画，更是让人过目不忘，忍俊不禁。满城女性，长裙短袄，粉面油头，鼓掌呵呵，整容欢笑，直呼"人种来了！人种来了！"

喜迎异性，真情表白，人性尽显。"离家三里远，别是一乡风"，虽说山川异域、人情迥然，但亭台楼阁、阡陌交通相似，勾勒出不同于天界与地狱的人间风情、世俗空间。

时空多维性呈现给接受者交错的立体空间图式，营造出魔幻背景，表达者虽有对八十一难取经过程的时间性回顾，但更多的是对物理空间、心理空间的建设与想象，尝试在人间播撒行善升天堂、作恶下地狱的信仰，在三界并存的多维背景中弘扬佛理。

3.2 结构性夸张构式二：夸大"山岳""河流"具体环境设计，弱化时间叙述流程

夸张构式表现为"本体：山岳、河流具体环境设计＋夸体：超常 X 特征＋夸张点：超常程度强"。语篇叙述呈现为夸体，"山岳""河流"具体环境设计具备超常特征，夸张点凸显超常程度强。

《西游记》依托人类生活为主的世俗空间，注重"山岳""河流"具体环境设计，一百回的目录中直接点出的山名有 11 座：五行山、蛇盘山、黑风山、浮屠山、万寿山、花果山、平顶山、落伽山、火焰山、豹头山、青龙山。点出的河流名有 3 条：流沙河、黑河、通天河。正文中，很多山岳、河流都有具体描写，如对火焰山的描述，"无春无秋，四季皆热"。"八百里火焰，四周寸草不生。若过得山，就是铜脑袋、铁身躯，也要化成汁。"即使卖的米糕也似"火盆里的灼炭，煤炉内的红钉"。表达者在真实基础上的夸大描述火焰山之热，创设典型环境，引出三借芭蕉扇情节，串联起孙悟空与牛魔王一家的纠葛。

对流沙河、黑水河、通天河三条河流的描述，分别凸显其特点险、黑、宽。如：

> 八百流沙界，三千弱水深。鹅毛飘不起，芦花定底沉。（157 页）
> 层层浓浪，迭迭浑波。层层浓浪翻乌潦，迭迭浑波卷黑油。近观不照人身影，远望难寻树木形。滚滚一地墨，滔滔千里灰。水沫浮来如积炭，浪花飘起似翻煤。牛羊不饮，鸦鹊难飞。牛羊不饮嫌深黑，鸦鹊难飞怕渺弥。只是岸上芦蘋知节令，滩头花草斗青奇。湖泊江河天下有，溪源泽洞世间多。人生皆有相逢处，谁见西方黑水河！（315 页）
> 洋洋光浸月，浩浩影浮天。灵派吞华岳，长流贯百川。千层汹浪

滚,万迭峻波颠。岸口无渔火,沙头有鹭眠。茫然浑似海,一望更无边。(346 页)

在这三条特点鲜明的河流中,唐僧收下三徒弟沙悟净,孙悟空等打败鼍龙,斗法灵感大王,拯救童男童女。师徒分别借助骷髅葫芦法船、河神阻水、老鼋驮渡三种方式渡河,弥补了《西游记》降妖除魔故事大多发生在"山岳"的单一性,极大丰富了西行的环境背景,拓展了降妖除魔类型。

当下,已有学者关注到神怪小说山岳空间的叙事功能问题:"在很多神怪小说中,山岳空间不仅只是具有交代故事发生地点的作用,还常作为结构化空间和主题化空间而存在,对文本叙事有较为深入的介入,是神怪化叙事的重要组成部分。"他以《西游记》作为考察对象,认为:唐僧师徒四人"逐日奔波山路""历遍人间不到山",故事的演进基本上就发生在从此山到彼山的行进之中,因此,可以用不同的山岳来进行故事单元的划分,黑风山遇熊黑精,万寿山偷吃人参果西行遇阻,白虎岭路阻白骨精……这些山岳起到了引线、纽带的作用,在场景转换的同时也带动着情节的发展。此类以山岳为纽带的故事单元,其情节模式大体可以概括为:"过山遇阻(遇精怪或其他磨难)—克服困难(降魔)—继续西行"。这一模式具有无限的延展性,与《西游记》的缀玉式结构也是完全合拍的。[①]

在从此山到彼山的西行过程中,为了强化山岳空间叙事功能,表达者弱化了时间叙述功能。伴随山岳场景转换,舍命投西的时间流转,承上启下过渡性话语,采用大致相似的言语表达模式。如:

攀鞍上马,猪八戒挑着行李,沙和尚拢着马头,孙行者执了铁棒,剖开路,径下高山前进。说不尽那水宿风餐,披霜冒露,师徒们行罢多时,前又一山阻路。(261 页)

这是打败平顶山的金角大王、银角大王后,师徒继续西行的场面,引出路遇救建宝林寺,援救乌鸡国国王等下一段叙述。言语里没有标注具体

---

① 贾海建:《论神怪小说中山岳空间的叙事功能——以〈西游记〉为中心的考察》,《文艺评论》2013 年第 10 期。

的年月日,只有模糊的时间片段,应和了西行故事主要发生在以人类生活为主的世俗空间特点,相对于天界"大数"时间观念来说,人类"小数"具备的"弹指一挥间"时间的短暂特性,表达者采用弱化时间叙述功能的表达形式,呈现"春尽夏来,秋残冬至"碎片化时间的表述。

也有学者认为《西游记》重视故事的画面空间感,在不依赖时间的情况下,完成空间转换进而推动故事情节发展的原因有二。一方面与故事的"缀断性"相关,故事单位的相对独立性是场面的自由转换的基础因素。另一方面是由许多功能因素决定的,比如神话题材本身所独有的一些功能性因素,最典型的是孙悟空筋斗云的功能作用。孙悟空曾吹嘘:"自闻道之后,有七十二般地煞变化之功,筋斗云有莫大的神通,善能隐身遁身,起法摄法,上天有路,入地有门,步日月无影,入金石无碍,水不能溺,火不能焚。哪儿去不得?"正是因为孙悟空有这样瞬间上天入地的本领,所以他在场景与场景之间的穿梭便颇为便利,水中、陆地、天上、人间、地狱"哪儿去不得"?只要一个筋斗云的翻转,孙悟空这个《西游记》的故事主角就可以轻松解决时间和空间上的障碍,成功地从一个空间转移到另一个空间,实现故事地域空间的转移。①

如果说"山岳""河流"环境设计和一路向西的模糊时间流程建构了《西游记》的艺术时空体,在这个时空体中,呈现的不仅是自然界的实物,还有借助想象呈现出的花果山、两界山、灵山等自然环境的修辞幻象。

3.3 结构性夸张构式三:夸大花果山、两界山、灵山的修辞幻象特性

夸张构式表现为"本体:花果山、两界山、灵山的修辞幻象+夸体:超常X特征+夸张点:超常程度强"。语篇叙述呈现为夸体,花果山、两界山、灵山的修辞幻象具备超常特征,夸张点凸显超常程度强。

修辞幻象指语言制造的幻觉,具备两个特征。第一,修辞幻象不是指向真实的世界,而是指向语言重构的世界。第二,修辞幻象在人们的心里重建一种象征性现实。②

3.3.1 花果山修辞幻象

《西游记》对花果山的描述如下:

---

① 孔真:《论〈西游记〉的空间性叙事》,《南京师范大学文学院学报》2017年第2期。
② 谭学纯、朱玲:《广义修辞学》,安徽教育出版社2001年版,第182—183页。

> 势镇汪洋，威宁瑶海。势镇汪洋，潮涌银山鱼入穴；威宁瑶海，波翻雪浪蜃离渊。水火方隅高积土，东海之处耸崇巅。丹崖怪石，削壁奇峰。丹崖上，彩凤双鸣；削壁前，麒麟独卧。峰头时听锦鸡鸣，石窟每观龙出入。林中有寿鹿仙狐，树上有灵禽玄鹤。瑶草奇花不谢，青松翠柏长春。仙桃常结果，修竹每留云。一条涧壑藤萝密，四面原堤草色新。正是百川会处擎天柱，万劫无移大地根。（2页）

表达者运用对偶手法，长短句结合，描绘出浪漫神奇、钟灵毓秀的花果山。这里不是结妖聚魔，大闹龙宫、阴府、天界的恐怖之地，而是充满生机与自由的"花果山福地"，花果山的"福"，体现在3个方面。

第一，出生、成长之福地。

花果山乃十洲之祖脉，三岛之来龙，气候温暖，物产丰富，有一仙石，九孔八窍，受天真地秀，日精月华，遂有灵通之意，内育仙胞，崩裂后产石卵，见风，化作石猴，在山中，行走跳跃，食草木，饮涧泉，与獐鹿为友，偶然顺涧爬山，发现"水帘洞"安身之处，将"石"字隐去，化身"美猴王"，过上"春采百花为饮食，夏寻诸果作生涯。秋收芋栗延时节，冬觅黄精度岁华"的生活，健康成长三五百年。

第二，自由快乐之福地。

花果山不仅具有物理世界的富饶与美丽，更是让群猴们过上"日日欢会，在仙山福地，古洞神州，不伏麒麟辖，不伏凤凰管，又不伏人间王位所拘束，自由自在"的无忧无虑的生活。特别是孙悟空学艺归来，具备超凡能力后，"四海千山皆拱伏，九幽十类尽除名"，他们超脱生死轮回，拥有永生的命运，花果山超越物理世界限制，成为精神世界自由快乐王国的象征。

第三，心灵家园之福地。

无论是上天"为官"还是皈依佛门西行，花果山都是孙悟空念念不忘的出生地，也是他休养生息的心灵家园，为此，《西游记》记录了他的三次返程经历。第一次在"心猿归正，六贼无踪"处，孙悟空不服唐僧管教，自行离去，想返回花果山，只是刚到东海，被南海菩萨劝回。第二次在"尸魔三戏唐三藏，圣僧恨逐美猴王"处，孙悟空因滥杀被逐，再返花果山，杀猎人为群猴报仇，重修花果山，复整水帘洞，又一次放纵自己。

第三次在"二心搅乱大乾坤，一体难修真寂灭"处，孙悟空折返花果山，杀六耳猕猴，夺回家园。不管是主动返回还是被动被驱，孙悟空都心无旁骛地想回去。花果山不仅是他物理意义上的出生、成长之地，更是他渴望自由、疗伤养病的心灵家园。正如贾海建所言：如果将《西游记》的主题归结为"放心与收心"之喻，那么，花果山无疑将是心猿放心的外在表征。回归花果山的孙悟空是绝对自由的，他无视任何的成规与禁忌，大闹天宫前后是如此，即使皈依佛门之后也不例外。①

表达者借助语言重构的花果山修辞幻象，在孙悟空心中，既是出生地，也是自由快乐的象征性现实，永恒的心灵家园。花果山因《西游记》的传播，成为接受者向往的"福地"。

3.3.2 两界山修辞幻象

两界山高接青霄，崔巍险峻，东半边属大唐所管，西半边乃是鞑靼地界，是两国分界点，也是镇压孙悟空之所在。据说此山旧名五行山，因大唐王征西定国，改名两界山。当地传说："王莽篡汉之时，天降此山，下压着一个神猴，不怕寒暑，不吃饮食，自有土神监押，教他饥餐铁丸，渴饮铜汁；自昔到今，冻饿不死。"

两界山修辞幻象的象征意义有三：一是对唐僧来说，收下的第一个徒弟孙悟空，是观音菩萨安排的保护者，西行之路再无性命之忧；二是对孙悟空来说，象征着从桀骜不驯的齐天大圣，变为穿上虎皮裙的行者，从放心走向收心之路，忠心耿耿保师父，降妖除魔显神通；三是呼应神话传说，认可两界山介于幽冥界与凡界之间，是通往鬼门关的必经之路的观点。

两界山是唐僧与孙悟空师徒喜相逢之地，也是《西游记》第一阶段叙述的结束，第二阶段叙述的开始。《西游记》叙述似可分为两阶段，第一阶段主要叙述取经之前的故事，按照线性方式，分叙孙悟空大闹天宫、唐僧的前世今生等事件。两个人物、两条分叙线索因观音实施如来普度众生意愿连接起来，做好取经之行的先期准备工作。第二阶段主要叙述唐僧师徒西天取经，历经九九八十一难的故事。两界山修辞幻象超越物理山岳属性，不仅对唐僧、孙悟空意义重大，更是成为前后两段叙

---

① 贾海建：《论神怪小说中山岳空间的叙事功能——以〈西游记〉为中心的考察》，《文艺评论》2013年第10期。

述分界线的象征。

3.3.3 灵山修辞幻象

唐僧师徒千辛万苦去投奔的灵山，是释迦牟尼修行的地方，也是玄奘瞻仰的佛陀遗迹，更是西方极乐世界所在。真个是：

> 冲天百尺，耸汉凌空。低头观落日，引手摘飞星。豁达窗轩吞宇宙，嵯峨栋宇接云屏。黄鹤信来秋树老，彩鸾书到晚风清。此乃是灵官宝阙，琳馆珠庭。真堂谈道，宇宙传经。花向春来美，松临雨过青。紫芝仙果年年秀，丹凤仪翔万感灵。(703 页)

这只是灵山的山门迎客处，行数里，经凌云渡，到灵鹫峰顶，拜雷音古刹，大雄宝殿庄严无比的释迦如来、八菩萨、四金刚、五百阿罗、三千揭谛、十一大曜、十八迦蓝等佛教人物尽显。

灵山不仅传递佛教旨趣，更多地呈现心中圣地、信仰所在的修辞幻象特征。孙悟空曾说："只要你见性志诚，念念回首处，即是灵山。"对于唐僧来说，到达灵山，意味着取得真经，实现弘扬普度众生愿望，完成太宗皇帝嘱托；对于悟空、八戒、沙僧、白龙马来说，到达灵山，是承担菩萨交代的责任所在，也是完成"修心"过程，提升了境界。

山岳、河流的修辞幻象可以借助语言命名等方式，建构出其象征意义。《西游记》提到的"灵台方寸山，斜月三星洞"，"斜月三星"对应"心"的字形，"灵台""方寸"则是对"心"的别称。孙悟空求学"心山"十余年，学成非凡本领，拥有天不怕、地不怕的狂心，引发大闹天宫之战。在"心山"，他只是"放心"并未"修心"，从花果山出生、成长，在两界山走上收心之路，在灵山完成修心之愿。《西游记》凭借语言叙述完成花果山、两界山、灵山的修辞幻象建构，在人们心里重建象征性现实，使其成为具有中国特色的文化符号。

《西游记》的环境设计与叙述借助夸大自然环境空间因素地位的结构性夸张构式，通过夸大时空多维性，营造魔幻背景；夸大"山岳""河流"具体环境设计，弱化时间叙述流程；夸大花果山、两界山、灵山的修辞幻象特性三个下位结构性夸张构式，强调对四方—三界的重视，暗合阴阳五行、四时配四方等民族深层心理结构，传承传统空间化思维特征，彰显了中国文化对方位的崇拜。表达者凭借结构性夸张构式精心营造的富有特色的典型环境，参与结构形成，推动情节叙述，帮助实现了语篇建构层面的夸张修辞诗学功能。

对小说夸张的探索，研究成果多关注词句夸张运用和效果分析，先找出代表性语料，如孙悟空把大堂屋说成"青天为屋瓦，日月作窗棂；四山五岳为梁柱，天地犹如一敞厅"，再论证此种超越现实世界的夸张量，展现出志怪小说的崇高之美。作为艺术手法的夸张，修辞功能不仅体现在修辞技巧层面，很多时候，以夸张构式的形式，遵循"本体：X＋夸体：超常X特征＋夸张点：超常程度强"意象图式，引领叙述，建构语篇的生成，更多体现为修辞诗学功能。我们运用广义修辞学理论，分析《西游记》结构性夸张构式的修辞诗学功能，论述其人物、情节、环境的设计，分别借助夸大孙悟空形象、"遇难—脱险"模式合理性、自然环境空间因素地位三个结构性夸张构式，搭建结构框架，推动叙述，行使修辞诗学功能，帮助生成传世经典《西游记》。我们尝试以此研究为例，期待可以带来不一样的思考。

五 小结

从语篇层面观察夸张，我们认为夸张不仅表现为局部的语言形式，还可以作为结构性修辞因素参与语篇生成，成为推动语篇叙事的动力，承担支持语篇框架的重任，更可以设计成宏观的修辞策略，影响语篇修辞化的生成。

通过对民间故事文体夸张语篇叙事结构的分析，认为夸张可以作为结构性修辞因素控制语篇叙事路向，使之定型为特定样态。其下位类型封闭性夸张与开放性夸张都起到支撑语篇结构影响语篇生成全过程的作用。

选择海赋作为观察点，发现赋文体构成要素与结构性夸张构式密不可分，大多体现在"海之状"的夸张描绘与"海之产"的繁丰罗列中，在对所赋之物浓墨重彩讴歌基础上，引申出对人生、自然、宇宙的感叹，帮助海赋，甚至整个赋文体形成文辞华美、结构铺陈等特点。

抒情诗歌文体构成要素与结构性夸张构式密不可分，诗歌所具有的主观性，强烈情感宣泄等特征呼唤着夸张这种主观化语言手段的强力参与。夸张构式作为抽象规则的存在，是很多诗歌具有审美魅力的重要修辞动因。

小说文体与结构性夸张构式关系密切，研究以《西游记》结构性夸张构式的修辞诗学功能分析为例，论述了小说人物、情节、环境等设计皆可借助结构性夸张构式搭建结构框架，推动叙述，行使修辞诗学功能的可能性，帮助生成传世经典作品。

主要参考文献

（按作者姓氏音序排列）

一 专著译著

［美］Adele E. Goldberg：《构式：论元结构的构式语法研究》，吴海波译，北京大学出版社2007年版。

班固：《汉书》，颜师古注，中华书局1962年版。

陈光磊、王俊衡：《中国修辞学通史·先秦两汉魏晋南北朝卷》，吉林教育出版社1998年版。

陈望道：《修辞学发凡》，上海世纪出版集团、上海教育出版社2001年版。

程俊英、蒋见元：《诗经注析》，中华书局2009年版。

［美］大卫·宁：《当代西方修辞学：批评模式与方法》，常昌富、顾宝桐译，中国社会科学出版社1998年版。

［法］丹·斯珀波、［英］迪埃珏·威尔逊：《关联：交际与认知》，蒋严译，中国社会科学出版社2008年版。

［美］丁乃通编著：《中国民间故事类型索引》，郑建威、李倞、商孟可等译，李广成校，华中师范大学出版社2008年版。

杜贵晨选注：《明诗选》，人民文学出版社2003年版。

费振刚、仇仲谦、刘南平校注：《全汉赋校注》，广东教育出版社2005年版。

冯应榴辑注：《苏轼诗集合注》，上海古籍出版社2009年版。

冯友兰：《中国哲学简史》，北京大学出版社1985年版。

郭晋稀：《文心雕龙注译》，甘肃人民出版社1982年版。

郭茂倩编：《乐府诗集》，中华书局2013年版。

汉语大字典编辑委员会：《汉语大字典》（缩印本），湖北辞书出版社、四川辞书出版社1995年版。

胡经之主编：《中国古典美学丛编》，中华书局1979年版。
胡曙中：《英汉修辞比较》，上海外语教育出版社1993年版。
金开城、董洪利、高路明：《屈原集校注》，中华书局1996年版。
［美］肯尼斯·博克：《当代西方修辞学：演讲与话语批评》，常昌富、顾宝桐译，中国社会科学出版社1998年版。
李晗蕾：《辞格学新论》，黑龙江人民出版社2004年版。
李宇明：《汉语量范畴研究》，华中师范大学出版社2000年版。
李泽厚、刘纲纪：《中国美学史》，安徽文艺出版社1999年版。
李白：《李太白全集》，王琦注，中华书局1999年版。
刘大为：《比喻、近喻与自喻——辞格的认知性研究》，上海教育出版社2001年版。
刘焕辉：《修辞学纲要》，百花洲文艺出版社1991年版。
刘坚主编：《二十世纪的中国语言学》，北京大学出版社2004年版。
刘守华：《中国民间童话概说》，四川民族出版社1985年版。
刘守华：《中国民间故事史》，湖北教育出版社1999年版。
刘守华主编：《中国民间故事类型研究》，华中师范大学出版社2002年版。
刘亚猛：《追求象征的力量》，生活·读书·新知三联书店2004年版。
鲁迅：《中国小说史略》，上海世纪出版集团、上海古籍出版社2006年版。
罗渊：《中国修辞学转型论纲》，中国社会科学出版社2008年版。
吕叔湘：《现代汉语八百词》，商务印书馆1996年版。
［苏联］M. 巴赫金：《巴赫金全集》，白春仁、晓河译，河北教育出版社1998年版。
倪宝元：《修辞学习》，东方书店1954年版。
欧阳询：《艺文类聚》，中华书局1982年版。
濮侃：《辞格比较》，安徽教育出版社1983年版。
［法］热拉尔·热奈特：《热奈特论文集》，史忠义译，百花文艺出版社2001年版。
商务印书馆汉语工具书编辑室、汉语大词典编纂处和上海辞书出版社语词编辑室的部分编辑人员编写：《中国成语大辞典》，上海辞书出版社1987年版。
石毓智：《肯定和否定的对称与不对称》，北京语言文化大学出版社2001年版。

四库全书研究所整理:《钦定四库全书总目》,中华书局1997年版。
苏新春:《汉语释义元语言研究》,上海教育出版社2005年版。
谭学纯、唐跃:《艺术符号词典》,北岳文艺出版社1992年版。
谭学纯、唐跃、朱玲:《接受修辞学》,上海教育出版社1992年版;安徽大学出版社2000年版。
谭学纯、朱玲:《广义修辞学》,安徽教育出版社2001、2008年版。
谭学纯、朱玲:《修辞研究:走出技巧论》,安徽大学出版社2004年版。
谭学纯、朱玲、肖莉:《修辞认知和语用环境》,海峡文艺出版社2006年版。
谭学纯、林大津:《修辞学大视野》,海峡文艺出版社2007年版。
谭学纯、濮侃、沈孟璎:《汉语修辞格大辞典》,上海辞书出版社2010年版。
谭学纯:《人与人的对话》,安徽教育出版社2000年版。
谭学纯:《修辞:审美与文化》,福建人民出版社2002年版。
谭学纯:《文学和语言:广义修辞学的学术空间》,上海三联书店2008年版。
谭学纯:《广义修辞学演讲录》,上海三联书店2012年版。
谭学纯:《问题驱动的广义修辞论》,人民出版社2016年版。
谭永祥:《汉语修辞美学》,北京语言学院出版社1992年版。
[日]汤川秀树:《创造力和直觉》,周林东译,复旦大学出版社1987年版。
唐松波、黄建霖:《汉语修辞格大辞典》,中国国际广播出版社1989年版。
汪国胜、吴振国、李宇明:《汉语辞格大全》,广西教育出版社1993年版。
王力:《中国语法理论》,《王力文集(第一卷)》,山东教育出版社1984年版。
王希杰:《汉语修辞学》,北京出版社1983年版。
魏源:《魏源全集》,岳麓书社2011年版。
吴承恩:《西游记》,人民文学出版社1990年版。
吴为善:《认知语言学与汉语研究》,复旦大学出版社2011年版。
萧统编:《文选》,李善注,中华书局1997年版。
许慎:《说文解字》,段玉裁注,上海古籍出版社1981年版。
严可均编:《全上古三代秦汉三国六朝文》,中华书局1958年版。
扬雄:《法言义疏》,李轨注,汪荣宝义疏,中华书局1987年版。
杨伯峻:《孟子译注》,中华书局1960年版。
于广元:《汉语修辞格发展史》,吉林人民出版社2003年版。
袁行霈主编:《中国文学史》,高等教育出版社1999年版。

袁珂编著：《中国神话传说辞典》，上海辞书出版社1985年版。
张弓：《现代汉语修辞学》，天津人民出版社1963年版。
张景星、姚培谦、王永祺编选：《元诗别裁集》，上海古籍出版社2013年版。
张志毅、张庆云：《词汇语义学》，商务印书馆2001年版。
赵宏：《广告夸张与虚假的语用辨析》，社会科学文献出版社2014年版。
郑远汉：《辞格辨异》，湖北人民出版社1982年版。
郑子瑜：《中国修辞学史稿》，上海教育出版社1984年版。
郑子瑜、宗廷虎主编：《中国修辞学通史》，吉林教育出版社1998年版。
中国民间文学集成全国编辑委员会、中国民间文学集成浙江卷编辑委员会：《中国民间故事集成·浙江卷》，中国ISBN中心1997年版。
周振甫：《文心雕龙今译》，中华书局1986年版。
周振甫：《中国修辞学史》，商务印书馆2004年版。
朱玲：《文学符号的审美文化阐释》，安徽大学出版社2002年版。
朱玲：《文学文体建构论》，海峡文艺出版社2005年版。
宗廷虎、李金苓：《中国修辞学通史·隋唐五代宋金元卷》，吉林教育出版社1998年版。
宗廷虎、陈光磊主编：《中国辞格审美史》，吉林教育出版社2019年版。
踪凡：《汉赋研究史论》，北京大学出版社2007年版。
祖保泉：《文心雕龙解说》，安徽教育出版社1993年版。

二 期刊论文

白丽娜、周萍：《中国省区形象在西方网络世界的传播——以内蒙古为样本的多个语种的媒介调查》，《当代修辞学》2013年第4期。
白丽娜：《中国各省市形象在西方网络世界的传播——基于英、汉两种语言媒介和网络前三页检索的分析》，《华东师范大学学报》2013年第5期。
［荷］保罗·范登侯汶、杨颖：《多模态论辩话语重构：以美国广播公司一则新闻为例》，《国际新闻界》2013年第4期。
布占廷：《夸张修辞的态度意义研究》，《当代修辞学》2010年第4期。
蔡宗齐：《从"断章取义"到"以意逆志"——孟子复原式解释理论的产生与演变》，金涛译，《中山大学学报》2007年第6期。
曹晓宏、郑群：《夸张：物理之真与心理之真的辩证统一》，《云南师范大学学报》1999年第4期。

曹秀玲：《再议"连……都/也……"句式》，《语文研究》2005年第1期。
曾海清：《"A得不能再A"结构考察》，《汉语学习》2010年第4期。
陈金钊：《解决"疑难"案件的法律修辞方法——以交通肇事连环案为研究对象的诠释》，《现代法学》2013年第5期。
陈金钊：《权力修辞向法律话语的转变——展开法治思维与实施法治方式的前提》，《法律科学》2013年第5期。
陈金钊：《把法律作为修辞——我要给你讲法治》，《深圳大学学报》2013年第6期。
陈满华：《关于构式的范围和类型》，《解放军外国语学院学报》2008年第6期。
陈汝东：《古典与未来：中国修辞学思想的全球意义》，《北京大学学报》2013年第5期。
陈淑梅：《声音与距离——对王安忆〈弟兄们〉的叙事学分析》，《文艺争鸣》2013年第9期。
陈小荷：《主观量问题初探——兼谈副词"就""才""都"》，《世界汉语教学》1994年第4期。
陈笑春：《符号·模式·修辞：中国电视虚构再现中的法律生产》，《现代传播》2013年第7期。
陈勇：《论汉语双数量的"相等""不等"关系》，《语文研究》2016年第2期。
程亚恒：《差比构式"（X）连YA都没有"探析》，《汉语学习》2015年第1期。
程毅中：《〈心经〉与"心猿"》，《文学遗产》2004年第1期。
迟永长：《谈汉语"死"的修辞功能》，《辽宁师范大学学报》1998年第6期。
储泽祥：《强调高程度心理情态的"一百个（不）放心"类格式》，《世界汉语教学》2011年第1期。
[美]大卫·弗兰克、张倩：《论21世纪国际修辞学的发展趋势——从布莱恩·维克斯与陈汝东的对话谈起》，《北京大学学报》2013年第5期。
单新荣：《习语隐喻认知与语言顺应研究》，《华中师范大学学报》2013年第4期。
邓新华：《"以意逆志"论——中国传统文学释义方式的现代审视》，《北京大学学报》2002年第4期。

邓志勇、王懋康：《幻想主题修辞批评：理论与操作》，《外语教学》2013年第2期。

邓志勇、杨涛：《隐喻修辞批评的理论与操作方法》，《外语与外语教学》2013年第2期。

丁柏铨：《论广告语中的夸张》，《语言文字应用》1995年第1期。

董成如、杨才元：《构式对词项压制的探索》，《外语学刊》2009年第5期。

董为光：《汉语副词的数量主观评价》，《语言研究》2000年第1期。

窦丽梅：《汉赋中的夸张》，《修辞学习》2000年第4期。

樊小玲：《国家形象修辞中的核心话语和支持性话语——基于H7N9与SARS时期官方媒体报道的分析》，《当代修辞学》2013年第4期。

范振强、郭雅欣：《高层转喻视域下夸张的认知语用研究》，《当代修辞学》2019年第3期。

冯海霞、周荐：《新世纪汉语"词义—修辞"研究现状与前瞻》，《福建师范大学学报》2018年第2期。

冯寿忠：《夸张的标准试说》，《修辞学习》1996年第4期。

冯学勤：《夸饰在用，文岂循检——论〈文心雕龙·夸饰〉中夸饰的涵义》，《浙江师范大学学报》2007年第6期。

符杰祥：《鲁迅的纪念文字与"记念"的修辞术》，《文史哲》2013年第2期。

高锦平：《"等度"夸张》，《修辞学习》1998年第1期。

高群：《"飞流直下三千尺"的修辞学阐释与追问》，《浙江社会科学》2012年第3期。

高群：《构式理论视野下的夸张形式描述与解释》，《安徽师范大学学报》2012年第3期。

高群：《民间故事结构性夸张构式的广义修辞学分析》，《江淮论坛》2012年第4期。

高群：《反思广义修辞学：学科建设价值与局限》，《福建师范大学学报》2013年第3期。

高群：《广义修辞学副文本考察》，《湖南科技大学学报》2017年第1期。

高胜林：《现行夸张的界定值得商榷》，《福州大学学报》2000年第2期。

高万云：《汉语修辞学方法论的三个理论问题》，《山东大学学报》2013年第6期。

高万云：《广义修辞学研究范式：本体论、认识论、方法论》，《当代修辞学》2014年第2期。

耿占春：《当代诗歌批评：一种别样的写作》，《文艺研究》2013年第4期。

巩本栋：《汉赋起源新论》，《学术研究》2010年第10期。

顾曰国：《西方古典修辞学和西方新修辞学》，《外语教学与研究》1990年第2期。

郭珊宝：《狄更斯小说的夸张》，《外国文学研究》1987年第4期。

郭西安：《隐喻与转喻：诠释学视域下西汉"〈春秋〉学"的两种话语模式——以〈春秋〉之"楚庄王伐陈"为例的分析》，《中国比较文学》2013年第2期。

韩蕾：《叙事、修辞与时间——论曹乃谦小说的重复修辞》，《华东师范大学学报》2013年第2期。

郝敬波：《后现代语境中的夸张与缩小——90年代新生代小说的缺失对当下文学的启示》，《当代文坛》2004年第6期。

胡德明：《话语标记"谁知"的共时与历时考察》，《语言教学与研究》2011年第3期。

胡范铸、陈佳璇、甘莅豪等：《"海量接受"下国家和机构形象修辞研究的方法设计——兼论构建"机构形象修辞学"和"实验修辞学"的可能》，《当代修辞学》2013年第4期。

胡习之：《辞格分类的"原型范畴化"思考》，《修辞学习》2004年第5期。

胡亦名：《上海中学生关于日美韩国家形象的概念结构——基于"词语自由联想"测试的分析》，《华东师范大学学报》2013年第5期。

胡易容：《符号修辞视域下的"图像化"再现——符象化（ekphrasis）的传统意涵与现代演绎》，《福建师范大学学报》2013年第1期。

黄洁：《汉语隐喻和转喻名名复合词的定量定性研究》，《语言教学与研究》2013年第1期。

黄娟云：《英语夸张辞格的修辞特征与翻译》，《汕头大学学报》2000年第1期。

黄佩文：《介绍句式"除了A还是A"》，《汉语学习》2001年第1期。

黄群：《昭平方言熟语的修辞特色》，《华中师范大学学报》2013年第4期。

黄玉顺：《语言的牢笼——西方哲学根本传统的一种阐明》，《四川大学学报》2002年第1期。

及轶嵘：《"想死你了"和"想死我了"》，《天津师范大学学报》2000年第2期。

吉益民：《汉语主观极量构式"要多X有多X"》，《海外华文教育》2017年第7期。

贾海建：《论神怪小说中山岳空间的叙事功能——以〈西游记〉为中心的考察》，《文艺评论》2013年第10期。

江东：《谈夸张的真实性》，《徐州师范大学学报》1990年第1期。

江守义：《叙事的修辞指向——詹姆斯·费伦的叙事研究》，《江淮论坛》2013年第5期。

姜彩燕：《〈古炉〉中的疾病叙事与伦理诉求》，《西北大学学报》2013年第1期。

蒋冰冰：《澎湃系情愫，炽烈滚肺腑——谈〈西厢记〉中夸张手法的运用》，《修辞学习》1997年第2期。

蒋冰清：《夸张的认知心理机制研究》，《广西社会科学》2008年第4期。

蒋严、袁影：《临场概念与隐喻分析》，《当代修辞学》2010年第3期。

蒋勇：《夸张性隐喻的梯级含义功能》，《现代外语》2004年第3期。

金志军：《近十年修辞构式研究概观及再探讨》，《福建师范大学学报》2018年第2期。

康梅林：《从功能文体学看夸张辞格》，《武汉理工大学学报》2007年第3期。

孔真：《论〈西游记〉的空间性叙事》，《南京师范大学文学院学报》2017年第2期。

赖志明：《简捷·夸张·幽默——从〈包氏父子〉和〈华威先生〉看张天翼小说的讽刺艺术个性》，《西江大学学报》2000年第4期。

李丹：《报纸速读时代新闻标题的优化策略》，《编辑之友》2013年第5期。

李富华：《近四十年拈连研究得失及辞格研究多元走向》，《福建师范大学学报》2018年第2期。

李桂奎：《中国古代小说批评中的"跨界取譬"传统鸟瞰》，《求是学刊》2013年第1期。

李国南：《汉语数量夸张的英译研究》，《天津外国语学院学报》2004年第2期。

李国南：《英语观照下的汉语数量夸张研究——"三""九"的汉文化特征》，《外语与外语教学》2004年第11期。

李红、董天策：《试论网络公共事件中表达主体的修辞意图》，《学术研究》2013年第7期。

李洪武：《论〈西游记〉中金箍棒的传统文化内涵》，《中央民族大学学报》2012年第5期。

李建中：《文学是文体的艺术——汉语文体学理论重构与韦勒克文体学思想》，《学术研究》2013年第5期。

李杰：《"X比Y还W"格式的夸张功能》，《修辞学习》2001年第4期。

李晟：《社会变迁中的法律修辞变化》，《法学家》2013年第1期。

李学琴：《浅谈〈格萨尔〉中的夸张》，《西南民族大学学报》1992年第2期。

李宇明：《主观量的成因》，《汉语学习》1997年第5期。

李宇明：《"一量+否定"格式及有关强调问题》，《华中师范大学学报》1998年第5期。

李宇明：《"一V……数量"结构及其主观大量问题》，《汉语学习》1999年第4期。

李宇明：《数量词语与主观量》，《华中师范大学学报》1999年第6期。

李洲良：《春秋笔法与中国小说叙事学》，《文学评论》2008年第6期。

连晓霞：《民间话语观照下的意识形态言说——〈金光大道〉话语分析之二》，《小说评论》2009年第2期。

连晓霞：《被遮蔽的"自我"：主流话语规约下的人物话语——〈金光大道〉话语分析之三》，《小说评论》2009年第5期。

梁君英：《构式语法的新发展：语言的概括特质——Goldberg〈工作中的构式〉介绍》，《外语教学与研究》2007年第1期。

林孟夏：《浅议英汉语夸张手法的比较》，《福州大学学报》1997年第1期。

刘白：《狄更斯作为经典作家的形成过程》，《湖南社会科学》2015年第4期。

刘崇俊：《科学论争场中修辞资源调度的实践逻辑——基于"中医还能信任吗"争论的个案研究》，《自然辩证法通讯》2013年第5期。

刘聪：《从反讽的修辞到反讽的实践——试析反讽的形而上学意蕴的提升》，《现代哲学》2013年第2期。

刘大为：《从语法构式到修辞构式（上）》，《当代修辞学》2010年第3期。

刘大为：《从语法构式到修辞构式（下）》，《当代修辞学》2010年第4期。

刘国辉：《〈语法构式：溯源〉述评》，《当代语言学》2008年第1期。

刘明华：《杜诗夸张二题》，《西南师范大学学报》1990年第4期。

刘倩：《"夸张"为什么可能——"夸张"的意向性解释》，《中国外语》2013年第2期。

刘蓉：《英语夸张辞格的心理机制及其审美功能》，《青海师范大学学报》2006年第2期。

刘涛：《新社会运动与气候传播的修辞学理论探究》，《国际新闻界》2013年第8期。

刘轶、韩惠民：《瑰丽奇异，恍惚迷离——浅析〈百年孤独〉中夸张手法的作用》，《修辞学习》1998年第2期。

刘永良：《且为沈括论杜诗一辩》，《杜甫研究学刊》2003年第3期。

刘玉梅：《Goldberg认知构式语法的基本观点——反思与前瞻》，《现代外语》2010年第2期。

刘正光、刘润清：《语言非范畴化理论的意义》，《外语教学与研究》2005年第1期。

芦力军：《浅析澳大利亚英语中的夸张和比喻》，《中州大学学报》2004年第3期。

鲁国尧：《语言学与接受学》，《汉语学报》2011年第4期。

陆俭明：《构式语法理论的价值与局限》，《南京师范大学文学院学报》2008年第1期。

陆俭明：《关于汉语修辞研究的一点想法》，《修辞学习》2008年第2期。

陆俭明：《汉语修辞研究深化的空间》，《福建师范大学学报》2008年第2期。

陆俭明：《构式与意象图式》，《北京大学学报》2009年第3期。

闾海燕：《论夸张修辞的心理原型——心理与修辞研究之三》，《南京师大学报》1998年第1期。

马博森：《关联理论与叙事语篇》，《现代外语》2001年第4期。

马少华：《〈环球时报〉社评中英文版的修辞差异》，《国际新闻界》2013年第4期。

马真：《修饰数量词的副词》，《语言教学与研究》1981年第1期。

莫娟：《〈何典〉的方言俗语研究》，《东南大学学报》2013年第6期。

慕明春：《关于广告的夸张》，《修辞学习》1994年第5期。

南帆：《夸张的效果》，《当代作家评论》2006年第4期。

倪秀英：《夸张与礼貌原则》，《牡丹江大学学报》2003年第9期。

潘红：《哈葛德小说在中国：历史吊诡和话语意义》，《中国比较文学》2012年第3期。

潘红：《林译〈迦茵小传〉人物称谓和身份建构的广义修辞学解读》，《福建师范大学学报》2014年第5期。

潘红：《跨越疆界的求索：〈时务报〉和哈葛德小说She》，《外国文学研究》2015年第1期。

钱冠连：《见证中国修辞学变革》，《福建师范大学学报》2009年第6期。

晴川：《灵感妙悟与夸张变形——回族诗人阿拜抒情诗欣赏》，《民族文学研究》1995年第4期。

屈承熹：《合则双赢：语法让修辞更扎实　修辞让语法更精彩》，《修辞学习》2008年第2期。

冉永平：《语用过程中的认知语境及其语用制约》，《外语与外语教学》2000年第8期。

邵春、胡志强：《夸张与意识双重结构》，《西安外国语大学学报》2017年第3期。

邵敬敏：《探索新的理论与方法　重铸中国修辞学的辉煌》，《修辞学习》2008年第2期。

邵敬敏：《"除了"句式的语法意义新解及其启示》，《语文研究》2017年第3期。

沈家煊：《"有界"与"无界"》，《中国语文》1995年第5期。

沈家煊：《语言的"主观性"和"主观化"》，《外语教学与研究》2001年第4期。

沈家煊：《谈谈修辞学的发展取向》，《修辞学习》2008年第2期。

沈寨：《当权利成为一种修辞——对当下权利实践问题的反思》，《安徽大学学报》2013年第2期。

石毓智：《结构与意义的匹配类型》，《解放军外国语学院学报》2007年第5期。

寿永明：《夸张辞格的语用研究》，《社会科学战线》2005年第6期。

疏志强、陆生：《浅析夸张的心理机制》，《修辞学习》1999年第2期。

宋长来：《论夸张的关联性》，《外语与外语教学》2006年第4期。

孙光宁、焦宝乾：《法律方法论实践特征的提升——2012年中国法律方法论研究学术报告》,《山东大学学报》2013年第3期。

孙基林:《知识分子写作:作为思想方法的叙事与其修辞形态》,《中国现代文学研究丛刊》2013年第7期。

孙建友:《夸张研究史略论》,《修辞学习》1995年第2期。

谭学纯:《修辞学研究突围:从倾斜的学科平台到共享学术空间》,《福建师范大学学报》2003年第6期。

谭学纯:《学术批评:找回无需避讳的"局限"》,《修辞学习》2004年第1期。

谭学纯:《再思考:语言转向背景下的中国文学语言研究》,《文艺研究》2006年第6期。

谭学纯、肖莉:《比喻义释义模式及其认知理据——兼谈词义教学和词典编纂中的比喻义处理》,《语言教学与研究》2008年第1期。

谭学纯:《身份符号:修辞元素及其文本建构功能——李准〈李双双小传〉叙述结构和修辞策略》,《文艺研究》2008年第5期。

谭学纯:《"存在编码":米兰·昆德拉文学语言观阐释》,《中国比较文学》2009年第2期。

谭学纯:《亚义位和空义位:语用环境中的语义变异及其认知选择动因》,《语言文字应用》2009年第4期。

谭学纯:《中国文学修辞研究:学术观察、思考与开发》,《文艺研究》2009年第12期。

谭学纯:《语用环境中的义位转移及其修辞解释》,《语言教学与研究》2011年第2期。

谭学纯:《巴赫金小说修辞观:理论阐释与问题意识》,《中国比较文学》2012年第2期。

谭学纯:《中国修辞学:三个关联性概念及学科生态、学术空间》,《长江学术》2013年第2期。

谭学纯:《融入大生态:问题驱动的中国修辞学科观察及发展思路》,《山东大学学报》2013年第6期。

谭学纯:《语用环境中的语义变异研究:解释框架及模式提取》,《语言文字应用》2014年第1期。

谭学纯:《广义修辞学研究》,《当代修辞学》2014年第2期。

谭学纯:《广义修辞学与"主体间性"研究》,《当代修辞学》2016年第

1 期。

谭学纯：《"义位—义位变体"互逆解释框架：基于〈现代汉语词典〉5—7 版比对的新词新义考察》，《语言文字应用》2017 年第 4 期。

谭学纯：《［-表色］范畴"X 色"：语义特征及其修辞加工》，《语言教学与研究》2018 年第 5 期。

谭永祥：《"超前夸张"例辞甄别》，《逻辑与语言学习》1994 年第 4 期。

唐厚广、车竞：《论辞规建构的理论与实践基础》，《社会科学辑刊》2013 年第 5 期。

唐子恒：《〈史记〉叙事的矛盾与夸张》，《晋阳学刊》2002 年第 4 期。

田荔枝：《辞格理论研究述评》，《齐鲁学刊》1996 年第 2 期。

田臻：《构式研究展望：构式、心理与语言加工——Adele Goldberg 教授访谈实录》，《外国语》2018 年第 3 期。

全国斌：《汉语里的两个相对待的夸张构式——谈处于构式连续统中的"A 了去了"与"A 不到哪里去了"》，《汉语学习》2014 年第 5 期。

汪国胜、杨黎黎、李沛：《构式"要多 A 有多 A"的跨句语法化》，《语文研究》2015 年第 2 期。

汪兴富、刘世平：《Goldberg 构式语法思想变迁跟踪——基于 1995 及 2006 著作的考察》，《西安外国语大学学报》2010 年第 2 期。

王春东：《要多 a 有多 a》，《汉语学习》1992 年第 1 期。

王大方：《修辞结构框架下的远距离回指研究》，《外语与外语教学》2013 年第 1 期。

王珏、谭静、陈丽丽：《构式等级降低与辞格生成》，《修辞学习》2008 年第 1 期；

王珏：《从构式理论、三层语法看辞格构式的生成》，《当代修辞学》2010 年第 1 期。

王立：《海意象与中西方民族文化精神略论》，《大连理工大学学报》2000 年第 4 期。

王卯根：《〈史记〉时间副词的反向夸张用法》，《修辞学习》2009 年第 2 期。

王前、刘庚祥：《从中医取"象"看中国传统抽象思维》，《哲学研究》1993 年第 4 期。

王擎擎、金鑫：《"百分之百"类词语从数量短语到副词的演变》，《求索》2013 年第 3 期。

王寅:《基于认知语言学的"认知修辞学"——从认知语言学与修辞学的兼容、互补看认知修辞学的可行性》,《当代修辞学》2010年第1期。
王允亮:《汉魏六朝江海赋考论》,《北方论丛》2012年第1期。
韦世林:《试析夸张辞格的逻辑支点》,《云南师范大学学报》1996年第4期。
魏在江:《移就辞格的构式新解——辞格的认知研究》,《外语学刊》2009年第6期。
吴炳章、李娴:《指类句的修辞性嬗变》,《中国海洋大学学报》2012年第4期。
吴福辉:《锋利·新鲜·夸张——试论张天翼讽刺小说的人物及其描写艺术》,《文学评论》1980年第5期。
吴福祥:《汉语语法化研究的当前课题》,《语言科学》2005年第2期。
吴礼权:《论夸张表达的独特效应与夸张建构的心理机制》,《扬州大学学报》1997年第4期。
吴长安:《口语句式"W死了"的语义、语法特点》,《东北师大学报》1997年第1期。
向莉:《论夸张艺术的情感基础和现实基础》,《西南民族大学学报》2003年第8期。
向铁生、康震:《自觉修辞:李商隐诗歌策略试探》,《山西大学学报》2013年第1期。
肖翠云:《语言哲学视域中的文学与政治》,《福建论坛》2008年第12期。
肖翠云:《论刘勰〈文心雕龙〉的文本观》,《东南学术》2011年第3期。
肖翠云:《文学修辞批评两种模式及学科思考》,《福建师范大学学报》2013年第3期。
肖莉:《元叙述:叙述者"侵入式"叙述与传统叙述的似真性》,《福州大学学报》2008年第2期。
肖莉:《中国当代小说冷叙述的修辞策略》,《东南学术》2010年第5期。
谢朝群、林大津:《meme的翻译》,《外语学刊》2008年第1期。
谢庆芳:《拟人与夸张在英语谚语中的运用》,《中山大学学报论丛》2006年第1期。
徐蕾:《夸张的感受质同一性》,《外语学刊》2016年第4期。
徐麟:《"言,我也"和中国古代诗学》,《文艺理论研究》1996年第1期。
徐默凡:《专题研究:辞格新探主持人语》,《当代修辞学》2011年第1期。

徐银：《基于构式语法的汉语"形（动）死我了"句式研究》，《江苏科技大学学报》2010 年第 2 期。

徐仲炳、蔡国亮：《莎士比亚〈哈姆莱特〉剧中的夸张艺术》，《外国语》1991 年第 1 期。

薛富兴：《魏晋自然审美概观》，《西北师大学报》2005 年第 3 期。

杨嘉：《文学的想象、虚构和夸张》，《暨南学报》1983 年第 4 期。

杨玉玲：《汉语词语叠连的类型及其功能》，《汉语学习》2013 年第 6 期。

余江：《赋源诸说新析》，《云梦学刊》2014 年第 5 期。

俞理明、蒋勇：《隐喻性夸张与复合空间》，《外国语言文学》2004 年第 4 期。

张春泉：《新世纪中国修辞学科概念术语研究综论》，《福建师范大学学报》2017 年第 2 期。

张灯：《文心雕龙·夸饰辨疑》，《河北大学学报》1997 年第 3 期。

张国伟：《因夸以成状，沿饰而得奇——杜甫对夸张艺术的运用》，《河北学刊》1991 年第 5 期。

张恒君：《莫言小说语言风格论》，《小说评论》2015 年第 4 期。

张会森：《国外辞格研究评介》，《修辞学习》1996 年第 1 期。

张抗抗：《小说创作艺术感受》，《当代文坛》1985 年第 3 期。

张连武：《夸而有节 饰而不诬——刘勰夸饰论探析》，《河北师范大学学报》2006 年第 4 期。

张炼强：《同语复用固定结构及其修辞分析》，《首都师范大学学报》1986 年第 1 期。

张炼强：《由某些语法结构提供修辞资源论析》，《首都师范大学学报》1995 年第 1 期。

张炼强：《以"容器—内容"意象图式为认知底蕴的语言形式和修辞现象》，《首都师范大学学报》2013 年第 4 期。

张时阳、晁亚若：《现代汉语中的"数 N"结构》，《汉语学习》2014 年第 4 期。

张守夫：《修辞语境的结构和意义》，《科学技术哲学研究》2013 年第 4 期。

张望发、张莹：《超前夸张句式的特征与基本类型》，《延边大学学报》2002 年第 4 期。

张望发：《"还 A 就 B"超前夸张句式浅析》，《汉语学习》2003 年第 5 期。

张卫中：《20 世纪中国文学中汉字修辞的流变》，《天津社会科学》2013 年第 4 期。

张小琴：《电视修辞与电视现实的建构》，《国际新闻界》2013 年第 6 期。

张学昕：《细部修辞的力量——当代小说叙事研究之一》，《中国现代文学研究丛刊》2013 年第 7 期。

张言军：《"有关 NP"结构的多维度考察》，《宁夏大学学报》2013 年第 5 期。

张言军：《框式结构的生成与语义、语用特点——以强调极性程度的"要多 X 有多 X"为例》，《江汉学术》2014 年第 1 期。

张谊生：《名词的语义基础及功能转化与副词修饰名词（续）》，《语言教学与研究》1997 年第 1 期。

张谊生：《程度副词充当补语的多维考察》，《世界汉语教学》2000 年第 2 期。

张谊生：《试论主观量标记"没、不、好"》，《中国语文》2006 年第 2 期。

张勇：《保罗·托马斯·安德森：反讽叙事、反差修辞与见证影像》，《当代电影》2013 年第 11 期。

张勇军：《广告的夸张与夸大》，《修辞学习》1997 年第 2 期。

赵爱武：《近代汉语象声词的修辞特征》，《武汉大学学报》2013 年第 1 期。

赵逵夫：《班彪〈览海赋〉》，《文学遗产》2002 年第 2 期。

赵明：《夸张的指类分析》，《外语学刊》2015 年第 3 期。

赵颂贤：《法语夸张初探》，《法国研究》1997 年第 1 期。

赵毅衡：《新闻不可能是"不可靠叙述"：一个符号修辞分析》，《福建师范大学学报》2013 年第 1 期。

甄珍：《现代汉语主观极量构式"要多 A 有多 A"研究》，《汉语学习》2015 年第 1 期。

郑文贞、余纲：《修辞格的客观基础》，《厦门大学学报》1963 年第 3 期。

郑懿德、陈亚川：《"除了……以外"用法研究》，《中国语文》1994 年第 1 期。

钟馥兰：《英语夸张的语用分析与翻译》，《华东交通大学学报》2004 年第 3 期。

钟志翔：《〈易·文言〉修辞立诚论原解》，《周易研究》2013 年第 5 期。

周守晋：《"主观量"的语义信息特征与"就"、"才"的语义》，《北京大学学报》2004 年第 3 期。

周一农：《夸张的维度与古柏悖论》，《浙江社会科学》2003 年第 2 期。

周裕锴：《"以意逆志"新释》，《文艺理论研究》2002 年第 6 期。

朱军、盛新华：《"除了"式的语义研究》，《语言研究》2006 年第 6 期。
朱良志：《论"审美妙悟"概念之成立》，《江海学刊》2004 年第 1 期。
朱玲、谭学纯：《月亮和太阳：李白和艾青诗歌的核心语象》，《修辞学习》1988 年第 3 期。
朱玲：《汉字"赋"的语义系统和赋体语言的美学建构》，《福建师范大学学报》2004 年第 3 期。
朱玲：《"三言二拍"：喜剧性修辞设置、特点及成因》，《湖南科技大学学报》2012 年第 6 期。
朱玲、李洛枫：《广义修辞学：研究的语言单位、方法和领域》，《福建师范大学学报》2013 年第 3 期。
朱彤：《夸张——艺术创作的基本法则》，《南京师大学报》1982 年第 3 期。
朱肖一：《想象与夸张修辞文本的建构和接受》，《中南大学学报》2003 年第 5 期。
宗廷虎：《汉语修辞学 21 世纪应成"显学"——读伍铁平〈语言学是一门领先的科学〉札记》，《修辞学习》1995 年第 3 期。
宗廷虎：《再论汉语修辞学 21 世纪应成"显学"——谈国内出现的良好的学术机遇》，《修辞学习》1995 年第 5 期。
宗廷虎：《21 世纪的汉语修辞学向何处发展？——关于现状与前景的思考》，《云梦学刊》1996 年第 2 期。
踪凡：《试论王充的汉赋观》，《社会科学研究》2002 年第 2 期。

三 外文参考文献

Grice, H. P., *Studies in the Way of Words*, Cambridge, M. A.: Harvard University Press, 1989.

Lakoff & Johnson, *Metaphors We Live By*, The Liniversity of Chicago Press, 1980.

Locke, J., *An Essay Concerning Human Understanding*, London: Dent, 1961.

Martin, J. R. & White, P. R. R., *The Language of Evaluation*, *Appraisal in English*, London & New York: Palgrave, 2005.

Martin, J. R. & Rose, D., *Working with Discourse: Meaning beyond the Clause*, London: Continuum, 2003/2007.

McCarthy, M. et al., *There's Millions of Them: Hyperbole in Every-day Conversation*, Journal of Pragmatics, 2004 (36).

Shanton, C. & Weaver, W., *The Mathematical Theory of Communication*, Urbana, IL. University of Illinois Press, 1949.

Sperber, Dan, & Deirdre Wilson, Relevance: *Communication and Cognition*, Oxford: Blackwell, 1986/1995.

后　记

本书是国家社科基金年度项目"广义修辞学视角下的夸张研究"（项目号：13BYY125）、2020年高校学科（专业）拔尖人才项目"广义修辞学视角下的夸张研究"（项目号：gxbjZD2020007）的最终成果，在博士论文《夸张研究：结构·语义·语篇》基础上，拓展而成。

陈独秀曾说世界文明发源地分别是科学研究室和监狱。对我们来说，书房兼具研究室与监狱两种特性。独立主体存在是独立思考的前提，独立思考又是精神创造的前提。把自己从喧嚣的状态中隔离出来，战胜胆怯和恐惧，历练坚强的心灵，突破狭隘的物理空间，畅游人类精神的海洋。

写作是一个人的战争，澄清纷乱生活现象，指向问题本质，把理性牵引变成信仰，让写作成为一种习惯。人生最悲剧的不是遭遇挫折而是看不见希望，写作是在挫折中跌跌撞撞，奔向希望。正如沃尔夫所言：语言学本质上是对意义的探寻。在外行人看来，语言学可能沉湎于记录细小而毫无意义的声音差别、做语音体操、撰写只有语法学家才看的复杂语法。但是，事实并非如此。语言学真正要做的是以意义的光辉，照亮笼罩在某一群体之上的深重黑暗，从而照亮其思维、文化、人生观。有人将这种具体有转变力量的意义之光称为"金色之光"（本杰明·李·沃尔夫《论语言、思维和现实：沃尔夫文集》）。在金色之光的吸引下，我们化蛹为蝶。

怎样才能把文章写得好呢？私下认为要在语言事实描写、效果、价值归纳的基础上挖掘出隐藏的修辞动因，强化研究的解释力与普适性。逻辑路径表现为"是什么—怎么样—为什么"，把判别文章的四条标准（思想、智慧、材料、论述）倒序训练，实现"文质彬彬"理想，享受剑胆琴心、笔剑一体、仗笔走天涯的惬意。

幸运是遇到了让你觉得幸运的人，谭学纯、朱玲教授使我如沐春阳，品味读书乐境，在学术磨砺的过程中，砂变珍珠。虽然，那是蚌的泪。一杯一森林，烦琐和世俗把美挤扁，躲在心的旮旯里，但我们不该忘记美的滋味。在智慧的光照下，凡俗我辈，行进在路漫漫的求索中。

当广义修辞学学说的追随者拥有"衣带渐宽终不悔"的执着时，人就会超越外在生活形式的约束，追寻精神境界的自由。站在同一点，看同一方向，不同主体或同一主体不同时间，因认知域不同，看到迥然相异的视域。能否把夸张看成文学的一种特性？修辞哲学层面的夸张研究应该如何发掘其建构精神、张扬个性的动力？"人以语言的方式拥有世界"道出了人的普遍存在方式，"人以修辞的方式拥有世界"则道出了人的审美化存在方式。[①] "欲上青天揽明月"不仅是诗仙李白的个人行为，还是"俱怀逸兴壮思飞"中国文人的集体追求。

学习和学习者以多种形态出现在多个领域，在有限的生命中，探寻未知，生生不息。此时的我，心中充满感激，感谢各位师长、朋友与亲人，您的帮助，温暖了我的生命。

高　群

2020 年 5 月 17 日

[①] 谭学纯、朱玲：《广义修辞学》，安徽教育出版社 2001 年版，第 59 页。